# LE CULTE

Titre original :
*Kult*
Éditeur original :
Bokförlaget Forum, Stockholm

ISBN 978-2-330-20331-3

CAMILLA LÄCKBERG
& HENRIK FEXEUS

# LE CULTE

roman traduit du suédois
par Susanne Juul et Andreas Saint-Bonnet

BABEL NOIR

# PREMIÈRE SEMAINE

Fredrik vérifie pour la centième fois que le sac en plastique masque bien son contenu. Il tient à garder le secret jusqu'au dernier moment. Le soleil d'été grille son visage, il doit faire au moins trente degrés. Malgré la chaleur, il décide d'aller à pied jusqu'à l'école maternelle d'Ossian près de Zinkensdamm, depuis son lieu de travail dans le quartier de Skanstull. C'est mercredi, il a pu quitter le bureau un peu plus tôt que d'habitude. Personne n'est très regardant sur les horaires sous une telle canicule. La plupart de ses collègues se sont sûrement déjà réfugiés sous l'auvent d'une terrasse, en compagnie d'une bière bien froide.

Le trajet ne prend qu'une vingtaine de minutes, il aurait pourtant dû prévoir une bouteille d'eau. Il a retiré sa veste et retroussé ses manches. La chemise lui colle au dos. Il n'y fait pas attention. Aujourd'hui, tout va bien.

Il vérifie une fois de plus le sac. La boîte de Lego Technic est si grande qu'elle dépasse presque. C'est une McLaren Senna GTR. La passion d'Ossian pour les voitures est un mystère : ni Fredrik ni Josefin ne portent réellement d'intérêt à ces choses-là. En revanche, construire des Lego amuse autant le père que le fils.

La boîte indique 10+ et Ossian n'a que cinq ans, mais Fredrik sait qu'il y arrivera sans problème. Ce gamin est vraiment futé. Parfois plus que son père, se dit Fredrik en éclatant de rire sous le soleil. C'est ça, un papa tellement malin qu'il offre de longues heures d'activités d'intérieur à son fils alors qu'il fait un temps splendide. Tant pis, il fera sûrement encore beau demain.

Ossian a de toute façon déjà passé la majeure partie de la journée dehors. Les classes en plein air lui font beaucoup de bien. À la maison, s'il n'a pas de Lego pour s'occuper, il crapahute partout. Josefin se demande parfois si leur fils n'est pas hyperactif. Ils n'ont pas voulu le faire diagnostiquer. Pas encore, en tout cas. L'énergie dont Ossian fait preuve semble être une bonne chose, en tout cas comparé à certains de ses copains qui se jettent sur l'iPhone de leurs parents à l'instant où ils viennent les chercher. L'horreur.

Fredrik consulte l'heure en arrivant à l'école maternelle de Backen. Malgré la chaleur, il a marché tellement vite qu'il est en avance. Ils ne sont probablement pas encore revenus du parc de Skinnarvik.

— *"Hey sexy lady"*..., chantonne-t-il en remontant la colline derrière l'école.

Ossian est accro à Gangnam Style en ce moment. Il n'y a rien à faire, se dit Fredrik avec un sourire. Ils ont même travaillé la chorégraphie ensemble.

En haut de la colline se trouve un grand terrain de jeu boisé. Pour Ossian, ce n'est rien moins qu'une forêt, et Ossian adore la forêt.

— *"Oppan gangnam style !"* s'exclame Fredrik.

Des enfants hauts comme trois pommes lui jettent des regards dubitatifs avant de retourner à leurs jeux. Les gamins portent des gilets orange arborant les logos de leurs maternelles respectives. Le parc est très populaire. L'atmosphère résonne de cris et de rires. C'est un jour idéal pour jouer à cache-cache dans les arbres. Le Lego Technic devra peut-être attendre un autre jour. Ils ne sont pas pressés, Josefin a promis de s'occuper du repas. Il aperçoit Tom, l'un des employés de la maternelle de Backen.

— Salut ! lance-t-il en souriant à Tom, qui est occupé à débarrasser un petit des deux coulées de morve qui ornent son visage.

— *"Opp opp opp opp"*, répond joyeusement Tom sur la mélodie que tout le monde connaît. Devine qui a choisi la musique pour la gym aujourd'hui ?

— Je vous avais prévenus. Avant la fin de la semaine, vous aurez une trentaine de petits danseurs de K-pop. Il est où, le génie de la danse ? Je ne le vois pas.

Tom termine l'opération d'essuyage et réfléchit un instant.

— Peut-être vers les balançoires ? suggère-t-il. Il traîne souvent là-bas.

Bien vu. Quand Ossian ne court pas dans tous les sens, il adore faire de la balançoire. Ou plutôt, il adore être assis sur une balançoire. C'est son refuge, d'où il contemple l'existence en toute tranquillité.

Fredrik se dirige vers les balançoires. Elles sont toutes occupées, mais Ossian n'est pas là. Felicia, une copine d'Ossian un peu plus âgée que lui, est en train de s'éloigner. Fredrik se dépêche de la rattraper.

— Bonjour, Felicia, tu as vu Ossian ?

— Oui, tout à l'heure.

Il fronce les sourcils. Une once d'inquiétude s'immisce en lui. Il sait bien que c'est injustifié, un simple réflexe de parent surprotecteur. Se crisper dès l'instant où quelque chose *pourrait* ne pas être tout à fait normal était sans doute très utile pour survivre dans la savane, en d'autres temps, mais ici et maintenant, c'est excessif. Il le sait, rationnellement. Mais ça ne l'aide pas. Les poils de sa nuque se hérissent comme sous l'effet d'un courant d'air glacial. La grosse boîte de Lego le gêne, tout d'un coup. Il revient vers Tom à grandes enjambées.

— Il n'est pas aux balançoires, dit-il.

— Bizarre.

Tom consulte la liste des enfants récupérés par leurs parents.

— Il est toujours ici… attends. Jenya est entrée avec un groupe de petits. Il les a peut-être suivis pour aller aux toilettes, et puis il est resté à l'intérieur. Je suis désolé, Jenya aurait dû m'avertir. Mais tu sais ce que c'est.

Oui, il sait ce que c'est, bien sûr. L'inquiétude s'évanouit. Il pousse un soupir de soulagement. Tom et Jenya sont compétents et responsables, mais les enfants ont leur volonté propre, ainsi qu'une capacité indéfectible à ne pas être là où on voudrait qu'ils soient. Il compatit en voyant l'embarras de Tom. Ça ne rigole pas quand on a la charge d'enfants en bas âge. Certains parents auraient fait un scandale pour moins que ça.

— Bien sûr, dit-il. Bon week-end, Tom, à lundi ! *"Oppa oppa !"*

Fredrik redescend la colline au pas de course. La porte de l'école est ouverte. Il entre dans le couloir où chaque enfant a un crochet et un box avec son nom dessus, pour les vêtements de rechange. Celui d'Ossian est vide. Ce qui ne signifie rien en soi. Si Ossian est allé aux toilettes, il peut très bien avoir balancé sa veste par terre dans l'urgence. Ou peut-être qu'il l'a laissée sur l'aire de jeu, vu la chaleur. Fredrik n'aurait jamais dû l'obliger à mettre une veste aujourd'hui. Quelle erreur. Ossian a dû crever de chaud.

Fredrik ne se donne pas la peine d'enlever ses chaussures.

— Ossian, tu es là ? crie-t-il en tapant sur la première des deux portes de toilettes.

Jenya s'avance vers lui dans le couloir. Derrière elle, des tout-petits se jettent de la peinture au doigt avec des hurlements qui semblent partagés entre le rire et l'horreur.

— Salut, Fredrik, tu as oublié quelque chose ? dit-elle. Ossian est au parc avec Tom.

Le sentiment d'un truc qui cloche revient avec une telle force qu'il se sent chavirer. Plus rien à voir avec un petit vent froid dans la nuque. C'est un coup de poing dans le plexus.

— Il n'est pas dans le parc. J'en viens. Tom a dit qu'il était avec toi.

— Non, il n'est pas ici. Tu as été aux balançoires ?

— Oui. Il n'y est pas, je te dis. Merde !

Il tourne les talons et se précipite dehors. C'est déjà arrivé qu'un enfant fugue de l'école. Felicia, par exemple. Elle avait fait tout le chemin jusque chez elle sans que personne ne se rende compte de son absence. Le malaise qu'il ressent doit hanter les parents de la petite chaque jour depuis ce moment-là. Il se demande si on peut s'habituer à cette sensation. Pour sa part, il est sûr que non.

Il remonte la colline en courant. Pas facile avec ce putain de carton de Lego. Et tous ces enfants partout. Il scrute chacun d'entre eux tout en essayant de se calmer. Paniquer ne sert à rien. Mais Ossian est introuvable.

Aucun de ces enfants n'est son fils.

Tom ouvre grand les yeux en voyant Fredrik revenir. Il saisit immédiatement la gravité de la situation.

— Il est forcément là, dit Fredrik en lâchant le sac pour être plus libre de ses mouvements.

Tom demande aux enfants les plus proches s'ils ont vu Ossian. Les cabanes. Ossian se cache peut-être dans les cabanes. Fredrik s'y précipite, mais constate qu'elles sont vides. Qu'a-t-il pu imaginer… S'aventurer dans les arbres ? Tout seul ? Quelqu'un l'a forcément vu.

Felicia.

Elle dit l'avoir vu plus tôt.

Il revient vers Tom et les autres enfants. Sa gorge brûle sous l'effort et la sueur coule de son front et dans son dos.

Felicia est là, elle construit un château de sable avec son petit seau. Comme si de rien n'était. Comme si le monde n'était pas en train de s'effondrer.

— Felicia, dit-il en s'efforçant de ne pas laisser paraître la panique folle qu'il ressent. Tu as dit que tu avais vu Ossian plus tôt. C'était quand ?

— C'est quand il parlait avec la vilaine madame, répond-elle sans lever le regard de son édifice.

— La vilaine…, répète-t-il, tout en sentant sa gorge se transformer en papier de verre. Une vieille dame ?

— Non, pas très vieille, répond la petite. Comme ma maman. C'est son anniversaire, alors elle a trente-cinq ans.

Il déglutit avec difficulté. Quelqu'un est donc venu. Quelqu'un est venu et a parlé à son enfant. Pas un employé ou un des autres parents. Un inconnu. Il s'accroupit devant Felicia, luttant contre l'envie de la secouer.

— Tu la connais, cette femme ? dit-il en s'efforçant de ne pas crier. Pourquoi elle était vilaine ?

Felicia lève ses yeux embués de larmes de son château de sable. Il recule d'un pas pour ne pas perdre l'équilibre. Il le voit dans son regard, il sait déjà trop bien ce qui s'est passé. Ce qui ne doit jamais arriver. Qui ne *peut* pas arriver.

— Je m'en fiche de ses jouets, dit Felicia. Ossian voulait les voir, mais pas moi. Moi, je voulais caresser les chiots. Elle a dit qu'elle les avait dans sa voiture. Mais que j'avais pas le droit de venir. C'est seulement Ossian qui avait le droit de les voir. Alors ils sont partis.

Un trou noir s'ouvre dans la poitrine de Fredrik et l'engloutit tout entier.

Mina scrutait la pièce depuis le seuil. La salle de sport n'était pas surpeuplée, ce jour-là. Tant mieux. Il y avait essentiellement des personnes d'un certain âge. Ce n'était pas l'heure des lycéens, des femmes adeptes de crossfit et des bodybuilders. À trois heures de l'après-midi en semaine, les seniors régnaient pour un temps sur les lieux. Ça lui convenait parfaitement : ces derniers nettoyaient les machines avec soin, avant et après utilisation. Non pas que Mina envisageait de prendre le moindre risque. Dans la poche de son survêt de sport, elle avait comme toujours des gants jetables, deux petits sprays désinfectants, des lingettes en microfibre et une poche refermable pour y déposer tout après usage.

Au programme du jour, jambes et torse. Elle enfila une paire de gants et se mit à soigneusement désinfecter toutes les parties d'une presse pour jambes et fessiers. Ça ne lui avait pas échappé, certaines personnes se contentent de nettoyer les poignées. Ou, pire, seulement le siège. La saleté et les bactéries des autres pouvaient s'incruster n'importe où. Elle ne comprenait pas comment les gens pouvaient être à ce point négligents.

Elle replia la première lingette, la jeta dans la poche refermable et en prit une neuve. Quand elle entrait dans une salle de sport, elle avait l'impression de plonger dans un véritable foyer d'infection. Il lui était impossible de s'entraîner dans la salle de l'hôtel de police, elle connaissait trop bien les zigotos qui la fréquentaient. Ici, au moins, la crasse n'avait pas de visage.

Elle aurait préféré s'entraîner en portant un masque pour se protéger de l'air vicié de la salle. Elle avait entendu dire que les haltérophiles avaient tendance à lâcher des gaz, et la seule idée des bactéries fécales présentes dans le système de ventilation la faisait suffoquer. Mais porter un masque ne ferait qu'attirer l'attention sur elle, ce qu'elle souhaitait éviter. Elle se dit qu'elle pourrait peut-être se procurer un masque d'entraînement comme ceux que certains sportifs utilisent pour augmenter leurs capacités respiratoires.

— Vous êtes là pour faire de l'exercice ou le ménage ? Si vous avez fini, j'utiliserais bien la machine.

Mina sursauta et leva les yeux du dossier qu'elle était en train de nettoyer. Un septuagénaire aux petites lunettes rondes et cheveux blancs la regardait d'un air interrogateur. Il portait un tee-shirt rouge, non pas un vêtement de sport fait d'une matière qui respire, mais un tee-shirt en coton tout ce qu'il y avait de plus ordinaire. Avec une grande tache de sueur sur la poitrine. Elle frémit.

— Vous avez conscience à quel point le coton est antihygiénique dans une salle de sport ? Ce genre de tissu absorbe la sueur qui se dépose ensuite sur toutes les surfaces. Ça devrait être interdit de porter des vêtements comme ça ici.

L'homme lui décocha un regard assassin, secoua la tête et s'éloigna. Il n'était visiblement pas disposé à l'écouter. Aucune importance. Après un dernier récurage vigoureux, elle jeta la lingette et les gants dans le sac refermable. Enfin, elle s'installa et régla la charge. L'homme au tee-shirt rouge s'était installé à la machine à tractions, lui tournant le dos. L'arrière de son tee-shirt était sans aucun doute imbibé de sueur lui aussi. Elle fronça le nez. À choisir entre plaire aux autres ou rester en bonne santé : pas une seconde d'hésitation. Les gens pouvaient garder pour eux leurs bactéries et leur approbation.

Mina avait l'habitude qu'on la prenne pour une extraterrestre. Elle n'avait besoin de personne. Le phénomène d'"affinité" était un mythe entretenu par Hollywood, tout comme les concepts d'"âme sœur" ou de "grand amour". Des idées si insidieuses que même les gens sains d'esprit en venaient à développer des angoisses. Les études prouvant que c'était un réel problème ne manquaient pas. Elle avait lu que les gens avaient tendance à dévaluer leur couple et leur partenaire après avoir vu une comédie romantique. Aucune relation dans la vraie vie n'était à la hauteur de cette vue de l'esprit qu'était l'"amour éternel".

Elle-même n'avait jamais ressenti de réelle proximité avec une autre personne, à part les quelques années passées avec sa fille. Même l'homme avec qui elle avait vécu n'avait pas éveillé grand-chose en elle. Non, l'intimité, ce n'était pas pour elle. Ça ne l'intéressait pas, avec personne.

Quoique…

Sauf avec lui.

Le mentaliste.

Mais c'était il y a longtemps.

Elle avait vu une pub pour le nouveau spectacle de Vincent sur Facebook. Elle avait failli réserver une place mais s'était finalement abstenue. Elle ne savait pas comment elle aurait réagi en le voyant sur scène. Et s'il ne la reconnaissait pas ? Qu'elle restait anonyme dans le public ?

Et si c'était l'inverse ?

Elle fronça les sourcils. Mieux valait garder ses distances. Ne pas prendre de risque. Lui, de son côté, n'avait pas pris d'initiative non plus. Ce qu'elle comprenait, bien sûr. D'abord, il avait sa famille. Que sa femme se soit demandé ce qui se tramait entre Vincent et Mina à l'époque, presque deux ans auparavant, ne faisait pas mystère. Vincent avait dit que Maria était incroyablement jalouse. Les événements sur l'île n'avaient rien arrangé. Mina avait failli y mourir avec Vincent. Elle pouvait comprendre que la femme de Vincent la déteste depuis. Non pas que ce soit sa faute. Mais quand même, elle était de la police.

En plus, Vincent et elle avaient partagé des choses que les autres ne pouvaient pas comprendre. Ce qui s'était passé sur l'île de Lidö les avait rapprochés d'une façon indéfinissable.

C'était pour cette même raison qu'il avait été délicat de garder le contact. Ils s'étaient rapprochés à un degré qu'elle n'était pas capable de gérer. C'était mieux ainsi. Quand elle était seule, elle était dans sa forteresse. En sécurité. Pour lui, c'était probablement la même chose.

Et pourtant…

— Souvenez-vous, dit Vincent, que ce que vous allez voir n'est pas réel. Je vais vous montrer comment avoir l'air de posséder des capacités surnaturelles sans véritablement en avoir. Car croyez-moi, je n'en possède pas.

Il leva un sourcil, ménagea un silence, comme pour dire "quoique". À peu près la moitié des spectateurs rit. Mais ce n'était pas un rire franc, plutôt un rire un peu tendu. Exactement ce qu'il cherchait.

La salle Crusellhallen, à Linköping, était comble. Mille deux cents personnes de la ville et des environs s'étaient déplacées, un mercredi soir, pour voir se produire le maître mentaliste. Un public un peu trop important à son goût, mais sa participation à une enquête criminelle spectaculaire deux ans auparavant avait attiré l'attention de tous les médias sur lui. S'il n'avait pas déjà été connu, il le serait devenu. Pas intimement, bien sûr. Personne ne savait qui était Vincent. Mais les médias adoraient le maître mentaliste. Et le public aussi. Depuis qu'il avait failli mourir noyé dans une cuve, les ventes de billets avaient explosé.

Umberto avait cependant réussi à protéger des médias les détails les plus personnels quant à son implication dans l'affaire. Raison pour laquelle il avait pu poursuivre sa carrière. Le grand public l'aurait sans doute regardé d'un autre œil s'il avait su qu'il était indirectement lié à trois meurtres. Vincent était innocent, bien sûr. Au moins en ce qui concernait les assassinats. Mais l'innocence est un terme relatif pour la presse. C'est pourquoi son agent et lui avaient fait le nécessaire pour occulter le mobile de Jane, ainsi que son identité et sa filiation avec Vincent. Jane et Kenneth avaient eu le bon goût de disparaître de la surface de la terre, ce qui avait bien aidé.

*Expressen* avait bien tenté de déterrer l'histoire de leur mère, mais Umberto leur était tombé dessus. Il avait menacé le journal de ne plus jamais recevoir de communiqué de presse, ou d'entretien avec les artistes représentés par son agence. Le journal était-il vraiment prêt à risquer son lien le plus précieux avec le monde du spectacle suédois juste pour publier une histoire racoleuse ? Apparemment pas, le papier n'était jamais sorti. Vincent s'était dit que le tempérament italien d'Umberto n'y était sans doute pas pour rien non plus.

Le fait que les meurtriers s'étaient directement adressés à Vincent en cachant son véritable nom dans les dates de leurs crimes avait cependant fuité. Rien n'aurait pu empêcher un tel scoop d'avoir un sensationnel retentissement médiatique.

Par la suite, Vincent avait commencé à recevoir des énigmes, codes et autres casse-têtes que les gens lui envoyaient sans se rendre compte à quel point c'était inapproprié. Mais si l'être humain avait été simple à comprendre, il ne serait jamais devenu mentaliste.

— Ce que je vais vous montrer maintenant peut sembler désuet, continua-t-il. Pourtant, les mêmes moyens pourraient servir à créer une religion, aujourd'hui encore. Ou une secte.

Le décor représentait un salon fin XIXe et Vincent lui-même portait des vêtements d'époque. Deux fauteuils en cuir capitonné se faisaient face. Dans l'un des deux, un homme était assis, visiblement nerveux.

Au début du spectacle, Vincent avait demandé s'il y avait dans le public un médecin ou au moins quelqu'un sachant prendre le pouls. L'homme en question faisait partie de ceux qui avaient levé la main. Il était parfaitement détendu en montant sur scène. Il riait même. Mais quand Vincent lui avait fait signer un formulaire le dédouanant de toute responsabilité médicale ou juridique quant à ce qui allait se passer, laissant Vincent seul responsable de la suite, l'homme avait commencé à perdre de sa contenance. Toute la salle retenait son souffle. Vincent adorait ce moment. Faire signer un tel document était un moyen facile pour créer une ambiance dramatique. Pour Vincent, c'était aussi l'occasion de se rappeler que son numéro pouvait réellement mal tourner.

— Bon, alors, Adrian, dit-il en prenant place dans le fauteuil libre. Nous allons donc essayer de communiquer avec l'autre monde. Avec les morts. Avez-vous un parent décédé avec qui vous voudriez entrer en contact ? J'ai la sensation que vous pensez à quelqu'un qui vous manque, mais ce n'est pas votre grand-mère... je la ressens encore en vie... mais peut-être... votre grand-père ? Il vous manque ?

L'homme eut un rire gêné et se tortilla sur son siège.

— Vous avez raison, Elsa est toujours en vie, dit-il. Mais Arvid, mon grand-père donc, est mort il y a dix ans.

L'astuce était simple, à la portée de n'importe quel aspirant médium. Ce n'était qu'un raisonnement logique. L'homme avait l'air d'approcher les trente ans. Ses parents avaient donc sans doute entre cinquante et soixante ans. Et ses grands-parents probablement entre quatre-vingts et quatre-vingt-dix. En se basant sur l'espérance de vie des hommes et des femmes, il était statistiquement plus probable que sa grand-mère soit encore en vie, et pas son grand-père. En d'autres circonstances, Vincent aurait eu honte de bluffer ainsi, surtout compte tenu de l'émotion que cela provoquait chez l'homme en face de lui. Mais ce numéro avait pour but, justement, de démontrer comment manipuler autrui, gagner sa confiance et, à terme, son argent. Pour y arriver, tous les moyens étaient permis.

— Allons donc à la recherche de grand-père Arvid, déclama Vincent.

Il balaya le public du regard.

— Rassurez-vous, ce n'est pas pour de vrai.

Il se tourna vers Adrian, l'air grave.

— Je vais maintenant entrer en contact avec l'autre monde, dit-il. Mais pour cela… il va falloir que je m'y rende.

Il prit une ceinture et la souleva afin que tout le monde la voie. Ensuite, il l'enfila autour de son cou, passa le bout dans la boucle et serra légèrement. Il tendit le bras gauche à la victime de ce soir, qui était de plus en plus pâle.

— Prenez mon pouls, s'il vous plaît, demanda-t-il. Tapez du pied à chaque pulsation pour que tout le monde puisse l'entendre.

L'homme saisit son poignet et tâta de l'index et du majeur jusqu'à trouver le pouls. Il se mit à taper du pied au rythme des pulsations. Vincent le regardait droit dans les yeux.

— On se reverra à mon retour, dit-il. Enfin, j'espère. Continuez à surveiller mon pouls avec attention.

Vincent resserra la ceinture autour de son cou en grimaçant. À ce moment précis du spectacle, il n'avait pas besoin de faire semblant, ça lui faisait réellement mal. Il maintint la ceinture serrée tandis qu'Adrian battait la mesure au rythme de son pouls. Au bout de quelques secondes, la pulsation se mit à ralentir.

Vincent ferma les yeux et laissa sa tête retomber, sans lâcher la ceinture. Adrian tapa encore quelques coups, pas très assurés, puis stoppa. Un murmure de surprise et de tension parcourut le public. Adrian tenait toujours le poignet de Vincent entre ses doigts. Mais son pied restait inerte. Il n'y avait pas de doute, le pouls du mentaliste avait disparu. Il s'était étranglé.

Vincent attendit patiemment que les spectateurs commencent à s'agiter. Une peur véritable se répandait dans la salle. Le moment venu, il leva lentement la tête et relâcha la ceinture. Il se tourna vers Adrian, les yeux dans le vide.

— Adrian, murmura-t-il.

Ce dernier sursauta.

— Un esprit se trouve dans cette salle, son nom est Arvid, continua Vincent de sa voix empâtée. Vérifions qu'il s'agit bien de votre grand-père. Posez-lui une question dont la réponse est connue de lui seul. Quelque chose de votre enfance, peut-être ? Arvid dit… Arvid vous a appris à faire du vélo ? Ça peut être à ce sujet ?

Adrian hocha la tête, visiblement troublé.

— Demandez-lui à quel endroit je me suis fait mal, dit-il.

Vincent resta silencieux quelques secondes, comme s'il écoutait une voix que lui seul pouvait entendre.

— Vous vous êtes écorché le genou, dit-il. Et votre grand-père vous a suggéré de ne rien dire à votre maman. Vous avez toujours la cicatrice.

Adrian lâcha le bras de Vincent, choqué. En réalité, la plupart des gens ont le souvenir d'un genou écorché dans leur enfance. Vincent employait un mélange habile de suggestion et d'intuition. La mémoire est un drôle de phénomène. Si les choses ne s'étaient pas passées exactement comme ça, alors à partir de maintenant elles étaient ainsi, dans la tête d'Adrian.

— Arvid voudrait vous dire quelque chose, continua Vincent. Il dit… il dit que vous devez tenir le coup et avoir confiance en vous-même. Vous allez y arriver, même si ça prend plus de temps que vous ne l'aviez prévu. Il ne faut pas perdre courage. Vous comprenez à quoi il fait allusion ?

Adrian hocha la tête en silence.

— Il parle de mon entreprise, dit-il enfin. C'était notre dernier sujet de conversation avant sa mort. Je n'ai toujours pas réalisé mon projet.

— Il dit qu'il regrette ce qui s'est passé. Que veut-il dire ?

— Nous ne nous sommes pas souvent vus les dernières années, dit Adrian, d'une voix basse. Nous nous étions brouillés.

— Il en est désolé. Il dit aussi qu'il vous aimait et vous aime toujours.

Les larmes se mirent à couler sur les joues d'Adrian. C'était un moment essentiel du spectacle, mais Vincent n'aimait pas provoquer de telles émotions chez les volontaires. Il n'avait rien fait d'autre que de se servir de l'effet Barnum. Dire des choses qui semblent spécifiques et personnelles mais qui sont en réalité si ouvertes à l'interprétation que la plupart des gens s'y identifient immédiatement. L'astuce classique utilisée par les médiums étant de laisser le client expliciter lui-même la signification de ce que disent les "esprits", car ainsi le médium ne se trompe jamais. Et si quelques inexactitudes se glissaient dans le récit, le client se chargerait de récrire ses propres souvenirs.

— Le contact faiblit, dit Vincent avec effort. Avez-vous quelque chose à dire à Arvid, avant qu'il ne soit trop tard ?

— Seulement… merci, chuchota Adrian. Merci.

Vincent tendit le bras et sa tête retomba comme s'il était inconscient. Toute la salle retint son souffle. Adrian saisit son poignet, cherchant son pouls. Au bout d'un instant, Adrian recommença à taper du pied au sol. Lentement et irrégulièrement au début. Puis de plus en plus normalement.

Vincent ouvrit les yeux. Il prit la main d'Adrian avec un sourire prudent. Ce numéro ne déclenchait jamais d'applaudissements tonitruants. Les spectateurs étaient trop secoués et ne savaient pas vraiment comment interpréter ce qu'ils avaient vu. Mais il savait qu'ils en parleraient pendant longtemps.

— Souvenez-vous, dit Vincent en employant les mêmes mots qu'au début, mais d'une voix beaucoup plus douce.

Le public était saisi d'émotion. Il fallait le respecter.

— Je ne suis pas capable d'entrer en contact avec des esprits. Je ne crois pas que qui que ce soit puisse entrer en contact avec des esprits, parce que je ne crois pas aux esprits. Par contre, je suis capable de vous en donner l'illusion, tout comme certains médiums très convaincants. Les mêmes techniques psychologiques et verbales utilisées il y a cent cinquante ans sont mises en pratique aujourd'hui encore par des individus au salaire horaire élevé qui cherchent à vous donner l'illusion d'entrer en contact avec vos proches décédés. Quand quelque chose semble trop beau pour être vrai, c'est bien souvent le cas. Merci à toutes et à tous.

Il s'éclipsa de la scène avant même que les applaudissements ne commencent. Il voulait laisser les spectateurs à leurs réflexions.

Il avait mal au cou. Cette ceinture à la noix lui faisait vraiment mal. Il fallait qu'il soit plus prudent. En plus, ce soir, il avait interrompu son pouls pendant bien trop longtemps. Si le contact avec les esprits était du pur bluff, cette partie-là ne l'était pas. Il y avait d'autres méthodes que la ceinture, et il savait aussi arrêter le pouls au niveau de son bras uniquement, et pas dans tout le corps. Les techniques qui servaient à interrompre les pulsations dans certaines zones du corps font partie des secrets les mieux gardés du mentalisme, et Vincent n'avait jamais révélé à qui que ce soit comment il s'y prenait. Et même en se limitant au bras, il ne fallait pas plus de trente secondes pour que la situation devienne dangereuse. Le plus souvent, la personne lâchait son bras dès que les battements disparaissaient, mais Adrian avait tardé. Et Vincent n'avait pas eu le choix. Il avait hâte de laisser cette journée derrière lui. Bloquer la circulation sanguine aussi longtemps n'était pas bon pour lui.

Il descendit dans sa loge et remarqua instantanément les trois bouteilles d'eau minérale. Il serra les dents. La vision lui faisait le même effet qu'un accord terriblement dissonant. Il ouvrit rapidement le frigo et en sortit une quatrième qu'il aligna avec les autres. La tension de ses mâchoires se calma. Il remplit un verre d'eau du robinet, se laissa tomber dans le canapé et souffla.

Les spectateurs applaudissaient toujours, mais il n'y prêtait pas attention. Ce serait si facile de remonter sur la scène, tout sourire, et de transformer l'expérience en quelque chose d'anodin. Non, ce qu'il voulait, c'était que ses spectateurs y repensent, encore et encore.

Il s'accorda quelques minutes de repos avant de se changer. Il s'efforçait de perdre cette vieille habitude de s'allonger par terre de tout son long après chaque spectacle. Parfois avec succès. La plupart du temps, le réflexe était trop fort. Il saisit son téléphone. Sains Bergander, son ami constructeur d'illusions de magie, qui l'avait aidé dans l'enquête concernant les meurtres de Tuva et les autres, était dans la salle ce soir, et Vincent se demanda ce qu'il pensait de ce nouveau spectacle. Sains lui avait effectivement envoyé un message. L'horaire indiquait qu'il l'avait envoyé à l'instant même où Vincent avait quitté la scène. Mais le message de Sains pouvait attendre. D'autres personnes pouvaient avoir donné des nouvelles.

Ou, plus précisément, une autre personne.

Vincent examina la liste des messages reçus. Il y en avait d'autres, en effet. Mais pas de la personne qu'il espérait. Elle qui avait changé sa vie quand elle y était entrée. Celle avec qui il avait osé partager ce qu'il avait de plus secret. Elle qui s'était ensuite volatilisée aussi vite qu'elle était apparue.

La dernière fois qu'il l'avait vue, c'était en octobre. L'hiver était arrivé, puis le printemps, l'été, l'automne, et maintenant l'été à nouveau. Il ne l'avait pas vue depuis plus d'un an et demi. Bientôt deux. Il n'avait pas essayé de la contacter, malgré l'envie qu'il avait de le faire. Mais Maria et lui avaient entamé une thérapie de couple et il ne souhaitait pas provoquer inutilement la jalousie de sa femme.

Ils avaient fini par laisser tomber la thérapie. Ce n'était pas aussi efficace qu'ils l'avaient espéré. Le temps avait passé. Il n'osait plus prendre le risque de s'imposer après tous ces mois de silence. Elle protégeait sa vie privée, ce qu'il lui fallait respecter. Même si en faire partie lui manquait.

Et elle n'avait de toute évidence pas eu de raison de donner de ses nouvelles. Elle avait été claire : elle préférait se débrouiller seule. Il n'avait aucune idée de ce à quoi ressemblait sa vie actuelle. Peut-être s'était-elle mariée. Avait-elle fondé une famille. Ou peut-être avait-elle déménagé loin.

Mais il n'y avait rien à faire. Sa première rencontre avec elle avait eu lieu juste après un spectacle. Depuis, il la cherchait des yeux chaque fois qu'il quittait la scène. Pourtant, la liste des messages reçus était sans équivoque.

Ce soir non plus, Mina n'avait pas donné de ses nouvelles.

Elle enleva ses lunettes et lui sourit. Elle croisa les jambes et se pencha en avant sur son siège. Ils étaient assis face à face, pas de table entre eux. Au début, Ruben avait été très mal à l'aise. Il se sentait exposé. Mais il avait fini par s'y habituer. Il ne pensait même plus à lorgner son décolleté quand elle se penchait en avant. Amanda était pourtant une très belle femme.

— On a déjà terminé ? demanda Ruben en consultant sa montre.

La séance n'avait duré qu'une demi-heure. Mais Amanda semblait vouloir clore la rencontre.

— Je ne pense pas que ce genre de travail se termine véritablement, dit-elle. Mais je ne vois pas de raison de poursuivre les séances si rien de nouveau ne se présente. Cela dit, ce serait plutôt à vous de le décider. Que ressentez-vous ?

Ruben regarda Amanda, la psychologue qu'il voyait un jeudi sur deux depuis plus d'un an. Son ressenti, encore ? Pénible, cette question. Mais elle ne le dérangeait plus autant qu'au début.

— Ce que je ressens, je le laisse à Freud, dit-il. S'il y a une chose que j'ai apprise, c'est que mes sentiments ne sont pas forcément ceux que je crois. Je n'*agis* plus seulement par mes sentiments, mais par mes pensées rationnelles. Par exemple, j'ai évité toute activité sexuelle ces derniers six mois. Alors que j'en ressens toujours autant l'envie.

Amanda leva un sourcil interrogateur.

— Je me suis tenu à carreau, insista-t-il. Comme convenu. Voilà ce que je veux dire. Je ne vais pas devenir ascète, non plus, hein. Après tout, je suis un homme dans la force de l'âge. Mais maintenant que j'ai compris quel besoin je cherchais à satisfaire avec ce comportement, ça ne me semble plus aussi important.

— Quel était ce besoin ?

Ruben poussa un soupir. Voilà qu'ils y étaient de nouveau. À remuer encore ces maudits sentiments.

— Savoir que je pouvais les avoir, les femmes, me donnait un sentiment de pouvoir. En même temps, ça comblait aussi un besoin plus profond de…

Il poussa un nouveau soupir.

— … d'intimité avec quelqu'un, dit-il, péniblement. Ça vous va comme ça ?

*D'intimité avec quelqu'un.* Si on lui avait dit qu'un jour il s'exprimerait comme ça à haute voix… Comme un pédé. Même ces réflexions-là, avait-il appris, étaient un genre de mécanisme de défense. Bon sang. Son collègue Gunnar et les autres gars de l'unité d'intervention seraient morts de rire s'ils savaient qu'il consultait une psychologue. Gunnar se plaisait à dire qu'il était fait de bois massif du Nord, et sa réponse à tous les problèmes se résumait à s'enfoncer au fin fond de la forêt avec un bidon d'eau-de-vie maison. Si les gars avaient idée de ce qu'il débitait face à Amanda, ils lui peindraient son casque en rose. Il jeta un coup d'œil à l'horloge murale. Huit heures et demie passées. Il aurait dû être à son bureau, à cette heure-ci. Il préférait que les autres ne se posent pas trop de questions sur son emploi du temps certains matins de la semaine. Le prétexte habituel, la prise de la veille qu'il fallait mettre dehors, commençait à être sacrément usé.

La prise de la veille, c'est ça oui. Il se rappelait à peine comme on s'y prenait. Il avait essayé de séduire Amanda lors de leur première séance, bien sûr, par automatisme. Le bide complet.

— Il me reste une chose à régler, dit-il. Il faut que je voie Ellinor.

— Ruben, souvenez-vous de nos échanges à ce sujet, l'avertit Amanda. Il faut tourner la page. Ellinor vous a hanté comme un fantôme pendant toutes ces années. Votre comportement était une réaction à cela. Il faut lâcher prise. Vous n'en aurez pas terminé avant de vous être débarrassé du fantôme.

— Je sais. C'est la raison pour laquelle je veux m'y confronter. Pour clore notre histoire. Croyez-moi. Je veux juste la voir, pour la saluer. Et pour scier ce piédestal sur laquelle je l'ai mise. L'ancien Ruben n'aura alors plus rien à ruminer.

— C'est… Vous parlez avec une lucidité inhabituelle, dit Amanda en le dévisageant. Vous êtes sûr de vous ?

— Au pire, j'en serai quitte pour une nouvelle série de séances, répondit-il en riant.

Mais en réalité, il était sûr de lui. Il était incontestablement une meilleure personne qu'avant. Gunnar pouvait remballer ses commentaires.

Ils se levèrent et il serra la main d'Amanda. Cette fois-ci encore, il résista à l'envie de lui proposer d'aller boire un verre. L'idée n'était pas si déplacée, tant qu'il la gardait pour lui. Quand même, il était toujours Ruben. Mais il avait mieux à faire. Il s'était déjà renseigné et avait trouvé l'adresse d'Ellinor. Juste pour la saluer. Voir comment elle allait. Lui dire qu'il était désolé. Ensuite, la page serait tournée.

Vincent prit une profonde inspiration avant de faire son entrée dans la cuisine pour préparer le petit-déjeuner. Sa femme Maria s'y affairait déjà depuis une heure. Il savait d'avance que les émanations qui l'accueilleraient seraient de nature invasive. Il ne s'était pas trompé. Différentes sortes de bougies odorantes, de mélanges d'herbes en sachets de tissu, des savons et des parfums d'ambiance formaient un rideau d'odeur qui l'enveloppa comme une couverture mouillée.

— Chérie, on aura tous ces trucs à la maison pendant combien de temps encore ? demanda-t-il en se penchant pour attraper un mug dans le placard.

Le mug portait l'inscription : *Ce n'est pas moi qui suis immature, c'est toi qui piges que tchi.* Il versa du café et s'installa à la table.

— Tu as oublié tout ce qu'avait dit le thérapeute ? répliqua Maria, accroupie par terre. Qu'il est important que tu me soutiennes dans mon esprit d'entreprise.

Elle ne se donna pas la peine de se retourner vers lui, courbée qu'elle était sur les anges en céramique qu'elle emballait délicatement dans un grand carton.

— Si, je me souviens très bien. Et tu sais que je te soutiens à cent pour cent. Cette boutique en ligne, c'est une idée, euh… intéressante. Mais ce ne serait pas mieux si tu stockais ta marchandise dans un… un lieu de stockage ?

Maria poussa un profond soupir. Toujours en lui tournant le dos.

— Comme Kevin l'a déjà souligné, dit-elle, vu que ton nouveau spectacle n'a pas encore rapporté le coût de sa production, il va bien falloir que j'endosse le rôle de cheffe de famille en assumant la responsabilité de nos dépenses.

Vincent la regarda avec surprise. C'était le raisonnement le plus sensé qu'il avait entendu sa femme prononcer depuis des années. Tous ces cours "je-crée-mon-auto-entreprise" n'avaient peut-être pas été si inutiles, au final. Même s'il devait bien admettre qu'il en avait assez d'entendre parler toutes les vingt minutes de ce coach, ce Kevin.

Vincent savait que Maria cherchait à se réaliser. C'était dans sa nature de trouver des personnes qui lui montraient l'exemple. Mais que son nouveau gourou serait un consultant en création d'entreprise, ça, il ne l'avait pas vu venir.

— La responsabilité de nos dépenses ? fit Rebecka en arrivant dans la cuisine en traînant les pieds. Tout ça va te coûter un max... Franchement, qui voudrait mettre toutes ces merdes chez lui ?

Rebecka semblait avoir adopté de façon permanente la mine boudeuse. Elle brandit une pancarte blanche avec dépit et lut à haute voix.

— *Live, love, laugh*. Sérieux. Moi ce serait *Cry, hate, die*, plutôt.

— Sois sympa, dit Vincent, bien qu'au fond de lui, il soit plutôt d'accord avec sa fille.

— Kevin dit que j'ai un instinct incroyable pour ce qui est commercialement viable, répondit Maria, agacée, en adressant un regard noir à sa belle-fille.

Rebecka l'ignora et ouvrit la porte du frigo.

— Arh, putain, Aston !

Son cri était dirigé vers la salle de séjour, d'où un hurlement lui vint en retour.

— QUOIII !

— T'as fini le lait avec tes céréales ? Et t'as remis le carton vide dans le frigo ?

— IL EST PAS VIDE, IL RESTE UN FOND !

La voix d'Aston résonna dans toute la maison. Rebecka regarda Vincent et retourna démonstrativement le carton tête en bas. Trois gouttes en tombèrent comme au ralenti vers le sol.

— Mais qu'est-ce que tu fais ? s'écria Maria en se relevant d'un bond. Tu vas vite m'essuyer ça.

En se redressant, elle fit tomber par terre l'ange qu'elle avait sur ses genoux. La figurine éclata en mille morceaux. Elle était de toute évidence d'une matière des plus friables.

— Oh non ! Regarde ce que tu as fait, Rebecka !

— Moi ?! siffla l'adolescente. J'y suis pour rien, moi ! T'es juste tellement maladroite, et en plus tu m'accuses ! Comme d'hab. Tout est toujours ma faute. Et toi, papa, tu me défends jamais, tu la laisses me traiter n'importe comment. Merde. J'ai ma dose, je vais chez Denis.

Vincent ouvrit la bouche pour répondre, mais trop tard. Rebecka se dirigeait déjà vers la porte d'entrée.

— Tu rentres au plus tard à huit heures ce soir ! cria Maria après elle. On est que jeudi !

— J'suis en vacances ! hurla Rebecka.

Elle saisit sa légère veste d'été et claqua la porte derrière elle.

— Eh ben, merci pour le coup de main, dit Maria en le fixant, les bras croisés. Dépêche-toi d'emmener Aston au centre aéré, vous êtes en retard.

Vincent referma la bouche. Mieux valait se taire. Il ne savait toujours pas comment gérer ces déferlements de ressentiment. Quoi qu'il dise, elle le prenait mal. Sa nouvelle stratégie était donc de se taire, autant que possible.

Il fouilla sa mémoire à la recherche des conseils du thérapeute, il devait bien y avoir quelque chose. Ce n'était pas évident, d'autant plus qu'il lui avait été difficile de recevoir des conseils d'un professionnel qui était certainement moins compétent que lui question psyché humaine. Mais Vincent s'était efforcé d'être humble.

Au départ, il avait été question qu'il suive une thérapie personnelle pour enfin démêler ce qui était arrivé à sa mère quand il était enfant. Un événement qu'il avait passé quarante ans de sa vie à refouler. Il avait refusé. Il avait peur de laisser quelqu'un entrer pour fouiller. Une ombre vivait en lui, une ombre qui surveillait cet endroit-là de très près, et personne ne lui inspirait suffisamment confiance pour qu'il le laisse approcher.

Vincent avait espéré que la thérapie de couple agirait comme une sorte de cure miraculeuse. Que Maria et lui allaient retrouver leur relation d'avant, qu'il lui fallait juste réapprendre à la comprendre, à comprendre comment elle fonctionnait. Comme au début. Et aussi qu'elle ne serait plus envahie de jalousie chaque fois qu'il était en déplacement, ce qui était fréquent. Et ils avaient réellement essayé. Maria, surtout, avait essayé.

Le thérapeute avait suggéré l'évidence, à savoir que la source de sa jalousie se trouvait dans son manque d'estime d'elle-même. Et peut-être aussi dans les circonstances du début de leur relation, puisqu'il avait quitté sa femme précédente, Ulrika, pour sa petite sœur Maria.

Mais Vincent savait que ce n'était pas aussi simple. Il y avait autre chose en Maria que ni elle ni le thérapeute n'étaient parvenus à toucher du doigt. Quelque chose qui la rendait agressive dès qu'il prêtait attention à une autre personne ou à autre chose que leur vie familiale. Il savait que ce n'était pas sa faute, au fond, c'était instinctif. Le même instinct faisait qu'elle le regardait, à cet instant précis, comme s'il était un alien. Et comme si souvent, il n'avait qu'une envie : comprendre ce qu'elle attendait de lui.

Tout avait été si facile au début. Quand l'état amoureux leur avait fait tout abandonner, tout oublier, tout ce qui ne concernait pas leur amour. Il se souvenait encore de ce sentiment. Il existait encore au fond de lui. Il se souvenait de la façon dont ils terminaient la phrase de l'autre, tout ce qu'ils pouvaient communiquer d'un simple regard. Mais au cours des années, c'était comme s'ils avaient oublié le langage de l'autre. Comme s'ils se comprenaient de moins en moins, alors que cela aurait dû être l'inverse. Il ne voulait pas qu'il en soit ainsi. Mais il ne savait pas comment faire pour la retrouver. Comment faire pour *les* retrouver.

Elle attendait de toute évidence qu'il dise quelque chose. Toutes ces séances de thérapie devaient bien receler la pépite d'or à lui sortir maintenant. Le thérapeute avait suggéré que Vincent fasse toujours preuve de considération envers Maria quand elle s'énervait, même s'il la trouvait injuste, pour la rassurer. La sensation de sécurité donnerait à Maria une meilleure base pour exprimer ses émotions de façon constructive, avant qu'elles ne se transforment en colère. Jusqu'à présent, ça n'avait pas vraiment été une réussite. Mais ça ne coûtait rien de recommencer.

— Mon amour, je prends note de ton agacement, dit-il en s'efforçant de rendre sa voix douce et apaisante. Mais ce n'est pas bon pour ton corps. Tu sens sûrement à quel point tes muscles et tes articulations sont contractés, et aussi comment ta circulation sanguine est entravée. L'équilibre naturel de ton système nerveux est perturbé, pareil côté cardiovasculaire et hormonal. De plus, ta tension artérielle augmente en même temps que ton pouls et ton taux de testostérone. Tout ça déclenche un excès de bile qui atterrit dans des régions de ton corps où elle ne devrait jamais se trouver.

Maria le regarda, sourcils levés. Le conseil du thérapeute avait l'air de marcher.

— En plus, quand tu es en colère, ton activité cérébrale se transforme, continua-t-il. Surtout dans les lobes temporal et frontal. Ce n'est pas bon pour toi de t'énerver à ce point. Peut-être pourrais-tu communiquer avec Rebecka de façon plus constructive ?

Il se tut et tenta un sourire prudent. Maria le fixait, immobile. Puis sa bouche se tordit comme si elle avait mordu dans un citron. Elle tourna les talons et s'en alla.

Julia était si heureuse d'être de retour que les larmes picotaient ses paupières. Jamais elle n'aurait cru qu'il lui tarderait à ce point de retrouver les murs de l'hôtel de police de Kungsholmen. Le bâtiment était loin d'être beau. Et ce jour-là, il aurait pu servir de sauna. Le système de ventilation avait rendu l'âme au moment précis où Stockholm, de mémoire d'homme, vivait son été le plus chaud. Julia passa la porte de la salle de conférences en s'éventant à l'aide d'une feuille de papier. Pour ses collègues, c'était un jeudi tout ce qu'il y avait de plus ordinaire. Pour elle, c'était la consécration.

Au moins jusqu'au moment où il faudrait leur expliquer la raison de leurs retrouvailles.

— Julia ! s'exclama un barbu en s'illuminant d'un grand sourire.

Elle écarquilla les yeux en réalisant que c'était Peder.

— C'est pas une barbe de hipster, c'est une barbe de jeune papa, dit-il joyeusement.

— C'est bel et bien une barbe de hipster, que tu le veuilles ou non, bougonna Ruben en faisant son entrée juste derrière elle. Et encore, on a de la chance qu'il fasse si chaud, sinon il se pavanerait encore avec le chapeau immonde qu'il a porté tout le printemps.

Tout était visiblement comme d'habitude. Et sauf erreur de sa part, même Mina et Christer avaient l'air contents de la revoir.

— Félicitations avec retard, marmonna Christer.

Le golden retriever répondant au nom de Bosse était allongé par terre à côté de lui, comme s'il n'avait pas bougé depuis six mois. Cette fois-ci, le chien avait trop chaud pour se lever et la saluer comme il se doit. Elle dut se contenter d'un bref jappement de joie.

— Oui, félicitations ! dit Mina en fixant la veste de Julia, un tic nerveux au coin de l'œil.

Julia suivit son regard et jura.

— Et merde ! Pas moyen de trouver un seul vêtement qui ne soit pas taché de vomi !

Elle arracha sa veste et s'apprêtait à la poser sur le dossier d'une chaise quand le tic de Mina s'intensifia et lui fit changer d'avis. Le portemanteau était plus approprié.

— Au début, c'est seulement de la bouillie qui remonte, dit Peder avec un sourire entendu. Ça part facilement au lavage. Tu verras, la banane ou le Stroganoff en pot, c'est une tout autre histoire. La seule solution, c'est d'imbiber d'abord les taches de Vanish, de préférence en poudre, tu sais, les bidons roses. Ensuite il faut laver à quatre-vingt-dix degrés, avec de la javel. Franchement, au début, il vaut mieux ne porter que des vêtements blancs…

— Je vais y réfléchir, dit Julia en levant la main pour parer à une éventuelle suite. Et bonjour à vous aussi.

Elle était déjà débordée par la montagne de choses à gérer quand on a un bébé de six mois, merci bien. Inutile de s'inquiéter d'avance pour tous les problèmes qui se présenteraient à la prochaine tranche d'âge.

— Bien. Je suis très contente d'être de retour, et c'est super de vous revoir tous. J'ai bien sûr suivi de près vos activités pendant mon absence, et je suis fière de vous. Mina, toutes mes félicitations pour ta gestion de l'équipe pendant cette période. Pour ma part, je me sens prête et motivée. Peut-être pas complètement reposée, mais on ne peut pas tout avoir.

Elle émit un rire un peu tendu. Une partie d'elle avait envie de raconter les disputes déchirantes que son retour à l'hôtel de police avait provoquées. Ces conflits qui avaient fait voler en éclats l'illusion d'une belle relation égalitaire. Son couple n'avait simplement jamais été mis à l'épreuve par l'arrivée d'un enfant. Les arguments que Torkel lui avait balancés étaient les mêmes que ceux qui la faisaient soupirer quand c'étaient ses amies qui les lui rapportaient. Qu'elle était biologiquement plus apte à s'occuper d'un nourrisson. Que Torkel ne pouvait en aucun cas manquer son travail, les conséquences seraient dramatiques. Son entreprise ferait faillite, le PIB de la Suède chuterait, l'euro s'effondrerait, la catastrophe prendrait une envergure mondiale, et la fin de la vie sur Terre suivrait rapidement.

Mais ce qui la révoltait le plus, c'était qu'ils avaient passé un accord. Elle devait prendre les six premiers mois, lui les six suivants. Ils avaient tous les deux obtenu leurs congés parentaux. Ce qu'elle n'avait pas vu venir, c'était que du côté de Torkel, ce n'était que du pipeau. Il n'avait jamais cru qu'elle tenait vraiment à ce partage équitable. Elle était hantée par son expression atterrée quand, la semaine précédente, elle lui avait rappelé qu'elle reprenait le travail ce jeudi.

Torkel avait cru qu'elle aurait compris par elle-même qu'elle ne souhaitait "rien de plus que de rester à la maison avec Harry", qu'elle n'avait "en réalité aucune *envie* de reprendre le travail". Fin de citation.

Pendant plusieurs jours, ils n'avaient plus échangé un mot.

Quand elle se préparait pour partir, seulement quelques heures plus tôt, elle ne reconnaissait plus l'homme qui faisait les cent pas devant elle. Un inconnu colérique, les cheveux en bataille et le regard paniqué, qui déblatérait sur l'instinct maternel et l'"héritage biologique", et qui répétait en boucle qu'il fallait qu'il parle à son chef. À la fin, elle n'avait eu d'autre solution que de tout bonnement abandonner Harry et s'en aller. Elle n'avait pas encore osé regarder son portable.

— Bon retour parmi nous, lui dit Ruben avec un sourire débordant de sous-entendus.

Julia essaya d'ignorer le fait que son regard était scotché à sa poitrine. Elle avait arrêté d'allaiter une semaine plus tôt, mais ses seins n'avaient pas l'air d'avoir capté le message. Les bonnets B faisaient partie de ces choses qu'elle avait hâte de retrouver. Elle et les bonnets E n'avaient jamais fait bon ménage.

— Attends, avant de passer aux choses sérieuses, il faut que je te montre, dit Peder joyeusement en sortant son téléphone.

— Non ! gémirent Mina, Christer et Ruben à l'unisson.

Sans leur prêter la moindre attention, Peder planta son téléphone dans les mains de Julia et démarra une vidéo.

— Les triplées, s'exclama-t-il. Elles chantent la chanson d'Anis Don Demina au Melodifestivalen pour la sélection à l'Eurovision. Elles sont trop chou !!!

Julia observa les trois bébés enthousiastes, en couches-culottes, qui se balançaient d'un côté à l'autre devant une grande télévision. C'était super mignon, il fallait bien l'admettre. Mais à cet instant précis, elle avait du mal à apprécier le spectacle à sa juste valeur. Ce n'était pas le moment idéal pour l'exposer à des enfants en bas âge, en particulier ceux des autres.

— Attends, je vais mettre le son, dit Peder. Elles chantent aussi.

Ses collègues poussèrent des gémissements encore plus bruyants.

— Merci, je crois que j'ai compris, répondit Julia en lui rendant son téléphone. Elles sont vraiment adorables. Cela dit, il faut qu'on se mette au boulot. Il s'agit d'un enlèvement d'enfant. Ossian Walthersson, cinq ans. L'alerte date d'hier après-midi, mais il y a eu un malentendu, l'information n'a pas été traitée en priorité.

— Mais bon Dieu, dit Peder, ça ne devrait pas être possible, ça !

— Non, mais c'est ce qui s'est passé. La direction nous a confié l'enquête, en nous signifiant que c'est désormais notre priorité absolue.

Mina hocha la tête et but une grande gorgée de sa bouteille d'eau. Elle la reposa ensuite sur la table, tout au bord, apparemment le plus loin possible de la barbe de Peder. Même Bosse remarqua le geste et s'approcha d'elle, les yeux pleins d'espoir et la langue pendante.

— Christer ! dit Mina. S'il doit absolument être avec nous dans cette pièce, il faut lui donner à boire. S'il s'approche plus que ça de ma bouteille, tu m'en devras une neuve.

— Calmos, soupira Christer. En vérité, une langue de chien, c'est extrêmement propre. Mais je peux aussi bien lui apporter une gamelle d'eau, vu le temps qu'on va passer dans cette pièce. Ce n'est pas drôle pour lui non plus, imagine-toi.

Il fit signe au chien de revenir vers lui. Ce dernier adressa un regard désapprobateur à Mina avant de se recoucher aux pieds de son maître. Julia envisagea d'expliquer à Christer qu'il avait tout faux, que la langue d'un chien n'est pas propre du tout, que sa flore bactérienne est très différente de celle de l'humain, et certaines de ses bactéries sont carrément dangereuses. Mais elle s'abstint devant le regard tendre du maître à son chien.

— J'avais oublié l'impression de gérer une garderie, dit-elle. Concentrons-nous et mettons-nous au boulot au plus vite. Notre unité bénéficiera de l'assistance d'une personne qui a déjà traité une affaire équivalente. Il vient des négociateurs… du groupe de négociation… ah, si seulement ils pouvaient se décider à donner un nom à cette entité. Vous voyez ce que je veux dire.

Elle fit une pause. Tous la regardaient avec surprise.

— C'est vrai, tiens, pourquoi ce département n'a toujours pas de dénomination claire ? demanda Peder.

— Ça relève de la pure psychologie, répondit Julia. Sans nom, c'est comme s'il n'existait pas. Du coup les criminels ont plus de mal à les repérer.

— Waouh, dit Peder en levant les sourcils.

— Donc, la personne en question n'est plus des leurs puisqu'elle sera désormais des nôtres et sa contribution ne sera pas de trop. Il a déjà pas mal cogité sur le cas Ossian et devrait arriver d'une minute à l'autre.

— On a vraiment besoin d'être plus nombreux ? demanda Mina, le front plissé.

— Tu veux dire que nous autres, on te suffit ? gloussa Christer en frappant du coude en direction de Mina.

Il connaissait assez bien sa collègue pour éviter tout contact physique direct. Julia avait prévu la réaction de Mina. Mina Dabiri n'aimait pas les changements. En particulier quand ils étaient synonymes de nouvelles relations humaines. Et pourtant, cela ne pouvait que lui faire du bien. Depuis la fin de l'enquête avec Vincent, presque deux ans auparavant, Julia ne l'avait pas vue échanger le moindre mot avec qui que ce soit d'autre que ses collègues les plus proches. Et elle doutait que Mina ait profité du congé maternité de sa patronne pour changer de personnalité. Cela ne lui ferait pas de mal de voir son cercle professionnel s'agrandir.

— Sans doute une idée des chefs pour des raisons politiques, dit Christer.

Il gratta Bosse dans la nuque, qui le gratifia d'un regard débordant d'amour.

— La diversité est tellement à la mode en ce moment. Mais on a déjà deux nanas. Du coup, c'est soit un pédé soit un produit d'importation.

— Christer ! dit Peder en décochant un regard sévère à son collègue plus âgé. C'est exactement pour ce genre de conneries que t'as été muté ici. Tous ces stages que la direction t'a forcé à faire, ça t'a toujours pas sorti de la préhistoire ?

Christer soupira et continua à gratter Bosse derrière l'oreille.

— C'est bon, je rigole, maugréa-t-il, embarrassé. Qu'est-ce que les gens sont facilement offensés, de nos jours ! Il n'y a aucun jugement de valeur dans ce que je dis, ce que tu aurais saisi si tu avais suivi les mêmes stages que moi.

— Certains choix de vocabulaire ont une connotation difficile à ignorer…

Un bruit discret interrompit Peder. Tous se tournèrent vers la porte.

— Quel timing, dit Julia, montrant de sa main l'homme qui fit son entrée. Je vous présente le nouveau membre de notre unité, Adam Balondemu Blom.

— Excellente prononciation, répondit homme en souriant. Mais Adam Blom suffira.

*Cette vieille femme méchante est trop bête. Elle a dit qu'elle avait des chiots, mais c'est pas vrai. Mais elle a une vraie voiture de sport, on dirait un jouet, mais c'est une vraie grande voiture.*

*Quand elle est venue à l'école hier, elle a demandé si je voulais essayer sa voiture de sport, et je voulais bien. Mais ensuite on est partis. Elle a dit que nous allions revenir, on allait juste faire un tour pour qu'elle me montre la vitesse à laquelle sa voiture pouvait aller. Mais on est pas revenus.*

*Alors j'ai eu peur. Très très peur.*

*Dans mon ventre c'était comme quand l'eau sort de la baignoire en tourbillonnant. Ça descend et ça part à l'intérieur.*

*Je lui ai dit, mais elle a pas répondu.*

*On a roulé pendant très longtemps. Maintenant on est chez elle. Moi, je veux rentrer à la maison. Je veux pas rester ici. La femme dit "bientôt". Tout le temps "bientôt". Et elle dit que je dois arrêter de pleurer.*

*Il y a d'autres gens aussi. Des adultes. Je les connais pas. J'ai peur d'eux. Ils viennent me voir, puis ils s'en vont. Ils disent que je peux jouer à Roblox sur l'iPad si je veux, mais je veux pas. J'aime pas ici, et y a pas la même odeur qu'à la maison.*

*Toute la nuit, je regarde le plafond. Tout est noir. Il n'y a aucune lumière.*

*J'appelle papa. Puis maman. Personne ne vient.*

*— Ossian, tu vas seulement rester ici un petit moment, dit la dame le matin. Un jour ou deux. Ensuite tu pourras rentrer chez toi.*

*Ils me donnent à manger, mais c'est pas bon, et de toute façon je veux pas manger. Je demande pourquoi je dois rester ici. Mais elle répond pas. Personne me répond. Ils disent seulement que je dois arrêter de pleurer et que tout ira bien.*

*Leurs voix sont gentilles. Mais pas leurs yeux.*

Mina observait la nouvelle recrue avec curiosité, le plus discrètement possible. Tout le monde n'avait pas cette délicatesse, Ruben, par exemple, le dévisageait sans scrupule, et non sans une certaine animosité. Mina n'était pas surprise. Adam Blom avait un physique remarquable, des biceps conséquents et des plaquettes de chocolat visibles à travers son tee-shirt moulant. Elle nota avec amusement que Ruben s'était inconsciemment redressé et rentrait le ventre.

Pour sa part, Mina n'était pas particulièrement attirée par les montagnes de muscles. Elle avait une préférence pour les corps d'hommes fins et élégants, la prestance, les physiques subtilement athlétiques plutôt qu'ostensiblement bodybuildés. De préférence mis en valeur par un beau costume et… Mina se ressaisit, agacée. Ses pensées avaient une fâcheuse tendance à prendre des directions déconcertantes. Elle s'obligea à se concentrer sur ce que Julia disait devant son tableau blanc. Julia avait la mine grave de quelqu'un qui s'apprête à dire quelque chose d'important.

— Comme déjà mentionné, nous sommes en charge de l'enquête sur la disparition d'Ossian Walthersson.

— Cinq ans, dit Peder d'une voix tourmentée.

Mina le comprenait. Un enfant disparu, c'est le pire cauchemar de tous les parents, et même un policier expérimenté ne pouvait y rester indifférent. Peder était lui-même jeune père. Mina n'avait aucun mal à se mettre à la place des parents, même si sa vie de mère de famille appartenait à un passé lointain.

— Oui, exactement. Ossian a disparu de son école maternelle à Södermalm hier après-midi, il s'agit sans doute d'un enlèvement. Il va falloir interroger au plus vite toutes les personnes impliquées. Il existe certaines similarités entre la disparition d'Ossian et un cas précédent. La direction nous demande de regarder ça de plus près.

Julia se tourna vers le nouveau membre de l'unité.

— Adam, peux-tu nous faire un récap de cette autre affaire ?

Il s'éclaircit la gorge. Julia se rassit en encourageant du regard Adam à prendre sa place. Il se leva et se positionna avec autorité devant le tableau. Mina lui enviait la facilité avec laquelle il affrontait cette équipe de policiers inconnus et probablement assez sceptiques. Elle-même se sentait toujours mal à l'aise dans ce type de situations, même quand il n'y avait aucune raison.

— D'abord, quelques précisions sur moi-même et d'où je viens.

Christer glissa un regard lourd de sens à Peder. Si Christer osait demander au nouveau s'il était originaire du Kenya ou de Gambie, Mina le mettrait à la porte elle-même, avec son chien.

— Je viens du groupe des négociateurs, se lança Adam. On a rapidement fait appel à nous dans l'affaire de la petite Lilly Meyer il y a un an. Nous avions toutes les raisons de penser que sa disparition était liée au conflit extrêmement malsain opposant les deux parents concernant la garde de l'enfant. L'hypothèse étant qu'un membre de la famille avait enlevé la petite, j'ai été convoqué au cas où des négociations délicates auraient été nécessaires.

— C'est la fillette qui a été retrouvée morte peu après, c'est ça ? dit Peder, la voix étouffée.

Mina se souvenait très bien de cette affaire tragique, environ un an plus tôt. Elle avait fait l'effet d'une bombe. L'enfant avait été retrouvée recouverte d'une bâche sur une jetée à Hammarby Sjöstad, à seulement quelques mètres d'un marchand de glaces très fréquenté. Les médias avaient été impitoyables avec les enquêteurs responsables de l'affaire, parce qu'aucun suspect n'avait pu être désigné alors que l'enfant avait été immédiatement identifiée. Les parents avaient vidé leur sac auprès de la presse. L'affaire était encore à ce jour embarrassante pour la police de Stockholm. Et toujours pas résolue.

Bosse avait l'air de ressentir l'état d'esprit de Peder. Le chien rampa sous la table jusqu'à lui et planta son museau sur ses genoux. Mina observa avec un vif dégoût la tache humide qui s'étendait sur le pantalon de Peder.

— C'est exact. Lilly a disparu et a été retrouvée assassinée au début de l'été sur la terrasse de Lugnet, c'est-à-dire le ponton de pique-nique de Hammarby Sjöstad, face au port de Norra Hammarby.

— Mais… on n'avait pas conclu que l'affaire était effectivement due au conflit de garde ? demanda Ruben sur un ton légèrement hostile. Comme tu viens de le dire ? Dans ce cas, quel rapport avec notre enquête à nous ? Et pourquoi est-ce qu'on aurait besoin d'un négociateur ?

Mina constata qu'il était toujours en train de rentrer son ventre. Ça devait être passablement inconfortable.

— Oui et non. Aucun coupable n'a encore été identifié, et le seul signalement dont nous disposons porte sur un couple d'un certain âge qui se trouvait dans les environs. Un signalement fourni par un enseignant stressé, incapable de décrire le couple avec précision. Et, oui, les soupçons contre un membre de la famille subsistent et n'ont en aucun cas été écartés. Mais… je ne crois pas à l'hypothèse familiale. Surtout plus maintenant que nous avons une affaire quasi identique avec l'enlèvement d'Ossian.

— En quoi est-ce que les deux affaires se ressemblent, selon toi ? demanda Mina en fronçant les sourcils.

— Enlevé de son école maternelle par un inconnu que personne n'a vu, dit Adam. Ça arrive beaucoup moins souvent que ce que les séries policières soi-disant réalistes veulent nous faire croire. Dans la réalité, un enlèvement est presque toujours perpétré par un membre de la famille. Parfois dans le but de ramener l'enfant dans un pays d'origine. Parfois c'est l'un des parents qui tente de récupérer l'enfant suite à un jugement de garde. Par contre, des kidnappeurs que personne ne semble avoir repérés, que ce soient les employés des maternelles ou la police ? Ça n'arrive pratiquement jamais. Et là, ça s'est produit deux fois. Et la direction est d'avis que mon expérience de l'affaire Lilly peut vous être utile. Nous n'avons pas beaucoup de temps. Je peux partager rapidement et efficacement avec vous tout ce que j'ai, tant ce que vous pouvez lire dans les rapports que ce qui ne se trouve qu'entre les lignes.

— Je suis d'accord avec la direction quant à l'aide qu'Adam pourrait nous fournir, dit Julia en regardant Ruben droit dans les yeux. On peut continuer ? Ruben ?

Ruben murmura quelque chose d'inaudible, puis hocha la tête.

— Lilly avait été retrouvée au bout de trois jours, c'est ça ? demanda Christer en s'essuyant le front de sa manche de chemise.

La chaleur dans la pièce était accablante. Mina faisait de gros efforts pour réprimer son inconfort.

— Ossian a disparu hier… Si les deux cas sont bien liés, alors ça urge sérieusement, nota Christer.

— Mais attendez, dit Peder. Vous croyez que c'est la même personne qui a encore frappé ?

— Nous n'avons pas encore de théorie précise, dit Julia en s'éclaircissant la voix. Mais le mode opératoire le donne à penser. Par conséquent, on va partir du principe que nous disposons de très peu de temps. On m'a en effet demandé de tenir une conférence de presse dès ce soir. D'ici là, je veux qu'Adam et Ruben interrogent le personnel de la maternelle. Mina et Peder se chargent des parents d'Ossian.

— Christer pourrait pas aller à la maternelle avec Adam ? fit Ruben en consultant sa montre. J'ai un truc à faire.

— Christer doit vérifier le registre des délinquants sexuels connus, dit Julia. Et je veux aussi la liste de tous ceux qui ont été libérés au cours de l'année. Pour ne rien laisser au hasard. Et Ruben, sauf erreur de ma part, tu es toujours policier. Là, maintenant, tu n'as rien d'autre à faire.

— Il va falloir repousser ton date Tinder, dit Mina.

— Les registres, donc, soupira Christer. Comme d'hab.

— J'utilise pas Tinder, merde, bougonna Ruben. J'en ai pas besoin. Contrairement à toi, Mina. Toi, tu pourrais devenir nonne que ça ferait pas de différence.

Mina saisit son téléphone, ouvrit démonstrativement l'app store, téléchargea Tinder et plaqua l'écran devant le visage de Ruben.

— Alors, content ? demanda-t-elle. Tu vas pouvoir te mettre au boulot, maintenant qu'on est tous rassurés sur l'avenir de ma vie sentimentale ?

Elle supprimerait l'application dès la fin de la réunion, bien entendu.

— On se calme, dit Julia sévèrement. Et on se met au boulot. C'est du sérieux.

Adam, à ses côtés, avait l'air de ne pas savoir où se mettre.

— Comme tu peux le constater, dit Julia en se tournant vers lui, nous ne sommes peut-être pas… l'unité la plus disciplinée qu'on puisse imaginer. Mais nous sommes des bons. La plupart du temps.

— Tant mieux, dit Adam, l'air grave. Comme tu dis, un jour est déjà passé. Le temps presse.

N'ayant pas le courage de travailler dans son bureau suffocant, Christer s'installa dans l'open space avec son ordinateur. Il saisit son téléphone et contempla un instant les soixante-quatre carrés noirs et blancs qui s'affichaient sur l'écran. La partie était terminée depuis longtemps, il avait juste du mal à s'y faire.

Il s'était toujours considéré comme un bon joueur d'échecs. Non pas qu'il ait pratiqué tant que ça. Mais il s'imaginait qu'il *devait* être doué. Ça allait en quelque sorte de pair avec ses autres attributs. Le whisky. La solitude. Le jazz. Bon, depuis que Bosse avait fait son entrée dans sa vie, il n'était plus si seul que ça, mais même le chien faisait partie du tableau.

Son opinion sur ses propres performances en tant que joueur d'échecs avait pris un sacré coup le jour où il avait trouvé une application de jeu gratuite. Depuis, il jouait presque quotidiennement sur son téléphone ou son ordinateur. Il avait commencé presque six mois auparavant et n'avait pas encore dépassé le niveau débutant. Et n'avait pas encore gagné la moindre partie. Il soupira, comptabilisa la défaite dans l'application et reposa le téléphone. Inutile de reporter encore ce qu'il avait à faire.

Mina vint s'installer à ses côtés et ouvrit son ordinateur portable.

— Je vais te donner un coup de main, annonça-t-elle. On se lance ? On n'a pas de temps à perdre.

— OK allons-y, souffla-t-il. Le registre des délinquants sexuels. Super ambiance.

Il regarda, apathique, dans sa tasse de café. Froid. Depuis trop longtemps. Il soupira bruyamment et Bosse inclina la tête, compatissant.

— Couché, mon bonhomme. Papou va travailler un peu. Tu as de l'eau. Et ton panier.

Il gratta le chien derrière les oreilles. Satisfait de cette attention, Bosse se coucha dans son panier, après avoir fait les trois tours sur lui-même de rigueur.

— Bon, bon, dit Christer en lançant le programme. Voyons ce qu'on va trouver comme fumiers.

Ce type de travail ne l'enthousiasmait pas. Des heures et des heures, page après page, à chercher une aiguille dans une botte de foin. Une tâche pénible, ingrate. Qui tombait systématiquement sur lui. Bon d'accord, cette fois-ci, Mina lui donnait un coup de main, et c'était chouette de sa part. Mais le plus souvent, il s'y collait tout seul.

On ne l'invitait plus à chasser les criminels en ville. Non pas que ça lui manque. Mais ça aurait été sympa qu'on le lui propose encore de temps en temps. Juste par courtoisie entre collègues. En reconnaissance de son expérience et ses nombreuses années de patrouille. Certes, il était heureux d'y échapper, mais quand même.

— Je peux vérifier si on avait lancé un avis de recherche dans l'affaire Lilly, dit Mina. Au cas où il s'agirait d'un récidiviste. Et toi, tu vérifies qui est en liberté actuellement ?

— Ça marche, dit-il en faisant défiler le registre.

Colonne après colonne. Pauvre type après pauvre type. Si les gens avaient la moindre idée du nombre d'individus ignobles qui circulent en toute liberté, ils ne mettraient jamais les pieds dehors. L'extrême droite avait réussi à faire gober à certains que le véritable danger s'appelait Ahmed ou Mohammed. Mais ce que Christer avait sous les yeux, c'était une file ininterrompue de "Sven Westin", "Karl-Erik Johansson", "Peter Lundberg"… Blancs comme neige qu'ils étaient. Et ils adoraient les petits enfants. Ils avaient tous le même genre d'apparence, et après coup les voisins disaient toujours : "Il était tellement sympathique. On n'aurait jamais cru…" Ou : "Il doit y avoir un malentendu, il a toujours été très gentil avec mes enfants."

Bosse renifla en dormant et remua les pattes comme s'il courait. Christer se demanda ce qu'il pouvait bien chasser. Pas des pédophiles, en tout cas. Il aurait pourtant pu se rendre utile. Quel monde ! Il espérait que Julia se trompait, que les hommes et les femmes qui défilaient sur son écran n'avaient rien à voir avec la disparition d'Ossian. Personne n'avait pas besoin de ça en plus de tout le reste.

Christer regarda autour de lui. L'open space était plus vide que d'habitude. Les vacances. Ses collègues descendaient des bières à Sandhamn ou sur un voilier quelque part, ils mitraillaient des *raukar* sur l'île de Gotland, ou retapaient leur maison d'été.

Mina se leva.

— Il me faut du café, dit-elle. Malgré la chaleur qui règne ici. T'en veux un ? Je peux t'aider encore un petit moment, ensuite Peder et moi irons parler avec les parents d'Ossian.

Il hocha la tête, sombre. Le temps jouait en faveur des kidnappeurs d'Ossian. Il l'entendait presque s'égrener. Il avait de longues heures de recherche devant lui. Dans les strates les plus sordides des registres de la police. Oui, il lui fallait de la caféine, définitivement.

— Est-ce qu'on est vraiment les mieux placés pour ce travail ? dit Peder en déglutissant.

Mina comprit que par "nous", il voulait dire "moi", comme dans "moi qui ai des enfants".

— Si tu penses que tu ne vas pas y arriver, je peux m'en charger seule, dit-elle avec douceur. C'est OK pour moi.

Peder secoua la tête.

— Non, ça fait partie du boulot. Je le sais bien. Faisons ce que nous avons à faire.

Ils se dirigeaient vers l'un des véhicules de service du garage, et elle le laissa prendre la place du conducteur. Conduire détournerait son attention de ce qu'ils avaient à accomplir. De plus, elle le lança dans une conversation sur ses enfants, une manœuvre de diversion infaillible. Elle regarda ensuite par la fenêtre en laissant libre cours à ses pensées tandis que Peder déblatérait sans interruption à côté d'elle.

— … et puis ce matin, Meja, tout d'un coup, elle dit *bouillie de flocons d'avoine*, babillait-il, apparemment en plein milieu d'un long récit. Tu te rends compte à quel point elle est intelligente, elle n'a que trois ans, et à trois ans la plupart des gamins se contentent de dire des trucs incompréhensibles comme *billie*, mais elle, elle dit *bouillie de flocons d'avoine*. Ce n'est pas la première fois que je me dis qu'on va sans doute devoir la mettre dans une école spécialisée. Il paraît que c'est un vrai défi d'avoir un enfant surdoué, voire plus qu'un enfant qui vous pose d'autres difficultés, mais on y fera face quand il le faudra, on est bien d'accord là-dessus, Anette et moi. Et il y a Majken qui va sans doute faire des choses incroyables dans le domaine du sport, si tu la voyais dans les structures d'escalade à la maternelle, tu comprendrais ce que je veux dire, elle a un sens de l'équilibre et une force hors du commun, avec elle c'est de l'athlétisme de haut niveau qu'il va falloir gérer, on s'y prépare déjà mentalement, il faudra sûrement se rendre disponibles pour la conduire à ses entraînements et tout et tout. Et enfin il y a Molly. Elle a un don avec les animaux, c'est incroyable, l'autre jour elle a ramené un oiseau dont l'aile était blessée, et il a fallu l'installer dans une boîte à chaussures rembourrée de coton, et elle l'a veillé comme une vraie petite maman oiseau. Malheureusement, il est mort, mais sa sensibilité quand elle s'occupe des animaux... c'est comme si elle parlait avec eux, vraiment je veux dire, alors là nous avons affaire à une future vétérinaire, j'en suis persuadé, elle travaillera peut-être dans le parc animalier de Kolmården, ou dans un zoo, et je crois que...

Mina reprit sa contemplation du paysage, en laissant le bavardage enthousiaste de Peder entrer par une oreille et sortir par l'autre. Ils passèrent par Stureplan, remplie à ras bord de gens bien sapés, équipés de lunettes de soleil qui devaient valoir un bras, et au bronzage parfait. La terrasse du restaurant Sturehof était bondée, les verres de vin rosé scintillaient au soleil. Elle leur enviait leur moment tranquille à profiter du soleil, sans la moindre contrainte. Elle-même se trouvait coincée dans cette voiture de police, le cœur serré, en route pour parler à un couple de parents désespérés se demandant où leur enfant avait bien pu passer. Et le temps était en train de leur filer entre les doigts. Comme ça avait été le cas pour Lilly.

Tom, de l'école maternelle, avait l'air plus malheureux que Ruben ne l'aurait cru possible pour un homme adulte. En plus de lui, il y avait sa collègue Jenya et la directrice Mathilda dans la petite salle du personnel de la maternelle de Backen. Avec Ruben et Adam, la pièce était pleine à craquer. Toutes les fenêtres étaient grandes ouvertes. Sans alléger l'atmosphère pour autant, nota Ruben. La sueur sur le front de Tom n'allait pas tarder à couler sur son nez et ses joues.

Ruben essaya de se concentrer. Déjà pendant la réunion du matin, ses pensées déviaient vers Ellinor. Il se demandait ce qu'il allait lui dire en arrivant chez elle. Il croyait que c'était juste une courte réunion pour le retour au travail de Julia, et qu'il serait rapidement dans sa voiture, en route pour chez Ellinor. Au lieu de ça, ils s'étaient retrouvés avec l'affaire Ossian sur les bras. Il fallait qu'il se concentre là-dessus maintenant. Qu'il fasse abstraction du fait qu'il allait bientôt revoir quelqu'un qui le hantait depuis plus de dix ans. Il aurait tout le temps de penser à Ellinor plus tard, quand cette affaire serait résolue. Il fallait trouver Ossian sans tarder. Ossian avait besoin que lui, Ruben, fasse son boulot.

Il repoussa Ellinor de ses pensées et observa les autres personnes qui s'entassaient dans cette petite salle du personnel.

Mais avant qu'il n'ait le temps d'ouvrir la bouche, Adam l'avait devancé.

— Alors, les événements d'hier, dit son nouveau collègue. Comment se fait-il que personne n'ait remarqué l'absence d'Ossian ?

Bon sang. Question entrée en matière, il n'y allait pas de main morte. Adam n'était-il pas censé être expert en négociations ? Même Ruben était au courant qu'on ne démarre pas un entretien avec une attitude accusatrice. Ces pauvres gens avaient déjà l'air de croire qu'ils étaient bons pour la taule. Adam et lui n'obtiendraient rien d'utile s'ils se sentaient sous pression. Tom avait le regard fixé sur un mur rempli de dessins que les enfants avaient faits de leurs enseignants, avec plus ou moins de succès.

— Nous avons simplement besoin de savoir où chacun se trouvait au moment de la disparition d'Ossian, dit Ruben avec autant de gentillesse que possible.

Tom eut l'air de vouloir disparaître sous terre. Il tira un mouchoir d'une boîte sur la table et s'essuya les yeux.

— Les enfants sont nombreux quand nous sommes dans le parc de Skinnarvik, dit-il. On ne les voit pas tous tout le temps. Et les plus grands n'ont pas besoin d'autant de surveillance que les plus petits. Mais ils savent tous qu'ils n'ont pas le droit de quitter le parc sans nous prévenir, et on les compte régulièrement. Ne pas voir Ossian pendant quelques minutes n'a rien d'anormal.

Tom s'interrompit et regarda à nouveau les dessins. L'un d'eux représentait une figure masculine étonnamment détaillée à l'intérieur d'un grand cœur. Un T de couleur verte était dessiné sur sa chemise. Dans un angle, les mots *opp opp* accompagnés de la signature de l'artiste en lettres désordonnées mais appliquées. Ossian. Ruben eut soudain une boule dans la gorge et dut s'éclaircir la voix.

— Leur monde…, dit Tom, la voix pâteuse, *notre* monde est un lieu sûr, normalement.

— Nous n'en doutons pas, dit Adam. Pourtant, le fait est que vous avez foiré, tant au niveau de la sécurité que de la surveillance.

Bordel de… Ruben commençait à comprendre pourquoi Adam avait dû quitter son groupe de négociateurs. Les larmes coulaient maintenant à flots sur les joues de Tom.

— Ce qui est tout à fait humain, poursuivit Adam. Il n'y a aucun jugement dans ce constat. Mais comprenez que c'est l'attitude à laquelle vous serez confronté. Surtout de la part des autres parents. Plus on en sait sur ce qui s'est vraiment passé, plus on sera en mesure de vous aider à transformer cette attitude en empathie.

Adam se détourna de Tom et regarda Mathilda, la directrice, droit dans les yeux.

— Et je pense que vous allez en avoir besoin, compte tenu du taux d'absence à la maternelle aujourd'hui, dit-il.

D'accord. C'était donc là qu'Adam voulait en venir. Mais ceci n'était pas un interrogatoire ou une séance de négociations. C'était une conversation, et Adam n'avait visiblement pas beaucoup d'expérience dans ce domaine. Ruben ne pouvait pas s'empêcher de ressentir une certaine satisfaction. Adam pouvait bien se pavaner avec ses plaquettes de chocolat et son mètre quatre-vingt-dix. En fin de compte, c'était quand même à lui, Ruben, de gérer cette situation.

— Ce que nous souhaitons savoir, se lança-t-il, c'est si vous avez vu, ou si vous savez quelque chose qui pourrait nous aider dans nos recherches. Par exemple, avez-vous la moindre idée concernant l'identité de la femme qui a emmené Ossian ?

Jenya secoua la tête. Elle n'avait pas l'air de souffrir autant de la chaleur que Tom, malgré son hijab. Ruben résista à l'envie de lui demander si elle ne crevait pas de chaud avec ce tissu sur la tête. On lui avait sans doute déjà posé la question tant de fois qu'elle en avait perdu le compte depuis longtemps.

— Nous avons parlé avec tous les enfants, dit-elle. Ils sont étonnamment bien au fait des parents et des grands frères et sœurs des uns et des autres. Mais personne n'avait vu cette femme auparavant.

Adam se leva et se tourna vers la fenêtre qui donnait sur la colline où Ossian avait disparu. Il avait l'air de réfléchir à quelque chose. Puis il revint et se rassit.

— On se retrouve donc au point de départ, dit-il. Comment se fait-il que personne d'entre vous ne l'ait vu ? Alors que les enfants l'ont bien vu. Étrange, non ?

— Insinuez-vous que mon personnel serait impliqué dans cette affaire ? dit Mathilda en ouvrant grand les yeux. Qu'ils font exprès de ne rien vous dire ? Je peux vous assurer que Tom et Jenya font partie des meilleurs instituteurs avec qui j'aie jamais travaillé. Ils ont mon soutien inconditionnel. Et je ne suis pas sûre que ce soit une bonne idée de poursuivre cette conversation en l'absence d'un avocat, puisque vous avez l'air de nous accuser.

Ruben fit un geste pour calmer le jeu. Quel merdier. Un avocat. Manquerait plus que ça. Adam aurait pu prévenir avant de commencer à creuser leurs propres tombes, Ruben aurait emporté sa pelle. Au fond, voir Adam pédaler dans la semoule ne lui était pas si désagréable. Sauf que là, ça risquait de déteindre sur lui.

— Je crois que cette femme ne voulait surtout pas être vue, dit-il doucement. Elle attendait le bon moment. Rien n'a été laissé au hasard. Personne ne vous accuse de quoi que ce soit.

Ces mots eurent l'air de rassurer Mathilda.

— Une dernière question, dit Adam. Il y a un détail qui m'intrigue. Le fait qu'Ossian la suive de son plein gré. Il a l'habitude de se fier aux inconnus ?

— Non, mais il adore les voitures de course, fit Tom d'une voix sourde. Lamborghini, Koenigsegg, Porsche. Il connaît toutes les marques et tous les modèles. Qu'elles soient vraies ou en plastique n'a aucune importance. Tant que ça a l'air de pouvoir aller très vite. Et il préfère les rouges.

— Et cette femme avait des voitures de sport, si j'ai bien compris, dit Adam en hochant la tête.

— C'est en tout cas ce qu'elle a dit à Felicia. Des voitures et des chiots. Felicia n'a aucune raison de raconter des histoires. Par contre, on ne sait pas si la femme avait réellement des chiots. Felicia n'en a pas vu.

— Et donc, personne n'a jamais vu la femme en question, dit Ruben en consultant ses notes. Ce qui ne veut pas dire qu'elle ne connaissait pas Ossian. A-t-il eu un comportement différent ces derniers temps ? Ou bien, ses parents ?

Tom secoua la tête.

— Tout était comme d'habitude. Une semaine d'été tout ce qu'il y a de plus ordinaire. Jusqu'à… jusqu'à hier, donc.

— D'accord, dit Adam en se levant. Merci pour votre aide. Ce sera tout pour le moment.

Mathilda se leva pour les raccompagner. Ruben était un peu impressionné par cette femme. Habituellement, les gens étaient trop intimidés pour prendre des initiatives quand la police venait les voir. Mais ce n'était pas le cas de Mathilda. Quand il l'avait fallu, elle avait su protéger son groupe comme une lionne. Et elle avait de l'allure. La question, c'était de savoir si elle était aussi dominatrice au lit. Autrefois il aurait tout fait pour en avoir le cœur net. Mais aujourd'hui il se contentait de fantasmer. La faute à cette foutue psy.

— Nous allons, nous aussi, entamer une enquête interne minutieuse, dit Mathilda en lui tendant la main. Vous êtes maintenant informé de tout ce que nous savons pour le moment. Je vous serai reconnaissante de nous tenir au courant s'il y a du nouveau. Nous avons conscience de notre responsabilité dans cette affaire, croyez-moi.

Ruben et Adam serrèrent les mains à tous les trois. La main de Tom était molle, et il avait l'air mort à l'intérieur. Il lui faudrait sans doute un petit moment avant d'être à nouveau d'attaque.

— Bien joué, lui glissa Adam à voix basse tandis qu'ils s'éloignaient. Le bon vieux *good cop, bad cop*, toujours efficace quand on est pressé. Et le plus important en ce moment, c'est de faire vite.

Ruben le fixa, ébahi. Tous ces négociateurs avaient toujours l'air de se croire dans un film. D'après Ruben, un groupe d'experts en négociation avait pour but de construire un environnement rassurant afin que le malfaiteur se sente en confiance et vide son sac. Adam avait fait tout le contraire. En même temps, Ruben ne pouvait pas le contredire puisqu'ils avaient effectivement obtenu tout ce qu'il y avait à savoir.

— Mais la prochaine fois, ajouta Adam, je veux être le *good cop*.

C'est ça, oui. Ne surtout pas oublier la pelle, se dit Ruben.

Vincent regarda dehors par la fenêtre du bureau de ShowLife Productions sur Strandvägen. Le soleil de l'après-midi était haut dans le ciel et faisait joliment scintiller l'eau en dessous. Mais il ne prêtait pas attention au jeu des rayons du soleil sur la surface de l'eau. Il était entièrement absorbé par l'image de lui-même propulsé par une catapulte ou rampant dans une pièce remplie d'insectes. En tenue de sport moulante.

— Ne sois pas si difficile, dit Umberto dans son dos. Ce sera parfait pour ton image de marque. Il faut qu'on montre un aspect un peu plus… humain de toi. Si possible.

Vincent quitta la fenêtre et se rassit. Pour une fois, les gâteaux faits maison brillaient par leur absence sur le bureau de son agent. Ça signifiait peut-être qu'Umberto et lui avaient retrouvé une relation plus proche, apaisée. Ou alors qu'Umberto commençait à en avoir assez de lui. Les six *punschrullar* industriels au milieu de la table signalaient pourtant qu'Umberto ne l'avait pas totalement mis au placard.

— Mais quand même, Fort Boyard ? dit Vincent avec réticence.

Il s'empara d'un *punschrulla* à l'instant où il fut certain qu'Umberto allait en prendre un lui-même. Il en restait donc deux. Maintenir un minimum d'ordre est important.

— Il doit bien y avoir d'autres programmes télé qui sont un peu plus… moi, dit-il. S'il faut vraiment que j'apparaisse à la télé.

Umberto soupira en se penchant en avant, les bouts des doigts contre son menton.

— Vincent, *amico mio*, écoute-moi. Mon boulot, c'est de veiller à ce qu'un maximum de gens achètent des places pour tes spectacles et tes conférences. Parce que sinon ?

— Sinon, tu perds de l'argent, dit Vincent.

— Exact. Mais avant tout, *tu* perds de l'argent. C'est très simple, au fond, c'est de l'économie basique. Pour que tu puisses continuer à vivre de ton métier, il faut qu'on vende plus de billets, compte tenu de l'augmentation de nos frais. Et je sais que les billets se sont vendus comme des petits pains pendant un temps, grâce à l'affaire de Jane. Mais ça va pas durer éternellement. Il va à nouveau falloir rappeler aux gens que tu existes, et surtout leur donner envie de venir te voir. Ce qui signifie qu'il faut bien que tu sois propulsé d'un canon à la télé de temps en temps.

Vincent essayait de ne pas montrer combien toute cette histoire le stressait.

L'émission de télévision suédoise s'intitulait *Fångarna På Fortet*, Les Prisonniers du fort. Les lettres F P F avaient les emplacements 6, 16 et 6 dans l'alphabet. 6166. Quand Benjamin était petit, Vincent lui avait acheté une boîte de Lego en vrac. Les gens sérieux, quand il s'agit de Lego, ce qui était le cas de Vincent avec Benjamin, et également d'Aston depuis peu, mentionnent toujours la référence du modèle concerné parce que plusieurs kits de Lego peuvent contenir les mêmes articles. Vincent était quasiment sûr que la boîte de Benjamin avait porté le numéro d'article 6166. Ce lien entre *Fångarna På Fortet* et les Lego était sans aucun doute un pur hasard. D'un autre côté, les lettres L E G O avaient les positions 12, 5, 7 et 15 dans l'alphabet, et

125715 correspond au code hexadécimal d'une nuance très spécifique de vert. Approximativement la même couleur que la mer autour du fort Boyard où l'émission *Fångarna På Fortet* est filmée. En tout cas à marée basse. Tout est lié. Il suffit de faire un petit effort pour le voir.

— Vincent, lança vivement Umberto. T'es parti où, là ?

Le ton donnait l'impression qu'il avait dit son nom plusieurs fois sans que Vincent ne l'entende.

— Lego, répondit-il.

Umberto secoua la tête.

— Il faut vraiment que tu le fasses, insista-t-il.

Vincent acquiesça imperceptiblement tout en se demandant comment il en était arrivé là. Mais Umberto avait probablement raison. Il n'avait plus qu'à commencer à s'entraîner rigoureusement. L'émission exigerait sans doute bien plus de lui qu'il n'était capable de fournir actuellement. Faire de l'exercice était aussi une bonne façon de s'occuper au cours de l'été, pour ne pas laisser les pensées vagabonder dans de mauvaises directions.

Vers Mina, par exemple.

Umberto prit l'un des deux derniers *punschrullar*. Vincent soupira. Il n'avait pas eu envie du premier, et encore moins du deuxième. Mais il n'avait pas le choix. Un *punschrulla* solitaire avait un aspect presque obscène, c'était tout bonnement inacceptable. Il prit le dernier, et remarqua le léger sourire en coin de son agent. Enfoiré d'Umberto. Il le faisait exprès.

— D'accord, dis-leur que j'accepte, dit-il. J'irai. C'est quand ?

— Dans un bon mois.

Une grosse boule de gâteau au goût d'arak se bloqua dans sa gorge. Un mois. Il lui fallait trouver un entraîneur personnel dès cet après-midi.

*Ils disent qu'il ne doit pas avoir peur. Bizarre. Pourquoi il ne devrait pas avoir peur ? Ils ne le laissent pas voir maman et papa. Ils ne veulent pas lui dire où ils sont. Il leur est peut-être arrivé quelque chose.*

*La maman d'Ebba est morte. Un jour, les grands-parents d'Ebba sont venus la chercher à la maternelle, et il a fallu qu'Ebba rentre au milieu de la journée. Sa mère était morte de quelque chose qui s'appelle concer.*

*Et si maman et papa avaient le concer ?*

*Et qu'ils sont morts.*

*Et c'est pourquoi on est venu le chercher à l'école. Mais alors, pourquoi ce n'est pas grand-mère et grand-père qui sont venus ? Il se recroqueville sur le matelas. Il a une drôle d'odeur. Tout ici a une drôle d'odeur.*

*Il ne suce plus son pouce depuis longtemps. Il est trop grand pour ça. En plus, sucer son pouce peut déformer les dents, dit grand-mère. Mais à cet instant, il en a besoin.*

*Son corps est lourd et fatigué. Il n'a pas dormi de la nuit. Seulement pensé à maman et papa et le concer. Au loin il entend des voix. Mais ce ne sont pas les voix de maman et papa.*

*Il ferme les yeux.*

*S'il arrive à dormir un peu, ils seront peut-être là quand il se réveillera.*

L'appartement de Bellmansgatan était petit mais douillet, et tout indiquait qu'une famille avec un enfant vivait ici. Une boîte flambant neuve avec une voiture de sport en Lego, dans un grand sac en plastique, traînait parmi les chaussures dans l'entrée. D'autres jouets étaient éparpillés un peu partout. Il s'agissait de toute évidence d'une famille très active. Quantité de dessins et de photos de vacances étaient collés sur la porte du frigo. Sur la table, les restes de céréales d'un petit-déjeuner d'enfant séchaient au fond d'un bol en plastique.

— Excusez-nous du désordre, nous…

La mère d'Ossian n'acheva pas sa phrase. Son regard absent indiqua à Mina qu'elle devait prendre des calmants puissants. Mais Fredrik, le père d'Ossian, était calme et présent. Seul un léger tremblement de la main quand il fit un geste vers un canapé blanc Ikea trahissait son agitation intérieure.

— Viens, ma chérie. Viens.

Il toucha délicatement le bras de Josefin et la dirigea vers le salon. Elle le suivit et se laissa choir dans le canapé. Elle fit glisser une de ses mains sur une grande tache.

— Quelle idée d'acheter un canapé blanc alors qu'on venait d'avoir un bébé, dit-elle. Mais on croyait… on croyait que c'était comme dans les magazines sur la maternité ou à la télé. Un petit bout de chou trop mignon qui ne fait que dormir. On pensait... on était sûrs qu'on allait y arriver. Fredrik et moi faisions du cheval quand nous étions ados, si on arrivait à gérer les caprices d'un cheval, un bébé ne nous poserait pas de problème. Et puis... il est arrivé...

— Josefin, nous ne sommes pas obligés...

Fredrik posa une main sur son bras, mais elle se secoua en reniflant.

— Il est arrivé, et il ne faisait que crier, crier, crier. Tout le temps. Jour et nuit. Il était tellement énervé... Je ne comprenais pas pourquoi il était si énervé tout le temps. C'était comme s'il haïssait le monde, comme s'il nous haïssait, nous. Et je voulais... Je souhaitais... Parfois, j'avais envie de ne jamais l'avoir eu, que nous revenions comme avant, qu'on soit seulement tous les deux. Je sais qu'on ne doit pas dire ce genre de chose, qu'il ne faut jamais regretter d'avoir mis au monde un enfant. Mais on était bien tous les deux, Fredrik, tu te souviens comme on était bien ?

Elle tourna le visage vers son mari qui hocha la tête.

— Josefin, tu es en état de choc, tu culpabilises et tu cherches une explication, dit-il. Ça ne sert à rien. Mais oui, je m'en souviens.

Il tenta une nouvelle fois de poser sa main sur son bras et, cette fois-ci, elle le laissa faire.

— Je me souviens comme c'était dur au début, dit-il. Tu as raison. Mais on y est arrivés. N'est-ce pas ? On y a fait face. Ensemble. Et au bout d'un moment, il a arrêté de pleurer tout le temps. Il est devenu un petit garçon joyeux. *Oppa Gangnam Style*, pas vrai ? Il lui arrive encore de s'énerver, bien sûr, mais la plupart du temps tout va bien. Et quand il fait du Lego, il est très concentré. N'est-ce pas, ma chérie ?

Josefin hocha la tête en silence, sans le regarder.

— Oui, il est joyeux. Mais pense à tous ces moments au début quand je regrettais de l'avoir eu. Si tout ce mauvais karma s'était accumulé, et si quelqu'un m'avait entendue, avait cru que je le pensais vraiment… Maintenant ça nous rattrape.

Le visage de Fredrik se déforma. Il lâcha son bras et fixa du regard le tapis aux motifs blancs.

— Tu sais bien que ça ne marche pas comme ça. Il va nous revenir. Je le sais. On va le retrouver. Il s'est juste… perdu… un petit moment.

Il regarda sa montre. Ensuite, il leva les yeux et regarda Mina.

— Dites-moi que vous allez le retrouver. Vous les retrouvez toujours, en principe, non ? Ça ne fait que vingt-quatre heures. Pas plus. Il sera bientôt là, n'est-ce pas ?

Mina déglutit. Elle était bien placée pour savoir que parfois, on disparaît pour ne jamais revenir. Mais elle, elle avait disparu de son plein gré. Ce n'était pas le cas d'Ossian.

— La plupart des enfants sont retrouvés au bout de quelques heures, dit Mina. Ossian est recherché depuis vingt-quatre heures, ce qui est un peu plus inhabituel. Cela dit, pour le moment il n'y a pas de raison de penser qu'on ne le retrouvera pas. Sachez que c'est notre priorité absolue.

Elle évita de mentionner que les enfants qu'on retrouvait très vite s'étaient en général égarés, ou bien étaient allés chez un copain en oubliant de prévenir les parents. Ceux-là n'avaient pas été enlevés par une femme dont la voiture était remplie de jouets.

À vrai dire, elle sentait dans chaque cellule de son corps la pression du temps qui s'écoulait.

— Parlez-nous du matin, avant sa disparition, intervint Peder. S'est-il passé quelque chose d'inhabituel ? Avez-vous remarqué quelque chose en le déposant à l'école ? Une personne dans les environs que vous ne connaissiez pas ?

— C'est moi qui l'ai déposé, dit Josefin tout en caressant la tache de la main. Vous savez que les pubs, c'est du pipeau ? Ces lessives qui sont censées enlever n'importe quelle tache ? J'ai essayé tous les produits disponibles sur le marché, des traitements spéciaux au prélavage… des lavages au détergent et à quatre-vingt-dix degrés. Rien à faire. Celle-ci, c'est du chocolat, je crois. Il a eu le droit de manger un Kinder Surprise dans le canapé, mais le jouet à l'intérieur a capté toute son attention, et les morceaux de chocolat sont restés là, sur le tissu. Tu t'en souviens, Fredrik ? Je crois que c'était un petit robot en cinq pièces, il n'y avait plus que ça qui comptait…

Sa voix se perdit dans le vide.

— Chérie, dit Fredrik, et Mina vit à quel point il luttait pour ne pas s'effondrer. Chérie, concentre-toi. La police demande si tu as vu quelque chose d'inhabituel hier quand tu l'as déposé. Ou quelqu'un ? N'importe quelle observation qui pourrait les aider à retrouver la personne qui a emmené Ossian ?

— Rien. Je n'ai rien vu. Tout était comme d'habitude. Les parents. Les enfants. Je suis le genre de maman qui ne retient jamais les prénoms des autres parents. Je ne sais même pas quel enfant est à qui.

— Josefin…

Fredrik lui caressa le bras. Elle se secoua, comme un chien mouillé.

— Je suis aussi du genre à toujours oublier les réunions des parents d'élèves, les journées thématiques ou en plein air… comme hier matin. Il aurait dû emporter un goûter. Je l'ai oublié. Comme d'habitude. Il adore les crêpes froides. Enroulées. Si je n'avais pas oublié, peut-être que…

Josefin se tut.

— Je suis désolé que nous ne puissions pas vous aider, dit Fredrik.

— Il y a quelque chose que vous pouvez faire, dit Mina. Nous aimerions, avec votre accord, rendre publique la recherche d'Ossian. Nous allons tenir une conférence de presse dans quelques heures. Un appel à témoins pourrait nous apporter une aide précieuse.

Fredrik regarda sa femme qui avait à nouveau les yeux rivés sur le canapé. Elle acquiesça silencieusement.

— Tout ce que vous voulez, dit-il.

Il se leva et s'approcha du frigo, d'où il décrocha quelques photos fixées par des aimants multicolores.

— Voici des photos d'Ossian, dit-il à son retour. Je suppose que vous en aurez besoin.

Mina remarqua qu'il tenait les photos de façon à ce que sa femme ne les voie pas. Josefin étouffa un sanglot. Un sanglot chargé d'un chagrin trop lourd à porter pour un seul être humain.

— Merci, dit Peder. N'oubliez pas que les médias vont les publier. Pour la bonne cause. Mais vous devriez peut-être éviter les journaux et la télévision pendant les prochains jours.

— Une dernière question, dit Mina. Vous n'avez pas le moindre soupçon ? Personne dans votre entourage qui pourrait vouloir vous nuire, à vous ou à Ossian ? Ou qui pourrait avoir une raison de l'enlever ?

Fredrik réfléchit un instant puis secoua vivement la tête.

— Si nous avions eu la moindre suspicion, ou n'importe quel détail qui aurait pu vous intéresser, on l'aurait dit. Mais nous sommes… nous sommes une famille tout ce qu'il y a de plus ordinaire. Je travaille comme directeur artistique dans une agence de publicité, Josefin est rédactrice dans une maison d'édition. Nous… avons grandi dans des milieux ordinaires, nos familles et nos amis sont ordinaires. Notre vie est tout à fait banale… Du moins, elle l'était.

Mina se rendit compte que sa façade était en train de s'effondrer. Elle échangea un regard avec Peder et tous deux se levèrent.

— Nous comprenons, dit-elle. Peder a trois fillettes de trois ans, et moi j'ai, j'ai…

Elle s'interrompit à temps en retenant son souffle. Ça avait été à deux doigts. Elle sentit le regard surpris de Peder mais évita de le croiser.

— Nous faisons tout notre possible pour retrouver Ossian, conclut-elle.

Josefin était restée dans le canapé, mais elle leva la tête et regarda Mina dans les yeux.

— N'achetez jamais de canapé blanc, murmura-t-elle.

Mina acquiesça. Quand ils quittèrent l'appartement, elle évita de regarder les chaussures d'enfants qui traînaient par terre dans l'entrée.

La poitrine de Julia se serra un instant devant la porte de l'appartement. Étrange, ces phénomènes de comportements incontrôlables. Elle inspira profondément avant d'actionner la poignée. Les hurlements de Harry s'échappaient de l'intérieur.

— Coucou ? lança-t-elle d'une voix enthousiaste.

Pas de réponse. Elle appela une fois encore, sans obtenir davantage de réponse. Mis à part les cris stridents d'un bébé extrêmement mécontent.

En route vers la chambre à coucher, elle passa devant la cuisine. On aurait dit qu'une bombe l'avait dévastée. Des pots pour bébé, des assiettes sales, des peaux de bananes, des morceaux d'essuie-tout froissés et une quantité saisissante de tasses à café plus ou moins vides. Intéressant. Torkel ne manquait jamais de lui faire des remarques quand elle était à la maison avec Harry et qu'il y avait du désordre à son retour du boulot. Il ne ratait jamais une occasion de lui demander à quoi elle passait ses longues journées de mère au foyer.

Elle ouvrit délicatement la porte de leur chambre.

Harry, dans son petit lit à barreaux, était rouge de colère. Il manifestait avec force toutes les nuances de son considérable répertoire. Torkel dormait profondément sur le grand lit. Il s'était affalé tout habillé sur la couette et ronflait bruyamment.

Julia regarda sa montre et jura. Elle n'avait pas vraiment le temps de passer par la maison, mais elle était obligée de se changer avant la conférence de presse. Les vêtements qu'elle avait mis ce matin étaient trempés de sueur. Et elle s'était dit qu'elle en profiterait pour embrasser les grosses joues de Harry. L'avalanche de SMS reçus de Torkel au cours de la journée avait également fini par lui donner mauvaise conscience. Même si elle savait que ça n'avait pas lieu d'être.

Elle prit Harry dans ses bras. Il se tut instantanément à son contact, et elle comprit au même moment l'origine de son mécontentement. L'odeur était carabinée. Elle le porta jusqu'à la table à langer dans la salle de bains pour le changer. Dès qu'il fut propre, il se mit à gazouiller et à tendre ses petites mains potelées vers le mobile suspendu au-dessus de la table. Ces figurines de toutes les couleurs étaient incroyablement populaires et attiraient tous les bébés comme une drogue.

— Viens, mon bonhomme. Tu vas aider maman à se changer, et après on va réveiller papa parce que maman doit retourner au travail. Il y a un autre petit garçon quelque part qui est sûrement très triste et qui a peur. Il attend avec impatience que maman le retrouve.

Harry babilla et essaya de lui tirer les cheveux. Ses mains de bébé avaient une capacité incroyable à saisir les petits cheveux près des oreilles, là où ça fait le plus mal, pour ensuite tirer avec une force surprenante.

— Aïe ! Ne fais pas mal à maman, s'exclama-t-elle avec une grimace tout en essayant de desserrer son emprise.

Julia l'installa dans son couffin pour se changer. D'abord une douche italienne – du déodorant sans lavage préalable – puis une chemise et un pantalon propres. Elle était prête à repartir travailler, aussi longtemps que nécessaire.

Elle prit ensuite Harry dans ses bras, plongea le visage dans son cou dodu et respira son odeur de bébé. Le petit rit aux éclats en agitant ses bras dans tous les sens. Elle sentit quelque chose se libérer en elle et l'inonder de tendresse.

Jusqu'à présent, elle avait réussi à séparer les deux sphères. Un enfant qui avait disparu. Et sa propre maternité. Elle avait réussi à tenir Ossian et Harry loin l'un de l'autre. Mais à ce moment précis, les images des deux enfants se superposaient.

Ossian.

Harry.

Ossian.

Harry.

Un enfant de cinq ans, un bébé. L'enfant de quelqu'un d'autre. Leur enfant. Son enfant. Un enfant disparu. Un enfant ici, dans ses bras.

C'était pour lui, pour Harry, qu'il fallait qu'elle se dépêche de retourner au travail. La journée serait encore longue. Elle le serra encore plus fort contre elle. Sentit sa petite main douce contre son cou. Julia inspira profondément avant de repartir à la chambre. Elle coucha Harry à côté de Torkel qu'elle secoua doucement. Torkel sursauta, hagard.

— Quoi ? Qu'est-ce qui se passe ?

— C'est moi. Je suis juste rentrée pour me changer. Il faut que j'y retourne. J'ai changé Harry, mais je crois qu'il ne va pas tarder à avoir faim.

Torkel bondit hors du lit et lui lança un regard féroce.

— Tu repars ? Et moi ? Je l'ai eu toute la journée ! Je croyais que tu serais un peu là ce soir. Tu ne t'es même pas donné la peine de répondre à mes messages. Sérieusement, Julia, ça va pas fonctionner comme ça. Mon boulot a appelé, j'ai mille mails à traiter et…

Julia sortit immédiatement de la chambre, les mots de Torkel lui martelant le dos. Devant elle, le visage d'Ossian.

Et juste à côté, celui de Harry.

Elle prit son sac et se dirigea vers la porte de l'entrée. Les invectives de Torkel retentissaient toujours derrière elle.

L'ordinateur portable sur les genoux de Vincent était chargé à fond. Il n'avait pas voulu prendre le risque de tomber en rade de batterie. Un compteur sur l'écran lui indiquait combien de minutes et de secondes il restait jusqu'à dix-sept heures, l'heure à laquelle la transmission en direct allait démarrer sur le site de la police. Le communiqué qui l'avait annoncée ne comportait que le nom de Julia puisque c'était elle qui allait tenir la conférence de presse. Vincent ne savait même pas si Mina faisait encore partie de l'unité. Mais il pouvait toujours espérer.

Avec un peu de chance, il la verrait.

Avec un peu de chance.

L'ombre en lui se mit à remuer. Elle l'habitait depuis petit, depuis l'époque des événements avec sa mère. L'ombre s'était installée à ce moment-là. Mais il avait vite appris à la tenir en échec en faisant des calculs dans sa tête, par exemple, où en se concentrant sur la façon dont les choses étaient liées les unes aux autres dans un schéma complexe. Parfois c'était difficile de faire la différence entre les véritables automatismes et ceux qu'il inventait lui-même, mais ça n'avait pas beaucoup d'importance. Comme à l'instant même, pendant qu'il attendait la conférence de presse, où sa femme venait de poser sur le rebord de la fenêtre un piège à guêpes fabriqué à partir d'un abreuvoir pour animaux de compagnie. Et qu'il se dit que *"bi i marinad*"* était l'anagramme de Mina Dabiri. L'essentiel, c'était qu'il arrive à maintenir sa pensée logique et analytique. Pour n'accorder aucune place à l'ombre.

Il était si bien parvenu à occulter l'ombre qu'il n'y pensait presque plus. Sa famille l'avait grandement aidé. Quand il fallait préparer le casse-croûte de midi pour Aston, ou quand il s'inquiétait de savoir si les amis de Rebecka étaient vraiment des amis, il n'y avait simplement plus de place pour autre chose. Et quand il avait rencontré Mina, l'ombre avait même complètement disparu. Avec elle, il s'était senti parfaitement normal.

Et puis, ça avait pris fin.

Mina et lui ne se voyaient plus.

L'ombre était revenue, plus forte qu'avant. Les plans diaboliques de sa sœur l'avaient ravivée, et cette fois-ci la présence de sa famille n'était plus suffisante pour la refouler. Il ne craignait pas que l'ombre le submerge complètement, il vivait avec elle depuis bien trop longtemps. C'était plus comme un passager clandestin. Ou un ami à l'influence néfaste. Un ami qui se faisait de plus en plus tapageur.

L'idée que Mina puisse être présente à la conférence de presse avait eu pour effet d'écarter l'obscurité pour un moment. Le compteur de l'écran disparut enfin, laissant découvrir une salle. Au milieu de l'image se trouvait un pupitre derrière lequel personne n'avait encore pris place. On entendait le murmure des voix et les mouvements des journalistes qui attendaient, en dehors du champ de la caméra. Cinq micros hérissaient le pupitre en attente de la personne qui allait parler. Il soupira. Même chez la police,

* Traduction littérale : "abeille en marinade". *(Toutes les notes sont des traducteurs.)*

aucun sens de l'ordre, visiblement. Il posa un stylo contre l'écran en guise de sixième micro.

C'était un peu mieux.

Au bout d'une minute de plus, Julia fit son apparition et prit place derrière le pupitre. Des flashs se mirent à crépiter en même temps que le brouhaha se calmait.

— Merci d'être venus, dit-elle. Allons droit à l'essentiel. Hier après-midi, entre quinze heures trente et seize heures, Ossian Walthersson, cinq ans, a disparu de l'école maternelle de Backen près de Zinkensdamm, à Södermalm, Stockholm.

On ne voyait personne d'autre de la police. Vincent avait tellement espéré voir Mina qu'il en eut mal à la poitrine. Mais elle allait peut-être arriver. Il fallait s'armer de patience.

Ossian.

Commence par la lettre O, l'Oméga de l'alphabet grec. Également la dernière des vingt-quatre lettres de l'alphabet grec, ce qui donnait un sens symbolique à cette lettre. Selon le christianisme primitif, l'Oméga signifiait la fin de tout. Le jour du Jugement dernier. Quoi de plus approprié pour l'enlèvement d'un enfant ? Vincent constata qu'il n'arrivait absolument pas à respirer calmement.

— Tout semble indiquer qu'Ossian a été enlevé, continua Julia. C'est pourquoi nous ne sommes pas seulement à la recherche d'Ossian mais aussi d'une femme d'une bonne trentaine d'années qui est arrivée sur les lieux en voiture. Nous n'avons hélas aucun signalement, nous savons seulement qu'elle conduisait une voiture de sport. Elle avait peut-être des chiots dans la voiture. De race inconnue.

Elle s'interrompit et exhiba une photo. Probablement prise dans le parc de Gröna Lund. Ossian avait de longues boucles d'été blondes et souriait joyeusement en direction de l'appareil photo, la moitié inférieure de son visage plongée dans une barbe à papa. Vincent leva les yeux de son écran et regarda vers la porte de la chambre d'Aston. Son petit dernier était en train de jouer de l'autre côté. Ils avaient bataillé pendant une demi-heure pour obtenir de lui qu'il s'occupe tout seul. Aston préférait toujours sa mère à Vincent, mais aujourd'hui, justement, le conflit avait été particulièrement rude. Mais peu importaient les disputes avec lui, Vincent aimait son fils par-dessus tout. Il ne pouvait pas imaginer ce qu'il ressentirait si Aston disparaissait. L'idée seule le rendait malade. Il n'osait pas penser à ce que vivaient les parents d'Ossian en ce moment.

— Vous avez tous reçu cette photo par mail, dit Julia aux journalistes réunis dans la salle. Tout renseignement qui peut nous aider à localiser Ossian d'abord, mais aussi la femme, sera reçu et traité en haute priorité. Inutile de vous dire à quel point l'affaire est urgente.

Les flashs se remirent à clignoter à l'écran.

— Que disent les parents ? demanda quelqu'un hors champ.

— Les parents d'Ossian vous implorent de nous aider, dit Julia. Mais ils ne sont pas en état d'affronter les médias, et nous vous prions de le respecter. Ils ont cependant envoyé un message.

Le portrait d'Ossian remplissait maintenant son écran, avec un texte.

*Voici Ossian. Il aime danser et chanter. Ossian est la joie de notre vie. Aidez-nous à retrouver la joie de notre vie.*

Suivi d'un numéro de téléphone ainsi que des liens vers les réseaux sociaux.

— Nous vous sollicitons pour toute information qui pourrait concerner l'affaire de près ou de loin, dit Julia. Vous pouvez contacter la police via Facebook ou Instagram. Et bien sûr aussi par téléphone et mail. Nous aimerions que vous, les journalistes, partagiez vos propres coordonnées dans chaque publication concernant cette affaire. Les gens préfèrent parfois contacter la presse que la police.

— Avez-vous déjà des pistes ? fit une autre voix.

Julia regarda longuement dans la direction d'où était venue la question. Tout son visage était tendu. Vincent se dit qu'il devrait peut-être lui proposer une formation rapide de contrôle du langage corporel. Pas une mauvaise idée en fait, il pourrait proposer l'idée à la police. Peut-être que Mina s'inscrirait. Elle n'avait pas besoin de cours, bien sûr, son langage corporel avait toujours été sans aucune ambiguïté. Le souvenir d'un geste de Mina occupa un instant son esprit, et quelque chose se mit à voltiger en lui. Il fit un effort pour réprimer le souvenir. Il n'en avait aucune envie, mais il ne fallait pas rater la fin de la conférence de presse. Les épaules de Julia se relâchèrent légèrement.

— Sincèrement, non, finit-elle par répondre.

Le ton de Julia signifia la fin de la séance. Cette fois-ci, ce serait aux journalistes eux-mêmes d'accomplir la majeure partie du travail. Mina n'allait apparemment pas se manifester. Tant mieux, peut-être, parce qu'il ne savait vraiment pas comment il aurait réagi si elle s'était montrée.

La porte d'entrée s'ouvrit et Maria entra. Elle rangea sa veste avec un long soupir et se laissa tomber à côté de Vincent dans le canapé.

— Franchement, et ne me comprends pas de travers, je lui suis infiniment reconnaissante de s'occuper de moi, dit-elle en s'étirant. Mais je suis claquée.

Après le cours de création d'entreprise, Kevin avait proposé de continuer à l'aider de façon plus personnalisée. Vincent avait très honnêtement du mal à saisir de quelle aide complémentaire il pouvait bien s'agir. Il était question de créer une boutique de vente de savons et d'anges en céramique en ligne. Pas de monter un concurrent à Amazon.

Il consulta l'heure discrètement. Elle avait été absente pendant trois heures.

— Tu as vraiment besoin de toutes ces heures de conseil ? demanda-t-il. Vous vous voyez tous les soirs. Aston passe son temps à te réclamer.

Vincent regretta instantanément ses paroles. Il voulait la soutenir et se montrer généreux. Maria avait besoin de réaliser quelque chose qui lui appartienne. Un domaine où elle pourrait briller et s'épanouir par ses propres moyens. Elle avait trouvé son activité. Lui, Vincent, recevait tellement de reconnaissance par son travail. Il avait un public, une foule sans visages qui l'acclamait et l'admirait. Maria n'avait rien de tout ça. S'il était honnête avec lui-même, il devait reconnaître que lui non plus ne lui accordait pas toute l'attention qu'elle méritait. Il voulait lui dire quelque chose, mais rien ne vint. Sans manuel, il était perdu.

Elle mit la clef dans la serrure et déverrouilla la porte. Une résistance presque imperceptible dans le mécanisme fit surgir le souvenir d'un autre appartement dans l'esprit de Mina. L'espace d'un instant, elle eut l'impression de pénétrer dans cet autre lieu de vie et non pas dans son appartement à Årsta. Elle s'efforça de chasser cette sensation. Tout comme elle avait activement lutté contre ses souvenirs pendant toutes ces années. La serrure avait toujours été un peu grippée. Alors pourquoi aujourd'hui, justement, cette sensation la ramenait-elle à une autre vie ? Elle s'efforça de balayer son trouble en se secouant, mais une fois là, il avait tendance à s'incruster.

L'autre appartement, celui de Vasastan, était plus petit que celui-ci. Mais ça leur convenait. À elle et son mari.

Et Nathalie.

Nathalie était petite et ils dormaient dans le même lit tous les trois. L'image lui tomba dessus avec une telle force qu'elle en eut le souffle coupé. La couverture bleue adorée. Nathalie était inconsolable chaque fois qu'il fallait la laver et qu'elle devait dormir avec une autre. Ils avaient fini par acheter deux autres couvertures identiques.

*Arrête d'y penser, résiste.*

Ne pas penser à ce qu'elle avait gâché. À cette vie entière que sa dépendance avait ruinée. Elle avait travaillé dur pendant des années dans un groupe de parole des Alcooliques Anonymes pour surmonter sa culpabilité. Jamais elle n'aurait pu imaginer que les antalgiques qu'elle prenait suite à l'opération qu'elle avait subie après l'accouchement se transformeraient en une avalanche qui finirait par l'ensevelir complètement pendant des années. Ces petits comprimés blancs, à l'aspect inoffensif dans la paume de sa main, lui avaient enlevé tout ce qui comptait pour elle.

Elle avait passé beaucoup de temps à se demander pourquoi elle, justement, était devenue accro, quel gène défectueux chez elle était responsable de la vitesse avec laquelle c'était arrivé. Mais il suffisait de penser à sa mère pour ne pas s'en étonner à ce point. Leur drogue n'était pas la même, mais elles avaient chuté aussi facilement l'une que l'autre. Et perdu tout autant.

En déposant ses chaussures sur le paillasson, Mina vit un minuscule caillou rouler sur le sol. Elle avait pourtant soigneusement frotté ses semelles dans la cour en bas. Elle prit le caillou entre le pouce et l'index et le balança par la porte. Puis elle verrouilla et se rendit dans la salle de bains pour se laver les mains. Elle avait touché non seulement une clef sale, mais aussi ce caillou. Deux lavages des mains, donc. Ensuite elle se déshabilla, jeta ses sous-vêtements à la poubelle et prit une douche froide. La journée avait été longue, et normalement elle se serait douchée à l'eau brûlante pour débarrasser son corps de toute cette crasse. Mais la chaleur qui régnait dans l'appartement l'aurait fait transpirer dès sa sortie de la salle de bains. Elle espérait qu'en se refroidissant un maximum, elle pourrait retarder ce moment.

Pendant tout ce temps, elle lutta pour faire barrage aux souvenirs. C'était difficile. Comme pour le restaurant grec en bas de leur immeuble dans Vasastan. Elle n'y avait plus mis les pieds depuis quinze ans, mais elle sentait encore les odeurs d'olive, d'ail et de viande grillée.

Après la douche, elle ouvrit un paquet de dix culottes et s'empara d'un haut neuf. Elle se rendit en sous-vêtements dans le séjour et s'assit dans le canapé.

Parfois, tenir le passé à distance n'était pas si difficile. Parfois, c'était impossible. C'était la raison pour laquelle elle ne pouvait laisser entrer personne. Ni dans l'appartement, ni dans sa vie. C'était déjà à l'étroit là-dedans.

Le pire, c'est que c'était elle qui avait fait ce choix. C'était elle qui avait abandonné. Elle s'était crue altruiste, elle avait pensé agir pour les autres. Comment avait-elle pu être à ce point naïve ? Égoïste ?

Elle pressa les doigts contre ses yeux pour refouler les larmes. Les larmes la saliraient, et elle n'avait pas envie d'avoir à badigeonner ses joues de gel hydroalcoolique. Ça avait méchamment piqué, la dernière fois qu'elle l'avait fait.

Elle était si jeune, à l'époque. Elle ne voulait pas devenir comme sa propre mère. Par la suite, elle avait haï son ex-mari pendant des années parce qu'il l'avait obligée à faire un choix. Mais ce n'était pas vrai. Il n'avait rien fait d'autre que veiller à ce qu'elle tienne sa promesse.

Et elle l'avait tenue. Presque.

À part la courte entrevue avec Nathalie dans Kungsträdgården deux ans plus tôt, où elle n'avait pas révélé à sa fille qui elle était, elle était toujours restée à distance. Elle ne s'était plus approchée. N'avait fait que l'observer de loin. Mais elle avait passé d'innombrables soirées à suivre le petit point noir de l'application connectée à l'émetteur dans le sac à dos de Nathalie.

Mina alla à son bureau contempler la photo de sa fille. Elle ouvrit le tiroir et relut le message que Vincent lui avait écrit cet été-là.

*Je ne te poserai jamais de questions. Mais si tu veux parler, je t'écouterai.*

*PS : pardon pour le cube.*

Elle referma le tiroir. “Si tu veux parler” n’arriverait jamais.

Elle retourna à la porte d’entrée et vérifia qu’elle était bien verrouillée. Plus personne ne devait entrer.

Vincent avait mal aux articulations. Il avait un nouveau spectacle ce soir-là. En général, il n'y avait que les événements de plein air qui attiraient du monde en cette saison, mais sa tournée était tellement prisée qu'on l'avait prolongée jusqu'à l'été. Umberto était aux anges, mais Vincent n'était pas loin de déplorer son succès. Il ne restait cependant plus que deux semaines de spectacles, ensuite il aurait droit à un peu de repos. Ils pourraient peut-être partir en vacances en famille. À condition d'arriver à rassembler tout le monde assez longtemps pour organiser un départ ensemble.

Quand il arriva à la cuisine, Benjamin avait déjà engouffré la moitié de son petit-déjeuner. C'était toujours la même chose : deux tranches de Skogaholmslimpa grillées, recouvertes de beurre qui devait fondre avant de les rassembler autour d'une tranche de jambon. La nouveauté, c'était que Benjamin buvait du café. Depuis que Vincent avait investi dans une machine à capsules, la consommation de café à la maison avait explosé.

Pendant que Vincent sortait deux capsules et en chargeait une dans la machine, il lorgna la vieille cafetière qui, autrefois, émettait son petit bruit familier tous les matins. Elle était toujours là, sur le plan de travail, recouverte d'une fine couche de poussière. C'était comme si quelque chose avait été perdu. Vincent appuya sur le bouton, marmonna un bonjour à son fils aîné et se dirigea vers la chambre d'Aston.

— Petit-déjeuner, annonça-t-il en passant la tête dans l'ouverture de la porte.

L'enfant de neuf ans gémit et se réfugia sous sa couette.

— Je veux pas aller au centre aéré.

— Tu m'étonnes, qui veut y aller ? Mais aujourd'hui, c'est vendredi, demain c'est le week-end et tu pourras dormir aussi longtemps que tu veux. Viens manger.

Aston sortit une jambe de sous la couverture, comme pour tester le monde extérieur. La jambe retourna bien vite au chaud.

— Trois minutes, dit Vincent.

Il retourna à la cuisine et introduisit la deuxième capsule dans la machine. Le matin, il avait besoin d'une double dose. Et de toute façon il fallait avoir un grain pour utiliser un nombre impair de capsules.

Maria disposa les bols sur la table.

— C'est pas interdit d'en préparer un peu pour les autres aussi, grommela-t-elle en direction de Benjamin.

— Désolé, pas le temps, faut que je sois opérationnel à l'ouverture.

— Mais la Bourse n'ouvre qu'à neuf heures, non ? dit Vincent en adressant à Benjamin un regard insistant. Avoue-le, t'as juste pas envie de prendre tes responsabilités d'aîné.

Maria posa bruyamment sa tasse de thé.

— J'aime pas que tu fasses du *day trading*, dit-elle à Benjamin. Je trouve que c'est profondément immoral de gagner de l'argent en spéculant. Quand est-ce que tu as décidé de devenir capitaliste exactement ?

Vincent évita de relever que Maria elle-même avait laissé tomber ses études de sociologie pour suivre une formation d'autoentrepreneur et ouvrir sa propre boutique. Le mépris de sa femme pour le passe-temps de Benjamin venait sans doute surtout du fait que le garçon gagnait déjà pas mal d'argent. Sûrement bien plus que Maria n'arriverait jamais à tirer de la vente de ses anges, bougies parfumées et tableaux aux maximes savantes. Au lieu de ça, il appela à nouveau Aston.

— Aston, viens maintenant ! Il y a des nouvelles céréales !

— Non ! hurla Aston de sa chambre. Puis : Bon d'accord, j'arrive ! Y a de la confiture ?

Aston avait abandonné les morceaux de pomme dans son yaourt depuis plusieurs mois. Et avait à peu près en même temps arrêté de toucher à toute nourriture qui n'était pas à base de pain ou de farine de blé. Il se nourrissait d'un régime de hamburgers, pizzas et hot-dogs. Dans le yaourt, il avait remplacé les pommes par des Cheerios. En général en quantité telle que la moitié finissait par terre.

Aston sortit de sa chambre en bâillant. Il s'assit à table et commença à déverser une véritable cargaison de céréales dans son bol. Maria regarda ostensiblement dans l'autre direction.

— Au fait, je voulais vous dire, Fort Boyard, vous savez…, bredouilla Vincent.

— Quelqu'un a vu Rebecka ? le coupa Maria. Elle est réveillée ?

Sa femme n'avait apparemment même pas remarqué qu'il avait commencé une phrase. Et c'était sans doute mieux ainsi. Vincent en short moulant… il y avait certainement de meilleurs sujets à aborder au petit-déjeuner familial.

— Elle n'a pas dormi à la maison, dit Benjamin avant de terminer son café à grand bruit. Elle t'a pas envoyé un texto, papa ?

Vincent se figea au milieu d'un mouvement en direction du paquet de céréales d'Aston.

— Non, je n'ai pas reçu de SMS, dit-il.

— T'en sais rien, répondit Benjamin. Ton téléphone est toujours en train de charger, tu ne l'as sûrement pas consulté.

— Elle est encore chez ce Dennis ? demanda Vincent en attrapant le paquet avant qu'il ne soit totalement vide.

— Papa ! hurla Aston.

— Il s'appelle Denis, soupira Benjamin. Il est français. Suis un peu.

— *Oui, monsieur**, fit Vincent avec un accent français exagéré.

Il posa le paquet hors de portée d'Aston.

Il n'avait toujours pas accepté qu'à dix-sept ans sa fille fasse désormais ce qu'elle voulait. Il avait tenté de faire remarquer que tant qu'elle habitait sous leur toit, c'étaient les règles de la maison qui étaient en vigueur. C'était même la loi. Mais il la soupçonnait de ne plus vraiment le respecter, lui, en tant que figure d'autorité. Et elle n'avait peut-être pas tort, d'ailleurs. Bizarrement, Maria ne semblait pas se faire autant de souci que lui. Sa femme avait plutôt l'air d'apprécier que Rebecka passe moins de temps à la maison.

— *Denis, l'homme mystérieux***, dit-il en levant la lèvre supérieure.

Il adopta une attitude censée rappeler la gestuelle du cinéma français.

— On le verra quand, ce jeune homme, *hein* ? Existe-t-il vraiment ? *C'est réel ?*

— Tu viens de démontrer à la perfection la raison pour laquelle elle ne le ramène pas à la maison, dit Benjamin en se levant avec un soupir.

* En français dans le texte.

** *Ibid.*

— Tant qu'elle se protège, fit Maria en rinçant sa tasse dans l'évier.

Vincent toussa violemment. La pudibonderie de Maria s'était apparemment volatilisée. Il se promit de ne jamais demander à sa femme ce qu'elle faisait quand elle avait dix-sept ans.

— Elle a besoin de pansement ? demanda Aston, la bouche pleine de Cheerios.

Plusieurs céréales rondes s'échappèrent des coins de sa bouche pour rejoindre les autres au sol.

— Non, mais ce Denis en a besoin, dit Maria. Ton père t'expliquera.

Vincent cacha son visage dans ses mains. Si l'heure était trop matinale pour Fort Boyard, l'enseignement de la petite graine ne l'enthousiasmait pas davantage.

— En tout cas, je veux pas aller à l'école, dit Aston en changeant de sujet, au grand soulagement de Vincent.

— Tu ne vas pas à l'école, tu vas au centre aéré, répondit-il. Et c'est pour quelques jours seulement. Après, c'est les vraies grandes vacances.

— Mon Dieu, ce qu'il fait chaud, déjà, dit Maria en ouvrant la fenêtre. Il n'est même pas neuf heures encore. Je vais chercher la crème solaire d'Aston.

Vincent attrapa une éponge pour enlever les céréales qui jonchaient le sol pendant que Maria se rendait à la salle de bains. En se penchant en avant, il essuya aussi de son avant-bras les premières gouttes de sueur du jour sur son front. Une pièce fraîche, aérée, se manifesta dans son esprit. Les murs étaient gris clair, tout était parfaitement ordonné, et il n'y avait ni yaourt par terre ni potentiels malentendus en l'air.

L'appartement de Mina.

Il ne l'avait vu que deux fois. Aucune des deux visites n'avait été simple. La première fois, Mina avait été inconsolable après avoir rencontré Nathalie. La deuxième fois, elle l'avait pratiquement accusé de meurtre. Mais ça n'avait aucune importance, il rêvait de son appartement ordonné. Son ancienne coéquipière n'avait aucune idée du luxe dans lequel elle vivait.

Elle avait déjà vu cette femme. Pas moyen de se souvenir où, mais elle la reconnaissait. Nathalie regarda par-dessus son épaule. Elle avait passé la nuit chez un copain, et était la seule qui allait en ville ce matin. Les autres attendaient sur le quai opposé.

— Bonjour.

Nathalie sursauta. La femme s'était adressée à elle. Elle se demanda si elle devait répondre ou pas. Elle était partagée entre les différentes recommandations qu'elle avait entendues pendant son enfance : Ne pas parler avec des inconnus ou répondre poliment quand on s'adressait à elle ? La femme n'avait pas l'air dangereuse du tout. Au contraire. Elle était belle pour son âge. Des longs cheveux blonds rassemblés en une queue de cheval lisse. Pas de maquillage, mais de longs cils naturels qui encadraient des yeux bleu clair, une peau peu ridée. Nathalie avait du mal à évaluer l'âge de la femme. À partir d'un certain âge, elle avait de toute façon du mal à faire la différence. Mais peut-être… soixante ans ?

— Bonjour ? répondit Nathalie, pas très sûre d'elle, au moment où le métro s'approchait du quai.

La femme monta juste après elle. Nathalie prit place sur un siège libre au carré. C'était un vendredi matin, mais l'été, moins de gens utilisaient le métro pour faire la navette au travail, et le train était relativement vide.

La femme prit place en face d'elle. Nathalie regarda par la fenêtre. Elle ne se sentait pas à l'aise. Le métro se remit en marche, prenant progressivement de la vitesse. Les maisons le long de la ligne défilaient de plus en plus vite. Elle essuya quelques perles de sueur de son front tout en jetant un coup d'œil prudent à la femme. Elle se sentait en nage après la courte marche jusqu'à la station. La chaleur était comme un mur, et la fraîcheur de la rame lui faisait l'effet d'une pause bienvenue. La femme semblait pourtant ne pas ressentir la chaleur, ni son chemisier blanc ni sa jupe blanche ne portaient la moindre trace de sueur.

La femme rencontra son regard. Nathalie détourna les yeux, gênée. On ne dévisage pas les inconnus. Mais la femme lui rappelait quelqu'un. Nathalie se creusait la tête pour trouver une bribe de souvenir qui pouvait l'aider à identifier la dame. Tout doucement quelque chose se mit en mouvement dans les méandres de son cerveau, quelque chose qui voulait faire surface, qui devenait tangible petit à petit. Mais qui restait encore hors de portée, lui échappait chaque fois qu'elle avait l'impression de le saisir.

L'explication n'avait peut-être rien de compliqué. C'était peut-être une personne qu'elle avait vue dans les médias, et qui lui semblait donc étrangement familière, comme avec ces célébrités qu'on a l'impression de connaître alors qu'on ne les a jamais rencontrées. Tous les jours, en ville, des gens saluaient son père, pour ensuite prendre un air embarrassé quand ils réalisaient que ce n'était pas du tout une connaissance, mais quelqu'un qu'ils venaient de voir à la télévision.

La sonnette retentit et l'enthousiaste voix féminine des haut-parleurs annonça l'arrêt suivant.

— Gullmarsplan !

La femme se leva. Nathalie s'efforça de ne pas y prêter attention, mais ne put s'empêcher de tourner son regard vers la silhouette claire tout près d'elle. La femme lui tendit sa main.

— Nathalie, n'aie pas peur de moi, dit-elle doucement. Je suis ta grand-mère maternelle. Tu ne me reconnais vraiment pas ?

Tous les morceaux du puzzle s'assemblèrent instantanément. Nathalie n'avait jamais rencontré sa grand-mère maternelle, du moins elle ne s'en souvenait pas. Elle ignorait même son existence. Mais elle comprit ce qu'elle avait vu : elle s'était reconnue dans l'aimable visage de cette femme. Le sentiment était étourdissant, c'était comme rencontrer une part d'elle-même qu'elle ne connaissait pas. Et ce sentiment était accompagné d'une certitude.

C'était vraiment sa grand-mère.

Nathalie regarda la main tendue. Le poignet était entouré d'un ruban élastique bleu. Une marque rouge indiquait que le ruban était trop serré. Difficile de se sentir menacé par une femme âgée portant un ruban élastique autour du poignet.

— Suis-moi, ma chère, dit sa grand-mère en lui faisant un signe de la main. Je voudrais te montrer quelque chose. J'attends ce moment depuis si longtemps.

*Quand je me réveille, je m'assois le dos contre le mur. Pour surveiller si quelqu'un vient pour faire quelque chose de méchant. Parce que je crois pas qu'ils sont gentils. Même si j'ai eu de la glace au dîner et qu'ils m'ont laissé regarder le film Lego aussi longtemps que je voulais.*

*Je crois pas cette méchante femme. Je crois pas qu'elle me laissera rentrer à la maison. Je déteste les films Lego.*

*Je suis ici depuis hyper longtemps. On dirait cent jours. Mais je sais bien que ça fait que deux jours.*

*J'en ai marre de pleurer. J'ai demandé plusieurs fois si maman et papa sont morts du concer. Mais ils me répondent pas. Je veux juste rentrer à la maison.*

*Hier, je leur ai dit. Plusieurs fois je leur ai dit de me ramener à la maison. À la fin, j'avais tellement mal au ventre que j'arrivais même plus à le dire.*

*Je dois aller à l'école. J'ai raté l'école hier. Et avant-hier. On devait construire des fusées pour le projet spatial. La mienne, c'est une Ferrari. Et je devais leur montrer comment danser Gangnam Style. Maintenant j'ai raté tout ça, à cause de cette stupide femme.*

*À un moment elle revient et dit qu'il y a encore de la glace, mais je réponds pas. Je pense très fort qu'elle n'existe pas.*

*Cette pièce n'existe pas.*

*Ces méchants adultes n'existent pas.*

*Rien n'existe.*

*Je n'existe pas.*

— Bonjour tout le monde, lança Julia.

Mina lui fit un signe de la main, sans enthousiasme. Julia se tenait devant le tableau blanc au fond de la salle. Mina se dit qu'elle avait l'air épuisée.

— Nous avons reçu un flot d'appels depuis la conférence de presse hier, poursuit Julia. Un enfant disparu, ça fait réagir. Les téléphones ont chauffé. N'oublions pas que cet après-midi, Ossian aura disparu depuis quarante-huit heures. Donnons du sens à cette journée. Chaque heure qui passe diminue nos chances de le retrouver.

Bosse émit un bref aboiement. Le chien avait abandonné son maître quelques instants pour se coucher sur les pieds de Peder. Ça devait surchauffer, mais Peder ne fit aucune tentative pour le repousser. Mina le soupçonna de craindre un regard assassin de Christer. Personne ne dérange l'âme sœur de Christer impunément. Le jappement aida Mina à rassembler ses pensées.

— Comme d'habitude, nous avons droit à un joyeux mélange de cinglés, de gens assoiffés de vengeance, de fabulateurs et d'autres qui prennent leurs désirs pour la réalité, dit Julia. Ossian a été vu partout, de Kiruna à Ystad, et nous avons même quelques rapports indiquant sa présence en Norvège et au Danemark. On aura à chercher une aiguille dans une meule de foin quand il s'agira de séparer le bon grain de l'ivraie, pour mélanger les dictons. Mais rien qui sorte de l'ordinaire, vous connaissez le topo. Christer a commencé à lister les délinquants sexuels en liberté en ce moment, et Sara, du département d'analyse, est venue nous assister.

Sara fit un bref hochement de tête au groupe. Elle leur avait été d'une aide inestimable quand il avait fallu traiter la masse d'informations dans l'affaire de la sœur de Vincent. Sa contribution était hautement appréciable quand il s'agissait de trier des données.

Mina remarqua que Ruben évitait de regarder Sara. Intéressant. Lui qui avait pour habitude de reluquer les femmes d'une façon proche du harcèlement. Elle se souvenait que déjà à l'époque, ça avait été raide entre ces deux-là. Mina ne put s'empêcher de se demander s'il s'était passé quelque chose entre eux. Connaissant Ruben, c'était probablement le cas. Mais à vrai dire, elle trouvait qu'il s'était un peu calmé ces derniers temps. Certes, il ratait encore régulièrement des occasions de la boucler, mais quelque chose dans son attitude avait changé.

— Peder, toi qui es notre virtuose des listes, je voudrais que Sara et toi passiez en revue tous les appels reçus, systématiquement, et que vous les classiez en trois catégories : définitivement sans intérêt, incertains, et enfin les dépositions qui pourraient nous intéresser. Soyez généreux. Il ne faut pas qu'une information utile se retrouve dans le mauvais tas. Nous n'avons pas droit à l'erreur.

Mina aimait bien Sara. Elle n'était pas du genre à laisser quelque chose lui échapper, et Peder avait l'air content de faire équipe avec elle. Il appréciait sûrement de travailler avec quelqu'un d'aussi méticuleux que lui. Peder voulait apparemment récupérer ses pieds, mais Bosse couina dans son sommeil et se cala encore plus lourdement contre ses jambes.

— Ruben et Christer, vous voyez s'il y a des éléments qui méritent qu'on y consacre plus d'attention.

— Ça marche, acquiesça Ruben.

— OK allons-y, continua Julia. N'oubliez pas que, pour l'instant, le cas d'Ossian ne ressemble pas à une disparition classique. Un enfant enlevé l'est presque toujours par un parent ou un autre membre de la famille. En général, l'agresseur n'est pas un inconnu. Cette fois-ci, nous n'avons strictement aucun indice pointant un éventuel coupable. Notre seule piste pour l'instant est la ressemblance avec le cas de Lilly Meyer, où il s'est passé trois jours entre l'enlèvement et la découverte du corps. Prions pour que les deux affaires ne soient pas si similaires que ça. Mais nous ne pouvons pas nous permettre de prendre le moindre risque. Ossian a disparu il y a deux jours. Il faut le retrouver. Aujourd'hui. Il n'y a pas d'alternative.

Ruben passa la main sur son visage et soupira.

— Je ne comprends pas pourquoi il faut qu'on soit deux, dit-il.

— Parce que ça ira deux fois plus vite, répondit Christer. En tout cas, ça devrait, mais pour ça il faut que tu te connectes.

Ruben n'avait aucune envie de parcourir cette liste de délinquants sexuels. Il avait la tête ailleurs.

Déjà hier, il avait eu l'intention de se rendre chez Ellinor. Mais n'en avait pas eu le temps. Il comprenait bien que ses histoires avec Ellinor ne présentaient pas d'urgence, alors que pour Ossian il n'y avait que ça. Mais quelque chose s'était mis en branle chez lui, et rien ne pouvait l'arrêter. Il avait besoin d'agir.

— Je vais voir avec Peder et Sara, dit-il en se levant. Ils ont peut-être un truc urgent à nous faire faire. Je ramène du café frais.

Christer eut l'air de vouloir protester, mais il hocha finalement la tête. La promesse de café n'y était sans doute pas pour rien.

— Ça va pas plaire à Julia, grommela-t-il. Prends des grosses tasses.

Ruben fila au bureau de Peder et passa la tête par la porte. Peder, ses écouteurs sur la tête, prenait des notes sur les enregistrements qu'il écoutait, tandis que Sara passait au crible un gros tas de mails imprimés.

— Alors, heureuse d'être ici et pas au département d'analyse ? dit Ruben en souriant à Sara.

Il l'avait croisée quelquefois et avait toujours eu l'impression qu'elle ne l'aimait pas. Il ne savait pas ce qu'il avait bien pu faire pour mériter ça, mais il était déterminé à y remédier. Sara était bien roulée, et elle avait son âge. Elle était donc plus vieille que les femmes qu'il chassait habituellement. De toute façon, "habituellement" était un temps révolu, comme Amanda le lui aurait rappelé.

— Je n'aurais pas survécu s'il avait fallu aller là-bas par cette chaleur, ajouta-t-il.

Sara le regarda de haut en bas.

— Un peu d'exercice te ferait pourtant pas de mal, constata-t-elle froidement.

Quelle mouche l'avait piquée, celle-là ? Ça devait être la chaleur.

— Vous trouvez des trucs intéressants ? dit-il en laissant tomber son bavardage jovial.

Sara lui tendit quelques feuilles.

— Voici la priorité en ce moment précis, dit-elle. Il y en aura d'autres, j'espère, mais la plupart des appels sont hélas assez farfelus. Ce qui ne veut pas automatiquement dire qu'ils sont à négliger, bien sûr. Mais on s'intéresse d'abord à ceux qui semblent les plus crédibles.

Il feuilleta le tas. Il n'y avait que cinq notes. Les kidnappeurs d'Ossian avaient pris soin de ne pas se faire remarquer. Soudain une des notes retint son attention. Dans le quartier d'Östermalm quelqu'un avait entendu un enfant à travers un mur d'appartement. En soi, cet appel ne se distinguait pas particulièrement des autres, mais l'adresse lui disait quelque chose. Danderydsgatan. Pourquoi est-ce que ça lui parlait ?

Il prit son téléphone et envoya un SMS à Christer. *Fais une recherche sur Danderydsgatan et je te ramène une cafetière entière.*

— J'suis pas loin, cria Christer de l'autre bout du couloir, t'as pas besoin de m'envoyer des textos.

Sara éclata de rire en même temps que Peder levait la tête, surpris.

— Ruben ? dit-il en enlevant les écouteurs. Tu voulais me voir ?

— Trop tard, répondit Ruben par-dessus son épaule en quittant la pièce. Tu as de la chance d'avoir de l'aide. Merci, Sara.

Il tourna au coin du couloir en direction de la cuisine et de la machine à café au moment précis où Julia sortait de son bureau pour se diriger dans le sens opposé. Un SMS de Christer arriva sur son téléphone avec un bip. *Pas de résultat. Du whisky avec le café ?* Il prenait le pli, apparemment, le bonhomme.

Julia avait son téléphone à elle collé à l'oreille et ne lui accorda aucune attention. Elle n'avait pas l'air d'humeur. Mais tant pis. Christer et son café allaient devoir attendre un peu.

— Julia, attends, l'appela-t-il en la rattrapant. J'ai un truc à voir avec toi…

— Tu prends des couches *jetables*, discute pas, siffla-t-elle au téléphone. Si tu lui mets des couches en tissu, c'est toi qui les laveras.

Elle coupa et vit alors Ruben.

— Oui ? dit-elle en s'éventant avec la main.

L'air du couloir était immobile.

— Je voulais… Ça va ? Je ne t'ai vue que de dos, mais… Tout va bien ?

Julia le regarda fixement.

— De dos ? Si c'était une allusion sexuelle, je ne l'ai pas comprise.

— Non, non, je voulais dire… Laisse tomber, dit-il. Je viens de lire la retranscription d'un des appels reçus, un appel d'Östermalm. Danderydsgatan. Quelqu'un a entendu un gamin pleurer dans l'appartement d'à côté, alors qu'apparemment le voisin en question n'a pas d'enfant.

— Oui, on reçoit hélas beaucoup d'appels de ce genre, soupira Julia. Cette ville est remplie de familles avec des enfants en bas âge dont les voisins sont particulièrement préoccupés en ce moment.

— Sans doute. Mais quelque chose me titille dans cet appel précisément. Christer n'a rien trouvé dans le registre des délinquants sexuels. Et pourtant… Je peux pas lâcher l'adresse.

Julia le regarda, un profond sillon d'inquiétude entre les sourcils. Il essaya de ne pas faire attention à la tache qui avait commencé à se répandre sur son chemisier. Il avait pourtant tout fait pour ne pas fixer sa poitrine.

— Ça ne te ressemble pas, Ruben, dit-elle. De te fier à ton intuition comme ça.

— Je sais. Mais, Julia, je crois… Je crois que je tiens un truc. Je ne peux pas l'expliquer. Pas encore. Mais je crois…, non, je *sais* qu'il ne faut pas que je lâche l'affaire.

Julia le regarda longuement.

— D'accord, dit-elle enfin. Tu as une heure pour explorer ta piste. Je ne peux pas te donner plus. La matière à traiter s'accumule.

Une heure. Ruben savait qu'il tenait quelque chose. Mais comment en persuader les autres sans rien de concret à l'appui ? Il *savait* qu'il avait déjà entendu le nom de

Danderydsgatan. Pas récemment, plusieurs années auparavant. Le souvenir était comme un fantôme dans son inconscient, presque invisible, mais définitivement présent. Une heure. Une heure pour sauver Ossian.

— Tu n'es pas obligé de m'accompagner. C'est n'importe quoi.

Miriam Blom avait protesté pendant tout le trajet en voiture depuis Åkersberga, mais Adam l'ignorait. Il adorait le timbre de sa voix, même quand elle était énervée. Elle lui parlait suédois depuis qu'il était petit, mais l'intonation du swahili était toujours présente et rendait son suédois encore plus mélodieux.

— Tu as des choses bien plus importantes à faire, dit-elle. Ton travail, tu ne peux pas te permettre de prendre du temps libre.

Adam trouva une place de parking devant le service d'oncologie de l'Institut Karolinska. Il inséra prudemment la voiture dans l'étroit emplacement avant de répondre.

— Bouge pas, je viens t'ouvrir.

Il fit rapidement le tour de la voiture, sachant qu'elle serait capable d'essayer de sortir par ses propres moyens.

— Bon Dieu, ce que tu peux être oppressif.

— Oppressant, on dit.

— Ne corrige pas ta vieille mère, dit-elle en lui donnant une petite tape sur la tête.

Il esquiva par habitude. Quand il était petit, c'était parfois la cuiller en bois qui fendait l'air quand il n'était pas sage. Ou une sandale. Il n'avait alors pas toujours le temps de l'éviter.

— Tu devrais te trouver quelqu'un d'autre à oppresser, dit-elle. C'est quand que tu vas te trouver une fiancée, hein ?

Adam soupira. Le sujet était récurrent, éculé même.

— Ce n'est pas le moment, répondit-il. Le boulot, tout ça…

— Elle peut même être blanche, tu sais, dit sa mère. Tant qu'elle est intelligente. Et qu'elle a les hanches assez larges pour me donner plein de petits-enfants.

Elle s'appuyait lourdement sur son bras.

— C'est donc ça, le cœur du sujet, rit-il. Tu ne te soucies pas vraiment de ma vie sentimentale. Tu veux juste être grand-mère.

— Bien entendu, répondit-elle. Je veux pouvoir distribuer des tonnes de bonbons.

Elle avait toujours été physiquement imposante. Aussi loin qu'Adam se souvenait. Petit, il avait adoré monter sur ses genoux et se laisser engloutir dans la chaleur de son corps. Miriam avait toujours représenté la sécurité pour lui. Son centre, son repère. Celle qui le formait et l'aidait à croire en l'humanité, malgré tout ce qu'il voyait par son travail.

— J'ai déjà une femme dans ma vie, tu le sais bien, dit-il. Tu as raison, on est débordés à l'hôtel de police en ce moment, mais ils vont s'en sortir sans moi pendant une petite heure. Par contre, moi, je ne m'en sortirais pas sans toi, s'il t'arrivait quelque chose. Je te promets de filer direct au boulot dès que je t'aurai ramenée à la maison.

— Je peux très bien prendre un taxi, protesta Miriam.

— Tu n'as pas les moyens de prendre un taxi, répondit-il. Tu aimes ton travail, mais je sais ce que tu gagnes à l'assistance sociale. J'attends et je te ramène.

— Quel malheur, un gamin aussi têtu, grommela Miriam en essuyant la sueur de son front avec un mouchoir.

— On se demande de qui je tiens ça, dit Adam en lui ouvrant la porte de l'accueil. Et tu peux être sûre que tes petits-enfants seront pareils.

Il évita de regarder la mention “Service d'oncologie” au-dessus de la porte. Jusqu'à il y a peu, ce mot faisait à peine partie de son vocabulaire, et maintenant il le détestait de tout son être.

— Nous avons rendez-vous avec le docteur Stjärngren, annonça-t-il à la réception.

— Allez-vous asseoir, on vous appellera, répondit une femme d'un certain âge derrière sa vitre.

Elle indiqua une salle d'attente à proximité.

L'environnement médical le mettait toujours mal à l'aise. Il installa Miriam sur une chaise et alla leur chercher un gobelet d'eau à chacun. La pièce était heureusement assez fraîche, et il sentit la sueur sous ses bras commencer à sécher. Il contempla le profil de sa mère pendant qu'elle vidait le gobelet avec avidité. Quand elle l'eut déposé, il lui prit la main. Miriam lui jeta un coup d'œil surpris et retira sa main. Pour la relever et lui donner encore un petit coup sur la tête.

— *Simama !*

— Allons, allons, on n'a plus le droit de manifester un peu de tendresse envers sa petite maman ?

Il rit.

Miriam renâcla.

— Tu me stresses. *Simama !*

Adam reprit sa main. Cette fois, elle ne retira pas la sienne.

Mina était assise à côté de Christer devant son ordinateur. Des visages défilaient à l'écran. Tous ces prédateurs, prêts à ruiner la vie d'un enfant pour un instant de pouvoir. Ou de satisfaction sexuelle. Mina savait qu'il ne fallait pas considérer les criminels sexuels comme des personnes rationnelles, que la plupart d'entre eux étaient diagnostiqués malades mentaux, incapables de contrôler leurs propres pulsions. En tant que policière, elle devait en tenir compte. Mais à titre personnel, elle n'était pas loin de souhaiter une dérogation à l'interdiction de la peine de mort pour ce genre de crimes.

Ruben était debout à côté d'elle, bras croisés, pendant que Christer passait encore une fois le registre en revue, à la demande de Ruben. Il disait avoir une piste. Les auréoles de sueur au niveau des aisselles étaient bien trop visibles, malgré ses bras croisés. Mina frémit intérieurement, et Christer lui tendit un petit ventilateur à piles. Il l'avait trouvé dans une boutique qui en vendait pour dix couronnes pièce et, vu l'amoncellement derrière lui, il avait dû en acheter au moins cinquante.

Mina secoua la tête devant la proposition. Elle n'avait aucune envie d'envoyer vers son propre visage les particules de sueur de Ruben et de Christer qui assurément devaient déjà saturer l'atmosphère de toute la pièce. Plutôt mourir de chaud.

Christer arrivait à la fin de son registre.

— Parmi ceux qui habitent Stockholm, aucun ne se trouve à proximité de Danderydsgatan, soupira-t-il. On a déjà vérifié tout ça. On a également comparé les noms de tous les habitants de Danderydsgatan 12, d'où venait l'appel, à nos fichiers généraux. Aucun résultat. Et si on passait aux autres appels ?

— Non, dit Ruben fermement. Je suis sûr de moi. Le kidnappeur a peut-être une nouvelle identité, et c'est pour ça qu'on ne le trouve nulle part ?

— Là, tu te raccroches aux branches. La seule raison pour offrir une nouvelle identité à un pédophile serait qu'il soit en danger de mort. Je n'ai trouvé aucun cas actuel de ce genre, encore moins concernant une femme. Et nous savons qu'Ossian a été enlevé par une femme.

— Ça ne veut pas dire qu'il est détenu par une femme, objecta Ruben.

Mina prit son téléphone, l'essuya avec une lingette humide, ouvrit Google Maps et lança une recherche sur Danderydsgatan. Quand l'image satellite s'afficha, elle la manipula de façon à se faire une idée du quartier.

— Vous avez vérifié tous les locataires des numéros 10 et 14 aussi ? demanda-t-elle.

— Non, pourquoi ? dit Christer en levant la tête de son écran d'ordinateur.

— Parce que le numéro 12 est au milieu d'un pâté de maisons. Selon où se situe l'appartement d'où est venu l'appel, le voisin en question peut aussi bien habiter le numéro 10 ou le 14.

Elle leur montra le plan. Christer soupira et fit une recherche sur les numéros dans le registre d'adresses.

— Dans Danderydsgatan 14 nous avons un Mats Palm, une Ingrid Börjesson et un Gerhard Frisk, dit Christer. Les autres locataires sont des entreprises. Ces noms te disent quelque chose ?

Ruben secoua la tête.

— Et dans Danderydsgatan 10, il n'y a pas beaucoup de particuliers non plus, continua-t-il. Andreas Wilander, Lenore Silver, Matti…

— Stop ! s'écria Ruben. C'est elle ! Lenore. Bon sang, t'as une photo d'elle ?

Christer fit quelques recherches rapides sur Google.

— Bizarre, dit-il. Elle n'est sur aucun réseau social. Elle a juste un compte Facebook qu'elle n'a pas mis à jour depuis cinq ans. Sa dernière action a été de changer sa photo de profil.

— Cinq ans, dit Ruben en se penchant vers l'écran. Ça ne m'étonne pas.

Il inspecta la page Facebook que Christer avait trouvée et montra du doigt la photo de Lenore.

— Bon sang, c'est bien elle ! dit Ruben. Nouvelle coiffure et teinte de cheveux, poitrine euh… réduite. Mais c'est bien elle.

Mina n'avait pas la moindre idée de ce dont il parlait.

— Vous savez que je n'oublie jamais un visage, dit-il. Ça fait partie de mes nombreux super-pouvoirs. Les adresses, c'est un peu plus dur à retenir, mais on n'oublie pas une affaire comme celle-ci. Pas moi, en tout cas.

— Et pour nous qui ne sommes pas toi, fit patiemment Christer, accepterais-tu d'éclairer les masses ignorantes de ton génie ?

— Vous vous souvenez de la grosse affaire de trafic d'êtres humains il y a cinq ans ? Dix personnes ont été condamnées pour séquestration et traite d'êtres humains. Ils avaient opéré en plein centre de Stockholm, les voisins n'avaient rien vu.

Mina s'en souvenait très bien. Le tribunal avait été expéditif, compte tenu de l'âge des enfants vendus, et avait qualifié l'affaire d'exploitation humaine gravissime. Les coupables avaient été condamnés de peines allant de quatre à dix ans de prison. Mina trouvait les sanctions bien légères.

— Le cerveau du réseau était un certain Kaspar Silver, dit Ruben. Mais au procès, sa sœur avait témoigné en sa faveur. Elle clamait qu'il était blanc comme neige et qu'un autre type était derrière toute l'affaire. Elle n'avait pourtant aucun nom à balancer quand elle avait été interrogée sur ce point.

— Son témoignage n'a pas évité à Kaspar d'écoper de la peine la plus sévère, dit Christer.

— La sœur s'est volatilisée après l'impressionnante médiatisation de l'affaire, dit Ruben en montrant à nouveau l'écran du doigt. Elle a visiblement changé de look et a évité toute apparition sur les réseaux sociaux. Mais elle n'a pas assez changé d'apparence. Voici Lenore, la sœur de Kaspar Silver. La sœur qui affirmait que Kaspar n'était pas responsable des rapts d'enfants. C'était quelqu'un d'autre… et pourquoi pas elle-même. Je pense que Lenore a repris les affaires de son frère.

Le ventilateur de Christer émit subitement une petite détonation et s'éteignit. Il le balança sur le tas d'autres ventilateurs défectueux.

— J'informe Julia immédiatement, dit Mina. Ruben, tu appelles l'unité d'intervention. Nous partons pour Danderydsgatan au plus vite.

Vincent contemplait les poissons qui tournoyaient dans l'aquarium, tout en pliant le papier jaune en essayant de se souvenir des instructions. Son spectacle de ce soir se tenait à Stockholm, pour une fois, il avait encore quelques heures devant lui avant d'y aller.

Quand les enfants étaient plus jeunes, ils se souhaitaient un "vrai" animal de compagnie, ce qui dans leur monde signifiait un animal à caresser. Ils avaient juré sur tout ce qu'ils avaient de plus cher qu'ils s'occuperaient eux-mêmes de la bestiole, mais il savait très bien qu'une telle promesse ne tiendrait pas au-delà de la première semaine.

Alors ils avaient des poissons. Il avait trouvé une espèce nommée poissons-chiens américains, un nom qui rendait Aston hystériquement hilare aujourd'hui encore. Les poissons mangeaient dans leurs mains, ce qui n'était bien sûr pas tout à fait comme caresser un vrai chien, mais il fallait s'en contenter.

Tout le monde, y compris Vincent lui-même, avait été surpris de constater que de tous les membres de la famille, il était celui qui avait réellement adopté ces poissons. Certains jours, il avait l'impression qu'ils étaient ses seuls amis. Les jours où l'ombre prenait le dessus. Ces jours-là se faisaient plus nombreux, ces temps-ci. C'était alors comme s'il portait ce que les astronomes appellent la face cachée. L'endroit d'une planète qui reste perpétuellement dans l'obscurité, qui n'est jamais touché par la lumière. L'ombre des ombres.

L'origine de son ombre à lui, il la connaissait déjà.

Il déposa le pliage qu'il venait de terminer et s'empara d'une nouvelle feuille. Aujourd'hui, c'était l'anniversaire de feu sa mère. Il ne l'avait pas dit à sa famille. Moins ils posaient de questions concernant son passé, mieux c'était. Il fit les derniers plis et rassembla ensuite les deux feuilles pliées pour former l'animal prévu. La complexité de la figure nécessitait deux feuilles. Il ne manquait plus que les points et le léopard en origami serait terminé. Il en avait fait un l'année précédente, en cadeau d'anniversaire à sa mère, et s'était dit qu'il allait continuer à en faire chaque année. Comme pour honorer sa façon de s'habiller lors du dernier anniversaire qu'ils avaient fêté ensemble. Le souci, c'était que cela le faisait aussi penser à Jane. Et en ce moment précis, il ne voulait pas de ces pensées-là.

Mieux valait se concentrer sur les poissons. Famille des *Umbridae*. De ces lettres, il était possible de constituer les mots "Dubai", "radium" et "bermuda". Mais il avait beau se creuser la tête, il n'arrivait pas à trouver d'anagramme parfaite, ni même plusieurs mots qui auraient un quelconque sens.

Il secoua la tête. Certains jours, les images ne venaient pas. Certains jours, c'était comme si les poissons et lui étaient seuls contre le reste du monde. Quand la maison était vide, comme maintenant, il lui arrivait d'imaginer que sa famille n'était qu'une idée. Un produit de son imagination. C'était seulement quand Rebecka rentrait, tout à son téléphone, ou quand Aston faisait irruption en courant vers les toilettes sans enlever ses chaussures, qu'il pouvait enfin se détendre complètement.

Et en même temps, dès qu'ils étaient à la maison, il était obligé de correspondre à l'image d'un mari et père correct. Or, il était persuadé qu'il laissait beaucoup à désirer.

Il versa une petite portion d'aliment pour poisson dans la paume de sa main.

Alors qu'avec Mina…

Avec Mina il avait été lui-même.

Il n'avait pas eu besoin de s'efforcer d'être quelqu'un d'autre.

Il avait déjà eu ces pensées de nombreuses fois alors qu'il savait qu'elles n'avaient rien de constructif. Car Mina faisait partie du passé. Il lui fallait l'accepter. Mina, c'était autrefois, plus maintenant. Elle n'était même pas présente à la conférence de presse hier. Elle vivait probablement sa vie ailleurs.

Restait le fait qu'il avait été bien avec Mina, et *seulement* avec elle.

Pendant que les poissons lui chatouillaient la paume, il réfléchissait à ce que cela pouvait bien signifier.

— Pourquoi je ne t'ai jamais rencontrée avant ? C'est papa qui n'a pas voulu ? Ou toi ?

Nathalie regardait avec curiosité la femme qui disait être sa grand-mère maternelle. Elle ne savait même pas qu'elle en avait une. Enfin, elle savait bien sûr qu'elle devait avoir une grand-mère. Tout comme elle avait eu une maman. Mais elle avait sans doute déduit, inconsciemment, qu'elle était morte, comme sa mère. Son père ne parlait jamais de cette partie de la famille. Même quand elle lui posait des questions. Elle avait donc supposé qu'il n'y avait plus personne du côté de sa mère. Peut-être même avait-elle choisi de penser ainsi. Le manque de sa mère, dont elle se souvenait à peine, était déjà pénible à vivre. Il n'y avait pas la place pour d'autres manques. Mais la voilà. Sa grand-mère. Ines. Sa présence remettait en question tout ce que Nathalie croyait savoir.

— Je répondrai à toutes tes questions quand ce sera le moment, dit la femme âgée.

— C'est quel genre d'endroit ici ? demanda Nathalie, curieuse.

Elles avaient fait le trajet de Gullmarsplan jusqu'à Slussen, puis pris un bus jusqu'à Värmdö. La ville était désormais loin derrière elles. Elles avançaient à pied sur une petite route en pleine nature, longeant des pâturages à moutons et quelques maisons dispersées.

— C'est chez moi, dit sa grand-mère.

Nathalie ajusta la sangle de son sac qu'elle portait en bandoulière. Dans sa poche, son téléphone vibra à nouveau. Sûrement papa. Depuis une heure, au moins, il essayait de la contacter. Elle avait dit qu'elle rentrait direct aujourd'hui. C'était bien fait pour lui d'être inquiet. Qu'il lui ait depuis toujours caché l'existence de sa grand-mère la mettait tellement en colère qu'elle en avait les mâchoires crispées. Il avait tout contrôlé dans sa vie. Pour la protéger, qu'il disait. En réalité, il l'avait enfermée. Et quand elle allait quelque part, elle savait que les gardes du corps n'étaient jamais loin. Elle ne les voyait pas toujours. Mais elle les sentait. En plus, papa avait eu le culot de lui demander pourquoi elle avait si peu d'amis. Quel con.

Quand elle avait décidé de suivre sa grand-mère, elle lui avait envoyé un SMS.

*Suis avec ma grand-mère,* avait-elle écrit. *Tu sais,* MA GRAND-MÈRE MATERNELLE. *Je ne rentre pas pour le repas ce soir.*

Elle avait ponctué d'un émoji représentant un majeur dressé. Elle avait un peu mal au ventre quand elle pensait à ce qu'elle avait fait. Elle n'avait jamais été si ouvertement insolente envers son père. Une partie d'elle comprenait pourquoi il la surprotégeait. Il n'avait plus qu'elle. Après l'accident de maman, ça n'était pas un mystère s'il faisait tout pour que rien n'arrive à sa fille.

Seulement, maintenant elle savait qu'ils n'avaient pas été seuls au monde. Pendant tout ce temps où elle avait rêvé d'avoir de la famille, des proches qui pourraient lui transmettre des souvenirs de sa mère qui n'était qu'une ombre dans sa conscience, elle avait existé. Sa grand-mère. Sans que papa ne dise rien. Qu'il crève en enfer.

— Plus que cette petite colline à remonter et nous sommes à la maison.

Grand-mère montra le haut de la route, et la pancarte au sommet : *Épicurium.*

— Qu'est-ce que c'est ? On dirait un centre de conférences. T'habites dans un lieu comme ça ?

Nathalie fronça les sourcils. Mais à mi-côte, quand une belle bâtisse apparut, elle se détendit.

— Waouh…

— Oui, c'est beau ici, dit grand-mère avec fierté. Et oui, j'habite ici, mais nous n'y tenons pas des conférences. Nous faisons des séminaires, des stages.

— C'est quel genre d'endroit ?

Nathalie sentait la sueur lui couler dans le dos et former une grande tache humide sur son tee-shirt.

— Je peux te faire faire une visite guidée et tout te raconter. C'est plus simple si je te montre.

En haut de la colline, Nathalie s'arrêta pour retrouver son souffle. Elle se fit la remarque qu'elle était nettement plus essoufflée que sa grand-mère qui semblait forte et bien entraînée pour son âge.

La maison devant elle brillait sous le soleil. Elle était d'un blanc éblouissant, moderne, agrémentée d'un corps de bâtiment de chaque côté.

— Waouh, répéta-t-elle. Si j'avais pu passer mes vacances d'été ici au lieu de rester en ville avec papa !

Grand-mère sourit. Ensuite, elle tira sur le ruban bleu, et le relâcha. Quand le ruban frappa son poignet avec un son sec, elle ferma les yeux une fraction de seconde.

— Ça fait pas mal ? demanda Nathalie, déconcertée.

— Si, justement, répondit grand-mère. Je t'expliquerai plus tard. Regarde autour de toi. Tu sens l'énergie ? Ici, il n'y a rien d'autre que de l'énergie positive. Ici, on peut respirer. Tu le sens ?

Grand-mère ferma les yeux et inspira profondément. Nathalie se sentait un peu bête, mais pour une raison ou une autre, elle avait envie de plaire à cette femme, alors elle fit comme elle. Quand elle ferma les yeux, tout s'arrêta autour d'elle. Elle n'entendait plus que sa propre respiration et le sang qui pulsait dans ses veines. L'air dans ses poumons était pur. Le vent chuchotait dans les arbres.

Et elle comprit quelque chose. Aucun homme équipé d'une oreillette ne se cachait entre les troncs d'arbres. Personne n'était là pour la ramener à la maison. Ses gardes ne l'avaient pas suivie. Seule explication possible : papa leur avait demandé de la laisser tranquille. Autrement dit, il connaissait sa grand-mère. Elle avait du mal à croire que son père entretenait une relation de confiance avec sa grand-mère, puisqu'il n'avait jamais rien dit à son sujet. Mais elle ne voyait pas d'autre explication. Et à vrai dire, les raisons de son père, elle n'en avait rien à faire. Ce qui comptait, c'était qu'ils ne l'avaient pas suivie. Pour la première fois de sa vie, elle était libre.

Nathalie sentit une main prendre la sienne.

— Viens. Je vais te montrer ma maison.

Une chaleur se répandit dans son corps, venant de la main de grand-mère. Dans son sac, le téléphone vibra à nouveau. Elle l'ignora.

Ils garèrent le véhicule d'intervention dans Engelbrektsgatan, à un pâté de maisons de l'immeuble de Lenore. Il valait mieux qu'elle ne se méfie pas. Surtout étant donné qu'ils n'avaient pas la moindre preuve. Tout reposait sur l'intime conviction de Ruben. Adam avait espéré que Ruben ne les accompagnerait pas. La visite à l'école d'Ossian avec lui n'avait pas été une réussite. D'un autre côté, ils avaient besoin de tout le monde sur le terrain. Toutes les patrouilles étaient déjà dispersées en ville, à explorer autant de pistes que possible.

— Lenore Silver, donc, ricana Gunnar.

Ruben avait présenté Adam aux autres en chemin. Il n'avait pas manqué de mentionner discrètement à Adam que Gunnar sauterait sur la première occasion pour lui faire remarquer que lui, Gunnar, était fait de bois massif du Nord.

— C'est que je m'en souviens, de la Lenore, ajouta Gunnar. Surtout de ses melons. Pas une mince affaire, pour ainsi dire.

Il posa ses mains en coupe devant sa poitrine pour s'assurer que tout le monde saisisse l'allusion. Les collègues secouèrent la tête, mais les sourires en coin trahissaient que l'image n'était pas pour leur déplaire. Adam poussa un soupir. À croire qu'une loi exigeait la présence d'au moins un Gunnar dans toute équipe de police.

— Tu disais qu'ils sont plus petits maintenant, Ruben ? poursuivit Gunnar. Dommage. Y en a qui savent vraiment pas apprécier ce qu'ils ont. Mais elle veut sûrement du bois massif du Nord tout pareil.

Il fit un clin d'œil évocateur.

— T'as aucune chance de toute façon, avec le bide que tu te traînes, objecta Ruben en tapotant Gunnar sur le ventre. Mais l'uniforme, ça aide. Crois-moi, je sais de quoi je parle.

Ruben laissa flotter sa réflexion le temps que tous aient saisi. Adam ne croyait pas un instant que Gunnar ait eu la moindre touche auprès de Lenore, mais Gunnar tapa Ruben dans le dos en éclatant de rire.

— J'aurais dû m'en douter, dit-il en rigolant. Toi qui cours après tout ce qui bouge.

Le regard d'Adam croisa un instant celui de Ruben. Et ce qu'il vit le surprit. Ruben semblait presque tourmenté. Mais ce n'était pas le moment de creuser, ils avaient du pain sur la planche, et l'heure avançait.

— Bon, les gars, fit Adam. Maintenant on se focalise sur l'intervention. Nous n'avons aucune certitude que Lenore garde effectivement Ossian en captivité. Nous ne savons pas non plus si d'autres personnes sont présentes. Avant d'agir, nous devons tâter le terrain. Si Ossian est bien là, nous n'avons pas droit à l'erreur, d'où la présence de l'équipe d'intervention au complet. Mais attention, il ne faut pas la faire fuir. L'exercice est délicat. Habituellement, c'est Julia qui est aux commandes, mais en ce moment précis, elle est sur d'autres pistes, alors c'est moi qui prends le relais.

Un bougonnement mécontent se fit entendre du côté de Gunnar. Adam l'ignora. Il n'avait pas le temps de se demander si ce mécontentement était lié à la couleur de sa peau ou à son absence de réaction aux remarques concernant la poitrine de Lenore. Ou peut-être simplement parce qu'en temps normal leur chef d'opérations était une femme.

— Grâce à Julia, on a déjà des agents en civil en place de l'autre côté de la rue, reprit-il. Selon le gardien de l'immeuble, la porte d'entrée est le seul accès. Il y a bien une porte menant à la cour intérieure, mais la cour en question est sans issue. Nous avons cependant un homme en civil en poste là aussi, par précaution.

— C'est quoi, le plan ? demanda Gunnar. Assaut surprise ?

— Non, je vais d'abord discuter avec elle.

— Comment ça, discuter ? dit Ruben. Tu as l'intention de *négocier* la libération d'Ossian ? Je sais bien que tu voulais être le *good cop* la fois suivante, mais c'est peut-être pas le moment…

Adam affronta le regard de Ruben. Il ne ressentait pas le besoin de se lancer dans un concours de testostérone à cet instant, ni à aucun autre d'ailleurs.

— Je ne négocie pas avec des gens comme Lenore, répondit-il. Mais je peux lui faire baisser sa garde en me faisant passer pour quelqu'un d'autre. Cela me permettra d'évaluer la situation à l'intérieur. Si on se trompe de lieu, on va pas prendre le risque de révéler notre présence aux éventuels kidnappeurs. Tu sais que c'est mon métier ? C'est mon travail au quotidien et j'y ai été formé. Mais tu te crois peut-être mieux placé, tu veux peut-être mener l'intervention ?

Les yeux de Ruben s'illuminèrent un instant, puis les muscles de son visage se détendirent. Adam avait fait exprès de le provoquer. Il s'était dit que c'était le genre de langage que Ruben devait comprendre. Et ça avait l'air de marcher.

— À toi de jouer, dit Ruben.

Adam acquiesça. Il enfila un sweat portant le logo d'*Immo Sécurité*, se munit d'un dossier noir et d'un stylo, et sortit du véhicule. Il longea l'immeuble, tourna au coin de la rue et se dirigea avec conviction vers le concierge qui l'attendait devant la porte d'entrée. Dès que les collègues en poste de l'autre côté de la rue lui eurent signalé que la voie était libre, il donna l'ordre au reste de l'unité d'intervention. En équipement complet, ils pénétrèrent dans l'immeuble et se dispersèrent dans les escaliers, le plus discrètement possible. Adam monta au deuxième et trouva rapidement la porte de Lenore.

Il ferma les yeux un court instant.

L'adrénaline monta dans son corps. À petites doses, c'était bien. Mais s'il était submergé, il ne pourrait pas accomplir sa mission. Il inspira profondément par le nez et expira par la bouche, tout en faisant semblant de vérifier le contenu de son dossier, au cas où quelqu'un le surveillait par le judas.

Nouvelle inspiration par le nez, puis expiration par la bouche.

Il appuya sur la sonnette.

Lenore ouvrit au bout de sept secondes. C'était assez rapide, mais lui laissait malgré tout suffisamment de temps pour dissimuler quelque chose si besoin. Ou quelqu'un. Il reconnut immédiatement le visage de la page Facebook. Elle était pieds nus et ne portait qu'un short et un débardeur. Pas le genre de vêtements qu'on enfile si on prévoit une évasion rapide. Elle ne s'attendait visiblement pas à sa visite.

Adam dégaina son sourire à faire fondre un iceberg.

— Bonjour, dit-il avec amabilité. Je viens de la part du concierge. Comme vous le savez sûrement, nous intervenons en ce moment concernant la fuite au quatrième.

Il s'abstint de regarder vers l'intérieur de l'appartement derrière elle, sachant que cela pourrait la mettre sur ses gardes. Au lieu de ça, il la regardait droit dans les yeux, tout en continuant à sourire, dans l'espoir qu'elle allait mordre à son hameçon. Il avait dit "comme vous le savez sûrement" pour qu'elle se mette automatiquement à creuser sa mémoire.

— Je ne suis pas au courant, dit-elle en fronçant les sourcils.

Son regard errait pendant qu'elle cherchait dans sa mémoire. C'était l'ouverture qu'il attendait. Il garda ses yeux à la même hauteur que les siens, mais déplaça son regard d'un centimètre pour voir ce qu'il y avait derrière elle. Un long couloir, au bout duquel se trouvait une cuisine. Il ne voyait que la première partie, mais remarqua un grille-pain de la marque Smeg et un refroidisseur à vin mural. Rien d'anormal. Rien qui semble déplacé.

Il baissa les yeux et fit semblant de consulter son dossier. Il scrutait en réalité le sol à la recherche de chaussures d'enfant. Trois paires de chaussures à talons hauts de la marque Jimmy Choo étaient alignées, mais rien qui pourrait aller à un enfant. Il releva les yeux. Vit quelques vestes et manteaux sur des patères à côté d'elle. Un miroir qui avait besoin d'être nettoyé. C'était tout.

Trois secondes au grand maximum.

Et pas le moindre indice qu'un enfant se trouvait là. Il allait devoir entrer dans le logement.

— Vous devriez avoir reçu un mail, dit-il. Mais ce n'est pas grave. Il y a eu une importante inondation au quatrième étage il y a deux jours, on répertorie donc la totalité des dégâts occasionnés. Notre rapport vous permettra de faire une déclaration auprès de votre assureur. Est-ce que je peux entrer pour vérifier l'état de votre salle de bains ?

Il se pencha légèrement vers l'avant. Un vrai pas en avant aurait été trop direct.

— Je ne… c'est vraiment pas le moment, dit Lenore en jetant un coup d'œil par-dessus son épaule. Je… j'allais sortir.

Merde. Elle commençait à se méfier. Ou bien, elle avait quelque chose à cacher. Il avait du mal à croire qu'elle était sur le point de sortir, vu sa tenue. Il se demandait ce qu'elle pouvait bien avoir en tête. Mais savait qu'il n'en saurait rien pour le moment. Il devait maintenant se retirer, lui donner tout l'espace nécessaire pour que la suspicion qui s'était éveillée en elle s'estompe.

— Pas de problème, dit-il avec un nouveau sourire, et en rangeant le stylo dans sa poche. On est sur place aujourd'hui et demain. Je suis dans les parages, il suffit de me faire signe quand ça vous arrange. Mais n'hésitez pas à inspecter votre salle de bains vous-même, si vous avez un moment. Au revoir.

Il fit un signe de la main et commença à s'éloigner avant qu'elle n'ait le temps de répondre. La dernière chose qu'il vit était le miroir sale de l'entrée. Sale de petites taches de gras tout en longueur. Puis la porte se ferma.

Petites taches tout en longueur.

Cinq taches les unes à côté des autres.

À un mètre de hauteur environ.

Comme des.

Comme des doigts d'enfant.

C'était très loin d'être suffisant.

Mais imagine.

Si.

Il dévala l'escalier deux marches à la fois. Dès qu'il fut en bas, il donna le signal d'alerte.

Le téléphone de Julia s'obstinait. Cinq nouveaux messages de Torkel. Elle avait sérieusement envisagé de bloquer son numéro. Mais ça ne se fait pas. On ne bloque pas son propre mari. Le père de son enfant.

Ou bien ?

Le fait était qu'il la dérangeait dans son travail. Chaque fois que le numéro dans le cercle rouge signalait un nouveau SMS, elle était déstabilisée. Elle ne put s'empêcher de se demander ce qu'il lui voulait cette fois-ci, et de se dire que c'était peut-être important. Ce n'était jamais le cas. Les questions énervantes de Torkel lui coûtaient plus de temps et de concentration qu'elle ne pouvait se permettre d'en dépenser. Surtout que la journée était loin d'être terminée. Peut-être qu'il lui faudrait un second téléphone, avec un numéro que seul Torkel connaîtrait. Un téléphone qu'elle pourrait alors planquer au fond de son sac et ignorer.

Pendant qu'elle cherchait dans les paramètres comment bloquer un numéro, juste par curiosité, son téléphone sonna à nouveau. C'était Adam.

Elle répondit et l'écouta attentivement. Posa une question. Ensuite, elle raccrocha et se précipita vers l'open space où Mina, Peder et Christer s'attelaient au suivi des derniers appels. Il faisait trop chaud pour s'enfermer chacun dans son bureau. Mais l'air de l'open space était à peine plus respirable. Christer avait eu la bonté de munir tout le monde de petits ventilateurs à piles. Même Mina en tenait un dans sa main, en grimaçant et en ventilant partout sauf vers son visage.

— Comment ça se passe ici ? demanda Julia.

— Pas terrible, répondit Mina en sortant une lingette humide avec laquelle elle essuya la souris de son ordinateur. Jusqu'à présent nous n'avons détecté que des parents avec des jeunes enfants dans des logements aux cloisons trop fines. Au mieux. Souvent ça mène à rien du tout. Comment ça va de ton côté ? Et pour l'équipe d'intervention ?

Mina jeta la lingette dans une corbeille où elle atterrit sur une petite montagne de lingettes identiques.

— Adam vient d'appeler, dit Julia. Ils ont trouvé un enfant de cinq ans à Danderydsgatan 10. Chez Lenore Silver. Tout semble indiquer qu'il s'agit d'un enfant enlevé. Faut croire que l'intuition de Ruben mérite une médaille.

Mina, Peder et Christer la regardèrent sans bouger un sourcil.

— Dieu merci, c'est terminé, lâcha enfin Peder, sur le point de s'effondrer en larmes de soulagement. On l'a retrouvé. Je vais enfin pouvoir dormir à nouveau.

Julia secoua la tête.

— Le problème, c'est que ce n'est pas Ossian. C'est une petite fille.

— Tu rentres tôt aujourd'hui, il n'est que quatre heures ? dit Anette. Monsieur espère un câlin du vendredi après-midi avec sa meilleure moitié, c'est ça ?

— J'aimerais bien, dit Peder à sa femme, mais je ne reste pas.

Il serra Anette fort dans ses bras et inspira son odeur. Un mélange de son parfum préféré, *Chloé*, et... de pâtisseries tout juste sorties du four ? Il remarqua alors les traces de préparation de muffins à la cuisine.

— Vous avez eu le temps de faire des gâteaux, déjà ? dit-il. Mais vous venez de rentrer, non ?

— Pas le choix, répondit Anette. La nouvelle assistante à la maternelle, tu te souviens ? Elle possède apparemment un don surnaturel pour la confection des gâteaux. Il ne me restait plus qu'à acheter le nappage sur le chemin du retour.

— Tu es surhumaine ! souffla Peder en secouant la tête. Mais elle place vraiment la barre trop haut, cette nouvelle. Je lui en toucherai un mot un de ces jours. Elles sont où, les minettes ?

— Parquées devant Winx Club.

— Des nouveaux épisodes ?

— Non, toujours les mêmes, mais c'est pas la peine de leur dire. Elles sont super anxieuses à l'idée que Bloom se trouve à nouveau dans le pétrin.

— Elle a mis le feu quelque part ?

Anette le scruta un instant.

— Ton expertise en matière de séries d'animation féeriques me trouble un peu… Je sais pas si je dois trouver ça sexy ou dérangeant ?

— Pourquoi pas un peu des deux ? sourit Peder en se dirigeant vers le séjour. Sexy dérangeant !

Il faisait de son mieux pour garder un ton léger, mais se doutait qu'il n'était pas entièrement convaincant. Des jours comme ceux-ci, où il travaillait quasiment non-stop, étaient lourds à porter pour Anette. Gérer seule le quotidien avec des triplées de deux ans et demi sans négliger son travail d'enseignante n'était pas une mince affaire. Il se promit qu'elle aurait le droit de faire la grasse matinée ce week-end.

— Papa !

Trois petites voix hurlèrent à l'unisson quand les triplées bondirent du sol comme des ressorts. Il n'était pas peu fier de concurrencer les tribulations magiques de Bloom la fée.

Trois paires de petits bras lui serraient le cou, et il eut du mal à ravaler ses larmes. La chaleur de leur corps lui rappela la raison pour laquelle il devait repartir. Le corps d'Ossian avait-il été aussi chaud quand il faisait des câlins à ses parents ? Probablement.

— Il faut bientôt que je reparte, dit-il en les serrant fort. Je voulais juste faire un tour à la maison pour câliner mes princesses chéries.

— Mais papa, on est pas des princesses ! On est des fées ! Comme dans Winx Club !

— Pardon, j'oubliais. Bien sûr. Mais il se trouve que je suis un papa qui… mange des fées !

Il poussa un rugissement et se mit à les mordiller. Les fillettes s'esclaffèrent joyeusement. À ce moment-là, un événement bien plus dramatique encore se produisit sur l'écran de la télé, et les filles se jetèrent à nouveau par terre, les yeux rivés sur les personnages animés.

Il resta à les contempler un petit moment avant de rejoindre Anette dans la cuisine. Il devait juste prendre une douche et se changer avant de repartir au boulot, mais il avait besoin de respirer. Ne serait-ce qu'un court instant. Malgré le chaos qui régnait souvent à la maison, c'était ici, auprès d'Anette et des filles, qu'il rechargeait ses batteries. Il avait besoin de cette énergie-là pour faire face aux abominations que son emploi impliquait parfois.

— Vous avancez ?

Anette le regarda à la dérobée tout en commençant à déblayer le chantier muffin. Elle avait du pain sur la planche. Peder hésita. Puis il se décida à lui parler de la petite fille qu'ils avaient trouvée cet après-midi. La déontologie de la police ne voyait sans doute pas d'un bon œil qu'il partage les détails des enquêtes, mais s'il ne pouvait pas se confier à Anette, il ne s'en sortirait pas. Elle était son roc. Parfois, il se disait qu'il ferait mieux de l'épargner. Mais elle ne se plaignait jamais. Et il avait si profondément besoin de son écoute.

— Vous ne savez donc toujours pas où est le garçon ? demanda-t-elle en mettant les bols gluants dans l'évier. Tu en veux un, au fait ?

Elle désigna une montagne de muffins, décorés de toutes les couleurs de l'arc-en-ciel.

— Non, merci, j'avalerai un truc au boulot, dit-il en s'emparant d'un torchon pour essuyer la vaisselle.

— Laisse, je m'en occupe.

Anette lui prit le torchon des mains. Peder ne protesta pas. Il croisa les bras et s'appuya contre le plan de travail.

— Pour répondre à ta question, dit-il, non, nous ne l'avons pas trouvé. Et le temps presse. C'est peut-être déjà trop tard.

— Vous faites tout ce qui est en votre pouvoir. Personne ne peut vous demander plus.

De ses gestes déterminés, Anette débarrassa le grand plan de travail des restes de pâte, de glaçage et de pépites de toutes sortes.

— Tu crois ? dit-il en poussant un soupir. Moi, je n'en sais rien. Aucun d'entre nous n'a l'air d'avoir la moindre idée de quoi faire, on ne sait même pas où chercher. La seule piste que nous avons trouvée n'avait finalement rien à voir avec Ossian. On tourne en rond, et si ça se trouve, on apprendra demain qu'on cherchait au mauvais endroit.

— Vous faites tout ce que vous pouvez, répéta Anette. Et comme tu dis, vous avez bien trouvé une petite fille.

Elle termina la vaisselle, s'essuya les mains et l'entoura de ses bras.

— Ne rentre pas trop tard, mon amour, dit-elle en enfonçant son visage dans son cou. La proposition de câlin de vendredi arrive à échéance à minuit.

Elle se mit à éternuer. Puis elle leva la tête et le regarda d'un air sévère.

— Et quand tout ça sera terminé, on aura une sérieuse discussion au sujet de cette barbe.

— Waouh, cool ! dit Nathalie en regardant autour d'elle, ébahie. Tu habites ici ?

Elles étaient entrées dans le bâtiment principal, et tout, autour d'elles, semblait fait de grandes fenêtres lumineuses.

— Oui, c'est ici que j'habite.

— Génial. Mais les oiseaux ne s'écrasent pas contre les vitres ?

Sa grand-mère eut un petit sourire.

— Ça arrive. Mais c'est plutôt rare.

Nathalie hocha la tête. Les événements des dernières heures lui donnaient le tournis. Elle avait rencontré sa grand-mère. Elle se trouvait ici, au milieu de nulle part. Elle s'était défaite de ses chaînes, pour un petit moment au moins.

— Je te fais visiter ? proposa grand-mère avec un regard interrogateur.

Nathalie accepta avec empressement. C'était si calme ici, si paisible. Elle avait pourtant vu d'autres personnes, et savait donc que la maison n'était pas vide, mais leur présence était des plus discrètes. Comme si tout le monde avait appris à se mouvoir en silence. Personne ne lui avait parlé, non plus. Seulement hoché la tête et souri aimablement. Comme s'ils étaient les gens les plus heureux du monde.

— Vous faites quoi ici ? demanda-t-elle.

Grand-mère marchait devant elle. Comme son sac à dos commençait à lui peser, Nathalie s'en débarrassa contre un mur. Elle avait une sensation de sécurité, et abandonner ses affaires ne l'inquiétait pas.

— Nous travaillons sur le développement du leadership. Essentiellement. Nova, notre directrice et propriétaire des lieux, est l'un des principaux acteurs dans le domaine, elle est coach personnel pour quelques-uns des dirigeants les plus haut placés de notre pays. Et membre de je ne sais combien de conseils d'administration. Nous proposons également des séminaires dans des domaines comme le développement personnel, la gestion du stress ou le deuil. Nous avons aussi des programmes pour des personnes qui parviennent à s'extraire de sectes. Nova est l'une des rares personnes en Suède qui ait une réelle expérience dans ce domaine. On a recours à ses compétences même à l'étranger.

Nathalie ouvrit grand les yeux.

— Waouh… du stress, des sectes, c'est trop cool !

Ce fut tout ce qu'elle trouva à répondre.

Elle eut tout de suite honte d'avoir un langage si typiquement ado. Elle ne voulait pas que sa grand-mère la prenne pour une cruche. Mais elle ne trouvait sincèrement pas les mots pour décrire ce qu'elle ressentait.

Elle n'avait jamais vu une telle maison. Tout était si blanc, si propre, si… transparent. La construction de la maison était en total contraste avec l'environnement fait d'arbres, de pâturages et de fleurs.

— La maison a été construite dans les années 1960, dit sa grand-mère comme si elle devinait les pensées de Nathalie. Par le grand-père paternel de Nova. Il dirigeait plusieurs hôtels à différents endroits en Suède, et ce lieu-ci a été pensé comme un centre de conférence. À sa mort,

Nova a tout hérité, et depuis, elle marque l'entreprise de sa propre personnalité.

Nathalie s'arrêta devant le portrait d'un homme à la barbe longue et aux yeux aimables.

— C'est lui ? demanda-t-elle.

— Oui, c'est Baltzar Wennhagen.

Sa grand-mère, à côté d'elle, contemplait elle aussi le portrait.

— Nova était la prunelle de ses yeux. Son père était le fils unique de Baltzar, elle était donc sa seule descendance. C'est lui qui a tout appris à Nova sur l'épicurisme, la philosophie sur laquelle toute l'activité de Nova repose.

— Épicu… quoi ?

Nathalie fouillait mentalement tous ses manuels scolaires et tous ses cours, mais le mot ne lui disait rien. Elle n'avait pas le souvenir de l'avoir jamais entendu.

— Allons boire un café au jardin, je t'expliquerai.

Grand-mère lui prit la main et Nathalie faillit retirer la sienne. Elle n'avait pas l'habitude qu'on la touche. Elle savait que son père l'aimait, mais il n'était pas du genre tactile. Il ne la tenait même pas par la main quand elle était petite. Elle n'avait pratiquement aucun souvenir de sa mère, qui était morte alors qu'elle n'avait que cinq ans.

Mais. Elle allait maintenant pouvoir poser la question à grand-mère. Savoir comment était sa mère. Nathalie laissa sa main dans celle de grand-mère et se laissa guider le long d'un couloir lumineux qui s'ouvrait sur un grand jardin. Elles n'étaient pas seules ici. Mais la présence des autres était presque imperceptible. Le contraste avec la vie citadine n'aurait pas pu être plus frappant. Autour d'elles, les gens parlaient si doucement qu'aucun bruit de la nature n'était étouffé. Elle entendait le vent dans les arbres, le chant des oiseaux, même les abeilles qui bourdonnaient autour d'un rosier devant le mur blanc.

— Il y a des gâteaux tout frais, dit sa grand-mère. Sers-toi. Tu bois du café ? Ou peut-être que tu préfères du sirop ?

Elle montra la table du goûter de la tête.

— Du sirop, merci. Et quelques petits gâteaux.

La grand-mère prit un verre de sirop pour Nathalie, se servit une tasse de café et s'assit à une table pendant que Nathalie se choisissait des gâteaux. Elle s'installa près de sa grand-mère qui la laissa manger un peu avant de commencer à raconter.

— Le grand-père de Nova, Baltzar, étudiait la philosophie grecque dans sa jeunesse. Comme je te disais tout à l'heure, il s'est en particulier intéressé à l'épicurisme. Il s'agit d'une philosophie antique qui met en avant l'importance de la tranquillité de l'esprit.

— La tranquillité de l'esprit, répéta Nathalie comme si elle goûtait l'expression.

Ça avait un goût adulte. Et elle aimait que sa grand-mère lui parle ainsi. Comme à une adulte, justement. Même si, au fond, le sujet lui paraissait ennuyeux.

— Selon l'épicurisme, on atteint l'ataraxie, c'est-à-dire la tranquillité du corps et de l'esprit, en éliminant la peur de la mort. Un autre but important est l'aponie, à savoir l'absence totale de douleur.

Nathalie but de son sirop. Un délicieux sirop de fraise, bien sucré, sûrement fait maison.

— L'épicurisme repose sur quatre pierres angulaires, continua sa grand-mère. On peut les voir comme des règles à suivre pour atteindre ce que nous considérons être le but de la vie. À savoir, donc, la paix de l'âme et le bonheur. La meilleure manière d'y arriver, selon l'épicurisme, est d'éviter tout ce qui nous trouble, la politique, par exemple. Mais aussi de vivre dans le calme, entouré de ses amis. Comme ici. On doit toujours chercher le plaisir, non pas la satisfaction à court terme, mais celui qui mène à un bonheur durable. Le quatrième principe est à la fois le plus simple et le plus difficile. C'est le principe de l'absence de douleur comme état de bien-être suprême.

— Absence de douleur…

Nathalie médita un instant les mots.

— Mais ton ruban bleu, alors ? Il te fait mal ?

Sa grand-mère acquiesça. Puis elle tira sur le ruban et le relâcha, provoquant le même claquement que la fois précédente. Elle eut un sursaut au moment où le ruban heurta son poignet, mais Nathalie remarqua aussi un petit sourire au coin de la bouche de sa grand-mère.

— Tu as tout à fait raison, dit-elle. Ça fait mal. Pendant une seconde. Parfois nous devons nous soumettre à quelque chose pour pouvoir nous en éloigner. La douleur a une fonction importante dans la vie. Et ce serait bien présomptueux de croire que j'ai déjà atteint l'état de bien-être suprême.

Nathalie hochait lentement la tête. Elle ne comprenait pas la moitié de ce que disait sa grand-mère. Elle n'avait pourtant pas envie d'écourter ce moment. Cette grand-mère était si belle et sa voix si chaleureuse. Le jardin les entourait de ses parfums et ses murmures. Et le sucre des gâteaux était si doux dans sa bouche. Tous lui adressaient des sourires ouverts, bienveillants.

Et personne, absolument personne, ne la surveillait.

Ce n'était probablement qu'une question de temps avant que papa ne vienne la chercher, alors elle entendait bien profiter de chaque seconde.

— Grand-mère, dit-elle avec empressement. Je peux… rester ici ? Jusqu'à demain ?

Sa grand-mère la contempla de ses yeux bleus pleins d'amour. Le soleil derrière elle faisait briller ses cheveux blonds comme une auréole. Elle hocha la tête.

— Je vais voir ce que je peux faire. Mais dans ce cas, il va falloir que tu t'occupes toute seule pendant un petit moment. Car Nova et moi allons participer à une émission de télévision.

Mina se dit que Peder n'avait pas l'air particulièrement vaillant. Le Peder actuellement assis à la table de conférence, sa tête dans les mains, lui rappelait celui qu'il avait été après la naissance des triplées. Épuisé. Il ouvrit une canette de Nocco. Le bruit de l'opercule lui rappelait à lui aussi cette époque.

Ruben et Adam avaient également l'air fatigués, là, debout contre le mur. L'adrénaline de l'intervention chez Lenore Silver cet après-midi s'était visiblement dissipée. Cette affaire n'était plus la leur. Une autre équipe d'enquêteurs avait pris le relais et s'occupait désormais de la fillette qu'ils avaient trouvée, tandis que l'unité de Julia se concentrait sur la recherche d'Ossian.

Une pile de tartines emballées dans du papier trônait au milieu de la table. Maigre substitut d'un vrai repas, mais d'un autre côté, personne n'avait vraiment faim.

Les poches sous les yeux de Julia viraient au noir. Mina se dit que ce n'était probablement pas seulement à cause du boulot, vu le nombre de messages qui illuminaient l'écran de son portable, mais qu'elle continuait à ignorer d'un air consterné. Elle avait désactivé la sonnerie, mais pas les notifications. Mina nota que la totalité des messages venait de quelqu'un que Julia avait nommé "Sacré emmerdeur".

Le seul qui n'avait pas l'air épuisé, c'était Christer. Il semblait bouillonner de rage tandis qu'il mâchait frénétiquement une tartine. Bosse, à ses pieds, surveillait son maître avec inquiétude.

— Pour résumer, dit Julia. D'abord, vous avez drôlement bien bossé ces derniers jours. Non seulement vous avez exploré toutes les pistes, mais vous avez aussi effectué une intervention qui a permis de récupérer une fillette enlevée.

— On connaît son identité ? demanda Adam en se redressant.

— Pas encore, dit Peder dans un bâillement. Les équipes sont en train de parcourir tous les avis de recherche qui nous sont parvenus ces deux derniers mois, à Stockholm comme dans le reste du pays. Nous avons également interrogé Interpol, pour le cas où elle aurait été enlevée dans un pays étranger. Ils vont l'identifier, c'est juste une question de temps. Lenore n'a aucune chance.

— Quelle vermine, grommela Christer en s'essuyant la bouche. S'en prendre à un enfant. Ça me met hors de moi.

Bosse émit un bref jappement, comme pour approuver.

— Bien vu, Ruben, pour Lenore, dit Julia.

Ruben était sur le point de décocher son sourire interdit au moins de dix-huit ans, mais s'abstint. Il avait visiblement passé une journée éprouvante, lui aussi.

— Par contre, nous n'avons pas réussi à localiser Ossian, dit Julia. Ses kidnappeurs se sont évaporés.

— C'est inacceptable, dit Peder en reposant sa canette vide sur la table.

Il s'exprima plus vivement que précédemment.

— Demain, on est samedi. Trois jours seront passés. S'il y a vraiment un rapport avec l'affaire Lilly…

Il n'eut pas besoin de finir sa phrase. Mina savait exactement à quoi il pensait, et les autres aussi. Si c'était comme pour l'affaire Lilly, on trouverait le corps d'Ossian le lendemain. Sauf s'ils arrivaient à le localiser avant. Mais comment ? Mina prit un flacon de gel hydroalcoolique et se nettoya les mains. Non pas que ça soit nécessaire, elle l'avait fait juste quelques instants plus tôt. Mais il lui fallait faire quelque chose. N'importe quoi.

— Comme je l'ai déjà dit, objecta Julia, rien n'indique que les deux cas soient liés. Nous avons très probablement affaire à deux coupables différents. Cela dit, c'est possible, théoriquement, que quelqu'un copie l'affaire Lilly de l'année dernière. N'excluons rien. Je suis d'accord avec toi, Peder, cette situation est insupportable. Seulement, je ne sais pas quoi faire de plus.

Mina se demanda, comme si souvent au cours de l'année passée, si la présence de Vincent aurait changé la donne. S'il aurait pu les aider. Probablement pas. Rien ne permettait d'établir un profil psychologique, aucun lien avec le monde de la magie, aucune énigme complexe à déchiffrer. Rien d'autre qu'un enfant kidnappé. Qu'ils n'avaient pas encore réussi à retrouver.

— Nous n'avons plus que le public pour nous rapporter quelque chose d'utile, conclut Julia. En général, les gens sont doués pour ça. Vous avez fait ce que vous pouviez pour aujourd'hui. D'autres vont continuer ce soir et cette nuit à traiter les appels entrants. Même s'il y en aura sûrement de moins en moins, nous allons remonter toutes les pistes possibles. Sara m'assiste et me tient au courant en temps réel. Rentrez chez vous, essayez de dormir un peu.

— Hors de question, bougonna Christer. Bosse et moi, on reste encore un moment.

— Moi aussi, dit Peder. Je peux donner un coup de main à Sara.

Julia écarta les bras, résignée. La force qui émanait d'elle habituellement avait disparu. Elle faisait penser, se dit Mina, à un ballon de baudruche se dégonflant tout doucement. Une notification de SMS supplémentaire illumina son téléphone.

— C'est pas possible… marmonna-t-elle en lorgnant l'écran. Bon, faites comme vous voulez. Je ne vous oblige à rien. Qui sait, je vais peut-être aussi rester un moment. Peder, demande à Sara de t'aider à lister toutes les personnes qui ont été en contact avec Lenore Silver. On ne sait jamais. Elle peut quand même être mêlée à l'enlèvement d'Ossian, femme d'affaires comme elle est. Adam, toi qui es le plus au fait du cas de Lilly, tu passes au crible tous les détails liés à son enlèvement pour voir s'il y a des similitudes avec le cas d'Ossian. Toutes les conclusions ou pistes possibles doivent atterrir sur mon bureau immédiatement. Mina et Ruben, vous relisez les entretiens avec les parents d'Ossian, ainsi qu'avec le personnel de l'école. Une piste peut se cacher n'importe où. Christer, vérifie encore une fois si un de nos délinquants sexuels n'aurait pas changé ses habitudes ces derniers jours. Je sais que tu les as déjà passés en revue. Recommence. Mais demain matin, vous devrez être frais et dispos. Peder, tu feras la distribution de boissons énergisantes à tout le monde. Nous n'avons pas la moindre idée de ce qui va se passer demain.

Sur l'écran de la télévision murale, la présentatrice Tilde de Paula Eby posait des questions à quelqu'un d'apparemment célèbre. Vincent n'avait pas la moindre idée de qui il s'agissait. Alors qu'il était lui-même une personnalité publique, il ignorait à un degré presque gênant les autres célébrités. Cela lui avait valu pas mal de situations embarrassantes au cours des années quand, à diverses occasions, on lui avait fait rencontrer des gens en partant du principe qu'il savait de qui il s'agissait. En réalité, ces gens lui étaient totalement inconnus.

Après un épisode particulièrement pénible où il avait pris l'athlète Kajsa Bergqvist pour une décoratrice avec qui il avait travaillé autrefois, Vincent avait promis à sa femme de commencer à lire les tabloïds, histoire de savoir qui était qui. Impossible. Ce n'était pas qu'il ne s'intéressait pas aux autres, mais plutôt qu'il avait du mal à s'enthousiasmer pour la célébrité en général.

Il avait vu la bande-annonce de l'émission quelques jours plus tôt et s'était aperçu qu'une de ses collègues conférencières allait y participer. Il avait loupé l'heure de la diffusion en direct parce qu'il était lui-même sur scène à ce moment-là, mais avait lancé le replay sur TV4 Play dès son retour à la maison. Il espérait la reconnaître – elle était plus qu'un peu connue. Elle faisait partie de ces personnalités dont il suffisait d'évoquer le patronyme pour qu'une large majorité des Suédois sachent de qui on parlait.

Tilde de Paula Eby sourit aux caméras.

— Mon invitée du jour n'a probablement pas besoin qu'on la présente, dit-elle, mettant ainsi des mots sur les pensées de Vincent. En tout cas pas si vous avez un compte sur les réseaux sociaux. Ou avez ouvert un journal au cours de ces dernières années. Nova, bienvenue ! Et bienvenue à vous aussi, Ines Johansson !

Les deux femmes étaient assises dans le canapé du studio. La première, Nova, chevelure brune et une apparence que les médias adoraient qualifier d'"exotique". Ce qui signifiait qu'en plus d'être belle, elle pouvait être originaire d'à peu près n'importe quel continent. Elle avait la quarantaine, tandis que la femme à côté d'elle, qui se prénommait donc Ines, avait l'air d'avoir au moins vingt ans de plus.

La femme la plus âgée était élégante, les cheveux blonds tirant sur le blanc remontés en un chignon impeccable, la peau presque transparente. Vincent avait croisé Nova pendant les années où il faisait surtout des conférences, et il l'avait toujours trouvée intéressante à écouter. Mais c'est l'apparence d'Ines qui lui coupa le souffle. À part sa blondeur féerique, on aurait dit Mina. Mêmes traits, mêmes yeux. En plus âgée. Et blonde.

Ou peut-être que c'était encore son imagination qui lui jouait des tours.

Quand il l'observa de plus près, alors qu'elle ajustait sa coiffure, la ressemblance disparut. Il secoua la tête et eut honte de lui-même. Par chance, Maria à côté de lui dans le canapé était tellement absorbée par son téléphone qu'elle ne remarqua pas son visage qui virait au rouge. Il avait de toute évidence espéré voir Mina à la conférence de presse de la veille à un point qu'il ne s'était pas avoué à lui-même. Au point que maintenant son cerveau lui montrait Mina à la première occasion, même avec le visage d'une femme beaucoup plus âgée. Et même avec une autre couleur de cheveux. Un cerveau normal aurait sûrement fait l'inverse, au bout de bientôt deux ans, en atténuant les associations avec la policière. Au lieu de les renforcer. Il soupira. L'avoir à ce point en première ligne des lobes frontaux au bout de vingt mois était vraiment exagéré.

— On commence par vous, Nova, dit Tilde en se tournant vers la femme brune. Vous êtes un véritable phénomène d'Instagram et autres réseaux sociaux où, à travers des vidéos bien produites, vous partagez des réflexions et des conseils sur la façon de bien vivre sa vie. Vous êtes une conférencière très demandée, et on voit fréquemment votre visage dans les journaux et sur les plateaux télé. Mes fiches me disent que vous publiez chaque semaine depuis cinq ans. Ça fait... beaucoup de publications. Il faut dire que vous avez plus d'un million de followers. Même à l'étranger, on vous suit, et pas seulement ici en Europe. Trois pour cent de vos followers sont brésiliens.

— Plus d'un million ? répondit Nova avec un sourire embarrassé. Tant que ça ? Si vous le dites.

Vincent ne connaissait pas Nova personnellement, mais elle était toujours agréable, et compétente dans son domaine. Il avait apprécié les conférences auxquelles il avait assisté. Elle n'avait pas usurpé sa place dans le canapé du vendredi de TV4. La seule chose pénible avec Nova, c'était qu'elle préférait faire des accolades au lieu de serrer la main. Même aux gens qu'elle ne connaissait pas.

— Mais vous n'êtes pas venue pour parler de votre compte Instagram, dit Tilde en montrant un livre aux caméras. Vous êtes ici pour nous parler de votre livre intitulé *De l'épicurisme*. Tel que je l'ai compris, il s'agit de l'étape suivante d'un voyage personnel que vous avez entamé dans votre jeunesse quand vous avez été impliquée dans un accident de voiture ?

Maria leva le regard de son téléphone portable et fit un geste de la tête en direction de la télé.

— C'est pas un peu fumeux, ce truc ?

Vincent ouvrit la bouche pour répondre, mais la referma aussitôt. Que Maria, avec ses anges, ses guides de développement personnel et ses stages, qualifie la philosophie de Nova de "fumeuse" le laissait pour le moins perplexe.

Maria haussa les épaules et replongea dans son téléphone. Elle lisait apparemment un article sur le marketing sauvage, sûrement un truc que Kevin lui avait envoyé. Vincent n'était pas convaincu que ce serait la meilleure tactique de vente pour ses figurines en céramique, mais il n'avait pas l'intention de s'en mêler. Il ne souhaitait rien de plus que la réussite de sa femme. Il avait seulement un léger doute sur son choix d'orientation. Il vit un SMS apparaître sur l'écran et remarqua que le nom de l'expéditeur était désormais Kevin-le-Gourou. Un sourire traversa le visage de Maria. Vincent reporta son attention sur la télévision. Un sentiment de malaise se propagea dans son ventre, mais il s'efforça de ne pas y penser et se concentra sur l'émission.

— Vous souffrez aujourd'hui encore de douleurs chroniques dans les jambes, suite à cet accident, si j'ai bien compris, poursuivit Tilde de Paula Eby sur l'écran. Un accident qui vous a non seulement infligé des séquelles physiques à vie, mais qui vous a également rendue orpheline.

Vincent se souvenait encore des gros titres des journaux alors que c'était il y a longtemps. Le père de Nova, John, si sa mémoire était bonne, était propriétaire d'une grande ferme ravagée par un incendie. La totalité des animaux de la ferme y avaient trouvé la mort. En fuyant les flammes, le père de Nova avait raté un virage et s'était tué. Seule Nova avait survécu. L'opération qu'elle avait subie après l'accident n'ayant pas été une réussite totale, Nova était condamnée à prendre des puissants analgésiques jusqu'à la fin de ses jours. Au fil des années, les médias étaient souvent revenus sur cette histoire.

— Vous savez, Tilde, je crois que nous souffrons tous de douleurs chroniques, dit Nova avec gravité. Si ce n'est pas physique, c'est moral. Mais comme mon père avait pour habitude de le dire : tout est souffrance, la douleur purifie. Ça peut sembler paradoxal, mais parfois les épreuves nous font du bien. On apprend à les traverser. C'est ici que *De l'épicurisme* intervient. Ce n'est pas seulement un livre, c'est un guide philosophique vers une manière de vivre qui ferait du bien à beaucoup de gens de nos jours. La plupart des sujets que je traite sur les réseaux sociaux trouvent là leur raison d'être. Avec mon livre, j'espère donner à tout un chacun la possibilité de faire entrer l'épicurisme dans sa vie.

— À propos de la douleur, comment évitez-vous d'en vouloir aux médecins qui n'ont pas réussi votre opération après l'accident ?

— Les chemins hamiltoniens, répondit Nova avec un nouveau sourire.

Cette fois-ci, son regard était pourtant empreint de chagrin.

— C'est un concept mathématique, précisa Nova en voyant la perplexité de Tilde. Cela consiste à se déplacer entre un certain nombre de points dans une forme géométrique de façon à ne jamais passer deux fois au même endroit. J'essaye de vivre ma vie de cette façon. Chaque fois que nous ressassons, nous revenons à un endroit où nous avons déjà été. C'est totalement inutile. Si on a le choix entre revivre des expériences passées ou se lancer dans de nouvelles aventures, la deuxième option est toujours plus saine.

Tilde hocha la tête, mais un léger sillon sur son front trahissait que les explications de Nova n'étaient pas aussi limpides que cette dernière ne l'espérait. Elle n'insista pas pour autant. Vincent se dit que l'émission commençait à toucher à sa fin. Et pour l'instant, seule Nova avait eu droit à la parole.

— Il est grand temps de vous inclure dans la conversation, Ines, dit Tilde en se tournant vers la femme blonde. Si j'ai bien compris, Nova et vous avez créé une société ensemble ?

— C'est exact, dit Ines d'une voix profonde, grave. J'étais d'abord apprentie chez Nova, et maintenant nous travaillons ensemble. Nous proposons des formations personnalisées en management et leadership selon les principes de l'épicurisme. Nous formons des gens du monde entier. Et le contenu de nos cours s'applique à la vie entière, pas seulement à la vie professionnelle.

— Fumeux, ce truc, répéta Maria, le nez dans son téléphone. Complètement fumeux.

Vincent n'était pas entièrement d'accord. L'épicurisme était une philosophie reconnue que Vincent trouvait véritablement intéressante. Mais la plupart du temps, il ne s'agissait pas de la philosophie en elle-même, mais de la façon dont on la reçoit et l'interprète. Il avait été invité, en tant qu'intervenant, à suffisamment de cours de développement personnel pour savoir que l'ambiance était parfois exaltée au point de frôler la ferveur religieuse, et que les participants étaient totalement convaincus qu'ils étaient en train de changer le cours de leur vie, définitivement. Il savait que ce sentiment-là avait tendance à disparaître dans le quart d'heure suivant la fin du cours.

Il était pourtant d'avis que l'épicurisme était bien plus sain que nombre de méthodes et modes de pensées faits maison que des gourous à la mode vendaient à prix d'or aux âmes affamées. Il n'était pas loin de penser que l'épicurisme était presque aussi pointu que le stoïcisme. Il y avait certainement des façons plus stupides de dépenser son argent qu'en investissant dans les livres ou les séminaires de Nova. Elle était compétente. Et consciencieuse, à son avis, ce qui n'allait pas de soi dans son domaine.

— Il ne nous reste plus qu'à remercier Nova et Ines, conclut Tilde. Nova qui a donc écrit le livre *De l'épicurisme*, dont les précommandes explosent déjà. D'avance, toutes nos félicitations !

Maria leva la tête et regarda Vincent avec défi.

— Tu vois ? C'est beaucoup plus facile de vendre des livres que tu ne penses. Si tu m'écoutais, tu écrirais des choses plus accessibles, et du coup tu réussirais, toi aussi. Pourquoi tu ne ferais pas un polar ?

Vincent soupira. Sur la liste de ses passions, les enquêtes policières fictives étaient loin du sommet. Il en avait largement assez avec les enquêtes réelles.

Son résultat est correct aujourd'hui. Six minutes trente au kilomètre. Mieux qu'hier. Il fait un peu moins chaud ce samedi matin et, en courant le long de l'eau, elle profite même d'une agréable petite brise.

Son temps est pourtant moins bon que celui de l'année dernière. Le divorce ne l'a pas seulement affectée moralement, mais aussi physiquement. Encore un point sur la longue liste des choses qu'il lui a enlevées.

Comme elle a été stupide… Elle aurait vraiment dû se méfier.

Elle est intelligente, elle a fait des longues études, elle occupe un poste haut placé dans l'une des plus importantes banques suédoises, et elle ne se plante pratiquement jamais à *Qui veut gagner des millions ?* Et pourtant, elle n'a rien vu. Sur la liste des signes d'infidélité, toutes les cases étaient cochées. Porsche rouge, check. Intérêt soudain pour le fitness, check. Teinte des cheveux, check. Longues soirées au boulot, check. Nouveau style vestimentaire, check.

Check, check, check.

Bien sûr, elle avait tout vu. Elle n'était pas non plus complètement à l'ouest. Mais elle l'avait pris pour une crise de la cinquantaine, et pensé que le jour de ses cinquante ans marquerait peut-être un tournant.

Elle n'avait pas eu complètement tort. Ce qu'elle ne savait pas, c'est qu'il s'était amouraché d'une princesse qui avait participé aux festivités de ses cinquante ans, invitée par l'ambassadeur de Suède au Nigeria. Rien que ça. C'était Rolf tout craché.

Ce qui lui pèse le plus, après coup, c'est qu'elle avait été prête à fermer les yeux sur son infidélité. Même quand elle avait appris par la bande que c'était la princesse nigériane. Mais quand, magnanime, elle lui avait proposé de tirer un trait sur l'affaire, lui pardonner et reprendre leur vie comme avant, il l'avait regardée comme s'il ne comprenait pas de quoi elle parlait.

— C'est du sérieux ! avait-il dit. Très sérieux !

Comme si leurs vingt ans de mariage avaient été une plaisanterie. Pour passer le temps avant le vrai grand amour.

Elle court le long des bateaux amarrés près de Skeppsholmen. En temps normal, il faut pratiquement se frayer un chemin parmi les joggeurs urbains *trendy* pour qui la routine du matin implique de faire le tour de cette petite île tout en verdure. Mais avec les départs en vacances, ils ont disparu et laissé la place à des jeunes parents touristes qui, solitaires et les yeux cernés, promènent leurs enfants au petit matin. La chaleur aussi décourage les joggeurs.

Elle atteint la partie sud de l'île, passe à hauteur du petit pont menant à Kastellholmen et suit la courbe de l'île en revenant vers le nord.

C'est seulement en arrivant devant l'*af Chapman*, le superbe trois-mâts carré qui fait office d'auberge de jeunesse et de repaire touristique qu'elle s'autorise une pause. Elle avait prévu de faire tout le tour sans s'arrêter, mais elle a besoin de s'hydrater. Elle sort une bouteille d'eau du léger sac à dos qu'elle a toujours sur elle quand elle court. Ses doigts sont engourdis et le bouchon trop serré. Elle y met toutes ses forces, mais n'arrive pas à l'ouvrir. Un passant lui lance un regard interrogateur, mais elle ignore sa question muette. Elle n'a pas besoin de l'aide d'un homme pour ça. Jamais de la vie. Elle envisage de laisser tomber. Cette bouteille n'est rien qu'une petite épreuve de plus sur l'énorme tas que la vie semble vouloir amonceler devant elle. Un jour ou l'autre, c'est quelque chose d'infiniment trivial qui finira par la faire basculer, elle le sait. Comme le chocolat à la menthe dans *Le Sens de la vie* des Monty Python.

Mais elle a trop soif. Elle finit par y arriver, et boit de longues goulées bienfaisantes, tout en contemplant le grand bateau blanc devant elle. *Af Chapman*. Elle a lu quelque part que le navire fut construit fin XIXe, pour un avenir en Australie. Mais au lieu de ça, le trois-mâts carré a atterri à Stockholm. Pour servir aujourd'hui d'auberge de jeunesse. Rolf n'a sûrement pas la moindre idée de ce qu'est une auberge de jeunesse. Elle, au moins, a fait de l'Interrail jusqu'à Berlin. Quand elle avait dix-neuf ans.

Le soleil joue avec les ombres sous la passerelle qui relie le navire au chemin où elle se trouve, mais quelque chose n'est pas normal. Elle met la main en visière au-dessus des yeux. Ça doit être une illusion d'optique. Sûrement. Mais on dirait que quelque chose est coincé près du quai, à l'endroit précis où la passerelle touche le sol. Elle se déplace de manière à faire de l'ombre avec son corps pour mieux voir.

Une chaussure d'enfant.

Un de ces parents touristes paumés n'a visiblement pas fait attention au moment où leur rejeton, mécontent d'être harnaché dans sa poussette, a arraché et jeté sa chaussure. Rien que l'idée qu'une chose pareille aurait pu leur arriver la fait frémir. Qu'est-ce qu'ils pouvaient se disputer au sujet de leurs enfants, Rolf et elle.

Elle se penche pour retirer la chaussure. Si elle la laisse sur le chemin, les parents la retrouveront peut-être. Mais elle est coincée. Elle tire plus fort.

C'est seulement quand elle se retrouve avec la chaussure dans la main qu'elle voit le petit pied, et la jambe qui dépasse sous la passerelle.

Vincent suivait le sentier pavé qui serpentait à travers le mémorial, vers le cimetière. Il était parti tôt le matin, alors que sa famille dormait encore. Inutile de les sortir du lit à une heure pas possible un matin de week-end. En plus, c'étaient les vacances scolaires.

Un an après les événements de Lidö, Vincent avait entamé une procédure pour que Jane et Kenneth soient déclarés morts. Pas pour se venger, mais pour donner à sa sœur une sorte de fin officielle. Elle avait vécu toute sa vie dans l'ombre, la reconnaître dans la mort était tout ce qu'il pouvait lui offrir. Le corps de Jane n'avait jamais été retrouvé, c'est vrai. Mais il savait qu'elle n'était plus en vie. Il ne s'expliquait pas comment il pouvait le savoir. Il le sentait.

Étant donné que les corps restaient introuvables, ils n'étaient pas officiellement décédés et, selon la loi, un certificat de décès ne pouvait être établi qu'un an, au plus tôt, après une disparition. Vincent avait envoyé sa demande un an jour pour jour après avoir vu sa sœur pour la dernière fois. Il fallait un "degré de probabilité élevé" pour que la mort soit déclarée et le certificat établi, et c'était le cas. Même sans sa certitude personnelle, il était très improbable que Jane et Kenneth aient réussi à s'éloigner de l'île et se cacher tout ce temps. Non, ils étaient tombés à l'eau et s'étaient noyés, pas de doute. Et même au cas où ils auraient réussi à fuir, leur santé à tous les deux ne leur permettait pas de vivre en solitaires pendant longtemps. Mais le Trésor public avait fait des siennes et avait exigé d'attendre encore quatre ans avant qu'une déclaration de décès puisse être produite.

Malgré le fait que Jane ait tenté de les tuer, Mina et lui, Vincent avait été déçu de cette réponse. Sa sœur avait droit à un statut. Ce qu'elle n'avait pas eu dans la vie, elle devrait au moins l'avoir dans la mort.

Quelque temps après, le Trésor public avait, pour des raisons obscures, changé d'avis. Jane et Kenneth avaient été déclarés morts, et Vincent avait eu la charge des aspects pratiques inhérents.

Il marchait maintenant lentement entre les tombes. Sa mère était enterrée à Kvibille, dans le comté de Halland. À sa mort, on avait essayé de contacter Erik, le père de Vincent, en vain. C'était finalement la commune où elle était domiciliée qui avait organisé les obsèques. Vincent ne voulait pas commémorer les décès de sa mère et de sa sœur dans un même lieu. Il voulait le souvenir de sa sœur plus proche de lui. Cette vie, qui l'avait transformée et remplie de haine, elle ne l'avait pas demandée. Et malgré tout ce qui était arrivé, elle était toujours sa sœur. Alors, il avait choisi cet emplacement près de l'église de Tyresö.

Il s'arrêta devant une pierre plate et lisse. *Jane Boman et Kenneth Bengtsson*, disait l'épitaphe. Leurs années de naissance et de mort. Rien d'autre. N'importe quoi de plus aurait été un mensonge, une trahison. Il s'accroupit et laissa sa main glisser sur la surface chaude. Jane, quatre lettres, c'était bien. Mais Kenneth, ça faisait sept. Pas de mystère si Vincent ne l'avait jamais apprécié.

Une petite araignée avançait de ses huit pattes dans le J gravé de Jane. Vincent essaya de s'imaginer le monde à travers sa perspective. À cet instant précis, son monde était un ravin doucement incurvé, un abri provisoire de la chaleur du soleil. Mais le ravin était aussi un obstacle à surmonter. Sortie de là, l'araignée se retrouverait sur une immense plaine de pierre polie. Si elle était courageuse, elle tenterait de traverser ce désert, exposée aux intempéries et aux prédateurs, pour peut-être tomber dans un nouveau labyrinthe en creux formé par le A.

Mais l'araignée ignorait que la forme de ces vallons avait un sens, qu'ils étaient liés en un motif bien plus grand. Et que ce motif formait un mot représentant un être humain qui avait vécu, représentant donc tout ce qu'elle avait été, les gens qu'elle avait rencontrés et sur qui elle avait eu une influence. Pour l'araignée, rien de tout ça n'existait. Pour elle, il n'y avait que des changements aléatoires de l'environnement auxquels il fallait s'adapter pour survivre. Et qui seraient oubliés dès l'obstacle suivant.

Ses genoux commençaient à lui faire mal, et Vincent se releva. Il lui arrivait de se demander si sa vie était comme celle d'une araignée. Si en réalité, il n'était qu'un détail dans quelque chose d'infiniment plus grand, infiniment plus complexe, et qu'il deviendrait fou s'il en avait le moindre aperçu.

Il n'y a rien d'étrange à ce que les gens se tournent vers la spiritualité, ou même deviennent profondément religieux. Mais il ne pouvait pas croire en une présence omnisciente qui aurait tout créé, et dont le plan inclurait les actions humaines. Il ne ressentait pas le besoin d'une telle chose pour expliquer l'existence. Le rasoir d'Ockham, aurait dit Benjamin.

L'araignée avait dépassé la dernière lettre et s'aventurait dans l'herbe. Encore un changement d'environnement total pour la bestiole. Vincent savait ce que ça faisait.

Adam avait le regard braqué sur les petites jambes nues qui dépassaient de sous la passerelle. On apercevait un short Tortues Ninja, le reste du corps disparaissait dans les ombres.

— C'est pointure 30 maximum, ces chaussures-là, fit Mina à côté de lui. J'ai bien peur que ça soit Ossian. Exactement ce qu'on craignait le plus.

Adam eut une boule dans la gorge et dut détourner le regard. Il avait été impliqué dans des prises d'otages qui avaient mal tourné. Il avait été le témoin démuni de souffrances terribles. Vécu de nombreuses situations violentes. Ces jambes sous la passerelle semblaient presque paisibles en comparaison.

Mais elles appartenaient à un enfant.

Il avait – Ils avaient échoué. Ils n'avaient pas réussi à faire leur job, ils n'avaient pas été assez rapides ni assez malins. Malgré tous leurs efforts de ces derniers jours, ils n'avaient pas trouvé les kidnappeurs d'Ossian à temps. Et l'enfant en avait payé le prix. Leur échec était une catastrophe impardonnable.

La police scientifique était en train de collecter un maximum de matériel avant qu'on ne touche au corps. Avant l'arrivée du légiste, qui prendrait la température du corps et ferait un prélèvement d'humeur vitrée des yeux, il fallait tout documenter, suite à quoi le corps serait enfin placé dans une housse mortuaire et emporté à l'institut médico-légal.

Les gars en charge du transport étaient souvent des types un peu étranges qui essayaient de se faire bien voir par la scientifique. Il avait entendu nombre d'histoires de cas où des indices qui avaient échappé aux techniciens de la scientifique étaient relevés pendant le transport.

Adam s'obligea à se concentrer à nouveau sur l'enfant mort à ses pieds. Les mécanismes de défense de son cerveau envoyaient ses pensées partout ailleurs. Il inspira profondément et se focalisa sur le corps et l'environnement proche.

Le corps n'avait pas été franchement caché, mais n'était pas non plus très visible. Il avait fallu une joggeuse matinale et attentive pour le trouver. La joggeuse avait d'abord essayé de retirer le corps, mais elle avait appelé la police dès qu'elle avait compris que l'enfant était mort. On lui avait déjà fait un prélèvement de son ADN car on allait sûrement en trouver sur le corps.

Adam tint la main devant sa bouche. Il ne savait tout bonnement pas comment agir. Son domaine de compétence était la négociation, discuter avec des gens armés, libérer des otages sans faire de victimes. Dans son boulot, la parole était toujours importante. Ici, c'était complètement différent.

Il n'avait pas d'enfant lui-même, heureusement. Sinon, il n'aurait probablement pas eu le courage de rester planté là. Mais sa sœur avait un enfant. De cinq ans comme Ossian. Ils auraient pu être dans la même maternelle.

La scientifique avait sécurisé une grande partie de Skeppsholmen. On n'avait pas besoin de spectateurs, pas besoin de curieux qui pourraient avoir l'idée de poster des images sur les réseaux sociaux. Ils commencèrent à soulever précautionneusement la passerelle pour accéder au corps.

Adam reconnut immédiatement le visage d'Ossian à partir des photos que ses parents leur avaient remises. Le garçon avait l'air de dormir. Mais la couleur de sa peau avait viré au gris. Avec des taches. Et la mâchoire inférieure s'était affaissée. L'horreur.

— Il y a autre chose en dessous, dit un technicien en montrant du doigt un objet près du corps, jusqu'alors caché par la passerelle.

C'était un sac à dos d'enfant My Little Pony. Aussi sale qu'Ossian.

C'était presque le pire. Adam pouvait s'imaginer que le corps était une poupée ou un accessoire d'une série télé, mais ce petit sac à dos était d'une réalité impitoyable. Il contenait la gourde d'Ossian, et son casse-croûte quand ils partaient en excursion avec l'école. La sœur d'Adam préparait des tartines au Nutella à son fils ces jours-là.

La poche latérale était probablement remplie de cailloux destinés à la collection de pierres que tous les enfants de cinq ans semblent adorer. Au fond du sac, il aperçut une peluche oubliée de tous. Le fils de sa sœur avait une girafe en piteux état. Soudain, les larmes se mirent à couler sur les joues d'Adam, incontrôlables. Il n'en pouvait plus de regarder ce sac et le petit corps. Il tourna le regard vers la surface de l'eau tout en essuyant ses joues avec le dos de la main. Skeppsholmen était d'une beauté qui semblait contraster d'une façon presque grotesque avec la vision du corps imprimée sur ses rétines. Des petits bateaux allaient et venaient sur les vagues scintillantes du soleil matinal. En face, la vieille ville et ses toits en cuivre verdoyant.

— Cet endroit, le trois-mâts et l'embarcadère… ça me rappelle quelque chose, dit Mina. Tu es bien placé, toi, pour savoir dans quelles conditions Lilly avait été retrouvée ?

Il ne s'était pas rendu compte qu'elle était venue se placer à côté de lui.

— Sur un ponton, dit-il en hochant la tête. Je sais. La situation ressemble bien trop à ce qui est arrivé à Lilly. Comme pour elle, il ne s'est passé que trois jours. Trois jours que nous avons perdus.

Elle suivit son regard par-dessus la mer.

Ruben vint se poster de l'autre côté d'Adam.

— Tu viens ? dit-il. On va parler avec le personnel à bord. Et réveiller les *backpackers* qui ont passé la nuit ici. Peut-être que ces jeunes voyageurs auront vu quelque chose, en espérant qu'ils n'étaient pas trop dans le cirage.

Adam acquiesça avec soulagement. Enfin quelque chose de concret à faire. Il allait se consacrer à ce à quoi il était formé. Il allait agir. Tout valait mieux que de rester planté, là, à regarder, impuissant.

— On va trouver celui qui a fait ça, lui dit Mina avant qu'il ne suive Ruben. Pour Lilly et pour Ossian. Et pour que ça ne se reproduise plus jamais.

Il se figea, ouvrit grand les yeux et fixa Mina.

— Parce que tu crois que ça pourrait se reproduire ?

— Je ne crois rien, répondit-elle en s'essuyant le front avec une lingette.

La légère brise matinale laissait lentement place à une chaleur écrasante. Il sentit un vague parfum de citron et fut sur le point de dire à Mina que les lingettes humides ne faisaient que dessécher sa peau encore plus, mais s'abstint.

— Je sais seulement que cette chaleur rend les gens fous, dit-elle. Tu sais qu'une étude américaine a démontré qu'il suffit que la température monte au-dessus de vingt-neuf degrés pour que les agressions physiques augmentent de presque six pour cent ?

Adam lorgna sa montre connectée. Il faisait trente-deux degrés.

— Et l'été vient seulement de commencer, dit-il.

— Vous êtes tous au courant, dit Julia.

Personne ne répondit. On n'entendait rien d'autre que le bruissement erratique d'un climatiseur à l'article de la mort et Bosse qui se désaltérait à sa gamelle d'eau toute neuve au fond de la pièce. Même Torkel avait l'air d'avoir saisi qu'il valait mieux qu'il lui fiche la paix. Elle n'avait pas reçu le moindre texto de la matinée.

— Le corps d'Ossian a été retrouvé il y a deux heures et demie, continua Julia. Nous devons bien sûr attendre l'identification définitive, mais en réalité, il n'y a aucun doute. Adam et Ruben sont restés à Skeppsholmen pour interroger toutes les personnes qui se trouvent sur l'*af Chapman*, ainsi que les résidents des environs. Presque cent personnes sont à bord du voilier qui fait office d'auberge de jeunesse, alors avec un peu de chance… mais nous n'avons pas de temps à perdre. Certains touristes ne restent qu'une seule nuit. Mina et Peder sont allés voir les parents d'Ossian jeudi, alors en principe ça aurait été pas mal que ce soient eux qui y retournent maintenant pour leur parler. Mais je ne sais pas si…

Elle s'interrompit et jeta un coup d'œil à Peder qui clignait frénétiquement des yeux pour ne pas pleurer. Elle préférait lui épargner cette visite. Ce n'était peut-être pas très professionnel, mais tant pis.

— Christer, tu peux y aller ? demanda-t-elle. Il faut que Mina aille voir Milda.

Christer poussa un soupir profond et croisa les bras.

— Comme d'hab, dit-il. Dès qu'il y a des morts, ça tombe sur moi. Vous croyez peut-être que je suis comme cul et chemise avec la faucheuse ou un truc du genre. Mais bon, faut bien que quelqu'un s'y colle. Et je vois où tu veux en venir. Ouais, vaut mieux que Peder aille vérifier ce qu'il y a comme vidéosurveillance sur Skeppsholmen. Il y a sûrement pas mal de caméras.

Elle aperçut le rapide coup d'œil que Christer jeta à Peder. Leur plus vieux collègue était certes un éternel grincheux, mais il lui arrivait d'avoir du cœur quand c'était nécessaire.

— C'est exactement ce que j'allais proposer, dit-elle. Tu auras droit à des croquettes de luxe pour Bosse en guise de remerciements.

— Et une gamelle pour les croquettes à côté de son bol d'eau ?

— Une gamelle ici même, oui, répondit Julia.

Le climatiseur émit un bruit inquiétant, puis rendit l'âme à tout jamais. Elle sentit aussitôt une goutte de sueur lui couler entre les seins. Elle n'avait qu'une envie : rentrer à la maison. Pas seulement pour prendre une douche fraîche, mais surtout pour serrer Harry dans ses bras. Sentir son odeur et sa peau contre la sienne. S'assurer qu'il était en vie, que tout allait bien. Torkel pourrait sortir, boire un pot avec des copains, tout ce qu'il voudrait.

Peder se racla la gorge.

— Juste une chose, dit-il. Je suppose qu'on ne considère plus les similitudes avec l'affaire Lilly comme étant un pur hasard. Il faut déterminer si le meurtre d'Ossian est l'acte d'un imitateur, peut-être après en avoir entendu parler dans les médias. Ou bien s'il s'agit du même meurtrier. Aucun enfant dans cette ville n'est en sécurité avant qu'on ait la réponse à cette question.

Julia acquiesça.

— Mina, va voir Milda dès que possible pour en savoir plus sur l'autopsie de Lilly, dit-elle. Je l'appelle pour lui demander de te sortir le dossier.

Peder avait mis les pieds dans le plat. Elle hésitait à aborder le sujet depuis plusieurs jours, à savoir admettre l'éventualité d'un même meurtrier qui aurait récidivé. Celui qu'ils n'avaient pas réussi à prendre la dernière fois. Parce que dans ce cas, la mort d'Ossian était leur faute.

Milda Hjort se demandait parfois s'il existait une sorte d'énorme balancier régulant l'équilibre d'une vie. Qui surveillait la part de bonheur afin qu'il n'y en ait pas trop. Qui faisait en sorte que la malchance compense la chance de manière à ce que ça ne penche jamais ni trop d'un côté ni de l'autre. Dans son cas à elle, elle avait l'impression que conserver l'équilibre consistait surtout à remplacer une situation difficile par une autre dès que la précédente était résolue.

Son fils Conrad était enfin sorti de la mauvaise période qu'il traversait. Il avait repris les cours à l'Université populaire, il avait une petite amie et avait l'air, pour autant qu'elle puisse en juger, d'avoir laissé tout le reste derrière lui. La balance avait retrouvé son équilibre quand son frère Adi avait repris contact avec elle.

— Tu peux la recoudre ? J'ai terminé.

Elle fit un signe de la tête vers le cadavre sur le plan de travail en métal brillant devant elle. Vingt-cinq ans. Suicide. Sur son corps, elle avait vu les traces d'autres tentatives, mais cette fois-ci la jeune femme avait réussi. Pendaison. Retrouvée par sa mère dans la cave de la maison familiale. Une image qu'un parent n'effacerait jamais de sa rétine. Elle resterait gravée pour toujours dans sa mémoire, aux côtés des premiers pas, de la première dent perdue, du premier jour d'école. Tout ce qui avait représenté la vie serait désormais et indéfectiblement lié à la mort.

Et voilà Milda, un samedi après-midi ensoleillé qui aurait dû être insouciant, la voilà parmi les toutes dernières personnes à voir cette jeune femme avant que ses restes physiques ne s'effacent du monde.

Milda retira ses gants en plastique et les jeta dans la poubelle. Son assistant, Loke, était chargé de soigneusement refermer l'incision en forme de Y pratiquée par Milda sur la poitrine. En temps normal, elle aurait préféré terminer elle-même, même si la dernière étape fait traditionnellement partie des prérogatives de l'assistant. Mais elle n'avait pas la tête à ça aujourd'hui, elle était trop perturbée, et en plus, Loke était meilleur qu'elle en suture. La précision était indubitablement l'un de ses points forts. Il était pathologiquement méticuleux.

Milda nettoya son poste et se changea avant de se rendre à son bureau. La chaleur lui tomba dessus à l'instant où elle ouvrit la porte. D'abord, elle eut un mouvement de recul. Puis, elle inspira profondément et franchit le seuil. Le revêtement du fauteuil lui colla aux fesses immédiatement. Elle lança un regard désolé à ses plantes vertes flétries sur le bord de la fenêtre. Elle avait l'impression de partager leur détresse.

L'appel d'Adi n'aurait pas dû la surprendre. Qu'elle n'ait rien vu venir la rendait plus furieuse contre elle-même que contre lui. Adi, c'était comme la fable du scorpion qui traverse la rivière sur le dos d'une grenouille. En plein milieu de la rivière, le scorpion pique la grenouille, causant la mort des deux. Quand la grenouille demande au scorpion pourquoi il a fait ça, le scorpion lui répond que c'est dans sa nature.

C'était exactement pareil avec Adi. Depuis tout petit, son frère n'avait eu d'attention que pour ses propres besoins. Ou droits. Tout lui était dû. Tous les efforts de leurs parents pour lui inculquer la différence entre le bien et le mal, entre ce qui nous appartient et ce qui appartient aux autres, tous avaient été vains. Elle avait été surprise quand il l'avait laissée continuer à vivre dans la maison de leurs parents, après leur mort, alors qu'elle s'était trouvée seule avec ses enfants après son divorce. Il n'avait même pas réclamé sa part de cet héritage.

Elle s'était persuadée qu'il avait mûri, qu'il avait grandi, évolué. Au cours des années suivantes, elle avait évité d'y penser, se disant qu'il fallait accepter la situation telle qu'elle était. Comme un statu quo. Mais hier, il avait appelé. Distant, froid. La voix d'Adi exprimait rarement des sentiments, sauf s'il était en colère ou se sentait offensé.

Il voulait sa part de la maison. Immédiatement. Il avait déjà tenté le coup pratiquement deux ans plus tôt. À l'époque, elle avait reçu un courrier du soi-disant "avocat" d'Adi. L'ultimatum se résumait à ça : soit elle vendait la maison pour lui reverser sa part, soit elle récupérait la part d'Adi en renonçant à sa moitié sur la maison de grand-père Mykolas à sa mort. Elle le soupçonnait de faire exprès de la stresser afin de l'empêcher de penser rationnellement.

Elle avait choisi de montrer la lettre à ses collègues à l'hôtel de police. Passer des accords concernant l'héritage, alors que le grand-père était encore bien vivant, la mettait très mal à l'aise. Et son intuition ne l'avait pas trompée. Adi n'avait aucun droit légal de prendre des dispositions concernant l'héritage avant le décès de grand-père Mykolas. La police était prête à lancer une procédure pour chantage si Adi ne se rétractait pas. Quand ils découvrirent que l'avocat en question n'avait pas passé l'examen du barreau et se qualifiait d'avocat illégalement, son frère avait lâché l'affaire et filé la queue entre les jambes.

Mais Adi avait raison sur un point. La maison qu'elle habitait leur appartenait à tous les deux. Il était parfaitement dans son droit en lui demandant de lui racheter sa part si elle voulait continuer à y vivre. Et c'est ce qu'il avait fait. Elle avait tenté de lui expliquer qu'elle n'en avait pas les moyens, et qu'elle savait qu'il n'avait pas besoin d'argent. Adi avait toujours bien gagné sa vie. S'il était d'accord pour attendre encore quelques années, le temps que les enfants volent de leurs propres ailes, elle lui en serait vraiment reconnaissante. Elle avait détesté devoir le supplier ainsi. Détesté l'influence qu'il avait toujours eue sur elle, sa façon de la faire ramper, de se rendre invisible, de gratter du pied. Mais même avant qu'il ne parle, elle connaissait sa réponse. Et elle se maudit d'avoir oublié qu'elle était la grenouille. Et lui le scorpion.

Un bruit à la porte la fit sursauter.

— Entre, cria-t-elle, tout en entendant sa voix se briser.

— Je dérange ?

Mina avait passé la tête par la porte et la regardait d'un air interrogateur.

— Je voulais te voir au sujet de Lilly Meyer. Est-ce qu'on peut regarder ensemble le rapport d'autopsie ?

Milda secoua la tête.

— Tu ne déranges pas du tout. Bienvenue dans mon sauna.

Mina contempla, perplexe, les plantes vertes sur le rebord de la fenêtre de Milda. Elles avaient l'air sur le point de succomber à la chaleur dans le petit bureau, et Milda semblait encore plus incommodée elle-même. Mina avait lu quelque part que la sueur n'était pas seulement un moyen pour le corps de réguler sa température, mais qu'elle avait aussi un effet purificateur. Rien que l'idée la fit frémir. Elle luttait contre l'instinct d'enlever tous ses vêtements. Si seulement elle pouvait prendre une douche froide. Mais ici, dans le bureau de Milda, autant oublier ça tout de suite.

— Je les ai arrosées, mais l'eau s'évapore instantanément, dit Milda avec tristesse en regardant ses plantes desséchées.

Mina l'observa. Elle n'avait pas l'air dans son assiette. Mina jeta un coup d'œil vers la chaise devant le bureau, se demandant si elle allait s'asseoir. Mais le plastique chaud et collant était sûrement un eldorado pour les bactéries.

— Tiens, j'ai déjà préparé tout ce dont tu as besoin, dit Milda en ouvrant un tiroir. Julia m'a appelée. Elle a dit que vous étiez tous réquisitionnés pour le week-end.

Elle sortit un dossier et le tendit à Mina, après l'avoir essuyé avec une lingette humide.

Mina lui sourit avec reconnaissance et ouvrit le dossier.

Toutes les données sur l'autopsie de Lilly avaient été soigneusement imprimées et triées.

— T'es la meilleure ! dit Mina avec sincérité. Tu ne chômes jamais ?

Milda était toujours le calme incarné. Une légiste rassurante, professionnelle, compétente et inébranlable. Oui, inébranlable était sans doute le mot qui lui convenait le mieux, en temps normal. Mais aujourd'hui, ça n'avait pas l'air d'être le cas.

Mina envisagea de lui demander si quelque chose n'allait pas, mais elle ne savait pas comment le formuler. Leur relation n'avait rien de personnel, elle ne trouva pas les mots. Soudain, elle comprit comment Vincent devait se sentir, dans la plupart des situations et avec la plupart des gens.

— Lis-le tranquillement, dit Milda. Je suis là, si tu as des questions. Mais tu crois vraiment qu'il y a un rapport avec le garçon que vous venez de retrouver ?

— Je ne sais pas, dit Mina en appuyant le dossier contre sa poitrine. Mais Adam Blom semble le penser.

Son chemisier collait d'une façon désagréable. Il lui fallait vraiment prendre une douche. Et se changer. Le silence s'installa un moment. Le visage de Milda était sombre, impénétrable, comme si elle retenait quelque chose. Quelque chose qui était sur le point d'exploser. Mina ouvrit la bouche. Puis, elle la referma, se retourna et se dirigea vers la porte en lançant un bref merci.

Il trouva une place de stationnement dans Hornsgatan, juste avant la place de Mariatorget. Il n'y avait aucune raison de signaler sa présence en garant la voiture de police juste devant. En plus, le petit trajet à pied jusqu'à Bellmansgatan lui donnait l'occasion d'organiser ses pensées.

Christer n'en voulait pas à Julia de l'envoyer, lui. Un policier doit être capable de maîtriser ses émotions. Mais un bon policier doit aussi être capable de les montrer quand la situation l'exige. Alors, une fois de plus, ça tombait sur lui. Au moins, ce n'était pas lui qui avait eu à annoncer la mort de l'enfant. Des policiers en uniforme s'en étaient chargés, accompagnés d'un pasteur.

Il trouva l'adresse et sonna à l'interphone. Quand il arriva au bon étage, la porte d'entrée était déjà ouverte. Une femme, probablement la mère d'Ossian, se tenait sur le seuil, les bras croisés. Son attitude se voulait combattante, mais ses épaules tremblaient légèrement.

— Je ne comprends plus rien, dit-elle d'emblée. Ça ne peut pas être Ossian que vous avez trouvé, il ne serait jamais allé à Skeppsholmen.

— C'est justement pour vérifier tout ça que je viens, répondit Christer avec délicatesse. C'est moi qui vous ai appelé tout à l'heure. Je m'appelle Christer, si vous vous en souvenez.

Le visage de la mère d'Ossian était blafard, si ce n'étaient les cernes noirs soulignant ses yeux. Elle n'avait probablement pas dormi depuis la disparition de l'enfant mercredi. À cet instant, elle était en état de déni, la première des cinq phases du deuil. En temps voulu, elle glisserait vers le stade suivant, la colère. C'est à ce moment-là que les parents d'Ossian les insulteraient, lui et ses collègues, en les traitant d'incapables, en les menaçant de poursuites judiciaires, peut-être, ou de divulgation dans la presse. Bien sûr, chacun réagissait à sa manière. Peu importe la façon dont s'exprimerait la colère de Fredrik et Josefin, ils auraient raison. Christer serait d'accord avec eux. La police n'avait pas fait son boulot. *Lui* n'avait pas fait son boulot. Certes, les chances qu'ils trouvent Ossian à temps avaient été infimes, mais quand même. Ils avaient fait tout ce qui était en leur pouvoir, mais ça n'avait pas été suffisant. Loin de là.

Pour le moment, Josefin essayait d'accepter l'idée qu'elle n'avait plus de fils. Certains proches ne dépassent jamais ce stade.

Le père d'Ossian fit son apparition derrière sa femme.

— Ce serait mieux qu'on aille tout de suite avec vous, non ? dit-il. Voir l'enfant pour constater qu'il ne s'agit pas d'Ossian.

Christer le comprenait si bien. Tant que Fredrik et Josefin n'avaient pas vu Ossian de leurs propres yeux, ils pouvaient continuer à penser que ce n'était pas lui. Qu'il y avait eu une erreur d'identification. Et cette idée pouvait probablement rendre fou. C'était inhumain, mais il était obligé de leur demander de patienter.

— Vous le verrez vite, dit-il. Mais la police scientifique doit d'abord terminer son travail.

Pas la peine de préciser ce que cela signifiait. Ossian allait subir une autopsie, on allait ouvrir leur enfant. Il préférait les protéger autant que possible de cette idée-là. Mais ils avaient l'air d'avoir saisi. Josefin blêmit encore plus, si c'était possible, et se cacha le visage dans les mains. Elle vacilla. Fredrik la prit dans ses bras, mais lui-même tenait à peine debout.

— Si Ossian a un passeport électronique, nous pouvons l'identifier grâce à ses empreintes digitales, dit Christer. Sinon, une brosse à dents fera l'affaire, pour l'ADN.

— Je vais chercher sa brosse à dents, dit Fredrik, presque soulagé d'avoir un objectif simple à accomplir.

Il disparut dans l'appartement.

— Ses vêtements et son sac à dos font également partie des investigations, dit Christer. J'espère que vous comprenez.

— Son sac à dos ? dit Josefin, confuse. Pourquoi vous voulez son sac à dos ?

Elle lui montra un petit sac à dos jaune qui traînait parmi les chaussures dans l'entrée. C'était un Fjällräven.

— Il aurait dû emporter un casse-croûte mercredi, quand il… quand il…

La voix de Josefin se brisa.

— Pour une fois je me suis souvenue qu'il avait besoin d'un casse-croûte, et j'avais tout mis dans son sac à dos. Mais après j'ai oublié le sac.

Christer s'obligea à ne pas regarder trop longtemps le sac de l'enfant. Il avait une boule dans la gorge.

— Il n'en a pas un autre ? demanda-t-il. Un My Little Pony ?

Le regard de Josefin était resté fixé au Fjällräven jaune. Elle ne l'entendait plus.

— Drôle de question, dit Fredrik, de retour avec une petite brosse à dents dans une boîte en plastique. Non, nous n'avons pas ce genre de sac.

Christer plissa le front. Ossian avait été retrouvé avec un sac à dos. Mais si ce n'était pas le sien, alors à qui était-il ? Quelque chose ne collait pas.

Elle avait eu très chaud dans le bureau de la légiste. À l'hôtel de police, idem, et toujours personne à l'horizon pour réparer la climatisation défectueuse. Probablement partis pour le week-end. Seule solution : fuir les locaux et se trouver un coin à l'ombre à l'extérieur.

Le dossier sous le bras, Mina franchit le seuil de l'entrée principale et tourna à l'angle du bâtiment. Elle faillit mettre les pieds dans une montagne de mégots. Le coin des fumeurs clandestins, à n'en pas douter. Le compagnon de vie de la plupart d'entre eux était très certainement persuadé de vivre avec un non-fumeur. Mina ne cessait de s'étonner du peu que les gens savent les uns des autres, tout en vivant en couple. Parfois, elle se demandait même s'il est possible de connaître réellement une autre personne, ou si chacun vit dans sa propre bulle sans jamais se dévoiler entièrement. Elle était persuadée que Vincent aurait beaucoup à dire sur le sujet.

Elle rechignait à s'asseoir, mais parcourir le dossier en restant debout n'avait rien de confortable. Alors elle déploya son équipement habituel : lingettes humides, spray désinfectant et gel hydroalcoolique. Elle essuya avec soin le petit banc stratégiquement placé juste à côté d'une poubelle. Celle-ci débordait, et Mina s'efforça de regarder ailleurs. Des guêpes tournaient autour, mais elle n'avait pas peur des guêpes. Elles représentaient un danger visible. C'étaient les dangers invisibles qui lui importaient.

Une fois son nettoyage terminé, elle s'assit et posa le dossier à côté d'elle. L'ombre constituait un répit bienvenu, et une légère brise se faufilait sous son chemisier, séchant la sueur. Elle inspira profondément plusieurs fois. À l'abri de la chaleur la plus écrasante, c'était comme si ses poumons et ses voies respiratoires s'ouvraient à nouveau.

Les poumons remplis d'oxygène, elle ouvrit le dossier. Le rapport d'autopsie s'y trouvait en premier. Elle savait que ce ne serait pas facile, même les flics les plus endurcis ne restent pas insensibles quand il s'agit de corps d'enfants. Et Lilly n'avait que cinq ans. Pour une fois, un cliché de polar s'était avéré. Un homme promenant son chien avait découvert le corps, sous une bâche.

Mina s'obligea à sortir les photos les unes après les autres et les étala sur le banc. Les longues boucles brunes de la fillette reposaient en éventail sur le métal blanc de la table d'autopsie. Elle avait l'air paisible. Comme si elle dormait.

Mina savait déjà qu'elle était morte par asphyxie. Mais comme ils n'avaient pas été en charge de l'enquête, elle n'était pas au courant des détails de l'affaire. Elle se mit à lire le rapport lentement, attentivement. Elle ne voulait pas risquer de passer à côté d'informations primordiales. Dans ce genre d'enquête, des détails apparemment insignifiants se révèlent souvent déterminants.

Une guêpe se posa au milieu de la feuille et Mina, irritée, l'envoya valser de la main. La guêpe revint, insouciante de son handicap question taille, et se reposa exactement au même endroit. L'audace de cette guêpe était impressionnante. La plupart des animaux ont une sorte de respect, ou de crainte, envers les espèces plus grandes qu'eux. Mais pas les guêpes, visiblement. Elles font preuve d'orgueil, estimant apparemment que leur dard leur procure une supériorité les autorisant à ignorer tout le reste. L'idée rappela à Mina certains hommes qu'elle avait rencontrés au cours de sa vie.

Elle la chassa à nouveau. Cette fois-ci, la guêpe saisit le message et se dirigea vers un emballage de glace dans la poubelle.

Le rapport de Milda était comme toujours structuré et facile d'accès. En revanche, les conclusions étaient limitées. La cause de la mort paraissait simple. Strangulation. Hypoxie. Privé d'oxygène, le cerveau s'arrête de fonctionner et les autres organes suivent rapidement. Mina poursuivit sa lecture. L'étranglement n'était pas dû à une obstruction des voies respiratoires. On n'y avait trouvé que des petits restes de fibres. Il n'y avait pas d'eau dans les poumons, la noyade avait donc été écartée. Milda avait par contre observé des marques sur les poumons, comme s'ils avaient été comprimés. Mina fronça les sourcils. Quelle action pouvait occasionner une telle pression sur le corps ?

Elle savait qu'en eau très profonde, des lésions de ce genre pouvaient apparaître, mais puisqu'il n'y avait pas d'eau dans les poumons…

Une attaque cérébrale ? En continuant sa lecture, elle constata que Milda excluait cette éventualité. Une attaque aurait occasionné des hématomes sous-cutanés, et il n'y en avait pas.

Une chute ? Mina avait déjà vu des corps tombés de très haut, de par la volonté de leur propriétaire ou pas. Mais dans ce cas, les dommages n'auraient pas été limités au thorax, ce que Milda avait également constaté dans son rapport. Selon Milda, la cause la plus probable était une compression. Elle précisait que la compression en question n'avait pu être ni rapide ni trop violente, car cela aussi aurait provoqué des hématomes sous-cutanés. Elle concluait qu'il était probablement question d'une pression persistante appliquée au corps entier pendant un laps de temps assez long. Mina se gratta le cuir chevelu, intriguée. Elle n'arrivait pas à comprendre ce qui avait pu se passer.

La fillette était morte par compression ?

Le moment du décès avait également son importance, surtout maintenant, par rapport à l'affaire Ossian. Comme Christer l'avait souligné, le corps de Lilly avait été retrouvé exactement trois jours après sa disparition. Selon Milda, elle était restée vivante pendant ces trois jours et n'avait pas subi de violence. Le contenu de son estomac montrait que ses kidnappeurs l'avaient nourrie correctement. C'était déjà ça. Lilly avait été tuée juste avant qu'on ne la retrouve.

Mina revint au rapport. Elle recoupa tous les éléments de Milda avec les résultats de l'enquête criminelle. La scientifique avait trouvé des fibres dans le creux de l'aisselle. Selon l'analyse, il s'agissait des mêmes fibres que celles trouvées dans la gorge. Des fibres de laine.

La guêpe fit son retour, si c'était bien la même. Elle se posa encore une fois sur la feuille que Mina était en train de lire, et cette fois-ci, c'en était terminé de sa patience. Elle prit une lingette humide dans son sac, visa minutieusement et l'écrasa. Elle l'imagina se débattre désespérément, prise dans l'étau de la serviette, ses piqûres déchaînées et inutiles. À nouveau elle pensa à des hommes qu'elle avait connus. Elle ouvrit la lingette et regarda la guêpe. La cause du décès ne faisait aucun doute. Écrasée. Elle replia la lingette et la jeta dans la poubelle.

Après avoir lu le rapport d'autopsie une nouvelle fois, elle se pencha sur les derniers éléments du dossier. Les photos des vêtements de Lilly ainsi que les objets qui avaient été trouvés avec elle. Selon les parents, rien ne manquait, et elle portait les mêmes vêtements que lors de sa disparition. Quelques trésors personnels du fond de ses poches. Un caillou blanc et lisse, un chromo tout brillant, un stylo troll avec ses grands yeux et une petite gomme en forme de chat. Mina sourit, tout en ayant encore en tête l'image de la fillette sur la table d'autopsie. Touchante, cette attirance des enfants de cinq ans pour tout ce qui est doux, mignon ou brillant. Des chevaux, des chiots, le rose, des plumes, des flamants roses, des chatons et des paillettes. Toutes choses que les adultes oublient d'apprécier à leur juste valeur. À moins qu'il soit question d'Eurovision ou de Pride.

Elle remit soigneusement tous les éléments dans le même ordre qu'initialement, referma le dossier, se leva et inspira profondément avant de repartir vers la chaleur à l'intérieur. Elle consulta sa montre. La journée touchait à sa fin. Elle en savait plus, désormais, mais se retrouvait avec d'autant plus de questions, et n'avait rien trouvé qui pourrait les aider à trouver les meurtriers d'Ossian ou de Lilly. Elle tournait toujours en rond dans la même impasse. Et dehors, un assassin était toujours en liberté.

Vincent était assis dans son bureau. Maria avait dû repartir chez Kevin afin d'ajuster sa stratégie de vente, Vincent l'avait croisée sur le seuil de la porte à son retour du cimetière. Kevin avait apparemment eu une idée extraordinaire qu'il voulait transmettre à Maria sans délai. Rebecka était au cinéma avec Aston, ce qui était inimaginable avant. Mais depuis un bon mois, Aston s'était mis à idolâtrer sa grande sœur, et Rebecka n'avait pas l'air ennuyée de l'emmener partout avec elle malgré les sept ans qui les séparaient. Et pourtant, elle avait un petit ami. La chaleur devait leur faire tourner la tête. Une salle de cinéma climatisée, en plein milieu de la journée, ça prenait tout son sens.

Benjamin était dans sa chambre, occupé à ce qui occupe les jeunes gens de vingt et un ans enfermés dans leur chambre. En train de se chercher un appartement sur des sites de location immobilière, espérait Vincent.

Résultat des courses : il était tranquille tout ce samedi après-midi.

À une certaine époque, il avait été assez doué pour rester seul avec lui-même. Ce n'était plus le cas. Depuis que Jane avait remué tous les événements concernant leur mère, il avait besoin de se distraire pour tenir les pensées négatives en échec. Il avait peur de ce qui se passerait s'il les laissait s'exprimer librement.

Il prit un Rubik's Cube sur l'étagère derrière son bureau et se mit à le tourner entre ses doigts. C'était celui que Mina lui avait offert. Il avait déjà essayé de le résoudre, mais les pièces ne tenaient pas assez bien ensemble, il n'osait pas les manipuler. Il se demandait encore une fois ce qu'elle avait bien pu faire subir à ce cube, c'était presque comme s'il avait cassé et qu'elle l'avait rafistolé tant bien que mal. Le cube éveilla des souvenirs auxquels il n'était pas préparé. La salle de séjour de Mina où il l'avait vu sur son bureau. Mina inconsolable dans le canapé. Il eut un coup au cœur, et se rendit compte que son esprit fonçait tout droit vers l'endroit exact qu'il voulait à tout prix éviter. Il ouvrit le tiroir de son bureau pour ranger le cube hors de sa vue. Dans le tiroir il aperçut l'enveloppe avec l'autocollant du père Noël. Au bout de quelques secondes d'hésitation, il s'en empara.

Elle contenait, entre autres, une carte postale qu'il avait reçue environ deux mois après la fin de sa collaboration avec la police. Un mystère ou une énigme parmi tant d'autres que les gens s'ingéniaient à lui faire parvenir depuis que sa participation à l'enquête était connue du grand public. À vrai dire, il s'était pas mal amusé à en résoudre certains, une fois assuré qu'il ne s'agissait pas de nouvelles menaces de mort. Certains étaient assez rudimentaires, mais d'autres bien plus complexes. Quelques-uns restaient totalement obscurs. Comme la carte de vœux de Noël dans sa main. En plus d'une carte standard non signée, du genre qu'on trouve à la caisse de n'importe quel supermarché, l'enveloppe contenait des bouts de papiers colorés dans des formes rappelant Tetris.

Il vida l'enveloppe sur son bureau avec le même sentiment que quand il l'avait reçue. Il avait immédiatement eu l'impression que ce puzzle-ci avait quelque chose de différent. Cela ne s'expliquait pas rationnellement, mais en voyant les pièces, il s'était senti envahi par une vague sensation d'inquiétude, tout comme à cet instant.

Des lettres étaient inscrites sur chaque pièce, et il paraissait évident qu'il fallait assembler les morceaux pour pouvoir lire le message. Mais lors de sa première tentative, le mystérieux expéditeur lui avait tendu un piège et il était tombé dans le panneau. Il sourit pour lui-même. Il était rare qu'on arrive à le piéger, et il appréciait l'effort. Comme les pièces rappelaient le jeu Tetris, il avait commencé par les poser bord contre bord, sans intervalles. Comme dans le jeu. Mais le message restait illisible peu importe la manière dont il assemblait les pièces.

Il avait fini par comprendre que l'allusion à Tetris était un leurre. Et la carte ne faisait aucune référence au célèbre jeu. Les formes bien connues l'avaient automatiquement orienté dans cette direction, c'était sûrement fait exprès. Une façon, de la part de l'expéditeur, de lui montrer qu'il était au fait de son passé dans le monde de la magie. Manipuler l'attention des spectateurs est à la base de tout numéro d'illusion. *Misdirection*, dit-on dans le monde de la magie.

Cela signifiait que le puzzle venait de quelqu'un qui le connaissait, qui l'avait étudié. L'idée le mettait mal à l'aise. Après avoir compris le piège, il ne lui avait fallu que quelques secondes pour assembler le message, en se concentrant uniquement sur le texte. Et il n'y avait qu'une solution.

Il prit les pièces et les rassembla comme il l'avait déjà fait tant de fois. Le texte qui apparaissait était toujours aussi énigmatique.

*Tim, ta digne idée gravée !*

La première fois, ça l'avait agacé – il n'avait pas de rides et ne connaissait pas de Tim. Ensuite, il avait compris que cette salutation était certainement un code. Mais de quel genre ?

Il avait cherché des différences dans les lettres écrites à la main, mais l'auteur les avait soigneusement formées de façon identique. Cela excluait les chiffrements de Bacon qui exigent deux types de lettres. Il avait testé les chiffres en racine treize ainsi que les chiffrements par permutation les plus fréquents où une lettre correspondait à une autre dans l'alphabet, mais ces méthodes-là n'avaient pas donné de résultat probant.

Il alla dans la salle de séjour et mit l'album *Pollen* d'AES Dana. Comme d'habitude, il renifla le vinyle avant de le poser sur le plateau.

Toute sa famille se moquait de lui parce qu'il restait attaché aux supports physiques. Les livres papier et les vinyles ont une odeur. Une fragrance prometteuse d'aventures et de découvertes étranges. Les services de streaming sont pratiques, c'est certain, mais il n'y a rien à ressentir. Exactement comme avec les machines à café à capsules, il voyait bien leur intérêt pratique, mais avait l'impression de passer à côté de quelque chose.

Quand la musique commença, il augmenta le volume afin de pouvoir l'écouter depuis son bureau. On peut bien penser ce qu'on veut des Français, mais en matière de musique électronique, ils sont vraiment bons. Rebecka n'était peut-être pas complètement à côté de la plaque avec ce Denis.

Il retourna étudier l'énigmatique message sur son bureau. Il devait y avoir un autre niveau de compréhension qui lui échappait encore. La seule solution qu'il n'avait pas testée était une anagramme où l'on modifiait l'ordre des lettres sans tenir compte des majuscules et de la ponctuation. Mais avec tant de lettres, les combinaisons possibles se comptaient en millions. Sans le moindre indice, ce n'était même pas la peine d'essayer.

Il poussa un soupir et remit les lettres dans l'enveloppe. Peut-être que le puzzle était totalement dénué de sens. Il avait peut-être surestimé son créateur. Il avait déjà reçu des messages complètement farfelus. Mais deux éléments contredisaient cette éventualité. Le premier était qu'il n'arrivait pas à se défaire du sentiment de malaise qu'il ressentait depuis la première fois qu'il avait ouvert l'enveloppe.

Le second était la réception l'année suivante, il y avait maintenant six mois de cela, d'une nouvelle carte de vœux à Noël. Avec de nouvelles pièces.

Mina avait fait des cauchemars toute la nuit, sans se souvenir de rien. À son réveil, elle était tellement en sueur que sa toilette du matin avait duré deux fois plus longtemps que d'habitude. Quand elle était arrivée à l'hôtel de police, en retard, Julia était sur le point de commencer son briefing. Le travail de ce dimanche dépendrait des résultats des autres la veille. Mina espérait que quelqu'un aurait trouvé de meilleures pistes à suivre qu'elle-même.

En sortant de chez elle, elle s'était arrêtée net. Une grande voiture noire, rutilante, était garée juste devant, et elle comprit tout de suite de qui il s'agissait. Son cœur s'était emballé. Pourquoi prenait-il contact ? Pourquoi précisément maintenant ? C'était presque comme si elle l'avait invoqué en pensant à leur appartement de Vasastan quelques jours plus tôt. Elle se rua sur la voiture et ouvrit brusquement la porte arrière.

— Qu'est-ce qu'il s'est passé ?

— Monte, dit-il, laconique.

Ce seul mot de sa part déclencha une avalanche de souvenirs en elle. Il n'avait jamais été particulièrement loquace, et quand il parlait, c'était toujours sur un ton autoritaire, comme s'il donnait un ordre. Compte tenu de sa position, cela n'avait rien d'arbitraire. Même au début de leur vie commune, alors que son ascension professionnelle ne faisait que commencer, il s'exprimait déjà de cette manière.

C'était comme s'il partait du principe, depuis toujours, que le meneur, c'était lui.

Elle monta dans la voiture après avoir jeté un coup d'œil sur le siège. Une propreté impeccable. Évidemment. Il y avait sans doute une personne dont le seul boulot était de tenir la voiture dans un état irréprochable.

— Il s'est passé quelque chose ? répéta-t-elle en lorgnant le chauffeur.

C'était étrange de parler devant un parfait inconnu, mais dans le rétroviseur, les lunettes de soleil opaques du chauffeur et sa stature parfaitement immobile l'anonymisaient. Être sourd et aveugle quand il le fallait faisait partie de son job.

Elle se tourna vers l'homme à côté d'elle sur le siège arrière. Son cœur battait toujours la chamade d'inquiétude. Pourquoi se trouvait-elle ici, dans cette voiture pas particulièrement discrète ?

Il ne voulait pas d'elle dans sa vie. Dans sa vie à lui et à Nathalie. Elle le comprenait. Et l'acceptait. C'était la condition qu'il avait posée. Si elle les quittait, elle devait couper tous les liens, c'était leur deal. Et c'était le statu quo depuis de nombreuses années maintenant. Il ne s'approchait pas d'elle, elle ne s'approchait pas d'eux. C'était simple. Sans la moindre complication. Jusqu'au moment où elle s'était fait surprendre deux ans avant. Elle n'avait pas eu la moindre nouvelle de lui depuis, et elle s'était tenue à distance. Terminés, ces moments où elle épiait Nathalie depuis la station de métro de Blåsut. Terminées, les rencontres fortuites dans Kungsträdgården. Et puis, soudain, il se trouvait là.

Garé juste devant son immeuble.

Elle avait fixé son regard sur le dossier en cuir devant elle, sur une minuscule irrégularité dans la surface pourtant parfaitement lisse.

Respirer.

Respirer.

Elle se tourna de nouveau vers lui. Il la regarda dans les yeux. Fermement. Mais elle vit une lueur d'inquiétude dans ses yeux bleu clair. Exactement les mêmes que ceux de la petite. Elle eut un coup au cœur.

— Elle a pris contact, dit-il. Tu devais l'en empêcher.

Mina n'avait pas besoin de demander à qui il faisait allusion.

— Je n'ai pas parlé avec ma mère depuis très longtemps, répondit-elle.

— Nathalie est avec elle. Depuis vendredi. Ceux qui travaillent pour moi ont bien sûr observé la prise de contact, mais je leur ai demandé de ne pas intervenir.

Mina repensa à l'été deux ans auparavant où elle n'avait pas résisté à la pulsion de proposer un café à Nathalie et où les gardiens avaient embarqué sa fille avant même qu'elles n'aient eu le temps de s'installer.

— D'habitude, ça ne te pose pas de problème d'intervenir instantanément, nota-t-elle.

— Je sais. Mais le résultat, c'est que Nathalie et moi entretenons une relation assez… tendue. Je ne voulais pas en rajouter. Ce n'est pas comme si j'ignorais où se trouve cette ferme… et en plus, elle n'est plus une gamine. Bref. Nathalie m'a d'abord envoyé un SMS où elle dit avoir rencontré sa grand-mère. Ensuite j'ai reçu un mot comme quoi elle allait y rester pour la nuit. Ça, c'était vendredi. Depuis, elle ne répond plus ni à mes appels ni à mes textos. Aujourd'hui, on est dimanche. L'adolescence dans toute sa gloire, certes. Mais il y a des limites.

Mina se mordit la langue. Elle avait pris l'habitude de suivre Nathalie via son téléphone. Le petit émetteur GPS qu'elle avait caché dans le sac à dos de sa fille avait dû se caler bien au fond d'une poche dont Nathalie ne se servait pas, car ses mouvements quotidiens étaient la preuve qu'elle ne l'avait toujours pas trouvé. Cependant, ces derniers jours, l'enquête concernant Ossian avait à ce point accaparé l'attention de Mina qu'elle n'avait plus suivi les mouvements de Nathalie depuis le mercredi matin. À ce moment-là, elle était encore à la maison avec son père. Mina avait honte. Si elle avait été plus attentive à sa propre fille, elle aurait déjà su ce qu'elle venait d'apprendre.

— Pourquoi tu ne vas pas la chercher, tout simplement ? demanda-t-elle. Tu sais exactement où aller.

Mina vit une incertitude sur son visage. Elle avait déjà vu cette expression, mais de façon tellement brève qu'elle s'était toujours demandé, après coup, si elle ne se trompait pas. Mais cette fois, l'inquiétude restait.

— Je ne sais pas, répondit-il. Notre accord disait aucun contact. Mais c'est sa grand-mère. Et tant d'années se sont écoulées… Je ne sais pas quoi faire.

Les mots restèrent suspendus dans le silence entre eux. Elle jeta un coup d'œil dans le rétroviseur, mais le chauffeur regardait toujours droit devant lui, le visage absolument inexpressif.

Elle comprenait son dilemme. Le père de Nathalie avait peur que les médias apprennent qu'il empêchait sa propre fille d'entretenir des relations avec sa famille proche.

— Je suppose que tu voudrais que je fasse quelque chose ?

Il secoua la tête. Eut l'air de chercher ses mots. C'était l'une des choses qui le caractérisaient, se dit Mina : ne jamais parler à la hâte ou sans avoir bien réfléchi. Cet aspect de sa personnalité avait sans aucun doute participé à le mener à la position qu'il tenait aujourd'hui.

Les gens qui passaient regardaient la voiture avec curiosité. Elle détonnait devant le bâtiment résidentiel ordinaire, et les vitres teintées occultant les personnes dans le véhicule ne faisaient qu'attiser leur curiosité.

— Je veux que tu parles à ta mère, dit-il. Sans que Nathalie le sache. Ta mère ne m'écouterait pas, mais toi, peut-être. Il faut qu'on règle cette affaire en toute discrétion.

Mina s'obligea à respirer profondément pour se calmer. En son for intérieur, un fatras de sentiments contradictoires. Des souvenirs, des moments de vie qu'elle était parvenue à refouler. Tout ce dont elle avait appris, à la dure, à se passer.

— Je suis en plein dans une enquête de la plus haute importance, dit-elle.

— L'enfant disparu, dit-il en hochant la tête. J'ai vu la conférence de presse. Mes sources disent que vous avez retrouvé le corps du garçon hier matin.

— Bien, tu comprends donc que j'ai d'autres préoccupations en ce moment. Je ne suis pas inquiète pour Nathalie.

Il la regarda à nouveau dans les yeux.

— Non, mais tu devrais peut-être t'inquiéter de ce qu'elle pourrait apprendre, dit-il.

L'angoisse la saisit à nouveau. Il avait raison, bien sûr. Ils avaient passé un accord, elle et lui. Mais un accord qui n'était pas plus solide qu'un château de cartes, en réalité. Chaque seconde que Nathalie passait avec sa grand-mère risquait de faire s'écrouler ce château de cartes. Et si ça arrivait, non seulement Mina serait ensevelie, mais sa fille aussi.

— Je vais y penser, dit-elle à voix basse.

Il tendit sa main vers l'avant et le chauffeur lui donna un calepin et un stylo. Avec son écriture si familière, il coucha quelques lignes rapides sur une feuille, l'arracha et la lui donna. L'incertitude s'était volatilisée de son visage. Il n'exprimait désormais plus que concentration, maîtrise, calme.

Mina ouvrit la bouche pour dire quelque chose. Il y avait tant de non-dits. Tant de questions qu'elle avait envie de poser. Mais elle referma la bouche et actionna la poignée de la portière. Elle avait renoncé de son plein gré au droit de poser ces questions.

Quand la voiture noire démarra pour disparaître au coin de la rue, elle resta sur le trottoir à la suivre des yeux. Puis elle regarda le bout de papier dans sa main. Elle prit son téléphone et composa le numéro qu'il avait noté. Si elle ne le faisait pas tout de suite, elle n'en aurait jamais le courage. Elle tomba sur un répondeur. Elle inspira profondément et laissa un message. Elle revint vers la porte d'entrée, tapa mécaniquement le code et monta l'escalier jusqu'à son appartement. C'est seulement une fois à l'intérieur, la porte solidement fermée derrière elle, qu'elle s'autorisa à hurler.

Le soleil du matin brillait sur les toits du lotissement à Vallentuna. Les maisons étaient marron à l'époque où il y avait vécu, mais depuis, elles avaient toutes été peintes dans des couleurs différentes. Ruben avait eu l'intention d'y aller depuis plusieurs jours, mais la recherche d'Ossian l'en avait empêché. La veille, il avait interrogé tout le monde sur l'*af Chapman*, ainsi que le personnel du Musée national et celui de l'Académie royale des beaux-arts à proximité. Personne n'avait rien vu. Évidemment. Adam avait proposé de s'occuper du reste de l'île au cours du dimanche. Si le meurtrier était arrivé par bateau, il avait pu être vu par l'un des autres bateaux de l'île. Ruben avait dit qu'il avait une course à faire, mais qu'il le rejoindrait par la suite. À cet instant précis, il se disait qu'il aurait dû se rendre directement à Skeppsholmen. Mais non. Il fallait y aller.

L'affaire Ossian l'avait déstabilisé, il ressentait le besoin de se sentir proche de quelqu'un. Ou du moins de se souvenir que ça avait été le cas. La relation collégiale qu'il avait avec Christer et les autres gars, ce n'était pas pareil, c'était autant une sorte de compétition ou de rivalité que de la camaraderie. L'éternel concours de qui aurait la meilleure histoire à raconter. De qui aurait vu les plus gros seins pendant le week-end. Ou qui aurait le mieux dézingué la racaille au Kärcher. On se tapait dans le dos mutuellement, on se soutenait. Il leur ferait une confiance aveugle en cas de danger, mais juste en ce moment précis, c'était autre chose dont il avait besoin.

Ellinor n'avait pas été difficile à retrouver. Elle avait continué à vivre dans la maison qu'ils avaient habitée ensemble. Il s'était garé au parking et contemplait, de la voiture, les maisons en contrebas. Celle d'Ellinor était jaune maintenant. Ruben sortit de sa voiture et descendit vers le lotissement par la voie piétonne. Des enfants jouaient dans le petit parc entouré d'habitations.

Des enfants.

Il n'y avait pas pensé. Et si elle était mariée et avait des enfants ? C'était dimanche, toute la famille était sans doute à la maison. Si c'était son mari qui ouvrait, il dirait qu'il s'était trompé de maison.

En approchant de la maison jaune, il vit effectivement un vélo d'enfant abandonné sur la pelouse devant. Comme si c'étaient ses propres pensées qui l'avaient fait surgir. Et ce n'était pas un vélo pour tout petit, non, le gamin devait avoir un certain âge. Cette visite ressemblait de plus en plus à une mauvaise idée, mais autant aller jusqu'au bout, et sans traîner. Sinon il resterait dans l'incertitude jusqu'à la fin de ses jours.

Il monta le petit escalier et sonna à la porte. En entendant quelqu'un approcher à l'intérieur, il recula d'un pas pour ne pas s'imposer.

Ellinor ouvrit la porte.

— Oui ?

Ce qui le frappa en premier, c'était à quel point elle avait embelli depuis l'époque où elle l'avait quitté. C'était déjà une beauté alors, mais maintenant elle avait dix ans de plus. Dix ans de sagesse et d'expérience en plus, dix ans de vie en plus. De maternité. D'avoir vécu sa propre vie. Tout ça se voyait sur elle, immédiatement. Il en eut le souffle coupé. Ellinor mit quelques secondes à réaliser qui il était. Elle leva les sourcils.

— Ruben Höök, souffla-t-elle. Qu'est-ce que tu fais ici ?

Le ton ne disait pas "chouette de te voir après toutes ces années". C'était plutôt le contraire. Va-t'en avant que j'appelle mon mari.

— Salut, fit-il d'une voix aussi calme et détachée que possible. Excuse-moi de te déranger, je me demandais… On peut se parler ?

Quelqu'un bougea derrière elle, il essaya de voir, mais Ellinor se déplaça afin de bloquer l'embrasure de la porte.

— C'est rien, Astrid, dit-elle. J'arrive dans deux minutes.

Le visage d'Ellinor exprimait tout le mal qu'il lui avait fait à l'époque et à quel point elle n'avait aucune envie d'y repenser.

— Astrid ? tenta-t-il.

— Tu n'as rien à faire ici, dit-elle. Va-t'en avant que j'appelle la police.

Il risqua un sourire.

— Mais, Ellie, dit-il. Je *suis* la police.

— Tu sais très bien ce que je veux dire. Et ne m'appelle pas comme ça. Sois sympa, ne reviens pas ici.

Une petite personne se fraya soudain un passage à côté d'Ellinor.

— Bonjour, je m'appelle Astrid. Et vous ?

— Il va repartir tout de suite, Astrid, dit Ellinor d'une voix dure. Au revoir.

Ellinor poussa la fillette en arrière et claqua la porte. Il l'entendit tourner le verrou. Il recula encore un peu et se trouva sur la pelouse, sans savoir quoi faire. Mais il ne pouvait pas rester planté là. Les voisins se poseraient des questions. Lui n'en avait rien à faire. Mais elle peut-être.

Il remonta en direction de sa voiture. Bordel de merde. Amanda-la-psychologue avait raison. C'était l'une de ses pires idées. L'Ellinor qu'il avait aimée et avec qui il avait vécu, l'Ellinor qu'il avait trahie n'existait plus. Tout ce qui restait, c'était quelques très mauvais souvenirs de lui. Elle avait tourné la page. Fondé une famille. Ce n'était pas sa faute à elle s'il n'avait pas fait de même.

Il monta dans sa voiture et resta immobile un petit moment avant de démarrer. Étrange de voir Ellinor avec un enfant. La fille d'Ellinor avait hérité des yeux de sa maman, mais de la bouche de quelqu'un d'autre. Ellinor avait toujours eu les lèvres douces et charnues, avec un goût de sel quand elle avait chaud en été. Il se força à ne pas penser aux lèvres d'Ellinor. Il ne fallait pas qu'il replonge dans ses souvenirs.

La petite s'appelait Astrid. Comme sa grand-mère paternelle. Ellinor l'avait adorée, et c'était réciproque. La grand-mère de Ruben lui demandait souvent comment allait sa charmante fiancée. Il n'avait jamais eu le courage de répondre vraiment. Mais demain, il irait la voir, pour le café comme tous les lundis. C'était leur routine depuis qu'elle avait emménagé dans la maison de retraite qui, par chance, n'était qu'à cinq minutes de son lieu de travail. Demain, il lui raconterait qu'Ellinor avait l'air d'aller bien et qu'elle avait une petite fille portant le même prénom qu'elle. Elle en serait heureuse.

Il inspira et appuya sur l'accélérateur. C'était fait. Il avait posé le point final. Amanda serait fière de lui.

— Plusieurs choses dans le rapport d'autopsie de Lilly m'intriguent, dit Mina au téléphone.

Elle avait toujours mal à la gorge d'avoir hurlé.

— Mais rien qui m'ait aidée à voir plus clair dans le cas d'Ossian. Il va sans doute falloir attendre les résultats de son autopsie.

Elle entendit Julia soupirer lourdement à l'autre bout du fil.

— Les entretiens d'Adam et de Ruben n'ont rien donné pour le moment non plus, dit sa cheffe. Et Peder n'a pas trouvé de caméra de vidéosurveillance dans les environs.

— Et au niveau du pont qui mène à Skeppsholmen ? Ou sur l'*af Chapman* ? Il doit bien y en avoir ?

— Il y a des caméras au Musée national juste avant le pont, mais leur portée est trop faible. Et le meurtrier a pu venir en bateau sans s'approcher du pont. On aurait pu penser que l'*af Chapman* aurait au moins une caméra vers la passerelle d'entrée, mais ils n'en ont qu'à l'intérieur du bateau. On n'a rien. J'espérais que toi tu aurais trouvé quelques pistes.

— Pas encore. Encore une fois, le rapport de Lilly contient des éléments intéressants, mais rien qui nous aide par rapport à Ossian. Je crois cependant qu'Adam a raison, nous devrions nous repencher sur le cas de Lilly.

Julia soupira encore une fois.

— Je vais donc me rendre encore plus impopulaire auprès de la femme de Peder en le rappelant, dit-elle. Avec un peu de chance, on arrive à contacter la mère de Lilly dès aujourd'hui. J'ai appris que le père est à l'étranger. Et toi, tu as sûrement fait ce que tu pouvais pour le moment. Appelle-moi si tu penses à autre chose. Et sinon, on se voit demain.

— Ça marche.

Mina coupa la communication. La rencontre imprévue avec le père de Nathalie l'avait à ce point secouée qu'elle n'était finalement pas allée à la réunion du matin. Elle avait eu l'impression d'être sur le point d'imploser, et si ça arrivait, ça ne devait pas avoir lieu en présence de ses collègues. Elle avait dit à Julia qu'elle avait mal à la gorge et ne voulait pas prendre le risque de contaminer les autres si elle était malade. C'était en partie la vérité.

Elle tournait en rond dans l'appartement. Julia lui avait donné des choses à faire depuis chez elle, mais elle avait déjà terminé, et elle avait le sentiment de se trouver bien trop loin du cœur des événements. Soudain, son environnement si familier ne lui semblait plus aussi rassurant. Elle avait besoin de se changer les idées. Nathalie et Ossian l'obsédaient tous les deux au point qu'elle n'arrivait plus à réfléchir de façon constructive.

Ils n'avaient pas retrouvé Ossian à temps. Il fallait l'admettre et l'accepter. Et ils n'avaient aucune piste. Elle pouvait bien se plier en quatre, elle ne trouverait rien de plus pour le moment. Elle le savait. En même temps, c'était une chance que Julia ne lui demande pas de venir à l'hôtel de police.

Comme si l'affaire Ossian ne suffisait pas, sa propre fille était avec sa grand-mère. La mère de Mina. Ines ne répondait toujours pas au téléphone, alors que le numéro que le père de Nathalie lui avait donné était sans aucun doute le bon. Elle pouvait bien sûr trouver leur trace sur l'émetteur GPS et y aller en tant que représentante de l'ordre. Mais ça n'arrangerait rien. Elle n'avait pas d'autre choix que d'attendre. Et s'inquiéter de ce qu'Ines risquait de révéler à Nathalie. L'idée l'avait littéralement paralysée de terreur. Il y avait des secrets qu'il ne fallait jamais dévoiler. Des secrets qui ne *pouvaient* pas être dévoilés. Tant de choses étaient construites sur ces secrets que sans leurs fondations, tout s'écroulerait. Et ils seraient tous ensevelis. Aucun d'eux ne sortirait indemne du chaos qui suivrait. Et à cet instant, elle n'y pouvait strictement rien. Nathalie était chez Ines, et elle ne pouvait qu'attendre.

Attendre n'était pas son point fort. Elle avait déjà réglé les tâches que Julia lui avait confiées, et maintenant elle était impatiente de recevoir de nouvelles instructions.

Il fallait qu'elle s'occupe. Elle prit son téléphone et fit défiler les applications. Elle avait répondu à tous ses mails et les quelques SMS qu'elle avait reçus dans la journée. Il y avait peut-être autre chose, un article important ou… elle s'arrêta devant une flamme blanche sur fond rouge. Tinder. Ce maudit Ruben. Pourquoi s'était-elle laissé avoir par lui ? Mais pour être honnête, ce n'était pas sa faute. Elle avait juste téléchargé l'application pour le faire taire. Mais il n'était pas assis à côté d'elle en ce moment, il ne l'obligeait pas à l'ouvrir. Et si c'était *la* distraction abrutissante qu'il lui fallait ? Et puis qu'est-ce qui la retenait ? C'est comme ça qu'on fait, de nos jours. Quand on est normal. Les hommes inscrits ne voyaient pas qu'elle regardait. Ça simplifiait la situation. Pas beaucoup. Mais assez.

Espérait-elle.

Elle se prépara mentalement en allumant d'abord son ordinateur pour lire quelques articles sur le net. On recommandait aux hommes d'utiliser des photos d'eux avec leurs animaux de compagnie, leurs amis – ou mieux encore avec leur famille – ainsi que des photos prises pendant qu'ils effectuaient une activité. Parce que c'était ça qui attirait les femmes, selon l'auteure de l'article. Mina comprenait sans difficulté le but de la manœuvre : prouver que l'on est une personne soucieuse des autres, empathique, que l'on a une vie sociale et des activités personnelles.

Le problème, c'était que des centaines de milliers de personnes avaient lu les mêmes articles qu'elle. Ce qui enlevait toute authenticité aux photos qui étaient justement censées mettre en épingle ces qualités.

Elle regarda un moment dans le vide puis finit par se décider. Elle passa un coup de spray désinfectant sur son téléphone, ouvrit l'application et se créa un profil.

Le premier homme à faire son apparition tenait fièrement, beaucoup trop fièrement à son goût d'ailleurs, un énorme poisson qu'il venait sans doute d'attraper. Elle ne s'attendait pas à ça. Elle se demanda comment il fallait interpréter l'image. Le poisson était-il censé représenter un animal de compagnie, une activité, ou un membre de sa famille ? Ou était-ce une preuve de force ? C'était sûrement un symbole de virilité, de la capacité à chasser et à tuer sa propre nourriture. Comme l'homme sur la photo portait des lunettes de soleil, la seule chose qui lui permettait de se faire une idée de sa personnalité, c'était le poisson.

Et le fait qu'il le tenait à mains nues.

L'horreur.

Quelle femme saine d'esprit laisserait ces mains, qui brandissaient triomphalement une grosse dorade gluante, ne serait-ce que s'approcher d'elle ? La perspective seule lui donna la nausée, et elle eut besoin de désinfecter à nouveau l'écran. Elle renifla ses mains. Elle avait l'impression de sentir le poisson.

D'un coup de doigt, elle passa au suivant.

Il lui suffit d'un bref coup d'œil pour refaire son geste.

Après avoir consulté une dizaine de profils, il lui sembla évident que tous les hommes du monde avaient lu les mêmes articles qu'elle. Elle avait perdu le compte des photos d'homme-avec-son-grand-père, d'homme-avec-animal-bizarre, d'homme-à-la-salle-de-sport et elle avait même vu un homme-avec-oreiller. Pour ne pas parler de la quantité totalement disproportionnée d'hommes qui pensaient que l'image la plus valorisante pour eux était justement celle où ils tenaient un gros poisson dans les mains. Sérieusement, qu'est-ce qu'ils avaient, tous ces mecs avec leurs poissons ? Encore une photo de grosse prise, et il lui faudrait se nettoyer les yeux à la soude caustique.

Ruben pouvait rigoler tant qu'il voulait, elle en avait sa claque de Tinder.

Soudain son doigt balayeur se figea. Une paire d'yeux noisette rencontrèrent les siens. Un homme aux cheveux bruns et bouclés attachés en un nœud souple. Pas tout à fait un chignon, mais presque. Une barbe de trois jours aux joues et menton. Il n'était pas mal du tout, sans être *trop* beau. Il avait même l'air un peu fatigué. Presque… naturel. Ce n'était pas une photo de studio, mais un selfie sans mise en scène. Pas au point d'être une mauvaise photo, elle était tout à fait acceptable même, mais sans prétention. Sur la photo suivante, il était assis à un bureau, la tête reposant sur ses mains. Il ne regardait pas la caméra mais fixait autre chose, en dehors du champ. Chemise blanche. Manches retroussées. Prise sur son lieu de travail, peut-être. C'était tout. Pas de photo d'exploits sportifs. Pas de poisson. Elle souffla de soulagement et lut la description.

“Je m'appelle Amir, je suis juriste. Je n'ai pas beaucoup de hobbies ou de loisirs à cause de mon travail, mais j'ai envie d'y remédier. Et si on le faisait ensemble ?”

Un juriste. Sans loisir. Mais il avait l'air sympa. Et contrairement aux autres, il n'avait pas l'air d'être… chiant, c'est le seul mot qui lui vint. Elle allait lui montrer, à Ruben. Elle le contacterait, ce Amir. Non pas pour le rencontrer vraiment, bien sûr que non. Elle était bien trop occupée avec l'affaire Ossian. Mais ça en boucherait un coin à Ruben. Il ne pourrait plus jamais la traiter de nonne ou de phobique sociale. Elle posa l'index sur l'écran et hésita une seconde. Puis elle swipa vers la droite avant de risquer de changer d'avis.

— J'ai promis à Anette de garder les triplées cet après-midi, grogna Peder. Elle fait la tournée des bistrots du dimanche avec des copines.

Julia et lui se frayaient un chemin à coups de coudes à travers les hordes de touristes qui n'avaient visiblement jamais appris à manœuvrer sur un trottoir bondé.

— Tu peux saluer ta femme de ma part et lui dire que ce sera pour plus tard, quand nous aurons trouvé le meurtrier d'Ossian, répondit Julia d'un ton abrupt.

Elle regretta aussitôt. Elle était inutilement dure. Elle était encore sous l'influence de son agacement contre Torkel.

— Euh, excuse-moi, dit-elle. C'était pas malin.

Peder se contenta d'acquiescer.

— La mère de Lilly habite tout près, par chance, reprit-elle. Ça ne prendra pas longtemps. Tu pourras rentrer tout de suite après. Anette aura le temps de sortir. Je suis la dernière à vouloir priver une jeune maman de son temps libre, crois-moi.

Elle prit son téléphone et fit défiler ses SMS. Deux nouveaux de la part de Torkel. Elle continua sans les lire.

— La mère de Lilly habite… Garvargatan 7, lit-elle. De l'autre côté de Kungsholm. On y est presque. Espérons qu'elle sera à la maison.

Peder s'arrêta net face à un homme en short kaki, sandales et un tee-shirt qui proclamait fièrement : *I love Hjo*.

Le type, immobile au milieu du trottoir, avait l'air tellement abruti qu'il n'y avait rien d'autre à faire que de le contourner.

— Putain de touristes, bougonna Peder dans sa barbe. À Hjo, ils ne connaissent pas le concept "tenir sa droite", ou quoi ?

— Dis donc, Peder, fit Julia avec un sourire en coin. Tu te vantes toujours de cette patience d'ange que tu as acquise grâce aux triplées. Ça ne compte donc pas pour les autres ?

— Je suis sans doute juste envieux de tous ces gens qui n'ont pas le moindre souci en tête.

Un troisième SMS du domicile fit son entrée en fanfare sur le téléphone de Julia avant qu'elle ait le temps de le remettre dans sa poche.

— Si j'arrive en retard, je peux toujours corrompre Anette avec un Aperol Spritz pendant qu'elle se change, dit-il. Ce serait pas le pire. Elle est trop sexy quand elle boit en sous-vêtements.

— Trop d'info, Peder, dit Julia en se dépêchant de reprendre leur chemin.

Elle avait presque envie de le frapper. C'était tellement injuste. Elle ne pouvait même pas espérer un verre d'eau de la part de Torkel si elle s'apprêtait à le laisser seul avec Harry pour la soirée. En plus, elle ne sortait que pour aller au boulot. Boire un coup en bonne compagnie ne faisait plus partie de sa vie, que ce soit un dimanche ou n'importe quel autre jour de la semaine. Ce genre d'événement appartenait à un temps révolu, tout comme l'ombre d'une envie d'être sexy devant Torkel.

— Concentrons-nous sur les parents de Lilly, dit-elle. Si j'ai bien compris, sa mère est toujours en arrêt longue maladie. La perte de Lilly l'a durement touchée, ça se comprend. Mais d'après ce que j'ai pu lire sur le litige concernant la garde de l'enfant, elle n'était sûrement pas très commode même avant. On marchera sur des œufs.

Garvargatan baignait dans l'ombre. Ils ralentirent et profitèrent un bref instant de la température plus fraîche avant d'arriver au numéro 7. Après avoir sonné, ils prirent l'ascenseur jusqu'à l'étage de Jenny et Anders Holmgren. Un homme autour des trente-cinq ans ouvrit la porte, tout en essayant de contenir du pied un chihuahua déchaîné.

— Bonjour, je suis Julia Hammarsten, c'est moi qui vous ai appelé, dit-elle en lui tendant la main.

La main d'Anders était moite et molle.

— Entrez, entrez. Ne faites pas attention à Mollberg, elle n'est pas méchante. Elle se prend pour un berger allemand. Jenny est là, allons dans le séjour.

Il les devança et Mollberg suivit le mouvement, tournoyant dans leurs jambes en aboyant, hystérique. Ils entrèrent dans une pièce qui combinait agréablement séjour et cuisine. Toutes les fenêtres étaient ouvertes et, si on tendait le cou, on voyait la baie de Riddarfjärden au loin.

— Asseyez-vous. Vous voulez du thé glacé ?

Peder hocha la tête avec gratitude, et Julia l'imita. Anders se dirigea vers le coin cuisine. La mère de Lilly était assise dans le canapé, le regard dans le vide. Elle était maladivement maigre et semblait crispée. Un de ses pieds tambourinait nerveusement le sol.

— Je suppose que vous êtes venus à cause de ce garçon qui a disparu ? fit-elle en allumant une cigarette.

— On avait convenu que tu ne fumes pas à l'intérieur.

Anders, s'affairant à préparer des glaçons, s'était interrompu pour la fixer, un sillon marqué entre les sourcils. Jenny ne répondit pas. Elle se contenta d'inhaler profondément avant de souffler la fumée droit devant elle.

— C'est exact, dit Peder en réponse à la question de Jenny. Il s'appelle Ossian Walthersson.

Jenny tira encore quelques bouffées. Anders recommença à s'affairer dans le coin cuisine.

— On ne s'est plus vus depuis l'enterrement, vous vous rendez compte ? Moi et Mauro, le père de Lilly, je veux dire. Mais vous êtes sûrement au courant. On ne s'est pas vus, pas parlé. Et pourquoi on le ferait ? Il a obtenu ce qu'il voulait. M'enlever ma fille.

Elle écrasa avec agacement la cigarette dans une soucoupe sur la table.

— Chérie, on a déjà parlé de tout ça, tu sais que ce que voulait Mauro, c'était une semaine sur deux, dit Anders.

Il eut immédiatement l'air de regretter d'avoir ouvert la bouche.

— Une semaine sur deux ! hurla Jenny. Il voulait me priver de la moitié de la vie de ma fille. Alors que c'est lui qui a fait le choix de l'abandonner ! Il a laissé tomber sa famille, sa fille, pour une blondasse de merde !

— Cecilia est brune, souffla Anders.

— Je vous jure, c'est Mauro qui a tué Lilly, continua Jenny. Lui et toute sa famille de cinglés, ils auraient fait n'importe quoi pour que je ne l'aie pas, pour que ma fille n'ait pas sa maman. Il voulait que cette connasse joue à la maman ! Avec ma fille !

Julia avait lu le jugement. Jenny n'avait pas été loin de perdre totalement son droit parental. Elle avait été jugée trop instable mentalement pour s'occuper de sa propre fille. La formulation avait surpris Julia. Dans les affaires de garde, les tribunaux sont quasi systématiquement du côté de la mère. Les conflits parentaux sont l'un des rares domaines où être un homme est un inconvénient. Cela dit, le comportement agressif de la femme dans le canapé expliquait la réserve du tribunal.

— Il y a des similitudes entre le cas de votre fille et celui de la disparition d'Ossian mercredi dernier, dit Julia sur un ton calme et neutre. C'est pourquoi nous souhaitons parler avec vous de nouveau. Nous sommes désolés de remuer tout ça.

Elle prit avec gratitude le verre qu'Anders lui tendit. De gros glaçons tournoyaient dans un liquide doré. Ça sentait bon, ça semblait frais et sucré. Elle but une grande gorgée. Anders savait s'y prendre. Peder, lui, avait déjà vidé son verre.

— La police a enquêté avec soin sur toutes les pistes d'implication familiale dans l'enlèvement de Lilly, dit Peder en se raclant la gorge. Y compris vos accusations à l'encontre de Mauro. Mais elle n'a rien trouvé qui puisse étayer…

— Des preuves ! renâcla Jenny. Il n'y avait que ça qui comptait !

Anders resservit Peder puis s'assit dans le canapé à côté de sa femme. Le chien sauta près d'eux et posa sa tête sur les genoux d'Anders. Il avait l'air d'avoir accepté la présence de Julia et Peder. En tout cas, il était calme.

— Tu le sais très bien, dit Jenny à son mari. Elle était toujours rouge entre les jambes quand elle revenait de chez Mauro ! Je l'ai emmenée chez le médecin plusieurs fois pour lui montrer. Mais les médecins de nos jours, ils ont une telle frousse de se planter ! Ils disaient que je lui mettais des culottes trop serrées, que c'était pour ça qu'elle avait des rougeurs. N'importe quoi !

Ses longs cheveux foncés lui tombaient devant le visage, et Julia se disait qu'elle devait être belle, avant que l'amertume ne transforme ses traits en un masque de colère.

— Jenny, dit Anders doucement. Tu sais que ce n'est pas vrai. Mauro ne ferait jamais de mal à Lilly. Il l'aimait autant que toi.

Le regard de Jenny se perdit par la fenêtre. Elle alluma une nouvelle cigarette.

— Ce n'est pas un bon jour, aujourd'hui, dit Anders sans quitter sa femme des yeux.

— Y a-t-il quelque chose d'autre dont vous vous souvenez, le jour de sa disparition ? demanda Peder.

Jenny secoua vivement la tête.

— J'ai tout de suite compris que Mauro était venu la chercher. Qu'il la cachait quelque part.

— Mais le personnel de la maternelle dit que ce n'est pas son père qui est venu la chercher, mais un couple d'un certain âge.

— On peut reprocher beaucoup de choses à Mauro, siffla Jenny en réponse, mais ce n'est pas un imbécile. Bien évidemment qu'il n'est pas venu la prendre lui-même. Il a envoyé quelqu'un d'autre. Sûrement quelqu'un de sa famille. Ses parents sont morts, mais il a des oncles et des tantes. Ils sont tous complètement à côté de la plaque. Des cinglés, je vous dis.

Sa voix se cassa. Le chien eut un sursaut et leva la tête.

— Tu sais que tout ça ne mène à rien, dit Anders. Tu es sûre que tu as pris tes médicaments aujourd'hui ?

— Mes médicaments ! répéta Jenny en imitant sa voix exagérément. Mon enfant est morte et avant de mourir, elle a vécu un enfer. J'ai tout fait pour la sauver de ce… de ce monstre. Et pourtant… et pourtant, elle est morte…

Jenny tremblait de colère. Elle porta sa cigarette à la bouche et tira dessus comme si elle voulait inhaler le filtre.

— Et maintenant, nous avons un nouveau cas, un autre enfant disparu, dit Julia lentement et aussi clairement que possible. Dans des conditions similaires, comme je l'ai déjà précisé. Et c'est pourquoi…

— Il se croit tellement malin, la coupa Jenny.

Elle se tapota la tempe tout en se balançant d'avant en arrière.

— Il a sûrement toujours peur que vous alliez le cueillir pour Lilly. Alors, qu'est-ce qu'il fait ? Il détourne l'attention de lui-même, de Lilly. Il essaye de vous faire croire qu'il s'agit d'un, d'un…

Elle claqua des doigts en l'air.

— D'un tueur en série.

— C'est ce que vous croyez ? demanda Anders doucement tout en caressant Mollberg.

Peder interrogea Julia du regard. Elle secoua la tête imperceptiblement avant que Peder ne réponde.

— On ne peut malheureusement pas vous dire grand-chose pour le moment, dit-il. Nous explorons toutes les pistes. C'est pour ça que nous sommes ici.

Jenny leva les yeux au ciel. Elle agita sa cigarette en direction de Peder. La cendre formait un long cylindre qui finit par se briser sur le tapis clair. Julia vit les yeux d'Anders suivre la chute et se crisper un court instant au moment de l'atterrissage. Mais il se tut. Il se contenta de caresser Mollberg un peu plus vigoureusement.

— Vous avez cru toute la merde qu'il vous a servie la dernière fois, et vous le referez. Je le sais. C'est un vrai démon, Mauro, et il est malin. J'ai plus le courage de parler avec vous, putain.

Jenny se leva brusquement et sortit sur le balcon où elle leur tourna le dos tout en continuant à déverser sa colère.

— Allez le voir, et vous verrez. Je n'ai rien d'autre à dire. Lui et sa sale famille. Tous des dingues.

Julia et Peder se levèrent et Anders les raccompagna dans l'entrée sans un mot. Quand la porte se referma dans leur dos, ils entendirent Mollberg recommencer à aboyer.

— Bonjour !

Nathalie sursauta. Une belle brune s'approchait d'elle avec un grand sourire. Elle comprit immédiatement qui c'était.

— Je peux m'asseoir ?

Nova s'assit en face d'elle sans même attendre sa réponse. Nathalie haussa les épaules. Pendant le petit-déjeuner, quelqu'un était venu chuchoter à l'oreille de sa grand-mère, suite à quoi elle l'avait laissée seule. Le déjeuner était constitué d'une soupe servie avec le meilleur pain fait maison que Nathalie ait jamais dégusté. La nourriture était bonne à Épicura, mais du genre minimaliste, et elle n'aurait pas craché sur un cheeseburger avec des frites.

Les gens avaient tout le temps des choses à dire à sa grand-mère. D'un côté, elle en était fière. Grand-mère Ines était de toute évidence une personne importante. Elle participait même à des émissions de télévision. En même temps, elle se sentait un peu perdue et abandonnée. Et elle n'avait toujours pas eu de réponse à toutes les questions qu'elle se posait. "Patience" était la seule réponse de sa grand-mère pour le moment.

Elle n'était pas revenue et maintenant le soir approchait. Nathalie n'avait rien contre le fait de rester seule à Épicura. Elle avait juste tellement envie de trouver quelque chose à manger. Elle avait même cherché les gâteaux qui avaient été servis à leur arrivée avant-hier, mais ils s'étaient volatilisés.

— Tu te sens bien ici chez nous ? demanda Nova en faisant un hochement de tête à l'intention d'une femme qui était venue poser une tasse de thé devant elle.

Aucun gâteau en vue.

— C'est OK pour toi, ou tu trouves que tout est un peu bizarre ?

— Les deux, répondit Nathalie, désarmée par sa franchise.

— Je comprends ça, dit Nova. Nous essayons d'être à contre-courant, de rompre avec les conventions et de vivre autrement, d'une façon que nos sociétés modernes ont oubliée. Cela peut paraître déconcertant, mais en réalité, c'est notre mode de vie ici qui est le plus naturel.

— Grand-mère a dit que tout vient de votre grand-père.

— C'est exact. Mon grand-père était un homme très intelligent et cultivé qui n'avait pas peur de poser les vraies questions. Je dirais qu'il était à la recherche du sens de la vie, même si ça sonne un peu excentrique.

— Tout ici paraît un peu excentrique, je trouve.

Nova éclata de rire. C'était un rire chaleureux.

— Tu sais quoi ? dit-elle. Tu as raison, c'est hyper excentrique. Mais beaucoup de personnes ont trouvé du sens ici. Un sens pour leur vie. Pour eux-mêmes, et par rapport à la société.

— Vos parents étaient comme votre grand-père ?

— Mon père oui, il était un chercheur de sens, exactement comme son père. Parfois leurs chemins se rencontraient. Parfois non. Mais mon père était doué pour l'écriture. C'est lui qui a écrit un certain nombre des citations qui sont affichées sur les murs. Il a longuement étudié l'épicurisme aux côtés de son père. Par la suite, il a eu besoin de chercher ses propres réponses. C'était quelques années avant qu'il ne…

Elle se tut et son visage se voila.

— Avant qu'il ne quoi ?

Nova cligna des yeux.

— Avant qu'il ne décède, dit-elle. Tu es trop jeune pour connaître cet événement. On gardera ça pour un autre jour.

— Ma mère aussi est morte quand j'étais petite, dit Nathalie sombrement.

— Tu avais quel âge ?

Nathalie hésita.

— C'est étrange, mais je ne sais pas exactement. Quand je demande, papa me dit seulement que j'étais petite. Mais je n'étais pas si petite que ça parce que je me souviens d'elle. Ou de quelqu'un. Je me souviens d'une odeur, une sensation, je vois une silhouette dans une porte, j'entends un rire, je me souviens… Ou peut-être que c'est seulement des rêves d'elle que je me souviens…

Nathalie s'éclaircit la gorge puis reprit.

— Moi aussi, je cherche des réponses. J'aimerais tellement en avoir. Mais personne ne veut me parler, ni papa, ni même ma grand-mère maintenant. C'est super sympa ici, mais mon père ne va pas tarder à péter les plombs et venir me chercher dans sa grosse voiture noire, que je le veuille ou non. Et j'aurais tellement aimé voir les animaux, au moins.

Elle entendit la nuance de défi dans sa propre voix et regretta aussitôt. Elle n'avait surtout pas envie qu'on la prenne pour une gamine pleurnicharde. Tout le monde ici était si gentil avec elle. Elle pouvait repartir quand elle voulait, c'était elle-même qui avait décidé de rester.

Nova se leva. Elle n'avait pas l'air d'avoir mal pris ce qu'elle venait de dire.

— Je vais en parler avec ta grand-mère. Je sais qu'elle a des projets particuliers en ce qui te concerne. Je ne suis pas sûre de ce dont il s'agit exactement. Mais tu as le droit de voir les animaux, bien sûr. Tu penses que tu peux appeler ton père et lui dire que tu restes encore un petit moment ? J'ai un rendez-vous en ville maintenant, mais moi aussi j'aimerais bien encore parler avec toi.

Nathalie acquiesça.

Nova sourit et s'éloigna. Nathalie regarda son téléphone. Elle savait qu'il ne fallait pas qu'elle appelle son père. Évidemment. Il valait mieux lui envoyer un texto. Mais le dernier qu'elle lui avait envoyé n'était pas très sympa, alors elle se demandait comment enchaîner sans aggraver la situation. Elle soupira et rangea le téléphone. Elle enverrait un SMS un peu plus tard. Pas tout de suite. Elle pouvait quand même rester un jour de plus sans problème.

# DEUXIÈME SEMAINE

Mina regardait fixement son écran d'ordinateur en essayant de se concentrer, mais ses pensées ne cessaient de divaguer. La rencontre avec le père de Nathalie la veille l'avait tracassée toute la journée, et elle avait eu du mal à s'endormir la nuit venue. Et encore plus de mal à se réveiller ce matin.

Dans l'ascenseur de l'hôtel de police, quelqu'un avait affiché un mot :

*It's Monday! Time to SHAKE IT UP!*

Le bout de papier se trouvait actuellement au fond de la corbeille à papier de Mina, froissé et écrasé en une petite boule.

Elle regarda ses mains qui tremblaient légèrement. Tout ce temps, toute cette énergie qu'elle avait dépensés à oublier le passé et aller de l'avant. Tous ces souvenirs qu'elle avait enfouis si profondément en elle, se persuadant qu'elle n'en aurait plus jamais besoin. Mais la vie a cette étrange tendance à ramener le passé dans le présent. Il avait suffi de ces quelques minutes avec le père de Nathalie pour que les dix dernières années, même *plus*, se corrigea-t-elle, soient rayées. Dans sa tête, elle avait soudain replongé en plein milieu des événements de l'époque. Tout ce qu'elle croyait avoir enterré jusqu'à la fin de ses jours. Il en allait ainsi de l'accord qu'ils avaient passé. Et qu'elle avait payé au prix fort.

Elle avait essayé de joindre sa mère plusieurs fois la veille, mais tombait sur son répondeur à chaque fois. Elle avait du mal à ne pas penser à ce que sa mère pouvait avoir révélé à Nathalie. Et à ce qu'elle n'avait pas dit.

Elle prit son téléphone et activa le traceur GPS pour au moins voir où était sa fille, mais l'application avait du mal à déterminer l'emplacement de la balise. C'était arrivé de plus en plus souvent ces derniers temps. La pile était sans doute en train de s'épuiser, vu le temps qu'elle avait déjà passé dans le sac à dos.

Son téléphone émit un son dans sa main. Un mot de la réception comme quoi elle avait de la visite. Peut-être sa mère avait-elle quand même entendu ses messages et s'était rendue jusqu'ici ?

Mais elle se trompait, le nom du visiteur lui était inconnu. Ce n'était pas sa mère. Elle ne put s'empêcher de se sentir un brin soulagée. Elle n'était pas du tout sûre d'être prête à la rencontrer.

Elle attrapa une serviette antiseptique et essuya le téléphone. Puis elle alla jusqu'aux ascenseurs et descendit à la réception.

Une femme habillée avec élégance l'attendait. Mina eut juste le temps de se dire qu'elle ne la connaissait pas que déjà la femme l'étreignait.

— Mina ! s'exclama-t-elle. Que je suis contente de vous rencontrer enfin !

Toutes les synapses du cerveau de Mina explosèrent en même temps. D'où vient-elle ? Qu'est-ce qu'elle a touché ? Où elle a traîné ? Est-ce qu'elle s'est lavé les mains ? Elle avait l'impression que des millions de bactéries déferlaient sur son corps, que la femme qui desserrait maintenant son étreinte était comme un animal hôte qui venait de transmettre tous ses parasites à Mina, sur qui ils allaient désormais s'installer, se reproduire et propager toutes leurs saletés. Elle voulait s'écarter, mais au lieu de ça resta paralysée, sans pouvoir prononcer le moindre mot.

La femme recula enfin d'un pas. Mina lutta contre la violente impulsion d'arracher tous ses vêtements et de courir à travers les couloirs, nue et hurlante, à la recherche de la plus proche cabine de douche.

— Je ne crois pas que nous..., commença-t-elle.

— Votre mère m'a tant parlé de vous ! coupa la femme en lui adressant un sourire étincelant, du genre étudié, comme si elle avait l'habitude d'être photographiée.

Malgré sa panique, Mina ne put s'empêcher de remarquer sa beauté. Ses longs cheveux épais et sombres ondulaient dans son dos, sur une chemise légère en soie blanche. De longues jambes fines enveloppées d'une jupe, également en soie blanche. De grands yeux bleus en contraste assez marquant avec sa peau couleur olive. Maquillage quasi imperceptible, mais parfait. Une femme remarquable. Et de toute évidence très tactile.

Mina comprit encore une chose. C'était le sourire. Elle s'était trompée. Elle savait très bien qui c'était.

— Ma mère, vous dites ? balbutia Mina en jetant des coups d'œil alentour par crainte que quelqu'un les entende. Il vaut mieux qu'on monte.

Elle la fit passer par les barrières et lui montra le chemin vers les ascenseurs.

— Pardon, je croyais qu'elle avait peut-être annoncé ma venue, dit la femme pendant qu'elles montaient. Je m'appelle Nova, je travaille avec votre mère. Ou c'est plutôt elle qui travaille avec moi. Nous deux ne nous sommes jamais rencontrées auparavant.

— Non, je m'en serais souvenue, répondit Mina. Mais je sais qui vous êtes. Vous êtes venue parler devant mon ancienne unité il y a quelques années. Vous avez parlé de votre association et de… Epson, c'est ça ? Le philosophe ?

— Épicure.

— Bien. Suivez-moi, nous allons en salle de réunion.

Elle longea le couloir d'un pas vif, afin d'éloigner Nova d'éventuels collègues curieux.

— Je comprends que vous vous demandiez pourquoi je suis venue, dit Nova. Et pas votre mère.

Mina entendit les talons hauts de Nova claquer au sol derrière elle.

— Effectivement. J'ai appelé ma mère, dit Mina d'un ton sec.

Elle ouvrit la porte en verre de la salle de réunion.

Nova s'assit et se pencha en avant vers le paquet de lingettes humides sur la table.

— Je peux ? Il fait tellement chaud dehors.

Mina hocha la tête. Se dit qu'elle n'avait plus qu'à jeter le paquet puisque Nova l'avait touché. De toute façon, ça n'avait aucune importance, vu qu'elle avait déjà été contaminée par tout ce que Nova pouvait bien transporter sur elle. Elle haïssait, viscéralement, les gens qui saluent en faisant des accolades.

Nova prit une lingette et s'essuya le cou pour un peu de fraîcheur. Elle se frotta ensuite les mains avant de chiffonner la lingette et de la jeter dans la corbeille à papier la plus proche.

— Alors, c'est à quel sujet ? dit Mina, les dents serrées. C'est ma mère ? Et où est Nathalie ?

Elle n'avait pas du tout de temps à consacrer à cette conversation, et son besoin obsessionnel de prendre une douche – voire un décapage complet – rendait toute la situation quasi insoutenable.

— Elle m'a tout raconté, dit Nova avec son sourire de star. À votre sujet, et concernant Nathalie. Vous pouvez me parler en toute confiance. Votre mère… elle est en plein dans une étape importante de son développement personnel. Elle vient de retrouver sa petite-fille. Elle n'est pas encore prête à parler avec vous.

Mina sentait la colère, la vieille colère, l'envahir. C'était si violent et mordant qu'elle en eut les larmes aux yeux.

— Je me fous de son développement personnel, tout comme de son travail ou peu importe comment vous appelez ça. Seule Nathalie m'intéresse. Et c'est le cas de son père aussi. Vous voyez qui c'est, j'imagine ?

Nova acquiesça.

— Oui, je sais qui est le père de Nathalie. Vous pouvez le saluer de ma part et lui dire qu'il n'a aucune raison de s'inquiéter. Il s'agit d'un processus de guérison délicat. Ce serait bien pire encore pour Nathalie si maintenant vous ou lui s'en mêlait et l'interrompait. Elles viennent tout juste de commencer.

— Vous me menacez ? Sérieusement ? Vous avez conscience que c'est avec la police que vous parlez ?

Nova soupira et secoua la tête. Puis elle sourit à nouveau avec douceur.

— Quoi que vous en pensiez, votre mère est en train de réaliser son voyage personnel en ce moment même, dit-elle lentement. Elle a changé de vie il y a longtemps, mais beaucoup de choses de son passé restent encore à défaire. "Tout est souffrance, la douleur purifie", comme disait mon père. Nathalie fait partie de ce voyage. Tout comme vous.

— Nathalie est mineure, siffla Mina. Vous trouvez défendable d'un point de vue éthique que ma mère la contacte sans l'accord de son responsable légal ? Je suis à deux doigts de vous coffrer pour enlèvement.

Elle s'efforça de respirer profondément plusieurs fois. Elle ne pouvait pas se permettre de s'énerver. Ça reviendrait à ouvrir une porte qu'elle voulait garder hermétiquement fermée. Se calmer. Se contrôler. Garder cette porte verrouillée.

— Enlèvement, répéta Nova. Rien que ça. Je comprends que l'affaire de l'enfant disparu vous pèse lourdement. C'est parfaitement compréhensible que vous voyiez le monde à travers ce prisme pour un bon moment encore. Et vous avez peut-être raison, il aurait fallu contacter un parent. Mais votre mère fait ses propres choix. Je ne me mêle pas de ça. Ça ne m'empêche pas d'avoir un avis sur les choix en question. Maintenant, la situation est ce qu'elle est, et elle est quand même la grand-mère de Nathalie. Il n'y a aucune contrainte ici. Elles apprennent à se connaître, l'une et l'autre. Nathalie est libre de rester ou de partir quand elle le souhaite, et elle a décidé de rester quelques jours de plus. Je suis ici pour vous supplier de la laisser faire. Elles en ont besoin, toutes les deux. Vous seule pouvez convaincre le père de Nathalie de lui accorder cette chance. Je ne peux pas l'appeler. Vous seule pouvez le faire. Je suis venue pour vous demander de laisser cette rencontre se dérouler, en vous regardant dans les yeux. Vous pensez que c'est possible ?

Mina hésita et observa son interlocutrice. Elle était en colère contre sa mère et déçue parce qu'elle n'avait pas eu le courage de venir elle-même. Et elle en voulait à mort à cette belle femme dans ses vêtements élégants qui n'avait pas l'air de souffrir de la chaleur le moins du monde. Mina la soupçonnait d'avoir pris une lingette juste pour le spectacle. Telle qu'elle était assise, là, Nova était… irréprochable. Elle lui tapait sur les nerfs.

En même temps, elle était obligée d'admettre que sa mère et sa fille étaient peut-être effectivement sur un chemin menant à quelque chose de positif. Même si ça la peinait de ne pas y avoir été associée. Peut-être qu'un jour cela changerait. Pour le moment, il fallait qu'elle se contente de la balise GPS. Elle soupira.

— Comprenez-moi bien, finit-elle par dire. Je n'ai aucune sympathie pour vos activités. Développement personnel. *Self-help*. De la guérison, du vaudou, tout ce que vous voulez. Rien que des doudous pour les gens qui n'ont pas le courage de se prendre en main. À mes yeux, ce que vous faites n'est pas mieux que n'importe quelle secte.

Elle nota avec satisfaction que le sourire de Nova s'effaça.

— Vous n'avez pas idée à quel point vous vous trompez, dit Nova. Une partie de nos activités à Épicura consiste justement à aider des personnes qui ont réussi à se sortir d'une secte. J'ai commencé à vraiment m'intéresser au sujet quand l'un des participants à un séminaire m'a parlé de son temps à Knutby. Il avait réussi à décrocher à temps. Avant que l'enfer ne se déchaîne là-bas. J'ai compris que nous avions une fonction à remplir à ce niveau précis. Que notre philosophie pouvait aider des transfuges de sectes à revenir vers une vie normale.

— Ou à changer de secte, dit Mina.

— Soyons sérieuses. C'est facile de mépriser des gens qui adhèrent à des sectes. De les trouver faibles. Influençables. C'est une simplification tragique. C'est souvent une question d'appartenance. Si un enfant grandit avec des parents qui ont des comportements destructeurs, cela affectera sa vision des relations dans leur globalité. Il s'attendra à être maltraité. Les sectes sont très douées pour exploiter cela. Mais ça peut aussi être le contraire. Une relation trop sécurisée peut faire croire à l'enfant que tout le monde est gentil et alors il se trouve totalement démuni face à des personnes malintentionnées. Cela ne vaut pas seulement pour les sectes, vous devez voir ces phénomènes quotidiennement dans votre travail.

— Mais j'imagine qu'il n'y a pas de vraies sectes en Suède ? dit Mina. À part Knutby, mais ce n'est pas…

— Il existe entre trois et quatre cents associations en Suède qui peuvent être qualifiées de sectes, la coupa Nova.

Entre trente et quarante de ces groupes sont considérés comme potentiellement dangereux. La police devrait savoir ce genre de choses.

Mina ne savait pas quoi répondre. Elle tendit la main pour attraper le paquet de lingettes, mais changea d'avis en se rappelant que Nova l'avait touché. Au lieu de ça, elle prit un flacon de gel hydroalcoolique dans sa poche.

Nova lui sourit à nouveau.

— Pour en revenir au fait de s'aider soi-même, vous savez de quoi vous parlez, puisque vous fréquentez les Alcooliques Anonymes, non ? Votre mère m'a dit que vous suivez le programme en douze étapes. Vous pensez que ça ne vous a pas aidée ? Vous croyez que vous vous seriez mieux débrouillée toute seule ?

Mina fronça les sourcils. *Touché**. Nova avait raison. Mina avait certes failli y laisser sa peau, mais l'épisode avec Kenneth et Jane pouvait difficilement être imputé aux AA, malgré le fait qu'ils s'étaient tous rencontrés dans leurs locaux. AA lui avait sauvé la mise, avait été sa planche de salut pendant des années. La routine des séances, le fait de rencontrer d'autres personnes qui relevaient le même genre de défis, de ne pas se sentir anormale, ratée, mais d'être comprise. Si, AA l'avait aidée. Elle ne s'en serait pas sortie par ses propres moyens.

— D'accord, vous avez gagné, dit Mina. Je vais essayer de parler avec le père de Nathalie. Mais à une condition. Ma mère n'a pas le droit de tout raconter à Nathalie. Il y a des secrets qu'il ne lui appartient pas de dévoiler.

Nova hocha brièvement la tête.

— Je vais voir ce que je peux faire. Et je vous demande pardon pour l'accolade. Je n'avais pas compris combien c'était déplacé en raison de vos… préférences personnelles.

* En français dans le texte.

Nova jeta un coup d'œil aux lingettes et au gel sur la table. Mina soupira. Si seulement elle était un peu plus normale. Pourquoi n'avait-elle pas la même tolérance envers la saleté que le commun des mortels ? D'un autre côté, ils étaient constamment malades, elle non.

— Vous avez sûrement une journée chargée, je trouverai la sortie, dit Nova en se levant. Je parle avec votre mère, et vous parlez avec le père de Nathalie, d'accord ?

Mina ne se réjouissait pas à l'idée de cette conversation.

— Il faut que je vous raccompagne pour vous faire sortir, dit-elle. Vous ne pouvez pas sortir toute seule.

C'était vrai, mais ça lui permettait aussi de gagner quelques minutes avant d'avoir à affronter l'appel au père de Nathalie. Elles prirent l'ascenseur et elle mena Nova vers la barrière de sécurité.

— Une dernière chose, dit Mina quand Nova se trouva de l'autre côté de la barrière. La prochaine fois, c'est ma mère que je veux voir. Pas vous.

Quand Mina fut de retour dans la salle de réunion, elle tira sa manche par-dessus sa main, saisit le paquet de lingettes et le balança dans la corbeille à papier. Puis elle prit son téléphone. Mais ce n'était pas pour donner de ses nouvelles au père de Nathalie. C'était pour composer un numéro qu'elle n'avait plus eu l'occasion de composer depuis deux ans.

— Bonjour, Vincent, c'est moi.

Silence au bout du fil. Il avait compté les secondes, les heures, les jours et enfin les mois qui s'étaient écoulés depuis la dernière fois qu'il avait entendu sa voix. Et maintenant, alors qu'il l'entendait enfin, il se sentait complètement pris au dépourvu. Il avait envie d'arranger ses vêtements, ses cheveux. S'assurer qu'il n'avait pas mauvaise haleine. Alors même qu'elle ne le voyait pas et n'était pas du tout dans les parages.

Sentant des picotements partout, il cligna vivement des yeux.

— Bonjour, Mina, dit-il doucement en se rendant dans son bureau.

Mieux valait que Maria ne l'entende pas. En plus, il savait qu'il était en train de rougir comme un gamin.

— Comment ça va ? demanda-t-elle.

Il entendit au ton de sa voix que c'était de la pure politesse. Que Mina voulait en fait lui parler de quelque chose de précis.

— Ça va bien, merci. La voiture est en état de marche et je couche toujours avec ma femme tous les deux mois.

— Vincent !

— Je sais bien que tu as quelque chose à me dire. Vas-y.

— D'accord, reprit Mina d'une voix plus naturelle. Tu pourrais passer à l'hôtel de police aujourd'hui dans l'après-midi ? Je voudrais discuter d'une affaire avec toi, en tête à tête.

Vincent s'affala dans son fauteuil de bureau, la gorge soudain sèche. En tête à tête. Dans un futur très proche. Il n'avait rien d'autre à faire de la journée, les lundis n'étaient jamais très animés, mais… aujourd'hui ? Là, tout de suite ?

Les yeux de Mina.

Il n'était pas prêt. Son cœur cognait comme l'audition d'un batteur pour un groupe de metal. Il avait tant rêvé de ce moment tout en essayant de ne pas y penser. Ne rien espérer. Et puis soudain… *Aujourd'hui ?*

Les yeux de Mina.

*Maintenant ?*

— Bien sûr, dit-il en faisant un effort surhumain pour garder un ton neutre. Je vérifie juste mon agenda, mais je crois que c'est bon.

Ruben s'acheta l'habituel pack déjeuner avec tartines nordiques et jus de fruit au bistrot au coin de l'hôtel de police, comme tous les lundis. Il avait passé la matinée à faire un rapport sur son ordinateur à partir de toutes les notes prises manuellement au cours des entretiens du week-end. N'importe quel autre jour, il aurait sûrement mangé devant l'ordinateur. Mais ce n'était pas n'importe quel jour, c'était lundi. Un lundi spécial. Il avala les tartines en vitesse tout en faisant le trajet à pied jusque chez sa grand-mère. C'était leur rituel hebdomadaire. Elle n'avait plus que lui. Et elle avait toujours été là pour lui, depuis qu'il était tout petit. C'était maintenant à son tour. Pause de quarante-cinq minutes dans l'affaire Lilly Meyer. Ruben avala les dernières gorgées du jus de fruit en passant la porte. Grand-mère Astrid l'attendait en général dans sa chambre.

— Bonjour, grand-mère !

— Bonjour, mon cœur !

Comme chaque fois, tout son être s'illumina quand elle le vit. Elle lui présenta un côté de son visage pour qu'il dépose un bisou sur sa joue ridée. Sa délicate odeur était celle de toujours. Du coton nouvellement lavé, de la lavande et un léger parfum d'amande dû aux biscuits qu'elle gardait toujours dans le tiroir de sa table de chevet.

— Je t'amène des friandises, dit-il en lui montrant l'autre paquet qu'il avait acheté.

Des beignets à la crème vanille. Ses préférés.

— Tu me gâtes, ça me fait grossir, se lamenta-t-elle en passant sa main sur son maigre ventre.

Il rit de la plaisanterie. Grand-mère n'avait plus que la peau sur les os, et ils savaient tous les deux qu'elle ne reprendrait plus jamais de poids. Mais tant qu'elle avait assez d'appétit pour manger des biscuits aux amandes en cachette, Ruben ne se faisait pas trop de souci.

Il s'assit près d'elle sur le lit. Le seul autre endroit pour s'asseoir était un fauteuil usé dans le coin, mais il préférait être le plus proche possible d'elle. Sentir son odeur, se souvenir de tous ces moments dans la petite maison d'Älvsjö, la cuisine qui sentait toujours les crêpes fraîches et la confiture de fraises maison. Tous ces étés et périodes de vacances qu'il avait passés avec elle. Tous les deux. Quand sa mère avait encore un nouvel homme dans sa vie avec qui elle voulait passer ses vacances sans un gamin pénible dans les jupes. Chez grand-mère, il avait toujours eu sa place.

— On partage ?

Il montra un beignet du doigt, mais grand-mère secoua la tête.

— La vie est trop courte pour se contenter de moitiés de beignets, dit-elle en souriant.

Elle avait toujours de belles dents en bon état. Elle en était fière. "Pas la moindre carie", disait-elle en montrant la parfaite rangée de dents.

Elle lui posa une main noueuse et tachée par l'âge sur le genou.

— Raconte, Ruben. Comment va la vie ?

La même question chaque semaine. Elle n'en posait jamais sur son travail, et heureusement, car il préférait ne pas avoir à lui raconter combien le monde pouvait être cruel.

Elle s'intéressait à sa vie privée, et chaque semaine il racontait les événements et rebondissements de sa passionnante vie. Ils savaient tous les deux qu'il n'en était rien, mais elle jouait le jeu.

Aujourd'hui, il n'avait pas envie de mentir. Il lui raconta sa visite chez Ellinor. Grand-mère lui tapota la cuisse.

— Tu sais ce que j'en pense. Que tu as vraiment été stupide de laisser cette fille-là s'en aller. Elle n'était pas seulement agréable à regarder, elle était belle à l'intérieur aussi. Mais tu étais jeune et idiot. C'est pas si rare chez les garçons.

— Ouais, j'ai dû hériter ça de papa, dit-il sur un ton un peu amer, comme chaque fois qu'il faisait allusion à son père.

Le père les avait quittés, sa mère et lui, quand il était petit. Il était parti en conférence et n'était jamais revenu. Il était toujours en vie, Ruben l'avait vu sur Facebook. Mais aucun d'eux n'avait jamais tenté de reprendre contact.

Grand-mère Astrid ne répondit rien. Elle avait depuis longtemps renoncé à essayer d'excuser son fils. Il avait fait ses choix. Et elle avait eu Ruben à aimer.

— Elle avait l'air d'aller bien, Ellinor ? demanda grand-mère avec curiosité. Elle est mariée ? Sinon, ce n'est peut-être pas trop tard pour…

Ruben sourit et mordit largement dans son beignet. La crème s'étala sur ses dents. Comme quand il était petit et mangeait des beignets dans le jardin de grand-mère et que la moitié du plaisir consistait à lécher la crème sur les dents.

— Je ne sais pas si elle est mariée. Probablement. Elle a en tout cas une petite fille qui est venue me dire bonjour. Et tu sais quoi, grand-mère ? Elle s'appelle Astrid. Vous vous entendiez si bien, Ellinor et toi, alors je crois qu'elle a eu envie d'appeler sa fille comme toi.

— Ça alors, comme c'est plaisant, dit grand-mère, toute contente. Elle est toute petite ?

— Non, elle a environ dix ans. Très mignonne. Exactement les mêmes yeux qu'Ellinor.

Le visage d'Astrid s'illumina. Elle regarda Ruben.

— Tu n'as pas une photo ? Sur le Faissebook.

— Ce que tu peux être curieuse ! rit Ruben.

Il sortit son téléphone et se mit à chercher.

Il ne lui fallut pas longtemps pour la trouver. Ellinor était là, sous son nom de jeune fille. Et sa page était remplie de photos de sa fille. Ruben cliqua sur une où elle portait une couronne de solstice d'été, ses yeux brillaient et elle affichait un sourire radieux.

— La voilà. Le portrait craché d'Ellinor. Mais pas seulement. Je ne sais pas qui est son père mais elle tient sûrement aussi certains traits de lui.

Ruben fronça les sourcils en observant la photo, sa tête tout près de celle de sa grand-mère. Peut-être qu'il connaissait le père, finalement ? Le visage de la petite lui semblait familier. Il avait encore un peu de crème à la vanille sur les dents. Il la frotta avec son index et lécha la matière sucrée sur son doigt.

Grand-mère observa la photo et éclata de rire. Puis elle se leva, lentement, et en secouant la tête.

— Ruben, pour un homme si intelligent que toi, tu es vraiment un crétin.

Elle se déplaça laborieusement jusqu'à un secrétaire orné d'une nappe en dentelle blanche, l'un des rares meubles qu'elle avait pu emporter à la maison de retraite. La nappe était recouverte de cadres, essentiellement des photos de Ruben à des âges divers. Elle en choisit une. Elle revint vers lui en boitillant puis juxtaposa la photo à côté de celle de la fillette.

Les yeux de Ruben s'écarquillèrent. Il comprit pourquoi son visage lui paraissait si familier.

Mina était seule dans la salle de réunion. Depuis la dernière fois qu'elle l'avait vu, le mur s'était rempli, avait été nettoyé, puis s'était à nouveau rempli de photos, documents et notes diverses, plus ou moins faciles à lire, concernant d'autres victimes. D'autres crimes. Les images d'illusions de magie fabriquées maison étaient toutes remballées et oubliées depuis longtemps. Cette affaire-là semblait très lointaine, comme appartenant à une autre vie.

Vers la fin, ça avait été de plus en plus difficile de déterminer où l'enquête se terminait et où commençait la vie personnelle de Vincent. Ils ne l'avaient pas compris au début, mais toute l'affaire était étroitement liée à son passé à lui. Cette fois-ci, c'était différent.

Deux enfants avaient été tués.

Une histoire sombre et effrayante. Ce n'était pas la première fois qu'elle voyait des enfants en souffrance, au contraire. Cela arrive bien trop souvent quand on est policier. Des enfants victimes de maltraitance. D'abus. Des enfants qui vivent dans une misère honteuse pour une société moderne.

Mais des meurtres. Les meurtres d'enfants sont rares. C'est pourquoi les quelques cas résolus sont en général connus du grand public. Helén, tuée par Ulf Olsson. Engla, tuée par Anders Eklund. Et Bobby qui avait été tué par son beau-père avec la complicité de sa mère. Ces cas ainsi que d'autres sont durablement gravés dans l'esprit des Suédois.

La même question revient toujours : comment est-ce possible ? Comment un être humain peut-il être capable d'une telle cruauté ?

Mina n'était pas sûre d'avoir envie de connaître la réponse. C'étaient des monstres, rien d'autre. Elle ne cherchait pas à les comprendre. Son boulot consistait seulement à les coincer. Et maintenant, il s'agissait de deux meurtres exécutés de façon proche. Cela suggérait un mode opératoire qu'elle préférait ne pas envisager.

Mina se demanda comment Vincent réagirait en prenant connaissance de l'affaire. Non pas qu'elle ait l'intention de lui demander de l'aide dans ce cas précis, c'était pour d'autres raisons qu'elle l'avait appelé. Mais il lui demanderait certainement sur quelle enquête elle travaillait et elle le lui raconterait. Et il avait une famille. Il était père. Elle ne pensait pas qu'il était possible, en tant que parent, de se protéger contre les images de Lilly et Ossian sur le mur devant elle. Quoi qu'il en dise, elle savait que Vincent n'était pas aussi pragmatique ni maître de ses sentiments qu'il avait l'air de vouloir le faire croire. Pendant la courte période où ils s'étaient fréquentés, elle avait par moments entrevu autre chose, quelque chose qui lui donnait l'impression que c'était plutôt le contraire. Elle avait perçu un abîme d'émotions. Peut-être même une obscurité.

Ce n'était pas évident de le pointer du doigt, un peu comme quand on voit quelque chose du coin de l'œil. Dès qu'on tourne le regard, ça disparaît. C'était exactement comme ça avec Vincent. Elle n'arrivait pas à le saisir.

Non pas qu'elle souhaitait le saisir. Elle ne voulait saisir personne. Elle avait cru à une erreur quand elle avait validé Amir d'un swipe à droite et que Tinder avait proclamé : *"It's a match!"* Ensuite, quand elle l'avait contacté, c'était uniquement pour aller jusqu'au bout de sa démarche, rien d'autre. Mais Vincent s'esquivait chaque fois qu'elle croyait enfin discerner ses contours. Et maintenant qu'elle ne l'avait pas vu depuis presque deux ans, il était plus flou que jamais.

Une partie d'elle protestait vivement contre ce qu'elle avait mis en branle. Il aurait mieux valu continuer à tenir Vincent éloigné de sa vie. Mais une autre part d'elle, plus profonde, ne désirait rien de plus que de l'avoir auprès d'elle.

Et maintenant il était en chemin.

Le téléphone sur la table vibra. Une notification la prévint que son visiteur était arrivé. Mina se leva et alla accueillir le mentaliste.

Il s'était mis à transpirer dès qu'il avait pris place dans le taxi. Il remarqua que pourtant la clim était réglée sur seulement quinze degrés. Un pingouin serait à l'aise. Mais Vincent savait que sa transpiration n'avait rien à voir avec la température, mais avec sa nervosité intérieure. La perspective de revoir Mina avait fait éclore toute une horde de papillons turbulents dans son ventre.

Ça n'allait pas. Il lui fallait se changer les idées. Sinon, il serait une épave à son arrivée. Le taxi prit le virage en direction de Tyresövägen à une vitesse un peu trop élevée, et Vincent imagina un court instant que Mina venait le voir à l'hôpital plutôt qu'à l'hôtel de police.

Accident de voiture.

Quelqu'un ne lui avait-il pas parlé d'accident de voiture récemment ? Le taxi dépassa un bus de ville. Sur un côté, une publicité pour un antalgique, avec un seul mot percutant : *Mal ?*

La douleur.

Il y avait eu quelque chose au sujet de la douleur… C'était qui ? Ah oui. "Tout est souffrance, la douleur purifie." Nova avait dit ces mots quand il l'avait vue à la télévision vendredi dernier. Nova, qui avait été impliquée dans l'accident de voiture où son père avait perdu la vie. Son père, qui avait également été engagé dans ce mouvement autour de l'épicurisme.

Voilà une distraction adéquate. Il sortit son téléphone et chercha la page web d'Épicura. Le site était joli, moderne, avec un logo rappelant le monde des affaires.

Il fit défiler toute une série de vidéos qui semblaient être de courts exposés de Nova sur divers sujets, et arriva ensuite à une sorte de déclaration des principes philosophiques de l'épicurisme.

*Le guide Épicura de nouvelle ère est comme pour toutes les époques : N'admettez que la contrariété passant telle la comète une étoile. Rapide et imperceptible. Vivre la vie dans le calme purifie. Évitez attentivement tous types de douleur, ne désirez rien, car une vie sans désir est une vie libérée de toute souffrance, qui vous accorde jouissance et prospérité lorsque vous atteignez le Tout*

John Wennhagen

John Wennhagen. Le père de Nova. Vincent ne s'était donc pas trompé. Il s'était tout de suite dit que la déclaration un peu datée sur le site pourtant très élégant et actuel était une façon pour Nova d'honorer son père. Il lut le texte poétique deux fois sans mieux le comprendre pour autant.

— Monsieur, nous sommes à destination, dit le chauffeur de taxi avec une politesse exagérée et en le regardant dans le rétroviseur.

Vincent réalisa que le véhicule avait dû s'immobiliser depuis un petit moment. Il paya sans même regarder le taximètre, tant il était nerveux, et descendit de la voiture. Le soleil brillait droit sur la façade de l'hôtel de police, il ne voyait rien au travers des grandes vitres. Mais il savait qu'elle était quelque part là-dedans. Qu'elle l'attendait. Il *sentait* sa proximité. Ou plutôt, non, bien sûr que non. C'était le cocktail de sérotonine, dopamine, cortisol et adrénaline, déclenché par le coup de fil de Mina, qui influençait fortement sa perception.

C'était idiot de confondre ses émotions avec la réalité. Il ne comprenait pas comment lui, avec toutes ses connaissances, pouvait se laisser affecter ainsi par Mina. Mais il espérait secrètement qu'il ne lui était pas indifférent non plus.

Le plus souvent, il s'appuyait sur des arguments scientifiques mais, dans ce cas précis, même en les accumulant tous, son sentiment restait nettement plus envahissant que tout raisonnement. Quand il s'agissait de Mina et de ses sentiments pour elle, tout ne s'expliquait pas de façon rationnelle. Et voilà qu'elle l'attendait là, à l'intérieur de ce bâtiment. Il allait la revoir.

Il se racla la gorge, tout à coup très sèche. Vérifia sa veste, enleva un cheveu de Maria sur la manche. Il regrettait déjà d'avoir mis un costume. Il monta enfin les escaliers et ouvrit la porte. Mina l'attendait juste à l'intérieur.

— Salut, dit-elle au moment où il fit son entrée. Ça fait un moment.

— Salut, répondit-il, incapable d'ajouter quoi que ce soit.

Il avait presque oublié. Les cheveux sombres, plus longs que quand ils s'étaient vus pour la dernière fois, mais pas encore assez pour la queue de cheval qu'elle avait autrefois. Ses yeux foncés et les lèvres naturellement rouges, pulpeuses. Le léger chemisier blanc estival qui serait remplacé par un pull à col roulé dès que le temps l'exigerait. Et la petite ride d'inquiétude entre ses sourcils. Mais avant tout. Son regard. Vincent eut l'impression de vaciller légèrement.

Elle n'était désormais plus une créature imaginaire sur un piédestal, elle était à nouveau un être humain de chair et d'os. Et c'était bien pire.

Il avait cru que son existence s'était poursuivie tranquillement sans elle. Qu'il avait réussi à remballer les souvenirs dans un petit coffre-fort intérieur. Il comprit à cet instant que rien n'était plus faux. Ces yeux qui l'observaient maintenant attentivement l'avaient toujours accompagné. Tous les jours, au fond de chaque pensée, elle avait été avec lui. Et maintenant, elle se matérialisait, là, devant lui.

— Comment… comment vas-tu ? réussit-il enfin à demander.

Il montra les gants fins en plastique blanc qu'elle portait.

— Ils sont tout neufs. Ça a empiré ?

Bravo. Quel idiot. Comme si elle avait tout de suite envie de parler de ça. Mais Mina éclata de rire.

— Non, je viens seulement de manipuler des photos, dit-elle. Je ne voulais pas y laisser mes empreintes. J'espère que ça ne te dérange pas de revenir ici ? Il est beau ton costume, mais tu n'as pas trop chaud ?

Vincent rougit et enleva la veste. Elle ne savait pas à quel point elle avait raison.

— Je crois que Maria était soulagée de me voir partir, dit-il. Elle démarre une boutique en ligne et ça l'occupe totalement, à la maison.

Il se tut. Ils se regardèrent. Si seulement il savait à quoi elle pensait. D'un côté, c'était exactement comme avant, et de l'autre pas du tout. En vingt mois, les gens avaient largement le temps de se marier, d'avoir des enfants, de divorcer. Il n'était pas le même qu'à l'époque. Il en allait sûrement de même pour elle.

Et pourtant.

Mina glissa le regard d'un côté, puis de l'autre. Comme si elle cherchait quelque chose. Une idée peut-être, ou quelque chose à dire.

— Bon… on monte ? dit-elle.

Mina le fit passer d'un bip par les barrières qu'il connaissait si bien, et ils prirent l'ascenseur jusqu'à la salle de réunion. Il eut l'impression de voir une lueur dans ses yeux au moment où ils pénétrèrent dans la petite cabine, comme si elle était sur le point de lui rappeler une autre fois où ils avaient pris l'ascenseur ensemble, mais elle ne dit rien.

— Je m'entraîne, si c'est à ça que tu penses, dit-il.

Puis il réalisa comment elle pouvait interpréter cette réflexion.

— Je veux dire… l'ascenseur… ce n'est pas que je fais de la musculation, je me suis peut-être mal exprimé même si… on ne sort pas ici ?

Les portes s'ouvrirent, l'empêchant de s'enfoncer davantage. Il toussa violemment et se précipita hors de la cabine dans l'espoir que Mina ne remarque pas son visage en train de rougir.

Dans la salle de réunion, elle avait méticuleusement disposé des photos et des documents en deux rangées. Il les observa. Chaque rangée portait un nom. Lilly et Ossian.

— J'ai vu la conférence de presse à son sujet, dit-il en montrant la photo d'Ossian.

— Qu'est-ce que tu sais sur les disparitions d'enfants ? demanda-t-elle.

— Seulement que plusieurs centaines d'enfants disparaissent chaque année.

— C'est exact, répondit-elle. Les médias parlent volontiers des mineurs non accompagnés qui disparaissent, mais la vérité, c'est que plus d'enfants encore disparaissent au sein des familles de réfugiés. C'est un mystère. On ne les retrouve jamais.

— Du trafic d'êtres humains ?

— Souvent. C'est affreux. Mais la plupart des enfants déclarés disparus sont retrouvés, souvent au bout de quelques heures seulement.

Il montra la table.

— Alors, Ossian est revenu ?

Mina secoua la tête et fronça les sourcils. Sans savoir pourquoi, il pensa soudain à Aston et eut une boule à la gorge.

— Le corps d'Ossian a été retrouvé samedi matin, dit-elle doucement. Il était mort depuis quelques heures. Il s'est passé la même chose pour Lilly l'été dernier. Deux enfants en un an. Statistiquement, c'est complètement anormal. Nous cherchons à savoir s'il peut y avoir un lien entre les deux.

Il scruta les photos sur la table. Lilly. Ossian. Ça aurait pu être Aston il y a quelques années. Il avait du mal à respirer, comme si l'air de la pièce s'était raréfié. Il tendit la main vers l'un des dossiers sur la table, mais Mina posa sa main dessus.

— Crois-moi, dit-elle. Tu ne veux pas voir les photos.

Il cherchait toujours comment lui parler, ne trouvait pas ses mots. Il préférait être prudent, ne pas prendre pour acquis que tout serait comme avant. Parler de l'enquête aurait au moins l'avantage de les mettre sur un terrain neutre.

— Donc, vous avez besoin de moi pour quoi exactement ? dit-il. Je vous assiste bien sûr volontiers. Je me réjouis déjà à l'idée des nuits blanches sous le signe de la terreur. Ça me manque, en fait.

Il osa un sourire, mais Mina eut l'air perplexe. Puis un peu gênée.

— Excuse-moi, dit-elle. Ce n'est pas… enfin, nous n'avons pas besoin de toi… je veux dire pour l'enquête. Tu ne peux rien faire pour nous dans cette affaire. En vérité, tu n'as sûrement même pas le droit d'être ici. Je voulais juste récupérer mes affaires.

Elle prit son téléphone et un trousseau de clefs sur la table. Laissa les photos et les dossiers où ils étaient, ainsi qu'un ordinateur portable ouvert – signe qu'elle n'avait pas l'intention de s'absenter de la pièce pendant très longtemps. En sortant, il lui tint la porte, en faisant de son mieux pour ne pas laisser paraître sa déception. Il était parti du principe que le matériel avait été placé là pour qu'il le consulte. Qu'il allait à nouveau être intégré dans son univers à elle. Mais cette visite prenait fin avant même d'avoir vraiment commencé.

— Je voulais te voir pour tout autre chose, pour te parler de quelque chose de… privé, dit Mina, et le cœur de Vincent se remit à battre vivement dans sa poitrine.

Elle s'arrêta, le regarda droit dans les yeux, puis baissa à nouveau le regard. Elle avait de toute évidence quelque chose de difficile à lui communiquer.

— C'est au sujet de ma fille, dit-elle enfin. Elle s'appelle Nathalie. Je crois que tu as vu sa photo sur mon bureau à l'époque. On peut aller faire un tour ?

— Tu as aimé la conférence ?

Nathalie racla le sol du pied. Elle ne voulait pas paraître impolie, mais elle avait eu du mal à rester attentive au discours de Nova dans la salle de conférences. C'était gentil de sa part de l'inviter alors que la séance était destinée à une entreprise payante. Nathalie avait accepté surtout pour passer le temps en attendant sa grand-mère. Elle régla une des sangles de son sac à dos pour éviter de répondre.

— C'est bon, tu n'as pas besoin d'en dire plus, dit Nova en riant. J'imagine que le sujet est d'un ennui mortel pour une adolescente. Surtout que tu n'as pas encore vécu beaucoup de ces choses dans la vie qui font vraiment mal, et qui sont la raison d'être de notre unité.

— Parce que vous croyez que je suis une gamine pourrie gâtée, que j'ai toujours eu tout ce que je voulais ? siffla Nathalie.

Elle regretta aussitôt.

— Pardon, murmura-t-elle, tout en essayant de suivre Nova qui se dirigeait d'un pas vif vers une grande maison située un peu à l'écart du corps de bâtiment principal.

Jusqu'à présent Nathalie ne l'avait vue que de loin. Elle avait également aperçu les chevaux dans une prairie à côté. Son père ne lui avait jamais permis de faire du cheval malgré toutes ses supplications quand elle était petite. Il trouvait que c'était trop cher, chronophage, dangereux et élitiste. Le côté élitiste, c'était sûrement une blague, vu avec qui il traînait. Pour compenser, il lui avait offert un hamster nain. Elle l'avait baptisé Lisa et quand, trois semaines plus tard, elle avait retrouvé Lisa morte sous un tas de foin, son deuil avait été profond.

— Je te demande pardon aussi, je suis injuste, dit Nova d'une voix douce.

Elle reprit sa marche vers l'étable.

— Pourquoi ?

Nathalie trébucha sur une racine qui dépassait du sol.

— Parce que bien sûr que tu as vécu des choses difficiles. Et que tu connais le deuil. Je sais bien que tu as perdu ta maman. Je sais ce que c'est.

Nathalie se contenta d'acquiescer. Elle n'avait pas l'habitude de parler de sa mère. Personne n'avait jamais voulu parler avec elle de sa mère. Surtout pas son père.

— Mais voilà Ines ! s'exclama joyeusement Nova.

La grand-mère de Nathalie venait à leur rencontre, bras écartés et grand sourire. Si Nathalie lui en avait voulu de son absence, son ressentiment s'était instantanément volatilisé. Elle se jeta dans ses bras avec bonheur.

— Bonjour, Nathalie ! dit sa grand-mère. Désolée d'avoir été si occupée. J'espère que ceci va te consoler.

Nova posa une main sur l'épaule d'Ines, puis repartit vers le bâtiment principal tandis qu'Ines et Nathalie continuèrent leur chemin. Soudain, sa grand-mère s'arrêta et Nathalie s'illumina quand elle en vit la raison. Dans la prairie devant elles, six chevaux broutaient paisiblement. Elle sentit son cœur accélérer. Elle avait toujours adoré les chevaux. Ils étaient beaux, sauvages, courageux, libres. Tout ce qu'elle n'était pas.

— Viens.

Sa grand-mère prit sa main et la tira jusqu'au moment où elles couraient presque. Les chevaux levèrent la tête, reniflèrent et secouèrent les oreilles. Ils se tournèrent tous dans leur direction et se mirent en marche vers la clôture. Ils avancèrent leur tête et se bousculèrent jusqu'au moment où Ines les eut tous salués et caressés.

— Tu veux venir ? proposa-t-elle en faisant un signe de la tête vers un portail dans la clôture.

Le cœur de Nathalie se mit à battre violemment dans sa poitrine. Elle n'avait pas l'habitude des chevaux. Elle en avait rêvé, mais de loin. Une pointe de terreur devant leur taille la fit hésiter. Puis elle hocha la tête, vigoureusement. Elle avait confiance en grand-mère.

— Bien sûr.

Elles passèrent par le portail et furent instantanément entourées de têtes impatientes et chahuteuses.

— Du calme, du calme, rit Ines en sortant des morceaux de carottes et de pommes des poches de sa veste.

— Tiens, dit-elle en en confiant quelques morceaux à Nathalie. Les gâter est le meilleur moyen de se faire aimer.

Nathalie se mit à nourrir les chevaux en essayant de distribuer équitablement. L'un d'entre eux était plus petit que les autres, mais compensait par le culot et réussit à s'arroger un certain nombre de prises avant ses camarades. Nathalie rit, mais n'était pas complètement rassurée. De si près, leurs dents étaient gigantesques.

— Il s'appelle Mascot. C'est un vrai petit bandit.

Nathalie lui caressa le bout du nez, et le petit cheval s'appuya affectueusement contre elle. Brusquement, elle fut envahie par l'émotion. Toutes les larmes qu'elle n'avait jamais eu le droit de pleurer débordèrent comme un fleuve qui brise les digues. Les chevaux avaient l'air de saisir ce qui se passait. Ils se positionnèrent autour d'elle, appuyèrent leurs corps et naseaux chauds contre elle. Ils partagèrent la proximité et la sécurité qu'elle ne s'était jamais permis d'éprouver.

Elle pleurait de nostalgie, de colère, de chagrin et de frustration. Elle pleurait à cause de toutes ces questions qu'elle n'avait jamais pu poser, toutes les portes qu'elle n'avait pas eu le droit d'ouvrir. Concernant sa mère. Sa grand-mère. Ou elle-même.

Elle sentit alors les bras d'Ines l'entourer. C'était étrange de se trouver là, dans les bras fermement serrés d'une femme qu'elle connaissait à peine, au milieu d'une horde de chevaux. Et en même temps, non, ça n'avait rien d'étrange, se corrigea-t-elle en sentant le bout du nez sec et doux de Mascot contre sa joue. C'était même tout le contraire. Comme si elle avait enfin trouvé ce qu'elle avait toujours cherché.

Au bout d'un long moment, Ines relâcha lentement son étreinte.

— Il faut déjà qu'on y aille ? demanda Nathalie qui n'avait qu'une envie : rester avec les chevaux.

— Non, on ne va pas y retourner, dit Ines. Toi et moi, nous allons poursuivre notre chemin.

Sa voix avait subi une transformation étrange. La douceur à laquelle Nathalie s'était habituée avait disparu.

— Nous allons quelque part où seul le cercle le plus intime a le droit d'aller, dit grand-mère.

Elle tira sur son ruban bleu et le relâcha sur la marque rouge de son poignet en regardant Nathalie droit dans les yeux.

— Prends bien toutes tes affaires. Je ne sais pas si tu vas revenir ici.

Malgré la chaleur estivale, et l'amour émanant des chevaux, Nathalie se sentit brusquement glacée.

Ils se promenaient à travers le Rålambshovparken. La dernière fois qu'ils y étaient venus ensemble, il neigeait, et Vincent lui avait expliqué ce qu'était le *Bullet Catch*. Maintenant le soleil était tellement intense qu'on aurait dit qu'il pouvait mettre le feu à la roche. Par-ci par-là, à l'ombre des arbres, les gens avaient entamé des pique-niques.

Ils suivirent l'eau en direction des jetées. La dernière fois, il n'y avait pratiquement pas de bateaux, mais maintenant les coques blanches s'alignaient le long des jetées comme des feuilles sur un arbre. Mina se demandait si Vincent avait un bateau. Si oui, c'était sans doute un bateau à moteur. Elle avait le plus grand mal à l'imaginer tirer sur des écoutes et plier des voiles. Elle réalisa qu'il n'avait encore posé aucune question au sujet de Nathalie. Il lui laissait visiblement l'initiative. Elle avait envie de lui poser tant de questions, sur des sujets qui n'avaient rien à voir avec Nathalie. Par exemple, pourquoi il n'avait pas donné de ses nouvelles. Comment il avait vécu pendant tout ce temps. Elle avait envie de lui raconter comment *elle* avait vécu. Mais elle ne savait pas par où commencer. Alors elle inspira profondément et entreprit de lui parler de Nathalie avant de perdre courage.

— Le père de Nathalie m'a contactée hier matin, dit-elle. Elle vit avec lui à plein temps. Ni moi ni ma mère n'avons de contact avec eux. Mais samedi dernier ma mère est entrée en contact avec Nathalie, et depuis elle est avec sa grand-mère.

— Et tu me racontes tout ça pour… ?

— Je suppose que tu vois qui est Nova ? demanda-t-elle.

Vincent haussa les sourcils et acquiesça.

— Très bien, dit-il. Elle était sur…

— Je l'ai rencontrée ce matin, coupa-t-elle. Ma mère habite dans un centre qui appartient à Nova, elles travaillent ensemble, apparemment. Nathalie est là-bas en ce moment. Son père est devenu fou quand elle n'est pas rentrée et c'est maintenant mon job d'essayer de le calmer. En même temps, je me demande si j'ai des raisons de m'inquiéter moi-même ou pas.

Vincent se mit à rire. Elle fronça les sourcils. Elle ne s'attendait pas à ce genre de réaction. En même temps, ça faisait du bien.

— Nova est passée à la télé vendredi dernier, dit-il. Et dans le taxi en venant ici, je lisais des documents sur Épicura. Et maintenant tu m'en parles. Quelles sont les probabilités pour que ça arrive ?

— Le maître mentaliste devrait pouvoir le calculer facilement, répondit-elle. Ou bien, c'est juste parce que cette Nova est omniprésente en ce moment. Qu'on s'intéresse à elle ou pas.

— Alors, la grand-mère de Nathalie, continua Vincent. Je n'ai donc pas halluciné, vendredi. J'avais l'impression qu'elle te ressemblait, mais je pensais que mon imagination me jouait des tours. Ta mère s'appelle Ines, n'est-ce pas ? Elle participait à l'émission.

Mina eut chaud au niveau du cœur. Elle ignorait pourquoi il n'avait pas donné de nouvelles, mais en tout cas, il ne l'avait pas oubliée. Il avait même pensé à elle à peine quelques jours avant.

— Tu penses donc à moi… en regardant la télévision ? demanda-t-elle.

Vincent se mit à tousser.

— C'est-à-dire, je…, bafouilla-t-il. Dit comme ça… je veux dire, ça fait… très… ce n'est pas ce que je voulais dire…

Et le voilà. Le Vincent dont elle se souvenait. Toujours peur de s'emmêler dans les conventions sociales auxquelles il ne comprenait rien. Mais il avait pensé à elle.

— Ne stresse pas, dit-elle. Je plaisantais.

Vincent semblait trop perplexe pour répondre.

— Je te regardais souvent, jusqu'à la panne de la caméra de surveillance que j'avais fait installer dans ton appart, dit-il enfin.

— Honte à toi, Vincent, c'est super *creepy*.

Le mentaliste avait l'air content de lui-même.

— Bref, dit-elle. Ma mère. Ce genre d'organisations me donne de l'urticaire. Faire des stages sur le développement personnel dans une ferme à la campagne – ça sent tellement la secte, à mon avis. C'est ce que j'ai dit à Nova.

— Et comment elle a réagi ?

— Elle dit que leur organisation n'est pas une secte, bien sûr. Mais ça m'intéresse plus de savoir ce que tu en penses, toi. Parce que je suppose que tu suis ses activités, vous êtes presque des collègues puisqu'elle fait des conférences comme toi. Devrais-je m'inquiéter pour Nathalie ou pas ?

Vincent réfléchit un moment avant de répondre. Le sentier fit un virage serré pour monter en direction du grand amphithéâtre du parc.

— Je l'ai rencontrée une fois ou deux lors de séminaires où nous intervenions tous les deux, effectivement, dit-il. C'est une personne intéressante avec une approche bien personnelle. Rares sont les personnes qui font des colloques à visée philosophique de nos jours. Mais je ne dirais pas que nous nous connaissons. Et j'en sais encore moins sur Épicura.

— D'accord, mais tu sais comment fonctionne la psyché humaine. Mieux que qui que ce soit d'autre dans mon entourage. Est-ce que son séjour fera du bien à Nathalie ?

— D'après ce que je sais, Épicura est surtout spécialisé dans les formations en management. Ils semblent idolâtrer leur cheffe comme une gourou, mais leur organisation ne colle pas avec le modèle classique d'une secte. Ils proposent également du conseil de sortie pour des personnes qui quittent une secte. Et en ce qui concerne le développement personnel, c'est souvent tout simplement du développement personnel et rien d'autre. Nathalie a le droit de côtoyer d'autres personnes, j'imagine ? Elle est libre de rentrer chez elle quand elle veut ? Et elle n'a pas commencé à se débarrasser de ses effets personnels, ni à faire référence à l'avis de Nova dès qu'elle ouvre la bouche ? Est-ce qu'elle semble mentalement stressée ou abattue ? Est-elle irascible ou instable émotionnellement ?

— Comment veux-tu que je sache ? Tu n'as pas capté qu'elle vit avec son père à plein temps ? Je n'en ai pas la moindre idée, je n'ai aucun contact avec elle. Mais il s'agit d'une adolescente. Irascible et instable, c'est un signe de normalité, non ?

Ils étaient arrivés à la hauteur de l'amphithéâtre et Vincent s'assit sur l'un des bancs en béton. Il ouvrit son sac et en sortit deux bouteilles d'eau. Il en tendit une à Mina qui la regarda en essayant de faire abstraction de la multitude de mains qui l'avaient manipulée avant qu'elle n'atterrisse dans le sac de Vincent. Poser le goulot entre ses lèvres équivalait certainement à lécher les paumes de vingt inconnus.

Vincent fouilla dans son sac et en sortit un paquet de pailles. Elle lâcha un soupir de soulagement. Il s'en souvenait.

Elle ouvrit la bouteille avec gratitude, y enfonça une paille et but de l'eau fraîche. Elle aurait aimé carrément la déverser sur son visage pour lutter un bref instant contre la chaleur.

— Comme tous les mouvements de développement personnel, Épicura est sûrement assez intensif, dit Vincent après avoir bu une gorgée d'eau. Mais si Nathalie est à la recherche de sens, elle aurait pu tomber sur des structures bien pires. Soit l'épicurisme va l'attirer, soit elle va vite s'en lasser. Je ne vois rien dans leurs idées qui me semble franchement nocif. Par contre, à mon avis, elle est vraiment trop jeune, mentalement, pour ce type de mouvement. Ta mère ne lui veut sans doute que du bien. Mais ce serait mieux que tu en parles avec elle. Vas-y. Vérifie par toi-même.

— C'est pas possible, répondit-elle en regardant dans sa bouteille d'eau. Avant ce week-end, Nathalie ne savait même pas qu'elle avait une grand-mère. Elle ne sait toujours pas qu'elle a une maman.

Elle se sentit brusquement toute faible, et eut envie d'appuyer sa tête contre l'épaule de Vincent, pour sentir physiquement son soutien. Mais ils n'en étaient pas là, Vincent et elle. En tout cas, pas encore. Peut-être pourraient-ils se rapprocher. Mais pas encore. Elle ne savait même pas ce qu'il pensait de ce qu'elle venait de dire.

Vincent se leva et regarda autour de lui.

— En fait, une chose qu'il faut que tu saches au sujet de Nova. Elle est du genre tactile. Elle aime distribuer des câlins. Maintenant tu es prévenue, dit-il.

— Merci pour l'info, ça m'aurait été utile il y a quelques heures.

Parfois elle se demandait si elle ne devrait pas se faire imprimer un tee-shirt *Stop ! Mon corps m'appartient !* et le porter en permanence. Comment ça pouvait être si difficile de comprendre que ce n'est pas OK de balancer ses bras autour des gens sans leur consentement ? Ni de les approcher de trop près ?

— J'ai l'impression de porter encore l'odeur de son parfum sur moi, dit-elle.

Vincent se pencha en avant, comme s'il allait la renifler, mais se reprit au dernier moment et, à la place, recula d'un pas.

— J'aime vraiment ce parc, dit-il soudain. Tu savais que c'est l'un des premiers parcs à être conçus selon des principes fonctionnalistes ? Dès le départ, on l'a élaboré en tenant compte de la façon dont les usagers allaient l'utiliser plutôt que d'essayer de le rendre le plus beau possible. Petit à petit, tous les parcs ont commencé à être aménagés selon ce principe, au point que dans le milieu des urbanistes on surnommait ça "le style Stockholm". Erik Glemme et Holger Blom étaient les précurseurs avec Rålambshovsparken dans les années 1930. Théâtre en plein air en béton. Des sentiers tracés exactement là où ils seraient apparus naturellement. Et sans relief. Regarde là-bas.

— Quel rapport avec Épicura ? demanda-t-elle tout en regardant dans la direction indiquée.

Un groupe de jeunes, torses nus, avaient improvisé un match de foot.

— Impossible si le parc avait été rempli d'arbres, de parterres de fleurs et de chemins sinueux, nota-t-il avec satisfaction.

Il avait l'air d'avoir complètement oublié Épicura. Le mentaliste s'était perdu dans sa propre tête, comme souvent autrefois. Elle ne put s'empêcher d'éclater de rire. Elle se souvenait si bien de ce Vincent-là. L'homme pour qui trop d'informations ne tue pas l'information. Elle l'observa sans la moindre intention de l'interrompre.

— Qui a dit qu'un parc ne doit pas être pratique ? continua Vincent. En plus, ce parc présente quelques sculptures assez étonnantes.

— Tu es passé de Nova à la sculpture en passant par le paysagisme en moins de dix secondes, remarqua-t-elle. Même pour toi, ça doit être un record, non ? Quelles sculptures ?

— Viens voir.

Vincent se mit à marcher en direction des joueurs de foot. Elle n'eut pas d'autre choix que de le suivre.

Une grande statue en bronze s'élevait effectivement au milieu de la pelouse. Elle faisait sûrement plus de trois mètres de hauteur. Pourtant, elle ne l'avait jamais remarquée avant. Elle mit la main en visière pour la voir en entier. On aurait dit une paire de ciseaux enfoncée dans le sol, avec une hache à la place des poignées. Ou, se dit-elle, une créature sur deux jambes stylisées et la tête en forme de hache.

— Il y en a d'autres, mais celle-ci est ma préférée, dit Vincent. Elle s'intitule *Monument à un homme à la hache*. L'artiste, Eric Grate, était apparemment assez spécial. Une sculpture qu'il avait réalisée pour l'hôpital Karolinska a suscité de telles controverses que l'hôpital l'a d'abord refusée, mais au bout d'un moment, elle a quand même été installée devant l'entrée principale, comme prévu. Cette sculpture-ci est toujours une énigme. Ce que l'artiste souhaitait exprimer reste un mystère, mais certaines théories parlent d'un motif païen. Tu vois le phallus au milieu ? Il y en a qui pensent que cette statue est une prière à la déesse de la fertilité.

Vincent leva les yeux vers la tête en forme de hache et sembla se perdre dans les reflets du soleil sur le bronze. Mina eut l'impression qu'il n'avait pas terminé. Mais même pour Vincent, c'était un peu exagéré. Il tournait autour du pot, cherchait à dire quelque chose mais ne trouvait pas les mots. Elle attendait. Mais rien ne vint.

— La déesse de la fertilité, tu disais ? finit-elle par souffler, histoire de le relancer.

Vincent hocha la tête sans quitter la sculpture des yeux.

— Je crois que Maria me trompe, dit-il enfin.

Elle ne savait pas à quoi elle s'attendait, mais en tout cas, pas à ça.

— Avec Kevin, continua-t-il. Le type qui l'aide à démarrer son auto-entreprise.

Un rire bref, presque un aboiement, échappa Mina avant qu'elle n'arrive à se contrôler.

— Pardon, dit-elle. Kevin ? Ça sent le prof de tennis.

Vincent ne rit pas.

— Tu veux que je checke qui il est ? demanda-t-elle. Je ne sais pas ce que je pourrais faire, mais…

— Non, non, dit Vincent, les yeux écarquillés. Je ne veux rien savoir. On a fini avec les histoires de sculptures ?

Mina hocha la tête. Et ils se remirent en marche à travers le parc.

— Pourquoi tu ne veux rien savoir ? dit-elle en tirant sur sa paille.

Vincent haussa les épaules. Malgré le soleil de plomb, elle appréciait cette promenade avec lui. Elle pouvait faire semblant qu'ils se trouvaient là pour des raisons plus rassurantes que son château de cartes à elle, si méticuleusement construit au cours des dix dernières années, et maintenant sur le point de s'écrouler, et son mariage à lui, en plein naufrage.

— Si elle a un amant, il y a deux possibilités, dit-il. Soit c'est un tremplin pour sortir de notre relation, et elle me quittera pour lui. Dans ce cas, je serai mis devant le fait accompli quand elle partira. Je me sentirai bien sûr trahi et abusé, mais je ne resterai pas dans cet état aussi longtemps que si j'avais eu connaissance de leur affaire plus tôt. Ce n'est pas la peine de redouter quelque chose qui va se produire de toute façon. Ou bien, pour une raison ou une autre, elle a besoin de cette histoire juste maintenant, mais elle va finir par revenir vers moi. Dans ce cas, il vaut mieux que je ne sache rien du tout. Cette affaire va peut-être renforcer notre relation, de son point de vue. Mais si j'étais au courant, je ne pourrais pas en faire abstraction. Et je risquerais alors de mettre en péril notre relation, à un moment où elle pourrait en réalité s'améliorer.

Ils marchèrent en silence. Elle n'arrivait pas à décider si tout ce que Vincent venait de dire était la déclaration la plus sensée qu'elle ait entendue depuis longtemps, ou si au contraire il était nettement plus handicapé émotionnellement qu'elle ne l'avait soupçonné. Sa propre difficulté à elle à laisser quelqu'un d'autre l'approcher était une chose. Mais Vincent ne semblait pas affecté le moins du monde par les agissements de sa femme. Était-il vraiment possible d'être à ce point détaché ? Et l'amour là-dedans ?

— Désolée de mettre les pieds dans le plat, dit-elle. Mais tu ne veux même pas savoir si elle est ce genre de personne, je veux dire quelqu'un qui trompe son mari ?

Ils étaient presque arrivés au pont de Lilla Västerbron. Le skatepark sous le pont était rempli de skateurs. Les roues raclaient bruyamment le béton en se mélangeant avec la musique hip-hop qui jaillissait de plusieurs haut-parleurs. Ils échangèrent des grimaces, firent demi-tour et reprirent le chemin vers l'angle du parc par où ils étaient entrés.

— Tu sais, dit Vincent, je crois que la plupart des gens sont capables de bien plus qu'on ne le pense. Tout dépend du moment. Nous ne sommes pas des créatures figées. Nos cellules sont intégralement remplacées régulièrement. Il y a seulement trois semaines, la couche externe de ta peau n'était pas la même qu'aujourd'hui. Ton cerveau fabrique de nouvelles cellules en trois mois. Physiquement, tu n'es pas la même personne aujourd'hui qu'il y a cinq ans, ni celle que tu seras dans quelques mois. C'est pareil pour nos opinions, nos valeurs, nos pensées. La Mina d'aujourd'hui est capable de faire des choses que la Mina d'il y a cinq ans n'aurait jamais pu faire.

Comme sauter dans un conteneur rempli de cadavres de visons, se dit-elle. Un exploit qu'elle n'avait certainement pas l'intention de réitérer, jamais. Mais elle voyait où il voulait en venir.

— Au moins l'une des versions de Maria est probablement capable d'adultère, poursuivit-il. Mais je ne gagne rien à savoir si c'est cette version qu'elle est en ce moment précis. Parce que la version suivante de Maria ne sera peut-être pas comme ça. Ou bien, elle *n'en est pas* capable maintenant, mais la Maria suivante sera celle qui choisira de vivre avec un autre homme. Tu comprends ? Je connais seulement la Maria actuelle. Ce qui n'est pas très utile puisque je vivrai le reste de ma vie avec des futures versions d'elle.

— C'est un point de vue… particulier, s'autorisa Mina. Donc, tu es certain que tu ne fais pas semblant d'être indifférent juste parce que ce serait quand même tellement sympa qu'elle te trompe avec Kevin compte tenu de ce que tu as fait avec ton ex-femme Ulrika à Gondolen il y a deux ans ?

Vincent blêmit.

— J'espère vivement que l'éventuelle aventure de Maria est moins haineuse. Mais bon. Touché. Je n'ai pas à la ramener dans ce domaine.

Ils arrivèrent à la sortie du parc et prirent la direction de l'hôtel de police. La bouteille d'eau était vide, et Mina la jeta dans une poubelle. Elle devrait peut-être parler d'Amir, puisqu'il avait été si franc par rapport à Maria. En même temps, rien que d'y penser la stressait, alors qu'il n'avait pas à la juger. Mais elle voulait qu'il sache.

— À propos du fait que la Mina d'aujourd'hui n'est pas la même que la Mina d'avant, dit-elle en s'éclaircissant la voix. Tu ne me croiras pas. J'ai un rancard.

Elle le sentit se raidir à côté d'elle. Juste un court instant.

— Qui est l'heureux élu ? demanda-t-il.

— Il s'appelle Amir. Il est juriste. Je ne sais pas grand-chose d'autre. On a chatté et puis… Je sais pas exactement comment c'est arrivé. Mais on doit se rencontrer.

Il faisait plus chaud dans les rues que dans le parc. Les murs réverbéraient la chaleur et l'air ondulait au-dessus de l'asphalte.

— Tu sais, *fovea centralis*, le point d'acuité maximale de l'œil ? demanda Vincent. La fovéa récupère son information à partir d'une zone assez réduite. Donc pour voir les maisons de l'autre côté de la rue, par exemple, ta fovéa se déplace sans cesse. Comme si elle observait toutes les pièces d'un puzzle, mais l'une après l'autre. Ensuite le cerveau construit le puzzle. Ton œil n'aura pas eu le temps de voir toutes les pièces, alors le cerveau "invente" celles qui lui manquent. Une part de ces façades que tu vois, ce n'est en fait que la vision telle que ton cerveau l'imagine.

Une fois de plus, le cerveau de Vincent avait emprunté une voie totalement imprévisible. D'une certaine façon, elle comprenait Maria, ce Kevin était sans doute un homme beaucoup plus simple à côtoyer. Mais sûrement beaucoup plus ennuyeux, aussi.

— Tu changes encore de sujet, signala-t-elle. C'était habile, mais on devrait peut-être revenir sur ton entraînement social ?

— Pas du tout, je parle de ton rancard, justement, répondit-il. Tu comprends, quand on regarde le visage de quelqu'un, ça fonctionne de la même manière. Le focus bouge dans un triangle entre les yeux et le bout du nez pour construire une représentation du visage. Mais quand on se sent attiré par l'autre personne, on commence aussi à s'intéresser à des parties… euh, je ne vais pas trouver de façon très élégante pour le dire… mais enfin, à des parties du corps plus pulpeuses, humides. Tu vois…

Elle contempla le mentaliste devant elle. Qui étudiait fixement des saletés qui venaient apparemment de se longer sous ses ongles.

— Vincent, tu rougis ?

— Quoi qu'il en soit, dit-il en toussotant. Les lèvres, par exemple. Surtout quand elles sont rouges comme les tiennes. Ou bien, en tout cas, si… C'était Amir, son prénom ? Si Amir se sent attiré par toi, tu le détecteras en voyant son regard se déplacer de tes yeux vers ta bouche et pas ton nez. La bouche devient érotique, c'est-à-dire…

— Waw, Vincent, stop, trop d'informations ! dit-elle en s'écartant de lui dans un semblant d'affolement. En plus, ce n'est pas vraiment un rancard. On a rendez-vous pour une visite du musée de la Méditerranée. En pleine journée.

Ils s'approchaient de l'hôtel de police. Mina allait retrouver les photos de Lilly et d'Ossian. Mais elles ne lui apporteraient rien de nouveau. Elle aurait préféré rester dans le parc avec Vincent, continuer à discuter de tout et de rien.

Vincent commanda un taxi sur l'application de son téléphone et la voiture se présenta devant l'entrée principale. Elle l'observait sans un mot tandis qu'il ouvrait la portière arrière. Ils n'avaient eu aucun contact pendant presque deux ans, même pas un SMS. Maintenant, c'était comme si tous ces mois n'avaient pas existé, comme si Vincent et elle ne s'étaient jamais quittés. Elle était contente de le revoir. Tellement contente. Mais il était déjà en train de repartir. Il avait répondu à ses questions, et il fallait qu'elle retourne au boulot. Elle ne voulait pas que cela s'achève. Elle chercha désespérément un prétexte pour le retenir, mais ne trouva rien.

— Je peux chercher plus d'information sur Épicura, si tu veux, dit-il. Ce sera toujours utile. Et tu vas pouvoir parler avec Nathalie d'une façon ou d'une autre, je ne crois pas que leurs formations en management soient particulièrement adaptées à son âge. Et, Mina ?

Il se tourna vers elle, haussa un sourcil.

— *Fovea centralis*, dit-il. Souviens-toi.

— T'étais pas en train de partir, toi ? répliqua-t-elle en croisant les bras.

Vincent rit, monta dans le taxi et claqua la porte. Elle regarda le taxi s'éloigner et disparaître. Une partie d'elle disparaissait aussi. Elle aurait dû lui demander de rester. Sans raison particulière.

Juste rester.

Mais elle ne l'avait pas fait. En ce qui concernait Nathalie, il avait raison, bien sûr. Si sa fille n'était pas revenue de la ferme avant le week-end, Mina irait la chercher au risque de déclencher les foudres de son père. Si ça lui posait un problème, il n'avait qu'à y aller lui-même, tout de suite. Malgré tout, pour Nathalie, c'étaient les vacances scolaires, et Mina avait suffisamment confiance en sa mère pour les laisser tranquilles encore quelques jours. Elle avait d'autres soucis.

— *Fovea centralis*, se dit-elle en réprimant un frisson.

Et puis il y avait ce rancard. Quelle mouche l'avait piquée ?

L'ambiance dans la salle de conférences ne s'était pas améliorée en cette fin de journée. La pièce semblait même encore plus étouffante, si c'était possible.

Mina avait encore la tête à sa promenade avec Vincent. Les sensations que ça éveillait en elle étaient celles d'avant, mêlées d'une pointe d'inquiétude. Elle avait cru qu'il serait exactement conforme à ses souvenirs, mais il lui avait lui-même expliqué à quel point tout le monde se renouvelle sans cesse. Peut-être que le Vincent de maintenant ne la comprenait pas aussi bien que celui d'avant ? Peut-être que lui aussi était devenu quelqu'un qu'elle avait plus de mal à comprendre ? Elle n'avait pourtant pas cette impression. Ça avait été comme avant. Presque. Elle espérait qu'il ressentait la même chose qu'elle.

— Bon, voyons, dit Julia en s'éventant des mains. Je sais que vous êtes tous fatigués. Les événements du week-end nous ont tous ébranlés, et j'ai passé la journée à tenir les médias à distance. Ils en sont encore à l'histoire de la fillette trouvée vendredi. Des vrais charognards. Quand la règle d'or du journalisme c'est de ne pas perdre le sens critique. Savoir édifier comme châtier. Ce n'est qu'une question de temps avant qu'ils apprennent qu'Ossian a été retrouvé mort – et que nous n'avons pas la moindre piste. Si les médias avaient eu le dernier mot dans l'affaire Lilly, des têtes auraient roulé parmi les enquêteurs. Mais par chance, ce ne sont pas les médias qui déterminent les règles du jeu.

Bosse mangeait goulûment dans une gamelle métallique flambant neuve dans un coin de la pièce. Julia avait tenu sa promesse. Mina fit de son mieux pour faire abstraction de l'interaction entre langue baveuse et croquettes visqueuses, sans parler des poils qui voltigeaient dans toute la pièce. Christer ne tarderait sans doute pas à lui installer une corbeille, en plus du reste.

— Cela dit, nous n'avons pas droit à l'erreur. Cette fois, il faut que nous trouvions le ou les responsables. En attendant les résultats de l'autopsie, on peut vérifier toutes les données au sujet de la mort de Lilly une fois encore. On commence par les proches. Ils en ont sûrement ras le bol de la police, mais nous n'avons pas le choix. Peder et moi avons déjà rencontré la mère. C'était une… expérience. Elle maintient le même baratin que pendant la procédure judiciaire à l'époque, à savoir que c'est le père, Mauro, qui a tué la petite. Mina et Ruben, allez le voir. Il était parti ce week-end mais devrait être de retour ce soir. Ce sera votre premier job demain matin.

— Et moi ? demanda Christer.

— Le registre, bien sûr, répondit Julia du tac au tac. Non, en fait, on a besoin de vérifier le signalement des kidnappeurs de Lilly. Le couple âgé qui avait été remarqué dans les environs de la maternelle. Tu t'en chargeras. Mais après, tu te remettras aux registres. Faut le faire, tu sais bien.

Christer eut l'air presque content pendant un instant mais retrouva vite son habituelle mine chagrine.

— J'ai l'impression qu'il nous faut un shot d'endorphines à tous, dit Peder. J'ai justement la solution…

Un tintamarre tonitruant jaillit du téléphone dans sa main.

— C'est les triplées quand elles chantent avec Anis…

— On connaît ! éructa Ruben en tapant la table du plat de sa main. Sans déconner, Melodifestivalen, c'était il y a cinq mois ! Cinq. Mois. On subit ta vidéo depuis. C'est quand que tu vas nous lâcher avec ça ?

Peder eut l'air honteux.

— C'était pour vous remonter le moral, dit-il doucement.

— La démarche est exemplaire, dit Julia. Tout ce qui peut rendre notre travail moins pénible est bienvenu. Évitons cependant tout ce qui risquerait d'augmenter le niveau de stress parmi nous. On se garde la vidéo des triplées pour un moment vraiment critique ?

Peder acquiesça et sourit.

— J'en étais où ? dit Julia. Ah oui. En plus de nous intéresser de plus près à Lilly Meyer, nous devrions élargir l'horizon concernant l'auteur du crime. Comme les signalements des kidnappeurs divergent complètement dans les deux affaires, on aurait tendance à penser qu'elles ne sont pas liées. Mais il y a trop de points communs à mon goût. Adam nous le répète depuis le début et, depuis la découverte samedi, je suis plutôt encline à le croire. Les enfants ont le même âge, ils ont été enlevés en plein jour sans que personne ne remarque rien, tous les deux ont disparu pendant trois jours pour ensuite être retrouvés morts, sans traces visibles sur leur corps. Ça ne peut pas être le hasard. Mais l'hypothèse comme quoi au moins trois personnes seraient impliquées suscite de nouvelles questions. Qui ? Pourquoi ? Je ne connais aucun autre cas équivalent. Il faut qu'on en sache plus. Adam ?

Adam s'éclaircit la voix. Toute l'attention se concentra sur lui.

— Comme vous le savez peut-être, la police n'a plus de consultant en psychocriminologie depuis que Jan Bergsvik nous a quittés…

— Qu'il a été éjecté, le coupa Ruben en faisant semblant de tousser.

— … depuis qu'il a choisi de démissionner, continua Adam, un sourire en coin. Alors, j'ai pris la liberté de contacter un expert en comportements extrêmes. Car même si nous avons éventuellement affaire à des auteurs différents, je ne peux pas qualifier leur comportement autrement que d'"extrême". Avec un peu de chance, l'expert pourra nous aider à comprendre comment ces gens fonctionnent. Comment ils pensent.

— Pourquoi ne pas simplement appeler Vincent ? proposa immédiatement Mina. S'il faut vraiment prendre un consultant…

Pas question qu'Adam fasse appel à n'importe qui tant que c'était possible de prendre Vincent.

— Qui ? demanda Adam, l'air perplexe.

— Vincent Walder, précisa Julia. Il nous a assistés dans une affaire il y a deux ans, une affaire qui s'est trouvé impliquer sa sœur.

Adam siffla entre ses dents.

— Ah oui, je m'en souviens.

— Pour répondre à ta question, Mina, dit Julia. Adam a déjà contacté une consultante. On va d'abord voir ce qu'elle nous propose, avant de nous tourner, éventuellement, vers Walder. Vincent est bon, mais tout devient… particulier… quand il est mêlé à une affaire.

Mina hocha la tête alors qu'elle n'était pas du tout d'accord. Elle venait de laisser partir Vincent et le regrettait chaque instant depuis. En plus, il lui avait sauvé la vie. Rien à voir avec cette autre personne qu'Adam avait invité à joindre leur unité.

— Elle a également des compétences en comportements collectifs, toujours sous formes extrêmes, ajouta Adam.

— Comportements collectifs ? dit Peder.

— Il s'agit d'une nouvelle approche, répondit Adam. Je vais la tester sur vous. Jusqu'à présent, on partait du principe que le meurtre d'Ossian a été perpétré soit par le même assassin que Lilly, ou par quelqu'un qui l'imite. Un *copycat*. Mais j'ai une troisième proposition, qui expliquerait mieux pourquoi nous avons de telles divergences chez les identités des criminels, pour des meurtres exécutés de façon presque identique.

Adam fit une pause et les regarda. On n'entendait plus que le halètement de Bosse.

— On peut avoir affaire à un groupe de personnes très organisées, dit Adam. Je crois que nos kidnappeurs se connaissent.

Personne ne dit rien. L'idée était abominable. Et pourtant, comme disait Adam, l'explication tenait la route.

— Comme je n'arrête pas de le rappeler, dit Julia, n'excluons rien. Et cette hypothèse est vraiment intéressante.

— Je la mentionne pour que nous en parlions aussi à la consultante, dit Adam. Elle est assez présente dans les médias ces temps-ci, alors je crois que la plupart d'entre vous la connaissent déjà. J'ai eu la chance de la trouver à un moment où elle avait un trou dans son agenda. Elle vient nous voir déjà mercredi matin. Elle s'appelle Jessica Wennhagen, mais tout le monde la connaît sous le nom de Nova.

Mina fixa Adam, bouche bée.

Nathalie ne comprenait pas où elles allaient. Sa grand-mère n'avait rien voulu lui dire, elle s'était contentée d'emmener Nathalie vers une voiture garée derrière l'enclos à chevaux. Elle avait cru qu'elles se rendaient à un endroit proche, mais elles roulaient depuis maintenant au moins une demi-heure. L'homme qui conduisait s'appelait Karl. Il était grand, blond, avait un sourire dévastateur et le même genre de bienveillance que tous les autres à Épicura. Elle le lui enviait.

Elle avait aussi envie de se sentir satisfaite. De ne pas avoir un papa surprotecteur, une grand-mère dont elle ne savait rien et des copains qui ne se préoccupaient que de ce que les autres pensaient d'eux.

Mais ce Karl devait lui aussi avoir des ennuis parfois, ou des choses dans sa vie qui l'énervaient ? Il n'en avait pourtant pas l'air. Et il fallait admettre que malgré la faim, l'ambiance à Épicura commençait à déteindre sur elle. Ces derniers jours, elle s'était sentie plus calme et plus joyeuse qu'elle ne l'avait été depuis longtemps.

— C'est quoi ce cercle plus intime dont tu parlais, demanda-t-elle à sa grand-mère qui était installée sur le siège avant.

La femme à l'arrière, à côté de Nathalie, répondit à la place de sa grand-mère.

— L'enseignement de Nova à Épicura n'est que le premier pas, dit-elle. Et pour tous ceux qui s'inscrivent à ses cours, c'est suffisant. Mais si on veut réellement comprendre la doctrine de John Wennhagen, il faut aller plus loin. C'est un précieux cadeau d'amour qu'Ines t'offre en t'initiant si tôt. Normalement, il faut des années pour atteindre le cercle intime. Je m'appelle Monica, au fait.

— John Wennhagen ? dit Nathalie. Je croyais que le grand-père de Nova s'appelait Baltzar ?

Ines se tourna dans son siège et regarda Nathalie. Ses yeux étaient pleins de secrets, mais aussi de promesses.

— John était le papa de Nova, dit-elle. Le seul qui avait compris. Nous le suivons.

Ils roulaient sur une petite route forestière. Les arbres défilaient et les rayons du soleil jouaient à cache-cache entre les troncs. Nathalie aperçut un bâtiment imposant un peu plus loin. Elle réalisa soudain qu'elle n'avait aucune idée d'où elle se trouvait. Elle n'en savait rien. Et son père encore moins.

— Tout est souffrance, la douleur purifie, dit sa grand-mère depuis le siège du passager, en laissant le ruban claquer sur son poignet.

— Tout est souffrance, la douleur purifie, murmurèrent Karl et Monica à l'unisson.

— Vous avez… Vous avez du nouveau ? Au sujet de Lilly ?

La directrice de l'école maternelle Nyckelpigan cherchait, inquiète, le regard de Christer.

— Parce que je suppose que c'est pour ça que vous venez ? Il s'est écoulé plus d'un an, mais je me disais… Nous n'avons jamais cessé d'espérer apprendre ce qui s'était passé. Ou bien… c'est au sujet du garçon ?

Christer mit du temps à répondre. C'était l'une des choses difficiles avec ce boulot, ne pas pouvoir donner aux gens les réponses dont ils avaient besoin. La disparition de Lilly était restée une blessure ouverte, pour le personnel de la maternelle comme pour les autres enfants. Et leurs parents. Il le comprenait tellement bien. Personne ne s'en sort indemne dans un cas pareil. Et tous avaient besoin de réponses à ce qui s'était passé. Des réponses qu'il n'avait pas. Il n'avait que de nouvelles questions à leur poser.

— Je ne peux hélas pas me prononcer sur une affaire en cours, dit-il en se servant de l'excuse la plus banale. Où pouvons-nous parler plus calmement ?

C'était la réponse standard. Inflexible, impersonnelle et qui tenait à distance l'interlocuteur.

— Ça ira ici. Les enfants sont pleinement occupés, personne ne nous entend. Et je dois participer à la surveillance, toute l'équipe est mobilisée quand nous sommes à l'extérieur.

Le regard de la directrice, qui s'appelait Johanna, balayait sans cesse la cour où jouaient les enfants.

— Le garçon a été enlevé par les mêmes personnes qui avaient pris Lilly ? demanda-t-elle.

— Je ne peux pas...

Christer ne termina pas sa phrase. Bosse batifolait comme un chiot parmi les enfants surexcités. Christer l'avait d'abord attaché dehors, mais quand les enfants s'étaient agglutinés à côté de lui contre la clôture, un membre du personnel avait demandé si le chien ne pouvait pas entrer dire bonjour aux enfants. Le bonheur de Bosse ne connaissait pas de limites. Il aimait tout le monde, et surtout les enfants.

— Comme déjà mentionné, je voudrais parler avec les professeurs qui travaillaient le jour où Lilly a disparu. Parfois les souvenirs sont étranges, ils peuvent s'estomper avec le temps, mais aussi devenir plus nets. Nous... nous ne voulons rien laisser au hasard.

— Je les appelle, dit Johanna en se levant du banc où ils étaient assis. Mais ce sont des instituteurs et institutrices, pas des professeurs.

— Leopold ! Aysha !

Un jeune homme et une femme plus âgée se tournèrent et approchèrent. Leur attitude tendue ne laissait pas de doute, ils savaient déjà de quoi il s'agissait. Un peu plus loin, un gamin poussa un hurlement de colère, s'empara d'une poignée de sable et la balança à la figure d'un autre. Un adulte intervint dans la seconde et calma le jeu. Leopold et Aysha n'étaient même pas arrivés jusqu'à Johanna et Christer que les deux enfants jouaient à nouveau calmement ensemble.

Si seulement tout était aussi simple dans son monde à lui.

Il les salua et ils s'assirent sur un banc à côté. La directrice s'excusa et laissa Christer avec eux.

— C'est au sujet de Lilly ? demanda la femme.

— C'est le même couple qui a enlevé le garçon ces jours-ci ? demanda le jeune homme, tout en gardant un œil vigilant sur les enfants.

— Je ne peux pas me prononcer à ce sujet, récita Christer pour la énième fois.

Bosse se planta devant lui et Christer le gratta derrière les oreilles. L'instant suivant, hors d'haleine et langue pendante, le chien repartait vers ses nouveaux amis.

— Il a du succès, votre chien, dit Aysha.

Elle avait des yeux marron chaleureux.

Une petite fille s'approcha pour qu'on réajuste son chapeau.

— Vous devez être sur les genoux à la fin de la journée, nota Christer en contemplant la marée de gamins qui couraient dans tous les sens, dans un niveau sonore époustouflant.

— Oui et non. C'est prenant, mais amusant, dit Leopold en se penchant en arrière contre le dossier du banc.

— De quoi vous souvenez-vous du jour où Lilly a disparu ?

Christer en avait fini avec les mondanités, et alla droit au but. Il n'avait pas de temps à perdre.

— C'était un jour tout ce qu'il y a de plus ordinaire. Rien d'inhabituel. Rien qui nous ait fait réagir. Aysha et moi avons tous les deux vu le couple passer, mais nous n'y avons pas prêté attention. C'était un couple ordinaire.

— Un couple âgé comme il y en a tant, renchérit-elle. Cheveux gris tous les deux. Lui les avait courts, elle genre coupe au bol, vous voyez ce que je veux dire ?

— Et ils avaient des lunettes, ajouta Leopold.

Un petit garçon dans un short trop grand chuta juste devant Christer et se mit à pleurer. Leopold fut debout dans la seconde. Il remit l'enfant sur ses pieds, le consola, brossa ses fesses pour enlever le sable et le renvoya dans le tumulte dès qu'il se fut calmé.

— Rien d'inhabituel ? demanda Christer.

Jusqu'à présent, rien de nouveau par rapport à ce qu'il avait lu dans le dossier de l'enquête.

— Non, ils ressemblaient à n'importe quels grands-parents. On en voit pas mal. Ils n'avaient strictement rien d'anormal. Mais nous n'avons pas vu le moment même où ils l'ont enlevée. C'est quand nous ne trouvions plus Lilly que quelques-uns des enfants ont dit que c'était peut-être "la mamie et le papy" qui l'avaient prise. Mais vous savez comment sont les enfants.

— Comment savez-vous que les enfants parlaient du couple en question ?

— Les enfants ont décrit un manteau violet, dit Aysha. Et comme la femme que Leopold et moi avons vue portait un manteau violet, on a bien sûr pensé que c'était la même. Ce n'est pas une couleur très habituelle.

— Et vous ne les aviez jamais vus avant ? Ni avec Lilly, ni avec aucun des autres enfants ? Ou autour de l'école ?

Tous les deux secouèrent la tête.

— Je ne peux pas le garantir à cent pour cent, bien sûr, dit Leopold. Mais je n'ai aucun souvenir dans ce sens.

— Moi non plus, conclut Aysha.

Christer réfléchit. C'était peine perdue, mais la piste était de toute façon hasardeuse. Leopold, Aysha et le reste du personnel avaient été interrogés plusieurs fois à l'époque. Et même plusieurs des enfants.

— Bon, je ne vous retiendrai pas davantage, fit-il en se levant.

Ses articulations craquèrent, et son pantalon collait aux cuisses à cause de la chaleur. Il siffla Bosse qui fit semblant de ne rien entendre. Au bout de plusieurs sifflements et une ferme injonction, le chien obéit à contrecœur et vint vers lui, une horde d'enfants déchaînés à ses trousses.

— Toutou pas partir, dit une petite fille aux boucles blondes, dont le tee-shirt arborait une princesse dans un tourbillon de flocons de neige.

— Faut que toutou rentre à la maison, on a du boulot, annonça Christer en attachant la laisse au collier de Bosse.

Le chien refusa d'abord de bouger. Quatre paires de bras l'entouraient, et Bosse l'implorait du regard.

— Non, on y va maintenant.

Christer tira sur la laisse et, bien que freinant des quatre pattes, Bosse se mit en mouvement, les bras des enfants toujours agrippés à sa fourrure dorée.

— Va falloir lâcher le petit toutou maintenant, tenta Christer.

Du coin de l'œil, Christer remarqua l'amusement de Leopold et Aysha. Il continua à tirer sur la laisse, et quand Bosse consentit enfin à accélérer un peu la cadence, les enfants furent obligés de le lâcher. À l'extérieur du portail, Bosse esquissa un dernier regard mélancolique avant de monter dans la voiture en traînant les pattes.

— Allô, ici Mina.

C'était un numéro masqué. Mais elle avait répondu quand même, dans l'espoir que ce ne serait pas celui auquel elle s'attendait.

— C'est moi, dit une voix d'homme.

Mina soupira. Évidemment que c'était lui. Qui d'autre l'appellerait le soir ?

— Tu l'as retrouvée ? demanda le père de Nathalie. C'est quoi ce bruit de fond ?

— C'est la clim. J'ai appelé, mais pas de réponse.

— Bon, ça règle la question. On est lundi soir. Elle n'est toujours pas rentrée. J'envoie quelqu'un la chercher. Cette situation est inacceptable.

Mina inspira rapidement avant de répondre.

— Ne fais pas ça, s'il te plaît, dit-elle en essayant d'avoir un ton plus assuré qu'elle ne l'était en réalité.

Un court instant, c'était comme s'il était là, dans son appartement. Comme s'il avait pénétré cette oasis de pureté qu'elle avait créée. L'appartement était son bouclier, son espace, son armure. Mais il pouvait tout autant y entrer, s'il le voulait. Ça avait toujours été comme ça.

Il était silencieux à l'autre bout du fil. Il attendait qu'elle s'explique.

Que devait-elle dire ? Que Nathalie avait toujours été ce qui comptait pour elle par-dessus tout le reste dans ce monde ? Que quand elle avait été au plus bas, quand elle avait été le plus malade, c'est en pensant à Nathalie qu'elle avait trouvé le courage de continuer ? Que leur accord stipulant qu'elle devait abandonner sa famille, pour Nathalie, l'avait presque tuée ? Mais aucun mot ne l'aiderait, elle le savait. Elle était adulte et responsable de ses actes. Mais elle avait été malade, bon Dieu. Si seulement il pouvait comprendre au moins ça.

— Je sais que je ne peux pas te dire ce que tu devrais faire, dit-elle en baissant la voix. Ou comment tu devrais régler ce problème. Je sais que j'ai perdu ce droit. Mais cette fois-ci, c'est toi qui es venu vers moi pour me demander de l'aide. Alors… donne-moi un peu plus de temps. Je pense que ce serait une très mauvaise idée d'intervenir maintenant. Et Nathalie a le droit de se poser des questions. Elle a le droit de vouloir savoir. Elle a besoin de temps. C'est nous qui avons décidé de cacher la vérité, ce n'est pas elle qui a choisi de vivre dans un mensonge. Ne fais rien de précipité, s'il te plaît. Laisse-moi une chance d'arranger la situation. Si tu ne me fais pas confiance, fais au moins confiance à ta fille.

Il respirait profondément dans le téléphone. Comme toujours quand il réfléchissait. Elle savait qu'il était en train de dresser deux colonnes dans sa tête. Une colonne pour. Une colonne contre. Son souffle trahissait à quel point il pesait le pour et le contre avec sérieux. Elle fut surprise de constater qu'elle le connaissait encore si bien, après toutes ces années. Combien ses silences lui étaient encore familiers.

— Comme tu veux, dit-il enfin. J'attends.

— Merci.

Mina se laissa chuter contre les coussins du canapé, soulagée.

Il était silencieux. Elle envisagea d'ajouter quelque chose. Sa culpabilité la poussait à dire quelque chose, n'importe quoi, pour qu'il comprenne. Même si c'était infiniment trop tard. Le moment passa. Il raccrocha.

Elle fronça les sourcils devant la télévision, se demandant ce qu'elle était en train de regarder quand il avait appelé. Mais elle n'entendait rien. Les deux gros climatiseurs qu'elle s'était procurés, pour le séjour et pour la chambre, faisaient bien trop de bruit. Les appareils soufflaient de l'air frais et évacuaient l'air chaud par un tuyau qu'elle avait coincé dans une fente de la fenêtre. Résultat : son appartement était le seul endroit où elle ne transpirait pas. Elle adorait. Au prix, cependant, de vivre dans un vacarme permanent.

Les participants à l'émission se déplaçaient vivement deux par deux, tout en souriant nerveusement à la caméra. Elle n'y voyait pas le moindre intérêt. Apparemment des couples assemblés par des experts et qui se rencontraient pour la première fois devant l'autel.

Mon Dieu. Cette volonté compulsive de notre société à mettre les gens en couple. Comme si la vie solitaire était une maladie qu'il fallait à tout prix éradiquer – mais pas dans n'importe quelles conditions. Était-ce la Bible qui avait établi cette vérité du couple qui constitue la norme ? Est-ce que tout avait commencé avec Adam et Ève, et avec le moment où les animaux montaient deux à deux sur l'arche de Noé ? Aujourd'hui l'arche des humains s'appelle Tinder. Des applications auxquelles les gens s'accrochent désespérément par peur de se noyer dans la solitude. Comme si elle était dangereuse.

Dès le récit d'Adam et Ève, les failles dans cette logique de la vie à deux se manifestaient. Il y a toujours un serpent dans un paradis. Elle se demanda combien de ces couples à l'écran étaient toujours ensemble quand le programme était diffusé. Aucun, supposa-t-elle, vu l'ambiance glaciale qui régnait déjà dans la plupart de ces assemblages. L'amour n'est pas une question de logique. Ce n'est pas une formule mathématique à déchiffrer. Ça faisait partie des rares choses qu'elle savait au sujet de l'amour.

Elle se demanda ce que Vincent en aurait pensé. Sans doute pas mal de choses, associées à des diagrammes complexes. Elle aurait aimé qu'ils fassent appel à lui pour l'enquête, à la place de Nova. D'autant plus qu'avec la situation de Nathalie, ce n'était vraiment pas commode. Mina en avait déjà assez de Nova dans sa vie.

Ils auraient dû prendre Vincent.

Elle changea de chaîne, tomba sur des célébrités qui s'affrontaient dans une sorte de quiz. C'était à peine moins glauque.

Vincent.

Lui aussi avait fait tomber ses murs. Mais ça avait été différent. C'était elle qui l'avait laissé entrer. Son choix. Et il avait compris. Il l'avait respectée telle qu'elle était. Elle s'était sentie bien quand Vincent était là. Et c'était bien quand ils s'étaient rencontrés dans le parc. Presque *trop* bien. Parce qu'elle savait comment ça pouvait évoluer. Il valait mieux que rien ne change. Qu'elle reste tranquille dans sa forteresse. Seule.

Seule, elle était forte.

Vincent s'appuya d'une main contre un arbre. De l'autre, il essaya de gratter la boue de sa chaussure à l'aide d'une petite branche ramassée par terre. Compte tenu de la chaleur estivale et de l'absence de pluie, il s'attendait à trouver la forêt pratiquement desséchée. Quasi inflammable. Pourtant, Vincent venait de découvrir la dernière flaque à des kilomètres à la ronde. En y plongeant un pied droit dedans.

Par chance, il avait opté pour une paire de baskets au lieu des mocassins en daim qu'il utilisait habituellement. Ces derniers n'auraient à coup sûr pas survécu à l'événement. Cela dit, à l'avenir, il serait peut-être judicieux d'éviter les baskets blanches.

Ce matin-là, il avait choisi de faire une balade en forêt pour se rafraîchir la tête. La forêt en question bordait littéralement sa maison. Il s'y rendait pourtant rarement. Mieux vaut tard que jamais. Pouvoir observer et étudier ses contemporains, comme il aimait le faire quand il se promenait en ville, lui manquait certes un peu. Mais de nombreuses études démontrent que passer du temps dans la nature calme le stress et peut même faire baisser la tension artérielle. De nos jours, on peut même s'inscrire à des séances de thérapie dans les bois. Et c'était précisément ce dont il avait besoin, depuis la veille. Se calmer. Reprendre le contrôle.

Voilà pourquoi il se trouvait là, appuyé contre un arbre, à donner sa chance à la forêt. Et c'est vrai, c'était agréable. Mais il n'arrivait pas à en profiter pleinement.

Juste parce qu'il avait revu Mina.

Après tout ce temps.

Mina et ses cheveux noirs, Mina et ce regard qui en disait long sur tout ce qu'elle comprenait. Mina qui se tenait en bordure du monde et qui aimait sa fille.

Et après tout ce temps d'attente, c'était elle qui avait appelé, elle qui voulait lui parler. Maintenant il regrettait de ne pas lui avoir donné de nouvelles. Qu'avait-il craint ? Qu'elle aurait changé ? Qu'elle ne voudrait pas le revoir ? Il aurait pu l'appeler depuis longtemps. Il aurait *dû*.

Il avait peut-être été idiot d'aborder le sujet Kevin. Pourquoi ça l'intéresserait ? Mais elle s'était confiée à lui, lui avait parlé de sa famille, et il avait voulu faire pareil.

Puis, ils s'étaient quittés.

Pas de "à bientôt", rien de la sorte.

Il lui avait vaguement promis de chercher davantage d'infos sur Épicura, mais il ne pensait pas trouver grand-chose de plus. Et sans ça, aucun prétexte pour reprendre contact. Merde alors.

Il vint à bout de son nettoyage, se redressa, puis s'étira le dos. C'était quoi, ces affres de pensées sombres dans lesquelles il était en train de s'enfoncer ? Il n'y avait pas de raison. Il n'avait pas l'intention de reproduire la même erreur que la dernière fois. Il n'avait pas besoin d'une date de rendez-vous inscrite dans l'agenda pour lui donner de ses nouvelles. Ils étaient amis, bon sang. Des amis se passent des coups de fil. Il prit son portable et appela Mina.

En attendant qu'elle décroche, il remarqua un écureuil à proximité. L'animal, figé, le scrutait de haut en bas, se demandant sans doute s'il constituait une menace ou pas. Enfin, l'écureuil eut l'air de prendre son courage à deux mains. Il tenta sa chance en grimpant dans l'arbre juste à côté de Vincent, tremblant de nervosité. Au même moment, la connexion s'établit. Vincent se sentit dans le même état que l'écureuil.

Mina tourna le téléphone pour que Ruben ne puisse pas voir l'écran. Elle ne voulait pas qu'il sache qui l'appelait.

— Tu ne réponds pas ? fit Ruben derrière le volant. Je rate le prochain virage si cette sonnerie continue. Enlève le son, au moins.

Il bifurqua vers un lotissement d'Upplands Väsby.

Mina l'ignora, inséra des écouteurs tout propres dans ses oreilles et décrocha.

— Ici Mina, dit-elle d'une voix neutre.

— Salut, Mina, c'est Vincent.

Silence. Elle n'était pas sûre de bien identifier le bruit de fond, mais elle avait l'impression d'entendre des chants d'oiseaux.

— Je voulais…, lança-t-il avant de caler. Tout est OK ? Au sujet de ce dont on parlait l'autre fois ?

Elle avait envie de lui demander à quoi il faisait allusion. Du fait qu'elle était en plein dans une enquête qui n'avançait pas ? Ou que Nathalie n'était pas encore rentrée de chez sa grand-mère et que Mina était terrifiée de ce qu'elle pourrait y apprendre ?

Rien n'était OK, mais elle se sentait déjà un peu mieux. Ce qu'elle ne pouvait bien sûr pas lui dire, n'étant pas seule dans la voiture.

Ruben se gara devant une maison mitoyenne blanche et coupa le contact. Il dévisagea Mina, sourcils relevés. Elle hocha la tête et fit un signe en direction de son téléphone.

— Je ne peux pas te parler maintenant, dit-elle, on a un entretien dans un instant. Mais j'aimerais bien… en discuter un peu plus tard. Je peux te rappeler ?

Elle espérait que Vincent comprendrait les raisons de son ton formel. Que ce n'était pas à cause de lui. Il était à nouveau silencieux.

— En fait, je voulais juste te dire bonjour, dit-il, et elle eut l'impression qu'il souriait. C'était… c'était chouette de te voir hier. Et si tu cherches sur Google, *fovea centralis* s'écrit avec un *s* à la fin.

Elle toussa au moment où il raccrochait. Par chance, Ruben était déjà sorti de la voiture.

Elle le rejoignit au moment où Mauro ouvrait la porte de la maison blanche.

— Bonjour, lança-t-il en tendant la main. J'ai cru comprendre que vous aviez déjà parlé avec la mère de Lilly, et j'imagine sans difficulté ce qu'elle a pu dire à mon sujet. Mais croyez-moi, mon seul crime, c'est de l'avoir quittée pour une autre femme.

Il poussa un tricycle dans l'entrée pour les laisser passer. Toute la maison témoignait d'une vie avec des enfants en bas âge. Il y avait aussi une armoire en verre remplie de coupes et de trophées.

— J'étais très sportif dans ma jeunesse, dit-il en remarquant le regard de Mina. Je faisais un peu de tout, de l'équitation à l'escrime. C'était avant de rencontrer Jenny. Elle me trouvait surtout prétentieux. Elle n'avait peut-être pas tort. Venez, on va s'installer à l'arrière.

Il les mena à travers la maison et ils débouchèrent sur une agréable terrasse donnant sur un petit jardin parfaitement entretenu. Un enfant pataugeait dans une piscine gonflable à côté d'une femme enceinte jusqu'aux oreilles qui avait les pieds dans une bassine d'eau. Mauro la présenta comme son épouse Cecilia.

Mina et Ruben prirent place à l'ombre d'un auvent et acceptèrent un café, déjà prêt dans un thermos. Même si Mina aurait préféré quelque chose de froid.

— Excusez-moi de ne pas me lever pour vous saluer, dit Cecilia. Mes pieds vont exploser si je les sors de l'eau !

— On connaît le problème, répondit Ruben en souriant. Un de nos collègues a eu des triplées il y a bientôt trois ans.

— Des triplées, oh mon Dieu ! lâcha Mauro, effaré, en s'asseyant près d'eux après avoir déposé un carton de lait d'avoine sur la table. Comment survit-on à un tel événement ?

— Oh, il n'a pas survécu, c'est un vrai zombie, dit Ruben. Mais deux enfants si rapprochés, ça doit pas être mal non plus…

Mina n'en revenait pas.

Ruben était carrément agréable, et il parlait d'enfants. Apparemment sans effort. Le fait que Cecilia ne portait en tout et pour tout qu'un bikini aurait dû le faire dérailler, même si elle était enceinte. Mais il n'y prêtait pas la moindre attention. Mina espérait qu'il n'était pas en train de tomber malade. Ils avaient besoin de l'équipe au complet, ces jours-ci.

— Et ce n'est pas tout, dit Mauro en rigolant. Il y en a deux fois plus, Cecilia avait déjà deux enfants de sept et cinq ans. Ils sont partis jouer chez les voisins.

— Parlons du sujet de notre visite, dit Mina.

Elle en avait assez de tout ce bavardage au sujet des enfants, même si Ruben ne faisait que tisser des liens sociaux avec le père et la belle-mère de Lilly.

— Oui, votre appel nous a surpris, très sincèrement. Que voulez-vous savoir ?

Mauro fit un geste des mains et échangea un rapide coup d'œil avec sa femme.

— Deux de nos collègues ont parlé avec votre ex-femme, Jenny, hier, lança Mina. Elle affirme toujours que vous êtes mêlé à la mort de votre fille.

— Vous n'y allez pas de main morte, souffla Mauro avant de boire une gorgée de café. Mais ça ne m'étonne pas. Jenny a décidé de me punir, elle en a fait son projet de vie. J'ai rencontré Cecilia quand j'étais encore marié avec Jenny. Je le reconnais. J'avais une entreprise dans le bâtiment, Cecilia travaillait au bureau avec moi, elle y travaille toujours, d'ailleurs. Ça allait mal entre Jenny et moi depuis un moment déjà. Elle… elle a ses problèmes. Qui n'ont rien à voir avec moi, en réalité. Mais m'en rendre responsable était toujours si facile. J'ai fini par tomber amoureux de Cecilia. Et ça, Jenny ne me l'a jamais pardonné. Elle s'est servie de mon point le plus faible. Elle s'est servie de notre enfant.

— Elle a fait de notre vie un enfer, depuis le premier jour, dit Cecilia en se caressant le ventre. Elle voue une haine sans limites à Mauro et à sa famille.

— Pourquoi à votre famille et pas seulement à vous ? demanda Ruben en versant un peu de lait d'avoine dans son café.

Mina savait que Ruben ne prenait pas de lait dans son café. C'était pour la galerie.

— On est très liés, dans ma famille. Et personne n'a jamais apprécié Jenny. Ils considéraient tous qu'elle était une erreur de ma part. Ils ont par contre adoré Cecilia dès le premier instant. Peut-être qu'ils l'ont un peu trop clairement fait savoir, d'ailleurs. Avec Facebook et Instagram, de nos jours…

— Le pire, c'étaient ses accusations pendant le procès.

La voix de Cecilia tremblait, et Mina comprit que c'était une blessure encore ouverte.

— Heureusement, personne ne l'a crue. Et sans preuves, ce n'étaient que des accusations sans fondement de sa part.

Et des paroles mensongères qu'elle essayait de mettre dans la bouche de Lilly.

— Je n'ai jamais voulu lui enlever Lilly, dit Mauro en écartant une mèche sombre qui lui était tombée sur le front. J'avais proposé une garde alternée. Une semaine chacun. Mais pour Jenny, ça a toujours été tout ou rien. Et elle considérait Lilly comme sa propriété.

— Elle nous gâche la vie, dit Cecilia, amère, en croisant les doigts sur ses genoux.

— Je souhaite plus que tout au monde savoir qui nous a pris Lilly, dit Mauro, la voix tendue. Ce n'est pas moi.

— Ce n'est pas ce que nous croyons, dit Mina. Et nous aussi, nous voulons savoir. Vous avez sans doute entendu parler du garçon du même âge que Lilly qui a disparu la semaine dernière, dans les mêmes circonstances qu'elle ? Nous cherchons à savoir si les deux affaires sont liées. C'est la raison pour laquelle nous aimerions revenir sur l'enlèvement de Lilly avec vous aujourd'hui.

— Nous avons déjà dit tout ce que nous savons, dit Mauro en baissant les yeux. Je suis allé la chercher à la maternelle. Elle n'y était pas. Trois jours plus tard…

Ses cheveux bruns lui retombèrent sur le front et il se tut.

— Et il n'y a pas de liens entre vos familles ? Vous connaissez les parents du garçon ?

Mina lui montra une photo des parents d'Ossian et lui donna leurs noms. Il regarda longuement la photo, puis finit par secouer la tête.

— Non, ça ne me dit rien du tout. Je ne peux hélas pas vous le garantir, je n'ai pas la mémoire des visages, mais je ne pense pas les connaître.

Mina hocha la tête, montra la photo à Cecilia qui ne les reconnut pas non plus. Mina rangea son téléphone dans sa poche, déçue. Ils n'avançaient en rien.

— Chérie, tu veux bien aller me chercher des glaçons ? demanda Cecilia à son mari qui se leva aussitôt.

— Bien sûr.

— Aucune idée non plus de qui pouvait être le couple âgé ? demanda Ruben.

Cecilia plissa le front comme si elle ne comprenait pas la question.

— Ah, dit-elle enfin, non. D'après ce que nous savons, ce couple n'a même pas été vu à proximité de Lilly, seulement autour de l'école. C'était probablement juste un couple qui passait par là. Le mystère de cet enlèvement reste complet. J'aurais pu essayer d'arranger mes affaires et dire que c'était sûrement Jenny, mais… non, je ne crois pas que ce soit elle.

— Il n'y a aucune personne âgée de vos familles qui aurait été émotionnellement impliquée dans la querelle autour de la garde ? Ou simplement pour des questions pratiques ? Du côté de Jenny ou même du vôtre ? tenta Ruben, mais Cecilia ne fit que secouer la tête.

— Non, non, rien du tout. Les parents de Jenny sont morts, et les nôtres, ils sont vieux et fragiles. Je peux bien sûr vous donner leurs coordonnées si vous voulez vérifier par vous-mêmes.

— Je veux bien, répondit Ruben, mais l'intuition de Mina lui souffla que Cecilia disait la vérité.

Au diable, toute cette histoire. Où qu'ils regardent, c'était l'impasse. Demain, c'était mercredi, une semaine entière depuis la disparition d'Ossian. Et ils ne savaient rien de plus que ce jour-là. Elle avait même l'impression qu'ils en savaient moins. Comment était-ce possible ? Ils étaient de bons enquêteurs. Elle en était certaine. Et pourtant, ils pédalaient dans la semoule.

Mauro revint avec une barquette de glaçons. Il s'approcha de Cecilia et tordit la barquette pour faire tomber tous les glaçons dans sa bassine.

— Ah merci, super ! dit-elle en fermant les yeux de plaisir.

Il l'embrassa sur la bouche et lui caressa les cheveux. Leur amour était évident. Mina ressentit une pointe de jalousie. Mauro n'aurait jamais besoin de se faire photographier avec un gros poisson pour attirer l'attention de Cecilia. Ce qu'ils partageaient, c'était pour de vrai.

— On ne vous dérangera pas plus longtemps, dit-elle en se levant brusquement.

Elle voulait appeler Vincent. Elle avait besoin d'entendre à nouveau sa voix, sans devoir lui raccrocher au nez cette fois. Si ça lui chantait, il pourrait discourir longuement et inutilement sur un sujet n'intéressant personne.

Elle avait tort, la solitude ne rend pas fort.

À leur retour d'Upplands Väsby, Ruben se dépêcha de se changer. Il enfila une chemise blanche repassée qu'il avait apportée de chez lui. Le matin, il avait fait exprès de ne pas se raser parce qu'il savait que ça lui donnait un look un peu rustique qui, combiné avec l'uniforme de la police, lui conférait une apparence… disons dangereuse, excitante. Même s'il n'avait pas l'intention, pour l'heure, de draguer activement qui que ce soit, faire une bonne première impression est toujours positif. Son accord avec la psychologue Amanda portait seulement sur le fait que *lui* ne devait pas chasser. Ils n'avaient pas abordé la question de savoir comment il devrait répondre si c'était la femme qui l'approchait. Et s'il poussait la femme en question dans la bonne direction, juste un peu, la suite n'était pas de sa responsabilité. Dans ce cas, ça resterait son choix à elle.

Ses pensées tournaient constamment autour de ce qu'il avait compris chez sa grand-mère. Astrid était sans doute sa fille. Bordel, que faire de ce genre de nouvelle ?

Il fallait mettre cette question-là de côté pour le moment. Bientôt, ils allaient rencontrer la consultante d'Adam, l'experte en dynamique de groupes extrêmes. Nova allait arriver. Elle avait à coup sûr l'habitude d'être au centre de l'attention, vu son physique. Elle pouvait être originaire du Brésil, d'Asie ou des États-Unis, avec cette peau délicatement dorée et son sourire assuré mais avenant. Elle avait même des fossettes. La moindre des choses était d'être à la hauteur de son élégance.

Surtout, il fallait espérer qu'elle ne se souviendrait pas de lui.

Plusieurs centaines de policiers avaient assisté à la conférence qu'elle avait tenue à l'hôtel de police quelques années auparavant. Le risque qu'elle se souvienne de lui était minimal. Même en prenant en compte le fait qu'il l'avait invitée par deux fois à sortir après la conférence. Et qu'il avait essayé de la séduire dans la pièce du photocopieur. Mais ce genre de choses devait être le lot quotidien pour une femme comme Nova.

Tout était pourtant sur le point de partir à vau-l'eau, alors qu'elle n'était même pas encore arrivée. Pendant qu'Adam descendait la chercher à la réception, Peder alignait des sachets de pâtisseries danoises sur la table. On ne sert pas de la pâtisserie danoise hyper collante à une femme de la classe de Nova, on lui offre une flûte de champagne. Ou un truc chic à base de graines bios, à la limite.

— Attention à la crème à la vanille dans la barbe, glissa-t-il à Peder en s'installant à la table.

Ruben avait mis son parfum Montblanc à l'avance, exactement à temps pour qu'il se soit mélangé à la perfection à son odeur naturelle au moment de la rencontre. Sinon, il aurait senti le parfum à des kilomètres. Classique erreur de débutant. D'un autre côté, si elle tardait trop à arriver, le parfum se serait trop estompé. Pourquoi n'arrivait-elle pas ? Et pourquoi Mina le regardait bizarrement ?

— Tu veux ma photo ? siffla-t-il un peu plus méchamment que prévu.

Mina recula.

— Tu m'as l'air un peu tendu, dit-elle. Est-ce que tout va bien ?

— Tendu ? dit-il dans un rire forcé. Moi ? La dernière fois que j'ai été tendu, c'est quand il a fallu que je demande sa carte d'identité à une nénette que j'avais ramenée à la maison…

— Ruben ! cracha Julia, la voix sévère. Je te l'ai déjà dit cent fois… Ah, vous voilà !

Adam et Nova firent leur entrée dans la salle, interrompant les échanges en cours. Timing parfait pour Ruben, à tous les niveaux. Depuis plus d'un an, il était obligé de s'inventer des aventures féminines pour alimenter les bavardages avec Gunnar et les autres gars à la cantine. Il s'était à ce point habitué à aligner les bobards que ça venait parfois automatiquement, même quand ce n'était pas le moment. Comme maintenant. Ce n'était probablement plus qu'une question de temps avant que son petit manège ne soit dévoilé. Il arrivait à bout d'inspiration.

Mina avait l'air de l'avoir oublié. Dès l'arrivée de Nova, son regard avait viré au noir. Jalousie féminine, typique. Bien sûr, à part ses mains rugueuses, Mina était plutôt mignonne, dans le genre sérieux. Mais si elle s'imaginait pouvoir rivaliser avec l'élégance mondaine d'une Nova… Les femmes. Il soupira en son for intérieur, puis s'étira le dos.

— Bonjour, je m'appelle Julia Hammarsten, je dirige notre unité, dit Julia en tendant la main à Nova. Vous connaissez donc déjà Adam, et voici Ruben, Mina, Christer et Peder.

Ruben sourit à Nova tout en plissant légèrement les yeux et en faisant un signe de la tête quasi imperceptible. C'était une technique dont il se servait souvent pour les interrogatoires. Son interlocuteur ressentait inconsciemment comme une connivence, ou qu'ils partageaient quelque chose de privé, et se détendait. Nova lui adressa un signe de tête poli en retour, puis se tourna vers Peder qui eut droit à un grand sourire chaleureux. Attends, c'est quoi ce bordel ? Son charme pouvait-il être sur le déclin ? Mais au moins, elle n'avait pas eu l'air de le reconnaître. Et dès que son regard ne fut plus dirigé sur lui, il eut tout le loisir d'apprécier les deux boutons défaits de son chemisier blanc. Dommage qu'elle porte une jupe aussi ample, qui rendait difficile d'évaluer ses formes. D'un autre côté, cela laissait libre cours à son imagination… Les femmes en jupe ou robe ne portent pas toujours de culotte. Amanda pouvait dire ce qu'elle voulait, il avait bien le droit de fantasmer un peu, non ?

Le sourire de Nova s'estompa quand elle salua Mina, qui ne lui tendit pas la main malgré leur proximité. Mina ne serrait pas les mains des autres quand elle pouvait l'éviter, mais là, elle semblait oublier les convenances. Elle n'avait qu'à mettre des gants.

— Comme Adam vous l'a expliqué, nous travaillons sur l'affaire de l'enlèvement du petit Ossian, dit Julia quand Nova eut fait le tour. Il est extrêmement rare qu'un enfant soit enlevé dans ce genre de circonstances. De plus, les similitudes avec une autre affaire datant d'il y a un an commencent à s'accumuler. Nous redoutons un lien entre les deux.

— Rare, c'est-à-dire ? dit Nova en s'asseyant.

Elle se retrouva en face de Ruben. Il n'avait rien contre. Surtout si l'idée lui venait de défaire un bouton de plus. Peder avança le plateau avec les pâtisseries et il fut surpris de constater qu'elle se servit avec gratitude. Quelques miettes restèrent collées à ses lèvres quand elle mordit dedans, et Ruben la vit se lécher du bout de la langue.

Elle se figea soudain et regarda Ruben d'une façon différente. Ses sourcils montèrent légèrement. Oh non. Elle n'avait donc pas oublié.

— Je crois que nous nous sommes déjà rencontrés, dit-elle froidement. Vous avez toujours autant besoin d'aide pour le photocopieur ?

Ruben sentit ses joues chauffer.

— Non, je me débrouille tout seul en ce moment, souffla-t-il.

Puis il réalisa comment cela pouvait être interprété.

— Je veux dire…, bredouilla-t-il pour essayer de se rattraper. Je n'ai pas… depuis quelque temps… bon, bref.

Les collègues lui lançaient des regards perplexes, tandis que les yeux de Nova trahissaient le rire qu'elle retenait.

Un-zéro pour elle. D'accord, il le méritait sûrement.

— Pour répondre à votre question, Nova, dit Adam, des centaines d'enfants sont signalés disparus chaque année par des parents inquiets. En général, on les retrouve au bout de quelques heures maximum. L'enfant est parti sans prévenir chez un ami et a oublié l'heure, par exemple. Les cas qui nous préoccupent ici, à savoir un enfant qui est enlevé et assassiné, font partie de ces crimes que tous les parents redoutent mais qui n'arrivent presque jamais. Presque.

— Assassiné ? dit Nova en reposant sa pâtisserie, le regard effaré.

Julia acquiesça, et désigna le thermos. Nova fit non de la tête.

— Lilly Meyer a été retrouvée l'été dernier sur un ponton à Hammarby Sjöstad, soupira Christer. Sous une bâche. Et samedi, nous avons retrouvé Ossian sous une passerelle. L'horreur absolue, franchement.

— Vous comprenez que les médias vont vite s'emparer de l'affaire, nota Ruben. D'ici quelques jours, toutes les petites familles seront scotchées aux chaînes d'infos comme si c'était la dernière série HBO. Et tous pousseront des gros soupirs de soulagement parce que c'est pas leur gamin.

Nova baissa les yeux.

— La fillette de l'été dernier a été retrouvée morte trois jours après sa disparition, dit Julia. Et Ossian a vécu le même sort. Il a été retrouvé à proximité de l'*af Chapman* sur Skeppsholmen. Pour le moment, nous avons réussi à éviter que ça fuite dans les médias, mais ça ne va pas durer. La ressemblance entre les deux cas peut bien sûr être un pur hasard. Mais nous pensons avoir affaire à un seul meurtrier.

Nova la regarda sans bouger.

— Excusez-moi, finit-elle par dire. Mais quel est mon rôle ? Ce n'est pas que je manque de bonne volonté, mais je ne vois pas comment je pourrais vous aider. Mes connaissances sont limitées quand il s'agit de… d'assassins.

— La méthode de l'enlèvement est la même, expliqua Adam. Mais l'auteur du crime n'est pas le même dans les deux cas. Nous avons deux signalements différents. Lilly a été prise par un couple âgé. Ossian par une femme dans la trentaine. Soit le kidnappeur d'Ossian est quelqu'un qui s'est senti inspiré par l'affaire Lilly et l'a copiée. Soit…

— … soit ces gens se connaissent, enchaîna Nova. Ce qui voudrait dire qu'il s'agit d'un groupe de personnes, même un tout petit groupe, à qui ça ne pose aucun problème de réaliser ce genre d'actes extrêmes. Je vois où vous voulez en venir.

— Nous croyons effectivement que cela relève de votre domaine de compétence, conclut Julia. Et nous avons besoin de comprendre comment raisonnent ces gens.

— La différence entre eux et nous est parfois bien moindre qu'on ne l'imagine, dit Nova doucement. C'est vrai que j'ai acquis une certaine expérience au cours des années, en ce qui concerne les groupes extrêmes. Les sectes, comme on dit plus communément. Ça a commencé par l'arrivée dans notre organisation d'une femme dont les parents tentaient depuis longtemps de la faire rompre avec un groupe aux caractéristiques sectaires évidentes. Elle est venue à nous à reculons, évidemment. Mais avec le temps, nous avons réussi à la libérer. Il se trouve qu'elle travaille encore avec nous aujourd'hui. Et j'ai beaucoup appris de cette expérience. Par la suite, nous avons été sollicités de plus en plus souvent dans ce domaine. Ce n'est pas l'essentiel de ce que je fais, mais ça représente malgré tout une part non négligeable. J'espère que mes compétences pourront vous être utiles, d'une manière ou d'une autre.

Ruben se demanda si elle faisait preuve de la même assurance au lit, avec son chemisier entièrement déboutonné. Il espérait que non. Finalement, peut-être qu'il devrait lui demander à nouveau de l'aide pour les photocopies. Il vit immédiatement la mine fâchée d'Amanda devant lui et eut honte. Mais ce n'était qu'un fantasme. Il se tenait à carreau depuis six mois maintenant. Cinq mois et trois semaines de plus qu'habituellement.

— Pratiquement n'importe qui peut se laisser embarquer dans un groupement ou une secte et commettre des actes qu'il ou elle n'aurait jamais imaginés, poursuivit Nova. Ces personnes sont seulement à la recherche d'une communauté, d'un sentiment d'appartenance.

— Comme Manson et sa "famille", dit Christer d'un air pensif.

— Oui, ou comme "l'épouse du Christ" et sa communauté à Knutby. D'ailleurs, deux des anciens membres de la congrégation d'Åsa Waldau sont actuellement avec moi à Épicura, dit Nova.

— Il paraît qu'Åsa Waldau elle-même mène une existence retirée dans un petit village, avec son vieux père, marmonna Christer. Loin de tout rêve narcissique de pouvoir et de fortune. Bien fait pour elle.

— Pardon, mais pourquoi est-ce qu'on part du principe que tout ça, c'est une histoire de sectes ? demanda Peder en se grattant la barbe. Ça pourrait aussi être juste trois fous furieux qui ont monté un plan tordu. Et une secte, c'est religieux, non ? Qu'est-ce qui nous dit que les kidnappeurs ont des motifs religieux ?

— On n'affirme rien de ce genre, dit Julia en s'éventant d'une chemise transparente. Pour le moment, on exploite toutes les pistes envisageables. Mais c'est très étrange de voir un tel crime se répéter un an après, tu en conviens ? Je ne crois pas à des cinglés. Leurs actions sont planifiées. D'où la présence de Nova ici, à notre réunion.

— La question des sectes et de la religion est un malentendu courant, remarqua Nova.

Ruben dut se rendre à l'évidence : elle était désormais en mode professionnel total. Adieu la salle du photocopieur.

— Une secte, ça peut se constituer autour de quasiment n'importe quoi, continua-t-elle. Plusieurs études sur les sectes religieuses, les mouvements totalitaires ou simplement politiques ont démontré ce que tous ces systèmes ont en commun. Il s'agit d'une forme de raisonnement extrême. Certes, dans une secte, la notion de culte est toujours présente. L'objet de ce culte peut être Dieu, mais aussi bien un chef d'État, par exemple. Donald Trump, le fondamentalisme, on peut croire aveuglément à quasiment tout. Et si vos kidnappeurs se connaissent, je crois qu'ils partagent une conviction extrêmement forte. Sinon, ils ne pourraient pas commettre des meurtres aussi atroces. Est-ce le bon terme, meurtres ?

Christer hocha la tête, sombre, et gratta Bosse derrière l'oreille.

— Les meurtres de Lilly Meyer et d'Ossian Walthersson, dit-il. Cinq ans.

Bosse gémit et regarda son maître, plein de compassion.

— La conviction religieuse n'est pas nécessaire, fit Nova. Il suffit d'un leader assez charismatique pour persuader d'autres personnes d'aller enlever des enfants.

Ruben ravala son agacement. Plusieurs études ont démontré… On dirait Vincent. Cela dit, Nova était un *upgrade* en tout point de vue par rapport au mentaliste.

Même si toute l'attention qu'elle vouait à Peder était pénible. Ruben avait peut-être sous-estimé la magie de cette barbe de hipster. Mais Julia avait raison, avec un cas aussi inhabituel, il fallait suivre des pistes inhabituelles. Si cela signifiait que Nova allait revenir les voir régulièrement, il n'y voyait aucune objection.

— Un leader ? fit Julia.

— Oui, quand un groupe de personnes présente un comportement extrême, en dehors de toute forme de norme sociale, c'est quasiment toujours sous l'impulsion d'un leader fort. Une personne à tendance manipulatrice qui exerce une grande influence sur son entourage.

— Alors, mettons que nous ayons affaire à un tel groupe, dit Julia. Imaginons. Dans ce cas, qu'est-ce que le mode opératoire peut nous apprendre sur eux ? Qui sont-ils ?

Nova réfléchit.

— D'abord, dit-elle enfin, les sectes, qu'elles soient politiques, religieuses ou autres, aiment les rituels. C'est une manière de définir un mouvement. Dans ce que vous m'avez raconté, je vois incontestablement des aspects rituels. Pour ne pas dire purement symboliques. Tant Lilly qu'Ossian disparaissent trois jours avant d'être retrouvés. Comme vous le savez sans doute, 3 est le chiffre sacré par excellence. Déjà pour Pythagore, dans la Grèce antique, c'était le chiffre parfait. Qui peut symboliser la naissance, la vie et la mort. Le début, le milieu, la fin. La Sainte Trinité du christianisme. Dans les contes, tout arrive trois fois, selon le modèle psychologique d'introduction, d'établissement, et de transformation. Le problème, c'est que 3 peut signifier tant de choses. Pas évident de savoir ce que ça signifie dans ce cas précis. L'emplacement des corps est également intéressant.

Ruben soupira. La copie conforme de Vincent, vraiment. Bizarre qu'ils n'aient pas tout simplement demandé à Vincent de revenir les aider. Peut-être que les mentalistes n'ont pas de connaissances particulières en matière de sectes. L'idée que Vincent puisse avoir des trous dans sa banque de données lui était plutôt agréable.

— Que voulez-vous dire ? demanda Julia.

— Lilly et Ossian ont tous les deux été retrouvés à proximité de l'eau. S'étaient-ils noyés ?

— Non, répondit Mina. Lilly est morte par asphyxie. La cause de la mort d'Ossian n'a pas encore été établie. Mais il était sec quand nous l'avons trouvé.

Ruben constata que c'était la première fois que Mina prenait la parole depuis le début de la réunion.

— Donc, pourquoi étaient-ils près de l'eau ? dit Nova. L'eau est chargée d'une grande force symbolique, quasi divine.

— Selon vous, on recherche donc des fanatiques qui vouent un culte à l'eau et au chiffre 3, résuma Mina, sceptique. Tellement plus crédible qu'un réseau pédophile ou de *trafficking* qui aurait foiré. Vous savez, le genre de choses qui se produit malheureusement dans le monde réel.

Nova haussa lentement les épaules.

— Je suis d'accord avec vous, répondit-elle. L'hypothèse de la secte n'est pas la plus probable. Mais peut-être que nous devrions éviter de trop nous focaliser sur ce mot, justement. Peu importe votre point de vue, ces deux meurtres sont indéniablement empreints de rituel et de symbolique. Ce serait encore plus étrange qu'il n'y ait pas de lien. Et compte tenu des signalements que vous avez obtenus, je ne crois pas que ce soient les seules personnes impliquées. Un couple âgé et une jeune femme ? Non, quelqu'un les a réunis pour leur faire commettre ce crime.

— L'un des kidnappeurs ne pourrait pas être le chef ? demanda Mina. Je ne vois pas pourquoi ils seraient forcément plus nombreux.

Nova hocha tête.

— Vous avez raison, bien sûr, peut-être qu'ils ne sont que trois. Mais un leader comme celui dont je parle a toujours une vision plus globale. Participer lui-même à l'action représente un risque beaucoup trop important de se faire coincer, ce qui ferait chavirer tout le plan. C'est la raison pour laquelle je crois qu'ils sont plus nombreux.

Puis Nova se tourna vers Julia.

— Je n'ai évidemment aucune expérience en matière d'enquête policière, dit-elle. Mais j'ose prétendre être LA spécialiste suédoise en matière de mouvements extrêmes. Selon les données que vous avez bien voulu partager avec moi, il s'agit, de mon point de vue, d'actions ritualisées, effectuées par un groupe de personnes organisées en hiérarchie, avec un meneur tout en haut. Comme je l'ai déjà expliqué, on exécute ce type d'actions à condition d'être persuadé que cela sert quelque chose de plus important que soi. Mais il peut bien sûr y avoir d'autres explications et vous avez beaucoup plus de compétences que moi pour les déceler. Je ne peux vous dire que ce que je vois.

— Et nous vous en sommes reconnaissants, dit Julia. Vous comprenez sûrement que nous n'avons pas l'habitude de travailler avec ce type de théories. Mais nous devons tout envisager.

— Des meurtriers qui aiment l'eau, bougonna Christer. Comme si Stockholm n'était pas entièrement sur l'eau, hein ! Ça aurait été dommage de tomber sur des éléments simplifiant notre travail plutôt que de le compliquer.

— Je n'ai pas dit que l'eau était forcément importante, dit Nova. Je voulais seulement attirer votre attention sur ce qui me saute aux yeux, selon mon point de vue.

— D'autres idées, Nova ? dit Julia en consultant sa montre. Sinon, nous allons conclure ici. Je reprendrai contact avec vous pour le suivi, si vous voulez bien.

Nova eut l'air de réfléchir, puis elle acquiesça. Ses mèches brunes couvrirent un instant son visage. Ruben réalisa à quel point il avait envie de toucher ces cheveux. Bon sang. Cette histoire d'abstinence, quelle connerie.

— Une dernière chose, dit Nova au moment où Julia se levait. S'il se trouve que vous avez malgré tout affaire à une idéologie sectaire, n'oubliez pas ceci : coincer et enfermer les kidnappeurs ne résoudra pas votre problème. Ils sont certainement remplaçables. Vous ne mettrez fin à cette affaire qu'en trouvant le leader, celui qui a ordonné les meurtres. C'est lui que vous traquez.

— Vous voulez dire qu'ils vont continuer ? Jusqu'à l'aboutissement de ce plan dont vous parliez ? murmura Peder. D'autres meurtres d'enfants pourraient nous tomber dessus. D'autres familles détruites.

Le silence s'abattit dans la pièce. Nova observa longuement Peder. Ruben avait la gorge nouée. Il n'avait pas l'intention d'être le premier à rompre le silence.

— Je crains que vous ayez raison, dit Nova.

— Le hasard ? suggéra Peder en examinant, inquiet, la porte défoncée.

— Tout est possible, répondit Adam. Mais partons du principe que ce n'est pas le hasard. Les deux parents sont là ?

Il salua d'un signe de tête un technicien qui passa devant eux pour entrer dans l'appartement de la famille Walthersson.

L'alerte avait été donnée juste au moment où la réunion avec Nova à l'hôtel de police se terminait. Adam s'était éclipsé pour le déjeuner et, à son retour, Peder était déjà parti. Il l'avait retrouvé sur place, Peder avait fait un tour à l'intérieur.

— Josefin et Fredrik sont là tous les deux, dit Peder. Ils ont découvert le cambriolage en rentrant, après avoir rendu visite aux parents de Josefin. Comme s'ils n'avaient pas déjà assez de problèmes comme ça.

— Je voudrais leur parler.

Adam passa le seuil avec précaution, suivi par Peder. Ils faisaient attention en posant les pieds. Il ne s'agissait certes pas d'une scène de meurtre, mais si jamais le cambriolage était connecté d'une façon ou d'une autre à la mort d'Ossian, il fallait quand même le considérer comme tel et faire toutes les analyses en conséquence. Ne pas prendre le moindre risque d'interférence dans l'expertise scientifique.

— Ils sont dans la cuisine, dit Peder en montrant le chemin à Adam. La cuisine m'a semblé intacte, je me disais qu'il valait mieux qu'ils y restent pour le moment.

En les voyant, Fredrik se leva à moitié, puis se rassit.

— Est-ce… ceux qui ont pris Ossian ? demanda-t-il. Qu'est-ce qu'ils nous veulent encore ?

Son regard était proche de la panique et en même temps marqué d'une fatigue incommensurable.

Les yeux de Josefin se perdaient dans le vide. Comme si plus rien ne pouvait l'atteindre. Comme si plus rien ne la concernait. Elle avait dû ingurgiter des doses industrielles de calmants.

— Nous ne savons pas encore. Mais nous allons examiner votre appartement de fond en comble et trouver tous les indices possibles.

— Je ne comprends pas, dit Fredrik. Nous n'avons pas d'ennemi. Rien dans notre vie ni dans notre passé ne peut nous avoir attiré de mauvaises intentions de qui que ce soit. Je vous l'ai déjà dit. Nous pensions que c'était de la malchance qu'ils nous enlèvent Ossian, mais dans ce cas, pourquoi… pourquoi…

Fredrik se mit à bredouiller et n'arriva pas au bout de sa phrase. Il enfouit son visage dans ses mains. Adam prit une chaise et s'assit face à eux à la table de la cuisine. Peder alla à l'évier et lança la machine à café, sans demander la permission. Adam lui lança un signe de tête approbateur. La meilleure arme de la police : le café noir.

— Vous vous êtes absentés combien de temps ? demanda-t-il en croisant les mains sur le plateau en bois blanc.

La surface portait des traits de feutres jaune, rouge et vert. Partout dans la cuisine, des traces d'Ossian. Des dessins accrochés à la porte du frigo à l'aide d'aimants multicolores. Dans le séchoir à vaisselle, une assiette d'enfant ornée d'un portrait de Flash McQueen. Sur le plan de travail, un paquet ouvert de biscuits à lettres. Adam déglutit difficilement et regarda ailleurs.

— Nous sommes partis chez les parents de Josefin hier soir, dit Fredrik. On est restés pour la nuit. Je m'étais dit que Josefin avait besoin de changer d'air. Ou plutôt, qu'on en avait besoin tous les deux. Ses parents ont une maison à Täby, nous avons passé la nuit dans leur chambre d'amis. Nous sommes rentrés il y a… une heure environ, je crois.

— Et vous avez tout de suite vu que la porte était défoncée ?

Adam savait qu'il posait des questions évidentes. Mais face à des personnes endeuillées ou en état de choc, ou simplement perturbées, l'expérience lui avait appris que des questions simples avaient un effet apaisant. Se raccrocher à des choses simples dans un monde où tout a basculé.

Peder posa un mug de café fumant devant chacun d'eux.

— Du lait ?

— Du lait pour Josefin, merci, dit Fredrik en caressant le bras de sa femme.

Elle fixait toujours le vide. Peder hocha la tête et s'empara d'une brique de lait ouverte dans le frigo après avoir vérifié la date de péremption. Il la posa sur la table, et Fredrik en versa un soupçon dans le café de Josefin.

— Tiens, mon amour.

Elle ne broncha pas.

— Oui, comme la porte était entrouverte, j'ai tout de suite compris qu'il y avait un problème, dit Fredrik en se tournant vers Adam. J'étais sûr d'avoir bien fermé à clef. Ensuite j'ai vu les marques autour de la serrure. Et dès qu'on est entrés, on a tout de suite vu le désordre.

— Vous avez remarqué si quelque chose manque ? dit Peder en s'asseyant à côté d'Adam.

Il goûta au café du bout des lèvres.

— Des bricoles. L'alliance de Josefin et quelques bijoux. Des boucles d'oreilles et un bracelet en or. Et une montre que mon père Allan avait reçue en cadeau d'anniversaire décennal. Des objets à valeur sentimentale, c'est tout.

— D'accord. Nous vous prions d'en dresser la liste complète, dit Peder. Parfois, on ne se rend pas compte tout de suite de tout ce qui manque.

— On… on n'a pas le courage de ça en plus, dit Fredrik en prenant la main de Josefin.

Sa main reposait mollement dans la sienne. Elle n'eut aucune réaction. Comme si elle se trouvait dans un tout autre monde et pas ici à la maison où son enfant n'était plus. Adam espérait que ce monde-là était moins cruel que celui-ci.

— Il n'y a pas forcément de lien, dit-il. Croyez-moi, des cambriolages, on en a vu. Et rien ici ne se démarque du scénario habituel.

Fredrik hocha la tête, mais n'avait pas l'air convaincu. Adam ne lui en tint pas rigueur. Quelle était la probabilité que ce soit le hasard ?

Ils entendaient les techniciens de la scientifique faire leur job dans l'appartement. En temps normal, c'est la police locale qui se charge d'enquêter après un cambriolage. Ces agents compétents sécurisent tous les indices pouvant participer à l'enquête, et proposent aussi un soutien aux victimes. La plupart des gens ont l'air de penser que la police n'a rien à faire des cambriolages, mais c'est totalement erroné. La police locale mène un travail exemplaire, et si le taux d'élucidation reste malgré tout relativement bas, c'est probablement dû au fait que la majeure partie des infractions est imputable à des groupes organisés étrangers. Mais si jamais celui-ci avait un rapport avec Ossian, l'intervention de la police scientifique serait essentielle. La moindre preuve pourrait se révéler déterminante. Adam se leva.

— Si quelque chose vous revient, même le moindre détail, appelez-nous, dit-il. Et s'il vous plaît, listez tous les objets manquants. Nous ne sommes qu'à un coup de fil de distance.

Fredrik acquiesça.

Josefin resta de marbre.

Après un court échange avec l'équipe, Adam quitta les lieux. Il inspira profondément. Peder le suivit et posa une main sur son épaule.

— Ça ne devient jamais plus facile, hein ?

— Non, c'est vrai.

Il se tourna vers Peder.

— Tu sais quoi ? Je crois que ça me ferait du bien de voir cette vidéo maintenant. Histoire de contrebalancer tout ça.

— Une vidéo ?

— Il paraît que tu as une vidéo de tes triplées. Une histoire de musique…

— Ah oui, je l'ai toujours à portée de main, répondit Peder avec enthousiasme.

Il sortit son portable de la poche de sa veste.

Le serveur du bistrot du quartier posa une nouvelle bière devant Ruben qui murmura un merci. Depuis l'ouverture cinq ans plus tôt, il y prenait son déjeuner pratiquement chaque jour où il ne travaillait pas. C'est-à-dire, les jours de congé où il ne déjeunait pas devant son ordinateur parce qu'il y avait quand même des choses à faire côté boulot. Ni les lundis, jour où il allait chez sa grand-mère. Il lui arrivait aussi de dîner au bistrot parce qu'il manquait de motivation quand il s'agissait de cuisiner pour lui tout seul. Il n'était pas mauvais en cuisine, même nettement plus doué que la plupart de ses congénères, au moins dans le domaine des grillades. Mais il avait l'impression de perdre son temps quand il n'y avait que lui à table.

Les week-ends, il lui arrivait aussi d'y aller profiter de leur brunch. Surtout quand il avait besoin d'attendre qu'une rencontre de la veille débarrasse le plancher. Depuis cet hiver, il n'avait donc pas eu besoin de petit-déjeuner dehors. S'il devait être honnête avec Amanda, et lui-même, il fallait reconnaître qu'il se sentait mieux, depuis quelque temps.

Le bistrot du quartier était devenu sa résidence secondaire. Connaître le personnel par leurs prénoms, sentir qu'ils s'habituaient à ses routines, avait un aspect rassurant. Ils savaient par exemple qu'il prenait toujours une bière avant de manger, une autre pendant le repas, mais pas de café après. Aujourd'hui, il avait cependant demandé sa deuxième bière même avant que son repas soit servi, alors Mikael, le serveur, s'attarda à sa table.

— Tout va bien ? demanda-t-il.

— Un peu trop de problèmes à régler, répondit Ruben avant d'avaler une gorgée. Ça va s'arranger.

— Ne vous surmenez pas, on n'est que mercredi, dit Mikael avant de le laisser en paix.

Mikael savait que Ruben préférait ça. Pas trop de bavardage. Ruben n'avait pas exagéré, il se sentait dépassé par les événements. L'affaire Ossian était une chose, une atrocité. Le sentiment d'échec, et même de chagrin, coulait dans toutes les veines de son corps. Il savait que tous les policiers impliqués dans cette affaire ressentaient la même chose. Rien ne les touchait autant que la mort d'un enfant. Rien. Et en prenant conscience que lui, Ruben Höök, avait une fille, il se sentit soudain envahi par la terreur. Il le savait depuis trois jours, mais n'avait pas encore eu le temps d'intégrer l'information, avec toutes les autres choses qui étaient arrivées en même temps. Une *fille*, nom de Dieu ! Un être humain qu'on pouvait perdre. Il s'efforça de détourner ses pensées en essayant de se concentrer sur les aspects pratiques de cette découverte. Comme son nom.

Astrid.

Astrid Höök.

Non, pas Höök, se corrigea-t-il. Elle avait bien sûr le nom de famille de sa mère. Mais quand même. Et puis ? Ellinor avait été formelle : il n'était pas bienvenu chez elle. Mais c'était avant qu'il ne sache qu'il avait une fille.

— Voilà pour vous.

Une bavette avec des frites. Le paroxysme de la gastronomie selon Ruben. Quelques haricots verts aussi, pour la forme, rien ne manquait. Il attaqua la viande tendre, mais avait du mal à se concentrer sur son repas. Il pensait à Astrid à des âges différents. À tout ce qu'il avait raté.

Il repoussa son assiette. Il n'arriverait pas à manger avant d'avoir fait quelque chose. Un rictus lui tordit la bouche. Bordel, voilà qu'il se comportait comme un détraqué mental. Peut-être devrait-il en toucher un mot à Amanda ? Elle pourrait sûrement l'aider. Le fait d'y penser sérieusement le surprit. Gunnar serait mort de rire.

Ça ne pouvait pas continuer ainsi. Il savait d'avance ce qu'en dirait Amanda. Mais il n'était pas d'accord avec elle. Ça passe ou ça casse.

Il sortit son téléphone, fit une capture d'écran de la photo d'Astrid sur la page Facebook d'Ellinor, et la lui envoya.

*Nous avons des choses à nous dire, je crois*, écrivit-il.

Il mit le téléphone sur vibreur et but une ample gorgée de bière. Les papillons tourbillonnaient dans son ventre. Il ne voulait pas savoir si Ellinor avait répondu, ni ce qu'elle avait éventuellement répondu, avant d'avoir ingurgité toute sa portion de viande et ses frites.

Il avait un enfant.

Une fille.

Qu'il voulait protéger contre tous les malheurs du monde, plus que toute autre chose.

Julia regarda sa montre, agacée, tout en martyrisant les boutons de la télécommande pointée vers la télévision installée dans un coin de la salle de réunion.

— Ruben est en route ou pas ? demanda-t-elle.

— Il revient dans une minute, il se dépêche, dit Peder, un pouce prudent en l'air.

Selon Peder et Adam, les Walthersson avaient subi un cambriolage banal. Avec ce que ça impliquait d'objets de valeur volés et de chocs émotionnels. Certaines personnes ont vraiment la poisse.

Julia hocha la tête tout en continuant à écraser les boutons de la télécommande, sans pour autant parvenir à afficher sur la télé l'écran de l'ordinateur qu'elle y avait connecté. Elle se défoulait sur le petit objet en plastique parce que le véritable objet de sa colère était diffus, inaccessible. Une chose qui la travaillait à coup sûr, c'était qu'une fois de plus, la presse avait eu vent de l'affaire. Ils avaient tout fait pour garder le secret autour de la mort d'Ossian. Mais, comme si souvent, quelqu'un avait sans doute sauté sur l'occasion de se payer de belles vacances et avait tuyauté les médias. Elle était sur le point de balancer la télécommande contre le mur.

— Donne, dit Adam en s'approchant.

Il y parvint du premier coup, et l'écran élargi de l'ordinateur de Julia apparut sur la télévision. Elle était connectée au site web d'*Aftonbladet*, sur lequel la conférence de presse organisée par le journal était sur le point de commencer. Pour le moment, on y voyait l'image figée d'un podium surmonté de deux micros, et en bas de l'écran une bande déroulante qui informait du début de l'émission à treize heures. C'est-à-dire dans trois minutes.

— C'est à quel sujet ? demanda Mina, le regard fixé sur la télécommande dans la main d'Adam.

Comme si l'objet risquait de lui échapper et de se jeter sur elle. Julia se demanda si Mina tenait le compte du nombre de personnes qui l'avait manipulé depuis que la salle avait été équipée d'une nouvelle télévision trois ans auparavant. Elle savait que l'idée était un peu méchante. Mais pas complètement à côté de la plaque, vu la façon dont Mina reculait lentement pour s'éloigner d'Adam et de l'objet en question.

— Tu peux patienter trois minutes comme nous, non ? dit Julia. On n'en sait pas plus que toi.

Elle entendit l'irritation palpable dans sa voix. Manque de sommeil, stress au boulot, stress à la maison, manque du petit Harry, sentiment de ne pas être à la hauteur, tout était sur le point de déborder, et le coup de fil de la direction n'aurait pas pu plus mal tomber. Le chef de Sveriges Framtid, le parti politique qui au dernier sondage affichait plus de 20 % d'intentions de vote, avait organisé une conférence de presse à l'occasion des "meurtres d'enfants". En temps normal, les médias n'auraient pas réagi. Ted Hansson aurait déballé ses opinions sur la chaîne YouTube du parti, comme d'habitude. Mais ce temps-ci n'avait rien de normal. Les médias avaient foncé tête baissée, dans l'espoir que Ted détienne réellement des informations.

Julia avait lu le communiqué de presse qui ne précisait cependant en rien le contenu de la conférence, ce qui n'était jamais bon signe quand on avait affaire à Ted Hansson. Sa stratégie politique reposait sur l'opportunisme et l'autopromotion à chaque instant. Julia ne doutait pas que le but de son apparition était d'attiser la haine et le sentiment d'insécurité, le tout enveloppé de sa dose habituelle de méfiance à l'égard de la police. Ce dernier point était facile et efficace auprès du public.

Rien dans l'enquête ne permettait pour l'instant de faire le moindre lien avec le sujet de l'immigration ou avec des Suédois d'origine étrangère. Mais cela n'arrêtait pas Ted Hansson et ses comparses. Si l'épicerie locale de Ted augmentait le prix du fromage, c'était la faute aux Kurdes. Si la Poste livrait en retard, c'était parce qu'on avait embauché des ouvriers venus de Somalie. Beaucoup trop de Suédois étaient friands de ce genre d'explications faciles. Julia relâcha doucement ses mâchoires, tout en se rendant compte à quel point elle les avait serrées en pensant à Ted Hansson.

— Je suis là ! cria Ruben en déboulant dans la salle, sa chemise tachée d'auréoles de sueur. Ça a commencé ?

Il s'affala sur une chaise à côté de Mina qui se décala aussitôt d'un cran. Ils avaient tous trop chaud dans cette salle de réunion étouffante, mais Ruben dégoulinait carrément. Il sentait les frites. Julia regrettait que Christer n'ait pas acheté encore plus de ventilateurs jetables. La police gagnerait à en acquérir un camion ou deux.

— Plus qu'une minute, dit-elle en s'asseyant, la mine sévère, le plus près possible de l'écran.

Les instructions de la hiérarchie étaient sans ambiguïté. On ne tolérerait plus aucune critique du travail de la police. Il fallait des résultats. Avec cette conférence de presse, la mort d'enfants était devenue une question politique, en plus de ses aspects humain et judiciaire. Elle savait d'expérience que quand la politique s'en mêlait, c'était un facteur de complication majeur pour n'importe quelle enquête.

À la télé, deux personnes vinrent se placer derrière les micros. Le brouhaha des journalistes présents dans la salle de conférences s'estompa. Tous les grands médias, ainsi qu'un certain nombre des plus petits, semblaient présents.

Le chef de Sveriges Framtid s'éclaircit la gorge. Julia se demandait toujours comment une personne à l'apparence aussi insignifiante pouvait déborder d'autant de haine. Cheveux de couleur indéfinissable, coiffés de façon indéfinissable. Lunettes à monture métallique, bouche pincée et menton flasque. Côté vestimentaire, Ted Hansson portait toujours un costume sombre aux occasions plus formelles, chino beige et chemise décontractée bleue ou blanche le reste du temps. Sans la moindre tache de sueur, nota-t-elle.

Peder eut le souffle coupé. Il avait identifié la femme à côté de Ted un instant avant Julia. La mère de Lilly Meyer. Son visage était un masque de rage. Tout le corps de Jenny semblait vibrer, entouré du bras protecteur de Ted.

Ted Hansson se mit à parler, s'écartant de Jenny. Il aimait gesticuler, de préférence les poings fermés, pour souligner son message. Julia soupira. Comment était-il possible que les gens ne le voient pas pour ce qu'il était ? Un clown, un clown dangereux certes, mais un clown quand même ?

— La Suède est devenue une zone de non-droit, se lança le chef de Sveriges Framtid. La criminalité monte en flèche tandis que la police se fait de plus en plus discrète dans nos rues. Les forces de police sont dépassées par cette délinquance que notre pouvoir politique a si naïvement importée en Suède. Notre pays. Mais aujourd'hui, le sujet n'est pas la politique. Aujourd'hui, je ne vous parle pas en tant que chef du parti politique suédois à la croissance la plus rapide. Je vous parle en tant que père. Des enfants disparaissent. Ici en Suède. Des enfants sont tués. Ici en Suède. Et nos forces de police n'ont ni la volonté ni les moyens d'arrêter les coupables. Il y a un an, la petite Lilly Meyer nous a été enlevée. Comment le père que je suis peut-il regarder la maman de Lilly dans les yeux aujourd'hui ? Si je ne peux pas lui assurer que la Suède et la police ont eu recours à tous les moyens disponibles pour l'aider à obtenir la vérité sur le destin de sa petite fille ? Elle est ici à mes côtés. Que voulez-vous que je lui dise ?

Ted, larmes aux yeux, se tourna vers Jenny Holmgren. Les flashs fusaient. La presse adorait ce genre de mise en scène. Demain, ces photos feraient la une de tous les journaux. On aurait dit que la séance photo ne prendrait jamais fin. Hélas, Julia avait été au même lycée que Ted. À l'époque, il était déjà connu pour cette capacité à pleurer des larmes de crocodile. Il n'avait rien à faire de Jenny ou de sa fille. Mais les médias lui mangeaient dans la main.

— Et les parents d'Ossian Walthersson, continua Ted en essuyant ses larmes. Fredrik et Josefin. Eux aussi ont droit à une réponse, eux aussi ont droit à la justice. Au lieu d'incompétence et de laxisme.

Ted leva la voix et secoua les poings. Voilà qu'il allait livrer son message.

— La Suède n'est plus un pays où nos enfants sont en sécurité ! Cette Suède où nous pouvions laisser nos enfants jouer sans surveillance n'existe plus. Le danger guette à chaque coin de rue ! Et c'est nous-mêmes qui l'avons introduit, qui sommes allés le chercher loin de chez nous. La Suède était un beau pays, lumineux et sûr. Aujourd'hui, l'obscurité règne dans nos rues.

Il fit une pause et attendit. Au bout d'un court instant, il fit un pas de côté, laissant Jenny Holmgren s'approcher du micro. Les mains de la maman de Lilly se crispèrent et elle inspira profondément. Son visage tendu remplit Julia de sentiments contradictoires. D'un côté, elle comprenait la colère et le désespoir que les parents des victimes devaient ressentir. En même temps, cette façon d'utiliser le chagrin de Jenny à des fins politiques lui répugnait. Le seul et unique résultat serait une dégradation des conditions de travail de la police. Au moment même où le grand public devrait être leur allié le plus précieux, il serait hostile à la police.

— Quel guignol monstrueux ! grommela Christer en secouant la tête, sombre. Pas elle, bien sûr, l'autre connard.

— C'est un élu, constata Adam sans lâcher l'écran des yeux. Ceux qui ont voté pour lui méritent de l'avoir au pouvoir pour un moment. Ils comprendraient alors à quoi ils ont donné leur voix.

La maman de Lilly prit la parole.

— Un an. Un an sans ma fille. Sans que personne n'ait réussi à mettre la main sur celui qui l'a tuée. Et maintenant, un autre enfant est mort. Et la police ne fait rien !

— Rien ! dit Ruben en serrant les mâchoires. C'est ça. On ne fait rien. On se tourne les pouces, tranquilles.

— Chut, fit Julia.

La conférence de presse continua pendant encore une quinzaine de minutes sur le même registre. Son estomac se nouait. Après Jenny, Ted Hansson prit à nouveau la parole afin de rabâcher son inquiétude pour "la Suède en guerre contre d'obscures forces étrangères". Ensuite, les journalistes présents purent poser des questions. Ils manquaient totalement de sens critique, aux yeux de Julia. Les larmes de Ted avaient fait leur boulot. Et pour les médias, c'était tout bénef. Fustiger l'incompétence de la police fait toujours recette.

— Bon, dit Adam dans son dos en éteignant la télé. Rien de nouveau sous le soleil.

Julia garda le silence un moment. Adam était sans doute le membre de leur unité le plus durement visé par les logorrhées de Sveriges Framtid. Elle se demanda comment il était possible de supporter une hostilité aussi permanente et se rendit compte qu'elle était incapable de l'imaginer.

Julia tourna sa chaise pour faire face à l'équipe.

— Nous savons tous que ce que nous venons d'écouter est un gros tas de conneries. Et peu importe ce que nous allons lire et entendre dans les jours qui viennent, on en fait abstraction et on fait notre boulot. On va peut-être tout simplement éviter de lire les journaux pour le moment. Laissons la direction s'occuper de ça. Nous, on se concentre sur ce que nous avons à faire.

— Bon plan, fit Mina.

Julia hocha la tête.

— Oui, et n'oubliez pas que nous sommes les meilleurs. Ne croyez rien d'autre.

Personne ne répondit, mais Adam lui donna une tape sur l'épaule en quittant la salle avec les autres. Elle s'attarda. Dans sa poche, son téléphone se remit à vibrer. Il n'avait pas arrêté pendant toute la conférence de presse. Elle l'avait ignoré, et était fermement décidée à continuer comme ça. Si Torkel n'était pas encore en enfer, qu'il y aille. Et pour de bon !

Mina versa un peu de gel hydroalcoolique sur une serviette en papier et essuya les dossiers qu'elle venait de poser sur le bureau de Julia.

— Je fais quoi maintenant ? demanda-t-elle.

— Tu peux rentrer chez toi, répondit Julia en prenant un dossier.

— Pas d'accord. Pas en pleine enquête. La réunion avec Nova nous a fait perdre un temps précieux. De l'eau et le chiffre 3. La plus grande experte suédoise dans le domaine ? On aurait vraiment mieux fait d'appeler Vincent. Même si Nova a des compétences en matière de sectes, que sait-elle sur un éventuel rapport avec notre affaire ? C'est justement ça la force de Vincent. Nova ne fait que spéculer et dresser des hypothèses à l'aveugle.

Julia referma le dossier qu'elle venait d'ouvrir et la regarda.

— Moi j'ai trouvé ça intéressant, dit-elle. Imaginer que nos kidnappeurs se connaissent n'est pas idiot. Je n'ai pas l'intention de fermer la porte à l'idée d'un groupe organisé.

Mina n'eut même pas le courage de répondre. Elle se disait toujours que les personnages comme Nova, c'est essentiellement de l'esbroufe, et la récente entrevue n'avait fait que confirmer ce sentiment. Peu importe que Nova ait éventuellement aidé un certain nombre de personnes.

— Tu me sembles aussi épuisée que moi, remarqua Julia. Peut-être même plus. Tout nous tape sur les nerfs, sans parler de la chaleur. On fait notre maximum, tu le sais. Si je vous en demande trop, on risque de faire des erreurs. Et ce serait pire que de ne rien faire du tout. Si seulement je pouvais changer de place avec toi. En plus, tu n'avais pas un truc à faire cet après-midi ?

Mina avait mentionné au déjeuner qu'elle avait une affaire personnelle à régler plus tard dans la journée. Elle n'avait pas précisé de quoi il s'agissait. C'était bien Julia de se souvenir d'un détail comme ça.

Déjà quand elle en avait parlé avec Vincent l'avant-veille, elle ne pensait pas qu'elle allait réellement pouvoir le faire. En ce moment précis, ça lui paraissait totalement impensable. Ruben pourrait dire ce qu'il voulait. Julia avait besoin d'elle, ici. Il y avait des choses à faire. Des choses qui la tiendraient clouée au bureau.

Elle devait appeler Vincent. Elle lui avait dit qu'elle l'appellerait mais n'en avait pas encore eu le temps. Et pas d'ici.

— Je peux vérifier encore une fois le registre des délinquants de Christer…, commença-t-elle.

— Mina, dit Julia en plongeant ses yeux dans les siens. Tu ne peux pas rester ici. Rentre chez toi. Regarde un film. Mange une glace. Bois un verre de vin. Fais ce que tu avais à faire. Ou dors. Ce n'est pas mon problème. Mais je ne veux pas te voir pendant les sept prochaines heures, minimum. Vous ne pouvez pas travailler vingt-quatre heures sur vingt-quatre. Je ne peux pas me permettre d'avoir une équipe HS quand la pression va grimper. Fais une pause et reviens en pleine forme.

Mina soupira. Tout aurait été tellement plus simple si elle n'avait pas répondu à cette notification Tinder. Et si Amir n'avait pas réagi presque instantanément. Elle n'avait plus le choix. Plus qu'une heure avant leur rendez-vous. Bordel.

Nathalie fouilla dans son sac à dos tout en sachant que c'était inutile. Elle avait en général un ou deux vêtements de rechange au cas où elle dormirait chez une copine et n'aurait pas le temps de repasser à la maison. Mais elle n'avait plus rien de propre depuis un moment. Karl lui en avait confié d'autres, le même genre de tee-shirt blanc et pantalon en lin que lui, Ines et Monica. Une tenue agréable vu la chaleur, mais elle aurait préféré avoir ses propres fringues. Surtout ses sous-vêtements. Elle sortit un tee-shirt Ramones et le renifla. Beurk.

Son ventre grouillait à nouveau. C'était aimable de leur part de lui proposer à manger gratuitement, mais les portions étaient beaucoup trop petites. Son ventre protestait depuis samedi déjà, et maintenant elle se sentait carrément affamée. À tel point qu'elle avait du mal à penser.

Ines et les autres étaient incroyablement attentionnés, et Nathalie était pleine de gratitude d'avoir pu rencontrer sa grand-mère. Mais maintenant elle voulait rentrer à la maison. Elle n'avait pas eu de contact avec son père depuis le SMS qu'elle lui avait envoyé. Son téléphone était déchargé, et pas de chargeur à l'horizon, apparemment. Son père avait cependant sa façon à lui de régler les problèmes, elle était bien placée pour le savoir. Tôt ou tard, une voiture noire aux vitres teintées viendrait la chercher. Elle pourrait toujours revenir ici une autre fois.

— Tu vas quelque part ?

Elle leva les yeux du sac. Karl s'appuya contre la porte.

— Oui, il faut que je rentre, dit-elle. Avant que mon père pète les plombs. Tu as vu ma grand-mère quelque part ? Je voudrais lui dire au revoir avant de partir.

— Ines est partie faire une course, dit Karl. Elle revient dans une heure ou deux.

Il se redressa et entra dans le dortoir qu'elle partageait avec les autres. C'était un type immense. Et très sympa, se dit Nathalie. C'était étrange, comme ils portaient tous le même type de vêtements, c'était presque comme s'ils faisaient partie de la même famille.

— Tu peux peut-être me donner un coup de main pendant ce temps-là, dit-il. Nous sommes en pleins travaux et j'aurais besoin d'aide.

— Mais, euh… j'ai pas la moindre idée…, commença-t-elle.

Elle allait lui expliquer qu'elle n'avait pas touché un clou depuis les cours de travaux pratiques au collège, et qu'à l'époque elle n'était pas parmi les plus doués, mais Karl l'interrompit en éclatant de rire. C'était un rire franc et chaleureux, et elle l'aurait sûrement apprécié davantage si elle n'avait pas eu aussi faim.

— Mais il faut vraiment que je rentre à la maison, dit-elle.

— Je suppose que tu as au moins vu en photo comment tenir un marteau ? dit Karl comme s'il ne l'avait pas entendue. Tu t'en sortiras très bien. Ton père attendra encore un peu.

Il avait raison, bien sûr. Elle pouvait bien rendre service en contrepartie de l'hospitalité. C'était comme une grande famille ici. Elle posa la main sur son ventre pour tenter de l'apaiser et emboîta le pas de Karl.

Autour d'elle, l'activité était débordante. Mina savait qu'elle pouvait quitter le bureau pour un moment. Tout le monde travaillait fébrilement, en se relayant pour tenir le coup. C'était dans l'ordre des choses, et elle savait que Julia faisait preuve de bon sens. Et elle était plutôt soulagée d'échapper à ces nuages de sueur ambulants qu'étaient devenus ses collègues. Elle avait du mal, malgré tout, à vider les lieux. Il lui fallait cependant filer dans les cinq minutes à venir pour ne pas être en retard au rendez-vous avec Amir.

Mais elle n'arrivait pas à partir.

Ses yeux fixaient les documents concernant Lilly et Ossian, comme si elle voulait les obliger à parler. Mina avait imprimé tout ce qu'elle avait trouvé. Elle pensait mieux quand elle pouvait tenir les mots et les concepts dans ses mains, feuilleter en avant et en arrière, surligner, découper. C'était l'un des rares moments où elle se permettait d'être un peu désordonnée. John Cleese visait juste en disant qu'on ne trouve pas sa créativité sur un écran. Mina avait besoin de trouver quelque chose. Parce que rien ne collait.

Impossible de décrocher de l'idée qu'Ossian et Lilly étaient liés. Même si elle n'était pas prête à aller aussi loin que Nova. Il fallait qu'elle trouve un autre élément commun, un lien qu'ils avaient loupé.

Elle reparcourut toute la documentation une fois encore.

Sur son bureau se trouvait même le sac à dos My Little Pony d'Ossian. Julia avait agité sa baguette magique et obtenu que le Centre national de médecine légale de Linköping leur laisse le sac jusqu'après le week-end. C'était un sac à dos commun, assez récent. Et vide. Rien de particulier.

À part le fait que Christer avait dit qu'il n'appartenait pas à Ossian. Fredrik et Josefin lui avaient certifié qu'Ossian n'avait pas ce genre de sac. Christer se l'était fait reconfirmer en leur envoyant une photo. Ils ne l'avaient jamais vu. Ossian ne l'avait pas emprunté à la maternelle, Ruben avait appelé pour poser la question, mais personne ne reconnaissait le sac en question. Toutes les pistes s'arrêtaient là. Les techniciens n'avaient pas trouvé d'ADN et aucune empreinte digitale. Mina était persuadée que quelqu'un avait posé le sac près du corps pour une raison précise.

Mais pourquoi ?

Elle regarda le plafond comme si elle pouvait y trouver la réponse. Au fond de sa tête, quelque chose remuait imperceptiblement. Pas encore tout à fait une idée. Mais le sac lui rappelait quelque chose. N'y avait-il pas eu un élément étrange du même genre dans l'affaire de Lilly ? Un détail qui ne collait pas, mais qui était passé aux oubliettes quand le litige de la garde de l'enfant avait pris le devant de la scène.

Mina éparpilla les photos du dossier de Lilly et les regarda peut-être pour la centième fois. Elle relut le rapport. Lilly avait été retrouvée avec des jouets, des touffes de cheveux et un chromo dans les poches. Les parents avaient identifié tous les objets comme appartenant à Lilly.

Sauf le chromo.

On avait supposé qu'un copain à la maternelle le lui avait donné. Mais depuis quand les enfants collectionnent-ils des chromos de nos jours ? Mina était même loin d'être sûre qu'un enfant de cinq ans sache ce que c'est. Pour sa part, elle ne se souvenait même pas d'en avoir vu depuis les visites chez le dentiste quand elle était petite. À l'époque, ils étaient rangés dans une boîte en plastique orange, et portaient tous, pour une raison mystérieuse, des motifs d'anges. Mais ce n'étaient pas les anges qui comptaient, ce qui comptait, c'était de trouver le chromo avec le plus de paillettes brillantes. Le problème, c'était que les paillettes collaient aux doigts. Le souvenir la fit grimacer. Elle rapportait son chromo à la maison dans une poche en plastique. Maman le collait ensuite dans un album prévu à cet effet. Elle ne les touchait jamais elle-même. Elle n'ouvrait même jamais l'album par crainte que les paillettes lui collent aux doigts. Il fallait collectionner les chromos les plus brillants, c'était comme ça.

Elle reprit la photo des objets retrouvés dans les poches de Lilly. Le stylo troll. La gomme. Le caillou. Le chromo. Soigneusement alignés et numérotés. Difficile de voir ce que représentait le chromo de Lilly, mais il n'y avait plus de trace de paillettes.

Toutefois. Il y avait quelque chose d'étrange avec ce chromo.

Ce n'était pas facile de voir l'image en détail, mais tout avait l'air trop... plat. Un bout de papier ayant séjourné dans la poche d'un enfant aurait dû être sale et froissé. Pas propre et sans le moindre pli.

Quelqu'un l'avait placé dans sa poche après coup.

Comme pour le sac à dos d'Ossian.

Mina se connecta aux banques de données de la police et ouvrit la documentation de l'affaire Lilly, puis cliqua sur une copie digitale de la photo qu'elle avait sur son bureau. Elle agrandit le chromo autant que possible.

Elle en eut le souffle coupé. Regarda le sac à dos d'Ossian. Puis le chromo de Lilly à l'écran. À nouveau le sac.

Non. Pas possible. L'idée était trop absurde. C'était son cerveau qui lui jouait des tours, pour trouver un lien à tout prix. C'était tellement infime. On pouvait à peine appeler ça un lien. En plus, c'était incompréhensible.

Et si jamais… Et si jamais c'était ça ?

Elle n'était pas loin de commencer à comprendre comment se sentait Vincent, parfois.

Mina déboula dans le couloir, la photo à la main, et courut vers le bureau de Christer.

Les carrés noirs et blancs à l'écran le narguaient. Il avait été si près de gagner cette fois-ci. À deux doigts. Tout allait bien jusqu'au moment où son adversaire préprogrammé avait sorti un mouvement pas possible de sa poche et l'avait irrémédiablement mis échec et mat.

— Christer, t'as..., commença Mina en surgissant dans le bureau.

Il poussa un profond soupir. Décidément, le respect et les bonnes manières étaient des vertus en voie d'extinction. De son temps, on apprenait à frapper à la porte et à entrer seulement une fois qu'on en avait la permission.

— Qu'est-ce que tu fais ? demanda Mina en regardant son ordinateur avec curiosité.

— Je m'auto-humilie, marmonna Christer en fermant l'onglet du jeu d'échecs. Qu'est-ce que tu voulais ?

— J'ai découvert un truc bizarre par rapport à Lilly Meyer. Ou peut-être pas. Je n'en sais rien. Mais regarde-moi ça.

Elle lui montra une photo. Il la prit et fronça les sourcils. D'abord, il crut voir seulement des déchets. Ensuite, il comprit qu'il s'agissait des effets personnels de Lilly.

— Le chromo, là, dernier objet de la rangée, dit Mina en lui montrant. Il n'était pas à Lilly. Ses parents pensent que quelqu'un à la maternelle le lui a donné. Il faut que je sache si c'est vraiment ça. Tu es le plus doué de nous tous pour ce type de recherche. Peux-tu, s'il te plaît, appeler l'école ainsi que tous les parents des enfants qui étaient en classe avec Lilly il y a un an, pour savoir si quelqu'un parmi eux collectionne des chromos ?

Il posa la photo avec un soupir et s'essuya le visage. Fini pour aujourd'hui, les parties d'échecs. Et pour tous les jours suivants, probablement.

— Tu te rends compte du nombre d'appels que ça représente ? demanda-t-il. Il y a combien de gamins dans une école maternelle ? Trente ? Cinquante ?

Il essaya de se souvenir d'une seule scène où l'un de ses héros de polars serait obligé de passer une journée entière à discuter de jouets de gosses avec des parents. En vain. Parce que ça n'arrivait pas. D'un autre côté, il était prêt à parier son dernier caleçon que tous ces héros de polars étaient des génies des échecs. Il avait visiblement encore un bon bout de chemin à faire pour être à la hauteur de Harry Bosch, malgré Bosse et le jazz.

— Je pense que ça peut être de la plus haute importance, cette histoire de chromo, dit Mina. Je ne peux pas l'expliquer, il faut juste que tu me fasses confiance. J'ai noté le numéro de téléphone de l'école au dos de la photo.

Il poussa un nouveau soupir, tourna l'image et vit le numéro.

— Tu as conscience qu'elle peut aussi bien l'avoir trouvé par terre ? dit-il.

— Faut bien commencer quelque part.

Mina s'apprêta à repartir, mais s'arrêta sur le seuil et se tourna à nouveau vers Christer.

— Merci, Christer, dit-elle.

— Et toi, tu fais quoi ?

Elle mit quelques secondes à répondre.

— J'appelle Vincent, répondit-elle.

Mina sursauta légèrement, comme si les mots étaient sortis sans qu'elle en ait conscience. Elle eut un petit rire déconcertant, puis répéta, lentement et résolument.

— Oui, je vais appeler Vincent. Il est largement temps qu'on lui demande son aide, tu crois pas ?

Christer ne savait pas quoi répondre.

— J'ai un élément très précis à lui soumettre dès demain matin, continua-t-elle. Mais maintenant, il faut que je parte pour… Euh, il faut que je parte.

Son visage redevint sérieux. Christer acquiesça sans vraiment saisir de quoi il retournait, et d'un geste de la main il l'encouragea à s'en aller. Vincent, tiens, tiens. Quoi qu'elle ait trouvé, l'ajout du mentaliste à l'équation n'avait aucune chance de la simplifier. Ça, c'était certain.

Finalement, qu'est-ce qui est le plus humiliant ? Se faire rouler dessus par une application d'échecs ou chercher un chromo dans une école maternelle ? Il soupira. Être flic, c'est vraiment plus ce que c'était.

Vincent essayait de faire abstraction de l'échange téléphonique qu'il venait d'avoir avec Mina. Essayait de ne pas être surexcité comme un gamin. Elle lui demandait de venir, déjà demain vendredi, pour une question concernant l'enquête en cours. Il était prêt à sauter dans sa voiture sur-le-champ. Mais ça aurait fait bizarre. Il avait de toute façon un spectacle le soir, il se força donc à penser à autre chose.

Comme par exemple aux deux enveloppes sur le bureau devant lui, avec leurs autocollants à l'effigie du père Noël.

Il avait l'impression que les deux barbes blanches le regardaient avec animosité. Les enveloppes contenaient des bouts de papier en forme de pièces de Tetris qu'il avait répartis en deux tas. Il savait déjà par cœur ce qui était inscrit dessus. Il observait les lettres tout en les prononçant à voix haute, comme s'il pouvait les tromper et leur faire révéler leur secret. Cette fois, il allait casser le code. De manière à avoir une chouette histoire à raconter à Mina le lendemain.

Ou peut-être pas. Quelque chose l'incitait à garder tout ça pour lui encore un moment. Comme si ça n'appartenait qu'à lui.

Il avait déjà essayé de combiner les morceaux afin de réaliser un plus grand puzzle, mais ça ne marchait pas. Chaque morceau comportait la moitié ou le tiers d'un mot, et il n'était pas possible de créer d'autres mots que ceux qu'il avait déjà trouvés. Faire apparaître du texte cohérent n'était possible qu'en faisant deux puzzles. Il reprit les pièces et les réorganisa selon la séquence qu'il avait déjà trouvée.

*Tim, ta digne idée gravée !*
*Maria, égide de vingt été !*

Les deux messages étaient composés des mêmes lettres, ça ne lui avait pas échappé. La question était de savoir ce qui était important. Les anagrammes en soi ? Le nombre de lettres ? Ou devait-il s'attacher aux lettres majuscules ? Était-ce un simple hasard si le prénom de sa femme apparaissait, ou était-ce au contraire réellement important ?

Un éclat de rire théâtral s'échappa de la cuisine. Maria était de toute évidence au téléphone avec Kevin. Plus tôt dans la journée, elle lui avait confié qu'ils étaient sur le point de passer au niveau suivant. Vincent espérait qu'elle faisait allusion à son entreprise et non à leur relation, mais n'avait pas osé poser la question.

Il se leva et contourna son bureau afin de voir les pièces de puzzle sous un autre angle. Il aimait ranger les meilleures énigmes envoyées par ses fans sur l'étagère prévue à cet effet dans la bibliothèque, et était impatient de pouvoir y reléguer celle-ci. Mais son intuition lui disait qu'il s'agissait d'autre chose. Derrière ces formes sans prétention, presque puériles, se cachait quelque chose de… différent.

Sans savoir pourquoi, il était persuadé qu'il devait absolument comprendre.

Il lorgna les pièces, au cas où quelque chose se passerait, mais elles le narguaient toujours. Tim et Maria, deux prénoms. Mais comment savoir s'ils étaient importants ? D'abord, il avait pensé que tout était un code. D'un autre côté, peut-être que c'était beaucoup plus simple.

Peut-être qu'il était parti chercher midi à quatorze heures ? Peut-être qu'il ne fallait pas accorder trop d'importance au texte. Et si le but était d'organiser les pièces selon une configuration précise, une configuration qu'il ne pouvait pas trouver par ses propres moyens ? Et si c'était la forme qui comptait ? Pas celle qu'il avait instinctivement créée quand il avait cru y voir des pièces de Tetris, mais une autre.

Il déplaça délicatement les deux puzzles sur une feuille de papier, sans les mélanger, puis prit un feutre et dessina soigneusement le contour des formes irrégulières. Il eut soudain un accès d'euphorie. Il était sur une piste, il le sentait dans tout son corps.

Maria rit encore plus fort dans la cuisine. Il ne l'avait pas entendue rire de cette manière depuis qu'ils étaient jeunes amants. Le lancement de son entreprise se passait bien, apparemment. Un mauvais pressentiment se fit à nouveau sentir au fond de lui, mais comme d'habitude, il en fit abstraction.

Après avoir dessiné les contours, il remplit les trous entre les pièces, toujours en faisant attention de ne rien déplacer. Ensuite il enleva tous les morceaux et inspecta le résultat.

Des carreaux asymétriques.

Rien.

Aucune signification apparente. Mais il restait persuadé qu'il y avait ici quelque chose que lui seul devait voir. Son anxiété augmenta. Mais elle n'avait plus grand-chose à voir avec Maria et Kevin.

Mina respira un bon coup. Elle traversait le centre-ville à pied tout en essayant de ne pas penser à ce qu'elle venait peut-être de découvrir. Ni au fait qu'elle allait revoir Vincent le lendemain matin. Ne pas penser à lui, et surtout ne pas penser à son odeur. Parmi les autres choses qu'elle s'efforçait d'ignorer : le sort d'Ossian et Lilly, ce qui arriverait si sa propre mère en disait trop à Nathalie, l'éventualité que tout son monde s'effondre d'un instant à l'autre. Jusqu'où sa mère pouvait-elle aller dans ses éventuelles confidences ? Parlerait-elle des médicaments ? Ou dirait-elle que Mina s'était tout simplement tirée ? Dans tous les cas, sa propre fille allait sûrement la haïr. Elle eut de soudaines crampes d'estomac et dut s'arrêter en plein milieu du trottoir.

Non.

Ne pas y penser. Pas maintenant.

Elle devait se concentrer sur l'agréable après-midi qu'elle allait passer. Rien d'autre. Super agréable. Ne pas porter de jugement à l'avance.

Pas facile.

Elle tenta de relever les commissures de ses lèvres en un sourire figé, puis changea d'avis au moment où elle passa le coin du bâtiment. Amir l'attendait devant l'entrée du musée de la Méditerranée. Il était exactement comme sur les photos sur Tinder, c'était déjà ça. Elle avait entendu dire qu'un gouffre séparait parfois les photos Tinder et la réalité. L'écart en question se mesurait souvent en kilos supplémentaires et quantité de cheveux. Cela n'avait pas une importance capitale, bien sûr, mais elle n'aimait pas être surprise.

Les mèches sombres d'Amir étaient souplement attachées sur sa nuque, exactement comme sur les photos. Elle était tentée de lui suggérer le port d'une résille s'il avait vraiment l'intention de garder ses cheveux aussi désordonnés. La chemise blanche était repassée, certes, mais ne sortait pas non plus du pressing. Elle l'examina vite fait bien fait mais ne détecta aucun problème rédhibitoire. Ses épaules se détendirent très légèrement.

— Bonjour ! Désolée, je suis en retard, dit-elle. Je sors tout juste du boulot.

— Moi aussi, répondit-il. Et ça m'arrange, tu m'évites d'être en retard, moi.

Il se tourna vers l'entrée du musée et les affiches des expositions en cours. À vrai dire, elle ne s'intéressait pas énormément au contenu des vitrines là-dedans. Elle avait choisi un musée uniquement parce qu'ils sont en général bien équipés niveau air conditionné. Se balader en ville en transpirant avec un inconnu n'était pas une alternative envisageable.

— On va au musée, du coup ? demanda Amir. J'allais acheter les entrées, mais apparemment c'est gratuit.

Mina fronça les sourcils. Elle n'appréciait pas qu'il ait eu l'intention de payer pour elle.

— Ne fais pas cette tête, fit-il en riant. Tu étais en retard, je voulais juste gagner du temps.

Elle lui rendit un petit sourire. Elle avait effectivement du retard, et lui, il était bien là, et pour elle. Elle jeta un coup d'œil à sa montre. Elle pouvait être de retour à l'hôtel de police en vingt minutes si nécessaire.

Ils entrèrent dans le musée et optèrent pour l'exposition permanente.

— Ça fait partie des domaines qui t'intéressent ? demanda Amir en lisant le panneau : *Chypre à travers les époques.*

— Pas toi ?

— *Nope.* Pas vraiment. Mais ça ne me dérange pas. Comme je le disais, il faut que j'apprenne à moins travailler, et à me consacrer à d'autres activités. Je n'aurais pas eu l'idée par moi-même d'aller voir des sculptures en terre cuite.

Une immense vitrine contenant d'innombrables petites sculptures faisait office de pièce de résistance de l'exposition. C'était sûrement le moment idéal pour poser une des questions suggérées par Tinder, du genre : *À quelle sculpture t'identifies-tu le plus, et pourquoi* ? Qu'il lui demande seulement un truc pareil, ou bien quelle est la pizza qui la définit le mieux, et elle se tire sur-le-champ.

Elle le vit du coin de l'œil se pencher vers la vitrine. Les figurines avaient réellement l'air d'attirer son attention. Pourvu qu'il ne soit pas amateur de floorball. Elle avait déjà trop de collègues qui ne juraient que par ça. Un type comme Amir était sûrement un cran au-dessus. Le paddle, peut-être.

— Il t'arrive quand même de faire autre chose que travailler ? demanda-t-elle.

Amir rit en se redressant.

— Oui, bien sûr. Je suis avocat, devine ce que je fais pendant mon temps libre. Un indice : tous les pires clichés sur les avocats sont véridiques.

— Ne me dis pas que tu... joues au golf ?

Amir gémit et recula, les mains sur la poitrine comme s'il venait de prendre une balle, une expression exagérément embarrassée sur le visage. Elle ne put s'empêcher de sourire à nouveau.

— Tu m'as eu du premier coup, dit-il. La vérité, c'est que je participais déjà à des tournois de golf au lycée. Je ne savais évidemment pas encore que j'allais devenir avocat. La plupart de mes collègues jouent aussi, apparemment les deux concepts vont juste de pair. Pour ma part, je me demande si ce n'est pas l'inverse, peut-être que c'est le golf qui m'a poussé à faire des études de droit.

— Certainement. Aucune autre profession n'est aussi étroitement liée à l'art ancestral du golf, sourit-elle. Pas le choix, en fait. Tu étais prédestiné.

Il lui sourit également et ils reprirent leur chemin à travers l'exposition. Elle avait du mal à s'intéresser aux œuvres tout en conversant avec Amir. Sûrement surtout parce que le reste n'était pas aussi impressionnant que la grande vitrine au départ. Ça devait être ça.

— Et toi ? demanda-t-il. Tu es policière, et comme moi, tu travailles beaucoup. Et après ?

— Après… pas grand-chose.

— Ça alors, dit-il en s'arrêtant, l'air grave. Il va falloir y remédier.

Pendant un court instant, elle ne sut que répondre.

— Parle-moi plutôt du golf, finit-elle par dire, essentiellement pour esquiver ce qui semblait être, potentiellement, une tentative de flirt.

— Que veux-tu savoir ? demanda-t-il sur un ton à la fois surpris et amusé.

Il avait sûrement l'habitude de rencontres autrement plus simples.

— Je ne sais pas, ça doit être un sport assez mathématique, tenta-t-elle. Calculer la force du coup par rapport à la distance jusqu'au trou, ce genre de choses. Comment tu fais ? Est-ce qu'il y a une formule de base, ou tout dépend des performances physiques du joueur ?

Il y avait certainement toute une science derrière le jeu de golf, compte tenu du nombre de gens qui avaient l'air de ne jurer que par ça. Si Vincent avait été là, elle n'aurait pas été surprise de le voir se mettre à dessiner des tableaux sur le mur pour étayer ses explications. Non pas qu'elle imaginait Vincent en golfeur expérimenté. Mais il était sûrement incollable en équations et formules de calculs liés au golf.

Amir avait l'air déconcerté.

— Je dirais que je sais au mètre près jusqu'où va la balle avec tel club, dit-il. Peu importent les conditions du vent, pas de vent, vent de dos ou vent de face, et le dénivelé du terrain. Je ne fais pas de calculs consciemment, je ne saurais même pas comment calculer. Je ne fais que… jouer. C'est le corps qui sait. On n'y pense pas.

Elle l'observa. Son attitude agréable et attentionnée semblait naturelle. Il était présent et posé. Il semblait vivre une vie intéressante, mais pas *trop* intéressante. Plutôt sûr de lui. Et bel homme. Le genre d'homme avec qui une femme pourrait non seulement avoir envie de faire un enfant, mais aussi d'élever ensemble l'enfant en question. Et il ne semblait pas le moins du monde attiré par des calculs superflus.

Aucune chance que ça marche.

— Te voilà ! Je pensais que tu ne viendrais plus.

Mina camoufla un bâillement derrière sa main et s'installa à la table au fond du salon de thé le Ritorno, sur Odensgatan, sans croiser le regard d'Ines. Il était sept heures ce mercredi matin, et elles étaient parmi les tout premiers clients.

Mina avait proposé ce rendez-vous matinal pour ne pas avoir le temps de stresser au sujet de ce que sa mère pouvait avoir à dire. Ines n'avait pas protesté, malgré le trajet qu'elle avait eu à faire de si bonne heure.

Mina ne savait pas comment se comporter vis-à-vis de sa mère. Leur relation datait d'une autre époque, d'une tout autre vie.

Ines n'avait pas quitté sa famille physiquement, mais elle l'avait tout de même abandonnée. C'était à cause de son alcoolisme que la petite Mina avait passé le plus clair de son enfance chez sa grand-mère Ellen plutôt qu'à la maison. Mina avait quinze ans quand Ellen était morte, et elle avait été obligée de passer les années suivantes avec Ines dans leur villa. Ou plutôt, avec l'ombre d'Ines, parce que quand elle était enfin à la maison, elle était ivre.

Mina avait quitté son foyer le plus tôt possible, jurant qu'elle ne reparlerait jamais à sa mère. À la naissance de Nathalie, Ines avait pourtant repris contact, elle voulait faire la paix. Elle était sobre, disait-elle, et elle voulait remplir son rôle de grand-mère. Et puis ce fut au tour de Mina de sombrer dans l'addiction. Pour elle, les médicaments.

Quand elle avait définitivement laissé Nathalie à son père, elle avait aussi interdit à Ines de garder le moindre contact avec sa petite-fille. Nathalie n'avait pas besoin de remplacer une toxico par une autre. À partir de ce moment, Mina avait reçu des nouvelles de sa mère une fois par an maximum. En général pour Noël. Elle avait cependant perdu cette habitude depuis quelques années. Mina n'était plus la même, et Ines non plus, probablement. Elles étaient certes mère et fille, mais en même temps totalement étrangères l'une à l'autre. En tout cas, c'était ce que ressentait Mina.

Le fait était qu'elle en savait plus sur Amir, avec qui elle avait passé deux heures la veille, que sur sa propre mère. Amir, qui avait été assez perspicace pour ne pas proposer de second rendez-vous, mais avait quand même eu une expression de chien battu quand elle l'avait laissé devant le musée. Elle avait été à deux doigts de lui dire "Ce n'est pas toi, c'est moi", mais il y a des limites.

— Bonjour à toi aussi, dit Ines en interrompant ses pensées. Tu adorais cet endroit quand tu étais petite, tu t'en souviens ? Tu prenais toujours…

Elle claqua des doigts en regardant vers le comptoir.

L'exaspération submergea Mina. Elle avait tout faux. Ines n'était pas une étrangère. Elle était au contraire comme elle avait toujours été, et elle éveillait beaucoup trop de souvenirs. Des souvenirs que Mina avait passé tant de temps à refouler.

— … des oreilles d'éléphant, répondit-elle, laconique, et maintenant complètement dans le présent. Et c'est avec grand-mère que je venais ici, pas avec toi.

— Ah oui, des oreilles d'éléphant, répéta Ines en tapant des mains. C'est exact. Par contre, tu te trompes, nous aussi, on venait ici assez souvent.

Mina n'avait pas envie de répondre. Elle était bien placée pour savoir que la mémoire sélective est un symptôme de l'addiction. Récrire et enjoliver la réalité fait partie de l'identité de l'addict, qui en a besoin pour supporter l'existence.

— Tu veux boire quelque chose ?

Mina se leva pour aller au comptoir.

— Un thé, s'il te plaît, dit Ines. N'importe lequel fera l'affaire.

Du thé. Ça, c'était nouveau. Dans les souvenirs de Mina, la présence de sa mère était associée à des litres et des litres de café. Noir. Et toujours avec une cigarette.

Elle commanda un Earl Grey pour Ines et un double expresso pour elle-même. En gobelets en carton. Elle lorgna les pâtisseries derrière la vitrine. Il y avait toujours des oreilles d'éléphant, mais elle ne savait pas depuis quand elles étaient là, ni combien de personnes les avaient manipulées. Pas question qu'elle y touche. Elle ouvrit un paquet de lingettes jetables et essuya le bord de son gobelet avant de retourner à table. Ines n'avait pas besoin de la voir faire.

— Je n'ai pas beaucoup de temps, dit-elle en se rasseyant. On est en pleine enquête.

Elle se rendit compte qu'elle essayait de cacher ses mains rougeâtres et se sentit à nouveau envahie par la colère. Pourquoi avait-elle honte ? Encore aujourd'hui ? Pas question. Elle posa démonstrativement ses mains sur la table, réprimant l'envie d'essuyer d'abord la surface avec une nouvelle lingette.

— Tu voulais me parler de Nathalie, dit Ines doucement.

Elle n'avait pas l'air de faire attention aux mains de Mina, qui se lança :

— Son père est très inquiet, sans exagérer. Je ne vais pas pouvoir l'empêcher encore longtemps d'aller la chercher de force. Et à vrai dire, je commence aussi à penser que ce serait une bonne idée. Tu ne peux pas sortir de nulle part comme ça pour emmener Nathalie et la retenir chez vous là-bas… dans la forêt. Elle est chez vous depuis presque une semaine. On n'est pas à l'aise avec ça.

Ines rit chaleureusement. De petites rides se formèrent autour de ses yeux, et Mina constata, à contrecœur, à quel point sa mère était belle. Et à quel point elle avait l'air en bonne santé. Rien à voir avec la dernière fois qu'elles s'étaient vues. Elle ne savait même plus quand c'était.

— C'est ce que j'ai toujours dit, il faut toujours que tu dramatises, dit-elle. Je ne retiens pas Nathalie. Elle n'est pas en prison. Ça lui fait beaucoup de bien de passer ses vacances en pleine nature.

Mina agita sa main, agacée.

— Tu comprends très bien ce que je veux dire, dit-elle.

— Oui, je comprends. Je n'avais pas l'intention de plaisanter.

Ines redevint sérieuse. Elle sirota prudemment son thé brûlant.

— Je comprends votre inquiétude. Mais laissez-nous encore quelques jours. On fait juste connaissance. Et je te promets que ton secret sera bien gardé. Nathalie pose des questions, mais je ne lui donne que des réponses qui ne révèlent rien.

— Vraiment ?

— Vraiment. Je sais que Nathalie apprécierait que tu arrives à faire patienter son père encore un peu. Et moi aussi, j'aimerais beaucoup. Elle va bien, je t'assure. Ça nous fait du bien d'être ensemble.

— D'accord, finit par dire Mina, à contrecœur.

Elle n'avait même pas réussi à goûter à son café. Elle se leva brusquement.

— Faut que je retourne au boulot. Je vais faire de mon mieux pour vous laisser encore quelques jours. Pour Nathalie. Mais ne me trahis pas. Tu ne peux pas te le permettre.

Toute mon enfance avec toi a été marquée par la trahison. Chaque fois que tu préférais l'alcool à nous, je me sentais trahie. Ne recommence pas.

— Je sais, dit Ines sur ce ton doux qui commençait à taper sur les nerfs de Mina.

Mina hocha la tête, se retourna et quitta la salle. Son café intact sur la table.

— Je croyais que tu ne la voyais plus, cette policière.

Maria l'observait, retranchée derrière un colis ouvert sur la table de la cuisine. Elle avait reçu un stock de publicités qu'elle joindrait à ses futures livraisons. "Abonnez-vous à la newsletter et bénéficiez de 15 % de réduction sur votre prochaine commande !" Vincent n'avait pas besoin de demander de qui venait l'idée. Rebecka et Aston déboulèrent dans la maison, chantant à tue-tête.

— *"All we hear is…"*, hurla Rebecka.

— *"Radio ga ga !"* reprit Aston.

Puis les deux braillèrent à l'unisson.

— *"Radio goo goo, radio ga ga !"*

Rebecka avait découvert l'ensemble du répertoire de Queen au cours du printemps. Vincent avait été pour le moins surpris. Quel ado de dix-sept ans connaissait et, plus encore, appréciait un groupe antique comme Queen en ces temps d'artistes genre Barbie et Ken comme BTS ? Cela dit, il ne s'en plaignait pas du tout. Au contraire, il adorait quand ses enfants le surprenaient. Même si c'était parfois un peu angoissant. Et compte tenu de l'amour qu'Aston vouait à sa sœur ces temps-ci, il n'y avait pas de mystère si lui aussi était accro. *Radio Ga Ga* était devenu sa chanson préférée de tous les temps. Vincent était touché par l'attitude de Rebecka, qui incluait son petit frère, l'encourageait même. Il ne pensait cependant pas que cette complicité entre frère et sœur durerait plus d'un mois. Au maximum. Ensuite, ce serait le retour des chamailleries habituelles. Mais pour le moment, l'alchimie entre les deux était indéniable.

Rebecka et Aston se turent en voyant Maria et Vincent.

— OK, c'est glacial ici, dit Rebecka. Viens, Aston, on s'en va. On va acheter une glace, c'est le genre de trucs qu'on fait en été, non ? On devrait peut-être acheter du lait aussi, je crois que tu l'as terminé ce matin.

— Attends une seconde, fit Vincent. C'est quelle semaine que vous allez chez votre maman, Benjamin et toi ? Il me semble qu'elle voulait revoir les dates, mais je n'ai pas eu de ses nouvelles.

— Elle ne t'a pas envoyé un texto ?

La relation entre Vincent et Ulrika était réduite au strict minimum depuis l'incident au restaurant Gondolen deux ans plus tôt. Ils n'échangeaient plus qu'un SMS ou deux quand c'était absolument nécessaire. Au fur et à mesure que les enfants grandissaient, il y avait aussi de moins en moins de questions qui les obligeaient à se parler, et Vincent soupçonnait Ulrika d'apprécier cette évolution autant que lui. Mais cela occasionnait parfois quelques confusions concernant le lieu de résidence des enfants. Au moment du divorce, ils avaient décidé d'une garde alternée hebdomadaire, mais ça n'avait fonctionné qu'un temps. Depuis plusieurs années maintenant, les enfants faisaient comme ils voulaient, ce qu'il n'avait curieusement pas trop de mal à accepter malgré son besoin de contrôle permanent. À vrai dire, il ne se souvenait même pas de la dernière fois où ils avaient vraiment séjourné chez Ulrika. Il aimait les avoir à la maison, surtout quand il revenait de voyage ou de tournée. Dans ces moments-là, il avait l'impression d'atterrir dans le réel aussitôt rentré à la maison.

— Je pensais rester ici encore quelques semaines, dit Rebecka, et Vincent secoua la tête pour toute réponse. C'est bon, c'est les vacances. Je ne sais pas ce qu'a prévu Benjamin. D'ailleurs, il ne devrait pas quitter bientôt la maison ? Je reprendrais bien sa chambre. Après l'avoir stérilisée au lance-flamme. Viens, Aston.

— Toi, t'as qu'à boire du lait, protesta Aston. Et moi, je mange une glace énorme.

Maria fixa un moment la porte que Rebecka venait de claquer derrière elle et son petit frère, puis se tourna vers Vincent.

— On parlait de la policière. Tu ne te souviens pas de ce qu'a dit le thérapeute ? On ne devait pas faire des choses qui nous feront du mal. Et voilà que tu recommences.

— Qu'est-ce que tu veux… Bon, d'accord.

Vincent se mordit la langue. Il se souvenait très bien des mots du thérapeute. Il se souvenait aussi qu'il avait fait allusion à la jalousie de Maria et à son influence néfaste sur leur relation. Suite à la thérapie, la jalousie de Maria s'était en effet calmée. Il était allé jusqu'à espérer qu'elle s'estomperait totalement.

Mais Mina avait à peine repris contact et tout recommençait déjà comme avant.

— Je n'ai pas été en contact avec Mina depuis les événements avec Jane, dit-il. J'ai été aussi surpris que toi quand elle a appelé lundi dernier. Elle voulait parler avec moi d'une de mes connaissances professionnelles. Elle pensait qu'on se côtoie, c'est pour ça qu'elle m'appelait. Mina est inquiète pour sa fille, c'est tout.

Maria renifla bruyamment et referma le colis.

— Rien à voir avec le fait que tes sous-vêtements empestent le parfum féminin, j'imagine ? dit-elle sèchement. Vous allez vous revoir aujourd'hui, c'est ça ?

— Premièrement, ce que tu dis au sujet de mes caleçons, c'est faux, répondit-il. Deuxièmement, c'est ma semaine de lessives, alors même si mes caleçons avaient senti le parfum, tu ne t'en serais pas rendu compte. Par contre, c'est exact que je pars pour l'hôtel de police dans un petit moment. On dirait que finalement ils veulent bien de mon aide pour l'enquête en cours.

Maria ne céderait pas, il le voyait à ses yeux, avant même qu'elle n'ouvre la bouche.

— Il me semblait bien que tu étais très enthousiaste pour ce qui était des lessives cette semaine, siffla-t-elle. Tu voulais te débarrasser de toute trace en même temps que du parfum, j'imagine. Avant que je me rende compte de quoi que ce soit. Tu l'as prise sur ton bureau ?

Avec ces mots, une année de thérapie de couple s'était volatilisée. Il savait qu'il ne devait pas répondre, mais l'adrénaline montait déjà et il n'y pouvait rien. Les mots sortaient de sa bouche sans qu'il puisse les arrêter.

— On ne fait rien de plus que Kevin et toi. À ce sujet, il t'a envoyé trois messages au cours du dernier quart d'heure.

Il tourna les talons et quitta les lieux sans laisser à Maria le temps de répondre. Il avait trop peur de ce qu'elle allait dire.

Habituellement, la climatisation du hall de l'hôtel de police était plus efficace que dans le reste du bâtiment, mais aujourd'hui la chaleur estivale prenait le dessus même ici. Les fenêtres étaient beaucoup trop grandes. Se tenir dans le hall était comme être sous une loupe, avec le soleil de l'autre côté. Mina imaginait les vitres fondre tout doucement. Elle avait épuisé son stock de lingettes humides. Elle sortit un mouchoir en papier ordinaire de sa poche, s'essuya le front et le balança avec dégoût dans la première corbeille à papier disponible. Elle lui donnait encore une minute. Pas plus.

Au même instant, une tignasse blonde surgissait de l'autre côté de la fenêtre.

Vincent entra dans le hall et s'annonça à la réception.

— Désolé du retard, lança-t-il en arrivant à sa hauteur près des barrières. On s'est disputé avec Maria et… Bref, tu ne veux rien savoir.

— Comme tu dis, répondit-elle en le laissant passer.

Il faisait beaucoup trop chaud pour s'attaquer aux escaliers, elle se dirigea donc vers l'ascenseur. La fois précédente s'était déroulée sans encombre.

— Ça en est où… ce dont on a parlé l'autre fois ? demanda-t-il avec prudence.

— La grand-mère de Nathalie est brusquement devenue sa meilleure amie, dit-elle. Son père n'aime pas son absence prolongée, mais c'est son problème. C'est lui qui a une réputation à protéger. J'ai juste peur que tout ça se termine avec une Nathalie en larmes.

Elle n'avait jamais été aussi explicite au sujet du père de Nathalie. Vincent eut l'air de vouloir poser une question, mais se ravisa. Il avait apparemment fait quelques progrès en matière d'appréhension des relations sociales.

— Je suis là officiellement cette fois-ci ou toujours pas ? dit-il à la place.

C'était peut-être une impression, mais il avait presque l'air un peu vexé.

— D'abord, je voudrais t'assurer que ce n'était pas mon idée, dit-elle. Depuis le début, je voulais qu'on fasse appel à toi.

— Qu'est-ce qui n'était pas ton idée ?

— C'est les autres qui… ils ont décidé de prendre Nova comme consultante. Pour ma part, j'en ai déjà assez de cette femme.

Vincent haussa les sourcils.

— Dès le départ, je doutais qu'elle soit en mesure de vraiment contribuer, continua-t-elle. Et sa venue ne m'a aucunement convaincue. Pourtant, elle nous donne raison sur un élément : les deux meurtres ont certaines caractéristiques identiques. Nous avons probablement affaire à un meurtrier qui opère selon un schéma invisible. Nova insiste pour appeler ça des rituels. Mais nous n'avons pas besoin d'une gourou en développement personnel pour nous tuyauter sur les comportements de groupe. Nous avons besoin de quelqu'un qui connaît la psyché humaine et qui sera capable d'interpréter le comportement du meurtrier. Nous avons besoin d'un Vincent.

— Je vois. Nova est pourtant très compétente, dans son domaine. C'est une belle femme, en plus. Un atout majeur pour votre enquête, si les médias s'en emparent.

Elle dut se faire violence pour ne pas réagir. Vincent trouvait que Nova était belle ? Pourquoi avait-il jugé utile de le mentionner ? De toute façon, elle n'en avait rien à faire. Rien du tout.

— Nova est ici en ce moment même, en fait, dit-elle au moment où ils entraient dans l'ascenseur. Elle a une nouvelle réunion avec Julia.

— J'aimerais bien la saluer, si on a le temps, répondit-il en laissant Mina appuyer sur le bon étage.

— On verra, fit Mina d'un ton sec.

Soudain, elle n'avait plus du tout envie de discuter. Ils montèrent en silence.

— Tu sais, dit-il juste avant l'ouverture des portes. C'est… chouette de te revoir.

Elle se tourna vers lui et le regarda dans les yeux. C'était comme si elle voyait droit au fond de lui. Mais ce n'était pas le maître mentaliste qu'elle voyait. Elle voyait tout ce qu'il était, tout ce qu'il ne montrait à personne, tout ce qu'il avait osé lui montrer, à elle seule, cette autre fois. Il était enfin *là*. Elle faillit en perdre l'équilibre.

— Je trouve aussi que c'est très chouette de te revoir, Vincent, souffla-t-elle.

Les portes s'étaient ouvertes, et ils sortirent dans le couloir. Elle désigna son bureau.

— Je m'en souviens, dit-il.

— Bien sûr que tu t'en souviens. Laisse tomber l'exposé sur les arcanes numériques du nombre de mètres carrés de mon espace, s'il te plaît. On a d'autres sujets plus urgents.

— Qu'est-ce que tu racontes ? dit-il en feignant l'indignation.

Mina ouvrit la porte. Deux ventilateurs au milieu de la pièce tournaient à plein régime sans pour autant fournir de résultat convaincant. Ils se limitaient à faire tourbillonner la poussière de la pièce. Elle en avait probablement déjà inspiré. Mais elle n'avait pas le choix. En ouvrant la fenêtre, elle ferait entrer les gaz d'échappement de la rue, ce qui était encore pire. Vincent avait remplacé son costume par une chemise à manches courtes, ce jour-là, mais il avait visiblement aussi chaud qu'elle.

— Tu as demandé si tu étais là officiellement, dit-elle en montrant son bureau de la main. C'est justement ce que nous allons voir. C'est exactement pour ça que tu es là. Pour vérifier ça.

Elle n'avait pas eu l'intention de parler de façon aussi autoritaire, si directive.

— Aide-moi, Vincent, dit-elle sur un ton plus doux. Aide-moi à voir. Ou dis-moi si je divague complètement. J'ai besoin de toi.

D'un côté de son bureau se trouvait le sac à dos d'Ossian, ainsi que les photos que Josefin et Fredrik leur avaient données, et une sortie papier de l'enquête en cours. De l'autre, des photos agrandies des affaires que Lilly avait dans sa poche, et le rapport de l'enquête. Mina avait soigneusement disposé tous ces éléments de manière que rien ne soit mis en évidence par rapport au reste. Le tout représentait un ensemble complexe d'informations, d'indices et de liens possibles. Sans aucun commentaire. Il était là parce qu'elle voulait savoir ce qu'il allait en déduire par lui-même.

— Voici les éléments des deux affaires dont je t'ai parlé, dit-elle. Qu'est-ce que tu vois ?

Vincent s'approcha du bureau et glissa sa main sur son menton. Elle était presque sûre de l'avoir entendu soupirer d'aise.

— Je suppose que tu cherches à savoir s'il y a un lien. Je peux ?

— Tout ce que tu as devant toi est hautement confidentiel, bien sûr… Mais oui, vas-y, tu peux toucher ce que tu veux.

Il étudia d'abord les portraits d'Ossian et Lilly. Elle supposa qu'il cherchait des similitudes entre les deux enfants. Il feuilleta les rapports puis regarda à nouveau les photos. Cette fois-ci il avait l'air d'inspecter leurs vêtements.

— Des enlèvements identiques, mais commis par des personnes différentes, murmura-t-il. La probabilité est minime. Mais pas totalement exclue. Hum.

Il tendit le doigt.

— Ce sont les objets qu'ils… qu'Ossian et Lilly avaient sur eux quand on les a retrouvés ?

Elle acquiesça.

— Ce chromo, dit-il en désignant la photo. Il est tout neuf. Compte tenu de l'état des autres objets que Lilly avait dans sa poche, on dirait que le chromo n'est pas à elle. Et ce sac à dos n'appartient pas à Ossian, d'après ce que disent ses parents dans le rapport ? Le sac aussi a été ajouté.

Il avait trouvé tout de suite. Vincent souleva le sac à dos. Examina le chromo.

Mina retint son souffle.

Sur le sac à dos, le logo My Little Pony était entouré de sept poneys multicolores avec de grands yeux rieurs. L'un d'entre eux avait des ailes.

Le chromo de Lilly était d'un style plus réaliste. On y voyait une plage, et au bord de l'eau se cabrait un pur-sang arabe, les vagues se brisant spectaculairement contre ses jambes arrière.

— Des chevaux, dit-il. Des chevaux des deux côtés.

Elle souffla. De tout ce qu'il avait pu dire, toutes les conclusions qu'il aurait pu tirer, il avait constaté la même chose qu'elle. L'information concernant Lilly s'était trouvée sous les yeux de la police pendant une année entière. Elle consulta l'horloge murale. Vincent avait mis environ quatre-vingt-dix secondes.

— C'est également ce que j'ai remarqué, dit-elle. Mais est-ce que ça signifie quelque chose ?

— Aucune idée, répondit-il en ouvrant le sac à dos. C'est plus probablement une coïncidence. À part le fait que ces objets ont été ajoutés après coup. Que dit Nova ?

— Au sujet des chevaux ? Rien. Il n'y a que moi qui l'ai vu. Et toi. Nova nous a sorti une théorie fumeuse comme quoi l'eau serait un symbole important pour le meurtrier. Et le chiffre 3. Elle pense que les meurtres ont été perpétrés par un groupe de personnes sous les ordres d'un leader.

— Tout serait donc planifié ? demanda Vincent en levant les sourcils. C'est aussi ce que vous pensez ?

Il était d'accord avec elle. Elle aurait pu l'embrasser. Pas littéralement, bien sûr. Elle y pensait comme une image, mais… Oui, c'est ça, une image. Elle plissa le front. Qu'avait-elle ? Il fallait qu'elle se ressaisisse avant que Vincent ne remarque quoi que ce soit.

— Des meurtres d'enfants planifiés, on dirait un roman de gare, dit Vincent. Mais peut-être que je suis juste cynique. Concentrons-nous plutôt sur ce que nous avons trouvé, toi et moi. Il faut un troisième élément connecté pour que nous puissions parler de pattern avec certitude. Et ça vaut autant pour la théorie de l'eau de Nova que pour nos chevaux. Nous n'en avons que deux pour le moment. C'est pareil pour le mode opératoire des enlèvements. Ça peut être une coïncidence. C'est la troisième occurrence qui confirmera le contraire. Comme quand tu dois tirer une ligne entre deux points A et C. Pour être sûr de dessiner une ligne droite, il te faut un point B, entre les deux autres.

— De quoi tu parles ?

Il reposa le sac à dos et manipula la photo du chromo pendant un instant. Ensuite, il la remit avec les autres sur la table et sortit un mouchoir de sa poche. Il s'essuya le visage pour enlever la sueur et remit le mouchoir dans sa poche.

— Ne t'inquiète pas, dit-il en voyant son expression. Je le lave au chlore dès que je rentre. À moins que tu veuilles t'en occuper… ?

Il fit mine de ressortir le mouchoir tout en lui décochant un regard appuyé.

— Méfie-toi, ça pourrait être la plus courte participation à une enquête policière de ta vie, dit-elle.

Il rangea définitivement son mouchoir, et c'est avec soulagement qu'elle le vit se servir de produit désinfectant à disposition sur la table pour se nettoyer les mains.

— Lilly et Ossian donc, reprit-il. Y a-t-il un schéma ou pas. La question est sinistre, mais… il n'y a qu'eux deux ? Pas d'autres meurtres d'enfants pendant cette période ?

— Deux, c'est déjà bien trop, dit-elle en secouant la tête. On l'aurait su, s'il y en avait eu d'autres. Des enfants tués, en particulier des affaires non résolues, ça mobilise tous les policiers du pays.

Elle s'installa derrière son ordinateur et se connecta à la base de données de la police.

— Je peux bien sûr revérifier s'il y a eu d'autres meurtres d'enfants, mais nous serions forcément déjà au courant. Nous n'avons pas…

Elle s'interrompit, les yeux rivés sur l'écran.

— Bon Dieu !

Une affaire vieille de six mois la fixait en retour. Elle fit pivoter l'écran pour montrer à Vincent.

— Il y a en effet eu un gamin de quatre ans cet hiver, dit-elle. Ça me revient maintenant, même si ce n'est pas nous qui avons été chargés de l'enquête. Mais les circonstances étaient complètement différentes. Il ne s'agit pas d'un enlèvement. L'enfant, William Carlsson, a été découvert sur Beckholmen, la petite île près du parc de Gröna Lund, tu sais, là où il y a un vieux chantier naval. Il était au fond de la cale sèche, comme s'il s'était tué en y tombant. Mais il y avait des antécédents de violences dans la famille. Les voisins avaient porté plainte contre le père pour des histoires de troubles du voisinage, et le corps du petit portait des traces de maltraitances répétées. Les responsables de l'enquête étaient persuadés que William n'était pas tombé dans la cale sèche par accident, mais qu'il s'agissait d'une minable tentative de dissimulation de tout ce qu'il avait subi. Le père a été arrêté immédiatement et inculpé pour meurtre. L'affaire était limpide, aucune question restée sans réponse. Rien à voir avec Lilly et Ossian. Mais un enfant mort, effectivement.

Vincent fit la grimace et se pencha vers l'écran, par-dessus son épaule. Un léger parfum d'épices émanait de lui. Elle ne s'était même pas rendu compte à quel point cette odeur lui avait manqué. Elle se laissa aller en arrière, pour s'approcher encore un peu plus de lui.

— Quel était le degré de certitude que c'était le père qui avait tué l'enfant ? demanda-t-il.

— Très élevé, répondit-elle en montrant un passage du rapport sur l'écran. Le cas est passé devant le tribunal en un temps record, le père est incarcéré à Hall, et comme tu peux le constater, il a reconnu la majeure partie des maltraitances. La seule chose qu'il n'a pas avouée, c'est le meurtre en lui-même. Mais le rapport parle aussi de toxicomanie. Il n'était peut-être pas sobre au moment des faits. L'affaire est horrible du début jusqu'à la fin.

Ils lurent ensemble comment William Carlsson avait été retrouvé seulement en tee-shirt et caleçon long au plus froid de l'hiver. Il n'y avait pas de sac à dos, aucun objet personnel, avec ou sans chevaux. Rien que des hématomes et une tragédie infinie.

— Mais vous n'avez pas de certitude, dit Vincent. Le père n'a pas avoué le meurtre. Et en plus…

Il montra une photo de l'endroit où William avait été trouvé. Il y avait trois cales sèches sur l'île, une seule encore en service. Le corps de William gisait entre deux navires. Seule la rubalise de la police qui sécurisait la zone entre les bateaux témoignait de l'horreur.

— La proximité de l'eau, une fois de plus, dit Mina. Ça va dans le sens de la théorie de Nova.

Vincent hocha la tête, mais il n'avait pas l'air convaincu.

— Peut-être, dit-il. Heureusement qu'il n'y avait pas d'eau dans la cale, sinon vous ne l'auriez jamais retrouvé. Je propose qu'on aille y faire un tour. La police n'a rien trouvé, mais ça ne veut pas dire qu'il n'y avait rien à trouver.

— Tu insinues qu'on ne fait pas bien notre boulot ? dit-elle en lui donnant une tape sur le bras.

— Pas du tout. Mais à l'époque, la police scientifique n'avait pas de raison de rechercher des éléments spécifiques. Il y a peu de chances de trouver quoi que ce soit si longtemps après, c'est vrai, si tant est qu'il y avait quoi que ce soit à trouver à l'époque. La police a probablement vu juste, à savoir que William a été tué par son propre père. Il s'agit d'un potentiel indice, un brin de paille si minuscule qu'il se briserait sans doute au moindre souffle. Mais je crois que nous devons nous assurer à cent pour cent qu'il n'y a pas de lien avec Ossian et Lilly. Parce que s'il y a un lien…

Il s'interrompit et sortit son mouchoir de sa poche. Après un rapide coup d'œil vers Mina, il l'y remit aussitôt.

Mina regarda l'écran et eut soudain froid, malgré la chaleur.

— Nous devons d'abord briefer Julia et les autres, dit-elle. Je rassemble tout le monde, ils devraient tous être dans la maison actuellement.

— Nous ? dit-il en la regardant, surpris.

— Bienvenue parmi nous à nouveau, Vincent.

L'unité s'était élargie depuis la dernière fois que Vincent s'était trouvé dans cette pièce. Le nouveau venu, Adam, était grand, les traits marqués, le regard vif. Comme sorti d'une série télévisée américaine.

— Bonjour, Vincent, dit-il en lui tendant la main.

Adam secoua sa main droite si fort que le café dans sa main gauche faillit déborder.

— Enchanté, Adam. J'ai entendu parler de toi.

Gestuelle assurée, précise, contact visuel clair et dix degrés d'inclinaison du torse vers l'avant. Une salutation de première classe. Solide et franche, sans évoquer la moindre dominance. Une entrée en matière qui signifiait à la fois "je maîtrise la situation" mais aussi "je suis prêt à coopérer". Vincent observa les autres dans la salle. Christer et Peder le saluèrent avec chaleur, Peder avec une barbe impressionnante, tandis que Ruben se contenta de le regarder en plissant les yeux et en croisant les bras.

— Ruben, désolé, je ne t'ai pas remercié pour ton envoi, dit-il. C'était vraiment important. Peux-tu tenir ma tasse, s'il te plaît, le temps que je me débarrasse de mon sac ?

Il tendit sans attendre sa tasse à Ruben qui, avec un léger air de surprise, obtempéra automatiquement. Vincent avait prévu que ses réflexes seraient plus rapides que sa pensée. Maintenant, la tasse était dans sa main, trop tard pour refuser.

Le but de la manœuvre était de pousser Ruben à ouvrir son langage corporel en lui faisant décroiser les bras. Ainsi, il serait plus réceptif à ce que Vincent et Mina avaient à annoncer. La méthode la plus simple était de lui faire saisir un objet.

Les remerciements de Vincent n'avaient rien de factice. Juste après leur dernière collaboration, en octobre presque deux ans plus tôt, il avait reçu une lettre de sa part. L'enveloppe contenait l'article de journal sur la mort de la mère de Vincent, ce même article que Ruben avait présenté à tous comme preuve de l'implication de Vincent dans l'enquête en cours. Il avait bel et bien été impliqué, mais pas comme Ruben l'avait soupçonné.

*Je n'ai toujours pas la moindre idée de l'identité de l'expéditeur,* avait écrit Ruben sur un bout de papier attaché à l'article. *Mais je n'en ai pas besoin. Je crois que personne n'en a besoin. Brûle-le ou fais-en ce que tu veux.*

Vincent avait été touché par le geste. Mais le Ruben qui lui avait envoyé l'article ne semblait pas être présent à la réunion de ce jour. Celui qui était là se contenta de hausser les épaules et de rendre sa tasse à Vincent. Autrement dit, tout était comme d'habitude. D'un autre côté, Vincent ne serait sans doute pas aussi impliqué dans cette enquête que dans la précédente, puisqu'ils venaient d'engager Nova. Il pouvait se permettre une légère indulgence. Restait que la police avait bien de la chance que pour chaque Ruben, on trouve un Adam.

— Heureuse de te revoir, Vincent, dit Julia. J'ai cru comprendre que vous avez un peu cogité, Mina et toi, sur notre enquête en cours. J'aurais bien sûr apprécié d'être informée et que ton implication passe d'abord par les voies hiérarchiques adéquates.

— Je n'avais aucune certitude qu'on allait trouver quoi que ce soit, tenta Mina en guise d'excuse. Je voulais d'abord être sûre. En fait, je ne le suis toujours pas complètement. Mais nous souhaitons regarder de plus près l'affaire William Carlsson. En commençant par le lieu où il a été trouvé.

— L'enfant qui a été tué par son père l'hiver dernier ? demanda Ruben en se redressant. Quel rapport avec notre enquête ?

— Si je peux me permettre, intervint Adam. Le père de William, Jörgen Carlsson, a effectivement été condamné pour le meurtre, lors d'une procédure judiciaire inhabituellement rapide. Mais si je me souviens bien, Jörgen Carlsson n'a jamais reconnu le meurtre, curieusement, puisqu'il a admis sans ciller être responsable d'une longue liste de maltraitances. Peut-être pensait-il mieux s'en sortir ainsi. En plus, mais je peux me tromper au sujet des détails, il me semble me souvenir d'un témoin tout au début de l'enquête, une vieille dame habitant dans un appartement avec vue sur l'aire de jeux dans la cour, et qui avait vu une autre personne que Jörgen partir avec William. Mais comme Jörgen ne se rappelait pas où il était au moment des faits, et que la vue de la dame laissait à désirer, on a laissé tomber.

— Compte tenu des cas d'Ossian et de Lilly, c'était peut-être une erreur, dit Julia. Jörgen Carlsson a peut-être raison. Il a peut-être été condamné pour meurtre à tort.

Ruben croisa les bras, l'air de quelqu'un qui vient d'avaler quelque chose de très amer.

— Jörgen Carlsson est une ordure de premier ordre qui n'a eu que ce qu'il méritait, lâcha-t-il.

— Suis d'accord, enchérit Peder. Je m'en souviens aussi. L'enfant avait des blessures plus ou moins cicatrisées sur pratiquement toute la surface de son corps. Il avait été tellement battu qu'il aurait pu en mourir dix fois. Et d'après ce que j'ai compris, sa mère partageait son sort.

Bosse gémit et lécha la main de Peder, comme si le chien comprenait à quel point l'idée des maltraitances infligées aux enfants était douloureuse.

— Dans mon esprit il n'y a aucun doute sur la culpabilité du père, dit Ruben. J'ai rencontré cette famille plusieurs fois lors de patrouilles de nuit. Une fois à Noël, même. Putain de merde. Un vrai bain de sang à notre arrivée. Jörgen avait cogné la tête de sa femme Lovis contre la cuisinière, le sang coulait à flots. On a retrouvé le petit caché derrière le sapin, au milieu des guirlandes, des cadeaux et tout le tralala. Je crois qu'il avait trois ans à l'époque. Jörgen n'a rien d'un innocent. Il mérite qu'on l'enferme et qu'on balance la clef.

Silence dans la salle. Vincent contempla le seul élément décoratif de la pièce, à savoir une grande carte de la ville de Stockholm sur le mur en face de lui, en essayant de repousser les images que le récit de Ruben convoquait en lui. Trop tard. Il fixait la vieille ville si intensément qu'il en avait les larmes aux yeux, mais c'étaient bien les photos du corps de William, couvert de bleus, qu'il voyait. Un corps qui ressemblait tellement à celui d'Aston quelques années plus tôt seulement.

Christer s'éclaircit la gorge.

— Je suis d'accord avec Ruben, grommela-t-il. Jörgen Carlsson est un salopard. Qui ne devrait plus jamais voir la lumière du jour. Par chance, ce qu'il a reconnu suffit à le garder coffré un bon moment encore. Et c'est bien par chance, parce qu'Adam a raison. Pas sûr du tout que Jörgen ait tué son fils.

— Adam et Ruben, vous allez illico interroger la maman de William, Lovis, décida Julia. Essayez aussi de trouver la voisine qui disait avoir vu quelqu'un partir avec William, faites-vous une opinion sur sa fiabilité. Faudrait arriver à rencontrer les deux aujourd'hui. Lundi, vous allez rendre visite à Jörgen à la prison de Hall. Je les préviens de votre arrivée.

Ruben se tourna vers Adam.

— Tu peux oublier le rôle du *good cop* cette fois-ci, dit-il. Il n'y en a pas, avec ce taré.

Adam acquiesça, le visage dur. Ils étaient entièrement d'accord. Julia se tourna vers Mina et Vincent.

— Je ne sais pas ce que vous espérez trouver, dit-elle. Mais allez inspecter les lieux. Emmenez Peder et sa barbe. Si vous passez devant un barbier, c'est aux frais de la police. Et Vincent, puisque tu es là… Nous avons une femme en détention que je voudrais te faire rencontrer avant toute chose. Elle s'appelle Lenore Silver.

— Tu vis en Suède depuis combien de temps ?

Adam soupira en son for intérieur. Il envisagea même de ne pas répondre à la question de Ruben, mais savait que le bavardage en voiture faisait partie intégrante de la culture policière. Il aurait juste apprécié que la question soit tournée d'une autre façon, pour une fois.

— Je suis né en Suède.

— Ah, d'accord.

Silence. Adam était toujours étonné par la stupeur muette que causait systématiquement sa réponse.

— Et tes parents ? Ils viennent d'où ? finit par retenter Ruben.

— L'Ouganda.

— Ah ouais, l'Ouganda.

Nouveau silence.

— Je dois avouer que je ne connais pas l'Ouganda.

— Normal, pourquoi est-ce que tu connaîtrais ? Moi non plus, je ne connais pas particulièrement.

Adam leva les yeux au ciel, au fond de lui. Il y avait quelque chose chez Ruben qui l'énervait, au-delà de ses questions stéréotypées. Il avait déjà rencontré ce type de policier tant de fois. Beaucoup de muscles, peu de cerveau.

— Quand est-ce qu'ils se sont réfugiés ici ?

— Ils ne se sont pas réfugiés. Ma mère a obtenu un poste d'enseignante en Suède. Une fois arrivée, elle s'est rendu compte qu'elle était enceinte. Et elle a décidé qu'elle ne voulait plus avoir affaire à mon père.

— Pas de chance, dit Ruben en hochant lentement la tête. Mais toi, tu ne t'es pas posé des questions à son sujet ? Tu n'as pas voulu le rencontrer ?

— Non, pourquoi ? Je fais confiance à ma mère. Si elle estime que je n'avais pas besoin de lui dans ma vie, je pars du principe qu'elle avait raison.

— Ah, dit Ruben, l'air soudainement un peu triste. Ce genre de père.

Adam lui décocha un coup d'œil rapide, puis regarda à nouveau la route. Il n'avait aucune envie de fouiller dans la vie privée de ses collègues en général, et encore moins dans celle de Ruben en particulier.

Les immeubles de Rissne où vivait Lovis s'élevèrent devant eux et Adam entra sur le parking. Ruben restait silencieux, l'air contrarié. Adam vérifia l'adresse sur son portable. Première porte après le parking. Il regarda autour de lui et montra à Ruben.

— Là. Ça doit être l'aire de jeux où les parents de William disent l'avoir vu pour la dernière fois.

— Je ne crois toujours pas une seconde que ce n'est pas le père qui l'a tué, bougonna Ruben.

— On n'est pas là pour en débattre. On a un boulot à faire.

Il entendit lui-même la dureté de son ton. Mais il en avait assez de tous ces flics qui optaient si volontairement pour les solutions faciles. La réalité est rarement facile.

Ils montèrent les marches jusqu'à l'appartement de Lovis. Dans un landau devant l'appartement voisin dormait un bébé. L'enfant bougea et gémit dans son sommeil quand ils frappèrent à la porte de Lovis. Un moment passa avant qu'ils n'entendent un pas traînant s'approcher de la porte. Long silence. Hésitation. Enfin, une clef tourna et la porte s'ouvrit tout doucement. De quelques centimètres.

— C'est pour quoi ?

La voix était rauque, et même à travers la toute petite fente dans la porte, Adam reconnut l'odeur de l'alcool qui, de longue date, imprégnait les lieux.

— Police. On voudrait vous parler de William.

— Ah, c'est maintenant que vous voulez me parler de William, hein ?

Elle allait refermer, mais Adam mit le pied dans l'embrasure.

— S'il vous plaît, Lovis. Pour William. Laissez-nous entrer.

Nouveau silence. Puis la porte s'ouvrit. Elle les devança à l'intérieur de l'appartement. Tout était sombre, aucune lumière ne pénétrait, toutes les fenêtres étaient occultées par du tissu noir. L'odeur qui y régnait était un mélange d'ordures, de nourriture rance et de fumée de cigarettes. Ruben toussa légèrement.

— Vous pouvez vous asseoir ici.

Dans le séjour, Lovis leur désigna un canapé défoncé, maculé de taches et de brûlures de cigarettes. La table basse était recouverte de cendriers pleins et de bouteilles de vin et autres alcools vides. Une ou deux photos encadrées pour toute décoration. Lovis avec William. Jörgen et Lovis ensemble. Un enfant, peut-être Lovis, perché sur un cheval, l'allure fière.

Adam s'assit sans hésitation, mais constata du coin de l'œil que Ruben préférait rester debout. Il lui lança un regard. Ils étaient ici pour interroger la mère d'un enfant qui avait été tué. Ce n'était pas le moment de jouer les délicats. Ruben saisit le message et s'assit, non sans une légère grimace.

— C'est au sujet de Jörgen ? Il lui est arrivé quelque chose ? Vous le savez, il ne devrait pas être en taule, ce n'est pas lui qui a tué William.

Lovis alluma une cigarette de ses mains tremblantes, inhala profondément et leur adressa un regard noir. Elle se mit soudain à les pointer du doigt avec énervement.

— C'est à cause de l'autre garçon ! L'enfant disparu ! C'est pour ça que vous venez ! C'est l'assassin de William qui a recommencé ! Je l'ai toujours dit ! J'ai toujours dit que ce n'était pas Jörgen !

— Nous ne pouvons rien vous dire pour le moment, fit Adam en écartant les bras. Seulement que nous examinons à nouveau les circonstances de la mort de votre enfant. Nous voulions savoir…

— Dehors !

Lovis les regardait fixement.

— Nous voulions vous demander…

Adam s'éclaircit la voix. La fumée irritait sa gorge et ses yeux coulaient.

— Dehors !

Lovis se leva brusquement, envoyant valser une bouteille de Smirnoff vide. Elle atterrit bruyamment par terre, roula un tour ou deux, puis s'immobilisa.

— Je veux que vous partiez. Dehors !

Ruben se leva et Adam suivit son exemple. Il leur faudrait sans doute revenir à un autre moment. Quand Lovis se serait calmée.

Quand la porte claqua derrière eux, Adam accusa le coup. Parler avec Lovis n'avait pas donné grand-chose.

Il leur restait deux visites. Le témoin. Et ensuite Jörgen.

Mina connaissait les couloirs par cœur, mais Vincent regardait autour de lui avec curiosité quand Julia les précédait jusqu'à la prison de Kronoberg, située dans le prolongement de l'hôtel de police.

— Elle s'appelle donc Lenore Silver, dit Julia. Nous la gardons en détention pour suspicions de privation de liberté et traite de mineurs. Jusqu'à présent, elle a nié tout lien avec l'affaire Ossian, ou l'affaire Lilly, mais on ne perd rien à l'interroger encore une fois. Ou plutôt, à te laisser l'interroger, Vincent.

Vincent s'arrêta, fronça les sourcils.

— Comme je l'ai déjà précisé…, commença-t-il.

— On sait, le coupa Julia. Tu n'as aucune formation en tant qu'enquêteur ou interrogateur. Tu ne peux pas prendre ce genre de responsabilité. Crois-moi, je suis au courant, ça m'a posé bien des soucis la dernière fois. Mais tout s'est bien terminé. Et je voudrais seulement que tu… que tu parles avec elle. Tu es doué pour ça.

Ils étaient arrivés devant les salles d'interrogatoire. Des portes anonymes surmontées de chiffres noirs. Ça ressemblait à n'importe quel couloir de n'importe quel immeuble de bureaux. Mais derrière l'une de ces portes, une femme les attendait, une femme qui donnait la chair de poule à Mina chaque fois qu'elle la voyait. Elle était tout le contraire de Mina. Sûre d'elle. Bien habillée. Jolie. Aux ongles longs et manucurés, loin des bouts de doigts rougis de Mina. Et aussi, c'était une véritable psychopathe.

— D'accord, je vais essayer, mais je ne promets rien, fit Vincent. Et je le fais à ma façon. Quelqu'un a un stylo ?

Julia lui donna un stylo à encre.

Le mentaliste s'appliqua à dessiner un petit point sur sa joue, quelques centimètres sous l'œil.

— Tu fais quoi ? demanda-t-elle.

— Je le fais à ma façon.

Julia secoua la tête. Ça n'avait rien d'encourageant.

— Mina, tu prends le relais, dit-elle. Je vais à l'étage au-dessus pour informer la direction de notre prochaine étape. Lenore se trouve dans la salle numéro trois.

Julia s'éloigna dans le couloir. Mina sentit la sueur perler sous ses aisselles. Rien à voir avec l'interrogatoire qui les attendait. C'était seulement cette maudite chaleur.

Elle inspira profondément et ouvrit la porte les menant à Lenore Silver qui, malgré la température et le fait qu'elle était en détention depuis un petit moment, avait bonne mine, était bien habillée et fraîchement maquillée. Elle était assise sur l'une des trois chaises de la salle, mais il n'y avait pas de table. Julia l'avait probablement fait enlever pour faciliter la tâche à Vincent.

Le sourire de Lenore disparut quand elle vit le mentaliste.

— Que fait-il ici ? demanda-t-elle. Je l'ai vu à la télévision.

— Vincent va vous poser quelques questions, répondit Mina en prenant place face à elle. Mina se sentit brusquement un peu mieux. La moiteur sembla se calmer. Vincent s'assit à côté d'elle.

— Je ne répondrai à aucune question en l'absence de mon avocat, dit Lenore en croisant les bras. Vous me retenez ici depuis vendredi. Aujourd'hui, c'est… mercredi, n'est-ce pas ? Vous ne pouvez pas me garder plus longtemps.

— Vous avez raison, dit Mina. Mais… écoutez, Lenore. Nous avons identifié la fillette qui était chez vous. Nous savons qu'elle fait partie d'une famille nouvellement arrivée, logée dans le quartier de Midsommarkransen. Nous savons que vous aviez l'intention de la vendre, exactement comme vous l'aviez fait il y a cinq ans. D'autres membres de votre réseau vous ont balancée en échange de réductions de peines.

La dernière information était fausse, personne d'autre n'avait été arrêté. Ils ne savaient rien de plus que l'identité de la fillette, et l'affaire était désormais aux mains d'autres enquêteurs. Mais le bluff de Mina avait l'air de marcher, Lenore serrait ses mains autour de ses bras.

— Aucun avocat ne voudra se salir les mains en s'occupant de vous, continua Mina. Vous aurez un avocat commis d'office. Et ça m'étonnerait qu'on vous assigne l'outil le plus affûté de l'atelier. On vous donne cette petite chance de vous montrer coopérative. Et croyez-moi, c'est dans votre intérêt.

Lenore sembla réfléchir un instant, puis se redressa sur sa chaise, les mains sur les genoux.

— Qu'est-ce qu'il veut savoir ? dit-elle.

— Je voudrais vous faire faire un petit jeu, dit Vincent en souriant. Je dis un mot, et vous répondez immédiatement avec le premier mot qui vous vient à l'esprit, sans trop réfléchir. Ça vous paraît peut-être bizarre, mais jouez le jeu, c'est important. La première chose à laquelle vous pensez. D'accord ?

Lenore soupira et acquiesça.

— Bien. On y va. Cheval.

— Selle, répondit Lenore en regardant Vincent droit dans les yeux.

— Eau, poursuivit Vincent.
— Soif.
— Enfant.
— Ceux des autres.
Lenore croisa à nouveau les bras, sans lâcher le mentaliste du regard.
— Mort.
— Vie.
— Ossian.
— Irlande.
— Lilly.
— Mariage.
Vincent souleva un sourcil.
— C'est le nom d'une boutique de robes de mariage en ville, expliqua Lenore.
— Vous allez vous marier ? demanda Mina.
— Ça ne vous regarde pas. On a fini ?
— Presque, reprit Vincent. William.
— Spetz*.
— Tuer.
— Séries télévisées.
— OK, c'est bon, dit Vincent en se levant. Merci d'avoir accepté de parler avec nous.
Il tendit la main, et Lenore la prit par réflexe. Vincent glissa sa main gauche sous son poignet et retira aussitôt la main droite. Le bras de Lenore se trouva suspendu sur sa main, à plat. Il se mit à bouger le bras tout doucement, de manière à faire osciller la main de Lenore, et en même temps il montra du doigt le point qu'il avait dessiné sous son œil.
Mina contempla la scène, fascinée.
— Lenore, regardez ce point, énonça-t-il sur un ton soudain très différent.

* William Spetz est un humoriste suédois.

La voix de Vincent était en même temps douce et impérative. Mina avait du mal à ne pas fixer, elle aussi, le point sur sa joue. La situation était à tel point incongrue qu'elle aurait volontiers suivi ses instructions rien que parce que c'était simple, compréhensible. Elle supposa que c'était justement le but de la manœuvre.

Le regard de Lenore se perdit dans le vague. Elle avait l'air de ne plus avoir conscience de ce que faisait son bras.

— Et pendant que vous regardez, poursuivit Vincent, vous sentez vos pensées devenir aussi floues que votre regard, c'est presque la même sensation, et moins vous focalisez, moins vous avez besoin de penser, vous pouvez vous permettre de vous laisser emporter par vos pensées, elles sont comme un océan bienveillant qui vous entraîne vers le bas… et vous n'avez qu'à vous laisser aller vers les profondeurs bienfaisantes… maintenant.

Il lâcha le bras, qui tomba si lourdement que sa tête fut entraînée un peu vers l'avant. Mina vit qu'elle avait fermé les yeux.

— Très bien, continuez, dit Vincent en posant sa main sur la nuque de Lenore de manière qu'elle reste la tête en avant. Laissez-vous sombrer jusqu'aux profondeurs si rassurantes et agréables. Vous y êtes ?

Lenore hocha la tête lentement. Mina ne croyait pas à l'hypnose, mais elle ne pouvait nier que ce que Vincent venait de faire avec Lenore y ressemblait beaucoup. C'était sans doute absolument illégal, d'ailleurs, mais Mina supposait que Julia avait secrètement espéré quelque chose de ce genre quand elle avait accepté de faire appel à Vincent.

— Maintenant, je vais vous reposer les mêmes questions, dit Vincent. Et cette fois-ci, vous me donnez les réponses que vous trouverez dans les profondeurs, au tréfonds de vous. D'accord ?

Lenore hocha à nouveau la tête. La pièce était silencieuse, et un craquement se fit entendre quand Vincent s'assit sur une chaise en face de Lenore.

— Cheval, dit-il.

— Bite.

La voix de Lenore était claire, contrairement à ce à quoi Mina s'attendait de la part d'une personne hypnotisée. Mais c'était évident que Lenore se trouvait ailleurs. Mina était persuadé qu'elle ne bluffait pas.

— Eau, dit Vincent.

— Noyade.

— Ossian.

— Océan.

Vincent regarda Mina du coin de l'œil. Elle lui fit signe de continuer.

— Enfant.

— Argent.

— Mort.

— Moi.

— Lilly.

— Lys blancs.

— William.

— Volonté.

— Tuer.

— Cauchemars.

Vincent saisit à nouveau le bras de Lenore et le souleva en position perpendiculaire à son corps. Quand il le lâcha, le bras resta suspendu.

— Vous sentez votre bras se baisser tout doucement, dit-il, et en même temps, vous pouvez vous laisser sombrer encore plus profondément dans vos pensées.

Le bras fléchissait lentement. La femme si sûre d'elle avait disparu, laissant place à une expression presque enfantine.

— Et quand votre bras touche votre genou, vous ouvrez la porte vers l'endroit où vous gardez vos rêves.

La main se posa sur son genou, et elle fronça les sourcils.

— Je vais vous poser une question sur ce que vous avez dit en dernier, dit Vincent. Voulez-vous dire que tuer vous fait faire des cauchemars, ou avez-vous des cauchemars où vous tuez quelqu'un ?

— Le dernier, dit Lenore.

Sa voix était devenue plus grave et pâteuse. Comme si elle venait d'un endroit profondément enfoui.

— Mais quand je le fais, le cauchemar s'arrête. L'obscurité disparaît.

— Vous tuez ce qui se trouve dans l'obscurité ?

— Oui.

— Qu'est-ce qu'il y a dans l'obscurité, Lenore ?

— Ulf. Mon oncle.

Vincent fit une pause et regarda Mina. Il avait l'air malheureux.

— Je vais faire un compte à rebours de cinq jusqu'à un, dit-il à Lenore. À *cinq*, vous pouvez commencer à remonter vers la surface, vers nous. À *quatre*, vous sentez votre corps se réveiller doucement. À *trois*, vous pouvez choisir ce que vous voulez garder en souvenir de ce dont nous avons parlé, et ce que vous voulez oublier. À *deux*, vous inspirez profondément, et à *un*, vous pouvez ouvrir les yeux.

Lenore regarda autour d'elle, désorientée.

— Pardon, j'ai perdu le fil, dit-elle. De quoi on parlait ?

— Rien d'important, répondit Vincent en se levant. Je vous remerciais simplement d'avoir pris le temps de nous rencontrer. On ne vous dérangera pas plus longtemps. Juste une dernière question : où dort le Roi Lion ?

La confusion de Lenore s'accentua visiblement.

— Qu'est-ce que vous voulez dire ?

Il quitta la pièce et Mina n'eut pas d'autre choix que de le suivre. Lenore les fixait avec surprise quand Mina referma la porte.

— Le Roi Lion ? dit Mina quand ils se trouvèrent dans le couloir.

— Si on veut déclencher une perte de mémoire à la fin d'une séance d'hypnose, dit Vincent, c'est important de distraire le cerveau afin qu'il ne se mette pas à réfléchir à ce qui vient de se passer.

— Alors, qu'as-tu appris ?

— Tu l'as entendue toi-même, non ? fit-il, surpris. Ça m'a intrigué quand elle a d'abord associé l'eau à la noyade bien sûr, et ensuite Ossian à l'océan. Je me suis dit qu'il y avait peut-être une piste. Mais à la réflexion, je crois que c'était purement de l'association linguistique. C'est-à-dire que les mots se ressemblent. Nous venions de parler de l'eau, alors rien d'étrange que le thème soit encore présent à la phrase suivante. Lilly et William ne lui évoquent rien du tout. Ni le mot "cheval". Je ne crois pas qu'elle ait le moindre lien avec nos enfants morts.

Mina acquiesça. C'était également sa conclusion. Mais elle ne regrettait pas d'avoir tenté le coup.

— Cela dit, ajouta Vincent en s'arrêtant. Pour Lenore, un enfant représente tout d'abord un moyen de gagner de l'argent. Je pense qu'elle souffre d'un trouble profond de l'empathie. Ça peut être une déficience physiologique, comme un dysfonctionnement de l'amygdale ou une lésion des synapses entre les lobes frontaux et l'hippocampe. Mais je crois plus à une défense psychologique. Des lys blancs ? Lenore fait une fixation sur la mort. Elle a été abusée par son oncle quand elle était petite. Son oncle Ulf. Elle a refoulé ces événements, bien sûr, mais la femme dans cette pièce a été formée par lui, en grande partie. Vous devriez lui fournir un suivi psychiatrique.

Mina regardait Vincent. À part les noms des enfants, il avait donné cinq mots à Lenore. Pas plus. Et pourtant, ils en savaient plus sur Lenore Silver maintenant qu'après presque une semaine d'interrogatoires.

— Dis-moi une chose, dit-elle. Après, il faut qu'on aille chercher Peder pour aller à Beckholmen. Mais il faut que je sache. Où dort le Roi Lion ?

Vincent s'autorisa un petit sourire taquin.

— *"Dans la jungle, terrible jungle"*…, chanta-t-il.

Il poussa un cri quand elle le frappa fort sur l'épaule.

Nathalie rassembla les outils qu'elle avait utilisés et les rapporta à la remise. Elle marchait lentement, tant elle était fatiguée. Il fallait suspendre le marteau à sa place, et la scie aussi. Karl tenait à ce que tout soit parfaitement rangé.

D'autres membres du cercle intérieur les avaient rejoints, tous habillés dans le même type de vêtements blancs, et tout le monde avait travaillé sans se ménager. Les habits blancs n'étaient pas pratiques du tout. Ils étaient dégoûtants et recouverts de crasse à la fin de chaque journée. La tâche confiée à Nathalie ce jour-là – nettoyer le bâtiment qui avait brûlé – avait été particulièrement salissante. Elle avait demandé à quoi avait servi cette maison autrefois, mais n'avait pas obtenu de réponse.

Nathalie étira ses muscles. L'activité physique lui procurait une sensation de satisfaction toute neuve pour elle. Mais elle n'avait pas l'habitude, ni la force, ni l'endurance qu'on attendait d'elle. Rien que de refermer la porte de la remise était douloureux.

Monica et Karl les avaient mis au boulot tous les matins, elle et les autres, et ensuite ils avaient travaillé toute la journée. Le soir, elle était tellement épuisée qu'elle aurait pu dormir debout. Et elle l'aurait sûrement fait, si elle n'avait pas eu si faim. En même temps, l'ambiance était géniale, et elle ne serait certainement pas la première à se plaindre. Mais c'étaient des vacances d'été d'un tout autre genre que ce à quoi elle était habituée.

Elle suivit les autres vers la maison où elle avait vécu ces derniers temps. Elle ne se souvenait toujours pas de leurs noms à tous, ils n'étaient pourtant pas si nombreux que ça. Mais avec leurs vêtements blancs et ces sourires tous similaires qu'ils affichaient en permanence, elle les confondait. Elle se dirigea droit vers le dortoir, en luttant pour garder les yeux ouverts. Elle n'avait qu'une envie, se jeter sur la couchette qui lui faisait office de lit. Elle devrait envoyer un mot à son père. Il n'avait plus eu de ses nouvelles depuis…

Elle se figea.

Depuis quand, en fait ?

Les jours se ressemblaient au point qu'elle en perdait le compte. Elle essaya de se souvenir depuis combien de jours elle et Ines s'étaient rencontrées dans le métro. Une semaine ? Deux ? Rien que d'y penser, elle en avait mal à la tête. Il fallait qu'elle se repose, mais après. Après elle donnerait de ses nouvelles.

Pour ça, il fallait qu'elle recharge son téléphone. Mais où trouver un chargeur ?

— Nathalie ? Nathalie, tu vas où ?

Elle était si près du but. Le lit n'était plus qu'à quelques mètres. Mais elle entendait à la voix de sa grand-mère que quelque chose était différent. Elle se retourna, vit sa grand-mère et eut un sursaut. Ines était habillée en blanc, comme Nathalie, mais à la place du tee-shirt et du pantalon, elle arborait une longue tunique. Un ruban vert était drapé sur ses épaules.

— Qu'est-ce qui se passe ? demanda spontanément Nathalie.

— Il est temps pour toi de commencer à comprendre le sens profond de la parole de John, annonça Ines. Viens.

Sa grand-mère la prit par la main et la dirigea vers la salle où on mangeait habituellement. Nathalie était trop fatiguée pour protester. Les tables avaient été repoussées contre les murs et une longue planche sur tréteaux traversait la pièce. Les membres du groupe se tenaient les uns à côté des autres, les mains à plat sur la planche. Ines fit signe à Nathalie de rejoindre les autres. Elle se mit à côté de Karl au bout de la planche, tandis qu'Ines alla à l'autre bout.

— Tout est souffrance, la douleur purifie, dit Ines.

— Tout est souffrance, la douleur purifie, répéta le groupe.

— Vous portez tous des souffrances de différentes sortes, poursuivit Ines. Ces souffrances vous aident à voir le monde clairement. Aujourd'hui, une nouvelle personne nous rejoint. Ma petite-fille Nathalie. Sa souffrance est plus morale que physique, mais tout aussi réelle. Aujourd'hui, nous accueillons Nathalie parmi nous, et nous nous rappelons que nous n'avons pas peur de la douleur, car elle nous apporte la clairvoyance.

Ines s'empara d'un martinet et se tourna vers la personne à côté d'elle, un homme dans la soixantaine aux cheveux argentés. L'homme se raidit de la tête aux pieds.

— Tout est souffrance, la douleur purifie, dit grand-mère.

— Tout est souffrance, la douleur purifie, répondit l'homme à voix basse.

Le martinet fendit l'air et claqua contre le bois quand Ines frappa les doigts de l'homme. Il sursauta comme s'il avait reçu une décharge électrique, mais ne bougea pas les mains. Une marque rouge sang se dessina instantanément sur ses doigts, et ses yeux se remplirent de larmes. Nathalie essayait de comprendre. Était-ce une punition ? Ça n'y ressemblait pas. Sa grand-mère n'avait pas l'air en colère. Il régnait dans la pièce une atmosphère de vénération, presque religieuse. L'homme fronça les sourcils, concentré. Puis, un petit sourire apparut sur ses lèvres. Il hocha la tête en direction d'Ines, qui se tourna vers la personne suivante.

— Tout est souffrance, la douleur purifie, dit-elle en levant le martinet.

Nathalie avait du mal à penser clairement, elle était fatiguée et avait faim, mais elle n'avait pas envie que sa grand-mère la frappe. Ça avait l'air de faire très mal. Elle ne voulait pas avoir mal.

— N'aie pas peur, lui chuchota Karl. La douleur passe. Mais l'acuité que ça te procure… Je t'assure, tu verras tout sous une tout autre lumière.

Ines passait d'une personne à l'autre. Les cinq personnes qu'elle avait frappées s'enlaçaient les unes les autres, certaines en riant, d'autres en pleurant. Nathalie avait l'impression que si elle lâchait la planche, elle tomberait de fatigue. Ils avaient l'air si heureux, les autres. Elle voulait être comme eux.

Le cuir déchira l'air près d'elle, et elle entendit Karl retenir son souffle juste avant le claquement, tel un coup de pistolet. Ensuite, Ines se tourna vers elle. Karl avait la tête penchée, il respirait avec difficulté. Une goutte de sang perlait dans la rougeur de ses doigts.

— À toi, ma chérie, dit Ines en écartant une mèche de cheveux du visage de Nathalie. Bienvenue à la vérité.

Quand le martinet heurta ses doigts, quelque chose dans son cerveau explosa. Elle poussa un cri. C'était comme si on avait mis le feu à sa main, ou si elle l'avait mise dans un nid de guêpes. Ines lui prit les bras pour qu'elle n'enlève pas ses mains de la planche.

— Ne te débats pas, chuchota Ines. Examine la douleur. Embrasse-la. Regarde à travers.

Nathalie essaya de faire ce que disait Ines, mais elle était submergée par ses sensations. Elle avait seulement envie de s'éloigner le plus possible de la douleur.

— Tu es en état de choc, dit Ines dans son oreille. Mais regarde la douleur en face.

Elle essaya à nouveau. Ça faisait si mal. Mais ça voulait dire quoi, faire mal ? Elle savait bien que ce n'étaient que des signaux dans son cerveau. Elle essaya d'identifier les composants de la douleur, comme elle avait vu des adultes déguster du vin. Elle voulait isoler les goûts, les odeurs, les sensations. Soudain, elle supporta un tout petit peu mieux la douleur. Ça faisait toujours horriblement mal, mais pas autant qu'avant. Elle inspira vivement à travers ses dents. Et quelque part, elle ressentait aussi une sorte de clarté, une netteté due à l'adrénaline dans son cerveau. Elle voyait ce qui était important et ce qui ne l'était pas. Elle comprenait le sens que donnait sa grand-mère aux paroles de John.

Ensuite Ines prit ses mains et les plongea dans une bassine d'eau glacée que quelqu'un avait posée sur la planche. L'effet apaisant de l'eau fut la sensation de trop, et Nathalie se mit à sangloter sans pouvoir se contrôler. Sa grand-mère avait raison. La douleur purifie. Et Nathalie portait tellement de douleur en elle, bien plus qu'elle n'en avait conscience. Sa grand-mère prit sa tête contre elle, laissant Nathalie pleurer contre sa poitrine.

— Ça va aller, ça va aller, la consola sa grand-mère. On sera toujours là pour t'accompagner, te protéger. Je te le promets. Tu es des nôtres, désormais.

Peder s'appuya contre le mur brut de décoffrage. Il avait espéré que les quatre mètres de profondeur de la cale sèche offriraient un peu de protection contre la chaleur. Mais non. Trois bateaux montés sur des structures métalliques étaient sans doute en attente de réparations.

— Tragique, ce qui s'est passé cet hiver, dit l'homme devant Peder. Avec l'enfant, je veux dire.

L'homme se prénommait Bengt et représentait les dockers de Beckholmen. Ce n'était pas lui qui avait trouvé William, mais c'était lui qui avait appelé la police.

— Nous avons des bateaux ici toute l'année, continua-t-il. Mais la plupart arrivent en été et ne restent qu'une semaine maximum en carénage. Le corps aurait aussi bien pu disparaître en mer, ni vu ni connu, quand on ouvre la cale. Mais cet hiver, on avait un bateau qui avait besoin d'une sérieuse rénovation du bordé, ça a pris un bon mois. C'est l'équipage qui l'a trouvé. Putain. Et il a fallu poursuivre les travaux malgré ça… On a été retardés, bien sûr, parce que la police devait interroger tous les dockers. Notre planning en a été chamboulé pour le reste de l'année, ça va sans dire, mais…

— Bordé ? le coupa Peder.

Bengt le dévisagea d'un regard certainement réservé aux personnes qui n'y connaissent rien en matière de bateaux.

— Vous avez déjà vu un navire en bois ? Vous voyez les planches sur les côtés ? Toute la coque en bois ? Bordé.

Peder hocha la tête. Puis il fit semblant d'apercevoir quelque chose un peu plus loin et s'esquiva en direction de Mina, qui s'était mise à l'abri dans un angle de la cale à l'abri des rayons du soleil.

Vincent, mains dans le dos, faisait des allers et retours entre les bateaux, scrutant les environs. Peder devinait à quel point il était concentré, malgré ses lunettes de soleil. Vincent portait le genre de lunettes de soleil à écaille passé de mode depuis les années 1950. Peder se demanda comment il arrivait à y voir quoi que ce soit.

Il avait été surpris de la présence de Vincent à leur réunion, personne ne lui avait dit qu'il était désormais intégré à l'enquête. C'était de toute évidence une idée de Mina, que Julia avait validée. Il avait fait du bon boulot la dernière fois, on ne pouvait pas dire le contraire. Tant que Peder échappait aux tirades sur le sujet du sommeil, la participation de Vincent ne pouvait pas faire de mal.

Il ne voyait pourtant pas ce que Vincent espérait découvrir, à cet instant précis. À chaque remplacement de bateaux, la cale était remplie d'eau. Et selon Bengt, cette opération était pratiquement hebdomadaire. Toute éventuelle trace avait été emportée par l'eau depuis belle lurette.

— Tu cherches quelque chose en particulier ? demanda-t-il en se grattant la barbe.

La bataille entre Anette et lui concernant cette barbe faisait encore rage. D'un côté, elle prétendait que ça la démangeait encore plus qu'à lui. Elle en avait même des réactions cutanées, disait-elle. D'un autre côté, elle devait bien reconnaître que la barbe, c'est terriblement sexy – en photo. Il n'avait plus qu'à se transformer en photo.

Vincent secoua la tête en revenant vers Mina et lui.

— Non, je voulais seulement ressentir les lieux, dit-il. Essayer de voir si quelque chose me sauterait aux yeux. Mais je ne sais pas, je ne trouve rien de particulier. La théorie de Nova comme quoi les meurtres ont un rapport à l'eau n'est peut-être pas si idiote. Enfin… c'est quand même un chantier naval. Mais j'ai l'impression que c'est une idée trop… générale. Trop vague. Il y a de l'eau partout dans la ville de Stockholm. Focaliser là-dessus n'a pas vraiment de sens. Peut-être que Ruben a raison quand il dit que le meurtre de William n'est pas connecté aux deux autres. C'est son père qui l'a tué et qui l'a déposé ici pour que ça ressemble à un accident. William n'est pas notre point B, et nous n'avons pas de pattern.

— Ruben adorerait t'entendre dire ça, dit Mina.

— Et on est donc de retour à la case départ, soupira Peder.

— Tu as entendu parler de cette étude allemande démontrant que les femmes adorent les hommes à barbe ? demanda Vincent.

— Euh… non, mais ça peut expliquer…, commença Peder tout en remarquant qu'il se grattait à nouveau.

— Et Amir, il porte la barbe ? dit Vincent en regardant Mina.

Peder n'avait aucune idée de quoi il parlait. Mais vu le regard assassin qu'elle décocha à Vincent, ce n'était pas le cas de Mina.

— D'un autre côté, la plupart des autres études ont démontré le contraire, continua Vincent, imperturbable. Des études sur le sujet ont été réalisées par le Néo-Zélandais Barnaby Dixson et aussi par Nick Neave et Kerry Shields en Angleterre. Selon eux, une barbe naissante marche bien, mais une vraie barbe ne serait plus du tout à la mode. Le plus drôle, c'est presque l'hypothèse proposée par les Allemands au sujet de leurs résultats divergeant des autres.

D'après eux, les femmes aiment les hommes barbus parce que ça leur permet de fantasmer plus librement sur le visage de l'homme.

Peder se demanda si Anette avait des origines allemandes. Cela expliquerait pas mal de choses dans leur relation, et pas seulement son attitude par rapport à sa barbe. Vincent n'avait pas l'air de se rendre compte que personne ne réagissait, il était lancé, et rien ne pouvait plus l'arrêter.

— Mais compte tenu de ta profession, il y a un élément plus important encore : l'observation de Dixson comme quoi la barbe renforce les expressions faciales de colère, dit Vincent. Je veux dire que, si l'idée c'est de paraître plus menaçant, tu es sur la bonne voie.

Mina ne put s'empêcher de sourire en coin.

— Là, tu fais plutôt allusion à Ruben, non ?

Vincent se tourna vers elle, hochant la tête avant de continuer.

— Il y a bien sûr aussi la très intéressante thèse de master de l'université de Twente aux Pays-Bas qui constate que lors d'un entretien d'embauche, une longue barbe peut avoir le même effet positif qu'un rasage soigné, alors que toutes les étapes intermédiaires auraient un effet plus mitigé. Donc, si tu veux changer de boulot, Peder, c'est pas mal aussi. À condition, bien entendu, que tu arrives à te faire à l'idée qu'une barbe contient plus de bactéries pathogènes pour l'humain que la fourrure d'un chien, même très sale, comme cela a été constaté par une équipe de radiologues suisses il y a quelques années…

Vincent s'interrompit. Mina avait les yeux écarquillés d'horreur. Pas de chance. Peder sut qu'il ne la trouverait plus à côté de lui dans la salle de réunion. Elle serait deux chaises plus loin, au moins, tant qu'il aurait sa barbe. Quant à Bosse, le chien de Christer, c'était à se demander si sa présence serait encore autorisée après cette remarque-là.

Tout ça par la faute de Vincent. Il fallait maintenant que Peder détourne au plus vite l'attention de Mina, afin d'éviter un détour forcé chez le barbier sur leur chemin de retour à l'hôtel de police.

— À propos, glissa-t-il dans le silence qui s'était installé, je vous ai déjà montré la vidéo des triplées quand elles chantent devant Melodifestivalen ? Enfin, chanter n'est peut-être pas…

Il était déjà en train de dégainer son portable quand il vit le visage torturé de Mina. Il soupira et rangea le portable dans sa poche. Écouter du blabla sur sa barbe, ça oui, mais regarder une vidéo sur ses petits rayons de soleil adorés ? Typique des gens qui n'ont pas d'enfant. Ils ne comprennent rien.

— Tu nous l'as déjà montrée, et pas plus tard que lundi, riposta Mina. La semaine dernière aussi. Pour ne pas parler des fois précédentes. Honnêtement, Ruben n'exagère pas quand il dit qu'on l'a largement assez vue depuis que Melodifestivalen a eu lieu, l'hiver dernier.

Et alors ? On pouvait les regarder à l'infini, ses triplées. Mais il ne protesta pas. De toute façon, il avait plein d'autres vidéos tout aussi passionnantes à leur montrer. Au moins, Mina ne fixait plus sa barbe comme si c'était l'antéchrist.

Le mentaliste plissa soudain le front et repartit dans la cale sèche, jusqu'à l'endroit où William avait été trouvé. Il fit signe à Peder et Mina de le suivre.

— Qu'est-ce qu'il y a ? demanda Mina.

— Je viens de me rendre compte que toutes les photos que vous avez de l'endroit où William a été trouvé ont été prises du même angle, dit Vincent. Mets-toi là, et imagine que tu es la caméra. Dis-moi ce que tu vois.

— Pourquoi… bon, d'accord, fit Mina. Je vois… le sol en béton où l'enfant était allongé. Une paroi de roche quelques mètres plus loin. Elle monte à la verticale sur environ quatre mètres. Des pneus suspendus en haut, sans doute pour que les bateaux ne heurtent pas la roche en entrant dans la cale. Au-dessus du bord supérieur, une rambarde rouge. Et une maison rouge.

— Redescends un peu, dit Vincent. Là, où la paroi et la rambarde se rejoignent.

— D'accord, j'ai sauté des étapes. Le dernier mètre de la paroi est en effet en béton banché. Le bord supérieur de la cale. Des gens ont dessiné des carreaux sur le béton et inscrit des noms… *Altarskär. Sunbeam. Panama. Afrodite.*

Elle se tourna vers Vincent.

— Des noms de bateaux qui ont été en cale ici, j'imagine.

Il hocha la tête.

— Tu viens de décrire tout ce qu'on voit sur les photos de la police. Maintenant, on va regarder les photos que nous n'avons pas vues. On va regarder ce qu'il y avait derrière les appareils quand on a photographié William.

— Je ne comprends pas, dit-elle.

— Tourne-toi dans l'autre sens, Mina. Que vois-tu ?

Mina suivit ses instructions. Peder aussi regardait dans cette direction. Il était aussi désorienté que Mina.

— La même chose, dit-elle. Un sol en béton, de la roche, encore du béton, des graffitis, une rambarde. Mais pas de maison rouge. Et il y a moins de noms sur le mur de ce côté.

— Bien. Imaginons William allongé là, à nos pieds. Si tu prends une photo de lui, combien de noms se verraient en arrière-plan de ta photo ?

Mina forma un carré de ses pouces et index.

— Deux. *Jera* et *H*… quelque chose ? Le nom en *H* a été effacé par l'eau, on ne le voit pas. Sauf la dernière lettre, un *O*. Mais en fait, non, *Jera* ne se verrait même pas, c'est trop haut, et la photo a sûrement été prise en format paysage. On verrait probablement seulement le nom qui commence par *H*.

Peder ne put s'empêcher de rire.

— Quel nom aussi pour un bateau ! fit-il.

Mina et Vincent le regardèrent sans comprendre. Que Vincent soit perplexe n'avait rien d'étonnant, mais pour Mina…

— Vous ne voyez vraiment pas ce qui est écrit ? reprit-il. D'accord, l'eau l'a partiellement effacé, mais ça se devine quand même. C'est le nom d'un véhicule de police tristement célèbre. Utilisé en Afrique du Sud dans les années 1970, par la police et par l'armée. Spécialement conçu pour résister aux mines terrestres. Je dis conçu, mais en réalité il s'agit d'anciens camions militaires anglais mis au rebut, mais finalement renforcés et remis en service. L'engin en question était archi lourd, on ne voyait pratiquement rien en le conduisant, il ressemblait plus à un blindé qu'à un véhicule de police. Mais il a fait son job, dans plusieurs guerres, même. La machine n'aimait pas qu'on lui tire dessus, pourtant. Les mines, ça allait, mais les balles, non. J'espère que le navire portant ce nom n'était pas aussi lourdement blindé. Aucune chance qu'il flotte.

Mina et Vincent le fixaient, toujours aussi ébahis.

— Quoi ? Chacun son hobby, hein… Faut pas croire que je passe tout mon temps libre à gagater avec les filles, non plus.

Ce n'était pas tout à fait exact. Il avait vu ce documentaire sur la guerre en Afrique du Sud sur Discovery uniquement parce que les triplées s'étaient endormies en un gros tas informe sur son ventre après un combat de catch qu'il avait perdu. Il n'avait pas osé bouger de peur de les réveiller. La télévision était allumée, à quarante centimètres de son visage. Le documentaire avait duré une heure. Ensuite, Anette était rentrée et l'avait enfin sorti de là.

Vincent appela Bengt de l'asso des dockers et lui montra le nom à moitié effacé.

— Ce bateau-là était en cale quand ?

Bengt protégea ses yeux de la main, malgré la casquette, et eut l'air de réfléchir.

— 'Savez, dit-il, hésitant. Je me souviens pas de tous les bateaux qui sont passés par chez nous. Mais je ne crois pas que nous en avons eu un avec un nom de ce genre. Ça doit être des ados qui se sont amusés.

— Je ne le crois pas, dit Vincent en se tournant vers Peder. Sais-tu si les militaires sud-africains s'étaient inspirés de la guerre de Troie quand ils ont baptisé leur véhicule ?

Classique, ça. Il n'aurait pas dû se vanter si ostensiblement de son prétendu intérêt pour l'histoire militaire. Le documentaire de Discovery n'avait mentionné aucune bataille antique.

— La guerre de Troie ? répéta-t-il pour gagner du temps. Là où ils ont construit ce truc en bois dans lequel les soldats se cachaient ?

— Exact. Parce que le nom de ton véhicule militaire, ce nom que quelqu'un a peint sur le mur juste au-dessus de l'endroit où William a été trouvé, c'est un mot grec. *Hippo.*

Vincent attendit quelques secondes pour que Mina aussi ait le temps de voir ce qui restait du mot sur le béton.

— *Hippo* veut dire "cheval", dit-il enfin.

Ruben traversa la cour. L'aire de jeux où William avait été vu pour la dernière fois était vide. Personne ne s'y aventurait par cette chaleur. Les gens avaient soit fui vers un lieu de baignade, soit vers des intérieurs climatisés, ou à proximité de ventilateurs rafraîchissants.

— Toi, ça doit pas t'affecter beaucoup cette chaleur, pas vrai ? dit Ruben en s'essuyant le front de la manche courte de sa chemise d'uniforme.

— Pourquoi ça ? fit Adam qui marchait devant lui.

Ils traversèrent l'aire de jeux, en direction de la cage d'escalier de la voisine d'en face.

— Ben, parce que… Merde, laisse tomber.

Ruben dut accélérer la cadence pour le suivre. Soit Adam faisait l'idiot, soit il l'était. C'était si bizarre que ça, comme question ? Les Noirs devaient bien supporter le soleil et la chaleur en Afrique, tandis que les Nordiques pâlichons comme lui étaient conçus pour supporter les longues soirées d'hiver. Selon Ruben, ça n'avait rien de raciste. C'était de la biologie, point barre.

Une femme d'une trentaine d'années avec un landau s'approchait d'eux. Un parasol monté sur le côté protégeait l'enfant du soleil, mais la femme avait l'air de souffrir de la chaleur. Elle s'immobilisa juste devant eux, et Adam dut s'arrêter net pour ne pas renverser le landau.

— Faut quand même que je vous dise une chose, lança la femme.

— Pas de problème, dit Ruben en la considérant. De quoi s'agit-il ?

— Maximillian va entrer à l'école maternelle dans un an, dit-elle en montrant l'enfant du doigt. On était très contents à cette idée. Mais plus maintenant.

Elle pointa son index en direction de Ruben comme si elle voulait l'empaler.

— Les enfants sont enlevés de leur maternelle, et vous ne faites rien du tout, cracha-t-elle en écrasant du doigt l'emblème de la police cousu sur la poitrine de Ruben. Vous n'avez pas honte ? À votre place, je changerais de boulot. Ou, mieux, je sauterais devant un train. Ted Hansson a raison. Maximillian ne devrait pas grandir dans un monde où les immigrés peuvent nous voler nos enfants, sous nos yeux, sans que la police bouge le petit doigt.

Elle fixa Adam de ses yeux plissés.

— Mais évidemment, y a pas de mystère si ça se passe comme ça, siffla-t-elle.

— Rien n'indique que des immigrés soient impliqués dans cette affaire, répondit Ruben dont le sourire s'était figé.

— C'est ça, ouais, lança-t-elle encore en se remettant en marche. Quand Ted sera au pouvoir, vous serez virés, vous et l'autre Noir, là, croyez-moi, cria-t-elle par-dessus son épaule.

Ruben lorgna Adam qui suivit du regard la femme jusqu'à ce qu'elle disparaisse à l'autre bout de l'aire de jeux.

— Tu as dit que c'était porte B ? demanda Adam en montrant l'entrée la plus proche.

Ruben acquiesça.

— Porte B, septième étage. Mais tu…

— Oublie, dit Adam. Ce n'est pas la première fois, et certainement pas la dernière.

— Tu t'y habitues ?

— Toi, tu t'y habituerais ?

Ruben secoua la tête. Ils entrèrent dans l'immeuble. Il faisait tout aussi chaud à l'intérieur. Une note manuscrite de belle taille les accueillit. L'ascenseur était hors-service.

— C'est pas vrai, dit Ruben en regardant vers le haut.

Sept étages. Sept putains d'étages à grimper.

— Ça va être un bon test d'endurance, sourit Adam avant de se lancer dans l'escalier.

Décidément, cet Adam, il ne ratait pas une occasion de se faire adorer. Sept étages plus tard, Ruben était au bord de l'infarctus. En nage, et la respiration comme un soufflet au bout du rouleau. Mais il constata avec satisfaction qu'Adam avait lui aussi le souffle court. Victoire. Petite victoire. Mais quand même.

Ils sonnèrent et entendirent au bout d'un moment des pas traînants approcher. Une petite dame toute maigre et d'un âge indéfinissable ouvrit et les inspecta de ses yeux méfiants, bien en dessous de la chaîne de sécurité.

— C'est pour quoi ? Je n'ai besoin de rien, et je ne m'intéresse pas à Jésus ou à la rédemption ou je sais pas quoi.

— Nous sommes de la police, dit Adam en lui montrant son insigne.

Ruben se demanda s'il devait sortir le sien également, mais il n'en avait pas le courage. Ses bras et ses jambes ne voulaient plus rien entendre depuis cette ascension infernale.

— Ah, bon, la police. Entrez donc.

La femme referma la porte et détacha la chaîne de sécurité avant de rouvrir pour les laisser entrer. Le cœur de Ruben fit un bond. L'odeur de l'appartement était exactement la même que chez sa grand-mère. Et le tic-tac d'une horloge proche était identique à celui qu'il avait entendu pendant toute son enfance. Pour lui, ce son avait toujours représenté la sécurité.

— Vous voulez du café ?

La dame, qui selon leurs informations s'appelait Viola Berg, les devança dans la cuisine à petits pas. En approchant, le tic-tac s'intensifia, et se révéla provenir d'un coin de la cuisine où trônait une belle horloge de la région de Mora.

— Vous êtes originaire de Dalécarlie ? demanda Ruben. Ma grand-mère vient d'Älvdalen.

— Älvdalen ? Dans ce cas, nous sommes nées pratiquement voisines. Mais il y a belle lurette. J'ai emménagé à Stockholm à dix-neuf ans. Mais ne comptez pas sur moi pour vous dire en quelle année c'était, les garçons.

Elle leur fit un clin d'œil et se tourna vers la machine à café qui chauffait déjà.

— Je suppose que vous venez au sujet du petit garçon ? dit-elle en servant trois tasses Blå Blom de Rörstrand.

Après un petit détour par un placard dans un autre coin de la cuisine, elle leur proposa des biscuits. Ruben hésita. Il devrait vraiment faire attention à sa santé. Maintenant qu'il était papa et tout. Ce n'était pas le moment de crever d'une crise cardiaque en redescendant les sept étages. Mais quand Adam se servit généreusement, il fit de même. Si Adam arrivait à entretenir ses plaquettes de chocolat tout en se goinfrant de gâteaux, il pouvait bien se permettre d'en manger un ou deux, lui aussi.

— Le petit garçon, oui, c'est exact, répondit Adam. Nous savons que vous avez déjà déposé votre témoignage plusieurs fois. Et que l'eau a coulé sous les ponts depuis. Mais nous souhaitons malgré tout vous demander encore une fois de nous expliquer exactement ce que vous avez vu le jour de la disparition de William.

— Vous ne croyez donc plus que c'est le père ? dit Viola en clignant des yeux.

Elle coinça un sucre entre ses dents et but avec volupté plusieurs gorgées de café à travers. Exactement comme la grand-mère de Ruben. Il déglutit.

— Nous ne pouvons hélas pas entrer dans les détails concernant l'enquête, dit Adam en prenant encore un petit gâteau maison.

Ruben se resservit également.

— Non, bien entendu, répondit Viola. Mais je sais que Lovis n'arrête pas de dire à qui veut l'entendre que ce n'est pas son odieux bonhomme qui l'a fait. Moi, je n'en sais rien. Tout le voisinage sait comment il les traitait, elle et le gamin. Les murs ne sont pas épais ici, vous savez. Mais j'ai vu ce que j'ai vu, même si personne chez vous, la police, n'a rien voulu entendre.

— Donc, ce matin-là…, dit Adam pour l'encourager à donner sa version des faits.

— C'est ça. C'était tôt le matin, et j'ai vu William tout seul aux balançoires. Rien d'anormal. Les week-ends, il était toujours dehors de bonne heure, tout seul à l'aire de jeux. Plus paisible que chez lui, j'imagine.

— Savez-vous quelle heure il était quand vous l'avez vu ?

— Je sais exactement quelle heure il était et je vous le dis à chaque fois. J'étais assise sur mon balcon et j'allais faire les mots croisés de Melodifestivalen. Ça commence en général à dix heures, parfois onze heures, mais ce matin-là, ils étaient en avance, je venais juste d'allumer la radio. Il était neuf heures et demie, précisément. C'est à ce moment que je l'ai vu parler à William.

— Un homme, donc. Il était seul ?

— Oui, il n'y avait que lui. Jeune et bien habillé. Soigné. Rien à redire. Veste sombre. Cheveux courts. Blond. Il était trop loin pour que je distingue son visage. Il ressemblait à… à n'importe qui.

— Je ne veux pas être impoli, dit Ruben, mais vous êtes sûre que d'ici, vous voyez jusqu'à l'aire de jeux ?

— Vous n'avez pas tort, ma vue n'est plus ce qu'elle était, répondit Viola avec un petit rire. C'est bien pour ça que je me suis acheté une paire de jumelles. Avec ça, je peux même voir à l'intérieur des appartements de l'autre côté du parc.

Ruben éclata de rire et échangea un regard avec Adam.

— Pendant combien de temps l'homme a-t-il parlé avec William ? demanda-t-il.

Il humecta ses doigts et ramassa les miettes qui étaient tombées sur la toile cirée à carreaux.

— Pas longtemps. Une minute ou deux. Je n'y ai pas prêté tant d'attention que ça. Les mots croisés avaient commencé, et il… il n'avait pas l'air dangereux. Il avait un joli sourire, je le voyais d'ici.

— Et ensuite ?

Adam buvait son café sans quitter Viola des yeux. La tasse semblait minuscule et incongrue dans sa grande main.

— Ensuite, il a pris William par la main et ils sont partis. J'ai pensé que tout était normal. Que c'était un membre de la famille, ou un ami de Lovis. Quelqu'un qui leur donnait un coup de main. Et Dieu sait que cette famille en avait besoin. Un homme sain d'esprit, voilà ce qu'il fallait à Lovis… J'espérais sans doute que c'était ça. Que Lovis avait enfin pris une grande décision.

— Vous ne les avez plus revus après ? William et l'homme, je veux dire ?

— Non. Je ne les ai jamais revus. Et déjà à l'époque, j'ai essayé de raconter tout ça à la police, je leur ai dit que ce n'était pas le père de l'enfant. Mais personne ne voulait rien entendre.

Viola secoua la tête. Elle poussa le plat à gâteaux vers eux, insistante, mais Ruben se tapa le ventre.

— Merci, dit-il. Je vais m'arrêter là.

— Moi de même, dit Adam en se levant. Nous vous remercions.

— Tout le plaisir était pour moi, dit-elle en récupérant les tasses. Je n'ai pas beaucoup de visite. C'est comme ça quand on vieillit.

Quand elle referma la porte derrière eux, Ruben entendait toujours le tic-tac de l'horloge. Il pensa à ce qu'elle venait de dire. Il décida de rendre une petite visite supplémentaire à sa grand-mère en rentrant.

# TROISIÈME SEMAINE

Une nouvelle semaine commença. Le jeudi et le vendredi avaient été consacrés à la compilation des nouvelles informations recueillies, ce qui, pour tout dire, n'était pas spectaculaire. Mina avait pris du temps libre pour se reposer au cours du week-end. Elle sentait qu'elle en avait besoin, mais dès le dimanche matin, elle grimpait déjà aux murs d'exaspération. Il fallait qu'elle bouge, qu'elle travaille, pour occuper ses pensées. C'est donc avec soulagement qu'elle retrouva Milda Hjort à l'institut médico-légal, le lundi matin. Milda lui avait juste demandé de patienter un instant, le temps qu'elle termine une autopsie en cours.

Mina se pencha, curieuse, pour voir ce que faisait la légiste. Son assistant, Loke, lui tendit un instrument, et Milda le prit sans relâcher sa concentration. C'était une femme d'environ trente-cinq ans. Frêle, la peau claire, avec des traces évidentes de blessures anciennes. À l'aide d'un scalpel, d'un mouvement lent et régulier, Loke opéra une profonde incision de la gorge jusqu'au pubis. Il saisit ensuite un écarteur costal pour ouvrir la cage thoracique. Rien dans le processus ne heurta Mina outre mesure. Et elle savait pourquoi Milda lui avait proposé de venir la voir ici et pas à son bureau. L'environnement stérile de la salle d'autopsie procurait à Mina une rare sensation de bien-être.

— Elle est morte de quoi ? demanda Mina. Tu le sais déjà ?

Milda hocha la tête d'une façon qui pouvait signifier oui comme non. La cage thoracique était désormais ouverte et les organes exposés.

— En arrivant aux urgences, son mari a déclaré qu'elle était tombée dans l'escalier, dit Milda. Elle est morte quelques heures plus tard, et plusieurs éléments ne correspondaient pas au tableau décrit par le mari. Elle a entre autres d'importantes ecchymoses autour du cou. Je vais donc extraire les organes du cou.

Loke recula d'un pas pour lui laisser plus de place. Mina savait que l'étape suivante faisait généralement partie des prérogatives de l'assistant, mais elle supposa que Milda tenait à s'en charger elle-même.

— Je ne comprends toujours pas pourquoi tu fouilles le thorax si c'est le cou qui t'intéresse ?

Voir Milda en action était comme assister au travail d'une artiste. Une artiste qui chantait à tue-tête quand elle n'avait pas de témoin.

— Tu verras, dit Milda en se saisissant d'un bistouri. Maintenant je décolle les muscles et je sectionne les ligaments qui retiennent les organes.

Milda déplaça ses mains vers la tête de la femme.

— Là, c'est la partie la plus délicate.

Milda maniait le bistouri avec une précaution infinie, millimètre après millimètre.

— Je libère la peau des muscles du cou. En essayant de ne pas la perforer.

— Comment tu arrives à voir ce que tu fais ? demanda Mina, fascinée.

— Je ne le vois pas. Je me fie à mon expérience et à ma sensibilité.

Milda se redressa et s'étira. Elle posa le bistouri et plaça la main droite sous la mâchoire de l'autopsiée. En tirant délicatement, la langue et le larynx finirent par apparaître dans la cage thoracique. Elle put alors soulever et sortir l'ensemble des organes.

— *Et voilà** !

Milda retira ses gants en plastique dans un claquement triomphal, montrant le joli paquet d'organes qui reposait désormais à côté du corps sur la surface brillante du plan de travail.

— On reprend dans cinq minutes, dit-elle à Loke. Va te dégourdir les jambes, si tu veux. J'ai quelque chose à voir avec Mina.

L'assistant quitta discrètement la salle. Milda sourit en le regardant partir. Puis elle secoua la tête.

— Je ne le comprends pas, dit-elle. Loke, je veux dire. Tu sais qu'il est indépendant financièrement ? Malgré son jeune âge. Un héritage ou quelque chose de ce genre. Il pourrait passer son temps à jouer à des jeux vidéo jusqu'à la fin de ses jours, s'il le voulait. Pourtant, c'est lui qui arrive le premier le matin et quitte le dernier le soir. Il est extrêmement doué dans son domaine. C'est une véritable vocation, à mon avis. Je ne suis pas certaine que j'en ferais de même si j'étais à sa place.

— Moi, je crois que tu fantasmerais les autopsies, si tu ne travaillais pas, répondit Mina en souriant. Tu es la meilleure et tu le sais.

— Merci, dit Milda en montrant les organes de la tête. Que vois-tu ?

Mina scruta minutieusement les organes.

— Écrasements ?

— Bien vu. Oui, d'évidentes lésions par écrasement, non seulement du larynx, mais aussi de l'os hyoïde et du cartilage thyroïde. Ajouté aux blessures antérieures, je peux te garantir que le mari est en bien mauvaise posture.

* En français dans le texte.

— Quel malheur. Et ça nous mène au cas de William. Comme tu le sais sûrement, son père a été condamné pour le meurtre.

— Normal, avec ce que nous savions à l'époque, commenta Milda en remplissant un gobelet d'eau. Nous ne pouvons tirer de conclusions qu'à partir des éléments disponibles.

— On ne reproche rien à personne. Mais il se trouve que nous disposons maintenant d'informations qui donnent un éclairage différent sur la mort de William. C'est pour ça aussi que Ruben et Adam vont à nouveau interroger le père aujourd'hui. Tu as eu le temps de reparcourir le rapport d'autopsie ?

Milda avala son eau et hocha la tête.

— Je l'ai passé au peigne fin. Et je vois plusieurs liens entre le cas de William et tant celui de Lilly que celui d'Ossian.

— Lesquels ?

— William a certes beaucoup plus de traces de blessures que les deux autres. En tant que victime de maltraitances de longue durée, on ne s'étonne pas des marques sur ses poumons, comme si les côtes avaient subi des coups ou de trop fortes pressions. Ce qui est intéressant, c'est que Lilly et Ossian ont les mêmes marques sur les poumons. Malheureusement, je ne suis pas encore en mesure d'établir une hypothèse sur ce qui a pu les provoquer.

— Attends, tu me dis qu'Ossian aussi avait des marques sur les poumons ? Pourquoi tu ne l'as pas mentionné avant ?

Milda la regarda, surprise.

— C'est dans mon rapport d'autopsie.

Mina jura intérieurement. C'était un détail de la plus haute importance, et ils l'avaient raté. *Elle* l'avait raté. Elle n'avait pas lu le rapport Ossian. Celui de ses collègues qui en était responsable allait en prendre pour son grade. Mais,

mais. L'information était de la plus haute importance, même reçue tardivement.

— Ce que tu es en train de me dire, c'est que les trois affaires sont liées, sans le moindre doute ? demanda Mina.

Tant pis si Milda la trouvait trop empressée.

— S'il n'y avait eu que ces marques internes, je n'aurais probablement pas osé tirer cette conclusion, enchaîna Milda. Comme je te disais, William les aurait eues dans tous les cas. Mais…

Elle se tut et fixa Mina.

— Les fibres, dit-elle. Il y avait des fibres dans la gorge de William. Exactement comme pour Lilly et Ossian. En soi, ce n'est pas inhabituel, tu n'as pas idée de la quantité de fragments microscopiques qui passent par nos gorges au cours de notre vie. Mais ils avaient tous les trois des traces du même type de fibre de laine. Ça, en plus des étranges marques dans les poumons…

Le lien n'était pas à 100 % sûr. Pas encore. C'est toujours difficile de savoir quels détails ont vraiment de l'importance et quels autres relèvent de la coïncidence. Mais Mina était maintenant persuadée. Milda avait trouvé exactement ce qu'ils cherchaient : un pattern.

Enfin.

— Il faut identifier les fibres en question, nota-t-elle en essayant de dissimuler son enthousiasme.

— Je crains que cela ne fasse pas partie de mon domaine de compétences. Mais le CNML de Linköping devrait pouvoir vous aider.

Loke revint, talonné par une vague odeur de tabac.

— *"Undo my sad, undo what hurts so bad"*, chantonna-t-il en se lavant les mains.

Mina reconnut une chanson de Sanna Nielsen.

— On n'y échappe pas, quand on travaille ici, dit-il, visiblement gêné que Mina l'ait entendu.

La pause était terminée.

— Une dernière chose avant que je m'en aille, dit encore Mina. As-tu autre chose à me dire au sujet de William ?

— Non, à part que certaines personnes ne devraient pas avoir le droit de vivre en liberté, répondit Milda d'un ton dur. Jörgen Carlsson mérite de pourrir là où il est.

Elle enfila une nouvelle paire de gants jetables qu'elle avait pris dans un carton sur le plan de travail.

— Merci. Je vous laisse tranquilles, dit Mina en hochant la tête à l'intention de l'assistant de Milda avant de s'éclipser.

Au moment où la porte se refermait dans son dos, une vibration se fit sentir dans sa poche. Elle sortit son téléphone et regarda l'écran. Le père de Nathalie. Le GPS n'était toujours pas fiable, mais elle supposa que Nathalie n'était pas encore rentrée à la maison. Son père s'apprêtait sans doute à décoller pour aller la chercher en hélicoptère.

Ruben enleva sa montre et la déposa dans le bac en plastique gris avec son téléphone. Après avoir fouillé dans les poches de son pantalon, il en sortit ses clefs qu'il déposa également dans le bac. Il étouffa un bâillement derrière sa main. Le démarrage du lundi matin était toujours un peu plus laborieux que les autres jours. En même temps, il avait passé le week-end à appréhender cette visite.

— Magnus nous avait prévenus que vous alliez venir dès ce matin, dit le surveillant en charge de leur faire passer le portique de sécurité de la prison de Hall.

— Magnus ?

— Svensson. Le directeur de la prison. Votre cheffe Julia l'a eu au téléphone vendredi. Des armes de service ? Si oui, il faut me laisser les mettre sous clef.

Il désigna une armoire équipée d'un gros verrou.

Ruben secoua la tête. Pas d'arme.

Ils avaient envisagé d'aller à Hall en uniforme complet, mais avaient finalement opté pour une tenue civile plus relax pour mettre toutes les chances de leur côté d'arriver à faire parler Jörgen Carlsson. Tel que Ruben se souvenait de lui, c'était un homme qui n'appréciait guère les rapports avec les forces de l'ordre. Ce qui n'était pas étonnant, vu qu'il avait peut-être été condamné à tort, en tout cas pour ce qui était du meurtre de son fils. Cela ne le rendait pas blanc comme neige, bien entendu, mais les erreurs judiciaires, ça arrive.

Ruben et Adam se tenaient tous les deux devant le surveillant, dans une petite pièce qui servait de sas. Sur l'armoire de sécurité, des instructions précises indiquaient tous les objets qui devaient rester consignés pendant les visites. Hall était une prison de haute sécurité, rien n'était laissé au hasard.

— On ne m'a pas précisé si vous apportiez des équipements techniques, dit le surveillant. Si c'est le cas, il faut que je les contrôle.

— Pas d'arme, pas d'équipement, répondit Adam. On veut juste lui parler.

Le gardien hocha la tête et leur montra le détecteur de métaux au fond de la pièce. La dernière fois que Ruben avait dû passer sous un engin pareil, c'était quand il avait pris l'avion pour Palma.

— Passez l'un après l'autre. Carlsson vous attend dans la deuxième salle de visite sur la droite.

— En avant pour le charter le plus glauque de l'année, murmura Adam en passant par le détecteur.

Ruben le suivit et ils atterrirent dans un couloir.

— Pourquoi Carlsson est incarcéré ici ? dit-il quand il eut rattrapé Adam. J'avais cru comprendre que Hall était pour des détenus qui risquent de s'évader ou… d'être évadés. Des membres de gangs et d'organisations criminelles. Jörgen Carlsson est la personne la moins organisée que j'aie jamais rencontrée.

Adam haussa les épaules.

— Carlsson a tenté de s'évader quand il était en maison d'arrêt, répondit-il. Et vu ce pour quoi il a été condamné, j'imagine que personne n'avait envie de lui laisser la moindre chance.

Arrivés devant la salle, ils ouvrirent la porte. Jörgen Carlsson les attendait derrière une table. Il avait les cheveux mi-longs, peignés en arrière, et la plus fine moustache que Ruben ait eu l'occasion de voir. Ses bras aussi étaient fins, presque maigres, et couverts de tatouages. Ruben avait du mal à comprendre qu'une personne aussi frêle de constitution ait pu terroriser sa famille comme l'avait fait Jörgen. Mais la violence n'est pas seulement une question de muscles.

— Vous me voulez quoi ? dit Jörgen en croisant les bras.

— Je m'appelle Adam, et voici Ruben, dit Adam en s'asseyant. Nous sommes de la police, comme vous le savez. Nous souhaitons parler avec vous du moment de la disparition de votre fils.

Jörgen se redressa, posant les mains sur la table.

— La disparition ? dit-il avec un rictus. Très intéressant, comme choix de vocabulaire pour des gens qui prétendent que j'ai tué le gamin. Pas que je me plaigne ici, la bouffe est meilleure que tout ce que cette salope de Lovis était capable de faire. Tout juste bonne à baiser. Mais pas de chance, je l'ai engrossée, et après il fallait se colleter le gamin.

Jörgen était encore plus odieux que ce dont se souvenait Ruben. Il se voyait déjà se lever et planter son poing en plein milieu de ce visage narquois. Il inspira profondément pour se maîtriser. Jörgen savait probablement exactement ce qu'il faisait. Il cherchait leurs points faibles. *Il fallait se colleter le gamin.* Ruben n'avait pas l'intention de montrer que Jörgen avait tout de suite trouvé le sien.

— Les preuves contre vous ne tiennent plus la route, dit Adam. On cherche d'autres explications. Et nous avons besoin de votre aide.

Cette fois-ci, c'était à Adam d'appuyer sur des boutons. Et lui aussi trouva du premier coup. Jörgen se pencha en avant, les yeux brillants.

— D'accord, alors si je vous aide, je pars du principe que ma peine sera révoquée ? dit-il. Je vais sortir de ce maudit trou ?

— Je croyais que c'était le grand luxe ici ? commenta froidement Ruben.

Il n'avait aucune envie de faire le moindre cadeau à cette ordure, mais ils n'avaient pas le choix.

— J'ai dit que la bouffe était acceptable, mais j'aimerais bien pouvoir chier sans personne pour me surveiller, vous voyez ?

Adam hocha la tête et se pencha en avant lui aussi. Quand il se mit à parler, le ton était presque conspirateur. Comme si Jörgen et lui partageaient un secret.

— Si vous nous aidez, la condamnation pour meurtre sera levée, dit-il à voix basse. Je ne peux rien promettre, mais non seulement vous serez libéré, vous avez aussi des chances de toucher une sérieuse indemnisation.

Ruben ne put s'empêcher de sourire pour lui-même. Les messes basses ont le pouvoir d'impliquer n'importe qui dans ce qui est dit. Et Adam ne mentait pas. Pas vraiment. Mais même si Jörgen n'était plus considéré comme coupable d'infanticide, il restait condamné pour les évidentes maltraitances infligées à William et Lovis. Il serait contraint d'aller aux toilettes accompagné pendant de nombreuses années encore. Ruben espérait seulement que Jörgen tirait toutes ses compétences juridiques de séries télévisées.

— Aidez-nous donc à prouver votre innocence, conclut Adam en se redressant. Donnez-nous l'identité de l'homme qui est venu chercher William à l'aire de jeux, puisque ce n'était pas vous.

Jörgen fit un geste des bras et se pencha en arrière, imitant Adam sans s'en rendre compte.

— Je n'en ai pas la moindre idée.

— Il va falloir faire mieux que ça, intervint Ruben. Ou on peut juste partir du principe que c'est un copain à vous qui a récupéré William. Pour l'emmener à Beckholmen où vous l'avez tué ensemble. Je vous croyais plus malin que ça.

Une goutte de sueur apparut sur la lèvre supérieure de Jörgen. Il lissa sa fine moustache de l'index et du pouce. La climatisation ne fonctionnait pas mieux ici qu'à l'hôtel de police. Il y avait donc bien un peu de justice dans ce monde.

— J'ai jamais tapé le gosse ailleurs qu'à la maison, d'accord ? dit Jörgen. Je suis pas complètement givré. Mais j'étais pas là quand William a disparu et je sais pas qui l'a pris. Je l'ai dit et redit.

Ruben serra le plateau de la table des deux mains. Comment cet abruti pouvait-il parler si froidement de sa violence contre un enfant qui n'avait probablement jamais rien fait d'autre en retour que d'essayer d'aimer son papa ? Un si jeune enfant ? Et en plus, il se trouvait super malin de ne le tabasser qu'en famille. Il avait plus que jamais envie de le balancer, ce coup de poing.

— C'est exact, vous avez déclaré que vous... traîniez en ville, dit Adam en jetant un regard en coin à Ruben. Personne n'a pu le confirmer, hélas. Voilà pourquoi vous êtes ici.

Jörgen eut le regard fuyant et se passa les mains dans les cheveux, d'avant en arrière.

— D'accord, dit-il à voix basse. Vous avez gagné. Je n'avais pas prévu de le dire, pour la protéger, mais six mois ici, c'est six mois de trop. J'étais chez Sussi. J'étais chez Sussi et on baisait comme des lapins, d'accord ? Je ne voulais pas l'impliquer parce que Sussi est la copine de Lovis. Plus que ça, merde. C'est la meilleure amie de Lovis. Mais Sussi ne dirait jamais rien à la police, elle sait trop bien ce qui lui tomberait dessus. Peu importe. Quand je suis rentré, hé hé, je puais le sexe comme c'est pas permis, mais William avait disparu.

Ruben soupira. Même ici en prison, Jörgen était persuadé de dominer son petit monde. Adam sortit un bloc-notes et lui demanda l'adresse de Sussi. Ruben ne l'écoutait plus vraiment, il ne voyait rien d'autre que cette face minable et sa moustache ridicule, maintenant suintante de sueur. Ça le démangeait. Adam ajouta quelque chose et se leva. Ruben fit de même.

— Je crois que c'est bon pour nous, dit Adam en s'éventant avec le bloc-notes.

Ruben savait d'avance que le témoignage de Sussi ne leur servirait à rien. Jörgen avait dit la vérité. Il n'avait pas la moindre idée de qui avait enlevé son fils.

— Vous aurez de nos nouvelles.

Ruben se tourna pour partir, pressé de sortir de là.

— Faut que vous sachiez une chose, dit soudain Jörgen dans leur dos. J'aimais William, d'accord ? Ce gamin était tout pour moi.

Ruben se figea, la main sur la poignée de la porte. C'en était trop. Quelque chose explosa en lui.

Il vit les photos du corps de William défiler devant ses yeux.

Les bleus partout, sous les vêtements où on ne les verrait pas.

Les bras secs, couverts de tatouages, continuellement levés, prêts à frapper.

*Ce gamin était tout pour moi.*

Le visage de Lovis, tordu de terreur, peut-être qu'elle essayait de protéger l'enfant. Mais probablement pas.

Puis soudain : Astrid. Son Astrid à lui.

Seulement quelques années de plus que William.

*J'aimerais bien pouvoir chier sans personne pour me surveiller, vous voyez ?*

William.

Les coups.

Astrid.

Ruben se tourna, fit deux pas vers Jörgen et lui attrapa les cheveux.

— Aïe ! s'écria Jörgen. Qu'est-ce qui vous…

Ruben l'interrompit en encastrant son visage dans le plateau de la table, sans ménagement. Jörgen hurla comme un cochon à l'abattoir, pour le plus grand plaisir de Ruben. Il s'essuya la main sur son pantalon et revint vers Adam qui le fixait, choqué.

Adam ne dit rien tout au long du couloir. Ils passèrent le détecteur de métaux et on leur rendit leurs affaires. Adam était toujours silencieux. Ruben prit ses clefs et son téléphone.

— Au fait, dit Ruben au surveillant. Je suppose que les salles de visite sont sous vidéosurveillance. Si vous regardez la vidéo, vous constaterez que Jörgen Carlsson a trébuché et s'est cogné la tête au moment où nous allions partir. Si vous avez le son, vous entendrez aussi pourquoi il s'est cogné. Il va avoir besoin de soins médicaux. Mais il n'y a pas d'urgence.

— On est sur une piste !

Mina venait tout juste de revenir de son rendez-vous avec Milda. Elle faillit renverser son cappuccino quand Ruben déboula du hall de l'hôtel de police. Elle réussit à sauver son café, heureusement, compte tenu de la distance qu'elle avait à parcourir pour se rendre chez le seul vendeur de boissons à emporter qui lui inspirait confiance quant à sa façon de gérer les gobelets jetables. Elle but une gorgée.

En réalité, le café était meilleur dans le bistrot du coin de la rue où Julia avait obtenu une ristourne permanente pour toute l'unité. Mais Mina n'en profitait pas, elle avait des frissons rien qu'à l'idée de toucher un gobelet et était incapable d'en boire le contenu. À Espresso House, par contre, travaillait Wille. Il était parfaitement au fait de ses exigences particulières, et ouvrait systématiquement un nouveau paquet de gobelets au moment où elle commandait. S'il n'était pas là, elle renonçait instantanément à son café et faisait demi-tour. Pas question de prendre des risques avec des cafés à emporter. Aujourd'hui, Wille était à son poste, et la voilà donc un cappuccino fumant à la main. Un cappuccino qui avait failli finir sur ses vêtements.

— Qu'est-ce que tu racontes ? lui demanda-t-elle en le suivant. Tu n'étais pas à la prison de Hall avec Adam ?

Une voiture de service était garée devant l'entrée et elle vit les clefs dans la main de Ruben.

— On est revenus il y a un petit moment déjà, dit-il en marchant à grands pas vers la portière côté conducteur. Adam est en train de rédiger le rapport. Mais ceci est plus important. Je te raconte dans la voiture. Viens vite.

Mina hésita avant d'ouvrir la portière passager. Il n'y avait que dans sa propre voiture qu'elle pouvait se permettre le luxe d'une protection plastifiée. Un moment comme celui-ci était toujours une épreuve. Mais aussi le prix à payer pour pouvoir vivre et travailler normalement. Ou à peu près normalement. Si elle se laissait aller à sa phobie, elle serait incapable d'exercer son métier. Et elle adorait son travail.

Elle adorait aussi recevoir son salaire et pouvoir payer un loyer pour ne pas avoir à vivre sous les ponts. Elle frémit. Mais se dire que tout pouvait être bien pire l'aida à monter dans la voiture. L'habitacle était heureusement très propre pour une voiture de police.

— On a du nouveau, continua Ruben en démarrant. Un client a trouvé des vêtements d'enfant cachés dans les toilettes du restaurant de Mauro Meyer sur Sveavägen.

— Des vêtements d'enfant ?

— Des vêtements d'enfant de la taille d'Ossian.

— C'est pas un peu tiré par les cheveux ? dit-elle en sirotant son café. Ça pourrait aussi bien être un client qui a changé son gamin parce qu'il a renversé son repas sur lui, par exemple ? Ou bien, le gamin s'était fait pipi dessus et ils ont laissé les vêtements sur place ?

Ruben secoua la tête et prit un peu trop vite un virage serré. Mina n'hésita qu'une fraction de seconde avant de s'accrocher à la poignée au-dessus de la portière. Elle s'obligea à respirer lentement, profondément.

— Nous avons envoyé une photo des vêtements aux parents d'Ossian, dit-il. Ils les ont reconnus. Et on a même retrouvé son nom marqué dans plusieurs des habits.

Mina serra les mâchoires. Elle avait du mal à faire correspondre ces informations avec l'image qu'elle avait du père de Lilly. Le Mauro qu'elle avait rencontré était un homme attentionné qui mettait des glaçons dans le bain de pieds de sa femme enceinte pour ensuite lui masser tendrement les épaules. En même temps, au fil de ses années d'enquêteuse, elle avait appris qu'on ne doit jamais se fier aux apparences.

C'était une vérité qui la frappait chaque fois qu'elle se regardait dans un miroir.

— Mais je ne comprends pas comment ça peut être les vêtements d'Ossian, dit-elle en plissant le front. Puisqu'il était habillé quand il a été retrouvé.

— N'ayant pas d'enfants, tu ne le sais sans doute pas, mais à cet âge-là, les enfants emportent souvent des vêtements de rechange à l'école, dit Ruben, perspicace. Josefin et Fredrik ne se souviennent plus des vêtements de rechange qu'ils lui avaient donnés le jour de sa disparition, mais ils pensent que ça peut être les vêtements qui ont été trouvés. En plus, comme je le disais, certains étaient marqués de son nom. C'est pour ne pas mélanger les vêtements.

Mina le regarda, ébahie. Depuis quand Ruben était-il devenu expert en routines enfantines et en écoles maternelles ? Elle se mordit la lèvre pour ne pas lui dire qu'elle avait plus d'expérience dans le domaine qu'il n'en aurait jamais.

Ils arrivèrent devant le restaurant et se garèrent juste derrière une autre voiture de police. Le restaurant avait été évacué et sécurisé pour qu'ils puissent travailler tranquillement. Un drapeau italien sur la façade indiquait l'orientation culinaire du restaurant, au cas où les fragrances de tomate et de basilic qui vous enveloppaient dès l'entrée ne suffiraient pas. Mina déglutit. Elle connaissait par cœur les statistiques des restaurants condamnés à fermer chaque année par les contrôles sanitaires. Les chiffres étaient bien trop élevés pour qu'elle se risque à manger dans un lieu dont les standards en matière d'hygiène n'avaient pu être parfaitement vérifiés. Par chance, ils n'étaient pas là pour manger.

— C'est ici, dit une policière en uniforme qui vint à leur rencontre.

Mina et Ruben la suivirent jusqu'aux portes au fond de la salle marquées par les symboles classiques. Les habits avaient été trouvés dans celle des femmes. Ils regardèrent à l'intérieur, sans entrer dans la pièce. Les techniciens relevaient des empreintes, et Mina remarqua que le couvercle en porcelaine du réservoir d'eau avait été enlevé.

— C'est là que… ? demanda-t-elle en montrant les WC.

— J'ai cru comprendre qu'une cliente avait trouvé le sac contenant les vêtements dans le réservoir, dit Ruben.

Mina réprima un haut-le-cœur.

— Mais bon sang, pourquoi un client enlèverait le couvercle des toilettes d'un restaurant ? demanda-t-elle. À moins que ce soit pour y cacher de la drogue ?

Rien que l'idée de toucher, pour ne pas dire manipuler quoi que ce soit dans des toilettes d'un lieu public lui donnait envie de vomir. Ruben secoua la tête.

— Pas cette fois-ci, dit-il. C'est une mamie d'environ soixante-dix ans qui a emmené sa petite-fille aux toilettes. Elle a vu que le couvercle n'était pas bien en place et a voulu le remettre. C'est là qu'elle a découvert qu'il y avait quelque chose dedans. Elle avait de toute évidence lu dans la presse tout ce qu'il y a à savoir concernant Mauro et le meurtre de Lilly, et aussi sur Ossian, alors elle a immédiatement appelé la police.

— Une vraie Miss Marple, fit Mina en haussant un sourcil.

— Non, je crois qu'elle était suédoise, répondit Ruben.

— Miss Marple est un personnage de… Laisse tomber.

Elle soupçonnait Ruben de ne même pas connaître le nom de l'auteure.

— Qu'en dit Mauro, demanda-t-elle à la place et en faisant un signe de tête à Ruben pour qu'ils retournent dans la salle.

— Le personnel dit que sa femme et lui sont partis à la maternité il y a une heure. On est prêts à envoyer une voiture le chercher.

— Attendons un peu, dit Mina. Si sa femme va bientôt accoucher, il est coincé à la maternité pour un moment.

Elle s'avança vers une jeune femme portant un chemisier au logo du restaurant. Elle était assise à une table, suivant les événements de ses grands yeux.

— Bonjour, je m'appelle Mina Dabiri. Je peux m'asseoir ?

Du coin de l'œil, elle vit Ruben approcher deux autres membres du personnel près des portes de la cuisine.

— Bien sûr, dit la jeune femme en haussant les épaules. C'est… Il se passe quoi exactement ?

Elle était jolie, mais avec ce visage légèrement bouffi tellement à la mode chez les jeunes. Les lèvres un peu trop tendues ne semblaient pas naturelles, et Mina se demanda même si elle était capable de fermer la bouche complètement, ou si cette expression ébahie était tout bonnement permanente.

— Pardon, je peux d'abord vous demander votre nom ?

— Paulina. Paulina Josefsson.

— Merci. Je ne peux hélas pas vous donner des informations sur l'enquête en cours, c'est plutôt moi qui vais vous poser des questions, si vous êtes d'accord.

— Bien sûr.

Paulina haussa à nouveau les épaules.

— Quand avez-vous vu votre patron en dernier ? demanda Mina.

— Mauro ? Ce matin. Il est toujours le premier sur place. Et c'est un patron super cool. Je voulais vous le dire. Le meilleur patron que j'aie jamais eu. Ouais, il est vraiment trop sympa.

— Je vous crois, dit Mina en hochant la tête. À quelle heure il est parti ?

Elle allait poser les coudes sur la table, mais aperçut au dernier moment les miettes et restes de beurre sur le plateau. Paulina n'avait visiblement pas eu le temps de nettoyer après le service de midi.

— Il y a à peu près une heure. Sa femme a appelé. Elle avait des contractions alors il est rentré. Ou bien ils sont allés à la maternité, je sais plus. Mais en tout cas, il est parti.

— La question est triviale, mais avez-vous remarqué un changement d'attitude chez Mauro ces derniers temps ? S'est-il comporté comme d'habitude ?

— Oui… Après l'info du gamin qui a disparu, il est devenu un peu bizarre. Mais ça se comprend. Par rapport à Lilly, je veux dire. C'est arrivé il y a un an seulement.

— Et quand ça s'est su que l'enfant avait été retrouvé mort ? Comment a-t-il réagi ?

— Il me semble qu'il s'est mis en arrêt maladie ce jour-là. Ça ne lui arrive jamais. Mais on a pas été surpris. C'est tellement triste pour lui, ce qui est arrivé à Lilly. Et son ex-femme est complètement cinglée. Elle vient régulièrement, elle débarque en hurlant, ça la fout mal avec les clients. Elle est tarée. Cooooomplètement.

Mina hocha la tête. La description correspondait à l'image que Julia et Peder lui avaient donnée de cette Jenny. En même temps, elle savait que ce n'était pas parce qu'une personne avait un comportement de cinglée qu'elle avait forcément toujours tort.

— Les toilettes sont nettoyées régulièrement ? demanda-t-elle, sans savoir si elle avait vraiment envie d'entendre la réponse.

— Tous les jours. Mauro a une femme de ménage qui vient tous les jours. Il est très à cheval sur ce genre de chose.

Tous les jours. Mais ça ne voulait rien dire. Même la plus acharnée des femmes de ménage n'avait pas de raison particulière d'ouvrir le réservoir des WC. Ça pourrait par contre avoir une importance pour l'analyse des empreintes digitales que la police scientifique était en train de relever. Bien que ce soit souvent un vrai cauchemar de récupérer les empreintes des lieux publics avec un passage important.

Ruben vint vers eux et fit signe à Mina qu'ils allaient partir.

— J'ai eu Julia, dit-il. On va l'embarquer.

— Vous allez embarquer qui ? demanda Paulina, l'air inquiet pour la première fois. Pas Mauro, j'espère ?

— Comme je l'ai déjà dit, je ne peux hélas pas vous donner des informations sur l'affaire pour le moment, dit Mina en se levant. Mais je vous remercie pour votre aide.

Des curieux s'étaient rassemblés sur le trottoir devant le restaurant. La nature humaine est si prévisible. Signe de l'époque, un mur de smartphones en train de filmer les attendait aussi. Mais elle reconnut un visage. Que faisait *Expressen* ici ? Bordel. Ruben l'avait vu, lui aussi, et ils se dépêchèrent de rejoindre la voiture. Elle se dit que le chaos les attendait. Que c'était le calme avant la tempête.

Vincent frappa à la porte de Benjamin et entra dans sa chambre. L'ordre et la propreté qui régnaient depuis quelque temps dans ces quinze mètres carrés ne cessaient de le surprendre. Penché sur son ordinateur, son fils avait la tête dans les chiffres.

— Je n'aurais jamais cru que tu remplacerais un jour les manuels de Warhammer par les cotations en Bourse, sourit Vincent. Comment tu trouves le temps pour tout ça, en plus des cours ?

— J'ai des positions à clore d'urgence, dit Benjamin sans lever les yeux de l'écran. Tu as deux minutes ?

Vincent acquiesça et inspecta la pièce du regard. Le lit était défait et n'invitait pas à s'y asseoir. Il s'appuya donc contre le mur en attendant que Benjamin termine sa transaction. Cet intérêt de son fils pour le *day trading* n'avait au fond rien d'étonnant. Vincent se demandait par contre comment Benjamin en trouvait le temps tout en poursuivant ses études de droit. Mais son fils était désormais adulte et capable de faire ses propres choix. Vincent n'avait qu'à se mordre la langue et croiser les doigts.

— Tu voulais me dire quelque chose ? demanda Benjamin en se levant.

— Oui. Tu te souviens de cette enquête policière à laquelle j'ai été mêlé il y a deux ans ? Il se trouve que je vais à nouveau aider Mina… l'équipe, je veux dire, dans une nouvelle affaire. J'y ai passé la journée et j'y retourne bientôt.

Benjamin éclata de rire.

— Quoi, il te reste encore des frangines ? dit-il. Complètement dingue, ta famille.

Vincent secoua la tête tandis que Benjamin étalait une couverture sur le lit. Vincent s'y assit avec gratitude.

— Pas d'histoire de sœur cette fois-ci, reprit-il. Rien à voir avec la famille, je te promets. Mais exactement comme la dernière fois, tout semble indiquer qu'il est question d'une sorte de code ou de schéma. Le problème, c'est que je n'arrive pas à savoir si c'est réellement le cas, ou si c'est juste moi qui me fais des idées. Tu sais qui est Nova ?

Benjamin se réinstalla dans son fauteuil et se mit à tournoyer lentement.

— Qui ne la connaît pas ? répondit-il. Ses vidéos sont hyper populaires sur Instagram.

— Ah bon. Elle a orienté la police vers l'idée de l'implication d'une secte, ou du moins une organisation qui serait structurée comme une secte.

Il n'y avait pas fait attention jusqu'à présent, mais même les figurines de jeu qu'ils avaient soigneusement peintes ensemble, et qui autrefois occupaient toute une étagère, avaient disparu. Remplacées par des manuels de droit aux titres abscons.

— Pourquoi elle pense à une secte ? demanda Benjamin. C'est un peu extrême, non ?

— Probablement parce qu'il s'agit d'actes extrêmes, justement, et perpétrés par plusieurs personnes différentes. On dirait que quelqu'un les pousse à commettre des actes qu'ils… n'auraient pas forcément accomplis de leur propre chef. En plus, le mode opératoire des meurtres à l'air de suivre une forme de rituel. Selon Nova.

— C'est donc à nouveau une affaire de meurtres ? dit Benjamin en blêmissant.

Il n'avait pas eu l'intention de le dire, zut. En tout cas, il se garderait bien de préciser que les victimes étaient des enfants. Benjamin n'avait pas besoin d'en savoir autant.

— Oui, hélas. Trois, pour tout te dire. Trois personnes qui ont été kidnappées et assassinées.

— Et toi, t'en penses quoi ? Tu crois aussi qu'il s'agit d'une secte ?

Vincent réfléchit. Puis secoua la tête.

— C'est une explication inutilement compliquée, tu ne crois pas ? Toi qui nous rebats toujours les oreilles avec ton rasoir d'Ockham. Est-ce que je crois que c'est la même personne qui est responsable des trois meurtres ? Oui, je le crois. Mais pas besoin d'un gourou pour ça. Il suffit d'un individu disposant d'arguments assez convaincants pour pousser des personnes à accomplir des actes anodins en apparence, mais en réalité destructeurs. Ce n'est pas très difficile de donner aux gens une autre perception de la réalité et de les faire agir en conséquence. Les kidnappeurs ne savaient peut-être même pas que ceux qu'ils enlevaient allaient mourir.

— Tu veux dire que ça pouvait être une sorte de canular, pour eux ? demanda Benjamin.

Vincent haussa les épaules.

— Ce qui me fait peur avec l'idée d'une secte, c'est toutes les portes que ça ouvre. Quand Shōkō Asahara, le leader de la secte Aum Shinrikyō, a propagé du gaz sarin dans le métro de Tokyo, tuant douze personnes – treize en comptant celle qui est morte par la suite à l'hôpital –, il était persuadé de libérer ses victimes de leur karma, leur permettant ainsi d'atteindre le nirvana. De son point de vue, il ne faisait rien de mal, et n'avait rien d'un meurtrier. Au contraire, il agissait pour une bonne cause.

— Les membres d'une telle secte sont donc persuadés d'œuvrer pour le bien et de rendre service à leurs victimes en les tuant ? demanda Benjamin, les yeux écarquillés.

— En effet. Et la Suède compte de nombreuses sectes aux tendances destructrices. Mais je n'ai pas entendu parler de secte où la violence porte sur des gens à l'extérieur de la secte. Avant de sauter pieds joints dans ce trou-là, je voudrais donc chercher à savoir si quelqu'un pourrait avoir imaginé cette mise en scène, sans forcément être une espèce de gourou fou furieux.

Benjamin hocha la tête et se tourna vers son ordinateur.

— Alors, c'est quoi ce code ou schéma dont tu parles ? dit-il en ouvrant un document ressemblant au fichier Excel dont ils s'étaient servis la fois précédente.

— Justement, dit Vincent en se tortillant à la recherche d'une position confortable sur l'amas informe de literie. À part le fait que les… personnes assassinées ont été enlevées trois jours avant, il n'y a en fait que deux éléments concordants. D'abord, elles ont toutes été retrouvées à proximité de l'eau. Tu me diras que ce n'est pas si étrange dans une ville entièrement construite sur l'eau. Mais Nova pense quand même que ça a un sens symbolique. Elle a peut-être raison. Mais je ne suis pas convaincu. Pour ma part, je constate que les… corps ont tous été retrouvés avec un objet en rapport avec les chevaux.

Il s'attendait à un rire, mais Benjamin se contenta de noter l'information, sans jugement. Vincent ne put s'empêcher de ressentir une certaine fierté quant à la capacité de concentration de son fils quand il s'agissait de résoudre un problème.

— Trois jours, de l'eau, dit Benjamin. Et des chevaux. Tu veux dire des vivants, ou comme des pions dans un jeu ?

— Ni l'un ni l'autre, mais à quoi tu penses ? Quel genre de pions ?

— Comme aux échecs, par exemple. Le cavalier est un cheval parce que les gardes du corps du roi étaient le plus souvent à cheval. En suédois, danois, norvégien, allemand et d'autres langues, le nom de cette pièce fait allusion à sa façon de "sauter" sur le plateau de jeu. Mais dans beaucoup d'autres langues comme l'espagnol ou l'italien, on l'appelle juste cheval, *caballo*, ou *cavallo*. Je crois que c'est pareil en russe. En sicilien, c'est l'âne, si je me souviens bien. L'anglais est l'une des rares langues où le nom de ce pion n'a pas de rapport direct avec le cheval, puisqu'ils disent *knight*.

Vincent fixait son fils, ébahi.

— Une personne de mon entourage a pris l'habitude de me faire des "alertes Wikipédia", quand je pars dans ce genre d'explication. Je ne comprenais pas vraiment ce qu'elle voulait dire, jusqu'à présent. Comment tu sais tout ça ?

— Parce que c'est intéressant, répondit Benjamin. Tu sais bien.

Vincent acquiesça. En effet, il savait. À cet instant, il était très fier de son fils. Mais il y avait quelque chose dans ce qu'il avait dit au début, les pièces d'un jeu… Zut, ça lui échappait.

— Tu as raison, reprit-il avec enthousiasme. En ce qui concerne les pièces de jeu. Il y a un rapport avec les mouvements extrêmes, sans avoir besoin d'aller chercher du côté des sectes.

Benjamin leva les yeux de son écran, déconcerté.

— Je ne te suis pas…

— Tu sais qui est Robert Jay Lifton ?

Benjamin fronça les sourcils en court instant.

— Oui, je crois, dit-il enfin. Un psychiatre qui a fait des recherches sur le lavage de cerveau et le fondamentalisme ?

Vincent hocha la tête. Son fils, décidément. Il omit de mentionner que pour ses spectacles, il avait emprunté certaines techniques extraites des études de Lifton sur le contrôle de la pensée dans la Chine communiste.

— Il a écrit que dans un mouvement fondamentaliste, la plupart des membres traversent à un moment ou un autre une phase de lucidité, où ils prennent conscience que le mouvement en question ne correspond pas exactement à l'image qu'ils s'en sont faite. Mais quand ça arrive, ils ne peuvent déjà plus reculer. Ils sont coincés. Pour ne pas s'effondrer mentalement, beaucoup de gens choisissent alors de se soumettre entièrement à la dynamique du groupe. Ceux-là deviennent en général les adeptes les plus fervents, et les plus aptes à manipuler à leur tour d'autres personnes. Au prix d'avoir réprimé entièrement leur volonté individuelle.

— Je ne vois pas le rapport avec les chevaux et les pions ? Ni même avec les meurtres en question ?

Benjamin ouvrit Spotify à la recherche d'une playlist. Le temps qu'il avait choisi de consacrer à son père touchait visiblement à sa fin.

— Lifton a un terme pour cette stratégie qui consiste à effacer sciemment son individualité, dit Vincent. *The Psychology of the Pawn*. Un *pawn* est un pion qu'on peut sacrifier. Aux échecs, par exemple. Un jeu où il y a aussi des cavaliers, comme tu l'as précisé toi-même.

Vincent tentait d'organiser toutes les associations d'idées qui naissaient de cet échange, en vain. Il fallait qu'il retourne dans son bureau et qu'il s'allonge par terre pour faire le tri. Avec un peu de chance, le puzzle commencerait à se mettre en place dans son inconscient.

Benjamin avait déjà recherché *psychology of the pawn* sur Google et commencé à lire.

— Tu sais, d'après Lifton, on ne devient pas juste un pion, dit Benjamin, les yeux scotchés à son écran. On devient aussi un excellent joueur. Mettons qu'il s'agisse quand même d'une secte. Si ça se trouve, les victimes sont des membres ou d'anciens membres, assassinés parce qu'ils ne se sont pas tenus à carreau. Parce qu'ils n'ont pas joué le jeu. Les meurtres et cette histoire de cheval ou de cavalier, c'est peut-être un message adressé aux autres pions, c'est-à-dire aux autres membres de la secte. Pour faire de l'ordre dans les rangs.

Vincent appuya la tête contre le mur et ferma les yeux.

— La théorie est intéressante, mais ça ne peut pas être ça. Pour deux raisons. D'abord parce que les allusions aux chevaux à proximité des corps n'étaient pas des pions ou des pièces d'échecs. Ensuite parce que… les victimes, Benjamin. Elles ne peuvent pas avoir été membres d'une secte.

— Comment tu le sais ?

Ils avaient été si près. Mais le puzzle n'était pas complet. Ils n'avaient pas avancé. Et dehors, quelque part, quelqu'un était libre de réitérer ces actes monstrueux. Vincent inspira un grand coup.

— Parce que les victimes n'avaient que cinq ans.

La porte indiquant "Maternité" provoqua un sentiment de malaise diffus chez Mina. Un fragment d'une autre vie. L'odeur se chargea de la ramener à la réalité, la laissant avec quelques bribes de souvenirs à moitié effacés, un mélange de souffrance pure et d'instants de bonheur parfait. Une sensation unique parmi celles que la vie pouvait offrir.

— Tu entends les cris des bonnes femmes ? demanda Ruben en se tortillant d'inconfort. On dirait qu'il y en a deux qui font un concours de hurlement. Ça devrait être mieux insonorisé, un lieu comme ça, non ? On dirait un putain de cabinet des horreurs. Franchement, ça m'emballe pas.

Mina l'ignora et s'avança jusqu'à l'accueil. Après quelques échanges, Ruben et elle montrèrent leur insigne de policier, et on les laissa entrer. Elle devait bien reconnaître que Ruben n'avait pas complètement tort. C'est avec un sentiment étrange qu'elle s'engouffra dans le long couloir blanc aux portes fermées, tandis que les cris s'élevaient et se mélangeaient dans un étrange chœur de douleur.

— Quel numéro de chambre ? demanda Ruben.

— Cinq.

— C'est ici, dit Ruben en ouvrant aussitôt la porte portant un cinq.

La pièce était vide.

— Ils ne peuvent pas être déjà rentrés chez eux, si ? Même si le bébé est déjà sorti ? Ce serait rapide.

— Tu as raison, Ruben, ce serait rapide. Tu es d'une grande perspicacité, aujourd'hui, ironisa Mina. Ils sont sûrement allés faire une pause café.

— On peut faire des pauses café à la maternité ? demanda Ruben, surpris.

— Toutes les maternités ont leur propre Starbucks. La chaîne a été la première à miser sur les hôpitaux et les aéroports.

— Tu plaisantes ?

Ruben avait l'air encore plus ébahi.

— Oui, je plaisante, idiot. Tu n'as jamais mis les pieds dans une maternité ? Avec sa petite salle de séjour où on trouve toujours du café et quelque chose à grignoter ? Tu as quand même dû passer par une maternité à un moment ou un autre au cours de tes longues années de service ? Non ?

— Je n'ai jamais mis les pieds dans un endroit pareil, non, fit Ruben.

Mina eut soudain l'impression d'apercevoir un éclat de douleur dans les yeux de son collègue.

— C'est là, fit-elle en montrant une pièce avec un coin cuisine et des canapés, ainsi qu'une télévision.

Dans l'un des canapés se trouvaient Mauro et Cecilia. À leur côté, une boîte en plastique sur roues.

— Bonjour, dit Mina les approchant.

Elle était un peu embarrassée. Mauro et Cecilia venaient d'accueillir une nouvelle petite vie dans ce monde. Ils étaient épuisés, certes, mais sur un petit nuage de bonheur. Qu'elle et Ruben s'apprêtaient à démolir avec efficacité. Elle jeta un coup d'œil vers la boîte en plastique. Un nourrisson au genre indéfinissable dormait sur le dos, enveloppé dans une couverture. Un petit éléphant en peluche gris était posé à côté du bébé.

— Bonjour ! répondit Mauro avec surprise. Qu'est-ce que vous faites ici ?

Elle se dit que la police était sans doute la dernière visite qu'ils s'attendaient à recevoir. Puis, son visage s'assombrit et il se leva.

— Il s'est passé quelque chose ?

— Pouvons-nous parler en tête à tête ? demanda Mina en lançant un regard en coin vers Cecilia qui, malgré la blouse d'hôpital, semblait drôlement en forme pour une femme qui venait d'accoucher.

— Non, ce que vous avez à dire, vous pouvez nous le dire à tous les deux.

Mina échangea un regard avec Ruben qui hocha la tête. Elle ouvrit la bouche, mais n'eut pas le temps de se lancer : Mauro et Cecilia venaient de blêmir brutalement, leurs yeux rivés sur l'écran de télévision derrière elle.

Mina se retourna. Gros plan sur Jenny. Elle se trouvait devant le restaurant de Mauro, en vive conversation avec le reporter d'*Expressen* que Mina reconnut aussitôt.

— C'est pas vrai ! s'exclama Mauro avant de se jeter sur la télécommande.

La voix de Jenny jaillit dans la pièce avant qu'il n'ait eu le temps de couper. Elle regardait droit vers la caméra, ses yeux étaient noirs de colère et sa voix si haineuse que Mina en eut des frissons.

— J'ai toujours su que c'était lui, crachait-elle en appuyant sur chaque syllabe. Je suis la seule à avoir compris, à avoir vu ce qu'il y a derrière sa façade. Je savais ce qu'il faisait à notre petite Lilly, et j'espère qu'elle me pardonnera de ne pas avoir su la protéger. C'est un homme mauvais, et maintenant sa cruauté a frappé une autre famille. Le monde va enfin comprendre.

Son regard était triomphant. Elle ne cligna pas des yeux une seule fois. Mauro se mit à trembler. Ruben fit un pas vers lui et posa sa main sur son bras.

— Je crois qu'il vaut mieux que vous veniez avec nous.

Dans sa boîte en plastique, le nourrisson se mit à gémir.

Allongée sur le lit de camp, Nathalie contemplait les poutres en bois de la toiture à quelques mètres au-dessus d'elle. Une toiture qu'elle avait participé à construire. Elle se sentait en apesanteur, comme si elle pouvait s'élever jusqu'à la construction en bois pour y faire son nid. La faim, pourtant toujours aussi permanente, ne la dérangeait plus tant que ça. Son régime n'avait pas changé, mais elle commençait à s'y habituer. Elle n'avait pas aussi mal au ventre qu'au début. Elle se sentait… plus légère. Plus alerte. Comme si le poids de toute la nourriture avec laquelle elle se remplissait avant l'avait retenue au sol.

Plus maintenant.

Maintenant, elle flottait.

Elle avait du mal à rester concentrée sur une pensée sans que celle-ci se détache pour s'élever à son tour rejoindre toutes les autres là-haut, sous les poutres. Elle savait que d'habitude, elle arrivait mieux à réfléchir. Mais après tout, pourquoi penser à des choses compliquées ? Elle était avec Ines. En sécurité. C'est tout ce qu'elle avait besoin de savoir. Les réflexions plus complexes faisaient partie de sa vie d'avant, à l'extérieur.

Le monde de l'extérieur n'avait plus la même importance qu'avant. C'était presque comme s'il n'existait plus vraiment. Tout ce qui existait, c'était ici et maintenant. Cet endroit. Ces gens. Sa grand-mère.

Elle regarda les bandes de gaze qui recouvraient ses doigts. Se demanda si ses doigts avaient toujours les marques rouges. Elle l'espérait. Sinon, sa grand-mère voudrait peut-être les raviver. Peut-être qu'elle pourrait avoir le même ruban en caoutchouc que sa grand-mère ? Nathalie ne voulait pas que les autres pensent du mal d'elle ou se disent qu'elle n'était pas prête à faire des efforts. Elle se sentait chez elle ici. Elle recevait tant d'amour. Elle devait en donner en retour, c'était la moindre des choses.

Toute sa vie, elle avait vécu dans une bulle protectrice. Ce n'était pas le réel. Ce n'était pas la vie. Elle n'avait fait qu'exister. Ici, elle *vivait*.

Les contours de son champ de vision dansèrent quand elle tenta de se redresser. Elle avait des vertiges. Elle se rallongea et laissa ses pensées s'évader à nouveau vers le plafond. Elle avait eu l'intention de faire quelque chose, mais elle ne se rappelait plus vraiment quoi. Cela n'avait pas d'importance. Ines lui dirait tout ce qu'elle avait besoin de savoir. Grand-mère savait ce qui était bon pour elle. Grand-mère détenait toutes les vérités.

Vincent avait pris soin de s'habiller à la dernière minute, juste avant de partir pour rencontrer Mina et le reste de l'unité, afin que ses vêtements soient, autant que possible, immaculés à son arrivée. Au cours des spectacles du week-end, il avait constaté que ses habits de scène ne sentaient pas exactement l'eau de rose, et il avait tout déposé au pressing dès l'ouverture le lundi matin. Et Mina était certainement plus tatillonne qu'un public de théâtre. Pendant une fraction de seconde, il avait envisagé de fourrer un peu de lessive dans ses poches. Pour l'odeur rassurante qu'elle diffuserait. Mais il s'était dit que tôt ou tard il mettrait ses mains dans les poches sans réfléchir.

Quand Mina vint à sa rencontre aux barrières dans le hall de l'hôtel de police, elle arborait une expression inquiète qu'il ne lui avait plus vue depuis longtemps. Elle n'aurait probablement pas remarqué l'odeur de la lessive.

— Bonjour, Vincent, dit-elle, mâchoires serrées.

— Qu'est-ce qui ne va pas ?

— Bon sang, fit-elle en le laissant passer, fais un effort social, au moins.

— Pardon. Et le paddle, ça se passe bien ?

Mina esquissa un sourire.

— Malin. Mais tu as raison, bien sûr. On a un problème. Hier, nous avons arrêté un suspect pour le meurtre d'Ossian. Cette même personne avait été soupçonnée dans l'affaire de Lilly l'été dernier.

Vincent l'observait alors qu'ils avançaient dans le couloir. Il admirait l'efficacité de sa façon de se mouvoir. Mina bougeait avec la précision de quelqu'un qui ne doute jamais. Il se dit qu'elle avait dû s'entraîner longtemps.

— Mais c'est une très bonne nouvelle, répondit-il. C'est une bonne semaine qui démarre ! Et on dirait que tu ne parles pas d'un des kidnappeurs, Nova avait donc raison en disant qu'une autre personne, un organisateur, était derrière tout ça ? C'est ce cerveau que vous avez arrêté ?

— C'est ça le problème, justement, dit Mina. Tout est très problématique. Mauro Meyer est dos au mur. Si c'est vraiment lui, c'est le meilleur acteur que j'ai vu de ma vie. Les preuves contre lui sont plus solides encore que ce que nous avions trouvé, toi et moi. Je voulais que tu le saches. Si tu avais apporté tes théories il y a seulement deux jours, les autres t'auraient écouté. Maintenant, je ne sais pas comment ils vont réagir. En plus, il paraît que la direction considère l'implication de Nova comme un faux pas. Nous avons reçu la consigne de nous concentrer sur Mauro.

Il était donc à nouveau le mentaliste aux théories farfelues. Rien de nouveau sous le soleil. Mais il constata que ça ne le dérangeait pas. Au contraire même. Si les pistes et les liens qu'il avait imaginés n'avaient finalement aucune valeur, s'il avait tout faux… c'était aussi bien.

Mauro Meyer. Le nom lui disait quelque chose. Vincent l'avait entendu récemment… Non, il l'avait lu. Quelques jours plus tôt. Et il y avait la voix de quelqu'un d'autre à ce moment-là. La voix de Mina. Mina et lui avaient été… Il ouvrit grand les yeux.

— Mauro, le père de Lilly ? demanda-t-il.

— Comme je t'ai dit, c'est très compliqué. Viens, ils nous attendent. Au passage, demande à Christer de te passer un ventilo.

L'air dans la pièce vibrait de chaleur. C'était le milieu de la journée, le pire moment. Mina s'arrêta sur le seuil, se demanda un instant si elle allait supporter de se trouver là-dedans, avec tous les autres. Si ça n'avait pas été pour Vincent, elle aurait probablement trouvé une excuse pour y échapper.

Un bourdonnement de guêpe s'élevait du ventilateur à piles que Christer tenait à la main. Sur la table devant lui, un emballage en plastique tout neuf contenait une dizaine de ces mini-ventilateurs. Leur durée de vie était tellement courte qu'il fallait régulièrement reconstituer les stocks, mais ils étaient néanmoins devenus indispensables. Il en tendit un à Vincent dont le visage avait adopté une expression tourmentée dès son entrée dans la fournaise.

Les auréoles de sueur sous les bras de Ruben avaient gagné un terrain impressionnant sur sa chemise claire, et même Julia avait l'air incommodée par la température.

— Merci pour vos prestations efficaces dans l'affaire William, annonça Julia en se tournant vers Ruben et Adam. D'ailleurs, heureusement que vous êtes allés voir Jörgen Carlsson de si bonne heure hier matin. Il a apparemment eu une sorte d'accident juste après votre départ. Une chute malencontreuse, et il a eu besoin de points de suture. Je n'ai pas saisi tous les détails de l'incident, mais on m'a dit que les hommes responsables de maltraitances sur leur famille développent parfois une sorte de syndrome de l'équilibre. Ça vous dit quelque chose ?

Elle se tut et scruta Ruben et Adam avec attention. Le premier toussa, le second contemplait le plafond.

Mina se dit que le moment était à saisir. Pour Vincent et elle. Mais elle ne savait plus par où commencer.

— Nous avons peut-être un autre élément, dit-elle enfin en regardant Vincent du coin de l'œil. Nous, je veux dire Vincent et moi. J'ai conscience de la solidité de la piste Mauro. Et ce que nous avons ne relève que de nos observations. Comme Vincent me l'a expliqué, la frontière entre discerner un pattern qui est vraiment là et voir ce qu'on s'attend à voir est mince. Mais notre jugement nous dit que ce que nous allons vous raconter ne relève probablement pas du hasard, même si nous n'avons pas pu exclure totalement cette possibilité.

— Tu dis *nous*, objecta Ruben. Mais tu veux surtout dire Vincent, non ? On a déjà l'impression que c'est lui qui parle alors que tu n'es pas encore dans le vif du sujet.

— Il se trouve que nous l'avons vu tous les deux, répondit Mina. Mais Vincent a autre chose encore. Vincent ?

— C'est ça, dit le mentaliste en s'éclaircissant la gorge. J'ai entendu que vous aviez fait venir Nova et qu'elle a mis en avant l'aspect rituel des meurtres, l'intervalle des trois jours, et les différents kidnappeurs qui semblent indiquer qu'on a affaire à un groupe de criminels plutôt qu'à un tueur en série. Un groupe organisé, d'une façon ou d'une autre. Le troisième corps renforce cette idée de motif.

— Trois corps ? dit Ruben. Il n'y en a que deux. Je vous rappelle que tant qu'on ne sait pas qui a tué William, il ne fait pas partie de votre motif. On sait maintenant que c'est très probablement Mauro qui a tué Ossian et Lilly. Et il n'a aucun lien avec William.

— Dans ce cas, ce que je vais vous dire va peut-être vous aider par rapport à Mauro, dit Vincent. Ou bien vous mettre sur une tout autre piste. Comme le dit Mina, nous n'avons rien de plus que nos observations. Mais elles se multiplient au point qu'il devient difficile de ne pas y voir un début de logique. Et puis, Mina et moi avons trouvé encore un élément qui lie Ossian, Lilly et William. Nous l'avions déjà vu avec les deux premiers, mais je n'avais pas de certitude par rapport à William avant notre visite mercredi à la cale sèche où le corps de William a été découvert. Mais depuis ce moment, je suis sûr. Peder aussi l'a vu quand nous y étions.

— Accouche, dit Ruben. De quoi tu parles ?

— De chevaux.

Tous les membres de l'unité ouvrirent le bec comme des oisillons. Puis Ruben éclata de rire, tandis que la barbe de Peder tremblait de gloussements réprimés. Mina soupira silencieusement. On aurait pu imaginer une entrée en matière plus convaincante. En même temps, elle pouvait difficilement le lui reprocher, vu qu'elle ne savait même pas si elle y croyait vraiment elle-même.

— Pas de vrais chevaux, s'entend, ajouta Vincent en s'éclaircissant de nouveau la gorge. Lilly avait un chromo sur elle, qui a probablement été ajouté à ses affaires, représentant un cheval arabe pur-sang. Ossian a été retrouvé avec un sac à dos My Little Pony qui ne lui appartenait pas. Et là où le corps de William a été découvert, quelqu'un avait écrit le mot grec *hippo* sur le mur. Qui veut dire "cheval". C'est trop bizarre pour être dû au hasard.

— Tu insinues que quelqu'un essaye de nous faire comprendre que les enfants sont des chevaux, c'est ça ? rigola Ruben.

— Ou alors on cherche quelqu'un qui a une passion excessive pour les chevaux ? suggéra Peder.

— Pas mal, intervint Christer, qui ne voulait pas être en reste. Dans ce cas, il suffit d'interroger toutes les gamines de dix ans de la ville pour trouver notre meurtrier !

Ruben s'arrêta immédiatement de rire.

— Tu peux pas généraliser comme ça, c'est vraiment nul, protesta-t-il. Toutes les filles de dix ans ne sont pas forcément dingues de chevaux.

Un silence ébahi s'installa, au cours duquel le ventilateur de Christer rendit l'âme dans l'indifférence générale. Mina ne comprenait rien. Il avait quoi, Ruben, ces temps-ci ?

— Ce n'est pas si simple, continua Vincent.

Il prit un feutre et se mit à écrire sur le tableau blanc.

— Si Nova a raison avec son hypothèse des éléments rituels, les chevaux peuvent très bien être un symbole important pour les coupables. Des sectes qui vénèrent les chevaux existent depuis l'âge de pierre. Le cheval peut être symbole de divinité, de royauté ou de prouesses martiales. La vénération du cheval est présente dans de nombreuses mythologies, comme Poséidon, dieu grec de la mer mais aussi des chevaux. N'oublions pas non plus Loki, dans la mythologie nordique, qui s'est transformé en jument et a donné naissance à Sleipnir, "le meilleur de tous les chevaux". Mais je n'en sais rien. Il y a quelque chose qui…

Vincent se tut, les yeux braqués droit devant lui. Mina suivit son regard. Il avait l'air de réfléchir profondément, tout en étudiant la carte sur le mur, où les quartiers du centre de Stockholm étaient représentés dans un carré parfait. Puis il revint au moment présent.

— Encore aujourd'hui, il y a des peuples qui vénèrent le cheval, dit-il. En Asie du Sud par exemple. Et ça n'est pas si étrange, le cheval étant un symbole universel de liberté.

Il fit une pause et eut l'air d'étudier à nouveau la carte. Une petite ride plissa son front. Vincent n'était pas comme d'habitude. Mina voulait l'aider. Mais ne savait pas comment.

— Donc, si j'ai bien compris, reprit Ruben sur un ton à nouveau sarcastique, selon Nova et toi, nous devrions nous mettre à la recherche d'une secte aquatique vénérant le cheval et tuant des petits enfants. Ça paraît effectivement plus vraisemblable que Mauro Meyer. Il va te falloir un gros rouleau de papier alu à mettre autour de ton chapeau. Bon sang. Tu sais, si t'as envie de venir prendre un café avec nous, voir Mina, suffit de le dire. Pas besoin de… d'inventer tout ça.

Mina sentit ses joues s'enflammer. Mais Ruben n'allait pas la perturber aussi facilement.

Elle leva les yeux et rencontra le regard perspicace d'Adam. Ce qui la fit rougir encore plus.

— Non, non, répondit Vincent, absent. Je ne crois pas réellement que c'est ça, notre problème. Je veux seulement dire que…

Il se tut à nouveau et alla se placer juste devant la carte de Stockholm. De son index, il se mit à dessiner des lignes verticales et horizontales.

— Pour une fois, je suis tout à fait d'accord avec toi, dit Ruben. C'est vraiment pas ça, notre problème. Notre problème, c'est Mauro Meyer, que son ex-femme accuse d'avoir tué leur fille, et qui est apparemment aussi mêlé au meurtre d'Ossian. Le lien avec William n'existe que dans ton imagination.

— Mina, pourquoi ce n'est qu'aujourd'hui que vous nous racontez ça ? demanda Julia. Vous étiez dans la cale sèche mercredi, et aujourd'hui nous sommes mardi. Tu n'estimais pas cette information importante ?

— Si, mais je craignais aussi que la réaction soit à peu près celle que nous venons de vivre, dit Mina. J'ai donc voulu attendre le rapport d'autopsie de William et l'avis de Milda, au cas où il y aurait encore autre chose. Et c'est le cas. Ossian, Lilly et William ont tous les trois les mêmes sortes de fibres dans la gorge, et les mêmes lésions dans les poumons. Nous ne connaissons pas encore l'origine des fibres, ni des lésions. Mais, ajoutés aux autres éléments, ça fait bien trop de points en commun. Les trois affaires sont forcément liées.

Le silence s'installa dans la salle.

— Bordel, souffla enfin Ruben. On dirait que William est effectivement mêlé à tout ça. Mauro est un véritable tueur en série.

— *The Psychology of the Pawn*, murmura Vincent dans son coin. Attendez un peu.

Le mentaliste retourna vers le tableau, prit un feutre et une longue règle. Ensuite, il posa une chaise contre le mur, monta dessus et se mit à dessiner sept lignes verticales sur la carte de la ville, d'un côté à l'autre. Et ensuite sept lignes horizontales.

— Cette carte n'était pas assez bien pour toi ? demanda Ruben.

Au lieu de répondre, Vincent descendit de la chaise et recula pour mieux voir la grille qu'il avait dessinée.

Mina espérait qu'il n'avait pas pris un coup de chaleur. Elle entendrait parler de ce fiasco pendant la décennie à venir. Tous les jours. Vincent avait réellement l'air d'avoir disjoncté.

— Tu nous expliques, Vincent ? demanda Julia.

Vincent se retourna et les regarda, confus, comme s'il avait totalement oublié leur existence.

— C'est mon… un ami qui m'en a parlé. Les chevaux sont des pièces dans un jeu. Exactement comme les membres d'une secte. Alors je me suis demandé dans quels jeux il y a des chevaux.

Ruben soupira et écarta les bras dans un geste d'abandon.

— Les échecs, dit Christer, soudain intéressé. Et puis les courses, bien sûr. Les courses coûtent un bras, les échecs sont juste humiliants.

Mina comprit soudain ce qu'avait fait Vincent. Il avait divisé le centre de Stockholm en petites cases identiques, huit fois huit. Comme un échiquier. Les bords de sa grille encadraient avec exactitude tout le centre.

— Je me suis dit que les enfants représentaient peut-être des pièces d'un jeu, dit Vincent en numérotant rapidement les lignes de 1 à 8, du bas vers le haut. Sous les colonnes, il nota ensuite les lettres a, b, c, d, e, f, g et h.

— Dans ce cas, pourquoi il n'y a pas d'autres pièces, comme les pions ou les tours ? demanda Christer. Personne ne joue aux échecs seulement avec les chevaux. Les cavaliers, je veux dire.

— Normalement, tu as raison. Mais…

Vincent s'approcha à nouveau de la carte, cherchant l'endroit où Lilly avait été retrouvée. C'était en bas à droite, dans le carré h1. Il y inscrivit "Lilly". Ensuite, il nota "William" sur Beckholmen, en g3, l'avant-dernier carreau dans la troisième ligne. Et enfin "Ossian" sur Skeppsholmen qui se trouvait dans la case f4, la sixième case dans la quatrième ligne.

— Il y a un problème mathématique classique basé sur les échecs qu'on appelle aujourd'hui le problème du cavalier, expliqua-t-il. Une des premières fois que ce problème a été décrit, c'était en sanskrit. Ça s'appelait *turagapadabandha*, ce qui peut se traduire par "en fonction du mouvement du cavalier".

Mina toussa discrètement et secoua imperceptiblement la tête quand Vincent se tourna vers elle. L'attention des autres était inespérée, ce serait dommage de les perdre en route.

— Je voulais seulement expliciter le rapport avec les chevaux, marmonna-t-il, confus. Mais vous n'êtes peut-être pas… Bref. Le problème, c'est qu'il faut déplacer le cheval, ou le cavalier, de façon qu'il passe par toutes les cases, sans jamais revenir sur une case où il a déjà été. Si on commence par l'endroit où a été trouvée Lilly, ici en bas à droite, on voit bien que là, il n'existe que deux mouvements possibles pour le cavalier, selon les règles des échecs.

Du feutre, il pointa les deux carreaux en question sur la carte.

— L'un de ces mouvements nous emmène en g3, comme vous le voyez, là où William a été trouvé six mois plus tard. De là, cinq nouveaux mouvements sont possibles.

Il désigna les cinq carreaux en question.

— Ossian n'a pas été retrouvé dans l'un de ces cinq endroits, nota Adam.

— Exact. Mais… enfin, vous voyez, non ?

Le mentaliste fit un mouvement de la tête vers la carte. Au bout de quelques secondes sans aucune réaction de son auditoire, il soupira et montra la case e2. Au milieu de ce carré se trouvait Fatbursparken.

— Ici, c'est l'un des mouvements possibles depuis William. Et d'ici, on peut atteindre directement f4, la case d'Ossian. Il est évident que Fatbursparken est le seul mouvement raisonnable depuis William, si on veut éviter de coincer son cavalier dans un angle.

— D'accord, mais ta petite théorie ne tient pas la route, objecta Ruben. Aucun enfant n'a été retrouvé dans ce parc. Et vu la fréquentation, on l'aurait découvert tout de suite. C'était mignon comme idée, les enfants tels des pions dans un gigantesque jeu d'échecs couvrant toute la ville. Et je dois admettre que l'histoire du chromo, du sac à dos et du graffiti, c'est malin, pour symboliser… C'était censé symboliser quoi déjà ? Les problèmes du cheval ?

— Le problème du cavalier.

— Voilà, ça. Bon, soyons clair, gronda Ruben. Cette fois-ci, pas de puzzle. Par contre, Mauro Meyer. Et il n'est pas capable d'inventer des trucs pareils, crois-moi. Il est plongé jusqu'au cou dans les couches-culottes.

— Il y a effectivement une fontaine au milieu du parc, murmura Peder. Rapport à l'eau.

— Mais c'est pas vrai ! s'énerva Ruben.

— Vous avez cherché sous la fontaine ? demanda Vincent.

— Non, pourquoi on aurait fait ça ? Tu crois qu'on se roulait les pouces avant d'aller embarquer Mauro Meyer ?

Bosse haleta, la langue pendante, allongé à côté de Christer. Mina n'avait même pas remarqué sa présence, tant il avait été silencieux jusque-là. Cette infâme chaleur finirait par tous les anéantir.

— Alors, je vous propose d'aller fouiller le parc, dit Vincent. Si vous ne trouvez rien, je vous laisserai tranquille. Pour être honnête, j'espère vivement que Ruben a raison, que vous avez écroué votre coupable, et que Nova et moi sommes complètement à l'ouest. Que nous voyons quelque chose qui n'existe pas. Je voudrais tellement me tromper. Mais si, par malheur, vous trouvez quand même quelque chose, ça renforcera ma théorie.

Julia s'éventait le visage avec un dossier. Le mouvement attira l'attention de tous.

— Le coût de l'opération serait considérable, remarqua-t-elle. Retourner tout un parc. Démolir une fontaine. On ne peut pas déclencher ce genre de procédure juste parce que tu as dessiné des carrés sur notre carte. Surtout en ayant déjà un suspect en garde à vue. Je tiens à ce que notre unité continue d'exister après cette affaire. Il nous faut du solide. Et en plus…

Elle hésita une seconde.

— … j'ai reçu des instructions on ne peut plus claires de la direction. Ils ne considèrent pas la piste de la secte comme crédible. Ils attendent nos investigations complémentaires concernant Mauro Meyer. C'est sans équivoque. Le futur de cette unité est en jeu, si nous ne les écoutons pas. Et je ne dis pas qu'ils ont tort. J'ai même tendance à penser qu'ils ont raison, pour une fois. C'est vraiment tiré par les cheveux, votre histoire.

Vincent remit le bouchon sur le feutre. Puis s'en servit pour taper sur les carreaux vides.

— Je t'entends. Mais admettons qu'ils se trompent. Imaginons un instant que le responsable de toute cette affaire ne soit pas Mauro Meyer. Que le véritable coupable est toujours dehors quelque part, en liberté. Si Ossian, Lilly et William sont vraiment le début d'un problème du cavalier, il reste encore beaucoup de mouvements. Chaque nouveau mouvement signifie dans ce cas un nouvel enfant assassiné. Un échiquier contient encore soixante et une cases après ces trois premiers. Pouvez-vous vraiment prendre le risque de négliger cette piste ?

Vincent attendit que les autres quittent la salle de réunion. Au moment où Peder passa devant lui, quelque chose tomba de sa poche. C'était une petite boîte rouge. Vincent la ramassa. Il aurait reconnu cette boîte entre mille : c'était un jeu de cartes, mais pas n'importe lequel. Un jeu Bicycle, de la marque United States Playing Card Company. Au dos rouge, format poker, c'est-à-dire un peu plus large que le jeu de bridge classique suédois.

Vincent ne connaissait que deux sortes d'individus utilisant ce genre de cartes. Les joueurs de poker et les magiciens. Peder n'évoquait aucune des deux catégories.

— Attends, Peder, tu as perdu quelque chose, appela Vincent.

Il courut pour le rattraper, en brandissant le jeu.

Peder s'arrêta, se retourna et ouvrit grand les yeux quand il vit ce que Vincent lui apportait.

— Oh, là là, merci !

— Les joueurs de poker n'ont pas pour habitude de trimballer leur jeu, remarqua Vincent. Pourquoi tu l'emmènes au boulot ?

Peder jeta un coup d'œil de chaque côté du couloir, avant de faire signe à Vincent de le suivre dans une pièce adjacente. Il ferma rapidement la porte derrière eux.

— Je ne veux pas que les autres le sachent, expliqua-t-il à voix basse. Mais les triplées ont un cousin. Casper. Sa mère et ma femme Anette sont sœurs. C'est l'anniversaire de Casper dans trois semaines, et il se trouve qu'Anette et sa sœur ont décrété que j'allais faire des tours de magie pendant les festivités. Casper est fou de joie. Alors j'essaie désespérément d'apprendre quelques tours de cartes.

Peder avait l'air si misérable que Vincent dut se mordre la lèvre pour ne pas éclater de rire.

— Et quel âge a Casper ? demanda-t-il.

— Cinq ans.

Vincent s'installa à la table qui se trouvait au milieu de la pièce, posa le jeu de cartes devant lui et fit signe à Peder de s'asseoir en face de lui.

— Je crois que tu débutes au pire endroit, dit-il. Faire des tours de magie à des enfants, c'est ce qu'il y a de plus difficile.

Peder prit un air encore plus affligé.

— Pourquoi tant de gens sont fascinés par la magie, à ton avis ? demanda Vincent. Parce que ça transgresse les lois qui régissent notre monde. Nous savons que l'humain ne peut pas voler. Voir quelqu'un s'envoler d'une scène à Las Vegas est un défi pour notre compréhension du monde. Mais les enfants n'ont pas encore intégré toutes ces lois. Pour eux, tout est encore à explorer. Pour eux, il n'y a aucune raison de penser que la magie n'est pas réelle.

— Comme les fées dans Winx, grommela Peder. Leurs aventures sont tout ce qu'il y a de plus vrai pour les triplées.

— Je n'ai aucune idée de ce à quoi tu fais allusion, mais certainement. Là où je veux en venir, c'est qu'un enfant ne se laissera pas impressionner par une carte qui échange sa place avec une autre dans ton jeu. Les enfants n'ont aucune raison de croire que ce n'est pas possible.

Peder soupira et s'épongea le visage.

— Tu veux dire que ce n'est pas possible de faire de la magie pour des enfants ? dit-il. Merci. J'en parlerai à Anette. Sa sœur va me détester. Je peux leur donner ton numéro ?

— Ce n'est pas ce que j'ai dit, sourit Vincent. Bien sûr que tu peux faire de la magie avec des enfants. Tu peux les surprendre. Les impliquer. Leur faire toucher les choses. Les faire rire. Si c'est ça ton but, oublie le parfait tour de cartes, sois créatif et tu auras du succès. Il faut que tu te concentres sur ce qui peut marcher avec les enfants.

— Les surprendre et les impliquer, se lamenta Peder. Ils vont me bouffer tout cru !

Vincent prit le jeu de cartes et le suspendit au-dessus d'une corbeille à papier.

— Oublie ça, dit-il en le lâchant.

— Ça s'est passé comment, d'après toi ?

Vincent avait disparu à la fin de la réunion, il avait apparemment quelque chose à discuter avec Peder. Mais après, il était venu la trouver, et elle aussi ne demandait rien de mieux que de parler avec lui. Mais pas à l'hôtel de police où les murs ont des oreilles. Et les collègues des yeux. Elle n'avait certainement pas oublié les remarques sarcastiques de Ruben quand Vincent leur avait exposé sa théorie.

C'est pourquoi elle avait emmené Vincent dehors et ils étaient allés jusqu'à Kronobergsparken qui, en réalité, n'est rien de plus qu'une colline boisée entre l'hôtel de police et la place de Fridhemsplan. Mais sous les arbres, ils étaient agréablement à l'abri du soleil. Il faisait plusieurs degrés de moins dans les allées ombragées que dans la salle de réunion.

— Je te remercie pour cette audience en pleine forêt, reine Mina, déclama-t-il. Mais je me répète : est-ce qu'ils me prennent pour un fou ?

Elle le fixa avec une surprise feinte.

— Est-ce que ça n'a jamais fait le moindre doute ? dit-elle. Nous savons tous que tu es complètement cinglé.

— Ah, bon. D'accord.

Vincent ramassa une petite branche et se mit à racler ses chaussures.

— Rappelle-moi de ne plus jamais acheter des sneakers blancs, dit-il.

— Ça m'a effectivement interpellée quand je les ai vues, dit-elle. Je me suis dit qu'avec l'âge, tu commençais à déraper côté vestimentaire.

Vincent réussit à détacher une croûte de boue et agita le bâton souillé devant elle en guise de vengeance. Elle lui adressa un regard qui aurait pu mettre le feu au bois.

— Tant que toi tu me prends toujours pour un génie, le reste m'importe peu, fit-il en lâchant le bâton.

— Bien sûr, répondit-elle en donnant un coup de pied dans la branchette. Tu es le plus intelligent. Et le plus fort. Et, comment oublier, le plus mystérieux.

— Je suis très gentil avec les enfants, aussi.

Pourquoi n'avait-elle pas réussi à bavarder aussi simplement avec Amir ? Ou avec qui que ce soit ? Amir était quelqu'un de bien. C'était elle qui avait un problème, elle le savait. Elle avait toujours été comme ça.

Jusqu'à l'arrivée de Vincent.

Avec Vincent, elle était normale.

Et ça aussi, c'était un problème.

— Sérieusement, ce que tu as dit pendant la réunion…, commença-t-elle. C'était un brin extrême. Des échecs et des mathématiques ? Et puis des chevaux ?

— Je sais.

Vincent se tourna vers elle. Il avait l'air malheureux.

— Depuis ce qui s'est passé avec Jane, je ne suis plus le même, dit-il. Je n'arrive plus à voir les choses que je devrais voir. Et je vois des choses qui n'existent pas toujours. C'est comme si mon cerveau et moi étions fâchés. Une partie de moi espère que vous avez raison, que vous avez trouvé votre meurtrier et que l'enquête est close. En même temps, je trouve que trop de choses collent pour que ça puisse être juste le fruit de mes fantasmes.

— Tu dois avoir de drôles de fantasmes, remarqua-t-elle.

Vincent rougit et détourna le regard.

— Pourquoi tu ne m'as pas donné de tes nouvelles ? demanda-t-il doucement.

C'était si inattendu que Mina eut besoin d'un instant pour comprendre.

— Moi ? dit-elle. Je ne pensais pas que tu voulais… Toi non plus, tu n'as pas donné de tes nouvelles.

— Je sais. Je ne savais pas comment… L'enquête était terminée. J'ai essayé de trouver d'autres raisons, mais aucune n'était la vérité.

Il évitait toujours son regard.

— La vérité, c'est quoi, alors ? demanda-t-elle.

— Je crains d'avoir de plus en plus de mal à répondre à cette question, répondit-il en la regardant enfin à nouveau.

Elle contempla ses yeux bleu clair. Les épaules du mentaliste étaient plus affaissées que d'habitude. D'habitude, il se tenait droit et avait fière allure. Mais pas aujourd'hui. Il était visiblement préoccupé. Ce qui n'avait rien d'étrange, vu ce qu'il lui avait dit au sujet de Maria, mais elle avait l'impression qu'il y avait autre chose. Quelque chose qui l'affectait jusqu'au plus profond de ses entrailles, cet endroit qu'elle ne pouvait que deviner. Là où il se trouvait vraiment, lui. Elle posa sa main sur son épaule.

— Vincent…, commença-t-elle.

— Ton rendez-vous ! s'écria-t-il. Tu n'es pas en train de rater ton rancard ?

— Et c'est ainsi que notre audience prend fin, soupira-t-elle. Tu n'avais pas un bâton pour jouer ?

Ruben s'était immobilisé devant la petite maison jaune pour essayer de rassembler son courage. Absurde d'être à ce point tendu, lui qui n'était par principe jamais stressé. Mais ceci n'était pas une situation normale. Et la dernière fois, ça ne s'était pas très bien passé. Il inspira profondément et appuya sur la sonnette. La porte s'ouvrit presque instantanément. Elle se tenait juste devant lui. Elle avait les cheveux longs, bruns, et portait un tee-shirt blanc et un jean. Elle ressemblait à sa mère. Mais aussi à quelqu'un d'autre. Quelqu'un qu'il voyait tous les matins dans le miroir.

— Bonjour, Astrid, dit-il.

Il avait une boule dans la gorge.

— Salut, Ruben, répondit-elle joyeusement.

Elle rentra à l'intérieur de la maison, et il la suivit. Devait-il enlever ses chaussures et sa veste, ou était-ce trop intrusif ? Mieux valait ne rien faire de trop précipité. Astrid se tenait près de lui, le regard plein d'attentes, mais elle ne disait rien.

— Alors… euh, se lança-t-il. Ça va bien à l'école ?

— C'est les vacances.

Il aurait pu s'en coller une. C'est pas permis d'être aussi bête. Bien sûr qu'elle était en vacances. Un vrai père savait ce genre de choses.

— Tiens, tu es là ? dit Ellinor en arrivant de la cuisine. Je ne t'ai pas entendu sonner.

Elle regarda l'heure. Elle ne semblait toujours pas spécialement contente de le voir, mais le ton de sa voix était quand même un peu plus avenant que la dernière fois.

— Eh bien, mets-toi à l'aise.

La petite entrée donnait sur une salle à manger où une grande table en chêne débordait de papiers et de crayons. L'un des membres de cette famille était de toute évidence passionné de dessin. La maison était aménagée de façon ouverte, murs blancs et meubles clairs. La luminosité mettait en valeur les tableaux aux couleurs vives sur les murs. À l'époque où ils vivaient ensemble, Ellinor parlait souvent de son envie de faire de la peinture. Elle avait visiblement réalisé son rêve. Et non sans talent, constata-t-il.

Ils s'assirent autour de la table. Ellinor ne lui proposa rien, et la machine à café de la cuisine semblait éteinte. Le signal était clair. Il n'était pas censé rester plus longtemps que nécessaire.

— Je suis content de te revoir, Ellinor, dit-il. Sincèrement. Content de vous voir toutes les deux. Merci d'avoir répondu.

Il ne s'était pas trompé à l'époque, Ellinor avait une présence bien plus grande que la pièce dans laquelle ils se trouvaient. Il avait vraiment été un sacré crétin de la laisser partir. Mais il ne ferait pas l'erreur d'essayer de revenir en arrière. Ça ne ferait qu'aggraver la situation.

— Je dois avouer que ça m'a surprise que tu veuilles me voir, dit Ellinor. Maintenant tu es au courant, mais ça ne veut pas dire que je te fais à nouveau confiance. Comment est-ce que tu vois les choses ?

— Je me disais qu'Astrid et moi, on pourrait peut-être se voir de temps en temps, répondit-il. Quand elle en a envie. Et quand elle est disponible. Et si tu es d'accord, bien sûr.

Ellinor l'observait avec suspicion.

— Tu n'es pas la personne la plus fiable que je connaisse. Tu serais capable de l'oublier quelque part.

— Crois-le ou non, je ne suis plus la même personne qu'il y a dix ans, dit-il. Ni même il y a un an. Tu verras.

— Qu'est-ce que tu en penses, Astrid ? Je sais que nous en avons déjà parlé plusieurs fois, mais tu peux encore changer d'avis. Ce n'est pas parce que Ruben est ton père biologique que tu es obligée de le voir, tu comprends ? Comment tu te sens ?

— Je me sens un peu bizarre, répondit Astrid. Mais ça va aller. Et j'ai mon portable, maman.

— D'accord. Deux heures. Pour commencer. Tu rentres pour le repas.

Deux heures. Ce n'était pas autant qu'il avait espéré. Mais c'était mieux que rien, et l'après-midi était déjà bien entamé. Il n'avait aucune idée de l'heure à laquelle mangent les enfants de dix ans. Ou à quelle heure ils vont au lit. Si tout se passait bien, il pourrait peut-être la garder plus longtemps la prochaine fois.

Ils sortirent dans l'entrée. Il avait emporté une casquette de police qu'il posa sur la tête d'Astrid. La casquette était trop grande et lui couvrit la tête et même les oreilles. Allait-elle en rire ou se fâcher ? Il n'avait aucune notion de comment se comporter avec une petite fille. Mais il se souvenait comment il était lui-même à l'âge de dix ans. Ça ne pouvait pas être si différent.

— Je me disais qu'on pourrait faire un petit tour en voiture de police. On pourrait aller saluer les chiens de police, si tu veux. C'est qu'en fait… je travaille aujourd'hui, tu comprends ? Tu aimes les chiens ?

Astrid hocha la tête, enthousiaste. Il envisagea de lui proposer aussi une visite au stand de tir, mais c'était peut-être un peu excessif. Et il fallait aussi qu'il garde des choses à faire pour la prochaine fois.

— J'adore les chiens ! Mais je croyais que les chiens de police étaient gros et méchants ?

— Si tu es une voleuse, ils peuvent être assez méchants, oui, répondit Ruben en riant.

— Ça tombe bien, dit-elle en ajustant la casquette. Parce que je suis pas une voleuse. Maman, Ruben et moi, on y va.

Astrid passa la porte avec conviction. Au moment où Ruben allait la suivre, Ellinor posa une main sur son bras.

— Si jamais ça ne se passe pas bien, tu ne la verras plus jamais, dit-elle en le regardant droit dans les yeux. Je te donne une chance. Une seule.

Ruben déglutit. Il n'avait pas l'habitude de se sentir à ce point sur le fil. Il n'aimait pas ça. Il hocha la tête et quitta la maison. Astrid se dirigeait déjà vers le parking. Zut, il avait oublié de demander à Ellinor si Astrid avait le droit de manger une glace. Puis il se reprit. Se dit que c'était à lui de décider. Il était son père, après tout.

Vincent relut le mail d'Umberto une fois encore. Le message était arrivé pendant qu'il était au parc avec Mina, mais il ne l'avait vu qu'en rentrant à la maison. Le rouge du logo de TV4 dans la signature du mail sautait aux yeux, à côté de la femme souriante de celui de la maison de production Jarowskij. Seul commentaire d'Umberto lui-même : "C'est parti, *amico mio* !", suivi d'un smiley équipé de lunettes de soleil. Le reste du message provenait directement de la société de production. Vincent sentait son âme s'échapper lentement de son corps alors qu'il lisait le contenu sur sa chaise de cuisine.

Le mail lui indiquait sa feuille de route jusqu'à une petite île au large des côtes françaises, plus spécifiquement l'îlot où se déroulait l'émission Fort Boyard. La société avait joint des photos du fort, sans doute pour éveiller sa curiosité. Les images du bâtiment à l'apparence militaire eurent l'effet inverse sur lui. C'était le dernier endroit sur terre où il avait envie d'aller. En zoomant, il eut l'impression d'apercevoir le canon. À tous les coups, on le choisirait pour le canon, il en était sûr.

Le texte lui donnait rendez-vous dans un peu plus de trois semaines, vingt-cinq jours exactement. Assez pour trouver un avocat et rédiger son testament. Et surtout s'assurer qu'Umberto et ShowLife Productions ne toucheraient pas un rond s'il n'en ressortait pas vivant.

— C'est quoi ?

Rebecka était arrivée à son insu et regardait son téléphone par-dessus son épaule, curieuse.

— Mais c'est Fort Boyard ! Mais papa…, dit-elle, stupéfaite. Ne me dis pas que tu vas participer à cette émission ?

Il se retourna et regarda sa fille. Elle tenait une tartine à la main, mais l'avait visiblement complètement oubliée. Son effarement n'avait rien de feint.

— Et si c'était le cas ? demanda-t-il.

— Alors, je pourrais pas retourner à l'école. Je serais obligée d'aller m'installer chez Denis et plus jamais sortir de la maison.

— Pas possible, dit-il. J'emmène Dennis. En tant qu'interprète, puisqu'il est français. J'ai déjà fait imprimer des tee-shirts avec la photo de famille de Liseberg, tu sais, celle où tu es tout devant dans les montagnes russes, avec une expression de terreur absolue. Dennis et moi, on va porter ces tee-shirts pendant toute l'émission.

L'expression de son visage passa de l'épouvante à la rage.

— Il s'appelle Denis, siffla-t-elle en exagérant l'accent français. Et si tu lui montres cette photo, t'es mort !

Une voiture Lego surgit dans la cuisine, suivie de près par Aston qui chantonnait ce qui ressemblait à une chanson de Queen, même si ce n'était pas identifiable à 100 %. L'influence de Rebecka sur Aston était à la fois touchante et inquiétante.

— Regarde, papa ! dit Aston. Des vacances en voiture ! On est tous dedans. Je joue à une famille de rêve. Comme toi !

— Une famille de cauchemar, tu veux dire, dit Rebecka.

— Aston, ce n'est pas parce que Benjamin et Rebecka n'ont pas la même maman que toi que…

Vincent soupira et renonça.

Rebecka le regarda droit dans les yeux.

— J'espère qu'ils vont te tirer au canon en oubliant de t'attacher, dit-elle à voix basse avant de faire volte-face et de s'éloigner, sa tartine écrabouillée à la main.

— Tu peux nourrir les poissons en passant ? demanda-t-il.

— C'est toi que je vais leur filer à bouffer ! cracha-t-elle en claquant sa porte.

Aston avait recommencé à chanter, il était arrivé au refrain. Il hurlait à tue-tête les seules paroles qu'il connaissait par cœur :

— *"The show must go ooon!"*

Vincent était d'accord. *The show must go on*. La question, c'était pour combien de temps encore.

Mina fut réveillée par un son strident. Elle eut d'abord du mal à l'identifier, empêtrée dans un cauchemar de chevaux et de fibres, Milda avec son scalpel à la main, et des pièces d'échecs plus grandes qu'elle, qui risquaient de l'écraser en se déplaçant sur un plateau de jeu monumental.

Elle regarda autour d'elle, confuse. La télé diffusait un programme de divertissement estival. Elle s'était endormie dans le canapé. Le vacarme se fit à nouveau entendre et elle comprit que c'était son téléphone portable. L'engin vibrait sur la table basse en clignotant avec fureur.

— Allô…

Sa voix pâteuse se craquela. Elle se racla la gorge et reprit.

— Allô ?

— Je n'ai pas l'intention d'attendre plus longtemps, Mina.

Le timing de l'appel n'aurait pas pu être pire. Une légère crise d'angoisse lui tomba dessus comme à chaque fois qu'elle entendait sa voix. Elle ne se souvenait qu'à peine d'une époque lointaine où ce n'était pas encore le cas. Elle avait toujours une sensation d'infériorité par rapport à lui. Comme si elle était la ratée, et lui le parfait. Il avait toujours aimé réparer les objets. Les arranger. C'était peut-être le rôle qu'il s'était donné avec elle. Il était en tout cas parfait dans le rôle qu'il tenait, lui, aujourd'hui.

— On est mardi. Il s'est passé onze jours, dit-il. Je n'ai eu aucune nouvelle. Un parent responsable serait allé la chercher depuis longtemps.

Un parent responsable. L'allusion était claire.

— Ce n'est pas la peine que tu y ailles, tu les affolerais, dit-elle en consultant sa montre. J'irai demain, pendant mon service. Ça impressionnera Ines de me voir en uniforme. Je ne crois pas qu'elle me trahira.

— Pourquoi demain ? dit-il, impatient. Pourquoi pas maintenant ?

— Parce qu'il est onze heures et quart du soir, répondit-elle. Et je ne crois pas qu'il y ait urgence. J'ai parlé avec Ines il y a quelques jours, elle m'a fait comprendre que tout allait bien.

— Depuis quand tu fais confiance à ta mère ? Tu iras demain à la première heure. Et appelle-moi dès que vous êtes de retour.

Il raccrocha sans attendre sa réponse, et elle sentit ses épaules se relâcher.

Son ventre grouilla. Elle avait dû oublier le repas du soir.

Elle se leva, alla jusqu'au congélateur et ouvrit un tiroir. Considéra le contenu un moment. Pasta Alfredo ou nasi goreng ? Son choix s'arrêta sur Alfredo. Elle inspecta le plastique recouvrant la boîte. Elle souleva le paquet sous la lampe de la cuisine pour vérifier que l'emballage sous vide ne comportait aucune fissure par laquelle les bactéries auraient pu pénétrer. Le plastique avait l'air parfaitement intact. Elle l'ouvrit délicatement et mit la boîte dans le micro-ondes. Elle régla sur chaleur maximum et un peu plus de temps que nécessaire. Son repas serait trop cuit, mais elle préférait. Ce n'était pas prouvé scientifiquement, mais elle était persuadée que plus la nourriture avait été soumise aux ondes, plus la probabilité était grande que toute matière éventuellement vivante ait été éliminée.

Elle appuya enfin sur le bouton d'ouverture et sortit la boîte. La vapeur lui brûla les doigts.

— Merde !

Elle jeta la boîte sur le plan de travail et souffla sur ses doigts. Pourvu qu'elle n'ait pas d'ampoules. Elle imagina de grosses ampoules pleines de pus apparaître sur le bout de ses doigts. L'idée la fit presque vomir. Elle préférait encore l'amputation. Elle devrait peut-être laisser tomber le repas. Il était tard. Mais son estomac rechignait.

Elle recommença, une fois la boîte un peu refroidie. Avec plus de succès. Elle prit une fourchette et des lingettes humides puis s'installa dans le canapé. Repas télé. Toujours repas télé. Elle essuya soigneusement la fourchette avec une lingette, picora un peu de nourriture et inspira profondément. À l'écran, un fabricant de produit laitier vantait les propriétés des bactéries vivantes dans son yaourt. Quelle horreur. Elle espérait de tout son cœur que tout dans son repas était complètement mort. Un instant plus tard, Benjamin Ingrosso chantait une chanson sur l'amour perdu. Elle ferma les yeux et porta la fourchette à sa bouche.

— Tu as conscience que ça ne va pas franchement dans le sens de ta théorie ?

La fontaine de Fatbursparken ne faisait que cinquante centimètres de haut, il n'était pas possible d'y cacher un corps d'enfant. Même pas sous le bord voûté. Vincent en fit le tour pendant que Peder se refroidissait la main dans l'eau fraîche.

— Julia a été sympa en te proposant de venir ici avec moi, continua-t-il en réprimant un bâillement. C'était pas évident de te suivre, ce matin. Et je crois que tu nous dois une nouvelle carte de la ville. Si on est là, c'est parce que Julia veut que tu comprennes par toi-même à quel point ton histoire de jeu d'échecs est absurde. Et moi, j'espère que tu as conscience des risques qu'elle prend en te laissant faire. Elle aurait de gros problèmes avec la direction s'ils savaient. Et c'est toute l'unité qui en subirait les conséquences.

— Il ne s'agit pas d'un jeu, murmura Vincent. Le problème du cavalier est un défi mathématique où on ne repasse jamais au même endroit. Exactement comme notre meurtrier qui choisit toujours des lieux nouveaux pour ses victimes.

Il regarda autour de lui, à travers le parc sans relief, et si petit qu'il voyait facilement d'un bout à l'autre.

— Tu le vois bien, dit Peder. Il n'y a aucun endroit où dissimuler un corps sans qu'il soit découvert presque tout de suite. On l'aurait déjà trouvé. Si ça avait été le cas, tu aurais peut-être eu raison. Mais on n'a rien trouvé. Alors, tu te plantes. Dommage, parce que j'aimais bien ta théorie, même si c'était franchement tiré par les cheveux.

— À moins que le corps soit enterré, bien entendu, dit Vincent. Vous devriez peut-être sortir les pelles.

Peder poussa un soupir et donna un coup de pied dans les pavés qui entouraient la fontaine.

— Comme dit Julia, on ne peut pas se permettre de sécuriser tout un parc pour faire des trous au hasard sous prétexte que tu adores les échecs, dit-il en s'aspergeant le visage d'eau fraîche. On ne saurait même pas où commencer à creuser. J'avoue qu'à choisir, je préfère la théorie de l'eau de Nova, aussi invraisemblable qu'elle puisse paraître.

Il soupira d'aise au contact de l'eau.

Vincent fit le tour de la fontaine par le sentier.

— Nova est très compétente dans son domaine, dit-il. Mais sa théorie est inutile et ne fait que vous ralentir. Et même si elle tenait la route, cette ville compte plus d'endroits à proximité de l'eau qu'éloignés de l'eau. Poser un corps près de l'eau n'a pas vraiment de valeur symbolique si c'est plus facile que de trouver un emplacement éloigné de l'eau. Peut-être que vous avez tout simplement affaire à un meurtrier qui se déplace en bateau.

— Et qui balance les corps à terre là où il accoste, tu veux dire ? suggéra Peder, pensif. C'est pas idiot. Et beaucoup plus simple que ces histoires de sectes ou d'échecs.

Il avait toujours des gouttes d'eau dans sa barbe broussailleuse. Mina aurait sûrement eu beaucoup à dire au sujet de l'eau de la fontaine qui coulait à l'intérieur de sa chemise depuis sa barbe.

— Crois-moi, dit Vincent. J'aimerais bien me tromper en ce qui concerne le QI du meurtrier. Je serais heureux d'apprendre qu'il s'agit de quelqu'un qui ignore tout du problème du cavalier et qui est juste propriétaire d'un hors-bord Flipper. Il serait tellement plus facile à arrêter. Mais il y a un petit problème. William a été trouvé dans une cale sèche vide. Les seuls bateaux capables d'atteindre cet endroit seraient ceux enfermés dans la cale.

— D'un autre côté, où veux-tu cacher un corps dans ce parc ? fit Peder. Pour en revenir à ton jeu d'échecs.

— Ce n'est pas parce que nous ne le voyons pas qu'il n'y est pas, répondit Vincent, pensif.

— On tourne en rond, dit Peder. Et si on faisait un deal ? Moi, je dois faire un tour par la maison. Ce matin, j'ai oublié un paquet de couches dans la voiture, Anette en a besoin. Toi, tu restes ici, d'accord ? Et si jamais tu as une idée d'un endroit où le corps pourrait avoir été caché, et que tu arrives à nous convaincre, je te promets de faire ce que je peux pour que Julia accepte qu'on creuse. Mais seulement là où tu nous dis. Et une seule fois. Ça marche ?

Vincent regarda alentour le parc et ses pelouses, ses plantations d'arbres et les sentiers soigneusement aménagés.

Ce parc où il était impossible de cacher un corps sans qu'il soit découvert quasi immédiatement.

Un parc où il n'y avait rien à découvrir.

— OK, ça marche, répondit-il.

Mina se gara dans la cour devant l'établissement Épicura. Elle avait appelé à l'avance pour prévenir Ines et Nova afin qu'elles ne soient pas surprises et qu'elles ne dévoilent rien devant Nathalie. Mina venait en tant que policière. Nova pourrait toujours s'avérer utile pour l'enquête en cours, et Mina ne voulait pas que ses préoccupations personnelles interfèrent avec le travail du groupe. Il fallait à tout prix qu'elle évite que les deux affaires se mélangent.

Elle fit un signe de la main en apercevant Nova qui l'attendait dans la cour. Malgré l'heure matinale, l'air vibrait déjà de chaleur, mais Nova semblait aussi fraîche que d'habitude dans ses habits de soie. Contrairement à Mina qui sentit la transpiration commencer à couler dans son dos au moment même où elle sortit de la voiture. Qui était le sadique qui avait décidé que l'uniforme de la police devait être noir ? Elle lutta contre l'impulsion de remonter immédiatement dans le véhicule, mettre la clim au maximum, et proposer à Nova de s'entretenir avec elle dans l'habitacle.

— Bienvenue ! fit Nova avec un grand sourire.

Elle s'approcha de Mina, mais sans avoir l'air de vouloir lui faire une accolade, cette fois-ci.

Tant mieux.

— Allons dedans, dit-elle en voyant l'uniforme de Mina. Il fait beaucoup trop chaud pour rester discuter dehors.

Nova la devança à grands pas en direction du bâtiment principal. Mina la suivit, avec l'impression que la sueur jaillissait de tous les pores de son corps. Elle vérifia qu'elle avait bien son paquet de lingettes sur elle, puis regarda autour d'elle avec curiosité. Elle ne savait pas ce à quoi elle s'était attendue au juste, mais certainement pas à trouver l'endroit à ce point… sympa.

La fraîcheur de l'autre côté de la lourde porte d'entrée était une bénédiction. Elle ferma les yeux un court instant et son pouls se calma tout doucement. Elle devrait peut-être demander à Vincent de lui apprendre quelques exercices de respiration, si ça continuait comme ça.

L'atmosphère dans le hall était paisible et sereine. La pièce était haute de plafond et la lumière se déversait à flots par les parois vitrées. Elle eut un frisson quand la sueur se refroidit sur sa peau.

— Vous avez froid ? C'est vrai qu'il fait très frais à l'intérieur, s'excusa Nova.

— Non, ça me convient parfaitement, dit Mina. J'aime la fraîcheur.

— Allons dans mon bureau, dit Nova en souriant. On pourra y échanger en toute tranquillité. Quand les autres me voient, ils ont toujours quelque chose à me dire. Et vous n'avez pas forcément envie que tout le monde soit au courant de votre présence…

Elle prit à gauche dans un long couloir au bout duquel elle ouvrit une porte. Mina la suivit dans une grande pièce tout aussi lumineuse. La décoration était raffinée, mais sans ostentation, aux nuances claires et avec des plantes vertes comme seuls points de couleur. Nova prit place derrière un grand bureau dont le design transparent suggérait un prix exorbitant, et désigna de la main un des deux fauteuils de l'autre côté. À droite de Nova, une bibliothèque bien remplie couvrait tout le mur. En plus des livres, des photos en cadres d'argent poli décoraient les étagères.

— Je peux regarder ?

Mina s'approcha des étagères pour mieux voir les photos.

— Bien sûr.

Nova se leva et la suivit. Elle montra une des photos. C'était un noir et blanc d'un homme âgé, à l'apparence stricte et distinguée. À côté de lui, une adolescente en fauteuil roulant, les deux jambes et un bras en plâtre, et une minerve autour du cou. Le visage de la fille était grave, et Mina mit un moment à reconnaître Nova.

— Mon grand-père et moi. Après l'accident.

— Que s'est-il passé ? demanda Mina doucement. Si je peux me permettre.

— Un accident de voiture. Mon père a été tué, mais moi, je m'en suis sortie, gravement blessée.

— J'en suis désolée.

Nova haussa les épaules et sourit.

— C'était il y a longtemps. Dans une autre vie. Et mon grand-père s'est occupé de moi. J'ai eu de la chance.

— Vous vous êtes parfaitement remise ?

Mina tourna son attention vers une autre photo. Un jeune homme. Au visage ouvert et joyeux, des cheveux jusqu'aux épaules et la chemise déboutonnée.

— Oui et non. Toutes mes blessures ont guéri. Mais les douleurs ont persisté. J'ai appris à les considérer comme un atout. Une grande partie de notre travail ici consiste à apprendre à gérer la douleur, et même à la transformer en quelque chose de positif. La douleur physique comme la douleur psychologique. En admettant qu'il y ait une différence. Car en réalité, la frontière entre corps et âme n'est pas si évidente que ça.

Nova retourna s'asseoir à son bureau. Mina resta devant la bibliothèque et désigna la photo du jeune homme.

— Votre père ?

— Oui, c'est mon père.

Nova ne dit rien de plus, et Mina sentit qu'il était inutile d'insister. Elle avait saisi la gravité dans la voix de Nova et ne voulait pas fouiller dans les sentiments que provoque l'absence d'un parent, par peur de ce qu'elle risquait d'entendre.

Au lieu de ça, elle s'assit dans l'un des fauteuils. Nova la fixa de ses yeux marron, intenses.

— Comment ça va pour vous ? L'enquête avance ?

— Nous avons des pistes sérieuses, répondit Mina, laconique.

Nova la fixait toujours, d'un regard si persistant que Mina en fut mal à l'aise.

C'était presque comme si Nova lisait au plus profond de ses pensées. Seul Vincent lui avait déjà donné cette sensation. Mais tandis que le regard de Vincent avait toujours été doux et prudent, celui de Nova lui faisait l'effet d'un rayon laser. Devant elle, seule une totale honnêteté était envisageable.

— Nous n'excluons rien pour le moment, dit Mina. Ni l'idée qu'il puisse s'agir d'un plan prémédité. Entre nous soit dit, c'est juste tellement…

— … tellement invraisemblable, compléta Nova. Je sais.

Elle sourit. Mais c'était un sourire qui avait l'air plus tourné vers l'intérieur d'elle-même que vers Mina.

— C'est exactement ce qui fait que les sectes marchent, continua-t-elle. Personne ne se croit capable d'intégrer une secte. Personne ne croit que les sectes existent vraiment, en tout cas pas dans son entourage. On ne se considère pas comme influençable. Mais les humains sont des êtres sociables. Nous souhaitons suivre le groupe, et le groupe souhaite suivre un chef. Une secte ne fait rien d'autre que d'exploiter l'un de nos réflexes sociaux les plus archaïques.

— Pour ma part, j'aimerais croire en la capacité de l'individu à penser par lui-même, dit Mina.

— Elle existe, bien sûr. Mais cette capacité est bien plus modeste que nous ne voulons l'admettre. L'humain est un mouton. Et c'est justement notre réticence à le reconnaître qui fait que nous ne voyons pas les toiles tissées par des araignées qui nous veulent du mal. Alors, on se laisse prendre dedans. Persuadé jusqu'à la mort de notre propre libre arbitre.

— Quelle dureté, dit Mina en regardant, surprise, la femme devant elle.

Le visage de Nova se détendit et elle sourit chaleureusement.

— Oui, excusez-moi. Je n'avais pas l'intention d'être si dure. Et notre travail ici à Épicura consiste justement à renforcer notre moi. Nous croyons en la capacité intrinsèque de l'individu. C'est souvent la peur qui pousse une personne vers le groupe, et toutes les peurs ont la même origine. La peur de tenter de nouvelles expériences vient de la peur d'être jugé, qui vient de la peur de ne pas être aimé, qui à son tour vient de la peur d'être exclu, qui vient de la peur de ne pas avoir sa part des ressources du groupe, ce qui est le résultat de la peur de la mort. Toutes les peurs proviennent en réalité de la peur de la mort. L'essence même de l'épicurisme est d'atteindre l'*ataraxie*, la paix du corps et de l'âme, mais aussi l'*aponie*, l'absence de douleur – et ainsi éliminer la peur de la mort. C'est seulement quand vous ne craignez plus la mort que vous êtes enfin entièrement libre. Nous croyons que tout le monde peut accéder au bonheur et à la paix de l'âme. Qui, de nos jours, peut se dire dans cette démarche-là ?

— Ce sont de grands mots, fit Mina, pensive. Mais je n'ai pas la moindre idée de ce que ça signifie en pratique.

Je veux dire, comment vous appliquez cette philosophie au quotidien ? On apprend quoi, d'un point purement pratique, dans vos cours ?

— Je peux vous inscrire à une session, vous êtes la très bienvenue.

— Je pense que vous avez déjà assez de membres de ma famille comme ça.

Nova éclata d'un rire sonore.

— Je vais essayer de vous expliquer, dit-elle. Ce que mon grand-père a fondé, et que j'ai choisi de poursuivre, c'est la création d'un lieu où nous apprenons aux gens à vivre selon les principes de l'épicurisme. Ici, on se soustrait à tout ce qui préoccupe au quotidien. La politique, le tumulte, les conflits. On vit paisiblement et simplement, et on apprend comment accéder au bonheur durable, plutôt qu'à satisfaire nos désirs immédiats. Tous les plaisirs ne sont pas bons pour nous. Et tous les tourments ne sont pas mauvais. Le plaisir à court terme peut se transformer en douleur à long terme. Et inversement. Mais avant tout, nous apprenons aux gens à vivre dans le présent.

— Les gens restent combien de temps, en général ?

Mina était fascinée malgré elle. D'une certaine façon, elle enviait à Nova sa conviction absolue, et en même temps, elle trouvait tout ce discours bien éloigné de la réalité.

— Nous proposons des cours à la journée pour des gens qui sont dans le management, et d'autres de beaucoup plus longue durée pour des personnes qui font une pause dans leur vie pour aller vers de nouvelles expériences, dit Nova. Certains sont avec nous depuis des années. Comme votre mère, par exemple.

— Et puisque nous parlons d'elle, dit Mina. Je suis ici pour une raison personnelle aussi. Nathalie doit rentrer chez son père. J'espère que ce voyage intérieur que vous décrivez a été bénéfique pour elle et Ines. Mais c'est terminé, maintenant. Le mieux serait qu'elle prenne le bus dès ce matin pour rentrer à la maison. Je peux aussi l'emmener dans ma voiture de fonction, si vous voulez. À vous de choisir entre ces deux solutions. Si vous ne voulez pas voir son père débouler avec une véritable petite armée pour la sortir d'ici en déployant tous les moyens dont il est capable. Sa patience est épuisée.

— Je n'ai absolument rien contre, dit Nova. Nathalie peut rentrer à la maison quand elle le souhaite. Le problème, c'est que je n'ai vu ni Nathalie ni Ines depuis… une bonne semaine, je crois.

Une sensation de malaise glacial envahit Mina. Elle aurait dû se méfier de sa mère.

— Elles ne sont pas ici, c'est ce que vous voulez dire ? Où sont-elles ?

— Il arrive assez souvent que nos membres partent dans la forêt pendant quelques jours, répondit Nova en souriant à nouveau. C'est une manière efficace d'apprendre à se connaître, et la nature alentour regorge d'endroits où on serait tenté de rester pour la nuit. J'imagine qu'Ines a emmené Nathalie pour un séjour de ce genre. Sinon, je ne vois pas où elles pourraient être.

— Depuis plus d'une semaine ?

— Avec le temps qu'il fait, et avec un équipement adapté, on peut rester dans la forêt pendant plusieurs semaines sans difficulté, dit Nova. Ça arrive souvent. Rien ne vaut une nuit à la belle étoile, et des repas préparés en pleine nature. Vous devriez essayer.

Elle essayerait, absolument. Une fois la forêt entièrement goudronnée. L'Ines qu'avait connue Mina ne savait même pas nouer des chaussures de randonnée. Mais sa mère avait changé, elle l'avait constaté tout de suite quand elles s'étaient rencontrées. Elle avait sous-estimé le "voyage intérieur" d'Ines. Bien sûr, cela impliquait de se ressourcer dans la nature. Sa mère, autrefois écrasée sous le poids des litres de café et des cartouches de cigarettes, avait mué en amoureuse de la nature. Et pourquoi pas ? Il y avait tant de choses plus aberrantes.

En revanche, elle n'appréciait pas du tout que Nathalie soit absente, comme par hasard, au moment où elle venait la récupérer. Ça ne pouvait pas être une coïncidence. Elle regarda Nova qui se contenta de sourire en retour.

— Il n'y a pas de danger, je vous l'assure, dit-elle. Ines a l'habitude de la forêt.

— Je vais essayer d'expliquer la situation au père de Nathalie, dit Mina. Mais je vous conseille vivement de les retrouver. Il vaut mieux pour Ines qu'elles reviennent immédiatement. Sinon, ce ne sera pas seulement la première, mais aussi la toute dernière fois qu'elle aura vu sa petite-fille.

De son rendez-vous avec Nova, Mina se rendit directement à Fatbursparken où Vincent l'attendait. Mais dès son retour à l'hôtel de police, elle se changerait de la tête aux pieds, surtout pour se débarrasser de ses sous-vêtements imbibés de sueur. Elle dépensait au moins deux culottes par jour en ce moment. Elle complétait maintenant ses paquets de culottes en gros avec des piles de packs de cinq bon marché, également bonnes pour la poubelle après la première utilisation. Au cours de cet été, le stock raisonnable qu'elle avait toujours tenu à la maison s'était transformé en quelque chose de digne d'un centre commercial. Mais ça n'avait aucune importance. Puisque personne ne venait jamais chez elle.

Elle observa Vincent en allant à sa rencontre. Même en tee-shirt blanc et ample, il était élégant. Pour sa part, elle devait avoir l'air d'une épave. Une épave couverte de sueur. Tout ça à cause de Vincent.

Se promener dans les parcs était presque devenu une habitude pour eux. Mais Fatbursparken était trop petit pour une vraie promenade. Au lieu de marcher, ils s'assirent donc et observèrent les environs. Mina avait emporté sa protection en plastique pour s'asseoir. Elle n'allait pas laisser la surface du banc entrer en contact avec ses vêtements, même si elle avait l'air parfaitement propre. Mais elle ne pouvait pas désinfecter le banc. Pas avec Vincent comme témoin.

Elle ne dit rien de ses échanges avec Nova. Vincent était le seul, jusqu'ici, à savoir qu'elle avait une fille, sans pour autant connaître les détails de l'histoire. Mais Mina n'avait aucun contrôle sur ce qui se passait à Épicura. Elle avait l'impression qu'à chaque instant, la bulle de son secret risquait d'exploser et le monde entier de tout découvrir. Et alors, elle serait submergée de questions. Auxquelles elle n'avait aucune envie de répondre.

Elle pensait à Nathalie avant tout. Comme elle avait peur que, tôt ou tard, elle apprenne la vérité, elle préférait la lui révéler elle-même. Peut-être sa fille comprendrait-elle ? Mais c'était loin d'être gagné. À tous les coups, Ines allait tout lui raconter, à l'occasion de ce séjour en forêt. Quelle idée. Apprendre à se connaître au milieu des arbres. Ayant été informée que sa mère avait été vivante pendant tout ce temps, Nathalie ne voudrait sans doute plus jamais entendre parler d'elle.

— Merci d'être venue, fit Vincent en l'interrompant dans ses pensées. Je réfléchis mieux comme ça.

— Quand je suis là, tu veux dire ?

Vincent rougit immédiatement et s'éclaircit la gorge.

— Comment s'est passé ton rendez-vous, au fait ? demanda-t-il.

— Et toi, comment ça va avec Ulrika ? rétorqua Mina. Vous avez eu d'autres rencontres impromptues depuis Gondolen ?

— Ne parle pas de ça !

Vincent eut l'air vexé.

— Je suis sérieux, ça m'intéresse, reprit-il. Ma fille a un petit ami. En tout cas, à ce qu'il paraît, parce que je ne l'ai jamais vu. Il s'appelle Denis. Mais je suis apparemment la raison pour laquelle ils ne viennent jamais à la maison. Je lui fais honte. Alors, comme je ne peux pas lui poser de questions embarrassantes concernant sa vie amoureuse, je me rabats sur toi.

Elle se déplaça, essayant de trouver une position plus confortable. Le plastique sous ses fesses crissait. Vincent avait parlé sur un ton de plaisanterie, mais son visage était sérieux. Il avait vraiment l'air de vouloir savoir. Mais comment répondre ? C'était une question très personnelle, privée même. Mais avec Vincent, elle se sentait à l'aise comme avec personne d'autre. Si elle ne pouvait pas en parler avec lui, avec qui d'autre en parlerait-elle ? De toute façon, il avait sans doute déjà deviné comment son rendez-vous s'était passé.

— Disons que j'ai appris ce que je veux vraiment, au moins, dit-elle. Mais revenons à Fatbursparken, tu veux bien ? Tu crois toujours qu'un corps se trouve quelque part par ici ?

Son changement de sujet n'était pas particulièrement habile, mais elle avait visiblement appuyé sur le bon bouton parce que le visage de Vincent s'illumina.

— Fatbursparken n'est pas comme les autres parcs de Stockholm, dit-il. La partie sud, face à nous, consiste comme tu peux le constater en des sentiers aménagés sur un terrain herbeux, le tout en demi-cercle. La partie nord, où nous sommes, est tout en béton et lignes droites. Si je me souviens bien, les architectes du parc voulaient illustrer l'opposition entre le chaos et l'ordre. Yin et yang. Dionysos et Apollon.

Il désigna les statues en bronze à quelques mètres de leur banc.

— Dis bonjour au dieu grec Apollon, dit-il. Dionysos se trouve de l'autre côté. Il doit se contenter d'être une vasque pour boire. Apollon, par contre, est un homme, avec des cuisses de cheval, certes.

— C'est quoi ton truc avec les parcs et les statues ? dit-elle en riant. Ça ne me paraît pas très sain, ce genre de fixette.

Vincent haussa les épaules.

— La statuaire publique repose plus souvent qu'on ne l'imagine sur des symboliques païennes ou même parfois occultes. Ça me fascine. Les sculptures forment un réseau à travers la ville auquel personne ne fait attention. Si j'étais mystique, je dirais qu'on a doté la ville d'une énergie occulte. Ce n'est pas vraiment ce que je crois, mais je pense cependant que les statues ont un certain effet psychologique. Parfois, c'est même évident.

Il montra la grande fontaine basse au milieu du parc. Mina se demanda si ça lui rappelait un bain à oiseau surdimensionné ou plutôt une assiette cassée en deux, avec les bords repliés.

— Et à ton avis, quel est l'objet de la rivalité entre Apollon et Dionysos dans ce parc ? L'attention d'Aphrodite, la déesse de l'amour, bien sûr. Et la voilà. Ou plutôt, voici la vulve grande ouverte d'Aphrodite.

— Vincent !

Elle voyait cependant très bien à quoi il faisait allusion. La fontaine avait des formes érotiques évidentes, en tout cas pour un public averti.

— Le truc avec toute cette symbolique, c'est qu'elle nous influence à notre insu, continua Vincent. Combien de personnes passent ici en se sentant soudain un peu embarrassées, excitées ou choquées, sans savoir pourquoi ? Et pourquoi ce parc est connu pour être un lieu de rencontres amoureuses ?

Sur les pelouses, elle voyait effectivement des couples allongés sur des couvertures, enlacés et tellement accaparés l'un par l'autre que le monde alentour n'existait plus.

— S'il y a un corps dissimulé dans ce parc, j'espère qu'il se trouve là-bas, sous l'herbe, dit Vincent en se levant. C'est tellement plus facile de creuser dans une pelouse que de démolir du béton et de l'asphalte.

Mina se leva à son tour. Du bout des doigts, elle saisit la protection en plastique sur laquelle elle avait été assise et la jeta dans une poubelle. Elle s'approcha de la fontaine. Elle était sûre que son short arborait une tache sombre et se plaça donc face à Vincent pour qu'il ne la voie pas.

— Tu es juste envieux parce que ce n'est pas toi qui bécotes une jolie fille dans l'herbe.

Il était évident que la fontaine ne pouvait pas dissimuler un corps, même petit, la construction était beaucoup trop basse. Les pavés sous ses pieds n'étaient pas non plus un emplacement probable. Qui aurait eu le temps et les moyens pour démonter puis repaver toute une zone pour cacher le corps d'un enfant ?

Elle suivit Vincent jusqu'au bout du sentier, près de la pelouse. Le demi-cercle de la partie sud du parc mesurait à peine cent mètres d'un côté à l'autre.

— Si tu devais enterrer un cadavre ici, tu le ferais où ? dit-il d'une voix un peu trop forte.

Le couple le plus proche, un homme et une femme dans la trentaine, sur une couverture jaune, s'arrachèrent à leur étreinte et fixèrent Vincent avec confusion.

— Peut-être en bordure de chemin, répondit-elle en essayant d'adopter la même expression sérieuse que Vincent.

La femme se redressa et ramena ses genoux sous son menton. Elle inspectait la pelouse alentour d'un air inquiet. L'homme leur adressa un regard assassin.

Vincent hocha la tête, pensif.

— Oui, en bordure, l'herbe est sûrement plus facile à déplacer et à remettre sans laisser de traces, remarqua-t-il.

Le couple se mit à rassembler verres, bouteille de vin et couverture. Finie la bagatelle.

— Que tu es méchant, Vincent, dit Mina en le piquant doucement du doigt dans les côtes.

Il leva les sourcils en la regardant, la mine innocente.

— Je ne vois pas de quoi tu parles.

Puis il baissa la voix.

— Et les arbres là-bas, qu'est-ce que tu en penses ? Ils sont plantés suffisamment près les uns des autres pour que personne n'aille voir derrière. Si on détruisait la pelouse à cet endroit, personne ne remarquerait rien même avant que l'herbe ne repousse et recouvre tout.

Ils allèrent jusqu'au bosquet d'arbres. Soudain, Vincent lui prit le bras et montra quelque chose. Il n'avait pas pour habitude de la toucher, il la connaissait trop bien pour ça. Il n'eut probablement même pas conscience de son geste. En plus, comme elle portait un débardeur, c'était son bras nu qu'il tenait. Sa peau contre la sienne.

Et sans qu'elle panique.

En tout cas, pour l'instant.

Elle n'avait pas l'intention de lui dire quoi que ce soit avant que ça ne devienne indispensable. Elle essayait plutôt de comprendre ce qu'il lui montrait. L'herbe entre les arbres était plus foncée que la pelouse autour.

Vincent s'accroupit et cueillit quelques tiges d'herbe.

— Pourquoi tu penses que c'est comme ça ici ? dit-il. Plus sombre.

— Je ne sais pas, mais je vois ce que tu veux dire. Peut-être parce que l'herbe ici ne reçoit pas autant de soleil à cause des arbres ?

— Peut-être. En tout cas, c'est du 125715, aucun doute.

— De quoi tu parles ?

— Le code couleur pour cette nuance de vert. Si on traduit en lettres, ça fait LEGO. Ne me demande pas de précisions, c'est en rapport avec Fort Boyard.

Elle ne comprenait rien à son charabia, et se demanda s'il se payait sa tête. Probablement pas.

Vincent examina les feuilles sur l'arbre le plus proche, puis s'éloigna et fit de même un peu plus loin. Il revint avec plusieurs feuilles dans la main.

— Hmm, les arbres ici ont un feuillage plus vert que là-bas. Il y a aussi plus de mauvaises herbes ici. Étrange, parce que le service des espaces verts fait en général attention à ne pas les laisser proliférer.

Elle le fixait sans rien dire.

— Tu as une petite poche en plastique ?

Question purement rhétorique. Vincent savait très bien qu'elle en avait toujours sur elle. Elle lui tendit une petite poche à zip. Vincent y glissa les feuilles ainsi que quelques brins d'herbe, puis ferma la poche.

— Depuis quand tu t'intéresses à la botanique ? demanda-t-elle. Si c'est pour les presser dans un livre pour faire des fleurs séchées comme quand tu avais quinze ans, tu peux trouver plus joli que ça. Pourquoi ne pas cueillir aussi quelques roses à sécher et à suspendre ?

— Pas besoin. J'ai reçu des roses séchées en cadeau d'anniversaire de Maria cette année. Elles sont suspendues audessus de notre lit.

Il prit son téléphone.

— Je ne sais pas combien de temps ça va rester à peu près frais, je préfère donc prendre quelques photos aussi.

Il se mit à photographier le contenu de la poche, suite à quoi il prit aussi des clichés de la pelouse et de l'herbe entre les arbres, ainsi que des gros plans des feuilles sur les arbres.

— Je ne sais pas si je veux savoir ce que tu fabriques, dit-elle. Pour en revenir à notre affaire, tu crois réellement qu'un joueur d'échecs maniaque aurait pu enterrer un corps par ici ?

Son téléphone se mit soudain à vibrer. Vincent lui avait envoyé toutes les photos qu'il venait de prendre.

— Ce n'est peut-être rien, dit-il en lui donnant la poche avec les feuilles et les brins d'herbe. Je ne dirai rien avant d'être sûr à cent pour cent. Depuis la réunion avec l'unité hier, je préfère ne pas la ramener. Et j'ai un spectacle ce soir, il faut que je m'y prépare. C'est mon dernier week-end de la saison, en fait. Mais je te conseille de donner les photos et le sachet à Milda. Si c'est ce que je crois, il vaut mieux que vous l'appreniez par elle.

— Tu n'as pas de temps à perdre pour ça !

Sa mère renifla et croisa les bras. Adam se contenta de sourire.

— Arrête de me dire ce que je dois faire ou pas, dit-il. J'ai bien le droit d'inviter ma mère à dîner quand j'en ai envie.

— Tu sais très bien ce que j'en pense, protesta Miriam, en inspectant le coin cuisine du petit studio d'un air critique. Cet endroit a besoin de la présence d'une femme.

— Je me débrouille très bien tout seul.

— Pas d'accord. Regarde-moi ça !

Elle montra du doigt une plante verte qui avait connu des jours meilleurs.

— Et toi aussi, tu as besoin d'une femme, dit-elle. Aucun homme ne peut s'en passer.

— Arrête, maman, tu me fais rougir.

— Tout ce que je veux dire, c'est que je ne serai pas toujours là. Tu as besoin de quelqu'un qui prenne soin de toi.

Ils se turent. Le sens de ces mots flottait lourdement dans l'air. Il ne lui avait pas demandé quels étaient les résultats de ses derniers examens à l'hôpital Karolinska. Il n'était pas sûr d'avoir envie de savoir. Miriam se racla la gorge et eut un rire forcé. Il comprit que c'était pour lui, et il l'aimait pour ça. Mais ça ne rendait pas la situation plus facile.

— Tu m'as dit que tu avais des nouveaux collègues au boulot, dit-elle. Il n'y en a pas une qui te conviendrait ?

— Si, en effet. Mais elle est très spéciale.

— Tu lui as dit ?

— Bien sûr que non ! J'ai fait bien attention à ne pas me montrer intéressé. Je ne crois pas qu'elle... ce serait très compliqué. En plus, comment veux-tu que j'arrive à caser une femme ici ?

Adam désigna ses trente mètres carrés à Farsta, avant de verser l'eau des pâtes dans l'évier.

— N'importe quoi ! dit Miriam en lui donnant une tape à l'arrière de la tête qui lui fit rater l'évier. Tu es consciencieux, mais pas là où c'est important ! C'est pas l'éducation que je t'ai donnée ! Et comment ça, y a pas de place, ici tu mets sans problème une femme et quatre enfants. C'est un véritable palais, ici, comparé à ce qu'on avait, ton père et moi, en Ouganda. On vivait dans une...

— Pas besoin d'y revenir, tu me donnes toujours l'impression que vous viviez dans une hutte au sol en terre battue.

— Espèce de mal élevé, grommela-t-elle en lui donnant un nouveau coup sur l'arrière de la tête.

— Aïe ! En Suède, on n'a pas le droit de frapper ses enfants, tu le sais, non ?

— Des bêtises. Je t'ai mis au monde, je fais ce que je veux. Et ne crois pas que tu échappes à la louche de bois juste parce que tu es maintenant adulte...

— Tu t'imagines donc quatre petits-enfants, dit-il. Si j'ai bien entendu.

— Pour commencer, oui. Alors, dépêche-toi, tu ne rajeunis pas. Mais il va falloir que tu enlèves ces tableaux Ikea, aucune femme digne de ce nom ne voudra mettre les pieds ici tant que tu auras ce genre de choses aux murs.

Elle fit un signe de tête vers une photo en noir et blanc représentant des ouvriers qui prenaient leur déjeuner perchés sur un échafaudage au-dessus de New York City.

— Allez, assieds-toi, rit Adam en posant la casserole avec les pâtes fumantes sur la table.

Il prit la poêle avec la sauce à la viande et la posa à côté.

— De la nourriture pour bébé, grogna Miriam en se servant néanmoins copieusement. Tu as besoin d'une femme pour la cuisine aussi, c'est évident.

Ils mangèrent en silence pendant un moment. Puis Adam posa ses couverts.

— Qu'est-ce qu'ils ont dit ?

Elle évita son regard.

— Je commence le traitement demain.

Dans le silence qui s'abattit sur la petite pièce, le bruit des couverts sonnait soudain comme des coups de pistolet.

Adam repoussa son assiette. Il n'avait plus faim.

Quand Milda arrivait chez son grand-père, son cœur faisait toujours des bonds de bonheur. La maison rouge à Enskede concentrait l'essentiel des souvenirs heureux de son enfance. Elle était comme une personnification de grand-père Mykolas.

Il ouvrit avant même qu'elle ne frappe.

— Bonjour ! cria-t-il. Le café est en route !

Elle passa dans l'entrée remplie de géraniums et d'hortensias flamboyants, et enleva ses chaussures. Elle fit une légère grimace en le suivant jusqu'à la cuisine. Sa voix tonitruante était due au fait qu'il devenait dur d'oreille depuis quelque temps. Rappel douloureux de son grand âge. Elle avait une telle envie de préserver l'illusion que son grand-père était éternel. Mais sa vie professionnelle ne lui laissait guère le loisir d'y croire.

— Assieds-toi, tu as l'air fatiguée, beugla-t-il en posant une grande tasse de café fumant devant elle.

— Grand-père, tu cries, répondit-elle en levant la voix.

Quand il rit, les fossettes de ses joues à la peau burinée se creusèrent.

— Ah, bon ! C'est vrai, je n'entends plus si bien que ça. Mais ça aurait pu être pire. Ça aurait pu être la vue !

— J'ai emporté des petits pains, dit-elle en lui montrant un sac en papier.

Elle en avait choisi des tout simples, comme il les préférait. Elle les coupa en deux, et alla chercher du beurre et du fromage dans le frigo. Puis elle s'installa à la table en face de lui.

Son grand-père ne fit pas attention au beurre, mais mordit à pleines dents dans le pain, en fermant les yeux.

— Mmm, dit-il. Tout frais. Un des bonheurs de la vie.

Il retrouva ensuite son sérieux.

— Alors, qu'est-ce qu'il t'arrive ? Je vois bien que quelque chose te tracasse.

— Mais non, dit-elle avec un geste de la main, tout en sachant que c'était inutile.

Il ne la laisserait pas tranquille.

— C'est Adi, c'est ça ?

Elle soupira. Il avait un don pour poser tout de suite le doigt là où ça faisait mal. Elle beurra un petit pain pour elle-même et lui raconta brièvement les exigences d'Adi. Grand-père leva les yeux au plafond et posa sa main rugueuse sur la sienne.

— Toutes les familles comportent une pomme pourrie, dit-il. Toi, tu es une belle pomme. Tu es ma pomme Mio. On est nombreux à penser que c'est ce qu'on trouve de mieux en matière de pommes. La chair est fruitée et juteuse, le goût rappelle un peu la fraise. Elle a des origines suédoises et anglaises, et elle a hérité le meilleur de ses deux parents. Sa beauté vient de la souche mère, le Worcester Pearmain, et le goût délicat de la souche père, l'Oranie.

— Mio, comme le livre d'Astrid Lindgren ?

Milda sourit. Être comparée à une pomme lui plaisait.

— Exactement !

Les yeux de son grand-père s'illuminèrent.

— La pomme dorée. Oui, c'est en tout cas ce que l'on croit.

— Adi, il est quelle sorte de pomme, alors ?

Il renifla.

— Adi n'est pas une pomme. Il serait plutôt un ver de pomme. Les larves creusent des galeries jusqu'au cœur de la pomme.

— Mais grand-père, c'est ton petit-fils.

Grand-père Mykolas renifla à nouveau.

— C'est vrai. Et dans notre famille, on ne se comporte pas comme ça, grommela-t-il en fronçant les sourcils. Je crois qu'il va falloir que j'échange un mot ou deux avec ce ver à pomme en particulier.

Elle lui jeta un coup d'œil. Elle ne l'avait vu en colère qu'en quelques rares occasions. Mais à en juger par l'expression de son visage, Adi allait passer un sale quart d'heure.

Enfin, il se mit à sourire à nouveau.

— Mais je suppose que ce n'est pas pour ça que tu es là. Tu n'es pas venue pour me parler d'Adi.

Elle baissa les yeux. Elle se jura en son for intérieur qu'un de ces jours, elle rendrait visite à grand-père sans but précis. Bientôt. Et ce jour-là, elle n'apporterait pas seulement des petits pains, elle viendrait avec Vera et Conrad. Mais ce serait un autre jour.

— Ça va, dit grand-père. Je suis content si mes compétences peuvent être utiles pour le monde extérieur à ma serre. Mon seul souhait, c'est que tu ne me ramènes plus de poche de poils. C'était un peu… particulier.

Milda sourit en secouant la tête. Grand-père avait un don pour lui faciliter les choses. Ça avait toujours été comme ça. Avec lui, rien n'était compliqué. Elle osait à peine penser à ce que ça serait plus tard, quand il ne serait plus là.

Elle repoussa le petit-déjeuner et sortit les photos et la poche en plastique que Mina lui avait confiées. Elle avait imprimé les photos en grand format pour qu'il voie mieux.

— Pas de poils, dit-elle. Mais des brins d'herbe. Ces feuilles et ces brins d'herbe viennent de Fatbursparken à

Södermalm. Comme tu peux le constater sur les photos, l'herbe est plus foncée à un endroit précis. Les feuilles plus foncées viennent des arbres qui entourent cet endroit. Les autres arbres et l'herbe partout ailleurs, tout est plus clair. Cette différence de couleur peut être due à quoi, à ton avis ? Est-ce que ça pourrait être la façon dont le soleil pénètre jusqu'au sol exactement entre ces arbres-là, par exemple ?

Grand-père Mykolas essuya les miettes de pain de la surface de la table et y éparpilla les feuilles. Il en souleva deux, les inspecta à la lumière du soleil. Ensuite, il les frotta délicatement entre le pouce et l'index et les renifla.

— Le soleil est certes un facteur important pour tout ce qui pousse, dit-il. Mais les plantes sont autant, pour ne pas dire plus, affectées par ce qu'il y a en dessous, c'est-à-dire la terre. Et la terre n'est pas la même partout. Les minéraux, les nutriments diffèrent selon les lieux. La terre peut être plus ou moins humide. Ces brins d'herbe et ces feuilles sont plus sombres parce qu'ils ont produit plus de chlorophylle que les autres. Ce qui signifie qu'il y a probablement plus d'azote là où ils poussent. Vu la prolifération des mauvaises herbes, on dirait qu'il y a aussi plus de nutriments dans les couches supérieures du sol.

— Il est donc question d'une différence très localisée de composition chimique de la terre, conclut Milda. Quelle pourrait être la raison d'une telle augmentation de la teneur en azote sur une surface aussi réduite ? Des lignes électriques à proximité ? Des tuyaux en cuivre ? Des différences de température ?

— Je ne sais pas, répondit grand-père. Je ferais analyser le sol pour savoir.

Grand-père remit soigneusement toutes les feuilles et brins d'herbe dans la poche et la referma.

— Tu m'expliques la raison de cet intérêt soudain pour la photosynthèse ? dit-il. Vera travaille sur le sujet à l'école ?

Mais Milda ne l'écoutait plus. Elle avait un pressentiment très pénible. Le corps humain contient environ deux kilos d'azote. Certes, une grande partie se transforme en ammoniaque pendant le processus de décomposition, ce qu'elle était bien placée pour savoir, parce que cela n'avait rien d'anodin quand on autopsiait de vieux cadavres. Mais malgré ce processus, l'azote dégagé par un corps enterré pouvait multiplier la teneur en azote du sol cinquante fois. Largement assez pour l'augmentation de chlorophylle dont parlait son grand-père.

Elle fixait du regard l'agrandissement qui montrait l'emplacement vert foncé entre les arbres. La zone faisait à peine deux mètres carrés. Assez pour y mettre un enfant.

Si la casquette de son uniforme la protégeait contre le soleil, la température entre le tissu et la tête de Mina menaçait de mettre son cerveau en ébullition. Julia avait exigé qu'ils soient tous en uniforme, ce jour-là. Ils allaient paraître en public, les gens allaient les voir en activité. Mina regrettait déjà d'être venue. Elle se mit à l'ombre d'un arbre du parc et enleva sa casquette. C'était tout de suite mieux.

Vincent vint se placer près d'elle.

— Comment Julia a réussi à obtenir l'autorisation aussi rapidement ? demanda-t-il.

Julia se tenait près des techniciens qui creusaient délicatement la pelouse, couche après couche.

Les experts avaient employé un radar à pénétration de sol, ou RPS, comme ils disaient, et la machine avait repéré quelque chose pouvant être un corps. Bientôt, ils sauraient ce qui se cachait sous l'herbe du parc.

Avant de commencer à creuser, ils avaient enfoncé de longues tiges afin de repérer à quelle profondeur le sol changeait de composition. Ainsi, ils avaient pu déterminer les contours approximatifs du corps ou de la tombe. Mais le corps, si c'était vraiment ça, y gisait probablement sans protection.

Milda avait expliqué à Mina que si le corps avait été enfermé dans un sac en plastique, par exemple, l'azote n'aurait pas infiltré le sol. À chaque instant, les techniciens pouvaient découvrir un corps à un stade de décomposition incertain. Comme il ne fallait rien abîmer, toute la scène rappelait de minutieuses fouilles archéologiques.

— Dès mardi, quand tu m'as parlé du parc pour la première fois, j'ai suggéré à Julia de commencer à tirer quelques ficelles, répondit Mina. Quand Milda a appelé ce matin pour nous rapporter ses soupçons, nous étions prêts. Il n'a fallu que quelques heures pour mobiliser toutes les équipes.

— Tu veux dire que quand nous sommes venus ici tous les deux, hier, Julia était déjà en train de demander l'autorisation de creuser ? Et tu ne m'as rien dit ?

— Et toi, tu m'as dit que j'avais une grosse tache d'humidité sur les fesses ?

— Mais ça n'a rien à voir. D'abord, ça ne me serait pas venu à l'idée de regarder tes fesses. Et puis, un gentleman ne mentionne pas ce genre de choses, même s'il les remarque.

— J'étais sûre que tu avais remarqué. Tu admets que tu regardais mes fesses ?

Il devint écarlate et se mit à tousser violemment.

— Tu sais bien que j'étudie toujours le langage corporel des autres. Ils mettent vraiment beaucoup de temps à avancer là-bas dans les arbres, non ? dit-il. Je devrais aller leur filer un coup de main.

Ce n'était sûrement pas très gentil, mais taquiner Vincent était devenu l'une de ses occupations favorites. Elle se dit que la vengeance serait sans doute terrible, le moment venu. Mais ça valait le coup.

— Je pense qu'ils ont autant besoin de ton aide que de celle d'un prof de natation, remarqua-t-elle en souriant. Mais tu as raison. Ce n'est pas la même chose. Je n'ai rien dit parce que j'espérais que tu te trompais. Et normalement, il faut des semaines pour obtenir une telle autorisation. Mais la ville de Stockholm n'était visiblement pas enthousiaste à l'idée qu'un touriste tombe sur le cadavre d'un enfant dans l'un des parcs de la capitale. On aurait dit qu'ils étaient prêts à venir donner des coups de pelle eux-mêmes. Cela dit, j'espère toujours que tu te trompes. J'espère de tout mon cœur. Parce que les conséquences, si tu as raison…

— Je sais. Je préfère ne pas y penser.

Un technicien agita brusquement son bras en l'air.

— Ici, cria-t-il. J'ai quelque chose.

Vincent se figea, regarda le technicien et prit Mina par le bras, exactement comme la dernière fois. Et comme la dernière fois, il ne semblait pas se rendre compte de ce qu'il faisait. Elle sentait sa peau contre la sienne. Et ça ne la dérangeait pas.

Julia, à côté des techniciens, se pencha en avant pour voir et, au même moment, une forte odeur d'ammoniaque se répandit.

Julia avait l'air d'examiner la trouvaille attentivement. Il lui fallait apparemment du temps pour comprendre ce qu'elle voyait. Ou bien, elle n'avait pas envie de comprendre. Elle se redressa enfin et se dirigea vers Mina et Vincent.

— Il va y avoir des répercussions inopportunes, annonça-t-elle à Mina. Je sais que c'est assez macabre de parler politique dans ce genre de circonstances, mais je n'ai pas le choix. Parce que l'existence même de notre unité dépend de la politique de la police. Et ce que nous venons de trouver va à l'encontre de la volonté de notre direction. Ça ne correspond pas au puzzle qu'ils veulent résoudre, eux.

Elle se tourna vers le mentaliste.

— Tu avais raison, Vincent. Félicitations.

Julia s'éclaircit la gorge. Il y avait une étrange divergence entre la relation privée et la relation professionnelle qu'elle entretenait avec son père Östen. Ce qui en soi n'était peut-être pas si surprenant. Après tout, son père était chef de la police.

— J'ai reçu des informations inquiétantes. Il paraît que vous faites de nouveau appel à cette espèce de magicien ?

— Papa, il n'est pas magicien, soupira Julia. Il est mentaliste.

Elle vit au regard d'Östen que cela ne faisait pas la moindre différence.

— Nous avons une piste extrêmement convaincante, reprit-il. Un suspect extrêmement convaincant. Mauro Meyer. Et j'ai un peu plus d'expérience dans notre métier que toi. Et mon expérience me dit que souvent la solution la plus simple est aussi la plus vraisemblable. Cette autre piste… On approche du moment où je me sentirai contraint de te donner l'ordre d'abandonner. J'avais déjà mes doutes quand vous avez pris cette Nova comme consultante. Mais au moins, elle est… bref. Là, vous avez vraiment dépassé les bornes. En la remplaçant par cette espèce de… ce…

Julia inspira à fond. Elle avait l'impression d'avoir à nouveau sept ans, et d'être réprimandée par son papa parce qu'elle avait oublié de remettre le lait au frigo.

— J'entends ce que tu dis. Mais tu ne peux pas passer outre le fait que nous avons effectivement déterré un corps dans Fatbursparken il y a quelques heures. Grâce à Vincent et à ses théories. Alors, ne viens pas me dire qu'il nous a induits en erreur.

— Je n'ai jamais dit que... Vincent... avait fait erreur, dit Östen, avec la même voix que quand, petite, elle avait oublié de fermer le portail et que leur berger allemand s'était échappé et avait engrossé la Cavalier King Charles Spaniel du voisin. Mais l'un n'exclut pas l'autre. Il peut avoir raison dans ses conclusions, et Mauro Meyer pourrait toujours être coupable. Pour le moment, concentrez-vous sur Meyer, poussez-le à avouer, et à balancer ses complices.

— Mais le mobile ? dit Julia en se tortillant sur sa chaise.

— Ça viendra. Il y a toujours un mobile. Parfois on le trouve, parfois non. Mais tu devrais revenir à l'acte en lui-même. Les faits. Les preuves. Tout ce qui est concret et tangible. Comme les vêtements du garçon qui ont été retrouvés dans le restaurant de Meyer. Des faits. D'après ce que je comprends, son ex-femme l'accuse depuis longtemps. Et tu sais quoi, j'aurais aimé que nous soyons plus à l'écoute de ce qui se passe autour de nous. Mais ceci est hélas la réalité que nous devons affronter.

Östen secoua la tête avec un air de regret et Julia se mordit la langue. Elle savait que ce n'était pas la peine. Quand son père montait sur ses grands chevaux moralisateurs, aucune voix ne pouvait plus l'atteindre. C'était quelqu'un de sincère. Il avait le cœur sur la main. Mais il était de la vieille école, de ces policiers qui avaient appris à raisonner dans un cadre bien défini. Si le raisonnement ne collait pas, on s'arrangeait, tout simplement. Parfois au prix de la vérité. Elle aussi devait jouer ce jeu, jusqu'à un certain degré. C'était toujours cette génération-là qui fixait les règles du jeu. Elle savait dans quoi elle s'engageait en choisissant de devenir policière. Sans doute mieux que quiconque.

— Ne perds pas ton temps avec ces bêtises. Fais plutôt du bon boulot de policier.

Le ton de son père était catégorique, et elle savait que l'entrevue, réprimande comprise, était terminée. Son visage s'éclaircit.

— Et quand est-ce que tu nous amènes le petit chou ? On n'a pas vu Harry depuis bien trop longtemps. Je parie qu'il est déjà en train de se chercher un studio !

Il se leva et l'entoura de ses bras. Julia se permit de se laisser aller contre son épaule un court instant. Comme elle l'avait fait tant de fois pendant son enfance. Puis, elle se redressa.

— On viendra dès que cette affaire sera terminée, dit-elle en l'embrassant sur la joue.

— Ne t'inquiète pas, Julia, vous y êtes presque ! Vous l'avez, votre coupable !

Les mots de son père résonnaient dans son dos quand elle quitta le bureau.

Vincent était sur scène. Il avait un autre spectacle le lendemain, vendredi, et un dernier samedi soir. Après, la saison serait enfin terminée. Le show approchait du moment où il devait s'étrangler avec la ceinture. Heureusement qu'il ne lui restait plus que trois soirées, il en avait plus qu'assez. Après le spectacle précédent, il avait été obligé de maquiller les marques rouges autour de son cou. Ces derniers temps, le numéro avait évolué et était sorti du domaine du surnaturel. Il ne parlait plus d'entrer en contact avec les esprits. Le numéro était toujours le même, mais l'enrobage était un peu plus actuel. C'était peut-être une façon, pour lui, d'assimiler les événements dramatiques qui avaient marqué sa vie récente. Dans tous les cas, le numéro n'en était que plus impressionnant. Son nouveau thème, les sectes, était un franc succès.

Il était arrivé à l'Oscarsteatern à Stockholm trois heures avant le début du spectacle, pour avoir le temps de se préparer correctement. Comme c'étaient les tout derniers, il avait décidé d'y aller à fond. Quand les spectateurs avaient commencé à affluer, ils avaient été accueillis par ses assistants qui distribuaient des casquettes gratuites à qui en voulait. Les casquettes blanches étaient décorées de points noirs.

Au moins cinquante personnes dans le public portaient une casquette pendant le spectacle. Quand Vincent monta sur scène pour la deuxième partie, il s'était changé et, au lieu de sa chemise, il portait maintenant un tee-shirt avec le même motif.

— Je suis très heureux de vous voir si nombreux à avoir osé prendre une casquette alors que vous ne saviez pas ce que ça implique, dit-il en faisant un geste du bras pour montrer son tee-shirt. J'ai la preuve que vous tous ici ce soir, à savoir huit cent cinquante-sept personnes, faites partie de l'élite intellectuelle des Suédois. La preuve ? Le simple fait que vous soyez là.

La plaisanterie était un peu bête, mais la flatterie avait pour but de créer un sentiment de communauté dans le public. Il ne s'était pas trompé : la plupart des gens riaient de satisfaction. Ce sentiment de communauté, il allait maintenant le démolir.

— Cela dit, certains d'entre vous sont déjà en avance sur les autres, reprit-il. Ceux qui ont pris une casquette sont visiblement plus curieux que les autres. Je n'émets aucun jugement, je ne fais que constater. Ceux parmi vous qui portent une casquette, je dirais que vous avez un désir de vous élever, de devenir la meilleure personne que vous puissiez être. Vous avez sans doute chez vous des livres sur le développement personnel et vous avez peut-être même suivi des stages sur le sujet. Porteurs de casquette, vous partagez un état d'esprit unique auquel les autres membres du public n'ont pas encore accédé.

Plusieurs des porteurs de casquette hochèrent la tête énergiquement, tandis qu'un certain nombre de têtes nues prenaient un air vexé et croisaient les bras. C'est aussi simple que ça. Il n'en fallait pas plus pour créer une ambiance "nous contre eux". Il n'avait rien fait d'autre qu'employer, comme souvent, l'effet Barnum, c'est-à-dire des phrases qui semblent spécifiques, et dans lesquelles on se reconnaît, mais qui s'adressent en réalité au plus grand nombre. Il prit également soin de parler d'une voix plus douce et de sourire davantage quand il s'adressait aux porteurs de casquette. L'effet ne se fit pas attendre.

— Quand on est doté d'un esprit unique et ouvert comme vous, dit-il, il est en effet possible de communiquer sur un tout autre niveau. Vous partagez avec moi une sphère mentale unique.

Encore de la pommade. Des balivernes absolues. S'il avait démarré le numéro avec des proclamations du genre "sphère mentale unique", personne n'aurait marché. Mais ce qu'il avait dit juste avant était soigneusement tourné pour pousser le public à accepter des idées auxquelles il aurait normalement été hermétique. Ce qui faisait peur, c'était à quel point c'était facile et rapide. Une telle transformation nécessitait rarement plus que les quelques phrases qu'il venait de prononcer.

— Je sais que ça paraît étrange, continua-t-il avec un sourire d'excuse. Mais il s'agit de capacités que nous pouvons tous acquérir. Il suffit de déconnecter le corps de l'esprit. Je vais vous montrer.

Il se prépara mentalement. L'heure de la ceinture était arrivée. Un assistant aida l'un des porteurs de casquette à monter sur scène et l'invita à s'asseoir sur une chaise à côté de Vincent. Vincent enroula la ceinture autour de son propre cou et, comme d'habitude, un murmure parcourut le public.

— Je fais ceci pour déconnecter symboliquement, mais aussi littéralement, mon corps, déclama-t-il, la voix tendue.

Il avança sa main vers l'homme à la casquette, qui n'avait pas l'air à l'aise.

— Prenez mon pouls, s'il vous plaît. Marquez la cadence quand il va ralentir. Je vais essayer de plonger dans notre conscience partagée.

Cette maudite ceinture faisait aussi mal que d'habitude. Mais c'était bientôt terminé. La suite de cette routine se déroula à peu près comme tous les soirs. Vincent bloqua le pouls dans son bras et fit semblant de perdre connaissance. Dans les minutes suivantes, Vincent évoqua des événements de l'enfance de l'homme, quelques souvenirs personnels, ainsi qu'un secret ou deux que sa victime n'avait jamais révélés à personne. Vincent avait de toute évidence réussi à pénétrer l'esprit de l'autre et à découvrir ses pensées.

Il s'était en réalité servi d'un mélange de plusieurs techniques : l'effet Barnum, donc, un peu de bluff, et d'habiles déductions tirées de la manière dont son invité s'habillait et s'exprimait, que ce soit avec sa voix ou sa gestuelle. Ainsi que, bien sûr, une bonne dose de suggestion pour emmener sa victime exactement là où il voulait.

Si Vincent se plantait, il lui suffisait de s'excuser en expliquant que ça devait provenir de l'une des autres personnes dans le groupe unique. Il y avait toujours un autre porteur de casquette qui, le souffle coupé, murmurait qu'il s'agissait de lui.

Quand Vincent eut terminé, il relâcha délicatement l'étreinte de la ceinture, laissant le pouls refluer dans son bras.

— Merci pour votre attention, dit-il en s'adressant exclusivement aux porteurs de casquette. Mais ce que je viens de faire, vous en êtes, en réalité, capables vous-mêmes. Il se trouve que je dirige un centre où je propose des formations pour entrer en contact avec notre conscience partagée. L'idée, c'est qu'on vient y passer deux semaines avec moi, et je vous forme. Mais je vous préviens, ça coûte très cher. Et je n'ai que dix places. Il y a des personnes intéressées ?

Vingt-cinq mains jaillirent instantanément. Vincent hocha la tête, l'air pensif. Il compta jusqu'à dix en silence, pour faire durer cet instant suspendu.

— C'est exactement comme ça que l'on crée une secte, énonça-t-il enfin lentement.

Silence total.

Une vague de sentiments tout nouveaux traversa le public. Ceux qui n'avaient pas pris de casquette passèrent du sentiment d'exclusion à l'exaltation mêlée de soulagement et d'esprit revanchard. Les porteurs de casquette n'étaient soudain plus des élus, mais des parias. Ils lui avaient fait confiance. Et il les avait ridiculisés. Il avait maintenant cinq secondes pour réactiver l'esprit rationnel de son public, avant que leurs sentiments ne prennent totalement le dessus. Le réel défi pour lui consistait à leur faire avaler cette pilule amère sans qu'ils se mettent à le haïr.

— Pardonnez-moi, dit-il en faisant de son mieux pour avoir l'air embarrassé.

Ça aussi, évidemment, n'était que du théâtre.

— Avant que je ne vous explique ce qui s'est passé, je voudrais être très clair avec vous. Je crois sincèrement que vous êtes toutes des personnes très intelligentes. Il n'y a pas de différence entre ceux qui portent une casquette et ceux qui n'en portent pas. Aucun groupe n'est plus malin ou plus bête que l'autre. La seule différence, c'est que mes assistants ont donné un objet à certains d'entre vous. Mais les casquettes ont quand même créé un sentiment immédiat d'affinité entre vous. Un sentiment que j'ai renforcé par la suite. Les casquettes ont également eu le rôle de vous débarrasser de votre identité individuelle, ce qui est très important quand on crée une secte. Vous êtes devenu membre d'une collectivité. Et le terme "conscience partagée" ? N'importe quoi. Mais dans une secte, c'est important de créer des termes en propre, cela renforce encore le sentiment d'appartenance au groupe.

Les porteurs de casquette l'avaient presque tous enlevée. Les ex-porteurs se tortillaient sur leur fauteuil, mal à l'aise.

— Je me répète, dit Vincent. N'importe qui parmi vous aurait pu prendre une casquette. Il n'y a pas de différence, contrairement à ce que j'ai essayé de vous faire croire. Ni entre vous et moi, d'ailleurs. Ce que vous m'avez vu faire, ce n'était que des astuces psychologiques, et de simples numéros de carnaval. Mais c'était suffisamment convaincant pour que vous soyez prêts à payer très cher une formation et même venir vivre avec moi. Je le dis encore, mon intention est de vous alerter contre les faux prophètes.

Il n'avait pas l'intention de transformer le spectacle de la soirée en conférence. Mais parfois il n'en était pas loin. Son numéro suivant devait forcément être d'une tout autre légèreté, pour compenser.

— Est-ce que ces symboles signifient quelque chose en particulier ? cria quelqu'un en brandissant une casquette. Les points noirs ?

— Ah, les points noirs, dit Vincent en faisant un clin d'œil malicieux. C'est du braille. Du langage tactile. Sur vos têtes, c'est écrit J'OBÉIS.

Le public entier éclata d'un rire libérateur. Il balaya la salle du regard en souriant. S'ils pensaient qu'il était allé trop loin, c'était leur problème. Ce qui comptait, c'était que les huit cent cinquante-sept personnes devant lui seraient un peu moins faciles à duper à l'avenir.

Au moment où la lumière changeait, il reconnut soudain un visage. Il ne l'avait pas remarqué pendant le spectacle. Nova était assise au premier rang du balcon. Elle ne riait pas. Ni n'applaudissait. Elle se contentait de le regarder, bras croisés.

Puis elle se leva et quitta la salle.

Vincent descendit de scène et se rendit dans sa loge. Il sursauta en découvrant une silhouette dans le canapé. Il ne s'attendait pas à ce qu'il y ait quelqu'un. En fait, il était même *prévu* qu'il n'y aurait personne.

— Désolée, je ne voulais pas vous faire peur, dit Nova en voyant sa réaction. Le gardien a dit que je pouvais attendre ici.

Il eut besoin d'un moment avant de répondre, pour rassembler ses esprits. Pendant une fraction de seconde, il avait cru que c'était Anna qui était revenue, Anna et son tatouage, Anna qui l'avait harcelé. Anna et Nova ne se ressemblaient pourtant pas du tout. Son regard flotta vers la table basse. Pendant le spectacle, quelqu'un y avait posé un bol avec des bonbons et trois bouteilles d'eau. À croire qu'ils le faisaient exprès.

— Pas de problème, répondit-il enfin. Pendant une tournée précédente, une femme me poursuivait, elle aurait fait n'importe quoi pour entrer ici. Ensuite, je l'ai rencontrée, et… c'était délicat. Elle avait une pièce chez elle entièrement décorée de photos de moi. Et un autel. Ça m'a rendu un peu nerveux. Et puis j'ai l'habitude d'être seul ici.

Il lorgna le sol. Il avait prévu de fermer la porte à clef et de s'allonger par terre. Mais Nova ne comprendrait sûrement pas. Et il fallait remédier au problème des bouteilles. Il s'assit dans l'autre canapé, en face d'elle, et se prépara à une critique impitoyable de son numéro sur les sectes. Il n'avait pas nommé les épicuriens. Mais il n'en avait pas été loin.

— Je ne voulais pas vous déranger, dit-elle. Je voulais seulement vous saluer. Et vous remercier pour un spectacle intéressant. C'était passionnant.

— Vraiment ? Je pensais que vous seriez peut-être offensée par… par ce que je dis vers la fin. Sur les gourous et les sectes. De l'eau ?

Nova déclina la proposition. Pas de chance. Il avait espéré se débarrasser d'une des bouteilles.

— Pourquoi serais-je offensée ? demanda-t-elle. Vous avez raison. Et je trouve que c'est important. C'est bien d'apprendre aux gens à faire la différence entre des mouvements sérieux et constructifs, comme le mien par exemple, et des sectes manipulatrices et dangereuses.

Vincent n'était pas certain de comprendre où elle voulait en venir, mais ne dit rien.

— D'ailleurs, si ça vous intéresse…, dit-elle en ouvrant son sac.

Vincent constata que c'était un Louis Vuitton. Nova en sortit une brochure avec le logo d'Épicura en couverture, et la lui tendit.

— Vous aurez peut-être envie de venir me voir un jour, dit-elle.

Vincent feuilleta la brochure. En préambule se trouvait une citation, en italique.

*Le guide Épicura de nouvelle ère est comme pour toutes les époques : N'admettez que la contrariété passant telle la comète une étoile. Rapide et imperceptible. Vivre la vie dans le calme purifie. Évitez attentivement tous types de douleur, ne désirez rien, car une vie sans désir est une vie libérée de toute souffrance, qui vous accorde jouissance et prospérité lorsque vous atteignez le Tout*

John Wennhagen

— J'ai vu cette citation sur votre site, dit-il. Je ne savais pas que votre père aussi était épicurien.

— C'était surtout mon grand-père, répondit Nova. Mon père lui donnait un coup de main ici et là, avec des textes, par exemple. Il ne partageait pas entièrement la philosophie de mon grand-père. Ce texte est son dernier avant qu'il ne… disparaisse.

— Disparaisse ? Je croyais qu'il était mort dans un accident.

Nova blêmit et baissa les yeux.

Vincent se mordit la langue. Qu'il était maladroit ! Nova ne voulait de toute évidence pas penser à la mort de son père dans des termes aussi explicites. Il ne l'avait pas seulement forcée à le faire, il lui avait aussi rappelé cet accident dont elle souffrait toujours. Vraiment très nul de la part de quelqu'un qui prétendait s'y connaître en psychologie humaine.

— Ils ont dragué pendant deux semaines après l'accident, dit-elle. Mais le corps n'a jamais été retrouvé. Je sais bien sûr qu'il n'est plus là. Mais une petite partie de moi, l'adolescente qui était dans la voiture avec lui, espère toujours qu'il reviendra un jour. Sain et sauf, peut-être juste les cheveux mouillés.

Vincent essaya de se défaire de l'image d'un John Wennhagen revenu d'entre les morts, détrempé, les cheveux pleins de végétaux dégoulinants, sonnant à la porte de Nova. Il savait bien que ce n'était pas ça qu'elle voulait dire. Mais quand même.

— Il était du genre poète, votre père, dit Vincent en montrant le texte en italique, dans l'espoir d'orienter la conversation vers un autre sujet.

Nova se mit à rire. Il avait réussi, apparemment.

— Vous n'avez pas besoin d'être si poli, dit-elle. Ce texte est presque incompréhensible pour un non-initié. Mais il l'a écrit à partir d'une règle qui déterminait le nombre de mots. Ni plus ni moins de mots que ce qu'il avait décidé en amont. Il se donnait souvent ce genre de défis créatifs. Le résultat est un peu… Dans tous les cas, nous utilisons encore aujourd'hui ce texte, pour lui rendre hommage. Et vous trouverez notre adresse au dos. Si vous voulez venir, je veux dire. Je peux changer d'avis concernant l'eau ?

Nova montra les bouteilles sur la table. Enfin.

— Bien sûr, servez-vous, fit-il, aussi insouciant que possible, tout en déposant la brochure.

Nova prit le décapsuleur qui se trouvait dans un bol à proximité et ouvrit une bouteille. Vincent expira tout l'air qu'il n'avait pas eu conscience de retenir. Il s'empara d'un verre et le remplit d'eau du robinet.

— Au fait, je suis engagé dans la même enquête criminelle que vous, les enfants tués, dit-il en se rasseyant. Et votre idée d'un groupe organisé derrière ces événements est intéressante. Mais je croyais que la plupart des mouvements extrêmes préféraient se tenir à l'écart de l'attention publique ? Dans notre cas, on a l'impression que c'est le contraire, les criminels veulent être vus.

Nova but directement de la bouteille tout en le fixant. Son rouge à lèvres impeccablement appliqué resta intact.

— Ils ne veulent peut-être pas se montrer eux-mêmes, dit-elle. C'est peut-être leur message qu'ils veulent nous faire voir ?

— Quel message ? Vous faites allusion à votre théorie de l'eau ? Cette théorie n'a hélas plus lieu d'être. La police a trouvé un nouveau corps d'enfant aujourd'hui même dans Fatbursparken. L'autopsie n'a pas encore été faite, à ma connaissance, mais je suis persuadé que c'est en rapport avec les autres meurtres. Et Fatbursparken est loin de tout point d'eau. À part la fontaine.

Nova sourit, ses yeux brillaient. Sa présence remplissait toute la pièce. Il ne put s'empêcher de se laisser impressionner. Lui aussi avait envie d'avoir cette assurance, ce… magnétisme, c'est le mot qui lui vint à l'esprit. Bizarre qu'elle n'ait pas sa propre émission de télévision depuis longtemps. Elle avait sûrement eu de nombreuses offres dans ce domaine, qu'elle avait toutes déclinées. Nova ne donnait pas l'impression de chercher plus d'attention que nécessaire, ce qui est rare chez les gens qui travaillent en tant que conférenciers.

— Je dirais au contraire que cette découverte confirme ma théorie, dit-elle. Vous savez sans doute que l'ensemble du parc était un lac, autrefois ? Un beau lac en plein milieu de Södermalm, il y a quelques siècles encore. Très important pour la population locale qui y puisait eau et poissons.

Nova avait raison. Le parc était ce qu'il restait d'un des plus importants points d'eau de Stockholm. Il eut honte de ne pas s'en être souvenu. Peder aurait sans doute été preneur de cette information.

— À la fin du XVIe siècle, il y avait tellement d'ordures et de déchets dans le lac que les gens se sont mis à le surnommer "le bourbier de Fatbur", continua Nova. Il paraît que les odeurs étaient épouvantables. Et pourtant, le lac n'a été asséché que vers le milieu du XVIIIe siècle, au moment où débutait la construction de Södra Stationsområdet. Il y a donc eu de l'eau à cet endroit depuis avant la fondation de la ville de Stockholm jusqu'à il y a près de deux cents ans. Ensuite, on y a créé un parc. Où on vient donc de trouver un corps d'enfant. Pourquoi vous riez ?

Vincent ne put se retenir. Il n'avait même pas conscience de rire. Nova se mit à rire elle aussi en lui décochant à nouveau son regard étincelant. Il était bien obligé d'admettre qu'elle avait peut-être raison, et pas lui. Mais si elle avait raison, son raisonnement à lui était totalement erroné, et alors, il n'avait aucune idée de ce qui allait se passer par la suite. Dans ce cas, il serait de retour à la case départ.

Nova se leva et posa la main sur son bras.

— Nous nous ressemblons probablement plus que vous ne croyez, dit-elle. Je suis juste un peu plus futée que vous. Venez me voir, vous connaissez l'adresse.

Peder avait fait en sorte d'être à la boutique dès l'arrivée de Herman le matin. Les vendredis, il n'ouvrait qu'à midi parce que la matinée servait à faire l'inventaire des objets entrés dans la semaine. Mais compte tenu de ce que Herman lui avait dit au téléphone, il valait mieux en finir avec cette visite avant l'ouverture au public.

Peder se pencha sur la vitrine du comptoir pour examiner les objets entreposés sur un morceau de tissu bleu foncé sous ses yeux.

— Merci de m'avoir appelé hier, dit-il.

— Pas de quoi. J'ai reconnu la montre immédiatement quand vous en avez diffusé la description. Dommage que je ne l'aie pas reçue quelques jours plus tôt. Mais je monte la garde depuis que je sais…

Herman se frotta le ventre, l'air satisfait de lui-même.

Peder avait rencontré le prêteur sur gages de nombreuses fois au cours des années, et Herman était toujours aussi content de lui quand il donnait un coup de main à la police.

— Et il y a une inscription, tu dis ?

Herman sourit, jovial, et retourna la montre.

— "À Allan Walthersson pour ses 60 ans", lut Peder.

Allan Walthersson. Le grand-père d'Ossian. Le père de Fredrik.

Herman arrivait à peine à caser son gros ventre derrière le comptoir, et ça ne s'arrangeait pas d'une année sur l'autre. Peder et ses collègues rigolaient à l'idée qu'un jour ils seraient obligés de l'extraire de sa boutique dans Gamla Stan à coups de tronçonneuse.

— Et c'est tout ce que tu as reçu ? demanda Peder en examinant les autres objets. Tu en as déjà vendu ?

En plus de la montre, il y avait une bague en or, une broche incrustée de perles et une paire assortie de chaînes maille Bismarck.

— Non, tout est là. Je ne prends pas de marchandise volée. Alors je t'ai appelé direct quand j'ai compris ce que c'était. Mon père était policier, comme tu le sais. J'ai grandi dans l'idée qu'on doit toujours aider le bras armé de la justice.

— Je t'en remercie, dit Peder en lui faisant une tape sur l'épaule. Et maintenant, la question à un million de dollars. Qui t'a apporté ces objets ?

— Un vieux copain à nous deux, répondit Herman en gloussant. Pour ça aussi que j'étais un peu plus sur mes gardes.

Il marqua une pause. Peder avait l'habitude de ce pas de danse. Herman se plaisait toujours à presser le citron au maximum, et Peder mordait volontiers à l'hameçon. Il regarda autour de lui dans la petite échoppe. L'amoncellement de bric-à-brac en tout genre lui procurait toujours un émerveillement enfantin. Il y avait de tout, de la vieille télé à tube cathodique aux bijoux, des collections des timbres poussiéreux aux équipements vétustes de plongée, en passant par quelque chose qui ressemblait à un blaireau empaillé.

— Tu ne veux pas savoir de qui il s'agit ? demanda malicieusement Herman.

— Si, absolument, répondit Peder. Je meurs d'envie de le savoir.

— Alors, il va falloir répondre à ma petite devinette d'abord.

— Tant mieux, j'aurais été déçu, sinon, fit Peder en rigolant. Qu'est-ce que tu as dans ta manche aujourd'hui ?

Herman pouffa.

— La voilà. À quoi servent les hyperboles ?

— Ouf, elle est épineuse, celle-là, commenta Peder.

Il se gratta la barbe en réfléchissant. En général, il y arrivait, mais cette fois-ci il ne trouvait pas. Il poussa un soupir.

— Tu es trop malin pour moi, Herman. Je donne ma langue au chat.

Herman ménagea une pause artistique.

— Ça sert à manger de l'hypersoupe ! s'écria-t-il en rigolant comme une baleine.

Peder sourit en secouant la tête.

— Je me demande d'où tu sors toutes ces blagues. Mais maintenant, sois sympa avec le flic obtus que je suis. On parle de qui ? Quelqu'un de la vieille garde ?

Herman hocha la tête.

— Ouaip. Un client régulier. Ça rime avec patte…

Il gloussa à nouveau.

Peder fronça les sourcils. Cette fois-ci, il ne voulait pas lâcher l'affaire. Patte… Il s'illumina.

— Matte ! Matte Skoglund !

— Eh bé voilà, dit Herman en se tapotant le ventre de satisfaction.

Il montra du doigt les objets sur le tissu.

— De la belle came, ça. Je pourrai pas garder…

— Désolé, Herman. Il faut que je l'embarque. Tu sais que je n'ai pas le choix. Mais trouve-moi une nouvelle devinette pour la prochaine fois !

— À condition que tu me rases cette barbe ! cria Herman dans son dos. Bon week-end !

Peder prit son téléphone à l'instant même où il se trouva sur le trottoir.

— Salut, Adam, c'est Peder. Je pense qu'on peut oublier toutes nos théories conspirationnistes concernant le cambriolage chez les parents d'Ossian à Bellmansgatan. C'était un de nos vieux copains. Matte Skoglund. Oui, exactement. Je dirai aux gars en ville de le coincer. Mais j'ai récupéré ce qui a été volé. On peut oublier cette histoire.

Il raccrocha. Puis rit en douce. De l'hypersoupe. Égal à lui-même, Herman avec ses blagues à deux balles.

— Bon boulot, dit Milda.

En bruit de fond, Mina entendait Charlotte Perrelli chanter *Mille et une nuits* et la légiste reprenait en chœur ici et là, de toute évidence sans s'en rendre compte. Loke se tenait comme à son habitude discrètement dans les parages, prêt à suivre les instructions de sa cheffe.

— C'est tout à l'honneur de Vincent, dit Mina en jetant un coup d'œil vers le mentaliste.

Pour une raison inexplicable, il portait une marque rouge au cou ce matin. Elle l'avait à vrai dire déjà remarquée de temps à autre depuis qu'il était impliqué dans l'enquête. Elle allait lui en demander la raison, mais à un moment plus adéquat.

Vincent avait le regard figé sur le corps sur la table d'autopsie. Avant d'entrer, elle lui avait demandé plusieurs fois s'il était sûr de pouvoir encaisser. Des corps d'adultes, c'est déjà quelque chose. Mais des corps d'enfants, ça dépasse l'entendement humain. Mais il avait insisté. À en juger par son visage encore plus blanc que d'habitude, il ne s'en sortait pas si bien que ça.

— Je viens tout juste de le recoudre, dit Milda en enlevant ses gants d'un claquement.

— Qu'est-ce que tu peux nous dire ? Il présente les mêmes blessures que les autres ?

Mina détourna le regard du garçon anonyme sur la table. Elle ressentait une gêne, presque une sorte de honte de ne pas connaître l'identité de l'enfant. Il devait manquer terriblement à quelqu'un, quelque part.

Elle entendit Vincent faire des mouvements de déglutition saccadés, comme si le contenu de son estomac faisait des va-et-vient dans sa gorge. Mais le calme de Mina ne voulait pas automatiquement dire qu'elle supportait mieux. Des enfants morts, c'est contre nature. Et maintenant, il y en avait quatre.

— Comme le corps est resté enterré longtemps, les circonstances ne sont pas les mêmes, dit Milda en baissant le volume du haut-parleur. Heureusement pour nous, un corps enterré met plus longtemps à se décomposer, d'une part parce qu'il fait plus froid dans le sol, d'autre part parce qu'il n'y a pas de mouches. Cela dit, la putréfaction est en cours depuis longtemps. La peau s'est divisée en strates, ce qui me complique la vie, et les tissus ont commencé à se transformer en gras de cadavre. Malgré tout, oui, nous avons observé des similitudes avec les autres corps.

Elle se tut. Au fond, Charlotte Perrelli chantait tout doucement *Tu vis dans mes rêves*.

Vincent déglutit à nouveau et ouvrit la bouche.

— Des similitudes ? dit-il, la voix étouffée.

— Pas mal, même, répondit Milda. Les mêmes lésions dans les poumons. J'ai aussi trouvé les mêmes fibres que celles présentes dans la gorge des autres victimes.

Elle fit signe de la tête vers un chariot en acier où des échantillons avaient été déposés, prêts à partir pour analyse.

— Selon vous, il s'agit du même meurtrier ?

— Ce n'est pas à moi de répondre à cette question. Mais, cela dit, mon impression en tant que légiste, c'est que les modes opératoires présentent trop de points communs pour que ça relève du simple hasard.

Mina hocha la tête, pensive. Du coin de l'œil, elle constata qu'il était temps de sortir Vincent de là. Il ouvrit pourtant à nouveau la bouche avant qu'elle n'ait eu le temps de prendre congé.

— La date ? dit-il. Vous avez une idée de quand il a été tué ?

Milda regarda le corps sur la table et fronça les sourcils.

— C'est très difficile à dire. Je ne peux pas faire mieux que des suppositions. Je dirais que le corps n'a pas été enterré depuis plus de deux mois. Mais c'est à prendre avec des pincettes. Ce n'est pas évident quand le gras de cadavre a commencé à se former. Ou plutôt, parfois ça peut aider, parce que si le gras de cadavre se produit très rapidement, il peut préserver les dommages visuellement. Mais ce n'est pas le cas ici, hélas. D'ailleurs, nous avons également trouvé ceci à proximité du corps, mais cela ne nous aide pas à déterminer une date puisque le plastique ne se décompose pas dans la nature.

Milda montra un récipient transparent sur le plan de travail. Il avait l'air de contenir des jouets rouge et bleu.

Vincent s'approcha pour voir. Ses joues retrouvèrent un peu de couleur.

— Des voitures Lego, dit-il en sortant son téléphone. Je peux… ?

Mina acquiesça, et il se mit à prendre des photos. L'intérêt de Vincent pour les Lego semblait presque aussi intense que celui de Milda pour les cadavres.

— Tu penses que les jouets lui appartenaient ? demanda Mina.

— Nous n'avons aucune raison de penser le contraire, répondit Milda. Évidemment, c'est un peu bizarre que les jouets aient été enterrés avec le corps, mais beaucoup de choses sont étranges dans cette affaire.

Mina confirma d'un geste. Milda avait plus raison encore qu'elle ne voulait l'admettre. Vincent revint, absorbé dans ses clichés.

— Merci, Milda, dit Mina. On se tient au courant dès que les échantillons ont été analysés. Ou alors, contacte-moi avec tout ce que tu pourrais avoir, même le moindre vague pressentiment. Il nous faut creuser toutes les pistes.

— Oui, je comprends, dit Milda fermement, en faisant un signe de tête à son assistant qui se mit aussitôt à pousser la table avec le corps hors de la salle.

Quand Mina et Vincent passèrent la porte, ils entendirent le volume grimper et la voix de Perrelli résonner dans leur dos :

*"Les ombres qui tombent dans le crépuscule bleu me font languir d'amour et je rêve, je n'oublie jamais..."*

La porte se referma lourdement derrière eux. Vincent inspira profondément plusieurs fois, la tête penchée en avant. Puis il leva les yeux et regarda Mina.

— Quatre enfants, dit-il. Enlevés par des personnes différentes, tués de la même manière. Je ne dormirai plus jamais.

— Je sais. Mais nous avons un problème. Le corps là-dedans devait confirmer ta théorie du jeu d'échecs, ton problème du cavalier. Certes, nous avons trouvé le corps dans Fatbursparken exactement comme tu l'avais prédit. Mais sans le lien avec le cheval, nous ne savons pas s'il y a un rapport avec les échecs ou si c'est un pur hasard. Ton idée repose sur deux éléments. L'emplacement des corps d'une part. Et, d'autre part, le chromo, le sac à dos et le graffiti. Les voitures Lego n'ont rien à voir avec les chevaux, que je sache.

Vincent hocha la tête, pensif.

— Je sais, dit-il. En plus, un de ces jouets m'a semblé vaguement familier. Il y a un truc qui ne colle pas.

Vincent sonna à l'interphone de l'adresse qu'on leur avait donnée à Birkastan. Un bourdonnement se fit entendre tout de suite, suivi d'un clic quand la porte s'ouvrit.

— Je me demande si nous ne sommes pas en train de perdre notre temps, commenta Mina, sceptique.

— Je sais que vous avez déjà un suspect en garde à vue, répondit-il. Mais nous ne pouvons toujours pas exclure qu'il s'agisse d'une forme d'organisation. Je veux dire, quatre meurtres ? D'enfants ? À mettre sur pied, ce n'est pas rien. Je n'ai pas voulu employer le mot "secte" jusqu'à présent, mais j'en viens à me demander si ce n'est pas, malgré tout, le meilleur descriptif. Savoir si Mauro est effectivement le cerveau derrière tout ça, c'est une autre histoire. Une personne ici en Suède possède un aperçu complet des mouvements sectaires actuellement établis dans le pays. Après notre visite ici, nous saurons probablement si nous pouvons écarter la théorie d'un groupe extrême, comme votre chef de la police le souhaite, ou pas.

— Mais Mauro est en garde à vue depuis lundi. Nous sommes vendredi. Nous devons nous concentrer sur lui, tant qu'on l'a sous la main.

— Dis-toi bien ceci : si Mauro est réellement derrière tout ça, vous l'avez déjà coincé. Dans ce cas, tu as tout ton temps pour la visite ici. Mais si ce n'est *pas* Mauro, ça veut dire que l'heure tourne toujours. Quelque part, un enfant est peut-être en danger. Nous n'avons pas les moyens de passer à côté de quoi que ce soit. Ce que nous allons apprendre ici pourrait être déterminant.

Mina le regarda.

— Si ça avait été quelqu'un d'autre…, commença-t-elle. Mais d'accord. Je pars donc du principe que cette visite nous sera utile.

Ils avaient pris les escaliers jusqu'au troisième. L'ascenseur avait l'air d'avoir été conçu pour une seule personne, et il était exclu que Vincent s'enferme dans un espace aussi exigu. Comme on aurait également dit que l'ascenseur en question n'avait pas été nettoyé depuis des lustres, Mina aussi l'avait écarté sans délai.

— Fais-moi confiance, dit Vincent en appuyant sur la sonnette de la porte portant le nom Ljung. Je t'invite à déjeuner après.

Une femme rousse dans la trentaine ouvrit tout de suite et leur souhaita la bienvenue.

— Merci de venir me voir ici à la maison, dit-elle sur un ton d'excuse, en s'écartant pour les laisser entrer. J'ai presque tout mon matériel ici.

Vincent nota les regards inquiets de Mina sur les environs. Selon toute probabilité, aucun intérieur de maison ne pourrait jamais atteindre les standards de propreté parfaite dont Mina avait besoin pour se sentir à l'aise. En plus, il avait l'impression que son attitude assurée n'avait pas réussi à effacer pour Mina le sentiment de perdre son temps.

L'appartement de Beata Ljung était heureusement propre et soigné. Mina se remit à respirer normalement. Vincent lui jeta un coup d'œil, et elle lui fit comprendre que tout allait bien.

— Venez dans mon bureau.

Beata les fit entrer dans une grande pièce lumineuse, remplie de rayonnages de livres et de dossiers soigneusement alignés.

— D'après Vincent, vous êtes LA spécialiste suédoise en matière de recherches sur les sectes ? dit Mina en s'asseyant dans un fauteuil rayé bleu et blanc, après avoir inspecté le tissu sans trouver la moindre tache.

— Ça me paraît bien prétentieux de l'exprimer ainsi, répondit Beata, qui s'assit à son tour derrière son bureau, une grande et belle table de bois sombre.

Vincent resta debout au milieu de la pièce, sans savoir où se mettre.

— Je n'ai hélas que cela à vous proposer, dit Beata en désignant un pouf gris.

Mina réprima un gloussement quand Vincent se laissa choir dans le pouf tout en essayant de trouver une position acceptable, préservant si possible un minimum d'apparence professionnelle. Pas évident. Son costume en lin, dont la couleur grise était exactement la même que celle du pouf, n'était pas à son avantage. Il se dit qu'il devait avoir l'air d'une tête flottante. La seule chose qui se démarquait, c'étaient ses chaussettes turquoise Cookie Monster.

— J'ai lu un grand nombre de vos articles, dit-il en essayant d'adopter un ton naturel, et je suis impressionné par l'envergure et la profondeur de vos recherches. En plus de votre formation journalistique, vous avez donc aussi un diplôme en psychologie ?

— Oui, j'avais du mal à me décider, répondit Beata en riant. D'abord, j'ai voulu devenir psychologue, mais au moment de passer l'examen, je me suis rendu compte que je penchais plus pour le journalisme. Cela dit, ce détour m'a été très utile, ainsi quand les échéances de mon emprunt étudiant tombent, je ne me plains pas.

— Attendez, c'est vous qui avez écrit le livre sur l'affaire de Järvsö ? dit Mina en montrant un livre sur le bureau.

Vincent ne l'avait pas lu, mais la presse en avait beaucoup parlé lors de sa sortie quelques années plus tôt. L'ouvrage décrivait, apparemment avec une rare perspicacité, ce qui s'était passé à Järvsö au cours de cette nuit de janvier fatidique où deux familles avaient péri lors d'une acmé fatale après de nombreuses années de liens étroits avec un mouvement sectaire dans la petite commune. Il pensait se souvenir qu'une série télévisée avait été tirée du livre, et ne put s'empêcher d'être impressionné.

— Oui, c'est exact, dit Beata en les regardant avec curiosité. Bref, que voulez-vous savoir ?

— En réalité, on ne sait pas vraiment, répondit-il en se tortillant dans le pouf qui bruissait sous son poids. Nous ne savons pas encore ce que nous cherchons réellement. Un regroupement de personnes qui agit depuis un petit moment d'une façon… incompréhensible. Nous souhaitons repérer les mouvements sectaires actuels en Suède. Et parmi eux, ceux qui potentiellement pourraient être dangereux.

— Je crois comprendre ce à quoi vous faites référence, même si vous prenez soin de vous exprimer en termes assez vagues. Mais vous comprenez sans doute que le sujet est immense. Je ne pourrai qu'en effleurer la surface. Mais je vais essayer de répondre au mieux. Mon fils a cinq ans, je me sens donc particulièrement concernée.

Beata fit un mouvement de la tête vers une photo sur le mur, représentant un mignon petit garçon aux cheveux roux et au grand sourire où manquait une incisive.

— D'abord, un peu de généralités sur la notion de secte, continua-t-elle. Que savez-vous ?

— Nous avons rencontré Nova qui nous a déjà expliqué certaines choses, dit Mina.

— Très bien. Nova a aidé beaucoup de transfuges, dit Beata. Elle vous a peut-être déjà dit qu'il existe entre trois cents et quatre cents sectes en Suède, et qu'on estime qu'environ une trentaine d'entre elles pourraient être de nature nocive.

— Oui, elle nous a dit quelque chose de ce genre, répondit Mina en hochant la tête.

— Le mot "secte" ne désigne rien de dangereux en soi. Ce serait comme dire qu'un couteau est intrinsèquement dangereux. Si on l'utilise pour nuire, il l'est, mais si on l'utilise pour découper les ingrédients destinés à préparer un bon repas, le couteau n'a rien de négatif. C'est la même chose avec les sectes. Tout est une question d'esprit et de direction, mais aussi de contenu. Il y a toutes sortes de sectes. Beaucoup de gens pensent qu'une secte est forcément un mouvement religieux, et c'est sûrement le plus courant. Mais il existe aussi des sectes basées sur des pensées d'ordre politique, sur des philosophies de vie, il y a même des sectes qui sont basées sur le commerce.

— Je n'y avais jamais pensé de cette façon, dit Mina.

— Mais peu importe l'orientation, continua Beata, la majeure partie des sectes nocives sont animées par le pouvoir. Ou plutôt, par le besoin de pouvoir qui anime le ou les fondateurs. Ça ne commence pas forcément comme ça, mais le pouvoir corrompt les gens de l'intérieur. Et le plus souvent, l'argent est un élément important du tableau. Mais l'argent n'est pas toujours l'élément moteur, parfois le pouvoir reste le motif principal. Ce type de sectes mène hélas souvent à des tragédies. Vous avez sans doute entendu parler de suicides collectifs. À Jonestown, plus de neuf cents personnes sont mortes, la plupart en buvant du jus de raisin avec du valium et du cyanure. Ceux qui ont refusé ont été abattus à coups de fusil. Dans la secte Heaven's Gate, près de quarante personnes ont trouvé la mort en buvant de la vodka avec une forte dose de somnifères. Et ces deux exemples sont loin d'être les seuls.

— C'est horrible, dit Mina. Mais je suppose que n'importe qui ne rejoindrait pas ce genre de mouvement ? J'imagine qu'on parle de personnes facilement influençables, sans instruction, ou souffrant de la solitude ?

Elle s'avança jusqu'au bord du fauteuil. Cette conversation se révélait bien plus intéressante que prévu. Vincent espérait qu'elle lui pardonnerait d'avoir tant insisté.

— Voilà un dangereux présupposé, commenta Beata. Non, il ne s'agit pas seulement de marginaux, de personnes seules ou vulnérables, ou d'autres types de marginalisés qui rejoignent des sectes, loin de là. C'est inné chez l'humain de chercher un sens à la vie. De se chercher une raison d'être. On peut chercher du sens tout en ayant une bonne base, une vie stable, de la famille, des amis. Tout ça peut être évincé plus vite que vous ne l'imaginez par la proposition d'un sentiment d'appartenance. Je suis sûre que M. Walder pourrait s'étendre longuement sur ce sujet.

— Si on grandit dans le chaos, on peut en venir à détester le désordre à l'âge adulte, dit Vincent. Et dès lors, rechercher une organisation qui nous offre une illusion de contrôle. Mais on peut aussi bien venir d'une famille stricte, et pour cette raison se sentir à l'aise dans un mouvement aux règles strictes. Comme le contrôle et le chaos font tous deux partie du fait de grandir, ils peuvent nous influencer d'une façon dont il est difficile de se libérer. Mais j'ai une question. Quelles sont les sectes, à part les plus connues comme l'Église de scientologie, qui seraient plus concernées par notre cas précis ?

Il se déplaça et le pouf crissa à nouveau. Beata fronça les sourcils. Elle prit un élastique dans une coupe sur le bureau et ramassa ses cheveux roux en un ample chignon. Mina eut un regard envieux, constata-t-il. Il y avait tellement de préjugés idiots sur les rousses, on dit qu'elles seraient plus heureuses, ou plus délurées. C'était peut-être une idée de ce genre qui traversait l'esprit de Mina à cet instant ? Il était sûr que, dans l'imaginaire de Mina, les rousses ne se désinfectaient pas les mains à chaque instant, comme elle le faisait elle. Elles ne se laissaient pas enfermer dans des rituels comme elle. Ou peut-être trouvait-elle tout simplement que Beata avait de très beaux cheveux.

Il avait envie de lui dire que, malgré tout ce que ce brave Samson voudrait nous faire croire, la personnalité ne se trouve pas dans la longueur des cheveux. Il avait envie de lui dire que ses cheveux à elle, ses épais cheveux noirs, étaient magnifiques. Qu'ils soient longs, ou courts comme maintenant. Mais comment lui dire une chose pareille sans avoir l'air idiot ?

— Cela dépend entièrement de notre choix d'angle de vue, dit Beata. Les sectes établies ? Celles que nous connaissons déjà bien ? Les plus récentes ? Celles que nous ne discernons pas encore très bien ? Ce que je peux faire, c'est vous donner une liste que je viens de dresser. Je ne garantis pas qu'elle soit exhaustive. Je l'ai faite à partir de renseignements émanant d'autres personnes, de mes propres entretiens avec des transfuges, et dans certains cas, je me suis même basée sur un véritable travail d'investigation, je parle de taupes à l'intérieur des sectes. J'ai de nombreuses années de travail sur les sectes en Suède à mon actif. Pourtant, je ne peux en aucun cas prétendre être exhaustive. Les sectes ont une grande capacité à se cacher derrière une apparence anodine. Pas toutes, bien sûr. Certaines baignent dans une pure folie évidente dès le départ. Mais la plupart n'apparaissent pas ainsi. Et ce sont souvent les pires. Le profane n'a jamais entendu parler d'elles, malgré leur puissance en effectifs et en termes économiques. Connaissez-vous par exemple Eastern Lightning ?

Vincent et Mina secouèrent tous les deux la tête.

— Le nom complet est L'Église de Dieu tout-puissant, et cette organisation a été fondée en Chine en 1989. Ils ont plusieurs millions de membres dans le monde entier. Leur historique parle de meurtres, d'enlèvements, de détournements d'autres congrégations. La pierre angulaire de leur croyance, c'est que Dieu est revenu au monde en tant que femme, une femme portant le nom de Yang Xiangbin. En raison de leurs crimes, ils ont fait l'objet d'une violente répression en Chine et se sont éparpillés dans le monde entier. Ils sont arrivés en Suède aussi. Nous avons aussi les Frères de Plymouth, vous en avez entendu parler ?

Mina secoua à nouveau la tête. Mais Vincent reconnaissait le nom.

— Ils contrôlent tout un empire industriel, dit Beata. Trente-huit entreprises suédoises sont liées à eux. Il s'agit d'une secte religieuse extrêmement fermée, avec environ quatre cents membres en Suède. Ils sont très conservateurs, l'homme est au-dessus de la femme, ils se tiennent bien à l'écart du reste de la société, ce qui veut dire qu'ils ont leurs propres écoles. Je pourrais continuer encore longtemps, comme vous voyez. J'espère que mon travail vous fournira des informations utiles, même s'il y a des lacunes. J'ai fait un puzzle avec beaucoup de pièces manquantes.

— Nous comprenons parfaitement, dit Vincent.

Il tenta de s'extraire du pouf, en vain. Mina, de son côté, tenta à nouveau de ne pas ricaner. Il lui jeta un coup d'œil et refit une tentative, cette fois-ci accompagnée d'un grognement involontaire. Mina ne put plus se retenir. Elle éclata de rire, suivie de Beata. Puis les deux femmes prirent Vincent en pitié, se levèrent, le saisirent chacune sous un bras, et réussirent par un effort commun à le hisser hors du pouf.

— Mon Dieu, dit-il. Les hommes d'âge mûr ne devraient jamais s'asseoir dans des trucs conçus pour les ados. J'ai cru que j'allais passer la nuit ici.

Il lissa son pantalon et sa veste de la main, au cas où ils seraient froissés. Mais surtout pour ne pas rencontrer le regard de Mina. Il avait été très conscient de sa présence et de sa chaleur au moment où elle l'avait aidé à se relever.

Mina aussi avait l'air de préférer ne pas le regarder, elle se dirigeait déjà vers la porte.

— Beata, merci beaucoup, pouvez-vous m'envoyer votre document par mail ? demanda-t-elle par-dessus son épaule.

— Oui, bien sûr.

Vincent et Beata se serrèrent la main alors que Mina sortait sur le palier.

Quand Vincent quitta l'appartement, Mina se trouvait déjà à l'étage en dessous. En descendant les escaliers, il vérifia par habitude les notifications de son téléphone. Un des messages le fit sursauter. Puis il se mit à dévaler les marches quatre à quatre.

— Attends ! cria-t-il. Mina, attends !

Il la rattrapa au niveau de la porte d'entrée. Il lui montra son téléphone.

— Pour le déjeuner, c'est loupé. Regarde.

— Quoi ?

Mina s'approcha pour voir.

— Bon sang. Mauro.

Les grandes lettres noires de l'intitulé à l'écran leur sautaient aux yeux.

*L'homme suspecté des meurtres d'enfants déjà condamné pour abus sur mineur.*

Mina tapotait des doigts sur la table, irritée. Elle et Vincent étaient rentrés directement à l'hôtel de police, le ventre vide. Elle aurait dû le laisser l'inviter à déjeuner quand même, sur la route, ça lui aurait peut-être évité d'être à ce point énervée.

— Pourquoi nous ne savions pas ça ? demanda-t-elle.

— Parce qu'il avait dix-sept ans au moment des faits, dit Julia. Il était lui-même mineur. Ça a été rayé de son casier judiciaire depuis longtemps.

— Mais comment les journaux arrivent à déterrer ce genre de choses ? demanda Mina. Ils ont le droit de le publier ?

— Ça n'a plus beaucoup d'importance maintenant, non ? dit Ruben qui semblait tout aussi échaudé. Ce qui compte, c'est que c'est vrai. Et logique. Les types comme ça, ils s'y mettent pas tout d'un coup, un jour, au cours de leur vie d'adulte. Ils commencent beaucoup plus tôt.

— Mais il y a trop de choses qui ne collent pas ! dit Mina en regardant ses collègues autour de la table avec frustration. En plus, il nie toujours toute implication dans l'affaire.

— Évidemment qu'il nie ! cracha Ruben.

— Mais même avec ces nouvelles données, je doute que nous pourrons le garder encore longtemps, dit Peder.

— Ça ne change rien au fait que les vêtements d'Ossian ont été retrouvés dans son restaurant, dit Julia. Cachés, par-dessus le marché. Et maintenant, on découvre cette condamnation ancienne. Moi, je suis du côté de Ruben.

— Les vêtements étaient cachés dans une citerne dans les toilettes, dit Mina. S'il faut les considérer comme une sorte de trophée, je n'ai encore jamais entendu parler de quelqu'un qui gardait son butin de façon aussi négligée.

— C'est quoi ton expérience, exactement, en matière de tueurs et de trophées ? demanda Ruben, sarcastique. Ce serait quoi, selon toi, une cachette de trophée "correcte" ?

Julia le fusilla du regard, et Ruben leva ostensiblement les yeux au plafond. La chaleur les rendait tous irascibles. En plus, les médias s'étaient comportés comme des requins en eaux déjà rouges même avant cette dernière révélation. L'arrestation de Mauro avait fuité, ce qui n'avait pas allégé les tensions. Ted Hansson, le leader de Sveriges Framtid, n'avait raté aucune occasion, sur les réseaux sociaux et pour tous ceux qui voulaient l'entendre, de rappeler que Mauro n'était pas né en Suède. Cette nouvelle information apportait encore de l'eau à son moulin. Mina n'osait pas penser à ce qui se passerait si les médias apprenaient qu'il y avait désormais quatre enfants en cause.

— Je dis seulement que beaucoup de choses ne collent pas, soupira-t-elle. La cachette des vêtements. Et comment Mauro aurait-il pu récupérer ces vêtements de rechange à l'école sans que personne ne soit au courant ? Ils se trouvaient sûrement dans le casier d'Ossian au vestiaire. Et le témoignage de la petite fille comme quoi c'est une femme qui l'a emmené ? Jenny prétend que Mauro a un complice, mais personne dans son entourage ne correspond au signalement. Nous avons tenu pour crédible le témoignage de la fillette, nous n'avons aucune raison de le remettre en cause maintenant, juste parce que nous voulons absolument enfoncer un cube dans un trou rond. Je ne vois pas non plus quel serait le lien entre Mauro et Ossian et William, ni avec la victime trouvée à Fatbursparken mardi. Milda a confirmé avoir trouvé les mêmes fibres et les mêmes marques. Pourquoi est-ce qu'il s'en serait pris à eux, spécifiquement ? Pour brouiller les pistes ? Un peu excessif, non ? Ou pensez-vous qu'il a commencé avec sa propre fille, pour ensuite continuer avec d'autres enfants, choisis au hasard ? À ce jour, vous avez tous rencontré Mauro. Vous trouvez réellement que toute cette histoire tient la route ? Il faut qu'on en sache plus sur la condamnation d'autrefois. Vous savez aussi bien que moi que parfois les choses ne sont pas aussi évidentes qu'elles en ont l'air. Vincent, dis quelque chose !

Elle se tourna vers le mentaliste qui était jusqu'ici resté silencieux.

— Je ne peux pas me prononcer, dit-il en se tortillant. Désolé. Je n'ai rien à dire concernant Mauro. Je ne l'ai pas rencontré. Mais d'après ce que j'entends, je suis de ton côté. Tout ça ne semble pas coller.

— Il se range du côté de Mina, quelle surprise, soupira Ruben.

— Si ce n'est *pas* Mauro, intervint Peder en tirant sur sa barbe, il nous faudrait cependant trouver d'autres explications à certaines coïncidences bizarres à son sujet. Il y a plusieurs éléments. L'histoire des chevaux par exemple, comme disait Vincent.

— Explique-toi, dit Mina.

Peder montra l'édition du jour d'*Aftonbladet* sur la table, première page en vue.

*Cavalier de compétition en garde à vue pour les meurtres d'enfants*, disait le gros titre, illustré par une photo de Mauro, une barre noire au niveau des yeux.

Mina sursauta. Cavalier de compétition. Les coupes sur les étagères de Mauro lui revinrent à l'esprit. Il l'avait dit lui-même. "J'étais très sportif dans ma jeunesse. Je faisais un peu de tout, de l'équitation à l'escrime."

Elle était allée chez lui, elle avait eu son passé sous les yeux. Tous ces trophées gravés d'images de chevaux. Elle aurait dû faire le lien depuis plusieurs jours déjà. Comment avait-elle pu passer à côté ? Cela dit, il s'agissait de la jeunesse de Mauro, des décennies plus tôt. Évoquée par une simple phrase dans l'entrée de sa maison. Mauro n'était pas non plus le seul au monde à s'intéresser aux chevaux. Qu'elle ne l'ait pas relevé n'était pas si étrange.

Peder fit le tour de la table du regard, dubitatif.

— Je trouve quand même que c'est un peu curieux, dit-il. Que notre suspect vienne du milieu des chevaux, et que nous ayons toujours ces histoires de… chevaux… qui surgissent, d'après vous deux. Ce serait dû au hasard, selon vous ? Pour moi, c'est le contraire, j'y vois une confirmation des preuves contre Mauro.

— Un grand nombre de gens dans ce pays ont été passionnés par les chevaux à un moment ou un autre dans leur vie, dit Mina en faisant de grands gestes des mains. Quand j'étais petite, la moitié des filles dans ma classe faisaient du cheval.

— Oui, mais quand même, répondit Peder, visiblement mal à l'aise dans cette situation inhabituelle d'opposition à Mina.

— Tu as raison, dit Vincent. Il y a de toute évidence un lien entre Mauro et les chevaux. Et un lien évident entre les chevaux et les meurtres. Tant pour ce qui concerne les échecs que pour les objets trouvés. Mais Mina a raison, elle aussi. L'association équestre suédoise compte cent cinquante-cinq mille membres. Beaucoup d'autres personnes que Mauro ont un lien avec les chevaux.

Julia leva les sourcils.

— Je viens de le vérifier, dit Vincent sur un ton d'excuse.

— En plus, Mauro a un alibi, dit Mina.

— Oui, mais son alibi, c'est sa femme, objecta Julia. Alors, on ne peut ni partir du principe qu'elle dit la vérité, ni qu'elle ment.

Bosse se traîna depuis son bol d'eau dans le coin jusqu'à Christer qui le gratta derrière les oreilles.

— Je trouve quand même que Mina n'a pas tort…, hésita-t-il.

Julia se tourna vers Adam, qui se tenait appuyé contre le mur, bras croisés.

— Et toi, qu'est-ce que t'en penses ?

Il observa un moment de réflexion avant de répondre.

— Je vois les deux côtés, dit-il enfin. Je suis d'accord avec Mina sur tous les points qu'elle soulève. Mais en même temps, une preuve matérielle… ben c'est du concret. Quelle autre explication plausible pourrait-il y avoir au fait que Mauro détenait des vêtements appartenant à Ossian ? Et en ce qui concerne l'endroit étrange où ils étaient cachés, on peut peut-être trouver une explication raisonnable. Il les avait peut-être cachés à un autre endroit plus accessible et a dû les déplacer dans la panique.

— Il faut que je parle à Mauro, dit Mina en cherchant du regard l'approbation de Julia. Et Vincent doit venir avec moi.

Au bout d'un court instant d'hésitation, sa cheffe acquiesça.

— Moi, l'équitation et les vêtements, ça me suffit, dit Ruben, agacé, en feuilletant distraitement *Expressen*. En plus de la condamnation pour abus sur mineur. Pour moi, c'est plié. On l'a, notre homme.

— Je ne comprends rien à tout ça.

Mauro avait l'air exténué après ces quelques jours en détention. Les néons étiraient les ombres longues de leurs chaises à travers la petite pièce froide, et les vêtements pénitentiaires verts donnaient un aspect maladif à son visage. Mina était assise face à lui. Vincent s'était installé sur une chaise contre le mur, pour pouvoir mieux observer la conversation.

— Quelqu'un a dû y placer les vêtements, continua Mauro. Jenny, ça ne peut être que Jenny.

— Elle a un alibi. Et aucun rapport avec Ossian, répondit Mina. Il y a d'autres circonstances aggravantes en plus des vêtements trouvés dans votre restaurant.

Elle évitait scrupuleusement de toucher la table. Elle ne pouvait pas se permettre de sortir ses lingettes humides en cours d'un interrogatoire. Elle gardait ses mains sur ses genoux et essayait de faire abstraction du siège sur lequel elle était assise, qu'elle n'avait pas pu nettoyer non plus.

— Quoi ? Il ne peut rien y avoir d'autre. Puisque je n'ai rien fait. Je n'aurais jamais pu…

— Que s'est-il passé quand vous aviez dix-sept ans ? le coupa-t-elle.

Le visage de Mauro s'effondra.

— Quoi ? C'est… Comment…

— Vous comprenez qu'on se demande pourquoi vous avez omis de nous informer de la condamnation dont vous avez fait l'objet dans votre jeunesse ? J'ai lu les comptes rendus de tous les interrogatoires que vous avez subis ces derniers temps. Rien, nulle part, à ce sujet.

— Personne ne m'a demandé, répondit Mauro en écartant les bras.

— Ne jouez pas au con, vous savez très bien que c'est de la plus haute importance, compte tenu des circonstances. Le sujet n'a pas été abordé dans le litige concernant la garde de la petite ? Jenny n'était pas au courant ?

— Non, dit Mauro à voix basse. Non, elle n'était pas au courant. Elle s'en serait servie contre moi, évidemment. Mais ce n'est pas… ce n'est pas ce que vous pensez.

— C'est comment, alors ? demanda Mina.

— Je n'ai pas abusé d'elle, dit Mauro. Nous étions ensemble. J'avais dix-sept ans, elle en avait quatorze. C'était réciproque et consenti, dit Mauro. Elle faisait de l'équitation dans le même club que moi. Mais ses parents n'étaient pas d'accord. Je n'étais pas assez bien pour leur fille, et pas assez suédois non plus…

— Elle l'a dit lors du procès ? Que vous étiez d'accord tous les deux ?

Mauro eut un rictus malheureux.

— Non, ses parents lui ont promis un nouveau cheval si elle changeait de discours. Elle avait envie de ce cheval depuis tellement longtemps.

Mauro se tut. Il croisa les bras sur sa poitrine, serrés, en enfonçant les mains sous les aisselles. Il fixait le plateau de la table, découragé. Mina jeta un coup d'œil à Vincent qui hocha la tête imperceptiblement. Mauro disait la vérité, apparemment.

Ils restèrent silencieux un petit moment. On n'entendait plus que le souffle d'un ventilateur.

— Il faut aussi qu'on parle des chevaux, dit-elle.

— Des chevaux ?

— Oui. Une piste dans l'enquête concerne… les chevaux. Vous comprenez que ce n'est pas à votre avantage, avec votre passé lié aux chevaux.

— Je suis loin d'être le seul à avoir un passé lié aux chevaux.

— Je sais. Vous êtes au moins cent cinquante-cinq mille.

Du coin de l'œil, elle vit Vincent esquisser un sourire.

— Comment en êtes-vous arrivé à faire de l'équitation ? C'est assez inhabituel pour un jeune garçon, non ?

Mauro hésita.

— Inhabituel, c'est peu dire, dit-il enfin. Quatre-vingt-dix pour cent des gens qui font du cheval sont des filles. C'est ma mère qui le voulait. Elle a grandi dans un haras en Italie et adorait les chevaux, alors un été elle m'a envoyé en camp d'équitation. Elle avait probablement aussi dans l'idée de me faire voir autre chose que du béton et de l'asphalte. J'ai aimé dès le premier instant. En plus, j'avais comme un don avec les chevaux. Voilà comment ça s'est passé. Mes parents n'ont pas seulement investi leur temps et leur enthousiasme, ils ont aussi économisé sou après sou pour que je puisse concourir.

Mina fut touchée par sa manière d'évoquer ses parents. Les siens n'étaient pas comme ça. Et elle-même n'avait pas été comme ça en tant que parent. Elle se leva.

— Vous allez devoir rester ici encore un moment. Mais je vous promets de vérifier vos déclarations.

— Merci, dit Mauro.

— Une dernière question, dit Vincent en se levant à son tour. E4, e5. Ouverture italienne. Quelle tactique vous adopteriez ?

Mauro eut l'air perplexe. Son regard allait de Vincent à Mina.

— Comment je… ? Quoi ? Désolé, je n'y connais rien en foot. Pourquoi vous me posez cette question ?

— Oubliez ça, dit Vincent. Je me suis trompé.

Mina ouvrit la porte, laissant Vincent sortir en premier.

— Il n'y connaît rien aux échecs, chuchota Vincent en passant devant elle.

La dernière chose qu'elle vit de Mauro fut son regard à nouveau éteint.

Le bourdonnement du ventilateur restait le seul son qui s'échappait de la pièce froide.

Ruben dévisagea avec dégoût la face triomphante de Ted Hansson sur la télé de la salle de réunion. La récente conférence de presse était un succès, plusieurs extraits avec le leader de Sveriges Framtid avaient fait le tour du web. Quand Ted Hansson annonça qu'il avait du nouveau, les médias sautèrent sur l'occasion. Cette fois-ci, les informations de TV4 furent les premières sur place pour l'interviewer en direct.

Ruben était prêt à jurer qu'il serait question de Mauro. Il ne s'était pas donné la peine de prévenir les autres, ils étaient tous occupés, et il ne voyait pas ce que Hansson pourrait dire de nouveau qui les intéresserait. Si besoin, ils regarderaient plus tard. Ce qui était certain, c'est que ce nouveau passage à la télé leur compliquerait la vie, qu'ils le veuillent ou non.

Jenny, la maman de Lilly, se trouvait à nouveau aux côtés du dirigeant politique. Ils étaient sur la place de Mynttorget devant le Parlement. Ted pensait paraître plus proche des gens en se faisant filmer à l'extérieur. La joie mauvaise sur leurs deux visages était palpable.

Ruben feuilletait l'*Aftonbladet* du jour tout en gardant un œil sur ce qui se passait à l'écran. Non pas qu'il ait le moindre doute sur la culpabilité de Mauro Meyer. Contrairement à Mina, il était d'avis que si on entend un bruit de sabots, c'est plus probablement un cheval qui passe, et pas un zèbre. Mais la façon dont tant Ted Hansson que Jenny Holmgren se délectaient de ce qui se passait lui donnait un profond sentiment de répulsion.

— Nous sommes soulagés et pleins de gratitude de savoir que la vérité éclate enfin au grand jour. Mauro Meyer est un agresseur. Comme le dit Jenny, la maman de Lilly, depuis trop longtemps ignorée par la police, c'est un être abject qui abuse d'enfants innocents. Un prédateur qui ne doit pas se promener en toute liberté dans les rues de notre Suède. Nous attendons avec impatience que justice soit faite, et que Jenny obtienne enfin réparation pour sa fille pour qui elle se bat depuis si longtemps.

Ted posa son bras autour des épaules de Jenny qui essuya une invisible larme au coin de son œil.

Ruben renifla. Il ne comprenait pas comment les médias pouvaient décemment accorder tant d'espace à ce cinéma.

— Je voudrais vous remercier pour l'énorme soutien que je reçois depuis que la vérité a enfin été révélée, dit Jenny. J'ai hâte de voir Mauro condamné comme il le mérite. Je sais que quelque part au ciel, ma petite Lilly me sourit, heureuse et reconnaissante parce que je n'ai jamais renoncé à me battre pour elle.

Jenny essuya une nouvelle larme invisible. La main de Ted serrait son épaule au point qu'on aurait dit une serre de rapace. Ruben se détourna et replongea dans l'*Aftonbladet*. Leurs voix étaient déjà pénibles, pas la peine de subir en plus l'aspect visuel.

Il s'arrêta sur la double page centrale que le journal avait consacrée à un grand entretien avec Jenny. Les photos avaient été prises chez elle, pour rendre l'histoire plus intime. Sur l'une d'entre elles, Jenny était assise dans un canapé, elle tenait une photo de Lilly tandis que d'autres photos étaient alignées sur une commode derrière elle.

Ruben se pencha soudain en avant. Il approcha son visage de la photo et l'inspecta attentivement. Puis il se mit à jurer.

— Bordel de merde. Putain de bordel de merde. Mina a raison. C'est pas Mauro.

Il n'arrivait pas à détacher ses yeux d'une grande photo encadrée, juste derrière Jenny. C'était un portrait d'elle en compagnie d'un visage familier. Ruben se tourna vers la télé et ricana. Ce Ted Hansson allait bientôt être obligé de rabattre son caquet.

Vincent faisait de son mieux pour paraître indifférent dans l'ascenseur. Il avait quitté l'hôtel de police pour réfléchir. Leurs discussions concernant les chevaux lui avaient rappelé qu'ils n'avaient pour le moment aucun lien en quoi que ce soit avec le dernier corps découvert. Il n'avait pas non plus résolu l'énigme des voitures Lego. Il avait donc décidé d'aller à pied jusqu'à la mairie de Stockholm à la recherche d'un peu plus de perspectives, littéralement.

Il ferma les yeux et essaya de s'imaginer faisant la queue à la caisse du supermarché au lieu de se trouver dans cette petite boîte qui escaladait la tour. Les autres personnes entassées autour de lui étayaient son illusion. Quand les portes s'ouvrirent et que les touristes se ruèrent dehors, il recommença à respirer.

Il sortit de l'ascenseur en dernier et regarda autour de lui. Il n'était qu'à mi-chemin de la tour, l'ascenseur les avait déposés devant ce qui ressemblait à un petit musée.

— *Entschuldigung** !

Une famille allemande dont les garçons portaient des casquettes à hélice aux couleurs du drapeau suédois jouait des coudes autour de lui.

* "Pardon !"

— *Bitte**, murmura-t-il en cherchant des yeux la porte qui menait à la plate-forme panoramique.

Il arrivait mieux à penser quand il y avait de l'espace autour de lui. De grandes distances. Voir la capitale d'en haut l'aidait toujours quand il cherchait à envisager les choses différemment. Il pouvait se perdre dans le réseau des rues, l'emplacement des parcs et des bâtiments publics, identifier des liaisons et des connexions que ceux qui marchaient en bas, entre les immeubles, n'avaient aucune chance de distinguer.

Il lui était impossible de voir quelle image se dessinait tant qu'il se déplaçait lui-même au niveau des pièces du puzzle. Le cerveau a besoin d'aide pour prendre de la distance.

Il trouva l'escalier et mesura du regard ce qui l'attendait. Les marches serpentaient vers les hauteurs à l'intérieur de la tour étroite. La ressemblance avec les escaliers dans le film d'Alfred Hitchcock *Sueurs froides* était frappante. L'ascenseur, c'était déjà une chose, ici, c'en était encore une autre. Et en plus, ça grouillait de monde. Il n'était pas sûr d'y arriver.

L'hôtel de ville était pratique puisque à distance de marche de l'hôtel de police. Il n'avait aucune envie de retourner à son ancien point de vue panoramique, le restaurant Gondolen. Il n'y avait plus remis les pieds depuis deux ans, depuis ce malheureux rendez-vous avec son ex-femme Ulrika. Quand ils avaient… Non, inutile d'y repenser. Il lui faudrait sans doute attendre que l'ensemble du personnel soit parti à la retraite avant d'envisager y retourner.

Il posa le pied sur la première marche en essayant de ne pas penser à la proximité des murs, et entama l'ascension. Il y avait trois cent soixante-cinq marches en tout. Autant

* "Il n'y a pas de quoi."

que de jours dans l'année. La tour faisait cent six mètres de haut et l'ascenseur menait jusqu'à mi-hauteur, à peu près, jusqu'à cinquante-quatre mètres. Il restait cinquante-deux mètres à monter à pied. Comme le nombre de semaines en une année. Était-ce le hasard que le nombre de marches et le nombre de mètres correspondent tous les deux à une année du calendrier ? Bien sûr que non.

Pour se détendre, il prit son téléphone et trouva les photos des deux modèles de Lego trouvés dans Fatbursparken, tout en montant lentement les marches. C'était dans l'espoir d'en percer le mystère qu'il était venu ici. Parce que Milda pouvait se tromper. Il n'était pas aussi sûr qu'elle qu'il s'agisse de jouets appartenant à la victime.

Une voiture de course bleue et une dépanneuse rouge. Si innocent. Et pourtant si chargé de sens.

Et si c'était seulement lui qui, une fois de plus, voyait du sens là où il n'y en avait pas ? Ça lui arrivait de plus en plus souvent, se dit-il tout en montant lentement vers le sommet. Combien de chances y avait-il pour qu'il pense à des Lego et à la couleur vert mousse en même temps, comme il y avait quelques jours, et que la police trouve ensuite des Lego sous de l'herbe vert foncé, à un endroit qu'il leur avait indiqué, lui ? C'était presque comme si c'était lui qui avait caché les jouets à cet endroit-là. Alors que ce n'était évidemment pas le cas. Parfois, des choses insensées se produisent complètement par hasard, mais il détestait ces occurrences.

Il s'arrêta pour reprendre son souffle. Il restait encore beaucoup de marches.

Il avait reconnu la voiture bleue. Il pensait qu'il allait se souvenir d'où, mais ce n'était pas encore le cas. Il regarda à nouveau les photos. Sur le côté de la voiture, il y avait un autocollant usé. Il zooma autant que possible et parvint à identifier les lettres *drift*.

Tout en se remettant en marche, il tapa "Lego drift" dans Google. Pourquoi pas, puisqu'il s'agissait d'une voiture. La recherche lui proposa un certain nombre de voitures Lego, mais pas la bonne. Il examina à nouveau l'autocollant. En fait, le mot ne commençait pas par *d*, il y avait une autre lettre devant, presque effacée. Impossible de voir de quelle lettre il s'agissait, mais il n'y avait pas tant de possibilités que ça. Il tenta une recherche avec "Lego Adrift". Bingo. L'écran se remplit d'images de la voiture trouvée dans le parc. Tant des photos publicitaires que des instructions de montage et le numéro de série.

Et il comprit instantanément pourquoi cette voiture lui était si familière. Elle faisait partie d'une série, Lego Racers, qui était fabriquée quand Benjamin était petit. Benjamin avait eu la même voiture de course bleue, il l'avait reçue en même temps que la boîte à briques à laquelle Vincent avait pensé récemment.

Il était enfin arrivé en haut et sortit sur la plate-forme panoramique. La ville de Stockholm s'étalait à ses pieds dans toute sa splendeur estivale, mais il n'arrivait plus à se concentrer sur la vue. Les morceaux avaient déjà commencé à s'assembler dans son cerveau. Il sortit un stylo à encre, mais faute de papier, il dut se rabattre sur le dos de sa main. Il nota ce qu'il avait trouvé jusqu'à présent.

*Lego Racers. 8151. Lego Adrift.*

*Lego Classic. 6116. Boîte à briques.*

Il réfléchit un moment, puis raya la deuxième ligne. La boîte à briques de Benjamin ne pouvait pas avoir de rapport avec cette affaire. Mais la voiture rouge était de la même taille que la bleue et faisait probablement partie de la même série. Il examina de près la rouge sur les photos dans son téléphone et découvrit un autocollant presque effacé sur celle-ci aussi. *Tow T*, lut-il. Une recherche avec "Lego Racers Tow Truck" fit sortir les instructions de montage de la voiture rouge du premier coup. Enfin un peu de résultat. Il nota cette nouvelle information.

*Lego Racers. 8151. Lego Adrift.*

~~*Lego Classic. 6116. Boîte à briques.*~~

*Lego Racers. 8195. Tow Truck.*

Il ne restait plus qu'à trouver la signification de tout ça.

Il regarda par-dessus l'eau, en direction de Södermalm. Vers l'est, il distinguait les arbres touffus de Långholmen, l'île pénitentiaire dont la prison avait été transformée en hôtel. De l'eau partout où il regardait. De l'eau et des enfants morts.

*Adrift. Truck.*

Le lien avec les Lego de Benjamin lui apprenait au moins une chose. La voiture rouge était un peu plus récente que la bleue, mais il s'agissait de modèles qui n'étaient plus commercialisés depuis au moins dix ans. Et ce type de petits modèles était rare sur le marché de l'occasion. S'il partait du principe qu'il s'agissait d'un message de la part du meurtrier, ce dernier avait donc planifié le meurtre de l'enfant de Fatbursparken depuis très longtemps. Que cela signifiait-il ? Comment peut-on prévoir de tuer quelqu'un qui n'existe pas encore ? C'était sûrement une question très importante. Mais à laquelle il n'avait pas besoin de trouver réponse à ce moment précis.

En l'absence de lien avec le cheval, pas moyen de savoir si ce corps a un rapport avec la théorie des échecs, ou si ce n'est qu'une victime tragique. Les voitures Lego n'étaient peut-être pas, après tout, des pistes habilement placées par un meurtrier accro aux jeux. Il n'avait rien constaté d'inhabituel sur ces voitures. Elles avaient l'air d'avoir été montées en respectant scrupuleusement le mode d'emploi. Milda avait peut-être raison, c'était tout simplement ce que l'enfant avait dans la main au moment où il avait été tué.

Mais Vincent n'y croyait pas.

Les enfants aux casquettes à hélice déboulèrent près de lui, criant quelque chose en allemand. Il se pressa contre la balustrade pour les laisser passer. Loin en dessous, les gens prenaient des bains de soleil sur les pelouses. Et si ce n'était pas dans l'objet même qu'il fallait chercher, mais dans le nom des jouets ? Les mots ne donnaient rien, mais il tenta une traduction des numéros des articles en lettres, dans le même ordre que celui du lancement des articles. Les chiffres 8 1 5 1 8 1 9 5 donnaient les lettres H A E A H A I E. Ce qui n'avait aucun sens.

Mais l'alphabet avait bien sûr plus de neuf lettres. Pour atteindre celles qui se trouvaient plus loin, il fallait regrouper les chiffres par paires. Il recommença. Les deux premières lettres donnèrent 81... Et si la première lettre était le 8, ça donnait un H. Alors les deux suivantes donnaient 15, cette fois-ci traduisible en lettre, à savoir le O. Tout comme 18, qui correspondait à R. Et 19 était S. Il ne restait plus que le 5, qui serait alors un E.

Il regarda, ébahi, les lettres inscrites sur sa main.

HORSE.

Cheval.

*Turagapadabandha*, "en fonction du mouvement du cavalier".

Le problème du cavalier. Il avait raison depuis le début.

Les touristes allemands étaient plus bruyants que jamais.

— Vous avez conscience de ce que vous avez fait ?

La voix de Ruben tremblait de colère. La plupart du temps, il parvenait à contrôler ses émotions au boulot. Mais cette fois-ci, la bêtise dépassait les bornes, et de loin. Julia et lui s'étaient rendus à Mynttorget aussi vite que possible. Ils étaient arrivés au moment où l'entretien de TV4 se terminait. Quand ils avaient demandé à parler avec Jenny Holmgren, Ted Hansson s'était aussitôt volatilisé, et Ruben en avait déduit qu'il n'avait pas du tout envie d'être aperçu à proximité des forces de l'ordre. Les caméras avaient attiré pas mal de monde. Un bon divertissement du vendredi soir pour les touristes.

Ils avaient demandé à Jenny de les suivre jusqu'à l'hôtel de police, en lui faisant comprendre qu'elle n'avait pas le choix. Jenny avait été assez maligne pour éviter de faire une scène.

Mais son attitude détachée avait changé à l'instant où elle avait passé la porte de la salle d'interrogatoire, remplacée par un agacement plein de mépris.

— Je ne vois vraiment pas où vous voulez en venir, dit-elle. Et ça me dépasse totalement que vous puissiez être indélicat au point de venir me chercher en voiture de police devant tout le monde. Je devrais porter plainte. Faut bien que je défende ma réputation. Et ce pauvre Ted, que vont penser les gens ? Je parie que c'est encore Mauro qui vous influence avec ses mensonges. Tout le monde se laisse séduire par ses apparences charmeuses. C'est fou ce que vous pouvez être crédules.

Ruben échangea un regard avec Julia à côté de lui. La rougeur de ses oreilles était la preuve qu'elle était au moins aussi énervée que lui. Ils n'avaient pas besoin de crétins qui leur fassent perdre du temps. Matte Skoglund avait déjà été arrêté pour le cambriolage chez les parents d'Ossian. Il n'avait même pas eu le courage de nier quand ils étaient venus le chercher.

— Je vous conseille de bien réfléchir avant de vous enfoncer davantage, dit Julia d'une voix mielleuse.

Pour la première fois, une lueur d'inquiétude apparut dans les yeux de Jenny.

— L'un de nos collègues s'occupe déjà de votre frère Matte, continua Julia sur le même ton faussement doux. Ils viennent d'entrer dans une autre salle d'interrogatoire. Je me demande ce qu'il va bien pouvoir nous raconter. Surtout si mon collègue commence à lui parler d'allègement de peine.

Les yeux de Jenny brillaient d'un mélange de colère et de terreur. Ils l'avaient coincée. Et elle le savait.

— Il faut pas croire un mot de ce que raconte Matte, dit-elle en balayant l'air de sa main. Vous êtes bien placés pour le savoir. Son passé, c'est prison, drogues, vols, abus de toutes sortes. Dites-moi ce dont Matte n'est pas coupable.

— On est au courant, répondit Ruben. Il est surtout spécialisé dans le domaine du vol, comme vous le mentionnez.

Il poussa quelques photos vers Jenny.

— Voici des objets qu'il a mis en gage. Devinez d'où ça vient ?

Jenny jura.

— J'ai dit à cet imbécile de s'en débarrasser.

— Compte tenu de cette déclaration, je propose qu'on arrête de faire semblant, reprit Julia. Vous savez que ces objets appartiennent aux parents d'Ossian. Nous leur avons demandé de vérifier les vêtements d'Ossian, et ils ont constaté que plusieurs habits manquaient. La description de ces vêtements correspond à ceux trouvés dans la citerne des toilettes du restaurant de votre ex-mari.

— C'est sûrement que Mauro a pris les habits du gamin quand il l'a enlevé de la maternelle.

— C'est ce que nous croyions aussi. Mais les vêtements de rechange d'Ossian étaient restés dans son sac à dos à la maison. Et les vêtements retrouvés au restaurant ont disparu de chez Ossian au moment du cambriolage. Drôle de coïncidence, non ?

Jenny gardait maintenant les yeux baissés.

— Nous avons lavé Mauro de tout soupçon, dit Ruben sans arriver à cacher sa satisfaction. On l'a relâché, il est en train de rentrer chez lui. Vous savez que sa famille vient de s'agrandir ?

— Par contre, vous et votre frère, on vous garde, annonça Julia en se levant. Pour un bon petit paquet de chefs d'accusation. On a du vol et du recel, un peu de diffamation… même une entrave à l'exercice de la justice.

— Vous ne pouvez pas me faire ça, j'ai des amis haut placés, ils vont…

— Vous faites allusion à votre petit camarade Ted Hansson ? coupa Julia. Le leader de Sveriges Framtid ? Je parie que dans deux jours, il va vous larguer comme une pestiférée. Les médias vont le bouffer tout cru à cause de vous. Désolé, votre quart d'heure sous les projecteurs vient de prendre fin.

— Salope, siffla Jenny.

Julia se figea, puis se pencha par-dessus la table en approchant son visage de celui de Jenny.

— Vous pouvez répéter ça ? En gardant à l'esprit que vous parlez à un officier de police.

Jenny baissa les yeux.

— Il me semblait bien, dit Julia. Bon week-end.

Quand Ruben et Julia quittèrent la salle. Le regard boudeur de Jenny errait dans le vide devant elle.

— Bien joué, Ruben, fit Julia.

Il fut si surpris qu'il se contenta de hocher la tête.

La grand-mère de Nathalie, assise dans le coin canapés et fauteuils qu'ils avaient installé à l'ombre des arbres, semblait soucieuse. Elle parcourait un document, encore et encore.

— Quelque chose ne va pas ? demanda Nathalie en s'approchant, inquiète.

— On est à court d'argent, répondit Ines en déposant la feuille qui ressemblait à une facture. La rénovation a été plus coûteuse que prévu. Et nous avons plus de bouches à nourrir. Je ne sais même pas si nous allons pouvoir rester ici, à la ferme.

Nathalie reçut ces mots comme une gifle. Elle se laissa tomber lourdement dans le fauteuil à côté de sa grand-mère.

— Pas rester ? dit-elle. Mais… mais… j'irai où, alors ?

Ines haussa les épaules, résignée.

— La plupart des gens ici ont été très généreux et ont participé avec tout l'argent dont ils pouvaient se passer. Mais ce n'est pas assez. Et je ne veux rien te réclamer à toi, tu es trop jeune. De toute façon, ça ne changerait pas grand-chose. Il nous en manque beaucoup.

Nathalie avait honte. Comment avait-elle pu être si égoïste ? Elle avait vécu sur le dos des autres, sans même y penser. Elle aurait dû se rendre compte, l'argent devait bien venir de quelque part. Elle voulait montrer à sa grand-mère qu'elle n'était pas une gamine écervelée, et qu'elle se sentait aussi concernée que les autres. Mais les mots ne suffiraient pas. Il fallait qu'elle aide. Et elle savait comment.

— Mon père et moi, on a de l'argent à la maison, dit-elle. J'ai un mini-coffre au trésor de pirates dans ma chambre. Quand je reçois des sous en cadeaux, je les cache dans le coffre. Et mon père y dépose aussi de l'argent de temps en temps. Quand il y en aura assez, on partira en vacances avec nos sous de pirates, c'est ce qu'il dit. Je pense qu'il y a au moins dix mille couronnes. On peut aller les chercher.

Sa grand-mère la fixait, les yeux tout ronds. Puis elle sourit.

— Tu es sûre ? demanda-t-elle. Ça nous aiderait beaucoup, et ce serait une occasion de montrer aux autres ce que tu vaux vraiment… Mais ça fait beaucoup d'argent. *Ton* argent.

— Qu'est-ce que tu veux dire, ce que je vaux vraiment ?

— Pardon, je n'aurais pas dû dire ça comme ça, dit Ines en lui prenant la main. Mais c'est que les autres se posent des questions, parfois. Il y en a qui pensent que tu bénéficies d'un traitement de faveur parce que je suis ta grand-mère.

Si Nathalie n'avait pas été complètement déterminée jusqu'alors, elle l'était maintenant.

— Je veux donner cet argent, affirma-t-elle. Je voudrais qu'on aille le chercher tout de suite.

Sa grand-mère sourit à nouveau, ce sourire si chaleureux et rassurant. Son sourire qui démontrait combien tout dans ce monde était bien, et bon.

— On va attendre que Karl soit disponible, dit-elle. On pourrait avoir besoin d'un homme costaud. Ton père, ce n'est pas n'importe qui.

Christer entra dans le restaurant Ulla Winbladh et essuya d'un revers de manche la sueur de son front. Il y venait tous les samedis depuis un certain temps, sauf ces deux dernières semaines parce qu'il avait été trop pris par l'affaire Ossian. Il examina la grande salle de Djurgården, aux murs chargés de traditions. Dès sa deuxième visite, il avait décidé que la petite table pour deux dans le coin à gauche serait la sienne. Une fois, un jeune couple l'occupait à son arrivée, et il avait dû se rabattre sur celle d'à côté. Il avait passé son déjeuner à leur envoyer des regards de reproche, mais discrètement, pour qu'ils ne s'en rendent pas compte. C'était plus pour lui-même – les jeunes en question ne pouvaient pas savoir que c'était *sa* table.

— Ça alors ! Le fils prodigue est de retour !

Le serveur en chef s'illumina en voyant Christer, ce qui lui réchauffa le cœur. Pourvu qu'il ne se remette pas à transpirer. Il jeta un coup d'œil au serveur et fut frappé, comme d'habitude, par la blondeur de ses cheveux. Ils étaient toujours pareils, sans la moindre touche de gris, ni le moindre signe d'un éventuel changement de teinte.

— Je commençais à me faire du souci, je me disais que vous ne nous aimiez peut-être plus, dit le serveur avec un clin d'œil. Votre table est libre.

Il saisit le menu en passant et devança Christer vers la table. Elle était joliment mise, nappe blanche, couverts en argent, chandelles.

Cette fois-ci, il se lancerait. Il se présenterait, dirait qui il était. Aujourd'hui était le bon jour. Il se le promit. Sans faute.

— C'est que j'ai été très pris, au boulot, marmonna Christer.

— Vous voulez regarder le menu ? Je crains qu'il n'y ait rien de nouveau. On reste sur la même chose ?

Le serveur lui tendit le menu, et Christer s'en saisit en s'installant dos contre le mur. On reste sur la même chose ? C'était qui, ce "on" ? Christer eu un moment de doute, peut-être que le serveur ne le reconnaissait pas, finalement. Il l'avait espéré, et en même temps, c'était trop tôt. Il avait besoin de prendre un peu plus d'élan.

De la fenêtre, la vue était magnifique. Les sentiers grouillaient de gens qui flânaient, certains avec un chien en laisse. Bosse lui manquait. Le chien l'accompagnait normalement partout, sauf ici car le restaurant n'acceptait pas les animaux. Comme il ne voulait pas le laisser dans une voiture surchauffée, Bosse avait dû rester à la maison. La première fois, ça avait coûté à Christer ses chaussures en cuir préférées. La semaine suivante, l'accoudoir gauche de son fauteuil rembourré pour regarder la télé. Mais bon, c'était le prix à payer.

— Voyons voir, marmonna-t-il en s'efforçant de ne pas regarder l'homme qui lui tendait le menu.

Son pouls tapait tellement fort que ça devait s'entendre. Bientôt. Bientôt, il se lancerait.

— Prenez votre temps, il n'y a pas le feu aujourd'hui. La plupart des gens sont partis à la campagne ou dans les îles, on dirait.

Christer grommela quelque chose d'indicible en faisant semblant d'étudier le menu attentivement. Il s'était déjà décidé. Il prendrait du hareng comme d'habitude. Mais il voulait étirer le moment, se donner encore quelques précieuses secondes pour trouver l'ouverture parfaite. Depuis trois mois qu'il venait, ce moment ne s'était pas encore présenté. Ou bien c'était arrivé, mais il n'avait pas su le saisir.

— Dites ? lança l'homme blond en veste blanche.

Il avait été sur le point de repartir en direction de la cuisine, mais s'était retourné. Christer leva les yeux du menu et rencontra son regard. Ses yeux étaient aussi bleus que dans son souvenir.

— Je me suis déjà posé la question, dit le serveur, mais le plus souvent je n'ai pas le temps. Je me disais… on ne s'est pas déjà rencontrés quelque part ? J'ai l'impression de vous reconnaître.

Une légère ride entre les sourcils. Le bleu de ses yeux renforcé par l'angle parfait de la lumière. Le cœur de Christer cognait si fort que toute la salle devait l'entendre et se demander ce qui pouvait bien se passer à la petite table du coin. Mais personne ne se retournait. Personne ne faisait attention au vacarme dans les oreilles de Christer. Il inspira profondément. La voilà, l'ouverture tant attendue.

Enfin.

Mais.

— Je ne crois pas, non, s'entendit-il dire. Allons-y pour du hareng. Avec une Pils.

Il referma le menu et le tendit au serveur. Celui-ci haussa les épaules et se dirigea vers la cuisine pour transmettre la commande. Christer le suivit du regard jusqu'au moment où l'homme disparut en cuisine. Puis il poussa un profond soupir.

La prochaine fois. Ce serait le moment.

La prochaine fois, il s'exprimerait.

Un jour de libre, ce n'est quand même pas trop demander. En plus, un dimanche. Et ils avaient fait du bon boulot en arrêtant Jenny et Matte, et en relâchant Mauro. Ruben estimait qu'il méritait un peu de repos.

Mais il se trompait, apparemment.

Il roulait aussi vite qu'il l'osait. Il avait certes pris une voiture de fonction en pensant à Astrid, et n'avait donc pas besoin de se soucier des limitations de vitesse. Mais si quelqu'un apercevait la fillette sur le siège avant quand il doublait à fond la caisse sur l'autoroute, ça pouvait surprendre. Il espérait que la casquette sur la tête d'Astrid masquerait un peu son jeune âge. Ruben lui-même avait l'impression que ça la grandissait.

C'était typique de la part de Vincent de convoquer une réunion juste au moment où Ruben venait de récupérer Astrid chez Ellinor pour la deuxième fois. "Lâchez tout ce que vous avez dans les mains et soyez là il y a un quart d'heure", avait-il dit. C'est quoi ces manières ! Un dimanche, en plus. D'un autre côté, la dernière fois que Vincent leur avait demandé à tous de venir, c'était l'été deux ans plus tôt. Cette fois-là, le mentaliste avait réussi un tour saisissant : se transformer lui-même en suspect numéro un en moins de vingt minutes. Ruben était curieux de savoir ce qu'il allait inventer cette fois-ci.

— Qu'est-ce que tu roules vite, rit Astrid à côté de lui. On poursuit des voleurs ?

— Presque, répondit Ruben. On va rencontrer quelqu'un qui peut lire dans nos pensées. Il peut te voler tes idées !

Astrid réfléchit un instant avant de répondre.

— On devrait pas mettre le gyrophare, alors ?

Ruben sentit une douce chaleur se répandre à l'intérieur de lui. Au diable le protocole. Sa fille voulait du gyrophare ? Elle avait droit à tous les gyrophares du monde. Il brancha sirènes, alarmes sonores et visuelles, tout l'attirail, et appuya encore plus sur le champignon. Astrid poussait des cris de joie à côté de lui.

Quand ils arrivèrent à l'hôtel de police, la petite salua les réceptionnistes comme s'il n'y avait rien de plus naturel. Ils prirent l'ascenseur et se précipitèrent vers la salle de réunion. Astrid n'avait aucun mal à le suivre. Quand ils firent leur entrée, Ruben ne comprit pas tout de suite pourquoi tout le monde avait l'air si surpris. Il finit par prendre conscience que ce n'était pas lui qu'ils regardaient, mais sa fille.

— Je vous présente Astrid, dit-il. Elle restera avec moi aujourd'hui.

Silence.

— Je ne sais pas si c'est une très bonne…, commença Julia, avant de s'interrompre.

— C'est ta…, murmura Peder dans sa barbe. Je veux dire… tu as…

Puis il se tut, lui aussi.

Vincent se tenait au bout de la salle près du plan de Stockholm, désormais divisé en petits carreaux. Les photos de Lilly, Ossian et William, l'enfant trouvé dans Fatbursparken, avaient été épinglées sur le lieu de leur découverte. Quelqu'un, probablement Vincent, avait tiré des traits entre les photos afin d'illustrer le mouvement de l'assassin.

— Bonjour, Astrid, dit Vincent en souriant à la fille de Ruben. Ravi de te rencontrer. Qu'est-ce que tu ressembles à ton père ! Même sans casquette.

— Ton père ? dit Christer bouche bée.

— Quoi ? siffla Ruben en s'emparant de chaises pour Astrid et lui. C'est bon, vous avez fait le lien ? La belle brochette d'enquêteurs, tiens. Vincent a raison. Vous voyez bien à quel point elle me ressemble. Qui d'autre serait assez beau pour être son père ?

Il tira le plat à biscuits vers Astrid en ignorant les sourires qui se répandaient autour de la table. Même le regard de Mina s'était attendri.

Il ne restait que quelques sablés à la confiture de la veille, mais Astrid se goinfra joyeusement. Julia affichait un sourire d'une oreille à l'autre.

— Tu sais quoi, je connais un Aston qui doit avoir à peu près ton âge, dit Vincent à Astrid. Et vos noms se ressemblent beaucoup.

— Il est ici ? demanda Astrid, pleine d'espoir. On peut jouer ?

Christer pouffa dans sa tasse de café.

— Ben voilà, Ruben, à partir de maintenant, tu pourras aller chez Vincent pour les mercredis après-midi de jeu !

L'idée n'avait pas l'air de plaire à Ruben. Il s'éclaircit la gorge bruyamment.

— Bon, qu'est-ce qui était si urgent ? demanda-t-il. Astrid et moi, on a du pain sur la planche aujourd'hui.

— Tu as raison, dit Julia. Commençons. Qu'est-ce que tu nous amènes, Vincent ? Et Ruben, tu couvres les oreilles d'Astrid si besoin.

— Ça ira, dit-il en ajustant la casquette sur la tête d'Astrid qui se pencha en avant pour attraper encore un biscuit.

— Vous êtes au courant du… de ce que nous avons trouvé dans Fatbursparken, commença Vincent en jetant un œil vers la petite. Nous y avons également trouvé un cheval. Pas un vrai, Astrid. En fait, c'était du Lego contenant un message. Le mot *horse*. Cela confirme ma théorie du problème du cavalier. Cependant, comme vous me l'avez fait remarquer, cela n'exclut pas la théorie de l'eau de Nova. Je crois aussi qu'elle a raison quand elle dit que les responsables montrent des similitudes avec des mouvements sectaires. Trop de… victimes… ont été enlevées par des gens à ce point différents qu'il s'agit très probablement d'un mouvement organisé.

— Pour ce qui concerne la victime de Fatbursparken, n'oublions pas que nous n'avons pas la moindre idée de qui l'a enlevée, lui rappela Christer.

Vincent hocha la tête.

— Parfaitement. Il nous reste à en découvrir plus à ce sujet. Mais d'autres facteurs prouvent qu'il s'agit du même meurtrier.

Astrid ouvrit grand les yeux au mot "meurtrier". Ça lui avait échappé. Mais elle ne dit rien, se contenta de prendre la main de Ruben et de la tenir fermement. S'il n'avait pas déjà été fier de sa fille… Elle ne se laissait pas effrayer. Elle serait la meilleure policière de tous les temps.

— Le problème, c'est que la théorie de Nova ne nous permet pas d'extrapoler quoi que ce soit d'utile. Si un nouveau… si un nouvel événement a lieu, ça nous indique seulement que ça se passera à proximité de l'eau. Ou à un endroit où il y a *eu* de l'eau. Ce qui représente toute la ville. Tandis que le problème du cavalier nous donne au moins un indice sur les endroits potentiels. Alors, si tu es d'accord, Julia, je voudrais vous demander de poursuivre ma piste, au moins jusqu'à ce que vous trouviez mieux.

Vincent posa le doigt sur la case de Lilly, sans attendre de réponse. De là, il suivit la ligne jusqu'à William, puis jusqu'à Fatbursparken, de là jusqu'à Skeppsholmen où Ossian avait été trouvé, et enfin jusqu'à la position suivante.

— Selon ma théorie, le prochain…, nous devrions nous intéresser à Djurgårdsbrunnsviken, dit-il.

— Mais c'est tout un canal, remarqua Peder. Ça fait beaucoup d'eau à fouiller.

Vincent lui décocha un regard sombre.

— Ça ne suffit pas, dit Julia. Tu nous dis où chercher si nous échouons à nouveau. Nous devons intervenir en amont, avant l'enlèvement. Il faut alerter toutes les écoles maternelles. Leur demander d'être encore plus vigilants au moment de la sortie, et ne jamais lâcher un enfant des yeux.

— Pour combien de temps ? demanda Peder. Il s'est passé plus de six mois entre les cas de Lilly et William. Mais beaucoup moins entre William et Fatbursparken, et même Ossian. On dirait qu'il n'y a pas de calendrier. Pendant combien de temps les parents doivent-ils vivre dans la terreur ?

— Les parents en ont déjà assez, dit Ruben en pensant à la femme qu'Adam et lui avaient croisée devant chez Lovis. Ted Hansson récolte des points chaque jour qui passe. Avec ou sans l'aide de Jenny Holmgren.

— Je ne crois pas que des mises en garde soient très utiles, nota Christer avec pessimisme. Les kidnappeurs ont déjoué tout le monde jusqu'ici.

Ruben regarda Astrid. Elle n'avait que quelques années de plus que les enfants dont il était question. Vincent et Nova pensaient qu'il s'agissait de toute une organisation. Il avait du mal à comprendre comment tant de malveillance pouvait se trouver concentrée en un seul endroit. Dans sa ville à lui.

Soudain, il eut du mal à déglutir. Il rajusta la casquette d'Astrid une nouvelle fois. Si jamais quelqu'un touchait ne serait-ce qu'un cheveu de sa tête, Ruben le mettrait en pièces.

Les autres quittèrent la salle. Vincent resta seul devant la carte sur le mur. Il fit glisser sa main sur la surface, suivant le mouvement du cavalier sur l'échiquier. Le déplacement du meurtrier à travers la ville. Quelque chose leur échappait. Il le sentait.

Mina lui parla depuis la porte.

La remarque de Peder le rongeait. Que le temps entre les enlèvements était aléatoire. Quelqu'un qui faisait autant d'efforts de planification et de mise en scène ne laisserait pas l'aspect chronologique au hasard. Tout dans ce monde est confiné dans le temps et l'espace – à un moment précis et un endroit exact. Il y a toujours un quand, et un où. Le motif sur la carte était extrêmement clair en ce qui concernait *où*. Mais ce n'était qu'une pièce du puzzle. Il leur manquait l'autre moitié du motif. Ils ne savaient pas *quand*.

— Vincent ?

Il se retourna. Mina, dans la porte, avait l'air d'attendre une réponse.

— Pardon, dit-il. Tu disais ?

— Je te demandais si tu viens ?

Il rembobina sa mémoire et essaya de retrouver ce qu'elle avait dit. Mais le son de sa voix avait été noyé par ses propres pensées. Il n'y avait pas de souvenir à retrouver. Il baissa les yeux, n'osant pas avouer qu'il ne l'avait pas écoutée.

— C'est pas grave, je sais que tu n'as rien entendu, dit Mina. C'est ça que je voulais te dire. Je crois que tu as besoin de te changer les idées. Viens avec moi.

Il passa la porte qu'elle lui tenait ouverte et ils s'approchèrent de l'ascenseur. Il se sentait mal à l'aise.

— Il faut que tu dises à Maria que tu ne rentres pas tout de suite, dit-elle au moment où les portes s'ouvrirent. Que la réunion dure plus longtemps que prévu ou quelque chose dans le genre.

— D'accord, mais où allons-nous ?

— Nous avons tous les deux besoin de nous vider la tête, répondit-elle en appuyant sur le bouton du parking. Pour mieux fonctionner par la suite. Tu es bien placé pour comprendre ça.

Quand les portent se rouvrirent, Vincent hésita un instant avant de sortir. Il n'aimait pas les ascenseurs, mais les garages en sous-sol lui plaisaient encore moins. Le plafond était toujours beaucoup trop bas à son goût. D'un autre côté, il était soulagé que Mina n'ait pas laissé sa voiture dans la rue, auquel cas ils auraient dû se déplacer dans un sauna ambulant.

Arrivé à la voiture de Mina, Vincent constata que la protection en plastique du siège passager avait disparu, et il se dit qu'elle n'avait pas dû transporter de passager depuis longtemps.

— Tu es sûre que ça ira ? demanda-t-il.

— La protection est dans la boîte à gants, répondit-elle en démarrant. Tu peux la mettre toi-même.

— Tu sais comment parler à un homme, toi, fit-il en riant avant d'obtempérer.

Elle traversa le pont Sankt Eriksbron et continua en direction d'Odenplan. Juste avant la bibliothèque municipale, elle tourna dans une rue transversale et entra dans un garage.

— C'est un peu loin du boulot, dit-elle. Mais c'est l'idée, justement.

En sortant du garage, il vit l'enseigne de la porte à côté. Les lettres ROQ et une tête de mort. Il ne comprenait rien. Où l'emmenait-elle ?

— Je sais, dit Mina en le voyant détailler l'enseigne. J'essaye de venir quand il n'y a pas de groupe qui joue. Je n'ai rien contre la musique, mais tu imagines la quantité de particules de sueur qu'un batteur envoie dans tous les sens ? Si tu veux mon avis, ils devraient jouer dans une cage en verre.

Il suivit Mina à l'intérieur. Il fallut quelques secondes à ses yeux pour s'adapter à l'atmosphère tamisée du local. Ensuite, il constata qu'ils se trouvaient dans une grande pièce où des tables de billard vides étaient alignées.

— Je t'ai déjà dit que j'aime le billard, dit Mina. Je t'invite à une leçon d'humilité. Parce que je vais te mettre la misère. Pour une fois, il serait futile d'essayer d'être le meilleur.

Vincent la fixait, ébahi. Et absolument perplexe. Billard ?

Il avait du mal à imaginer dans une salle de billard cette policière qui n'aimait pas la compagnie des autres et qui paniquait dès que quelqu'un prononçait le mot "bactérie". En même temps, il constatait que la salle était vide. C'était le milieu de l'après-midi. L'endroit étincelait de propreté. Et Mina lui avait effectivement dit qu'elle aimait jouer au billard, mais c'était il y avait une éternité.

— On est de toute façon bloqués dans notre affaire, dit Mina. Continuer à se taper la tête contre les murs n'avance à rien. On sera plus efficaces si on accepte de se focaliser sur tout autre chose pendant un petit moment.

— Salut, Mina ! lança une femme derrière le comptoir du bar.

— Salut, Alice, comment ça va ?

La dénommée Alice portait un débardeur noir par-dessus un blanc, avec le logo de la salle imprimé sur la poitrine, et les cheveux coiffés en un chignon artistiquement négligé. Elle haussa les épaules.

— Tu sais, ce mec, il a juste la tête trop dure parfois. Il me fait avaler de ces couleuvres. La table 8 t'est réservée, comme d'hab.

Alice se pencha derrière son comptoir pour prendre un plateau sur lequel elle posa un flacon de produit de nettoyage et un panier métallique avec des lingettes humides.

— Si ça va trop loin, tu me fais signe, hein ? dit Mina. J'ai quelques collègues qui pourront lui expliquer la situation.

Elle prit le plateau et se dirigea vers sa table. Vincent n'avait pas d'autre choix que de la suivre.

— Bon, explique-moi tout, dit-il. Ce n'est pas pour être terre à terre, mais on va d'abord laver toutes les billes ? Emballer la table dans du plastique ? Et… est-ce que tu as ta propre queue de billard pliable dans ton sac ? Je ne veux pas faire le rabat-joie, mais je ne vois vraiment pas comment ça va marcher. Des milliers de personnes ont touché à tout ici. Des gens qui ont bu de la bière, qui ont du tabac à priser plein les doigts, qui ont sué en écoutant de la musique live…

— Ça va, répondit simplement Mina.

— Il s'agit d'une forme de thérapie cognitive comportementale agressive, c'est ça ?

— Passer du temps avec *toi* nécessite une thérapie. Depuis que je ne vais plus aux réunions AA, je viens ici toutes les semaines. Parfois plusieurs fois par semaine. C'est suffisamment loin du boulot pour que personne ne me reconnaisse. J'ai la paix, ici. D'une certaine façon, venir ici m'aide encore plus que les AA. Alice, que tu viens de rencontrer, nettoie toujours la table avant que j'arrive. Et aussi les billes et les queues. Et oui, je lui ai demandé de porter des gants en plastique quand elle le fait. Elle ne trouve pas ça bizarre du tout. C'est rien par rapport à ce que son homme lui demande. Il est… *expéditionniste*, comme elle dit.

Elle disposa les billes dans un triangle en plastique et les ajusta.

— Tu veux dire quelqu'un qui aime avoir des rapports sexuels dans des lieux publics, de préférence avec un risque important d'être surpris au beau milieu de l'acte ? demanda-t-il. Ça doit être éprouvant.

Il secoua la table de billard pour en vérifier la stabilité. Il n'avait aucun mal à imaginer ce qui avait pu se passer là-dessus.

— Tu penses bien que c'est la première question que je lui ai posée, dit-elle en devinant son raisonnement.

Elle lui donna une queue et retira le triangle.

— À toi de commencer.

La partie se déroula exactement comme Mina l'avait prédit. Elle était impitoyable. Il faut dire que Vincent, lui, était d'une nullité absolue. L'incohérence chronologique de leur affaire le tarabustait toujours, quelque part dans les méandres de son cerveau, et l'empêchait d'être concentré à 100 %.

Mina visa avec soin afin de donner de l'effet. Elle toucha une bille qui à son tour en percuta une autre. Plusieurs billes se touchèrent dans une réaction en chaîne, jusqu'à ce que la dernière glisse paisiblement dans un trou. Vincent se figea. Essaya de revoir le processus dans sa tête, comme un film. Il y avait quelque chose dans la façon dont les billes se touchaient, à des intervalles de plus en plus courts. Le temps. Des événements qui se répercutaient les uns sur les autres. Dans le temps. Un temps qui diminuait chaque fois qu'une bille en touchait une autre…

— Mina, dit-il.

Penchée sur la table, elle leva le regard vers lui.

— Tu crois que nous pouvons convoquer tout le monde à nouveau, dès ce soir ? fit-il.

— Tu viens de ruiner mon moment, je m'amusais beaucoup, dit-elle. Tu ne te détends jamais ?

Elle se redressa et posa la queue contre la table.

— Si, je me souviens que ça m'est arrivé une fois, quand j'avais neuf ans. C'était d'un ennui mortel. Mais qu'est-ce que tu en penses ? On peut… ?

— La femme de Peder va te hacher menu, répondit-elle. Et le mari de Julia ne va pas tarder à s'y mettre aussi. À part ça, ça ne devrait pas poser de problème. Mais pourquoi ?

— Je t'expliquerai en route.

— Et tu es sûr que ça n'a rien à voir avec le fait que je suis en train de t'écraser aussi douloureusement ? suggéra-t-elle, malicieuse.

— Promis, juré.

Mina soupira et ramassa ses affaires. Ils rendirent le plateau avec les produits de nettoyage à Alice, toute surprise.

— Déjà terminé ? dit-elle.

— On a une urgence, répondit Mina. Mais je reviens dans la semaine.

Vincent attendit qu'ils soient sortis pour remarquer :

— Tu as vu comme elle n'a pas pu s'empêcher de regarder vers la table pendant tout le temps qu'on jouait ? Je suis sûr que son mec et elle se sont servis de cette table-là précisément.

Mina ne mit pas longtemps à rassembler l'équipe car tout le monde, à l'exception de Ruben, était encore sur place. En voyant les mines sombres et fatiguées autour de la table, Vincent comprit que sa cote de popularité était au plus bas. Mina avait été claire sur le fait que Vincent était à l'origine de cette nouvelle réunion. Même Peder ne parvenait pas à avoir l'air enthousiaste. Mina les comprenait. Elle avait aussi menacé Vincent d'un retour à l'hôtel de police à pied pour le punir de son commentaire au moment de quitter la salle de billard. À cause de lui, elle serait obligée de demander une autre table à Alice à l'avenir.

— Désolé de vous rassembler à nouveau, dit Vincent. Mais ça aurait été trop compliqué par téléphone. J'ai réfléchi à quelque chose qu'a dit Peder il y a…

Il consulta sa montre.

— … deux heures.

— Et vous deux, vous avez fait quoi pendant ce temps ? dit Ruben, qui venait de les rejoindre, sur un ton débordant de sous-entendus.

Astrid n'était plus là, et il était apparemment redevenu lui-même.

— Pas ton problème, dit Mina. Sache seulement que Vincent sait mieux se servir de sa queue que ce qu'on pourrait croire.

Christer et Peder éclatèrent de rire. Ruben, par contre, devint écarlate et eut l'air de ne plus savoir où se mettre. Mina buvait du petit-lait. Enfin, elle avait réussi à se venger. Après toutes ces années de regards et d'insinuations, elle avait réussi à le faire rougir comme un gamin.

— Ose-t-on espérer que vous avez joué au billard ? tenta Adam prudemment.

Christer rit encore plus fort.

— Bon, soyons sérieux, soupira Julia. Ce n'est pas que je n'apprécie pas ces moments charmants, mais j'ai un bébé qui m'attend à la maison. Un bébé qui a plus de maturité que vous, soit dit en passant.

Mina remarqua que Julia ne mentionnait que le petit. Torkel était visiblement toujours persona non grata.

— Alors, de quoi s'agit-il ? demanda Julia en se tournant vers Mina.

Mina recula d'un pas et fit un signe de la main à l'intention de Vincent.

— À toi de jouer, dit-elle.

Vincent s'éclaircit la voix et se positionna à nouveau près de la carte, exactement au même endroit que précédemment.

— Comme je l'ai déjà dit cet après-midi, ma théorie suppose que le prochain corps sera découvert ici, dans le quartier de Djurgårdsbrunnsviken. Ce que nous ne savions pas, c'est *quand* le meurtrier, ou plutôt l'organisation ou la secte allait à nouveau frapper. Mais je crois l'avoir compris. Peder avait raison. Les dates des meurtres sont comme de billes de billard qui se heurtent, mais avec une fréquence qui augmente au lieu de diminuer.

Tous les membres de l'équipe le fixaient, interloqués.

— C'est pour entendre ça que je viens de refaire toute la route depuis Vallentuna ? demanda Ruben.

Mais c'était comme ça que Mina appréciait le plus Vincent. Quand il était à ce point absorbé dans ses réflexions qu'il oubliait tout autour de lui. Son langage corporel changeait quand il cogitait, il était plus détendu. Plus assuré. Comme s'il était sur ses gardes tout le reste du temps. En ce moment précis, il était le Vincent qu'elle avait laissé franchir ses défenses.

— Je ne le voyais pas jusqu'à présent, continua Vincent qui n'avait visiblement pas entendu la remarque acerbe de Ruben. Je ne l'ai même pas compris quand Milda a daté le meurtre de Fatbursparken à environ deux mois plus tôt. Mais ça correspond tellement bien que ça ne peut pas relever du hasard.

— Correspond tellement bien à quoi ? demande Ruben, exaspéré.

Adam et Julia observaient Vincent avec attention, tandis que le front de Christer se plissait sous l'effort pour comprendre où le mentaliste voulait en venir. Peder, quant à lui, considérait avec regret le plat à gâteaux vide. Ruben avait dû embarquer les derniers pour Astrid.

— Ça correspond au rythme d'accélération, dit Vincent en s'approchant du tableau blanc.

Il prit un feutre et se mit à écrire.

— Voici. L'utilisation du problème du cavalier indique que nous avons affaire à des individus qui se comportent de façon strictement mathématique. Il n'y a aucune raison de penser qu'ils ne se comporteraient pas selon le même principe quand il s'agit de la fréquence chronologique de leurs actes. Lilly a disparu début juin l'année dernière. William fin janvier cette année. Sept mois séparent les deux événements. Si l'enfant trouvé dans le parc a été tué maximum deux mois avant, comme dit Milda, ça veut dire qu'il a disparu au milieu du mois de mai. Trois mois et demi après William. Et Ossian a disparu huit semaines plus tard. Vous ne voyez pas ?

Vincent montra du doigt ce qu'il venait d'écrire.

*Lilly → William, 7 mois*
*William → Fatbursparken, 3,5 mois*
*Fatbursparken → Ossian, 1,75 mois (8 semaines)*

— Le temps diminue de moitié entre chaque meurtre, conclut-il.

Il attendit que tous aient saisi ce qu'il voulait dire.

— Bon sang, marmonna Christer.

— Ça signifie que la prochaine disparition aura lieu quatre semaines après celle d'Ossian, remarqua Julia.

— Exact, dit Vincent en hochant la tête.

— Mais attendez, intervint Christer, tu n'as pas dit que cela se produirait soixante-quatre fois si on n'arrive pas à les arrêter ? Autant de fois que le nombre de cases sur l'échiquier ? Alors que le rythme que tu décris est loin de laisser assez de temps pour commettre ces soixante-quatre meurtres.

— Tu as raison, dit Vincent. Bien vu. Si l'intervalle se réduit de moitié entre chaque meurtre, ils pourront recommencer quatre fois, pas plus. Après ça, il faudrait enlever un enfant par jour et très vite un par heure, ce qui paraît complètement irréaliste. D'après ce pattern, je pense qu'ils prévoient huit enlèvements en tout. Je ne dis pas qu'il y en aura forcément huit, seulement que cela *pourrait* arriver. Cela dit, en ce moment précis, nous devons focaliser sur le cinquième et tout faire pour l'éviter.

Personne ne dit rien. Tout le monde avait l'air de prendre Vincent au sérieux. Même Ruben semblait envisager le bien-fondé de sa théorie.

— Donc, Vincent, reprit lentement Julia. Selon toi, nous avons combien de temps devant nous avant le prochain ?

— Comme tu l'as dit toi-même, répondit le mentaliste en tapant du doigt sur le tableau blanc. Le prochain enlèvement aura lieu quatre semaines après celui d'Ossian.

Aujourd'hui, nous sommes dimanche après-midi. Mercredi prochain, ça fera trois semaines qu'Ossian a été kidnappé. Si on ne trouve pas la solution de ce problème, un autre enfant sera enlevé quelque part dans la ville, dans dix jours.

# QUATRIÈME SEMAINE

— Salut !

Ruben sursauta. Il n'avait pas remarqué que quelqu'un s'était approché de lui.

— Salut ! répondit-il tout en ajustant machinalement sa frange.

Ce mardi matin, ses cheveux semblaient vivre leur propre vie.

— Comment ça va ? demanda Sara du service d'analyse.

Sara, qui devait les aider à traiter toutes les données et qui pour une raison inexplicable ne l'aimait pas. Quand elle s'assit à côté de lui, il sentit une odeur de parfum mêlé à de l'adoucissant. Sara n'avait pas l'air affectée le moins du monde par la chaleur qui régnait dans la pièce, et Ruben dut réprimer la pulsion de se renifler les aisselles. Il fit un effort pour se concentrer sur ses tâches en cours.

— Notre travail est devenu infiniment plus complexe, soupira-t-il en montrant son écran d'ordinateur. Maintenant que les médias se sont jetés sur l'affaire, les parents nous appellent pour lancer des avis de recherche dès que leur gamin sort de leur champ de vision. Nous sommes submergés par les appels. En plus, les gens sont en colère. Ils trouvent que nous ne faisons pas notre boulot. Et ils ont peur. Ils n'osent plus laisser les enfants sortir.

— Mieux vaut trop d'appels que pas assez, nota Sara en jetant un coup d'œil vers l'écran.

— Comme si ça ne suffisait pas, nous avons compris au cours du week-end que le meurtrier risque de remettre ça dès mercredi de la semaine prochaine, dit-il avec dépit. Et après le fiasco avec Mauro, on est de retour à la case départ. Ça m'emmerde de le dire, mais on n'a strictement rien. On a passé la journée d'hier à reparcourir tous les rapports d'interrogatoires autour de la disparition d'Ossian, sans que ça donne quoi que ce soit. Aucune nouvelle piste, rien que nous ne savions pas déjà. Le meurtrier est un fantôme.

— Je peux faire quelque chose ? demanda-t-elle en attrapant le mug de café tout frais qu'elle avait posé sur la table en arrivant.

— Merci, mais je ne sais vraiment pas quoi. Et si ce café vient de la machine, je te préviens, c'est pire que de la mort-aux-rats.

Sara éclata de rire. Elle avait un rire sonore et mélodieux. Étrange qu'il ne l'ait jamais remarqué jusqu'ici.

— J'ai l'habitude du jus de chaussette américain, dit-elle en avalant une gorgée. Même le pire café suédois a un goût divin en comparaison.

— Si tu le dis. Et tu en es où par rapport aux États-Unis, au fait ? J'ai cru entendre que tu revenais définitivement ?

— Tu veux dire que tu as entendu dire que je divorçais ?

Sara soupira. Il s'efforça de faire abstraction de ses formes avantageuses. Son mari devait être complètement demeuré.

— On s'est rendu compte qu'on avait des points de vue divergents sur un certain nombre de choses, dit-elle. Il me voyait en femme au foyer fermant ma gueule. Et moi… pas vraiment.

— Ça se comprend, dit Ruben en continuant à faire défiler la liste des appels. Désolé de me mêler de tes affaires, mais comment vous faites par rapport aux enfants ? En vivant sur deux continents différents ?

Sara écarquilla les yeux.

— Tiens, c'est nouveau ça. Depuis quand tu t'intéresses aux enfants ? Je ne pensais même pas que tu étais au courant que j'en avais.

Ruben rougit, puis se redressa. Elle avait raison. Il avait changé. Bon, il avait toujours été quelqu'un d'attentionné, c'est seulement qu'il n'avait pas eu tant de gens autour de lui avec qui l'exprimer. Ou peut-être si, mais il ne les avait pas vus. Zut, voilà qu'il se compliquait à nouveau la vie. Compliqué, c'est bien, comme disait toujours sa psychologue, Amanda. Compliqué, ça fait avancer. Même si c'est fatigant.

— J'ai appris que j'ai une fille, dit-il. Elle s'appelle Astrid, elle a dix ans.

— Waouh, félicitations !

Sara le regardait avec plus de surprise encore.

— Et… comment tu vis ça ?

— C'est fantastique, répondit-il en prenant conscience au même moment à quel point c'était vrai.

C'était réellement fantastique. Astrid était fantastique.

— C'est évidemment triste d'avoir loupé autant de son enfance. Mais c'est comme ça. Et je ne sais pas si j'aurais servi à grand-chose. Sa mère a la tête bien vissée. Au fond de moi, je comprends qu'elle avait raison quand elle m'a viré. Mais maintenant, je voudrais me rattraper. Être le meilleur papa possible.

Sara secoua la tête, leva son mug, regarda le café, puis le reposa.

— Il s'en passe des choses ici, dès qu'on tourne un peu le dos. Mais je suis très contente pour toi. Et pour répondre à ta question concernant mes enfants, c'est assez… épineux. Je veux vivre ici, près de ma famille, et je veux que mes enfants grandissent ici. Il ne veut pas. Et les lois américaines ne sont pas top concernant les droits des mères, en tout cas pas si la mère est étrangère. Si les enfants vont le voir là-bas, je crains qu'il ne les garde. Alors jusqu'à présent, je lui ai dit que s'il veut les voir, il doit venir en Suède. Et nos avocats "communiquent".

Elle mima les guillemets avec ses doigts.

— Merde alors, fit spontanément Ruben.

Sara acquiesça, but une gorgée de café et grimaça.

— T'avais raison. De la mort-aux-rats.

— C'est ce que je t'avais dit. Tu veux m'aider à reparcourir les déclarations d'enfants disparus de ces dernières semaines ? La plupart d'entre eux ont été retrouvés ou sont rentrés par eux-mêmes sans que les parents se soient donné la peine de nous en informer, alors je propose qu'on appelle tout le monde. Si la théorie d'une nouvelle action la semaine prochaine se vérifie, ce n'est pas avec des coups de fil qu'on va l'empêcher, mais c'est quand même un job qui doit être fait.

— Je suis d'accord, dit Sara en s'installant près de lui, son téléphone à la main. Et qui sait, on tombera peut-être quand même sur quelque chose d'intéressant. Le temps des miracles n'est pas forcément révolu.

Il lui jeta un coup d'œil. Pourquoi il n'avait jamais discuté avec elle avant ? Elle était sympa et vive d'esprit. Le temps des miracles, pourquoi pas ? Elle semblait toujours aussi fraîche et pimpante. Il glissa discrètement une main sous son aisselle. Merde. Il était complètement détrempé. En plus, il avait mis un tee-shirt gris clair. Il aurait dû en mettre un noir aujourd'hui.

À son corps défendant, Peder devait reconnaître que les démangeaisons de sa barbe commençaient à éclipser l'avantage esthétique. Et fallait bien se rendre à l'évidence, il était plus ou moins le seul à penser que cette barbe lui allait à la perfection. Même Anette avait désormais totalement rejoint le camp adverse. Sans ces démangeaisons constantes, il aurait sans doute pu résister à la pression du groupe encore un moment, mais il se savait proche de la capitulation.

Peder se grattait tout en scrutant les listes avec son habituelle minutie. C'était quand il plongeait dans ces masses d'informations et de statistiques à la recherche de liens et d'anomalies qu'il se sentait le plus à l'aise. Il adorait le défi de la meule de foin dans laquelle il fallait trouver cette toute petite aiguille, la pépite qui mènerait l'enquête à son terme. Mais cette liste était différente. Il ne lui était pas possible de réduire des enfants disparus à des données anonymes. Ruben et Sara avaient déjà fait un premier tri et éliminé ceux qui avaient été retrouvés. C'était le plus grand nombre. Mais il en restait encore. Beaucoup trop.

À chaque visage qui apparaissait, chaque signalement décrivant des détails concernant un enfant, il ne pouvait pas s'empêcher de penser aux visages des triplées. Depuis leur naissance, c'était comme si tout son corps, tout son système vital étaient directement connectés à elles. Pour lui, elles étaient Yggdrasil, l'Arbre Monde, elles étaient les artères et les nerfs de son corps, les poumons qui lui permettaient de respirer. Chaque enfant dans la base de données de la police avait au moins un parent qui ne respirait plus.

La plupart des cas s'expliquaient sans difficulté. Un membre de la famille avait déménagé à l'étranger avec l'enfant. Une famille de réfugiés se cachait pour ne pas être expulsée. Ou un enfant avait fui, de son plein gré – pour une raison indicible mais certainement tragique – sa famille, une famille d'accueil ou une institution.

Restaient les derniers. Ceux pour qui il n'y avait aucune explication. Ceux qui s'étaient volatilisés. C'étaient ceux-là qui l'intéressaient. Il les comparait un par un avec les éléments soigneusement rassemblés par Milda suite à l'autopsie du corps pourtant très dégradé de Fatbursparken.

Peder relut les notes de Milda et résuma tout ce qu'il avait. Hauteur : environ un mètre vingt. Âge : environ six ans. Couleur de cheveux : brun. Sexe : masculin. L'enfant avait eu une fracture du fémur droit. Milda estimait que la fracture avait eu lieu quand l'enfant avait deux ans. C'était à prendre avec des pincettes, mais ça restait tout de même un indicateur important.

Peder fit scrupuleusement défiler tous les documents sur l'écran de son ordinateur. Il se figeait régulièrement, pensant avoir trouvé quelque chose, mais il y avait toujours un élément qui ne collait pas.

Un cas retint enfin son attention. Il recoupa toutes les informations, compara avec sa liste, vérifia encore une fois, puis recula sa chaise.

Ils avaient désespérément besoin de nouveaux indices. Quelque chose qui leur permettrait de faire un pas en avant vers les responsables. Et Peder venait de le trouver. Il savait qui était l'enfant de Fatbursparken.

— Papa, c'est quoi ce truc ?

Rebecka feuilletait en faisant la moue la brochure d'Épicura que Vincent avait laissée traîner sur la table basse.

— Ça ne te ressemble pas. "Les quatre piliers d'Épicura" ?

Vincent leva les yeux de son livre. Il était totalement absorbé par *L'Invention du quotidien*, vol. 1, de Michel de Certeau, et plus spécifiquement par un essai sur la variété des expériences dans les façons de vivre une ville, selon l'endroit où l'on se trouve, qu'il s'agisse d'un point de vue élevé sur la ville ou bien dans ses rues. Il s'était fait une réflexion similaire quand il était monté dans la tour de la mairie.

— L'épicurisme est une philosophie, dit-il en fermant son livre. Une consœur, Nova, dirige un centre de conférences où on peut suivre des cours sur le sujet. Et je constate que tu es à la maison ce soir. Tout va bien avec Denis ?

— Nova est canon, commenta Benjamin depuis les profondeurs du canapé. Plusieurs de mes copains de la fac la suivent sur Insta.

— Denis est rentré voir sa famille, dit Rebecka. Et Benjamin, c'est dégueu, Nova est genre deux fois plus vieille que vous.

— Et alors, ça l'empêche pas d'être canon, si ?

Aston sortit de sa chambre, dansant sur une musique que lui seul pouvait entendre. Il avait pris pour habitude de twerker en chantant. Vincent se demandait où et comment il avait bien pu apprendre ça.

— *"Nova est canon !"* chantait-il sur la mélodie de *The Show Must Go On*.

Cet air avait apparemment délogé *Radio Ga Ga* de la première place de son hit-parade personnel.

— *"Nova est canon !"*

Vincent devait se rendre à l'évidence : plus ses enfants grandissaient, moins il les comprenait.

Maria était penchée sur son téléphone. Pas besoin d'être mentaliste pour comprendre avec qui elle échangeait. Mais à ce moment précis, elle leva les yeux pour regarder Vincent.

— Et cette Nova super canon, tu la connais, donc ? demanda-t-elle. Tu la connais comment ?

— Je te l'ai déjà dit, répondit-il. C'est une vieille collègue. On se croise de temps à autre. Et en ce moment, elle est consultante dans l'enquête…

Il se tut dès qu'il comprit son erreur.

Trop tard.

Le teint de Maria vira au gris.

— L'enquête où il y a aussi la femme flic ? siffla-t-elle. Cette Mina ? Et maintenant cette autre femme aussi ? Mais Vincent, sérieusement, t'as pas honte ? Des enquêtes de police, tu parles !

Elle s'était mise debout et avait l'air hors d'elle. Les échanges avec Kevin étaient apparemment passés aux oubliettes.

— Des orgies sexuelles, voilà ce que c'est !

— Maria ! s'exclamèrent Benjamin et Rebecka à l'unisson.

— *"Orgies sexueeelles !"* chanta Aston, dans un twerk déchaîné devant l'aquarium.

Vincent plongea son visage dans ses mains. Il ne manquait plus que les poissons soient traumatisés aussi. Il regarda sa montre. Oh non, il était en retard pour le train et sa conférence à Gävle ce soir. Il avait été tellement content de voir venir la fin de la saison qu'il avait un peu occulté la conférence du soir. C'était pourtant tellement plus simple. Pas de numéro avec ceinture.

— Ces mots-là, je préfère que tu..., commença-t-il. Ou plutôt, maman va t'expliquer. Il faut que j'y aille. Je rentre avec le train de vingt-deux heures, je serai là quand tu te réveilleras demain matin, Aston.

Il prit son sac contenant son ordinateur et s'apprêta à partir. Maria le suivit dans l'entrée. Il se prépara mentalement pour un dernier round, mais elle le surprit.

— Bonne chance ce soir, dit-elle doucement. Ne m'oublie pas.

Il se raidit et la regarda. Il s'était attendu à des mots durs de sa part. Ou à des reproches à peine voilés. Mais les yeux de Maria étaient grands ouverts et brillants. Elle était peut-être parfaitement sincère. Elle avait même l'air triste.

— C'est... ce que tu crois ? Que je t'oublie quand je ne suis pas là ?

Voilà qui était nouveau. Il essayait d'en comprendre la signification. Ils n'avaient jamais ne serait-ce qu'approché le sujet au cours de leur thérapie de couple. Mais ça pouvait expliquer beaucoup de choses. Ses accusations agressives, ses attitudes méprisantes. Il avait bien sûr pensé que c'était une forme de défense. Mais il ne l'avait jamais entendue l'exprimer aussi franchement. Et ça lui fit de la peine d'apprendre qu'elle ressentait les choses ainsi.

— Vincent Walder, le maître mentaliste, dit-elle en retirant un cheveu invisible de sa chemise. L'homme convoité de tous. C'est très dur d'être à ta hauteur, tu sais.

— Tu devrais venir à l'un de mes spectacles ou conférences, dit-il. Tu verrais que je suis l'homme que tout le monde veut *voir*. De loin. C'est tout à fait différent.

Il posa sa sacoche par terre et prit le visage de sa femme entre ses mains.

— En ce qui concerne le fait de t'oublier… C'est tout le contraire. Je pensais que ça allait de soi. La seule chose qui me fait me sentir au moins un peu normal quand je suis sur scène, c'est de savoir que vous êtes là. Que quoi qu'il arrive, je vous retrouve toujours à la maison. Sans toi et les enfants, je ne serais rien.

Elle cligna des yeux quelques fois et esquissa un sourire. Puis, une ombre passa sur son visage.

— Quand tu n'as pas Mina, tu veux dire.

Il soupira et reprit son sac. Ils avaient été si proches l'un de l'autre. Peut-être la prochaine fois ? Dans le séjour, Aston braillait toujours sur le thème des orgies quand Vincent ferma la porte derrière lui.

— Je ne comprends pas. Comment il s'est retrouvé dans Fatbursparken ? Vendela y est aussi ?

Thomas Jonsmark repoussa la main de la maquilleuse et se tourna vers Ruben. La police avait mis plusieurs jours à obtenir un rendez-vous avec le grand acteur. Entre autres parce que Ruben et Peder n'avaient pas voulu entrer dans les détails auprès de l'agent de Jonsmark. Thomas devait être le premier à savoir.

— Ils vous attendent dans dix minutes, indiqua humblement la maquilleuse.

— Ils attendront le temps qu'il faudra, répondit abruptement Thomas. Tu peux sortir ?

Thomas passa la main dans son épaisse chevelure sombre. Ruben contemplait la tignasse en question avec une jalousie évidente. S'il s'était toujours considéré comme un homme à femmes, ce n'était rien par rapport à Thomas Jonsmark. Il n'était pas seulement la grande star du cinéma suédois, mais aussi le rêve torride de toutes les Suédoises.

Les tabloïds se nourrissaient depuis des décennies de ses romances avec des femmes connues ou inconnues. Et Dexter était son fils. Son unique enfant, se corrigea Ruben. Un court instant, il sentit un coup au cœur.

Il vit le visage d'Astrid et, pendant les quelques secondes où il fut submergé par l'idée qu'il puisse lui arriver quelque chose, c'était comme s'il était en chute libre. Il s'ébroua pour se débarrasser de cette sensation. C'était un abîme qu'il découvrait. Et il ne savait pas comment le gérer.

— Nous n'avons hélas pas retrouvé votre ex-femme, dit Peder. Et arriver jusqu'à vous n'était pas une mince affaire non plus.

— Ex-petite amie, rectifia Jonsmark, les yeux braqués sur la barbe de Peder. Vendela et moi n'avons jamais été mariés. Dexter était… Pour être honnête, l'histoire avec Vendela a été de courte durée. Dexter était un accident. En tout cas pour ce qui me concerne.

Il laissa l'insinuation flotter. Rien d'exceptionnel, se dit Ruben qui se souvenait des nombreux gros titres. Le ton entre Thomas et Vendela avait semblé amer dès le début, chargé de lourdes accusations de part et d'autre. Les problèmes de santé mentale avec lesquels Vendela se débattait, très publiquement là aussi, n'avaient pas arrangé la situation.

— Nous nous sommes rencontrés au cours d'un tournage, elle était consultante et devait m'assister pour mon rôle dans *Sang du crépuscule*, vous savez, le rôle qui m'a valu le prix Guldbagge.

Thomas passa à nouveau la main dans ses cheveux. Ruben hocha la tête, sans avoir la moindre idée de ce à quoi il faisait allusion, qu'il s'agisse du prix ou du film. Si ni Bruce Willis, ni Tom Hardy ou Dwayne Johnson n'apparaissaient au casting, il ne l'avait probablement jamais vu.

— Elle était incroyablement belle. Et forte. Dans toute sa fragilité. J'ai succombé immédiatement.

Une jeune femme équipée d'un micro-casque passa la tête par la porte.

— On vous attend sur scène.

Thomas l'envoya balader d'un geste de la main, et elle se retira illico.

— Pouvez-vous nous parler de la disparition de Vendela et Dexter ? demanda Peder. Nous dire tout ce que vous savez.

— Nous ne vivions donc pas ensemble, nous n'avons jamais vécu ensemble. Quand Vendela était hospitalisée, Dexter a vécu chez sa grand-mère. Mais là, Vendela venait tout juste de sortir de l'hôpital.

— Étiez-vous inquiet ? demanda Ruben.

Thomas réfléchit un moment tout en frottant l'un de ses ongles.

— Pas vraiment, non. Vendela a toujours eu tendance à dramatiser. Elle avait fait un certain nombre de tentatives de suicide au cours des années, mais c'était toujours un peu… du cinéma.

— Avait-elle proféré des menaces cette fois-ci ? demanda Ruben. Des menaces de suicide ?

— Oui, j'avais sûrement reçu quelques SMS. Elle avait lu des articles concernant ma nouvelle conquête. Une mannequin brésilienne. Et comme d'habitude, elle a sauté au plafond. Mais j'ai appris avec le temps qu'il valait mieux l'ignorer.

Il fit un geste des bras. Une mèche tomba sur son front, et Ruben ne put s'empêcher de comprendre pourquoi les femmes étaient séduites.

— Il s'est passé quelque chose de particulier le jour où ils ont disparu ? demanda Peder en se grattant la barbe.

Ruben se demanda jusqu'où il devrait aller pour obtenir de Peder qu'il se débarrasse définitivement de cette horreur.

— Non. C'est seulement quand la maman de Vendela a appelé pour me dire que Dexter n'était pas allé à l'école et que Vendela n'était pas joignable que j'ai commencé à m'inquiéter. Ça ne lui ressemblait pas.

— Et ensuite, vous avez trouvé une lettre dans son appartement ? dit Peder.

— Oui. La mère de Vendela avait la clef, nous sommes donc entrés ensemble et c'est là que nous avons trouvé la lettre sur la table de la cuisine. Enfin, lettre, c'est beaucoup dire. C'était juste un mot, "Adieu", rien d'autre.

— Vous l'avez pris au sérieux à ce moment-là ?

Ruben sursauta quand quelqu'un tapa furieusement sur la porte. Juste après, une femme d'un certain âge ouvrit la porte et lança d'un ton sévère :

— C'est maintenant ou jamais !

— Mais c'est la police. Ils ont trouvé Dexter, répondit Thomas, la voix tranchante.

La femme blêmit, puis fit un petit signe de la tête.

— Prenez votre temps, dit-elle en refermant la porte. Je préviens l'équipe.

— Pour répondre à votre question, non, nous n'avons pas pris ça au sérieux à ce moment-là.

Pour la première fois, le masque de l'acteur se mit à craquer, et Ruben vit quelque chose qui ressemblait à un véritable chagrin. L'instant d'après, la façade était de nouveau intacte. Comme si la vie entière était un rôle à incarner.

— C'est seulement le soir, quand ils ne rentraient toujours pas, que nous avons commencé à nous dire qu'il était arrivé quelque chose. Nous avons alors contacté la police. Le reste de l'histoire, vous la connaissez. Elle a été vue pour la dernière fois sur un ferry pour Tallinn. Le témoin a dit qu'elle était en compagnie d'un petit garçon, et pourtant, elle n'a acheté qu'un billet pour adulte. Et à Tallinn, ils n'ont pas débarqué.

Il tripota à nouveau son ongle.

— Nous avons interrogé à nouveau le témoin, dit Peder. Juste avant de venir vous voir ici. Il n'est plus si certain, au sujet de l'enfant qu'il aurait vu avec elle. Nous pensons que Vendela a pris le ferry seule. Et qu'elle a sauté par-dessus bord. Dexter n'était pas avec elle.

Peder regarda Thomas avec compassion. Ce dernier s'était affaissé de plus en plus dans son fauteuil pivotant au fur et à mesure que les policiers lui transmettaient ces nouvelles informations. La séance de maquillage n'avait pas été complètement terminée, et de si près, Ruben voyait les sourcils légèrement colorés et le fond de teint qui lui couvrait la peau. À l'écran, on ne voyait rien de tout ça.

— Et alors ? Que s'est-il passé ? Pourquoi il était dans Fatbursparken ?

— Nous ne le savons pas encore, répondit Ruben. Nous devons malheureusement vous dire qu'il a été assassiné, nous ne savons pas encore par qui. Nous ne pouvons pas exclure Vendela, mais pour des raisons que nous ne pouvons pas aborder avec vous à ce moment de l'enquête, nous ne croyons pas que c'est votre ex-femme… euh, votre examie qui a tué votre fils.

— Les enfants, dit Thomas d'une voix atone, et sa peau blêmit sous le fond de teint. Les enfants dont on parle aux informations.

— Nous ne pouvons donc pas vous en dire plus pour le moment, désolé, dit Peder.

Les deux policiers se levèrent.

— Si vous pensez à quelque chose, quoi que ce soit qui pourrait nous aider, n'hésitez pas à nous faire signe.

Peder posa une main sur son épaule. En quittant la pièce, Ruben vit du coin de l'œil Thomas pivoter sur son fauteuil et tourner son visage vers le miroir.

— Arrêtons-nous ici, dit Nathalie. Il vaut mieux ne pas trop s'approcher.

Karl acquiesça, ralentit et se gara le long du trottoir. Ils se trouvaient dans Karlavägen, à deux rues de l'appartement du père de Nathalie dans Linnégatan. À cette distance, ils devraient échapper à son œil vigilant.

— Tu veux que je t'accompagne ? demanda Ines.

— Je ne pense pas que ce soit une bonne idée. Vaut mieux que j'y aille seule. Attendez-moi ici.

Elle attrapa son sac à dos, se glissa hors de la voiture et fila dans Jungfrugatan. Elle se demandait à quel point les vigiles de son père étaient au courant de la situation. Leur avait-il dit qu'elle avait disparu ? Si c'était le cas, ils l'attraperaient à l'instant même où ils la verraient. Mais elle n'avait d'autre choix que d'avancer et de faire face à la situation qui se présenterait. Elle arriva dans Linnégatan. Une voiture noire était garée devant leur immeuble. Ça pouvait être la voiture de n'importe qui, mais elle pouvait aussi appartenir à l'un des hommes de main de son père. Aucun moyen de savoir. Mais personne n'eut l'air de l'apercevoir quand elle passa la porte.

Elle monta les quatre étages par les escaliers au lieu de prendre l'ascenseur. La grille de l'ascenseur faisait un bruit caractéristique qui s'entendait jusque dans l'appartement, et elle ne voulait pas que son père soit alerté. Elle s'arrêta devant la massive porte noire pour écouter. Elle entendait le bruit familier de son père en train de cuisiner. Il concoctait sûrement un de ses habituels dîners sophistiqués, alors qu'il était tout seul. Elle ne comprenait pas pourquoi il se donnait toujours autant de mal juste pour faire à manger.

Elle enfonça délicatement la clef dans la serrure, ouvrit et se glissa à l'intérieur. De l'entrée, elle vit le dos de son père. Un torchon sur l'épaule, il goûtait une sauce faite sans doute d'au moins quatre sortes de piments frais, et il surveillait sûrement aussi la viande sur le gril tout en sélectionnant les plus belles tomates qu'il avait cultivées lui-même. Pourquoi n'avait-il pas ouvert un restaurant, si ça l'amusait tant de cuisiner ?

Nathalie entra dans sa chambre sur la pointe des pieds. Son coffre au trésor se trouvait à sa place habituelle sur son bureau. Il était en céramique noire, décoré d'un crâne en argent sur le couvercle. Elle l'ouvrit et inspecta le contenu. Il y avait probablement bien plus que les dix mille qu'elle avait mentionnés à sa grand-mère. Elle se sentait fière à l'idée de la joie qu'elle allait lui procurer, et enfonça la boîte dans son sac à dos. Ensuite, elle ouvrit le tiroir du haut de son bureau et prit toutes les culottes et chaussettes propres qu'elle avait. Elle envisagea d'emporter aussi un jean, mais elle n'en avait pas besoin puisqu'Ines lui donnait tous les vêtements qui lui manquaient, sauf les sous-vêtements. Par contre, elle pensa au dernier moment à prendre son chargeur de téléphone. Elle passa aussi dans la salle de bains pour sa trousse de toilette, et fourra le tout dans son sac.

Elle refit le chemin vers l'entrée aussi silencieusement que possible. Dans la cuisine, ça grésillait dans les poêles, et son ventre se mit à grouiller. Son père était à quelques mètres d'elle seulement. Elle n'avait qu'à le rejoindre.

Il serait tellement heureux de la voir. Elle pourrait manger tout ce qu'elle voulait.

Elle regarda ses mains et le trait rose et douloureux qui marquait toujours ses doigts. Les odeurs de la cuisine étaient tellement appétissantes. Elle pouvait si facilement revenir à sa vie d'avant. Il suffisait d'un pas pour se trouver dans la cuisine.

Mais alors, elle ne reverrait sans doute jamais sa grand-mère. Et Ines avait besoin d'elle. Les autres avaient besoin d'elle. Ils étaient sa famille, désormais. Pas l'homme dans la cuisine.

Elle se glissa dehors, et la porte se ferma derrière elle avec un petit bruit quasi imperceptible.

— Ah, vous voilà ! Je commençais à me demander si vous alliez nous faire faux bond aujourd'hui, alors qu'on est samedi !

Le serveur lui adressa un grand sourire et Christer déglutit. C'était sûrement une mauvaise idée. Une très, très mauvaise idée. Il était encore temps d'y remédier. Il pouvait repartir sur-le-champ.

Mais, puisqu'il était là… Autant prendre un plat de hareng et une Pils. Ensuite, il s'en irait.

— Suivez-moi, votre table est libre. Comme d'habitude ?

Le serveur le devança à travers la grande salle. Les clients déjeunaient en conversant à voix basse. Le restaurant Ulla Winbladh était un lieu où on parlait avec la petite voix d'intérieur, comme sa mère avait pour habitude de dire.

Penser à sa mère lui coupa le souffle. Elle n'aurait pas approuvé ces pensées qui tournaient en rond dans sa tête. Jour et nuit. Maman n'aurait rien goûté à tout ceci. Mais elle n'était plus là, se rappela-t-il à lui-même. Maman pouvait garder ses opinions pour elle. Il avait tous les droits de vivre sa vie comme il l'entendait.

Il suffisait d'en avoir le courage.

Christer fit un pas en arrière et regarda par une fenêtre. N'ayant plus les moyens de sacrifier d'autres meubles en le laissant à la maison, il avait emmené Bosse. Il avait attaché le chien à un râtelier à vélos, à l'ombre. Avec un bol d'eau fraîche qu'il avait apporté. Mais il faisait peut-être quand même trop chaud. Il devrait peut-être…

— Et voilà, tout est prêt pour vous. Je vous apporte la carte ?

Le sourire du serveur illuminait la salle déjà bien ensoleillée, et Christer s'installa maladroitement.

— Hareng, marmonna-t-il, les yeux rivés sur la nappe. Et une Pils.

— Comme d'hab, donc. Vous avez raison, c'est une valeur sûre. Pourquoi prendre le risque de changer ? Les risques, c'est pour les jeunes.

Certains jeunes, se dit Christer. Le rire du serveur rebondit entre les murs, et le ventre de Christer se noua. Il avait l'impression que le serveur lisait dans ses pensées. Il leva les yeux. Puis il dit d'une voix légèrement tremblante :

— À propos de la jeunesse, vous aviez raison. La semaine dernière.

Le serveur l'étudia avec un air dont Christer se souvenait très bien. Il ressentit une bouffée de chaleur et inspira profondément.

— Vous me posiez la question. Oui, nous nous sommes déjà rencontrés. Même bien plus que ça.

Là, la panique prit le dessus. Dans quoi s'était-il lancé ? Il se leva brusquement et faillit renverser chaise et table dans le mouvement.

— Pardon, on me réquisitionne, dit-il en secouant son téléphone pourtant éteint. Affaire de police urgente.

Il s'excusa encore une fois et courut vers la sortie, avec l'impression que les yeux du serveur lui transperçaient le dos.

Peder transpirait abondamment sous le haut-de-forme. C'était dimanche après-midi, l'anniversaire de Casper battait son plein. Dix paires d'yeux d'enfants, dont ceux des triplées – les plus jeunes avec leurs deux ans et demi – et de leur cousin Casper qui avait désormais cinq ans, le scrutaient, dubitatifs.

Les enfants avaient déjà avalé le gâteau quand il avait fait son entrée, barbe teinte en bleu, tête surmontée d'un haut-de-forme. Non, il n'était pas Peder, avait-il clamé, mais Pedro, le frère secret de Peder. Les enfants étaient pliés de rire. Plus ils criaient qu'il était Peder, plus il insistait sur le fait que non, pas du tout. Les triplées n'avaient jamais rien vu de plus drôle que sa barbe bleue.

Leur joie débordante lui donnait l'impression que son cœur était sur le point d'exploser d'un trop-plein d'amour. En même temps, une anxiété s'emparait de lui. Les mots de Vincent, comme quoi un nouvel enlèvement allait se produire, résonnaient dans sa tête depuis leur réunion une semaine auparavant. Lui, Peder, avait identifié l'enfant de Fatbursparken, et c'était un grand pas en avant. Ils avaient reparcouru toutes les listes d'enfants disparus, doublé puis triplé les vérifications pour s'assurer que rien ne leur avait échappé. Adam avait passé au crible toutes les données concernant Skeppsholmen. Toute la semaine, ils s'étaient préparés autant que possible.

En même temps, ils n'avaient pas la moindre idée de ce qui les attendait mercredi prochain. Ni où chercher d'ici là. Et la police ne disposait pas de suffisamment d'hommes pour monter la garde devant toutes les écoles maternelles de la ville. Publier une alerte générale n'était plus d'actualité. Ça n'aurait fait qu'accentuer encore l'angoisse désormais omniprésente chez tous les parents. Quelqu'un pourrait disjoncter.

Le groupe avait la sensation d'être coincé entre deux grosses pierres. Sans aucune marge de manœuvre. Mais s'ils ne faisaient rien, un enfant pourrait disparaître dans trois jours.

Ça pourrait être Casper. Ou l'une des triplées. Ou n'importe quel autre enfant présent aux festivités. Le risque était aussi important pour chacun d'eux que pour n'importe quel gamin de Stockholm. Il devait tous les sauver. Mais il n'avait aucune idée de comment.

Et il était là, avec sa barbe bleue.

À faire de la magie.

Il avait commencé par faire disparaître une balle rouge pour un effet assez relatif. Ensuite, il avait plié un chapeau en papier pour Casper. À ce moment-là, les triplées s'étaient mises à raconter aux autres enfants ce qui était arrivé aux fées dans Winx Club. Et le chapeau en papier était trop petit pour Casper.

Il était sur le point de les perdre, et le débat Winx menaçait de se transformer en guerre totale. Il était temps de déployer son arme secrète. Le numéro de magie que Vincent lui avait appris. Il n'avait pas eu l'occasion de s'entraîner, mais devait le réaliser selon les indications. Pas le choix.

— Et maintenant, mon tout dernier numéro, le plus dangereux ! cria-t-il pour étouffer dans l'œuf le conflit Winx. Le numéro qui m'a procuré cette barbe bleue la dernière fois que je l'ai réalisé.

Les enfants se turent au mot “dangereux”. Il les tenait. Au moins pour un court instant. Il lorgna la fiche d’instruction, puis sortit deux grands mouchoirs jaunes qu’il attacha entre eux.

— Voici deux grands mouchoirs, dit-il d’une voix monocorde. Moi, Peder… je veux dire Pedro, bien sûr, je noue les coins, bien serré, et maintenant je vais les mettre dans un endroit où aucune petite main ne peut les tripatouiller. Et par chance, j’ai la meilleure cachette du monde.

D’un geste bourru, il enfonça les coins noués dans son pantalon de manière que les volants dépassent de la ceinture.

— Beurk, il les a mis dans son pantalon ! hurla un des enfants, et les autres éclatèrent de rire.

Il eut soudain l’impression de s’amuser lui aussi. Il venait de comprendre ce qu’avait dit Vincent, divertir au lieu de faire de la magie. Il jeta un coup d’œil sur sa fiche, puis sortit un troisième mouchoir, un rouge, qu’il montra à tous avec une gestuelle aussi théâtrale que possible. Les plus âgés des enfants pouffaient. Il le fourra dans son chapeau et remit le chapeau sur sa tête.

— Maintenant, si vous criez tous “abracadabra”, le mouchoir rouge va disparaître du chapeau et se retrouver attaché aux autres, déclama-t-il solennellement. Dans mon pantalon !

Les enfants rirent à nouveau.

— Allez, abracadabra ! Tous en même temps !

— Acadabra ! hurlèrent les enfants.

Peder sourit puis, excessivement confiant et fier de lui, saisit les bouts de mouchoir jaune, tira dessus et les exposa à tous.

— Ta-daaaa ! chanta-t-il.

Silence absolu. Puis explosion de rires. Casper était plié, des larmes de rire coulaient sur ses joues.

— Mais enfin, Peder ! fit Anette, horrifiée.

Mais elle aussi riait et sa sœur rayonnait.

Vincent savait de quoi il parlait. Peder regarda les mouchoirs et prit un air stupéfait. Suspendu entre les deux mouchoirs jaunes se trouvait un vieux caleçon.

Il aurait probablement quelques explications à fournir à l'école maternelle des petites, qui ne manqueraient pas de raconter en long et en large comment papa avait enlevé son caleçon devant tous les copains et copines. Mais ça valait la peine. Il était leur héros. Et juste pendant ce moment-là, il n'y avait plus aucun malheur au monde. Lui, Peder, les avait tous chassés.

Le rire des enfants résonnait encore dans ses oreilles longtemps après la fin des festivités.

# CINQUIÈME SEMAINE

Benjamin était allé chercher le courrier. Le petit tas sur la table de la cuisine comportait le périodique du club de Lego d'Aston, des avis de passage pour des échantillons de produit que Maria pouvait aller récupérer, ainsi qu'une lettre adressée à Vincent. Pas grand-chose pour un lundi. Les grandes vacances étaient bien entamées, de toute évidence.

Il identifia tout de suite l'enveloppe. Bien qu'elle ait six mois d'avance. Il retira l'autocollant à l'effigie du père Noël qui scellait l'enveloppe et déversa les bouts de papiers rappelant les formes de Tetris sur la table. L'inquiétude qu'il avait éprouvée avec les puzzles précédents lui retomba dessus immédiatement. Plus forte encore, cette fois-ci. Pourquoi recevait-il ce courrier déjà maintenant, en plein milieu de l'été ? Qu'est-ce qui avait changé ?

Il se raidit en ouvrant la carte de Noël jointe. Elle n'était pas vierge, à l'inverse des précédentes, mais portait un message manuscrit.

*Tu ne comprends décidément pas. J'en ai assez d'attendre. Ossian devient donc Oméga. (Une vulgaire allitération, mais d'une certaine poésie, malgré tout.)*

*Et souviens-toi. Tu ne peux en vouloir qu'à toi-même. Tu aurais pu choisir une autre voie. Tu ne l'as pas fait.*

*Nous avons atteint ton Oméga.*

*Le début de ta fin.*

*PS. Si tu te demandes pourquoi tu reçois ceci en avance, souviens-toi qu'Oméga est la 24e lettre de l'alphabet grec. Et 24 divisés par deux – toi et moi – ça donne bien sûr 12, ce qui nous fait 24/12, donc Noël. Joyeux Noël en avance !*

Ça tirait dans sa nuque, comme si des insectes se faufilaient dans ses cheveux. Oméga. Tellement proche de l'idée qu'il avait eue lui-même quand Julia avait parlé d'Ossian à la conférence de presse que c'en était effrayant. Il avait pensé qu'Oméga était le Jugement dernier. La fin de tout. Et puis ce calcul à la fin, menant à Noël. Exactement le genre de petit jeu mental qu'il avait pour habitude de faire, pour se distraire. L'expéditeur savait trop bien comment il fonctionnait. Pire encore, c'était comme si ce quelqu'un vivait dans sa tête avec accès direct à ses pensées. *Toi et moi.* Il eut un frisson.

L'anxiété éveilla l'ombre en lui. Il n'avait vraiment pas besoin de ça, à cet instant. S'il laissait l'ombre s'exprimer, il ne serait plus d'aucune utilité. Il se concentra sur le puzzle, pour que les lobes frontaux de son cerveau s'activent et tiennent en échec ses émotions. Il ne pouvait pas se permettre de se laisser submerger. Pas maintenant.

Les pièces de Tetris étaient plus difficiles à assembler, cette fois-ci. C'était sans doute le signe que les hormones de stress et l'adrénaline étaient déjà en train d'entraver ses capacités de raisonnement. Il déglutit. Sa gorge était sèche.

Enfin, il réussit à construire une phrase qui avait un semblant de sens. Mais avec des trous, comme pour les autres. Et ici aussi avec un message :

*Énigme, rite, datage vide !*
*Énigme...*
*Rite...*

Nova avait parlé de l'aspect rituel des meurtres. Et agir selon les règles du problème du cavalier était incontestablement une démarche ritualisée. Le puzzle avait-il été envoyé par le meurtrier ?

*Datage vide !*

Le meurtrier le narguait ? Était-ce un défi ? Ce défi, avait-il toujours été là, dès le premier puzzle ? Un puzzle qu'il avait reçu dans sa boîte aux lettres six mois avant que Lilly, la toute première victime, ne soit retrouvée.

Une pensée abominable le frappa. Lilly, William, Dexter, Ossian, et s'ils étaient tous un défi qui lui était lancé ? Si le meurtrier était l'un de ses admirateurs, quelqu'un qui avait lu des choses sur lui dans les journaux et qui avait décidé de lui poser l'énigme ultime ? Lui, Vincent, serait alors la cause de la mort de quatre enfants. Parce qu'il n'avait pas pris au sérieux ces cartes de Noël.

L'idée était trop ignoble.

Le message semblait si personnel.

*Tu aurais pu choisir une autre voie. Tu ne peux en vouloir qu'à toi-même.*

Il s'agissait de quelqu'un qu'il avait déçu.

Il regarda à nouveau le texte. Un graphologue aurait dit que les majuscules pointues suggéraient une personnalité intense, hautement intelligente, et que les lettres penchées révélaient des émotions fortes, à la limite de l'agressivité. Les *o* fermés faisaient penser à une personne introvertie et refermée sur elle-même, alors que les *l* étroits témoignaient d'une très forte maîtrise de soi.

En conclusion : une personne intelligente, introvertie, faisant de son mieux pour se contrôler, mais néanmoins au bord de l'éclatement.

Il alla se chercher un verre d'eau et observa à nouveau les mots.

*Énigme, rite, datage vide!*

Cette fois-ci, il fallait qu'il trouve. Après avoir récupéré un rouleau de scotch dans un tiroir de la cuisine, il colla avec précaution les morceaux entre eux pour qu'ils ne bougent plus. Ensuite, il alla chercher les deux autres puzzles dans le tiroir de son bureau, les assembla et les scotcha également. Il posa les trois messages énigmatiques l'un sous l'autre.

*Tim, ta digne idée gravée!*
*Maria, égide de vingt été!*
*Énigme, rite, datage vide!*

Il but une grande gorgée d'eau. Elle était fraîche, il respira un peu mieux. Vingt lettres dans chaque message. Exactement les mêmes lettres à chaque fois. Il respira par le nez. Il n'y avait plus de doute. Ce qui comptait, c'étaient les anagrammes. C'était la clef. Mais quel était le véritable message ? Il l'avait sous les yeux, parmi toutes ces lettres, sans le voir.

Il but encore une gorgée d'eau et consulta sa montre. Maria était chez Kevin. Rebecka, Benjamin et Aston étaient partis se baigner. En tout cas, Aston se baignait. Il avait du mal à croire que Benjamin se baignait devant les deux copines de Rebecka qui y étaient aussi. Mais il avait au moins une heure à lui avant que qui que ce soit risque de rentrer et de lui demander ce qu'il était en train de faire.

Il alla dans la chambre d'Aston prendre son Scrabble. Il déversa toutes les lettres sur la table de la cuisine et tria celles qui composaient les messages. Vingt lettres. Ça donnait quelque 6 402 373 705 728 000 combinaisons possibles.

Il avait commencé par essayer de faire le calcul mentalement, mais il en avait mal à la tête. Il avait fini par avoir recours à un logiciel nommé Wolfram|Alpha pour obtenir le nombre exact. Ensuite, il avait cherché sur Google comment lire ce chiffre. Six mille quatre cents billions. À partir de vingt petits carrés de Scrabble. Largement assez pour mettre le cerveau en ébullition.

Par chance, il n'y avait pas autant de combinaisons possibles si les lettres devaient former des mots compréhensibles. Cela dit, il en restait encore quelques centaines de milliers. Mais moins si tous les mots appartenaient à la même langue. Et encore moins s'ils devaient former des phrases compréhensibles. Enfin, moins encore s'il fallait tomber sur des mots qui auraient une signification personnelle pour lui. Et il pensait que c'était le cas. Il lui restait donc encore une petite chance de trouver. Théoriquement, en tout cas.

Il commença par disposer une partie des vingt pièces plus ou moins au hasard. Des mots courts, simples, pour commencer.

VITE

GARDE

DEVIENT

INTIMIDÉ

Il y avait huit lettres dans le dernier mot, pas mal du tout. Mais le mot ne donnait que dix points au Scrabble. Et ce n'était probablement pas le bon mot. Il recommença, avec des mots un peu plus courts.

MARI

AGIR

MAGIE

Voilà un mot intéressant. Magie. En lien avec lui, incontestablement. Et en combinaison avec un des autres mots ?

MAGIE

DEVIENT

Ses yeux restaient rivés sur les lettres, il avait du mal à déglutir. Soudain, il comprit ce qui allait suivre. Mais il ne fallait pas que ce soit ça. Il ne *voulait pas* que ce soit ça.

Et en même temps, il savait. Il avait eu raison, la solution était personnelle. Parmi les six mille quatre cents billions de solutions, il n'y en avait qu'une seule de raisonnable. Qui le concernait. L'ombre en lui s'échappa du lac de son enfance et prit toute la place, occultant l'horizon. Menaçant de s'effondrer sur lui à chaque instant. Il aurait voulu jeter les pièces collées avec du scotch à la poubelle, faire comme si elles n'avaient jamais existé. Mais il était obligé d'aller jusqu'au bout. Il retourna dans son bureau chercher l'enveloppe marron format A4 que lui avait envoyée Ruben presque deux ans avant. Celle qui contenait l'article de la *Gazette du Halland* sur la mort de sa mère.

Vincent avait cru que c'était Jane qui l'avait envoyé à Ruben pour orienter les soupçons sur lui, mais quand il avait mentionné l'article devant Jane, elle n'avait pas compris de quoi il parlait. Maintenant il voyait pourquoi.

À l'horizon, l'ombre hurlait d'un air menaçant.

Le sentiment de malaise dans son estomac s'en faisait l'écho.

Il sortit l'article et le posa à côté du Scrabble. Il prit les lettres du jeu et les posa une à une sur les lettres du gros titre. Ses mains tremblaient en alignant les lettres. Il y avait exactement le compte. Les trois puzzles formaient la phrase qu'il avait espéré ne plus jamais revoir.

MAGIE DEVIENT TRAGÉDIE !

Aucune chance que ce soit dû au hasard. L'expéditeur des puzzles des deux derniers Noël, et maintenant de celui-ci, était le même que celui qui avait envoyé l'article à Ruben deux ans auparavant. Quelqu'un qui déjà à l'époque en savait plus sur lui que n'importe qui d'autre.

Quelqu'un qui n'était pas Jane.

Il n'avait aucune idée de qui ça pouvait être. Vincent regarda à nouveau le message manuscrit.

*Nous avons atteint ton Oméga. Le début de ta fin.*

Sa fin de quoi ? Un Oméga a toujours un Alpha, le début. Si ceci était son Oméga, alors son Alpha, c'était quoi ? Qu'avait-il commencé que le meurtrier voulait terminer ? Il serait totalement vulnérable tant qu'il ne saurait pas. Et son ombre lui disait que le temps était compté.

Pour une fois, il décida de déjeuner à la cantine de l'hôtel de police. La climatisation dans la salle l'emportait sur l'alternative : affronter la chaleur pour aller à pied au bistrot du quartier. En plus, le mardi, à la cafèt', c'était *raggmunk*. Ces galettes aux pommes de terre tenaient la deuxième position au panthéon gastronomique de Ruben. Tant qu'elles étaient servies avec du bacon et de la confiture d'airelles. Ou à la limite de la compote de pomme. Mais en aucun cas avec des crevettes ou autres bizarreries que certains restaurants semblaient vouloir imposer. Quelle erreur de vouloir améliorer un plat déjà parfait.

Dans l'unité, la tension était à son comble. Demain, le kidnappeur frapperait à nouveau. S'ils n'arrivaient pas à l'en empêcher. Il espérait de tout cœur que Vincent se trompait. Que tout était déjà fini.

Le déjeuner était une interruption bienvenue dans cette ambiance de frustration, mais l'impression de respirer un peu plus librement fut de courte durée : Gunnar et les autres gars de l'unité d'intervention étaient installés à une table du fond. La possibilité de les ignorer lui échappa quand Gunnar lui fit signe. Il jura en son for intérieur, mais se rendit à leur table et posa son plateau à une place libre.

— Paraît que t'as une fille ! gloussa Gunnar à l'instant où Ruben s'asseyait. Ça alors !

Pas croyable comme ça jasait dans cette maison. C'était sûrement Peder qui avait vendu la mèche, trop content de ne plus être le seul père de l'unité.

— Elle s'appelle Astrid, dit-il. Elle a dix ans.

Ruben coupa son *raggmunk*, attentif à son croustillant. Un brin trop mou à son goût. Mais il préférait encore ça plutôt que d'avoir à sortir dans la chaleur.

— On s'attendait pas à ça de ta part, continua Gunnar. Je pensais que tu savais te protéger. Mais bon, qui aime manger la banane avec la peau ?

Ruben enfourna une belle bouchée de bacon pour éviter d'avoir à répondre. Quelques gouttes de confiture d'airelles se détachèrent de la fourchette et atterrirent sur sa chemise blanche. Bordel. Et Gunnar qui la ramenait encore.

— Dix ans, tu dis, ricana-t-il. Tu vas voir, d'ici cinq ans elle ramènera ses copines, t'auras la maison pleine de vrais petits bonbons.

Ruben avala son lard, et sourit avec patience.

— Tu veux dire, comme ton fils ? dit-il.

— Comment ça ? fit Gunnar, dérouté.

— Eh ben, Filip, il a seize ans, non ? poursuivit Ruben en attrapant avec précaution des baies d'airelles avec sa fourchette. Pourquoi tu l'emmènes pas ici avec ses copains ? Je suis sûr que certaines de nos collègues se feraient un plaisir de lui retirer son papier bonbon. Parmi les gars aussi, d'ailleurs, puisque de nos jours on est plus aussi coincé côté orientation sexuelle.

Le rire de Gunnar s'effaça brusquement.

— C'est quoi ces conneries ?!

Gunnar virait tout doucement à l'écarlate. Ruben vit du coin de l'œil que les autres avaient arrêté de manger. Ils regrettaient sans doute de ne pas avoir apporté des popcorns. Ruben haussa un sourcil interrogateur à l'intention de Gunnar.

— Comment ça, des conneries ? susurra-t-il avec innocence. Je n'ai pas dit à peu près la même chose que toi ?

— Rien à voir, merde ! Filip, c'est un… c'est un…

— C'est exactement la même chose, coupa Ruben. Va te faire foutre, Gunnar.

Il se leva, prit son plateau et s'éloigna. Le silence derrière lui se fit tonitruant.

Astrid allait sûrement devoir suivre des cours d'autodéfense. Genre krav-maga. Il y avait hélas beaucoup trop de Gunnar dans ce bas monde.

*Je le tape et j'essaye de me libérer, mais j'y arrive pas. Il me tient la bouche pour m'empêcher de crier, mais je lui mords la main de toutes mes forces. Il dit des mots très vilains, ça doit faire mal. Bien fait pour lui.*

*Personne n'essaye de l'attraper quand il me soulève. Ou peut-être qu'ils le font parce qu'il y a beaucoup de monde. Plein de gens qui nous voient. Mais il court très vite. Je frappe avec mes jambes, mais ça ne l'empêche pas de courir. Il me met dans la voiture.*

*J'ose pas trop m'agiter parce que j'ai peur qu'il fasse un accident, on pourrait se tuer. Alors, je crie. Tout le temps. Il ne peut pas me tenir la bouche et en même temps conduire. Il ne s'arrête pas. Je crie tellement que je perds presque ma voix.*

*Je ne veux pas être dans sa voiture. Je voulais acheter de la glace. J'ai l'argent de maman dans la main. Je dois lui rendre la monnaie quand je rentre avec la glace. Au bout d'un moment, j'ai trop mal à la gorge, alors j'arrête de crier.*

*— N'aie pas peur, Wilma.*

*— Je sais qui tu es, je lui dis.*

*Il se raidit.*

*— Comment ça ?*

*— Oui, je sais. Tu es quelqu'un qui enlève des enfants. Un phédopile.*

*— Alors là, pas du tout, il dit et il a l'air effrayé. Je ne te ferai pas de mal. C'est même le contraire. Tu vas pouvoir renaître.*

*— Mais je veux pas redevenir un bébé, je crie. C'est pas marrant d'être un bébé, et maintenant je veux que tu me ramènes à la maison.*

*Je suis tellement en colère que je le frappe quand même. Je tape sur le volant, sur ses bras, sur sa tête. Soudain il hurle sur moi. Très fort. J'ai tellement peur que je me mets à pleurer. Et j'ai plein de pipi dans mon pantalon.*

Julia faisait les cent pas dans le couloir. On était mercredi, le jour où Vincent avait prédit un nouvel enlèvement, et tout le monde semblait retenir son souffle. Elle était, comme souvent ces temps-ci, accaparée par une conversation téléphonique sur ce ton tout en retenue qu'elle réservait à Torkel.

— Je voudrais être sûre de bien comprendre. Ton problème, en ce moment précis, c'est que Harry dort enfin, mais que toi, tu n'arrives pas à dormir ? Écoute bien. Si tu es très silencieux, je suis sûre que tu peux l'entendre… c'est le plus petit violon du monde en train de te jouer une mélodie.

— Julia, je…

— Non, tais-toi, je te dis. Écoute le violon.

Mina s'approcha en courant, tellement essoufflée qu'elle semblait avoir avalé les escaliers au lieu de prendre l'ascenseur. Ça devait être urgent. Julia raccrocha sans dire au revoir.

— Je viens de parler avec Sara, l'analyste, souffla Mina en agitant un bloc-notes. Ça s'est reproduit. Exactement comme l'avait dit Vincent.

— Elle est sûre ? demanda Julia. On reçoit cent appels par jour au sujet d'enfants qui auraient été enlevés par des inconnus. La plupart du temps, la personne a juste vu un gamin avec son grand-père.

— Et beaucoup d'autres relèvent de la pure fantaisie, renchérit Mina. De gens qui cherchent à attirer l'attention et espèrent passer dans le journal. Je sais. Mais Sara est la meilleure. Elle a une solide expérience et elle est précise. Elle est persuadée que cet appel est important. Selon témoins, un homme blond, moustache et lunettes de soleil, a attrapé une petite fille devant le centre commercial de Fältöversten dans Södermalm, l'a portée en courant jusqu'à une voiture et a disparu avec. La petite hurlait et se débattait, mais tout s'est passé très vite. Il y avait beaucoup de monde tout autour, mais avant que les gens comprennent que ce n'était pas un père avec sa fille capricieuse, c'était déjà trop tard.

Julia gardait les yeux rivés sur Mina. Elle pensa à son mari, dont la plus grande souffrance existentielle était de ne pas arriver à caler son sommeil sur celui de leur bébé. Il faudrait qu'il vienne faire un petit stage à l'hôtel de police, un de ces jours.

— Les parents n'étaient pas là ? demanda-t-elle.

— C'est ce qui a fini par convaincre Sara, dit Mina. Un autre appel est arrivé juste après. Un couple de parents, Jens et Janina Josefsson. Oui, je sais, ça fait beaucoup de "j". Ils habitent près de Fältöversten, dans les logements au-dessus du centre commercial, en fait. Leur fille était allée acheter de la glace toute seule pour la première fois de sa vie. Ils ne pensaient pas qu'il y avait de risques. Le kiosque se trouve à dix mètres à peine de leur porte d'entrée. Mais elle n'est pas revenue. Les parents ont cru qu'elle s'était peut-être assise sur un banc devant le kiosque ou qu'elle s'était aventurée dans le centre commercial. Ils sont partis à sa recherche, mais ne l'ont pas retrouvée. Ça s'est passé exactement au moment où l'homme blond a été vu en train de courir avec une fillette dans les bras.

Julia avait la tête qui tournait. Le kidnappeur avait dû faire le guet. Attendre le bon moment. Elle était toujours atterrée que des gens à ce point détraqués puissent exister.

— La voiture serait une Renault Clio rouge, dit Mina. Comme l'homme n'avait pas l'air de se soucier de la présence de témoins, on peut supposer que moustache et cheveux sont faux. Et que la voiture sera abandonnée quelque part.

Julia se laissa glisser sur le sol du couloir. Elle appuya la tête contre le mur et ferma les yeux.

— Et c'est arrivé il y a une demi-heure, tu dis ? Pourquoi nous n'avons pas réagi plus vite ? On aurait dû être dehors à pourchasser la voiture en question depuis vingt-huit minutes, compte tenu de l'urgence.

— Comme tu l'as fait remarquer toi-même, la police et le 112 reçoivent des appels de ce type tout le temps en ce moment, dit Mina en s'asseyant à côté d'elle. On ne peut pas intervenir pour chaque appel à l'instant même où il arrive, nous n'en avons pas la capacité. Je suis consciente que c'est une situation cauchemardesque. Et que le meurtrier en profite. Les kidnappeurs sont peut-être même derrière un certain nombre des appels, si ça se trouve, pour nous embrouiller.

Julia hocha lentement la tête.

— Je lance une alerte générale, dit-elle. Cette fois-ci, on l'aura, ce taré. Il ne nous échappera pas.

— Je vais demander à Christer de vérifier le signalement dans son registre, dit Mina en se levant. Je crois vraiment qu'il était déguisé, mais on ne sait jamais.

— Tu peux demander à Adam et Ruben d'aller voir les parents ?

— Bien sûr.

Julia arrêta Mina d'un geste.

— L'enfant s'appelle comment ?

— Elle s'appelle Wilma.

Vincent s'en voulait de ne pas avoir été d'une plus grande efficacité. Il avait découvert comment le meurtrier plaçait les enfants selon le mouvement du cavalier sur l'échiquier. Il avait même prédit où et quand on trouverait le corps suivant. Mais à quoi bon ? Ça n'avait pas permis d'empêcher le drame. Et il n'avait toujours aucune idée de l'identité du meneur, il ne savait pas pourquoi on tuait des enfants, ni la raison de toute cette mise en scène.

Et parce qu'il n'avait pas trouvé de réponses à ces questions, Wilma avait disparu depuis hier après-midi.

Il était responsable.

C'est Mina qui l'avait appelé pour l'informer de l'enlèvement. Mais Julia ne lui avait pas demandé de venir. Il comprenait pourquoi. Ils avaient compté sur lui. Mina avait compté sur lui. Et il les avait déçus.

Benjamin entra dans la cuisine. Il avait à la main la brochure que Nova avait donnée à Vincent. Les yeux de Benjamin s'agitaient dans le vide, comme s'il réfléchissait fébrilement.

— Papa, t'as un moment ? dit-il à voix basse, en jetant un coup d'œil vers Maria.

Vincent hocha la tête.

Benjamin fit un signe de tête vers sa chambre et le devança.

Maria suçait distraitement le bout de son stylo. Elle était absorbée par la création d'un logo pour sa boutique en ligne, et se trouvait dans un autre monde. Elle ne s'aperçut même pas que Vincent s'était levé pour suivre son fils.

Benjamin referma la porte derrière eux.

— Qu'est-ce qu'il y a ? Pourquoi ces cachotteries ? Tu ne viens pas prendre ton petit-déjeuner ?

— J'ai déjà mangé, dit Benjamin. Et toi, tu as l'air de ne pas avoir fermé l'œil de la nuit, qu'est-ce qui se passe ?

— On en parlera plus tard.

— Quand tu veux. Je sais que Maria n'aime pas quand on parle de Nova. Mais lis ça.

Il montra le texte de présentation dans la brochure.

Vincent lut, peut-être pour la centième fois, l'exposé de principe d'Épicura.

*Le guide Épicura de nouvelle ère est comme pour toutes les époques : N'admettez que la contrariété passant telle la comète une étoile. Rapide et imperceptible. Vivre la vie dans le calme purifie. Évitez attentivement tous types de douleur, ne désirez rien, car une vie sans désir est une vie libérée de toute souffrance, qui vous accorde jouissance et prospérité lorsque vous atteignez le Tout*

John Wennhagen

Vincent soupçonnait John d'avoir fait exprès de formuler ce texte de façon alambiquée. L'épicurisme n'a en réalité rien de particulièrement obscur.

— Je suis d'accord que ce texte est inutilement nébuleux, dit-il. Mais plus il est ouvert à l'interprétation, plus il y a de chance que les gens y adhèrent en y accolant leurs propres convictions. Je ne suis pas fan de ce procédé, mais c'est un classique.

— D'accord, mais regarde le texte en lui-même, insista Benjamin. Oublie la signification. Tu vois le T majuscule du dernier mot ? Et que le mot n'est pas suivi d'un point ? J'ai toujours trouvé ça un peu bizarre.

Vincent déplaça un livre intitulé *How to Make Money in Stocks* du fauteuil de bureau de Benjamin et s'assit.

— Ce genre de brochure ne bénéficie pas toujours de relectures très soignées, dit-il. En plus, ce texte a été rédigé par le père de Nova, dans les années 1990. J'imagine que le texte a été inclus comme une sorte d'hommage à son père, malgré les quelques maladresses linguistiques.

— Possible, dit Benjamin. Parce qu'il figure à l'identique sur leur site. En tout cas, je m'y suis penché un peu plus sérieusement. Tu te souviens de… ce problème d'échecs… auquel tu réfléchissais ? Combien de cases contient un échiquier ?

Vincent avait commencé à feuilleter le manuel de réussite en Bourse. Il était surtout curieux de savoir quelles parties du livre avaient le plus attiré l'attention de Benjamin. Pour lui, la Bourse avait toujours été un mystère complet.

— Tu le sais aussi bien que moi, dit-il tout en lisant distraitement un passage. Soixante-quatre.

— Exact. Et ce texte comporte soixante-quatre mots.

Vincent referma le manuel et regarda son fils.

— Doucement les basses, dit-il. D'abord, je ne réfléchis pas à un problème de jeu d'échecs. J'essaye de comprendre un tueur en série qui s'en prend à des enfants. Pour le moment, il semblerait que le meurtrier se serve d'un schéma qu'il est allé chercher dans le monde des échecs. Je dis bien *il semblerait*. Mais ça ne signifie pas que n'importe quel lien avec les échecs est automatiquement en rapport avec les meurtres.

Avec ses théories, Vincent marchait déjà sur des œufs auprès du groupe de policiers. Ils savaient qu'il se reposait sur des indices très vagues, sur de simples suppositions, en vérité. S'il s'autorisait à plonger encore plus profondément dans ce cul-de-basse-fosse, autant se fabriquer un chapeau en aluminium géant pour ne plus jamais l'enlever. Sa crédibilité et sa santé mentale seraient en miettes. Sans parler du fait que Mina ne lui adresserait plus jamais la parole.

— Je peux sûrement trouver soixante-quatre glaçons dans le congél, continua-t-il. Ou bien une émission de télé qui parle d'un roi et d'une reine juste en ce moment précis. Ça aurait donc aussi un rapport avec les meurtres, selon toi ?

— Je t'entends, dit Benjamin en s'asseyant sur son lit avec son ordinateur portable. Corrélation et causalité, c'est pas la même chose. Je sais.

— Voilà. Tu te souviens, il y a quelques années, certaines personnes soutenaient que les antennes 5G étaient dangereuses pour la santé, et elles le "prouvaient" avec des cartes qui montraient clairement que les zones du pays où il y avait le plus de gens malades correspondaient aux zones où il y avait le plus d'antennes 5G ?

Benjamin hocha la tête et poursuivit :

— Et il s'est trouvé que ça correspondait aussi aux endroits où il y avait le plus de chiens, de voitures, et même de gens en bonne santé. Simplement parce que c'étaient les endroits avec les plus fortes densités de population. Oui, je me souviens. Mais admettons que tout est lié, juste pour un petit moment. Essaye d'y penser comme si c'était un de tes spectacles.

Les yeux de Benjamin brillaient. Ce n'était pas la peine d'essayer de l'arrêter. Vincent poussa un soupir et écarta les bras. Son fils avait bien le droit de jouer un peu au détective. Tant qu'il avait conscience que ce n'était qu'un jeu. Il avait déjà ouvert Google.

— Puisque c'est John Wennhagen qui a écrit le texte, on va commencer par rechercher le bonhomme, dit Vincent en laissant Benjamin taper le nom.

Benjamin tourna l'ordinateur pour que Vincent puisse voir. "John Wennhagen" donnait un peu plus de 71 000 résultats. Il essaya avec "John Wennhagen Épicura", mais ça ne faisait remonter que des blogs divers et des sites du genre *self help* qui citaient le manifeste d'Épicura ou mentionnaient le livre de Nova. Rien qui menait vers John lui-même.

— Essaye avec "John Wennhagen Stockholm", proposa Vincent.

50 700 résultats.

— Mieux, mais toujours pas terrible, remarqua Benjamin. Il n'avait pas une ferme quelque part à la campagne ? Tu te souviens du nom de l'endroit ?

Vincent secoua la tête. Il ne savait pas grand-chose sur la région où Nova avait grandi, à part ce qu'il avait lu dans les journaux. Mais il partait du principe qu'il ne fallait pas y faire trop confiance.

— Si tu veux t'enfoncer dans ce trou-là, ce que je ne recommande pas, d'ailleurs, dit-il, alors qu'est-ce que tu penses de ça ? C'est juste un exercice, rien d'autre, d'accord ? On a un texte écrit par le père de Nova, utilisant soixante-quatre mots. On a quatre meurtres, placés sur quatre des soixante-quatre cases de l'échiquier. Donc…

Benjamin tapa "John Wennhagen échecs".

Des images de revues et périodiques de clubs d'échecs s'alignèrent sur l'écran. Dont un magazine nommé *La Revue des échecs* qui semblait être national.

Sur le numéro choisi par Google, l'illustration de couverture représentait un homme arborant une belle moustache et un grand sourire. Il tenait un trophée. *John Wennhagen, nouveau maître régional*, stipulait le titre.

— C'est exactement ce que je veux dire, dit Vincent. Si tu cherches assez longtemps, tu finis par prouver que tout est lié. Juste parce que tu trouves quelqu'un qui a le même nom que le père de Nova et qui joue aux échecs, ça ne veut pas dire que…

Il s'interrompit.

Regarda la photo, les yeux grands ouverts.

John Wennhagen tenait fermement son trophée dans une main. De l'autre, il tenait celle d'un enfant.

Une petite fille aux cheveux noirs et au regard déjà envoûtant.

Il n'y avait pas de doute.

C'était Jessica Wennhagen.

Plus connue aujourd'hui sous le nom de Nova.

— C'est bien son père, dit Vincent d'une voix à peine audible. Le père de Nova. Diable. Il était bien joueur d'échecs. Et de haut niveau, visiblement. Cela dit, ça ne prouve rien. Mais quand même. Bienvenue dans le terrier, mon petit lapin blanc.

Benjamin éclata de rire.

— Je préfère être Alice, dit-il. Je pense que ce lapin tout stressé, c'est plus ton genre à toi. Alors, on jette un petit coup d'œil au texte ?

Vincent ne put qu'acquiescer.

Cette histoire lui semblait toujours tirée par les cheveux. Ou plutôt, il espérait fort qu'elle le soit. Que c'était un coup du hasard, une coïncidence incroyable, et rien d'autre. Ça arrive tous les jours, partout. Des coïncidences ayant une probabilité extrêmement faible de se produire surviennent régulièrement, c'est statistique. Plus qu'on imagine. Il espérait de tout cœur que ce soit le cas ici.

Mais alors lui revint à l'esprit des mots de Nova à Oscarsteatern. Quand ils s'étaient rencontrés dans le foyer des artistes, elle lui avait expliqué que son père avait écrit ce texte en respectant une règle comme quoi il fallait un nombre précis de mots.

Le joueur d'échecs John Wennhagen avait choisi soixante-quatre mots. Ni plus ni moins.

Benjamin avait raison.

La clef se trouvait dans le texte.

Un terrible sentiment que quelque chose n'allait pas du tout avait commencé à germer au fin fond de Vincent. Et il savait que la sensation ne pouvait qu'empirer.

Il prit l'ordinateur de Benjamin, ouvrit un document vierge et recopia le texte en huit lignes, avec huit mots par ligne.

Le guide Epicura de nouvelle ère est comme
pour toutes les époques : N'admettez que la contrariété
passant telle la comète une étoile. Rapide et
imperceptible. Vivre la vie dans le calme purifie.
Évitez attentivement tous types de douleur, ne désirez
rien, car une vie sans désir est une
vie libérée de toute souffrance, qui vous accorde
jouissance et prospérité lorsque vous atteignez le Tout

— Chaque mot dans le texte représente donc une case sur l'échiquier, dit Benjamin, pensif. Huit fois huit. C'est quoi, le mouvement suivant ?

— Problème du cavalier. Encore.

— *Shit.* Bon, quels mots, ou plutôt, quelles cases correspondent aux endroits où les… enfants ont été trouvés ?

C'était tout à l'honneur de Benjamin d'avoir du mal à parler des enfants morts.

— Sur l'échiquier, ça correspond à h1, g3, e2 et f4, répondit-il.

La gorge de Vincent était maintenant sèche, terriblement sèche. Il lui fallait de l'eau, immédiatement. Mais il savait que ce n'était qu'une feinte psychologique pour tenter de fuir ce terrible moment qui était en train de prendre forme sur l'écran de Benjamin. Il s'obligea à continuer.

— En poursuivant le mouvement, on tombe sur h5, continua-t-il. Sur la carte de la ville de Stockholm, ça correspond à Djurgårdsbrunnsviken. C'est là qu'on va trouver le corps de Wilma dans deux jours. Si on n'arrête pas le meurtrier d'ici là.

— D'accord. On commence par h1, en bas dans l'angle, dit Benjamin en pointant les cinq mots qui correspondaient aux positions indiquées par Vincent.

Il les mit en gras.

Le guide Epicura de nouvelle ère est comme
pour toutes les époques : N'admettez que la contrariété
passant telle la comète une étoile. Rapide et
imperceptible. Vivre la vie dans le calme **purifie**.
Évitez attentivement tous types de **douleur**, ne désirez
rien, car une vie sans désir **est** une
vie libérée de toute **souffrance**, qui vous accorde
jouissance et prospérité lorsque vous atteignez le **Tout**

— Purifie, douleur, est, souffrance, Tout, résuma Benjamin. Hum. Un instant, j'ai cru… Le trou n'est peut-être pas si profond que ça, finalement.

Vincent regardait fixement les mots sur l'écran.

— Au contraire, dit-il en posant sa main sur l'épaule de Benjamin pour prendre appui. Le T majuscule n'est pas une faute typographique. "Tout" n'est pas le dernier mot d'une phrase. C'est le premier. Lis les mots dans l'ordre des positions que je t'ai donné, l'ordre de la mort des enfants.

Benjamin suivit les mots du doigt sur l'écran.

— Tout… est… souffrance… douleur… purifie. Mon Dieu.

— *Tout est souffrance, douleur purifie*, dit Vincent en hochant la tête. La fameuse citation du père de Nova. Avec une majuscule au début et un point à la fin. On ne peut plus explicite. Ce n'était même pas compliqué. Il fallait faire cinq mouvements, c'est tout. Il faut que j'appelle Mina.

John Wennhagen leur souriait toujours aussi largement depuis la couverture de la revue. Soudain, Vincent eut l'impression que la main qui tenait la petite fille sur la photo n'avait rien d'une main affectueuse. C'était une poigne de fer.

Mina coupa la conversation téléphonique. Vincent lui avait semblé bizarre. Il avait demandé mille fois de l'excuser pour avoir été, selon ses propres mots, "pas à la hauteur intellectuellement ces dernières semaines". Il y avait aussi eu un chapitre confus sur son spectacle où il avait subi une privation d'oxygène ou quelque chose comme ça, ce qui l'empêchait de raisonner correctement. Enfin, il avait parlé de quelque chose d'important à lui montrer dès ce matin, avant qu'elle aille au boulot. Trop compliqué pour l'aborder par téléphone. Et maintenant, il était en route. Pour chez elle.

Mina regarda autour d'elle. La seule différence dans son appartement par rapport à la dernière fois que Vincent était venu, presque deux ans auparavant, c'étaient les murs qui avaient reçu une nouvelle couche de gris clair. Exactement la même nuance qu'avant, mais plus propre. Il serait probablement stupéfait de voir le stock de sous-vêtements et de produits de ménage dans son bureau. Il y en avait assez pour traverser la troisième guerre mondiale ou une pandémie. Mais il n'avait pas besoin de voir ça, elle n'avait qu'à fermer le bureau à clef.

Elle n'était pourtant pas sûre d'être prête. Même si elle aimait sa compagnie, c'était tout autre chose de le recevoir chez elle. Ici, dans sa forteresse. Mais il ne lui avait pas vraiment laissé le choix.

Elle regarda l'heure. Il serait là dans dix minutes. Elle avait au moins le temps de prendre une douche éclair. Normalement, elle se douchait à une température aussi élevée que possible, elle aimait imaginer les bactéries brûler sur sa peau. Mais cet été-ci n'autorisait pas ce genre de folie. Elle se lava donc au contraire à l'eau froide. Avec un peu de chance, elle ne se remettrait pas à transpirer avant l'arrivée de Vincent.

Après la douche, elle alla chercher de nouveaux sous-vêtements dans le bureau. Elle s'habilla lentement pour maintenir la fraîcheur de son corps autant que possible. Enfin, elle alla chercher un flacon de gel hydroalcoolique et nettoya toutes les poignées de porte de l'appartement ainsi que les dossiers de chaises et la table.

Quand elle s'essuya le front, elle constata une légère humidité. Bon sang. Elle regarda l'heure à nouveau. Elle n'avait pas le temps de repasser sous la douche, à moins de risquer de devoir ouvrir à Vincent en soutif.

Elle se mordit la lèvre. Pourquoi plaçait-elle Vincent, et elle en soutif, dans la même pensée ? Elle remit une dose de gel sur ses mains et frotta. Puis encore quelques gouttes pour le front, et ensuite sous les bras. Ça piquait sous les aisselles, mais c'était comme ça. Elle prendrait une douche plus tard.

Elle fit un bond quand on sonna à la porte. Il fallait qu'elle arrête ces bêtises. Ce n'était que Vincent. Elle devait se rappeler qu'elle avait *envie* de le rencontrer.

Du regard, elle inspecta l'appartement une dernière fois, avant d'ouvrir la porte.

— Bonjour, dit-il en entrant.

Il posa soigneusement les deux pieds sur le petit paillasson et n'en déborda pas le temps de se déchausser. Son pantalon était bizarre. Étrangement lâche et flottant.

— Vincent, dit-elle. Tu... tu es en pyjama ?

Vincent regarda vers ses jambes et devint écarlate.

— C'est que… j'étais pressé, bredouilla-t-il. J'étais en train de déjeuner quand Benjamin est arrivé, et…

Il affichait soudain un air profondément malheureux.

— Tu ne voudrais pas te mettre en pyjama aussi ? demanda-t-il. Ce serait un peu moins gênant.

Voilà que ça revenait. Vincent et les sous-vêtements. Il était à peine entré dans l'appartement, et c'était déjà beaucoup trop intime. Il avait dû deviner ses pensées, parce qu'il recula de quelques millimètres sur le paillasson et écarta les bras.

— Désolé, c'était pas malin. Heureusement, ce n'est pas mon pantalon que je suis venu te montrer. Essaye de t'imaginer que mon pyjama fait partie d'un ensemble en lin. Estime-toi chanceuse que je ne sois pas un homme à short. Du gel ?

Elle lui montra la salle de bains où elle avait laissé le flacon.

Vincent y entra et se nettoya les mains.

Il n'avait jamais fait le moindre commentaire désobligeant sur ses rituels. Il s'y était tout simplement adapté. Et elle s'était adaptée à lui de la même façon. Même si c'était plus une question d'arriver à suivre les méandres de sa pensée. Elle pensait que bien peu de monde devait faire cet effort, en dépit de tous ses succès sur scène.

Vincent revint, le flacon dans les mains.

— Agréable, la fraîcheur de ta salle de bains, remarqua-t-il. Tu te douches à l'eau froide, maintenant ?

Elle hocha la tête et lutta contre les larmes en le voyant nettoyer la poignée de la porte qu'il venait de toucher comme s'il n'y avait rien de plus normal.

— C'est intéressant, le phénomène des douches froides, continua-t-il. Les méthodes de Wim Hof gagnent une influence certaine depuis un moment. Les bénéfices physiologiques et mentaux sont largement documentés, d'une plus grande résistance au stress à une meilleure capacité de concentration. Mais en réalité, tu obtiens ces résultats en choquant ton corps avec un traitement qu'il n'aime pas. L'augmentation du niveau de cortisol, c'est-à-dire l'hormone de stress, qu'implique le refroidissement, t'amène à améliorer ta tolérance au stress, à condition bien sûr de subir ce traitement très régulièrement. Le choc thermique te fait respirer plus profondément, ce qui augmente l'oxygénation du sang et donc du cerveau. Pour au moins un moment, l'activité cérébrale est stimulée et améliore par exemple ta concentration. Et l'idée que ça influence même ta volonté, c'est surtout qu'il en faut, de la volonté, pour faire subir un tel choc à son corps à répétition. Ce n'est pas l'acte en soi qui a une sorte d'effet magique. C'est la façon dont tu réagis. C'est un peu comme marcher sur un gros clou. C'est quoi ton but à toi ? En prenant des douches glacées, je veux dire ?

Elle lui prit le flacon de gel.

— Deux choses, Vincent. D'abord. Beaucoup trop d'informations. Tu recommences. Je croyais que tu avais appris à maîtriser cet aspect, plus ou moins. Ensuite. Je prends des douches froides parce qu'il fait chaud dehors. C'est tout. Qu'est-ce qu'il y avait de si urgent ?

Vincent eut un rictus sinistre.

— Quelque chose qu'il faut que tu voies. Je veux te le montrer avant les autres de l'unité. À toi de me dire si je suis devenu complètement fou. Mais d'abord, avez-vous avancé par rapport à Wilma ?

Elle secoua la tête et le devança dans le séjour.

— Adam et Ruben étaient chez ses parents hier, dit-elle. Même histoire qu'avec Ossian. Des parents sous le choc, pas de menaces antérieures, pas de famille problématique, pas la moindre idée de qui pourrait avoir fait ça.

Aucune piste. Nous avons obtenu une photo de la petite. Mais je ne pense pas qu'on prendra le risque d'une conférence de presse cette fois-ci. Les médias nous lyncheraient. Alors montre-moi ce que tu as. Notre enquête en a besoin. Même si tu es devenu fou.

Elle s'assit dans le canapé, et Vincent prit place à côté d'elle. Il lui présenta une brochure, une carte de Stockholm, une impression en noir et blanc de la couverture d'une revue, ainsi qu'un texte manuscrit sur une feuille en plastique.

— Voici la brochure de présentation d'Épicura, dit-il. Elle contient le même texte que celui que j'ai recopié à la main sur la feuille transparente. Je n'ai modifié que les retours à la ligne. Le père de Nova a écrit ce texte juste avant son accident de voiture. Il était par ailleurs un excellent joueur d'échecs.

Vincent lui montra la couverture du magazine, où un homme à moustache tenait un trophée à la main en souriant. Le titre mentionnait John Wennhagen. Elle comprit qu'il devait être le père de Nova. Vincent prit un stylo et se mit à faire des points sur la carte qui était divisée en cases comme celle sur le mur dans leur salle à l'hôtel de police.

— Lilly, William, Dexter et Ossian ont été trouvés ici, ici, ici et ici. Et selon le problème du cavalier, le corps de Wilma sera découvert ici, près de Djurgårdsbrunnsviken.

Il posa le transparent sur la carte de manière que le texte la couvre, mais que les points restent visibles à travers le plastique. Puis, il encercla les mots qui se trouvaient dans les mêmes cases que les points. Enfin, il tira un trait entre les mots pour qu'elle les lise plus facilement.

— "Tout est souffrance, douleur purifie", lut-elle à haute voix. Mais qu'est-ce que…

— Ta réaction est raisonnable. John Wennhagen a créé ce texte il y a au moins trente ans. Il a fait exprès de le faire en exactement soixante-quatre mots et a caché son message à l'intérieur déjà à l'époque. Un message dissimulé qui correspond exactement aux emplacements des corps de nos victimes. Je sais que ça paraît délirant, mais le père de Nova était un meurtrier. Il a planifié ces meurtres il y a très longtemps.

Mina ne savait pas quoi dire. En général, elle reprochait à Vincent de trop s'étaler mais, en ce moment précis, c'était comme s'il avait tout juste entrouvert une porte sans qu'elle puisse apercevoir ce qu'il y avait derrière. Elle n'aimait pas du tout ça. En plus, Vincent devait se tromper, forcément.

Elle scruta la photo en noir et blanc comme si elle pouvait en extraire une réponse. Mais John Wennhagen ne faisait que sourire en retour.

— Ne le prends pas mal, mais j'espère sincèrement que tu es un peu surmené en ce moment, dit Mina. Parce que si je te comprends bien, les corps auraient été placés pour illustrer le slogan de John qu'il a caché dans un texte écrit il y a plus de trente ans, et qu'on ne peut découvrir qu'à condition d'être aussi doué aux échecs que lui. C'est très convaincant. En plus d'être totalement impossible. Les meurtres ont lieu maintenant. Et le père de Nova est mort depuis longtemps.

— Tu en es si sûre ? Son corps n'a jamais été retrouvé. Nova m'a raconté qu'ils ont mené des recherches, mais qu'ils ne l'ont jamais trouvé. Il peut y avoir une raison à ça. Tout ça me semble démontrer que John Wennhagen pourrait être bien plus vivant que nous le croyons.

Elle le regarda, figée, et soudain gagnée par un grand froid. Plus besoin de douche rafraîchissante. Elle était trop petite quand ça avait eu lieu pour s'en souvenir, mais elle avait lu des choses sur cette affaire quand elle était à l'école de police. Le drame de la ferme qui avait été incendiée et l'accident de voiture tragique où seule une gamine avait été sauvée du véhicule qui coulait dans les profondeurs d'une rivière. On n'avait jamais retrouvé le conducteur. On avait supposé qu'il s'était noyé et avait été emporté par le courant. Mais comme disait Vincent, il pouvait y avoir une autre explication à l'absence de corps. À savoir qu'il avait survécu et vivait caché. En attendant son heure. Ça collait parfaitement avec le raisonnement de Vincent.

— Mon Dieu, dit-elle. Tu as raison. John Wennhagen est en vie. Tu crois… tu crois que Nova le sait ?

— Pas nécessairement, répondit-il. Il a pu se cacher d'elle aussi. Il faut espérer pour elle, puisqu'elle est désormais impliquée dans l'affaire. En plus, compte tenu de ses activités à Épicura, elle n'approuverait certainement pas ses actes.

Mina vida ses poumons. Ça paraissait plausible. Mais Nathalie était là-bas. Il fallait que Mina ait un contact avec elle. Pour s'assurer que tout allait bien. Le plus simple serait d'appeler son père. Mais c'était elle qui lui avait demandé d'attendre. Alors, il fallait que ce soit elle qui aille chercher leur fille. Qui était sûrement en train de randonner avec sa grand-mère en toute tranquillité.

— Comment John aurait-il pu se planquer pendant toutes ces années ? dit-elle.

— Faut croire que ce n'est pas un problème quand on dispose de ressources comme les siennes, ou en tout cas celles de sa famille. Ne pas attirer l'attention est facile quand le monde entier croit qu'on est mort.

Mina secoua la tête, elle avait toujours du mal à envisager les conséquences de ces révélations.

— Il faut qu'on en informe les autres au plus vite, souffla-t-elle.

Vincent acquiesça.

— Nous avons toujours une chance de sauver Wilma, dit-il. Nous savons enfin *qui* c'est. Il nous reste encore à trouver où il est.

*On roule pendant longtemps. Dans la forêt, loin de la ville. Je dors presque. On arrive devant une grange, je crois. On sort de la voiture et j'essaye de m'échapper, mais quelqu'un m'attrape. Je mords la main qui me tient, aussi fort que je peux. La personne crie et la main me lâche. Mais une autre m'attrape avant que j'aie le temps de partir. Je donne des coups de pied jusqu'au moment où ils m'enferment. J'essaye de les faire tomber dans les escaliers en leur donnant des coups de pied, mais je n'y arrive pas. Alors ils m'obligent à descendre toute seule.*

*Ce matin, ils me demandent si je veux manger. J'ai très faim. Mais je veux pas leur nourriture dégoûtante.*

*Ils disent que je dois me calmer.*

*Ils disent qu'ils connaissent ma maman et mon papa.*

*Mais je sais que c'est pas vrai.*

*— Vous mentez ! je crie chaque fois qu'ils disent quelque chose. Je vous hais ! Je veux rentrer à la maison !*

*Ils finissent par ne plus venir. Je suis tellement en colère. Et j'ai peur. Mais il faut que je garde ma colère. Sinon je deviens triste et j'ai encore plus peur. Je ne veux pas.*

*Je dors sur un matelas par terre. Il n'a pas l'air mou. Mais il l'est.*

*Je me jette dessus et crie dans l'oreiller. Il y a quelque chose de dur dessous. Je regarde, il y a un iPad. Celui qui m'a emmenée ici m'en a parlé. Il a dit que je pouvais l'utiliser autant que je voulais. Je le lance contre le mur, mais il ne se casse pas. Alors je le tape sur le sol jusqu'à ce que l'écran explose.*

*— Bien fait pour vous ! je crie. Je veux rentrer à la maison, MAINTENANT ! Sinon, je vous tue !*

*Si je crie assez fort, ils vont peut-être m'entendre.*

*Papa va peut-être me sauver avec sa très grosse voix.*

*Ou maman. Avec son vélo rapide.*

*Mais personne ne vient.*

*Personne du tout.*

Les membres de l'unité regardaient le mur comme s'ils refusaient de comprendre ce que Vincent leur racontait. Il pensait pourtant avoir été très clair. Il avait même préparé ses explications encore mieux que pour Mina. Christer l'avait aidé à se procurer un vieux rétroprojecteur dans un dépôt de l'hôtel de police. Ruben avait ricané quand ils avaient poussé l'appareil à roulettes dans la salle de réunion.

Mais maintenant, alors qu'il leur avait exposé toute l'histoire du message de John et ensuite illustré sa découverte en projetant le texte sur la feuille plastique pardessus le plan de Stockholm sur le mur, ils se taisaient. Les mouvements de leurs yeux révélaient qu'ils suivaient le trait sur la carte pour reconstruire le message de John. Encore et encore. Comme si ça pouvait changer en le lisant une fois de plus.

— Bordel ! s'exclama enfin Ruben.

— John Wennhagen, donc, marmonna Christer. S'il n'est vraiment pas mort, il a eu plusieurs décennies à sa disposition pour retaper sa vieille secte. Personne ne l'a cherché. Il a sûrement changé de nom.

— Comment ça, sa vieille secte ? demanda Ruben.

— Vous ne vous souvenez pas des rumeurs qui couraient ? dit Christer. Ils vivaient tous ensemble, ils étaient nombreux. Dans un lieu à mi-chemin de Nynäshamn. On parlait d'un mouvement genre secte, mais personne ne savait rien de concret. Et après l'accident, ils se sont éparpillés. Je comprends le choix de Nova de supprimer son nom de famille dès qu'elle a pu. Quand elle parle de son expérience dans le domaine des sectes, elle fait allusion à une expérience personnelle. Pourquoi croyez-vous qu'elle se consacre aujourd'hui à des personnes qui décrochent de sectes ?

— Mais..., murmura Peder en se lissant la barbe qui, pour une raison mystérieuse, arborait des teintes bleutées. Si John était le leader d'une secte déjà à l'époque, et a continué son activité pendant tout ce temps en secret... Il a disposé de plusieurs décennies pour endoctriner de nouveaux membres.

Ils se retournèrent vers Vincent. Tous semblaient lutter avec la réalité qui s'imposait à eux. Sauf Mina, qui connaissait déjà toute l'histoire.

— L'enfer, grommela Christer.

Il prit un sac en plastique sur la table et se mit à distribuer des mini-ventilateurs. Vincent en prit un avec gratitude. C'est seulement à ce moment-là qu'il remarqua l'absence de Bosse.

— Il est resté à la maison aujourd'hui, dit Christer en remarquant le regard de Vincent vers la gamelle vide. Il fait un demi-degré moins chaud à la maison. Tel que je le connais, il s'est fait couler un bain froid.

Vincent sourit à l'image d'un grand golden retriever qui pataugeait, heureux, dans une baignoire. La mousse débordait.

— Il faut qu'on en apprenne le plus possible sur John Wennhagen, reprit Julia d'un ton sinistre. Et vite.

— J'ai déjà commencé, dit Peder en ouvrant son portable.

— Il faut aussi que quelqu'un informe Nova du fait qu'on recherche son père, dit Christer.

Il se raidit.

— À moins que… Vous croyez qu'elle est impliquée ? Qu'il y a un rapport avec Épicura ?

Silence autour de la table.

Mina secoua la tête.

— Quand elle parle de son père, son chagrin paraît sincère, dit-elle. Si John est en vie, Nova n'est pas au courant. Elle semble vraiment convaincue de sa mort. Je ne connais pas grand-chose dans le domaine de l'épicurisme, mais je sais au moins que ça n'a rien à voir avec le fait de tuer des enfants. Les épicuriens semblent surtout s'appliquer à ne pas faire de vagues et, comment elle le dit, à vivre dans le calme. Le contraire des actes de John, en admettant qu'il est réellement coupable des meurtres… Ce sera un coup terriblement dur pour elle. Je m'occupe de l'informer.

Julia haussa un sourcil, mais ne dit rien.

— La question, c'est pourquoi John aurait fait tout ça ? intervint Adam, qui avait du mal à faire marcher son ventilo.

— Non, ce n'est pas ça, la question, répondit fermement Julia. On s'occupera de ça plus tard. La question maintenant, c'est où chercher. Nous n'avons qu'aujourd'hui et demain pour trouver Wilma. À condition que John s'en tienne aux trois jours cette fois-ci aussi. Et Peder, puis-je te demander pourquoi tu as du bleu dans la barbe ?

Peder adopta une mine contrite.

— Arh, c'était pour un anniversaire d'enfant, murmura-t-il. J'arrive pas à enlever la couleur, je sais pas…

Milda apparut soudain dans la porte. Elle s'arrêta net en voyant tout le monde.

— Vous êtes en pleine réunion ? demanda-t-elle, surprise. C'est toi que je cherchais, Mina, mais tu n'étais pas à ton bureau. J'ai du nouveau par rapport aux enfants, ou plutôt concernant ce que nous avons trouvé dans leur gorge.

— Tu parles des fibres ? demanda Mina.

Christer jeta un ventilo à Milda qui l'attrapa avec une telle adresse que Vincent en déduisit qu'elle avait dû avoir une enfance plutôt sportive.

— Merci, dit-elle. Et oui, c'est exact. Au début, on n'arrivait pas à les identifier, à part le fait qu'il s'agit de fibres de laine. On a continué à chercher, et trouvé une bactérie, *Dermatophilus congolensis*, présente sur toutes les fibres. Cela renforce l'hypothèse comme quoi les fibres viennent du même endroit.

— C'est quel genre de bactérie ? demanda Julia.

— Merci pour la question. Elle est à l'origine d'une maladie de peau entre autres chez les chevaux, mais aussi chez les bovins et les moutons. Il s'agit de la dermatophilose ou, plus communément, la gale de boue. L'humidité provoque des lésions cutanées dans lesquelles la bactérie se développe, pour ensuite former des croûtes. C'est rare, mais il peut arriver que la dermatophilose se propage de l'animal à l'humain et devienne ainsi une zoonose. La contagion se fait par contact direct, ou si les croûtes s'humidifient et libèrent des zoospores qui s'accrochent aux étrilles et couvertures pour chevaux.

Milda fit une pause pour mettre en route son mini-ventilateur.

Vincent n'était pas sûr de bien comprendre. Les enfants avaient eu cette bactérie dans la gorge. Mais c'était une bactérie qui se trouvait dans la peau des animaux ? Avait-il loupé une étape ?

— Mais comment les bactéries se sont retrouvées sur les fibres de laine ? demanda-t-il.

Milda sourit. C'était de toute évidence la question qu'elle attendait.

Son ventilateur se mit en route avec un léger sifflement.

— La laine d'où viennent les fibres a dû être en contact direct avec des animaux contaminés. En même temps, le textile a dû être assez grand pour recouvrir le visage des enfants, peut-être même toute leur tête, de façon qu'ils inspirent les fibres. Rien n'indique que ces fibres ont été enfoncées de force dans la bouche des enfants. Ma supposition, mais c'est vraiment une supposition tout à fait officieuse…

— Oui ? dit Julia, impatiente.

— … c'est que les fibres proviennent d'une couverture de cheval.

Les pensées de Vincent tournaient en rond dans un cercle parfait, se mordant la queue. Des chevaux. Tout commençait et finissait par ces énigmatiques chevaux.

— Eh, écoutez ! dit Peder qui avait gardé le nez dans son ordinateur pendant que Milda parlait. Vous savez, la ferme qu'avait John dans les années 1980 et à qui quelqu'un a mis le feu ?

— Oui, les étables étaient pleines d'animaux qui ont péri dans les flammes, répondit Julia. Je m'en souviens, c'était tragique.

— Et pas n'importe quels animaux, continua Peder en tournant l'ordinateur pour que tout le monde voie les photos qu'il avait trouvées.

Un homme moustachu et souriant se trouvait à côté d'un haras. Les animaux près de lui étaient musclés et majestueux.

— Des chevaux, dit Peder. John Wennhagen était le propriétaire d'une des fermes équestres les plus populaires du pays. Elle se trouvait à seulement cinquante kilomètres environ d'ici, à Sorunda. Et vous savez quoi ? Sur les images satellites de Google Earth, on dirait que la ferme a été partiellement rénovée depuis.

Des regards fusèrent dans tous les sens. Puis, tous se levèrent en même temps.

Julia demanda à Christer de rester à l'hôtel de police pour tenir la position et aussi pour rassembler tout ce qu'il y avait à savoir sur John Wennhagen. Les autres se jetèrent dans les véhicules de la police, tandis que Mina prenait sa propre voiture. Julia alerterait l'unité d'intervention spéciale en route.

Mina appuya sur l'accélérateur. Vincent, à côté d'elle, s'agrippa de toutes ses forces quand elle prit Nynäsvägen en direction de Sorunda. Au moins, dans sa voiture, la climatisation fonctionnait correctement. Malgré toutes les pensées qui se bousculaient dans sa tête au sujet de Wennhagen et de ce qui les attendait à sa ferme, Mina savoura la fraîcheur un instant.

— Tu es bien silencieuse, dit Vincent.

— Je me concentre, répondit-elle sans lâcher la route des yeux.

— Tu connais le fameux gâteau de Sorunda ? demanda-t-il. Le summum de la symbolique pour une pâtisserie. Elle est décorée de symboles d'éternité et de fertilité, et peut contenir des pommes ou des pruneaux. Mais si le gâteau est servi lors d'un enterrement, on y met seulement des pruneaux pour que sa couleur soit plus sombre. Ça me fait penser que les représentations de l'éternité vont main dans la main avec les idées de Nova au sujet de l'eau qui symbolise la vie, et l'unité, et…

— Vincent ?

— Quoi ?

— Tu t'emballes.

Vincent se tut.

Elle comprenait son besoin de parler, il était aussi nerveux qu'elle. Ils avaient peur de ce qu'ils allaient trouver. Allaient-ils découvrir d'autres enfants morts ? Ou tomber sur John en personne ? Mais si le mécanisme de défense de Vincent consistait à déblatérer, le sien était de garder le silence. Et elle avait besoin de partager ce silence avec lui. Surtout en ce moment précis.

Par chance, il eut l'air de comprendre.

— Tu as raison, dit-il en regardant par la vitre latérale. Pardon. C'est vrai qu'on ne recherche pas un pâtissier.

Il resta silencieux quelques secondes puis se remit à parler.

— Non, par contre, tu savais que le service de l'équipement a supprimé tous les panneaux indiquant Sorunda il y a quelques années ? Maintenant, on trouve seulement des indications pour Spångbro. Dès le départ, ils ont…

Elle le fit taire d'un regard noir. Il eut un sourire en coin.

— Je t'ai eu, chuchota-t-il.

Elle lui donna un coup dans l'épaule.

— Pourquoi tu cherches tout le temps à m'avoir, hein ? dit-elle.

— Quoi ? Non, je… Ce n'est pas…, bafouilla-t-il en se tortillant sur son siège.

— Est-ce que c'est moi qui te rends si libidineux, Vincent ?

Elle sentit presque la température grimper dans la voiture quand Vincent rougit jusqu'à la racine des cheveux. Elle le laissa griller encore quelques interminables secondes.

— Je t'ai eu, dit-elle enfin.

Vincent poussa un tel soupir de soulagement qu'il aurait pu remplir une montgolfière, puis il éclata de rire pendant qu'elle doublait une Skoda en ruine.

— *Touché**, dit-il. Mais pour être honnête, tu n'as pas complètement tort.

Vincent inspira profondément avant de poursuivre. Ce qu'il s'apprêtait à dire n'était apparemment pas facile pour lui.

— Même si les événements d'il y a deux ans étaient terribles, dit-il enfin, je crois que je ne me suis jamais senti aussi vivant qu'à ce moment-là. Et c'était surtout grâce à toi. Après, j'ai essayé d'oublier et de poursuivre ma vie, mais… ça n'a pas été si facile que ça.

Mina lui jeta un coup d'œil avant de se reconcentrer sur la route.

— Tu veux vraiment qu'on parle de ça maintenant ?

— Je crois que j'en ai besoin, dit Vincent. On est en route pour arrêter un assassin. Tout sera peut-être fini dans très peu de temps. Mais je… j'ai besoin de toi dans ma vie, Mina. C'est aussi simple que ça. Je ne sais rien de plus sur ta vie que le fait que tu as commencé à voir quelqu'un et que tu n'as peut-être pas du tout de temps pour moi. Mais quand cette affaire sera résolue, tu veux bien continuer à… me voir de temps en temps ? Est-ce que tu as de la place pour un autre ami ?

Un autre ami. Comme si elle en avait déjà un. Elle avait envie de hurler et de taper sur le volant. Bon sang, Vincent ! Il la connaissait si bien et en même temps pas du tout. Pourquoi fallait-il qu'il revienne et qu'il réduise à néant cette forteresse qu'elle avait si soigneusement élaborée autour d'elle ? Elle ne voulait avoir besoin de personne. Mais voilà – et qu'il aille au diable pour ça –, elle aussi avait besoin de lui. Aussi simple que ça.

* En français dans le texte.

Elle prit la bifurcation pour Spångbro si vite que Vincent fut projeté sur le côté.

— Tu ne crois pas que c'est plutôt Nova qui t'attire ? demanda-t-elle.

— Nova ? D'où est-ce que tu sors cette idée ? J'admire ses connaissances et son expertise. Je suis impressionné par la volonté avec laquelle elle est arrivée là où elle est aujourd'hui. C'est une connaissance professionnelle que je respecte, mais c'est tout. Elle n'est pas… Elle n'est pas toi.

Mina hocha la tête sans rien dire.

— C'est vrai que moi, je peux t'apprendre à jouer au billard, dit-elle.

Il acquiesça à son tour.

— Tu as vu ? lança-t-il d'une voix soudain plus enjouée. Quand on a bifurqué, le panneau indiquait Spångbro, et pas Sorunda. Je te l'avais dit.

*J'ai très mal à la gorge. Je crie trop. Mais j'ai toujours assez de forces pour être en colère. Dès qu'ils viennent me voir, je les tape. Je leur donne des coups de pied. C'est bien fait pour eux. Je les déteste, je déteste tous les adultes. Et je déteste être dans la forêt.*

*S'ils ne veulent vraiment pas me ramener à la maison, il va falloir que j'y aille toute seule. En ce moment, il n'y a personne. Je me dépêche de monter, personne ne me voit. J'entends du bruit du côté des chevaux. Ils sont tous là-bas. Ils ne croient pas que je pourrais avoir l'idée de sortir toute seule. Ça sent les animaux. Ça sent surtout le caca des animaux, en fait. C'est la pire odeur du monde.*

*Je vais vers la grange des chevaux. Personne ne vient. Très bien, je peux rentrer à la maison. Je commence à m'éloigner de la maison par le chemin en gravier. Quelque chose, peut-être une porte, grince derrière moi, mais je n'ai pas l'intention de regarder, je veux juste marcher droit devant.*

*— Wilma ?*

*C'est lui qui m'appelle. Celui qui m'a emmenée ici. Le phédopile. Il est derrière moi quelque part. Je fais pas attention à lui.*

*— Wilma, où vas-tu ?*

*Je me mets à courir. Le gravier crisse sous mes pieds. Mais j'entends quand même quand il se met à courir aussi. Je cours encore plus vite. Aussi vite que je peux.*

*— Wilma, attends !*

*On dirait que le phédopile a du mal à parler et courir en même temps. C'est bien fait pour lui s'il est si gros. Mais ses jambes sont longues. Pas les miennes. Je saute par-dessus le fossé, cours vers les arbres. Dans la forêt, il me trouvera jamais. Au moment où j'arrive aux premiers arbres, quelque chose me soulève par-derrière. Je tape et frappe tout ce que je peux. Mais je suis fatiguée.*

*— Wilma.*

*Il a le souffle court, mais il rit aussi.*

*— C'est pas la peine de t'enfuir, tu vas t'en aller très bientôt de toute façon.*

*Je suis pas sûre de le croire, mais on dirait que c'est vrai cette fois-ci. J'arrête de bouger.*

*On va dans la grange des chevaux et il pose une couverture sur mes épaules même s'il fait très chaud dehors. La couverture sent le cheval. Ils sont tous là. Mais ils vont redescendre sous la terre par l'escalier. C'est comme si quelque chose allait se passer. Quelque chose que je n'aime pas.*

*— Comment tu te sens, Wilma ? dit le phédopile. Tu te souviens de ta naissance ?*

La route goudronnée se transforma en chemin gravillonné. Ils étaient en pleine forêt. Vincent ne comprenait pas comment Mina osait rouler si vite sur l'étroit chemin, tout et n'importe quoi pouvait surgir au prochain virage. D'un autre côté, Adam, Ruben, Julia et Peder étaient dans les véhicules devant eux. En cas d'accident, ils étaient en première ligne.

Après plusieurs kilomètres à travers l'épaisse forêt, une clairière s'ouvrit soudain. Sur leur droite, un grand enclos. Et sur la gauche, la ferme équestre de John Wennhagen. En tout cas, ce qu'il en restait. Vincent se dit que la partie la plus proche avait dû être le logement. De la maison d'autrefois, il ne restait plus que quelques murs en ruine recouverts de végétation, et il était impossible d'imaginer à quoi elle avait ressemblé. La forêt avait passé ces dernières décennies à reprendre ses droits. S'il n'y avait pas eu le plus grand bâtiment derrière, ils auraient sans doute raté la ruine.

Ce grand bâtiment, probablement l'ancienne écurie, était en presque aussi mauvais état. Contrairement à la maison, une partie des murs et de la toiture était certes encore là, mais la toiture était à moitié écroulée, et dans les murs, des rondins carbonisés s'élevaient encore par endroits. On avait enlevé la végétation, et le bois noirci par le feu contre le vert de la forêt conférait à l'ensemble un air sinistre. Vincent regarda autour de lui, à la recherche de ce qu'avait trouvé Peder sur la carte, mais ne vit que des ruines.

— Là, dit Mina en montrant un groupe d'arbres à proximité.

Elle avait raison. On apercevait des couleurs rouges et blanches entre les troncs. Le chemin faisait le tour des arbres, et ils découvrirent une écurie relativement neuve. Devant, deux voitures étaient garées. L'une d'elles était une Renault Clio rouge. Comme celle dans laquelle Wilma avait été enlevée.

— Ils viennent d'arriver, dit Mina.

— Comment tu sais ? Ces voitures peuvent être là depuis des mois, non ?

— Regarde-les. Pas de feuilles ni d'aiguilles de pin, ni de fientes ou de poussière. Elles sont bien trop propres pour avoir passé du temps ici. Je croyais que c'était toi, le fin observateur ?

Adam se gara de travers derrière les voitures, et Julia ajouta la sienne afin de bloquer la sortie.

— C'est plus amusant quand c'est toi, répondit Vincent. Il se passe quoi maintenant ?

Les autres étaient dehors et se dirigeaient vers l'étable. Mina arrêta sa voiture derrière celle de Julia.

— Maintenant, on le tient, dit-elle.

Ils sortirent de sa voiture, et Vincent resta en arrière. Le silence de la forêt était assourdissant. Comme si même les oiseaux retenaient leur souffle dans l'attente de ce qui allait se passer.

Ruben avança en tête. Mina mit la main en visière et fronça les sourcils.

— Qu'est-ce qu'il y a ? demanda Vincent derrière elle.

— Je ne sais pas, j'ai l'impression d'avoir vu quelque chose là-bas, dans le gravier…

Brusquement, les portes de l'écurie s'ouvrirent en grand et un homme en sortit, avec un large sourire. Il était blond et arborait une belle moustache. Identique à la description du kidnappeur de Wilma. Il ne s'était même pas donné la peine de changer son apparence. Ça en disait long sur leur aplomb et leur certitude de pouvoir mener à bien leur œuvre sans se laisser freiner.

Mais quand l'homme vit les policiers, son sourire s'effaça, et il blêmit. Il s'attendait visiblement à voir quelqu'un d'autre.

Il tourna les talons et courut dans l'écurie. C'est seulement à ce moment-là qu'ils découvrirent la fillette qui se trouvait derrière l'homme. Une couverture entourait ses épaules. Elle les regardait, confuse.

C'était Wilma.

— Arrêtez ! cria Ruben en se jetant à la poursuite de l'homme.

Peder suivit Ruben, et Julia leur emboîta le pas après avoir fait un signe à Adam en direction de Wilma. Adam s'avança vers la fillette en salopette et s'accroupit devant elle.

— Nous sommes de la police, dit-il. Nous sommes venus pour te ramener à la maison chez maman et papa. Tu es d'accord ?

Wilma hocha vigoureusement la tête.

— Il t'a fait mal ? Il a fait quelque chose que tu n'aimais pas ?

— Non, dit Wilma. Mais il a menti. Il n'y a pas de chevaux ici. Il m'a dit que je pouvais caresser les chevaux. Mais il m'a juste donné une couverture dégoûtante.

Elle se mit à pleurer et sauta dans les bras d'Adam qui la souleva et la porta jusqu'à la voiture.

— Mina, tu peux m'aider ? lança Adam en montrant la voiture de police de la tête.

Mina courut lui apporter son aide, et au même moment six personnes furent escortées hors de l'écurie par Ruben, Julia et Peder. Vincent vit l'homme blond, une femme plus jeune, un homme âgé, et trois jeunes femmes qui devaient avoir dans les vingt-cinq ans. Tous regardaient le sol et ne semblaient pas vouloir résister. Vincent n'était pas sûr à 100 %, mais il était quand même prêt à parier une belle somme qu'ils venaient de trouver les kidnappeurs de Lilly, William, Dexter, Ossian et Wilma.

— Ils sont tous là, dit Ruben. Mais John n'est pas avec eux. Et ces zigotos ont l'air de préparer une sorte de rituel là-dedans, ça ne m'étonnerait pas qu'il arrive d'un moment à l'autre.

Le bruit d'une voiture qui contournait le bosquet d'arbres les fit tous se retourner. À cent mètres d'eux, une Audi bleue freina en envoyant du gravier de tous les côtés.

— Putain, c'est lui ! s'exclama Ruben.

Vincent voulait voir le visage de John, trente ans après le cliché de la revue d'échecs, mais le soleil se reflétait sur le parebrise et il ne pouvait que le deviner.

Ruben n'eut le temps de faire que quelques mètres en direction de la voiture avant que John ne se mette à reculer pour faire demi-tour. L'instant suivant, l'Audi repartait aussi vite qu'elle était arrivée.

— Merde ! siffla Ruben en tapant des pieds sur le sol. Je suppose que personne n'a eu le temps de voir le numéro d'immatriculation ? Vincent, c'est pas toi qui es si doué pour mémoriser des chiffres ?

— Pas à cette distance.

— Relax, dit Peder en se lissant la barbe.

Il sourit aux six personnes qui avaient toujours les yeux rivés au sol.

— Nos nouveaux amis vont nous aider à le retrouver.

— Nous ne savons pas de qui vous parlez, dit l'une des femmes. Nous sommes les seuls responsables de nos actes.

— C'est ça, oui, dit Julia.

— Bravo à tous, ça, c'est du bon boulot ! dit Julia avec un large sourire. Wilma est saine et sauve, elle est juste très en colère parce qu'on ne l'a pas encore ramenée à la maison. Nous l'avons déposée à l'hôpital Karolinska pour un examen médical plus approfondi, ses parents sont en route. Sans vous, cette histoire aurait pu très mal se terminer.

Elle fit le tour de la pièce du regard, laissant ses yeux reposer un instant sur chacun d'eux. Ils semblaient tous exténués. C'était souvent le cas quand une affaire était enfin résolue. La tension, l'adrénaline retombent. La fatigue les assommait comme une chape de plomb après cette période d'efforts constants. Mina se sentait comme un ballon dégonflé. Normalement, c'était une sensation bienvenue puisque ça signifiait la fin de l'état d'alerte. Mais cette fois-ci, ils n'avaient qu'un court répit. Ils avaient sauvé Wilma. Mais John Wennhagen courait toujours. Et Nathalie n'était pas rentrée à la maison.

— Christer. Tu as eu le temps de trouver pas mal de renseignements sur le passé de John. Ce serait très utile que tu en informes tout le monde. En ce moment précis, nous ne savons pas encore quels détails de sa vie passée peuvent être pertinents pour la suite.

Christer hocha la tête à l'attention de Julia et prit une liasse de feuilles.

— Ce n'est pas n'importe qui, notre bonhomme. Famille riche. Fils de Baltzar Wennhagen qui a fait fortune dans l'immobilier. A grandi avec une cuillère d'argent dans la bouche. Pas grand-chose d'autre à dire sur son enfance. Déjà à l'époque, son père avait commencé à s'intéresser à l'épi… l'épi…

— L'épicurisme, dit Mina.

Christer l'ignora et continua.

— John avait un peu plus de vingt ans quand il est parti à l'étranger. L'Inde. Il rejoint une sorte de secte indienne…

Il plongea dans ses papiers.

— Le mouvement de Bhagwan. Plus tard, il les a suivis quand ils se sont établis en Oregon, mais ça s'est mal terminé. Par des meurtres, entre autres.

— C'est la secte qu'avait rejointe Ted Gärdestad ? demanda Peder.

— Ted Gärdestad a fait partie d'une secte ? On parle bien du chanteur ?

— Lui-même, dit Peder. Dommage qu'il se soit égaré comme ça, il avait du talent. Mais il a été sérieusement réhabilité ces derniers temps, alors je pense qu'on…

— Eh, on se concentre, intervint Julia avec lassitude.

Elle fit signe à Christer de poursuivre.

— On dirait que John a eu le bon sens de se tirer juste avant que la situation dégénère vraiment en Oregon. Il est revenu en Suède avec un petit groupe de fidèles, a acheté la ferme et lancé son propre petit culte.

— Ils vivaient de quoi ? demanda Ruben.

— Pendant longtemps, ils tenaient un centre équestre. Celui que vous venez de découvrir. Nova est née à la ferme, sa mère était l'une des femmes qui sont revenues avec John du mouvement Rajneesh comme on l'appelle aussi. Nous n'avons cependant pas beaucoup de documentation sur cette période-là. Ils se tenaient à l'écart et leur seul contact avec la société, c'étaient les élèves qui venaient prendre des leçons d'équitation. Je n'ai rien trouvé d'autre que quelques courriers des lecteurs envoyés par des gens des alentours qui avaient eu vent de leur passé comme secte et qui n'étaient pas contents. Les leçons d'équitation étaient par contre très populaires parmi les enfants, d'après ce que j'ai compris. J'imagine que l'on ne voyait pas ça d'un bon œil. Ce qui se confirme par la suite.

— L'incendie ? dit Mina.

— Exact. Nous n'avons pas beaucoup de détails. Mais une nuit, le feu s'est déclenché à la ferme. L'expertise technique a déterminé que c'était volontaire.

— Je m'en souviens, c'était dans les journaux, nota Peder.

— Oui, l'événement a marqué les esprits à l'époque. Plusieurs personnes sont mortes. Des adultes et des enfants. Les chevaux sont morts dans les flammes. Seuls John et Nova en ont réchappé. Et jusqu'à présent, tout le monde a cru que John était mort dans l'accident de voiture qu'ils ont eu en fuyant la ferme.

Christer leur montra la copie d'un vieux numéro d'*Expressen*.

— Étrange que la presse ne revienne pas plus souvent sur le sujet, maintenant que Nova est connue du grand public, dit Mina, pensive.

— Ce n'est pas un secret, dit Vincent. Mais je pense que personne n'a envie de remuer le couteau dans la plaie. Il n'y a rien de nouveau à dire sur le sujet, et elle n'était qu'une enfant quand c'est arrivé.

— Comment il a pu se planquer pendant toutes ces années ? dit Peder.

— C'est ce que nous devons essayer de comprendre maintenant, dit Julia. Si nous arrivons à déterminer ce qu'il a fait, qui il a été, *où* il a été, ça pourrait nous donner une indication de l'endroit où il se cache actuellement.

— Ce n'est pas si facile que ça de se procurer une fausse identité en Suède, remarqua Christer.

— Il a pu vivre sans identité, dit Ruben en griffonnant méditativement sur un bloc-notes.

Mina constata que c'étaient des gribouillis sans le moindre sens. Certains traits sinueux faisaient penser à des cœurs, mais ça devait être son imagination qui lui jouait des tours.

Ruben s'éclaircit la gorge et reprit.

— S'il a été entouré par des fidèles qui eux aussi ont survécu et qui ont pris soin de lui, il a pu vivre sans contact avec la société environnante. C'est seulement auprès des autorités que nous avons besoin de démontrer notre identité. S'il a eu un toit et de quoi manger, il a très bien pu passer sous les radars. Surtout que personne ne le cherchait puisqu'il était mort aux yeux de tous.

— Nous avons lancé un avis de recherche, dit Julia. Et nous envisageons d'informer la presse. Le problème, c'est que nous n'avons pas de photo récente de lui, celles que nous avons ont au moins trente ans. Mais nous avons une équipe qui travaille sur un portrait actualisé de lui en simulant son vieillissement.

— Un portrait-robot, tu veux dire ? Ça, c'est vraiment n'importe quoi, commenta Christer en regardant autour de la table à la recherche d'approbation.

— Au contraire, répliqua Adam en secouant la tête. C'est scientifiquement validé. Réalisé par ordinateur, et pas à la main comme autrefois. Il y a même des applications qui te permettent de t'amuser à ça sur ton téléphone. Faut te mettre un peu à jour, Christer.

— C'est quand même n'importe quoi, répéta Christer, vexé. C'est tout ce que je dis.

Bosse leva la tête comme s'il avait ressenti l'état d'esprit de son maître, mais la reposa bien vite sur ses pattes avec un gros soupir.

— L'Audi bleue est bien sûr recherchée aussi, dit Julia, mais nous n'avons aucune piste pour le moment. C'est probablement juste une question de temps. Toutes les patrouilles sont prévenues.

— Et les membres de la secte ? dit Ruben, toujours à son gribouillage psychédélique. On doit quand même arriver à les faire parler. Ils savent sûrement où le trouver.

— Je propose de laisser Vincent les interroger, dit Mina. Il a déjà fait ses preuves dans ce genre de situations, avec Lenore Silver par exemple. Il a pu constater des choses que personne parmi nous n'avait vues.

Julia regarda le mentaliste, qui était resté silencieux jusque-là.

— Qu'est-ce que tu en dis, Vincent ? Partant ?

Mina vit les grandes auréoles de sueur sous les bras de Julia. Elle souleva discrètement ses propres bras. Son déodorant avait l'air de faire encore effet. Elle en avait remis après leur descente à la ferme, et elle s'était essuyé le corps du mieux qu'elle le pouvait avec des lingettes. Elle n'avait rien touché de sale, mais l'odeur des chevaux et l'ambiance malsaine en général avaient pénétré tous ses pores.

— Je suis prêt à aider si je le peux, bien sûr, dit Vincent. Mais c'est Adam qui est formé en négociations. Je pense qu'il s'en sortira très bien. Les compagnons de John sont sans doute plus ou moins fanatisés, mais ils n'ont pas l'expérience, comme Lenore, en matière de confrontation avec la police. Ils vont se taire un certain temps. Mais ça passera quand ils se rendront compte qu'ils ont été abusés.

— Je suis d'accord, dit Adam. On va faire en sorte qu'ils s'ennuient ferme. Sans leur sauveur, on les aura facilement.

— Il est donc temps pour moi de prendre congé, dit Vincent. En vous remerciant pour un après-midi haut en couleur.

— C'est nous qui te remercions, dit Julia. Sans toi, on n'en serait pas là. Vous avez tous apporté votre précieuse contribution. Nous pouvons nous permettre de nous féliciter encore une fois pour ce bon boulot. Avant de réattaquer pour arriver à localiser John Wennhagen. Tout le monde sait ce qu'il a à faire ?

Tous les membres de l'équipe acquiescèrent, se levèrent et sortirent.

Sauf Mina, qui s'attarda dans la salle. Quelque chose la travaillait. Quelque chose dont elle devait se souvenir.

Quelques heures plus tard, Mina était toujours préoccupée. Quelque chose ne collait pas. Les autres étaient focalisés sur la recherche de John Wennhagen. Un homme revenu d'entre les morts. Dans l'après-midi, ils avaient interrogé Nova, qui avait admis avoir toujours eu des soupçons par rapport à la mort de son père. Mais ils n'avaient pas avancé plus que ça. Nova insistait sur le fait qu'elle et John n'avaient jamais eu de contact. Et depuis la catastrophe, elle n'avait jamais remis les pieds à la ferme. Il fallait bien sûr revérifier toutes ses déclarations. La police devait revoir des listes d'appel, et sûrement procéder à une perquisition à Épicura. Il fallait obtenir des mandats. Mais Mina avait du mal à se concentrer sur ses tâches à elle.

Elle avait vu quelque chose à la ferme.

Si brièvement qu'elle n'avait pas eu le temps de l'analyser avant que tous les autres événements ne se déclenchent. Mais elle savait que c'était important.

Les personnes qui avaient tenu Wilma en captivité étaient en train d'être interrogées. Vincent avait raison – ils se taisaient. Pour le moment. Adam n'avait même pas réussi à obtenir leurs noms. S'ils ne figuraient pas dans les registres d'empreintes digitales, il pourrait s'avérer quasi impossible de les identifier. Dans ce cas, ils seraient probablement obligés de s'adresser aux médias et de quémander de l'aide auprès du grand détective : le public.

Wilma était toujours à l'hôpital. Julia et Peder s'y rendraient dès que les médecins auraient terminé de l'examiner et se seraient assurés qu'elle était en mesure de répondre à leurs questions. Pour le moment, il fallait s'armer de patience.

Mina se leva et se mit à faire les cent pas dans la pièce. Elle avait du mal à se concentrer. Elle avait consacré quelques heures à dénicher le peu de renseignements qui existaient sur John Wennhagen. Elle espérait trouver des informations dans son passé qui pourraient aider à déduire où il se cachait aujourd'hui. Elle avait cherché dans le cadastre national, au cas où il posséderait d'autres propriétés que la ferme, mais pour l'instant ça n'avait rien donné.

Au fond d'elle, elle savait que ce qu'elle recherchait ne se trouvait dans aucune base de données. Ça se trouvait enfoui dans son subconscient, tout juste hors de portée. Ça lui jouait des tours. Se moquait d'elle. Elle avait envie de donner des coups de pied très forts, par frustration. Soudain, elle se figea. Elle ne pouvait pas obliger son cerveau à produire une réponse. Mais elle savait qui en serait capable. Elle l'avait vu faire.

Un coup de fil plus tard, il était en route.

Vincent suivit Mina qui le fit entrer dans une salle de repos de l'hôtel de police.

— Désolée de t'obliger à revenir si vite, dit-elle. Ta famille ne doit plus en pouvoir de moi.

La pièce contenait une couchette, une petite table et une chaise.

— Ouais, je retire tout ce que j'ai dit dans la voiture au sujet de devenir amis, dit-il. Non, je plaisante, il n'y a pas de problème. Maria n'était même pas à la maison. Rebecka avait prévu d'aller chez son petit copain, mais je leur ai graissé la patte, à elle et Benjamin : ils regardent un film avec Aston en attendant mon retour.

Vincent vit Mina se raidir à la vue de la couchette dans la salle de repos. Elle était sûrement déjà en train de cogiter sur le nombre de personnes qui s'étaient reposées, avaient dormi ou bien pire encore dans ce recoin de la maison, probablement sans que le matelas ne bénéficie jamais du moindre nettoyage.

— Je leur ai mis *Solaris* en Blu-ray, dit-il. La version de Tarkovski, même si d'après un documentaire, Stanisław Lem aurait été curieux de savoir ce que Soderbergh et George Clooney en auraient fait. Mais l'original russe de 1972 reste et sera toujours l'original, justement. Benjamin a dit qu'il ferait des pop-corns.

Mina le fixait, incrédule.

— Je croyais qu'Aston n'avait que neuf ans ? dit-elle. Tu crois qu'il préfère regarder… ce que tu viens de dire plutôt que, voyons, *Moi, moche et méchant* ?

— J'avais son âge quand j'ai vu *Solaris* pour la première fois, dit-il en haussant les épaules. Et tu vois le résultat, je suis parfaitement normal. En plus, il dure presque trois heures. Au cas où nous aurions besoin de temps.

Mina secoua la tête. Mais au moins, elle n'avait plus l'air de vouloir mettre toute la pièce sous cellophane. La diversion avait fonctionné. Il s'installa sur le bord de la couchette pour qu'elle puisse s'asseoir sur la chaise.

— Raconte, dit-il. Que faisons-nous ici, dans cette pièce ? Qu'est-ce qui était si urgent ?

— Lenore, tu l'avais bien hypnotisée, dit-elle. N'est-ce pas ? Quand tu lui avais posé tes questions.

Il hésita une seconde. Le sujet était controversé, et il existait autant d'avis sur l'hypnose que de personnes qui la pratiquaient. Peu importe l'opinion qu'on pouvait avoir sur le sujet, ce n'était sûrement pas un exercice que la police encouragerait. Mais si Mina voulait lui passer un savon à ce sujet, elle avait choisi un drôle de moment et de lieu.

— J'ai… discuté avec Lenore, dit-il. Je me suis servi de certaines techniques verbales et physiques pour l'aider à accéder à un espace mental spécifique où elle serait à la fois décontractée et attentive, sans pour autant analyser ou mettre en question ce que nous disions.

— Tu l'as donc hypnotisée ?

— Si tu veux.

— Tu pourrais… m'hypnotiser ?

Sa demande le prit complètement au dépourvu. Il s'était attendu à tout, sauf à ça. Mina avec ses murailles de deux kilomètres de haut autour d'elle, Mina avec son bouclier de défense de trois mètres d'épaisseur, cette Mina venait de lui demander de pénétrer tout droit au plus profond et plus vulnérable de sa personne.

— Tu me le demandes comme un défi, parce que tu crois que c'est impossible ? dit-il. Ou tu veux sincèrement que j'essaye ?

— Quand nous étions à la ferme cet après-midi, j'ai vu quelque chose, dit-elle. Je me souviens presque de ce que c'était. Mais il est arrivé trop de choses au même moment, je ne l'ai pas capté correctement. En tout cas, pas consciemment. Et maintenant, pas moyen de retrouver ce que c'était. Et pourtant, je suis sûre que c'est important. Peux-tu me mettre sous hypnose pour que ça me revienne ?

Il déglutit. De la part de n'importe qui d'autre, la requête n'aurait rien eu d'étrange. On le lui avait demandé des centaines de fois. Mais de la part de Mina, c'était complètement différent. Ça voulait dire qu'elle lui faisait une confiance absolue. Qu'elle était prête à le laisser voir exactement ce qu'il voulait dans sa tête. Tout en comptant sur lui pour ne rien voir de plus que nécessaire. Soudain, la pièce lui sembla beaucoup trop petite. Ou trop grande. Il essaya de trouver une position plus confortable sur le bord du lit. Il voulait trouver un moyen de lui rendre sa confiance. Mina grimaça quand le sommier grinça sous son poids.

— Premièrement, dit-il en se concentrant. Si on le fait, tu n'as pas besoin d'être allongée. Tu peux rester assise sur la chaise.

Mina eut l'air soulagée. En même temps, elle avait toujours ce petit sillon entre les sourcils qui était apparu au moment où elle avait commencé à parler d'hypnose. Elle n'était de toute évidence pas à l'aise avec le concept.

— Deuxièmement, je ne suis pas certain qu'on ait véritablement besoin d'hypnose, reprit-il. Je peux tout simplement t'aider à te souvenir. D'autres techniques permettent d'y arriver.

Le sillon entre ses yeux s'effaça. Il ne s'était pas trompé. S'il avait continué dans une démarche qu'elle prenait pour de l'hypnose, ça n'aurait pas marché. C'était incroyablement courageux de sa part, mais elle en avait peur. Et la peur engendre des blocages. D'où la nécessité de changer de tactique.

— Il faut quand même que tu fermes les yeux et que tu te détendes, dit-il. Tu peux essayer dès maintenant ?

Mina ferma les yeux et il entendit sa respiration ralentir.

— Très bien. Tu peux les rouvrir, nous n'avons pas encore commencé.

Mina cligna des yeux, légèrement confuse.

— Quand on s'y mettra, je voudrais aussi que tu aies conscience de la sensation de tes mains sur tes genoux. Ferme les yeux et ressens.

Mina referma les yeux et cette fois-ci, sa tête retomba imperceptiblement. Il compta silencieusement jusqu'à cinq.

— Parfait, tu peux ouvrir les yeux. Nous n'avons pas commencé.

Cette fois-ci, elle mit un instant de plus à rouvrir les yeux. Elle avait l'air à moitié endormie.

— Je vais bientôt t'aider à te souvenir, tu vas faire tout ce que je te demande, revenir à la ferme, tu vas y aller calmement et fermer les yeux *maintenant*… détends-toi plus profondément encore.

Mina ferma les yeux et sa tête tomba en avant.

— Encore plus profondément… plus profondément… enfonce-toi dans ton inconscient et tout ce que tu as vécu à la ferme, dit-il d'une voix douce et monotone. Sens les odeurs, écoute les sons, vois ce que tu voyais.

Il prit son poignet et souleva sa main au-dessus de son genou. Quand il la lâcha, elle resta suspendue.

Il n'aimait pas beaucoup cette méthode. Elle était en partie basée sur ce qu'on appelle le fractionnement, une technique consistant d'une part à amener la personne vers un début d'état hypnotique pour l'interrompre immédiatement, un changement tellement pénible psychologiquement que le cerveau préférera rester dans l'état d'hypnose. Et d'autre part sur une surcharge de stimuli. C'est l'un des plus vieux principes de l'hypnose : provoquer suffisamment de confusion chez quelqu'un pour que cette personne suive la première instruction claire qu'on lui propose. Dans ce cas précis, de se détendre plus profondément. Il n'aimait pas la méthode parce qu'elle lui semblait trop offensive. Mais le résultat était indéniable. Mina était déjà plongée dans un état hypnotique profond.

Il posa son index sur la main suspendue de Mina, et la poussa doucement vers ses genoux.

— Plus ta main descend, plus tes souvenirs s'éclairent, dit-il. Ta vue s'affûte. Et quand tu seras prête, tu me raconteras ce que tu vois.

Mina resta silencieuse pendant encore plusieurs secondes.

— On se gare, dit-elle enfin. Devant l'écurie. On sort de la voiture. Ruben se dirige vers les portes de l'écurie. Je regarde alentour.

— Que vois-tu ?

— La nouvelle bâtisse. Des arbres. Des voitures, les nôtres et les leurs. Un terre-plein en gravier.

— Quelque chose attire ton attention, dit-il. Est-ce un son ?

Mina secoua la tête.

— Quelque chose brille par terre, dit-elle. Un objet qui ne devrait pas être là. Il n'y a que du gravier. Mais au milieu du gravier, quelque chose reflète le soleil. Ça peut être du verre, un déchet, mais on dirait que c'est symétrique. Je ne vois pas bien, il faut que je protège mes yeux du soleil. À ce moment-là, Ruben crie…

— Arrête-toi ici, dit-il. Tu as vu l'objet, c'est resté inscrit dans ta mémoire. Maintenant, tu as des yeux laser, tu peux voir à des kilomètres de distance. Arrête le temps, regarde l'objet à nouveau et dis-moi ce que c'est.

Mina hocha la tête. Il la vit se forcer pour visualiser son souvenir. Soudain, elle ouvrit grand les yeux et regarda droit dans les siens. Elle était sortie de l'hypnose d'un bond. Comme si ça n'avait jamais eu lieu.

— Je sais ce que c'est, dit-elle. Il faut qu'on retourne à la ferme.

— Tu te rends compte que tu roules très vite ? demanda Vincent, terrorisé. Une fois de plus.

Mina ne lâcha pas la route des yeux. Ils étaient presque arrivés. Elle était partie prendre sa voiture immédiatement, sans même avertir les autres de son unité. Elle voulait d'abord être sûre. À la ferme, il n'y avait plus personne, et Vincent l'accompagnait. Ce qu'il avait presque l'air de regretter, vu comme il s'agrippait à la poignée.

Elle tourna à droite en direction de Spångbro sans mettre le clignotant, et entama la longue ligne droite jusqu'à l'écurie de Wennhagen. Elle se préparait mentalement. La sensation de salissure l'envahissait déjà, se glissait sous ses vêtements, se répandait sur sa peau. Mais le besoin de savoir si son soupçon était justifié était encore plus fort.

— C'est pas gagné, dit Vincent. Ce n'est peut-être rien du tout.

— Je sais, répondit Mina en appuyant encore plus sur l'accélérateur.

Un caillou fut projeté violemment contre le pare-brise.

— Bordel de… !

— Si tu le dis, dit Vincent qui se cramponnait plus que jamais à la poignée.

— Parce que toi tu as prévu de parler comme un vieux dès tes cinquante ans, ou quoi ? dit-elle.

— En ce moment précis, je doute de vivre jusque-là.

Mina l'ignora. Elle dépassa les ruines de la maison et se gara devant l'ancienne écurie. Un silence inquiétant régnait sur les lieux quand ils sortirent de la voiture. Le seul signe de vie était un oiseau qui croassait dans l'un des grands arbres. Ils traversèrent le terre-plein en soulevant des nuages de poussière.

De l'écurie incendiée, ils se dirigèrent vers la nouvelle étable. Mina se retourna pour jeter un regard en direction des ruines. Elle ne voulait rien rater.

— C'est dingue, murmura-t-elle en voyant la toiture écroulée. J'ai presque l'impression d'entendre les gens crier. Quelle terreur absolue. Le feu. Le bruit de tout qui s'écroule. Et les chevaux. Tous ces chevaux…

— Je les entends aussi, dit doucement Vincent. Bien plus nettement que je ne le voudrais.

Ils contemplèrent les ravages du feu un petit moment. Elle avait lu des descriptions de ruines dans la forêt envahies par la végétation, et comment elles pouvaient prendre une apparence paisible, presque surnaturelle. Ce n'était pas le cas ici. L'écurie incendiée de John était toujours une grande blessure noire dans l'environnement. Comme si les événements survenus ici étaient à ce point terribles que même la nature la contournait.

D'un pas déterminé, elle se mit à contourner le bosquet d'arbres pour aller vers la nouvelle écurie. Elle avait mis la main en visière, exactement comme la dernière fois, malgré le fait qu'ils avaient le soleil dans le dos et n'avaient en réalité pas besoin de s'en protéger.

— C'est ici, dit-elle en montrant du doigt un point précis dans le gravier.

Vincent la suivait de près.

— Regarde.

Elle s'accroupit et lui montra un morceau de métal sur le sol. Vincent s'accroupit à son tour.

— Un fer à cheval, dit-il.

— Ce qui n'a rien de bizarre en soi, dit Mina. On est bien dans un haras, et même s'il n'y a pas de chevaux ici maintenant, John a très bien pu en avoir à un autre moment. Des fers à cheval usés traînent sans doute par-ci par-là. Mais dans ce cas, ils devraient être rouillés et sales, ou au moins usés. Celui-ci est tout propre et brillant. Que fait-il ici ?

Elle essaya de le soulever pour l'examiner de plus près, mais n'y parvint pas.

— Il est accroché, dit Mina, surprise.

Vincent se pencha en avant. Il était si proche d'elle qu'elle entendait sa respiration près de son oreille.

— Tu as vu ? Il est fixé à un anneau, dit-il. Ce n'est pas juste un fer à cheval. C'est une poignée.

Mina se tourna vers lui, stupéfaite. Au loin, ils entendirent à nouveau le croassement d'un oiseau.

Mina essaya encore une fois de tirer sur le fer à cheval, sans succès.

— Attends, il y a une targette à ressort ici, dit Vincent. Tu la vois ?

Il dégagea une petite zone de gravier et lui montra une targette maintenue par un ressort juste à côté du fer à cheval. Vincent poussa la targette et coinça un caillou pour la maintenir ouverte.

— Voilà. On essaye tous les deux ensemble.

Il se mit derrière Mina, passa ses bras de chaque côté d'elle et posa ses mains à côté des siennes sur le fer.

Le fer était si petit que, pour bien le tenir, ses mains devaient forcément recouvrir partiellement les siennes. Il resta immobile un instant, le temps de voir sa réaction à ce contact physique direct.

Mais au lieu de retirer ses mains, elle se pencha quelques centimètres en arrière, appuyant son corps légèrement contre le sien. La chaleur de son dos se propagea à travers sa poitrine et tout son corps. Il osait à peine respirer.

— Vincent ? dit-elle.

— Oui ?

— On tire ?

Ils tirèrent en même temps et petit à petit une fente apparut dans le gravier. Une trappe avait été soigneusement recouverte de gravier pour la rendre invisible, mais en l'ouvrant, ils découvrirent un trou noir avec une échelle qui descendait droit dans l'obscurité. La targette était fixée sur le bord de la trappe de manière qu'elle se verrouille automatiquement si on la refermait.

— Et maintenant il n'y a plus qu'à descendre dans le trou du lapin…, dit Mina sans enthousiasme.

Trou de lapin. Un jour, quand toute cette histoire serait derrière eux, il faudrait qu'il demande à Mina si elle les avait espionnés, Benjamin et lui, quand ils parlaient ensemble dans la chambre l'autre jour.

— Ça va aller pour toi ? dit-il.

— Honnêtement, rien que de penser à ce qu'on risque de trouver là-dedans, j'ai envie de vomir, répondit-elle. Mais si tu envisages d'y aller tout seul, tu peux oublier.

— D'accord, dit-il. Je crois que nous avons trouvé l'abri secret de John.

Il se mit à genoux dans le gravier pour essayer de voir un peu plus loin, mais le trou était assez profond pour ne rien dévoiler.

— Un abri secret ?

— Ça me paraît le plus probable. Les sectes ont souvent un élément d'anticipation apocalyptique. La fin du monde imminente est une menace qui rassemble les membres de la secte, tout en leur faisant peur, ce qui les rend plus vulnérables et influençables. Construire un abri de protection est une démarche concrète pour augmenter la sensation d'une catastrophe imminente. Il n'y a pas que les sectes qui fonctionnent ainsi, bien sûr, l'eschatologie fait partie de la plupart des religions. Même les plus répandues. Une autre explication pourrait être que John est paranoïaque et persuadé d'avoir besoin d'un refuge personnel contre le monde extérieur.

— Scatologie ? dit Mina avec une inquiétude évidente. Tu crois qu'on va trouver quoi là-dedans ?

— *Eschatologie*, rectifia-t-il en se tournant dos vers le trou, toujours accroupi près du bord. Ça vient du mot grec *eschatos*, qui veut dire “dernier”, et *logos*, qui veut dire “discours”. Dernier, ou *eskaton*, peut être interprété comme la fin de la vie d'un individu, ou la fin du monde, la fin des temps. Dans le christianisme, on l'associe entre autres au retour de Jésus, et à la bataille finale entre Dieu et Satan.

Son cœur cognait dans sa poitrine quand il regarda derrière lui, dans le trou. Ce n'était pas si étroit… Mais très sombre. Aucune idée de ce qui les attendait là-dedans. Ils pourraient aussi bien être sur le point de descendre dans leur propre tombe.

— Dans la foi bahaïe, l'*eschatos* ne signifie cependant pas la destruction, mais le fait que les peuples du monde doivent créer un nouvel ordre mondial de paix, dans l'ombre de la bonté de Dieu, dit-il en parlant vite pour essayer de faire abstraction du fait qu'il avait glissé son pied dans le noir et trouvé le premier barreau de l'échelle. Un message plus optimiste, autrement dit. Mais comme on le sait, le christianisme a toujours été précurseur quand il s'agit de faire peur aux gens.

Il entendait lui-même à quel point sa voix était tendue. Mais il n'y pouvait rien. Il se concentra sur sa respiration en descendant, tout doucement.

Inspirer. Expirer.

Inspirer. Expirer.

La panique le guettait de près. À chaque instant, il pouvait basculer et dégringoler dans une angoisse profonde, si infinie qu'il risquerait de ne plus jamais en revenir.

Mina vit la tête blonde de Vincent s'enfoncer dans le trou noir.

— C'est assez profond, l'entendit-elle dire.

Elle ne répondit pas. La crasse dans ce trou devait être abominable, à n'en pas douter. Rien que la vue des barreaux rouillés la faisait frissonner.

— Tu peux venir.

La voix de Vincent paraissait lointaine. Il avait dû descendre davantage.

— C'est relativement propre ici. Si tu ne te frottes pas contre les parois, ça ira.

Mina jura silencieusement et entama la descente. Barreau après barreau. Elle essaya de ne pas penser aux chaussures sales qui avaient piétiné le bois qu'elle empoignait maintenant, et elle se sentit presque soulagée quand l'obscurité l'enveloppa au point de ne plus rien voir. Presque. Parce que l'obscurité n'était pas non plus son alliée. On ne distingue certes pas les saletés et les bactéries dans le noir, mais ça ne veut pas dire qu'elles n'y rôdent pas.

Enfin, elle se trouva en bas. Il avait raison. C'était probablement aussi propre que possible pour un bunker souterrain en béton. Elle avait l'impression que les environs gobaient la faible lumière venant d'en haut. Que même si on y amenait le soleil tout entier, cet endroit serait toujours plongé dans l'ombre.

— Ils devaient enfermer les enfants ici, dit-elle.

— Oui. Ça aurait été risqué de les garder dans l'écurie. La ferme est à l'écart, mais quand même, un passant aurait facilement pu se douter de leur présence.

— Nous avons eu beaucoup de chance de trouver Wilma, dit-elle tout en inspectant le petit espace. Pour une raison ou une autre, ils ont dû la remonter juste avant notre arrivée.

Il n'y avait pas grand-chose. Un tas de matelas. Quelques couvertures. Des emballages alimentaires abandonnés. Des papiers de bonbons. Un seau.

— L'horreur, dit Vincent en baissant les yeux.

Il se trouvait au milieu de la faible lueur venant d'en haut. Il désigna les matelas.

— On dirait des couvertures à chevaux. Les traces de fibres dans les gorges des enfants viennent probablement de là. Même si je ne comprends toujours pas comment les fibres ont fini dans leur gorge. Ni comment sont apparues les marques dans leurs poumons dont parle le rapport. Il y a tant d'éléments que nous ne comprenons toujours pas. Quel est le mobile de John ? Pourquoi justement ces enfants-là ? Et de cette manière ? John et ses fidèles devaient vivre une vie extrêmement paisible pour rester aussi discrets pendant toutes ces années. Pourquoi ont-ils décidé d'agir maintenant ?

Vincent se tut, il regardait les matelas. Et les couvertures. Pour une fois, il n'avait pas l'air de trouver la moindre explication. Mina avait du mal à imaginer comment il le vivait, lui qui voyait des motifs et des scénarios même quand il n'y en avait pas. Mais ici, dans ce trou, il n'y avait que l'obscurité. Même le cercle de lumière dans lequel il se trouvait avait rétréci et n'était plus qu'une demi-lune. Mais les cheveux de Vincent se voyaient encore dans le halo. Elle suivit son regard.

Les matelas.

Les couvertures.

Les marques, comme si les poumons avaient subi une pression trop forte.

Les fibres dans la gorge des enfants.

Un vieux souvenir revint à la surface. Quelque chose qu'elle avait lu avant de faire l'école de police. Une de ces affaires criminelles qui l'avait poussée à vouloir combattre le mal.

— Aux États-Unis, une fille est morte, dit-elle lentement. Je crois que c'était en 2000. Elle s'appelait... Candace. Candace Newmaker, je crois. Sa mère adoptive l'avait emmenée consulter un psychiatre parce qu'elle trouvait que l'enfant n'avait pas un comportement normal...

Elle eut la chair de poule. Elle voulait remonter. Retrouver le soleil, téléphoner à Julia, faire venir une équipe qui passerait les lieux au peigne fin. Le petit point de lumière au-dessus de Vincent ne cessait de diminuer.

— Comme le traitement médical ne faisait pas effet, continua-t-elle, la mère l'a emmenée voir un autre thérapeute. Candace devait subir une thérapie de l'attachement. L'une des techniques employées par le thérapeute s'appelait la renaissance. Candace est morte au cours de la deuxième semaine de thérapie.

— Renaissance ? Comment ça ?

Elle fit un signe de la tête vers les matelas et les couvertures.

— Ils ont enroulé Candace dans une couverture. Ensuite, ils ont empilé des matelas sur elle pour simuler l'utérus, et ils l'ont encouragée à lutter pour s'en extraire. Comment c'était censé former un lien affectif entre elle et sa mère adoptive, je n'en sais rien. En tout cas, pendant qu'elle se débattait pour sortir, les adultes la comprimaient avec le poids de leurs corps. Elle criait, vomissait et hurlait qu'elle allait mourir. Mais personne ne l'écoutait. Le lendemain, elle a été déclarée en état de mort cérébrale par privation d'oxygène, et elle est morte. Tout avait été filmé.

— Mon Dieu, dit Vincent. Ça colle bien trop avec les rapports de Milda. Il faut qu'on ait Julia au bout du fil.

Il ne faisait plus aussi chaud dans le bunker depuis que le soleil avait décliné. Ce qui avait été un cercle de lumière n'était plus qu'un mince rayon.

La lumière.

La lumière disparaissait.

Elle détourna les yeux du reste de luminosité sur le sol, et regarda vers le haut.

— Vincent, dit-elle. La trappe. Nous ne l'avons pas bien attachée. Elle est en train de se refermer.

Vincent regarda vers la trappe, jeta un coup d'œil rapide sur Mina, puis se jeta sur l'échelle. Au moment même où il posait le pied sur le premier barreau, le dernier rayon de lumière disparut et la trappe se referma sur eux dans un bruit sourd. Elle n'entendit pas la targette cliqueter et les enfermer. Mais elle le sentit dans tout son corps.

— Quelqu'un pourrait l'avoir refermée sur nous ?

Mina avait l'impression que les parois se rapprochaient d'elle dans le noir. Elle les sentait de plus en plus proches, menaçantes. Sa respiration se fit tendue, rapide, superficielle. Soudain, une main sur son bras. En temps normal, rien qui puisse calmer son angoisse, au contraire. Mais c'était la main de Vincent.

— Je crois qu'on peut attribuer la situation au facteur humain, dit-il. Je veux dire à notre propre bêtise. On aurait dû penser à maintenir la trappe en place. Comment avons-nous pu *ne pas* le faire ? Elle s'est tranquillement refermée sur nous.

— Sois gentil, dépêche-toi de la réouvrir, dit-elle, les dents serrées.

Silence. Un long silence. Mina sortit son téléphone et en alluma la lampe. L'expression du visage de Vincent était bien plus tendue qu'elle ne l'espérait.

— La targette est conçue de manière à ne pouvoir être ouverte que de l'extérieur, dit-il d'une voix sourde.

— Comment ça ? Ce n'est pas logique. C'est un abri de survie, on s'y protège contre un danger venant de l'extérieur. Pas de l'intérieur. Pourquoi John aurait-il construit un abri d'où on ne peut pas ressortir ?

— Tu ne peux pas appliquer ta logique rationnelle à un prophète apocalyptique, remarqua Vincent. Dans le monde de John, le jour où ils auront besoin de l'abri, ce sera de toute façon la fin du monde.

— Mais c'est encore moins logique. Pourquoi se donner la peine de construire un abri si de toute façon on doit mourir ? Ils pourraient aussi bien affronter le dernier jour en pleine lumière ?

Vincent s'assit lourdement sur la pile de matelas dans un coin. Il ne répondit pas. Mina vit qu'il réfléchissait et elle le laissa en paix. Elle vérifia son téléphone. Pas de réception. Ce qui n'avait rien de surprenant. Elle monta en haut de l'échelle et tint le téléphone juste sous la trappe. Rien non plus. Le téléphone était inutile.

— Les individus dotés du type de personnalité de John se considèrent souvent comme irremplaçables, dit Vincent quand elle redescendit de l'échelle. Et supérieurs. C'est lui qui détient les réponses et c'est sa responsabilité de les divulguer aux autres. La responsabilité de… continuer à vivre. Je crois… Je crois que l'idée de John, c'était que les autres devaient mourir. Mais pas lui. C'était un piège mortel. Il conservait probablement un quelconque poison ici pour pouvoir les tuer. Exactement comme Beata Ljung le racontait par rapport à Jonestown et Heaven's Gate, tu sais. Ce sont des suppositions, bien sûr, mais le plan de John peut avoir été de s'enfermer ici avec ses fidèles en leur disant que le monde en surface avait disparu. La seule solution qui leur restait était de passer de l'autre côté par leurs propres moyens. Comme il disait toujours : "Tout est souffrance, la douleur purifie." Sauf pour John. Lui avait l'intention de survivre.

Vincent regardait autour de lui, pensif. Mina fit de même, tout en tenant son téléphone en l'air pour éclairer les lieux. Elle regarda les parois en béton brut tandis que sa panique croissait.

— Comment ça ? demanda-t-elle. Puisqu'il n'y a pas de sortie.

Il ne lui restait plus que 9 % de batterie. Et l'éclairage l'usait très vite.

— Tu as ton téléphone ? Je n'ai plus beaucoup de batterie.

Vincent secoua la tête.

— Je l'ai laissé dans la voiture.

Il se leva et se mit à marcher le long des murs. Les toucha de la paume de la main en demandant à Mina de l'éclairer. Une araignée fuyait la lumière, et Mina faillit faire tomber le téléphone. Vincent se retourna.

— Ça va ?

— Ça va. Continue.

Plus que 8 %.

— Éteins-le, dit Vincent.

— Pardon ? dit Mina en le fixant. Jamais de la vie.

— Je sais que ce n'est pas agréable. Mais mon système sensoriel et la sensibilité de mes doigts vont s'améliorer s'ils ne sont pas gênés par mes impressions visuelles. J'ai besoin de ressentir les lieux sans que ma vue fasse obstacle.

— J'espère pour toi que tu vas nous trouver une sortie, siffla Mina en éteignant d'une main tremblante.

D'une seconde à l'autre l'obscurité fut totale. Impénétrable. Aucune lueur à laquelle le regard pourrait s'agripper. Figée, elle entendait Vincent se déplacer. Elle ferma les yeux. Aucune différence. Mais l'obscurité derrière ses paupières était plus familière, moins effrayante que de fixer l'abysse avec les yeux grands ouverts.

— Mina ! Éclaire par ici !

Vincent était derrière elle. Elle sursauta et se retourna. Toujours les mains tremblantes, elle réussit à rallumer la lampe du téléphone et dirigea la lumière vers sa voix. Vincent avait les deux mains plaquées contre le mur. Il fouilla dans sa poche et sortit un trousseau de clefs. Il prit une clef et se mit à gratter le mur. De la poussière de béton tomba sur ses chaussures pendant que Mina l'observait, fascinée. Petit à petit, un sillon horizontal apparut dans le béton. Vincent suivit la ligne, puis tira une nouvelle ligne perpendiculaire à la première. Au bout d'un moment, il avait dessiné un carré.

Une trappe.

— Je crois que je l'ai trouvée, dit-il calmement. La sortie secrète de John.

Il appuya sur la trappe. On entendit un "clic" quand elle se décrocha. Vincent saisit la trappe, l'enleva et la posa par terre. Mina faillit s'étrangler en éclairant l'ouverture.

— Hors de question, dit-elle.

Elle recula, trébucha sur les matelas derrière elle et tomba à la renverse.

Elle fut debout comme un ressort. L'idée du matelas répugnant qu'elle venait de toucher la fit paniquer à nouveau. Et le caveau sale devant Vincent comme seule voie de sortie n'arrangeait rien.

— Je ne peux pas…

— Mina. L'air ici ne nous suffira pas. Chacune de nos respirations diminue notre stock d'oxygène. Et tu as toi-même constaté que ta batterie se décharge rapidement. Tu ne préfères pas avoir de la lumière avec toi sur le chemin vers la sortie ?

Mina fixait le trou noir dans le mur.

— C'est quoi ? C'est un tunnel ?

Une partie d'elle avait envie de s'approcher pour voir. Mais une autre partie refusait obstinément de faire le moindre pas vers cette horreur béante dans le mur. Elle vit et elle entendit l'hésitation dans la voix de Vincent quand il lui répondit.

— J'imagine que c'est une ancienne conduite de vidange, dit-il. Probablement d'un bâtiment qui était là autrefois, avant la construction du bunker.

— Tu plaisantes.

Mina recula. Cette fois-ci, elle évita soigneusement les matelas. Elle regarda son téléphone. 5 %. Bon sang, elle savait qu'elle aurait dû, depuis longtemps, le remplacer par un autre avec une batterie de meilleure qualité. Mais elle avait reporté l'achat. Maintenant, le pourcentage approchait dangereusement de zéro. Bientôt, elle serait obligée de ramper à travers un tuyau dans l'obscurité totale. Ou de mourir ici.

Le choix n'était pas aussi évident pour elle qu'il le serait probablement pour la plupart des gens. Elle se dit qu'elle pourrait accepter l'idée de mourir asphyxiée ici plutôt que d'avoir à affronter l'inconnu dans ce conduit beaucoup trop étroit.

— Nous allons le faire ensemble, dit Vincent. Je suis avec toi tout le long. Tu veux passer avant ou après moi ?

La question tonna dans ses oreilles. Avant ou après ? Peste ou choléra ?

Respirer.

Mais elle savait bien qu'il avait raison. Elle n'avait quand même pas envie de mourir.

— Après toi, dit-elle.

— Alors, on y va. Tu vas y arriver.

— Avant que je change d'avis, dit-elle, sinistre.

Elle confia le téléphone à Vincent.

Il enfonça d'abord la tête dans le trou, puis se mit à ramper sur les coudes tout en éclairant le tunnel devant lui. Elle essaya de s'imaginer son costume en lin absorber toutes les saletés, laissant la conduite parfaitement propre pour elle, mais ce n'était pas très convaincant. L'odeur était épouvantable. Elle eut un haut-le-cœur et faillit vomir. Elle ravala les sucs gastriques acides. Ne pas penser à l'horreur si elle vomissait ici.

— Ça ne peut pas être si loin.

La voix de Vincent était comme assourdie.

— Sept cent un, sept cent neuf, sept cent dix-neuf…

Elle n'avait pas l'intention de lui demander ce qu'il comptait. Ce n'étaient que des numéros impairs, apparemment. Ce qui, connaissant Vincent, n'était pas bon signe.

Elle avançait centimètre après centimètre tout en essayant de respirer par la bouche pour ne pas sentir l'odeur d'excrément. Le goût du vomi lui esquintait toujours la bouche. Quand du coin de l'œil elle vit des dépôts sur les parois et comprit de quoi il s'agissait, c'en fut trop. Les vomissures jaillirent droit devant elle. Éclaboussant les chaussures de Vincent.

— Oups, ça va ? dit Vincent de sa voix sourde. Sept cent cinquante et un, sept cent cinquante-sept, sept cent soixante et un.

Elle cracha et se racla la gorge pour se débarrasser de tout ce qu'elle avait dans la bouche.

— C'est pas grave, il fallait que je fasse le ménage de toute façon…, dit-il. Sept cent soixante-neuf, sept cent soixante-treize…

La voix de Vincent s'estompa. Mina s'aperçut avec terreur que ses mains étaient couvertes de sucs gastriques et de restes d'aliments régurgités. Un mélange monstrueux qu'elle était maintenant obligée de traverser en rampant sur ses coudes. Dans un tunnel qui puait déjà la merde.

— Avance plus vite ! cria-t-elle, paniquée.

Les odeurs lui piquaient le nez. Son vomi était chaud et collait à sa poitrine et son ventre. Elle cracha encore un renvoi et se remit à respirer par la bouche. Soudain, il y eut un mouvement derrière elle. Elle poussa un cri, un de ses coudes glissa et elle se fit mal à l'épaule. Une énorme araignée traversa le faisceau lumineux qui papillonnait dans sa direction. Son cœur cognait comme s'il allait exploser.

— On devrait bientôt arriver, dit Vincent. J'espère. Huit cent cinquante-trois.

L'idée de la sortie proche la fit ramper un peu plus vite. Maintenant c'était son pantalon qui lui collait aux jambes. Elle aurait préféré doubler Vincent et se jeter à l'air libre, mais il n'y avait pas la place.

Quelque chose atterrit dans ses cheveux et elle hurla à nouveau. Son cri ricocha dans le tunnel, s'intensifia et revint comme un chœur horrifié. Ça picotait dans ses cheveux, mais elle n'avait pas assez d'espace pour les atteindre. Sa respiration menaçait d'échapper à son contrôle.

— Que se passe-t-il ? demanda Vincent en s'arrêtant. Tu as besoin d'aide ?

— Continue, haleta-t-elle en essayant de se maîtriser.

Elle se rendit compte que la voix étouffée de Vincent n'était pas seulement due à l'acoustique dans le boyau. Il parlait à travers ses mâchoires serrées. Elle avait été si concentrée sur elle-même qu'elle avait complètement oublié le problème de Vincent. Il ne supportait pas les espaces exigus. Il devait faire un effort surhumain pour garder son calme et la soutenir comme il le faisait. Alors qu'en réalité, il devait paniquer au moins autant qu'elle. L'idée lui redonna des forces. S'il y arrivait, elle y arriverait aussi.

La lampe du téléphone s'éteignit et une obscurité totale s'abattit sur eux.

Elle en eut les larmes aux yeux. Envie de hurler et de taper dans tous les sens. Elle en oublia de respirer par la bouche et fut de nouveau submergée par la puanteur âcre de vomi et d'excréments. Les larmes lui brûlaient les yeux, mais elle continua à avancer, centimètre par centimètre, dans le noir. En espérant qu'il était là quelque part, devant elle.

— Mina ?

La voix de Vincent l'atteignit à travers l'obscurité.

— Oui ?

— Je vois de la lumière. Mille deux cent quatre-vingt-sept. On arrive au bout. Mille trois cent un.

Des larmes, mais de soulagement cette fois-ci, coulaient sur les joues de Mina. Même si quelque chose bougeait toujours dans ses cheveux. Elle suivit la silhouette de Vincent vers la liberté.

Quand Vincent la vit rouler hors du tuyau, il n'eut qu'une envie : la prendre dans ses bras et l'embrasser. Mais il valait certainement mieux s'abstenir. Une odeur âcre se dégageait d'elle, et ses vêtements souillés collaient à son corps. En plus, il était à bout de forces. Garder son calme dans ce boyau exigu l'avait vidé de toute son énergie. Quand Mina s'ébouriffa vigoureusement les cheveux, trois araignées de belle taille en tombèrent et filèrent dans l'herbe. Vincent suivit leur exemple en s'allongeant sur le dos dans la verdure, les yeux vers le ciel bleu clair.

La lumière lui piquait les yeux après l'obscurité, mais ça ne le dérangeait pas. Il respirait à nouveau. Autour de lui, de l'air, de l'espace. Il tourna la tête. Mina aussi s'était couchée sur le dos, les bras écartés, comme pour faire un ange de neige dans l'herbe. Qu'elle s'allonge par terre de son plein gré en disait long sur ce qu'elle avait vécu. Son cerveau, certainement submergé d'adrénaline, avait tout occulté à l'exception de l'instinct de survie primaire qui lui avait permis de sortir du tunnel. C'était encore ce qui la protégeait contre l'environnement immédiat. Mais ça ne durerait pas. Des larmes brillaient déjà sur ses joues. Elles laissaient des sillons dans la crasse de son visage. Elle puait. Il ne l'avait jamais trouvée aussi belle.

— Quelle horreuuuur ! dit-elle d'une voix mal assurée.

Elle avait sans doute très envie d'arracher tous ses vêtements. Mais elle avait l'air à bout de forces, tout comme lui.

— Il est totalement malade, ce type ! dit-elle enfin, les yeux braqués vers le ciel. Si tu as raison, il avait l'intention de tuer tous ses fidèles, en sauvant sa propre peau. Tu penses qu'il avait l'intention d'emmener Nova ? Ou est-ce qu'il voulait qu'elle y reste aussi ? N'est-ce pas dans la nature d'un parent de vouloir sauver son enfant à tout prix ?

Vincent contempla un nuage qui passait lentement sur la voûte bleue. Il réfléchit avant de répondre. Il comprit que la question ne se limitait pas à la personne de John Wennhagen. Il préférait avancer à pas de velours. Mina n'avait jamais montré les failles de son armure, ni la volonté de parler de ce qui devait être une blessure ouverte à l'intérieur d'elle. Il n'avait donc jamais posé de questions. Il avait estimé que ce n'était pas à lui de décider du moment.

— Je crois…, dit-il, hésitant, je crois que rien n'est jamais aussi simple qu'on le voudrait. À mon avis, l'amour d'un parent pour son enfant fait partie des forces les plus puissantes au monde. Et je pourrais te fournir des explications scientifiques, tant psychologiques qu'évolutives. Mais je crois aussi qu'il y a quelque chose d'autre, quelque chose qui ne s'explique pas par la biologie ou par la survie de l'espèce. J'ai envie d'appeler ça un cadeau, mais une telle formulation mène tout de suite à la question embarrassante de qui est à l'origine de ce cadeau.

Il fit une pause, incertain. Il se trouvait à l'extrême périphérie de ses propres convictions. Et il voulait éviter d'offenser Mina avec ce qui lui restait à dire.

— Cet amour défie toutes les distances, continua-t-il. Tu connais l'histoire du roi Salomon ? Deux femmes viennent voir le roi, connu pour sa sagesse. Les deux femmes affirment être la mère d'un petit enfant. Toutes les deux restent sur leur position. Le roi brandit son épée et déclare qu'il va couper l'enfant en deux pour qu'elles puissent en avoir une moitié chacune. La première femme approuve, tandis que la seconde préfère donner l'enfant à la première que de le voir mourir. Salomon identifie la seconde femme comme étant la véritable mère parce qu'elle est la seule à être prête à sacrifier son propre bonheur pour l'enfant.

Mina resta silencieuse un long moment.

— C'était ça le plus difficile, finit-elle par dire. De renoncer à elle. Mais je savais que c'était mieux. Ou, en tout cas, je croyais savoir. Je ne voulais pas qu'elle grandisse comme j'ai grandi. Avec une maman en qui elle ne pouvait pas avoir confiance. Qui était tout à son addiction. Je n'avais rien à lui offrir. Je n'étais personne. Rien qu'une coquille vide. Et je ne croyais pas que je m'en sortirais un jour. Je ne croyais pas avoir quoi que ce soit à lui offrir.

— Tu parles de Nathalie ?

— Oui, Nathalie.

Mina renifla, mais se ressaisit. Un nouveau nuage passa au-dessus d'eux. Elle continua d'une petite voix fragile.

— Il était tellement en colère, Vincent. En colère que je le quitte. Mais surtout furieux que j'abandonne Nathalie. Alors, il a posé un ultimatum. Si je partais, c'était pour de bon. Je sortais de la vie de Nathalie. Et de sa vie à lui. Et je crois… non, je sais que ce n'était pas malintentionné de sa part. Il n'est pas comme ça. Il croyait et croit toujours que le mieux pour Nathalie, c'est de s'en tenir à la décision prise. Il a ses propres raisons de penser ainsi. Son bagage à lui. Comme nous tous. Mais je sais qu'il ne pensait qu'à son bien à elle quand il a posé cet ultimatum. Et une partie de moi lui donnait raison. Puisque j'avais choisi de partir. Elle avait cinq ans et j'ai choisi de l'abandonner.

Le nuage était passé et le soleil chauffait agréablement. Sans rien enlever à la puanteur des vêtements de Mina. Il se tourna sur le côté pour la regarder. De l'herbe collait sûrement à son costume couvert de saleté du tunnel. Lui non plus ne sentait pas l'eau de rose.

— Ce qu'il y a de beau chez l'être humain, dit-il, c'est que tout, ou presque tout, peut changer. Tu n'es pas la même personne aujourd'hui qu'à l'époque. Pas une seule cellule de ton corps n'est la même. Ni tes pensées. Aujourd'hui, tu peux rencontrer Nathalie sur des bases complètement différentes.

— Et si elle ne veut pas de moi ?

Ses mots avaient surgi comme un cri de désespoir. Vincent aurait voulu la toucher, la rassurer, mais il laissa sa main reposer dans l'herbe. Elle était tout juste hors de portée.

— Je n'ai pas dit que ce serait facile. Mais la porte s'est ouverte. Son père t'a laissée entrer. Il doit y avoir une raison à cela.

— Ce n'est pas comme s'il avait eu le choix, remarqua Mina. Si ça n'avait tenu qu'à lui, j'aurais dû rester à distance.

— Ne dis pas ça. Parfois, les gens font ce qu'ils désirent vraiment seulement une fois qu'ils n'ont plus le choix.

Mina ne répondit pas. Un nouveau nuage apparut et se mit à pourchasser la précédente nuée cotonneuse.

— C'était quoi, tes énumérations de chiffres dans le tunnel ? demanda-t-elle au bout d'un moment.

— Des nombres premiers. Il fallait que je garde mon hippocampe occupé pour arriver à ramper là-dedans.

— Hum.

Ils restèrent silencieux encore un moment.

— Il faut que je te pose une question, dit-elle. La marque rouge que tu as au cou par moments. Je dois m'en inquiéter ?

— Qu'est-ce que tu veux dire ? dit-il en la regardant. Ah, oui, ça. Je ne pensais pas que ça se voyait. C'est mon spectacle. Mais je ne fais plus ce numéro.

— Ce n'est donc pas… aucun rapport avec une pratique sexuelle, alors ?

Il n'y pouvait rien, un grand rire sonore monta en lui, jaillit et se répandit entre les arbres. Un vacarme incroyablement libérateur. Mina aussi se mit à rire. Il essuya les larmes de rire de ses yeux avant de pouvoir se calmer.

— Tu sais comment se forment les atomes ?

— Les atomes ?

— Oui, les atomes. Ils se forment dans les étoiles.

— Comme dans le soleil ? demanda-t-elle en plissant les yeux contre la luminosité.

Il acquiesça et regarda, lui aussi, vers le ciel. Loin dans l'espace, ils se rencontraient, au-delà du bleu, dans l'obscurité.

— Les étoiles sont des fabriques d'atomes, continua-t-il. Au plus profond d'elles, là où il fait le plus chaud, se forment les pierres angulaires du reste de l'univers. Des atomes qui ensuite sont expulsés dans l'espace, pour atterrir ici sur terre, par exemple. Tout ce que tu vois autour de toi, tous les humains et tous les objets, viennent d'atomes de milliers d'étoiles, de millions d'étoiles, même.

Mina se mit à tirer sur son chemisier. Le système d'alerte de son cerveau avait apparemment décidé que le danger était écarté, et l'adrénaline avait commencé à refluer. Elle prenait conscience de l'état de ses vêtements.

— Ce tissu aussi, reprit-il. Et le sol sur lequel nous sommes allongés. Et toi et moi. Dire que nous venons des étoiles n'est pas seulement romantique, c'est de la science naturelle. Nous sommes tous faits de poussières d'étoiles.

Il se tut un moment, incertain de la suite de son exposé.

— Pourquoi est-ce qu'on parle d'atomes et de poussières d'étoiles ? demanda-t-elle en s'arrêtant de tirer sur son chemisier.

— Parce que quand je suis ici avec toi…, commença-t-il.

Il déglutit. La regarda dans les yeux. Ces grands yeux clairs qui contenaient tout ce qu'elle était. Tout ce qu'était Mina. Ces yeux qui le regardaient, lui. Il fut obligé de détourner le regard. Puis, il la regarda de nouveau dans les yeux.

Advienne que pourra.

— Je sais que c'est idiot. Mais quand je suis avec toi, j'ai l'impression que toi et moi, nous sommes faits d'atomes venant de la même étoile. Une étoile si éloignée que les quelques éléments qui ont fini par atteindre la terre étaient tout juste suffisants pour nous faire, toi et moi. Des atomes stellaires que personne d'autre n'a reçus. Parce que je… c'est comme si je…

Il n'était pas sûr de son choix de mot. *Te connais ? Te comprends ?* C'était trop simple.

— Je crois que je te *sais*, Mina, dit-il. Là-dedans.

Il montra d'abord sa tête, puis changea d'avis et montra sa poitrine.

— Et je n'ai jamais su quelqu'un d'autre. Je n'arrive pas à l'expliquer mieux que ça. Mais avec toi, je me sens pour la première fois… appartenir.

Elle hocha la tête, lentement, sans répondre. Bon, il venait sans doute de lui prouver qu'il était complètement sonné. Il se mit péniblement en position assise.

— On y va ? dit-il.

— Si je ne me débarrasse pas de ces vêtements dans les trente secondes, je vais hurler, dit-elle en sortant les clefs de voiture de la poche de son pantalon. J'ai des sous-vêtements propres dans la voiture. Pour moi en tout cas. Des lingettes désinfectantes pour toi.

Vincent regarda son costume sale et déchiré. Il aurait des explications à fournir en rentrant à la maison.

Pour la quatrième fois de sa vie, Vincent était en route pour une salle d'interrogatoire. C'était quatre fois de plus que ce qu'il aurait imaginé. Cette fois-ci, c'était Adam qui lui avait demandé s'il voulait venir parler avec l'un des membres de la secte. La demande avait attisé sa curiosité. Adam était négociateur de métier. Ce qui n'avait pas beaucoup d'intérêt face à quelqu'un qui refuse de parler.

Adam l'attendait à la réception de l'hôtel de police. Vincent préférait de loin quand c'était Mina qui venait à sa rencontre aux barrières de sécurité. Elle n'était pas ressortie de chez elle depuis les événements dans le bunker la veille. Il l'avait appelée, mais elle n'avait pas répondu. Il se dit qu'elle avait dû passer les douze dernières heures sous la douche.

— Merci d'avoir accepté de venir, dit Adam en lui tendant la main. Je suis au courant de ce qui vous est arrivé hier. Tu as encore l'air assez mal en point, tu es sûr d'être d'attaque ?

Vincent s'efforça de sourire.

— Je n'ai rien de mieux à faire pour le moment, répondit-il. Je suis prêt à faire tout ce qui pourrait me changer les idées.

— Je vois. Cela dit, je ne t'en voudrais vraiment pas de changer d'avis. Seulement, tu es beaucoup plus doué que moi pour ça. Et ce serait un soulagement d'arriver à un résultat avant le week-end.

— Tu essayes d'obtenir ma coopération par la flatterie ? dit Vincent en passant la barrière. Je n'aurais pas cru ça de toi.

— Je voulais juste te tester, rit Adam. Blague à part, j'ai vraiment un problème. Ils ne parlent tout simplement pas.

Autrement dit, exactement ce à quoi Vincent s'était attendu.

Ils empruntèrent le couloir jusqu'à la salle d'interrogatoire.

— Tu ne peux pas juste les laisser mariner plus longtemps ? dit-il.

Adam secoua la tête.

— On ne peut pas les garder indéfiniment. Et on ne saura pas si on est au bout de cette histoire avant d'avoir mis la main sur John. Nous ne les avons peut-être pas tous. Lors de l'enlèvement de Lilly, un couple âgé a été observé, la femme portait un manteau violet, tu te souviens ? Nous n'avons personne ici qui corresponde. Seulement un homme âgé. Et si ça arrivait à nouveau, pendant que nous sommes coincés ici à essayer de les faire parler ? Je me disais que tu arriverais peut-être à intercepter des signaux inconscients quand j'interroge celui-là.

— J'ai une meilleure idée, dit Vincent. Laisse-moi seul avec lui pendant un petit moment, mais pose ton téléphone quelque part dans la pièce pour enregistrer tout ce qui sera dit.

Adam sembla peser le pour et le contre. Ensuite, il fit un signe de tête et ouvrit une porte qui donnait sur une salle identique à celles où Vincent avait rencontré Lenore et Mauro. Cette fois-ci, c'était un homme dans la soixantaine qui y était assis. Ses cheveux gris ondulaient sur sa tête, et les rides pattes-d'oie autour de ses yeux lui donnaient un air de grand-père adoré de tous. À part le fait qu'il était soupçonné d'être impliqué dans une série d'infanticides, bien sûr.

L'homme les observa attentivement quand ils entrèrent dans la salle. Un comportement intéressant en soi. Vincent s'était attendu à une attitude réservée, voire hostile. Il avait aussi supposé que les fidèles de John seraient fatigués et en proie au stress après une nuit en garde à vue. Il ne s'agissait pas de criminels endurcis. Mais l'homme était... alerte. Présent. Il ne donnait pas l'impression d'être fermé au dialogue. Peut-être qu'il fallait seulement découvrir de quoi il voulait bien parler. Et Vincent avait sa petite idée, vu la lueur qui brûlait dans ses yeux. Les personnes qui ont trouvé le salut ont souvent très envie d'en parler à ceux qui errent encore.

Adam s'arrêta juste à l'intérieur, et déposa discrètement quelque chose sur une petite étagère. Son téléphone, supposa Vincent en s'avançant vers la table au centre de la salle.

— Bonjour. Je m'appelle Vincent, enchanté de vous rencontrer.

L'homme ne répondit pas.

— Je ne fais pas partie de la police, poursuivit-il en faisant un signe de tête en direction d'Adam. Ceci n'est donc pas un interrogatoire. Par contre, je m'intéresse à la philosophie morale, et il se trouve qu'Épicure est mon philosophe préféré. C'est pourquoi j'ai eu l'autorisation de venir parler avec vous. Je peux m'asseoir ? J'ai un peu faim, en fait, pas vous ? Vous voulez manger quelque chose ? J'ai envie d'un café et de quelques gâteaux. Ça vous dit ?

Vincent se tourna vers Adam comme s'il passait commande dans un café. Moins il se comportait comme un policier, mieux ce serait. Pour commencer, il fallait créer un lien avec l'homme. Feindre l'irrespect des forces de l'ordre était un bon début. Même s'il n'était pas certain qu'Adam apprécie.

— Des gâteaux ne seraient pas de refus, dit soudain l'homme. Et je prendrais bien un café aussi, si vous allez en chercher.

Un-zéro.

Vincent lorgna Adam qui s'éclipsa. La tactique avait marché. Mais la réponse de l'homme contenait une autre information importante. Ceux qui ont honte de leurs actes acceptent moins facilement des cadeaux ou des services de la part des autres, parce qu'inconsciemment ils considèrent ne pas le mériter. La simplicité avec laquelle l'homme avait accepté à manger et à boire démontrait l'ampleur de l'influence de John sur lui. Il n'avait aucune honte. Ça signifiait aussi que ce serait plus difficile d'interpréter les renseignements que Vincent espérait obtenir, parce qu'il fallait supposer qu'il vivait dans un monde de morale factice, imaginé par John. Un monde dans lequel on pouvait enlever et même tuer des enfants en toute insouciance.

— "Tout est souffrance, la douleur purifie", dit Vincent. L'ajout brillantissime de John Wennhagen aux quatre règles fondamentales de l'épicurisme.

Les yeux de l'homme s'illuminèrent encore un peu plus.

— Pouvez-vous m'aider à comprendre le sens de la douleur qui purifie ? Considérant que d'après Épicure, il fallait plutôt éviter la douleur.

— Je vois que vous êtes quelqu'un d'instruit, répondit l'homme. Pas comme tous les autres ici. Vous savez donc certainement que quand Épicure parle d'éviter la douleur, il fait en réalité allusion à la souffrance. La souffrance inhérente à la vie moderne, où nous sommes perpétuellement séduits par ce qui est périssable. C'est précisément ce que pensent aussi les bouddhistes. Mais John a compris qu'une certaine souffrance, physique ou émotionnelle, pouvait aussi vous offrir une perspective utile au monde. Vivre avec la souffrance procure une acuité pénétrante, qui tranche dans le vif et élimine le superflu. La souffrance est un passage nécessaire pour atteindre son absence. Je m'appelle Gustav, au fait.

L'homme tendit la main et Vincent la serra. Sa poignée était chaleureuse, rassurante. Un adorable grand-père.

— Je n'avais jamais vu les choses comme ça, dit Vincent. Ce serait donc positif de ressentir de la douleur ?

— Je crois comprendre que vous n'en avez jamais réellement fait l'expérience, répondit Gustav.

Un kaléidoscope de souvenirs explosa dans l'esprit de Vincent. Sa mère dans la boîte à magie. Sa mère morte à cause de lui. Lui-même, enfermé dans une cuve pleine d'eau avec Mina. L'eau qui lui remplit la bouche et les narines, l'eau qui l'écrase et le noie. Et puis Mina. Mina, sans qui il ne s'en serait pas sorti.

Il secoua doucement la tête pour faire partir les images. Aucune douleur.

— Avant d'avoir vécu quelque chose qui fait réellement mal, vous ne pourrez pas comprendre de quoi je parle, dit Gustav. Je souffre moi-même d'un traumatisme cervical. Ma femme et moi avons eu un accident de voiture. Ils m'ont dit que j'allais récupérer au bout de quelques semaines grâce aux médicaments et à la rééducation. Ça fait quinze ans maintenant. Chaque fois que je bouge, je risque de sentir comme des coups de couteau dans tout le dos. Je ne sens plus mes doigts. J'ai des vertiges. Et ma femme a subi cinq opérations de la hanche, mais ça ne fait qu'empirer. Comprenez-moi bien, je ne me plains pas. La souffrance nous aide à relativiser. Nous avons désormais un autre regard sur la vie.

— Je n'avais jamais envisagé les choses de cette façon. Le cercle intérieur de John est donc constitué de personnes qui ont compris que la douleur purifie parce qu'elles vivent elles-mêmes avec ?

Gustav acquiesça.

— C'est exact. Nous seuls sommes capables de voir le monde comme il est réellement.

Vincent espérait que le téléphone d'Adam sur l'étagère était bien en train d'enregistrer.

— Où est votre femme maintenant ? demanda-t-il.

Gustav serra les lèvres. Mince… Ça ressemblait trop à une question d'interrogatoire. Il fallait qu'il fasse marche arrière.

— Je voulais seulement savoir si elle va bien, dit-il.

Gustav eut l'air de se détendre un peu.

— C'est ce que vous avez voulu offrir aux enfants ? De la souffrance ?

L'homme fronça les sourcils. L'adorable grand-père s'était volatilisé.

— Vous n'avez donc rien compris, siffla-t-il. Pourquoi on ferait une chose pareille ? Qui voudrait faire du mal à un enfant ? Vous êtes sûr que vous n'êtes pas de la police ?

— Pardon, j'ai seulement du mal à comprendre de quelle façon John justifie des meurtres d'enfants.

Ce n'était pas très adroit, il le savait, mais il lui fallait bien aborder le sujet d'une manière ou d'une autre. Il avait failli dire "de quelle façon *vous* justifiez des meurtres d'enfants", mais avait choisi une formulation plus neutre au dernier moment. Il ne voulait surtout pas que Gustav se sente visé personnellement, même si c'était le cas. Il avait beaucoup plus de chances d'obtenir des réponses s'il permettait à Gustav de garder un point de vue extérieur.

— Nous ne tuons personne, s'ébroua ce dernier. C'est une vision bornée de notre mission. Grâce à l'étoile qui nous guide, nous épargnons aux enfants toute la souffrance que la vie sur terre leur infligerait. Nous les introduisons dans leur existence suivante. Une vie sans souffrance. Notre sacrifice, c'est de rester ici et de permettre à d'autres enfants de devenir libres.

— Combien d'enfants devez-vous libérer avant d'avoir terminé ? Et pourquoi ces enfants-là précisément ?

Les yeux de Gustav se plissèrent et il croisa les bras.

— Je croyais que vous étiez initié. Je croyais que vous aviez quelques notions en matière de douleur et de souffrance. Mais les paroles de John ne vous sont visiblement pas encore parvenues. Nous en avons terminé. Et je ne veux pas de votre café.

Mina essuya la buée du miroir à l'aide d'un chiffon et s'examina. Des gouttes d'eau tombaient de ses cheveux et du bout de son nez. Elle inspecta la peau de son visage, puis ses dents, à la recherche de quoi que ce soit qui ne devrait pas être là. Alors qu'elle savait que c'était impossible.

Dès qu'elle était rentrée jeudi, elle avait couru sous la douche. Elle avait frotté chaque centimètre carré de son corps avec une brosse. Avec une attention particulière pour les ongles, entre les orteils, et partout où quelque chose aurait pu s'accrocher. Elle s'était brossé les dents quatre fois pendant sa douche, et avait descendu un litre de bain de bouche Dentolux. Mais ça ne suffisait pas. Elle aurait voulu se laver la bouche au chlore.

Elle arrondit les mains devant la bouche et renifla sa propre haleine. Dans sa tête, l'odeur était toujours aussi épouvantable.

Et pourtant, elle commençait à se sentir un peu mieux. Jeudi, elle était restée sous la douche pendant trois heures. Elle avait augmenté la température de l'eau jusqu'à la limite du supportable, et à la fin sa peau était écarlate et lui brûlait atrocement. Après, elle avait lavé tout l'appartement avec une brosse et de l'eau savonneuse bouillonnante. Y compris les murs. Suite à quoi, elle avait pris encore une douche d'une heure. Hier, elle s'était douchée plusieurs fois, mais aujourd'hui, elle n'y était restée qu'une demi-heure. Mais à l'eau toujours aussi chaude. Sa peau n'était pourtant plus aussi rouge.

Avec le recul, elle ne comprenait pas comment elle avait pu rester allongée dans l'herbe haute avec Vincent. C'était comme si son cerveau avait été court-circuité pendant le séjour dans cet abominable boyau et avait mis hors service ses tocs pendant quelques minutes, pour lui permettre de survivre. Ou bien, elle était plus forte qu'elle ne le pensait.

Mais le dégoût était revenu avant même qu'ils soient de retour à la voiture. Elle avait arraché ses chemisier, pantalon, chaussures et chaussettes et tout laissé par terre. Elle avait attrapé un débardeur neuf dans la voiture. Elle aurait tant voulu changer de culotte aussi.

À ce moment-là, elle avait commencé à avoir des frissons et à trembler de manière incontrôlable. Il avait fallu que Vincent conduise. Pendant qu'elle grelottait sur le siège à côté de lui, en sous-vêtements. Comme dans le pire polar macho. L'homme fort et débrouillard qui ramenait la femme fragile vers la sécurité. Elle était bien sûr presque à poil. Ça aurait pu être un film de Brian De Palma. Elle avait tout ça en horreur. Horreur d'avoir été si vulnérable.

Heureusement pour Vincent, il avait parlé du système nerveux du corps humain pendant tout le trajet et n'avait pas eu la moindre tendance macho. Il avait discouru sur les mécanismes biologiques des tremblements et des crises de larmes incontrôlables, et avait parlé des sentiments de culpabilité qu'ils devaient tous les deux probablement s'attendre à subir. Il s'agissait de réactions physiques et psychologiques à l'expérience traumatisante qu'ils venaient de vivre.

En arrivant, il avait dû faire le guet pour qu'elle puisse sortir de la voiture et monter jusqu'à son appartement à l'abri des regards.

Elle pensa à Nathalie et se mit soudain à renifler. Des crises de larmes, oui. Elle avait confié son acte impardonnable à Vincent. Son tort le plus grave. Comment elle avait laissé son addiction détruire sa famille, et comment elle l'avait abandonnée. Abandonné Nathalie. Sa propre enfant. Ce qu'une mère ne devrait jamais faire. Et qu'avait répondu Vincent ? Il avait parlé de poussières d'étoiles.

Elle se regarda à nouveau dans la glace. Ses cheveux étaient tout ébouriffés. Elle avait remplacé le shampoing par du liquide vaisselle, histoire d'être sûre d'éliminer toutes les saletés. Sinon, il aurait fallu qu'elle les coupe à nouveau.

Il ne l'avait pas rejetée. N'avait pas semblé choqué par ses confidences. Au lieu de ça, il avait dit… C'était quoi, le mot qu'il avait utilisé ? Il avait dit "je te *sais*".

Ce Vincent.

C'était une mauvaise idée. Une très mauvaise idée. En plus, il était en sueur. Christer sortit un mouchoir de sa poche et s'essuya le front. Bosse haletait à côté de lui, mais avait quand même l'air de se réjouir de cette promenade. Djurgården était toujours aussi beau, cependant Christer avait du mal à l'apprécier à sa juste valeur. Plus loin apparaissait l'édifice blanc avec sa toiture en tuiles orange et son jardin verdoyant.

Une semaine était passée depuis sa dernière venue. Le samedi précédent, sa visite au restaurant Ulla Winbladh avait été une catastrophe. Tout avait si bien commencé, il avait pris son courage à deux mains et avait enfin dit à Lasse, le serveur, qu'ils se connaissaient. Pour aussitôt être pris de panique. Il s'était sauvé en courant.

Le voilà de retour. Avec l'impression qu'il allait se jeter du haut d'une falaise. Il adressa une prière muette à une divinité indéterminée pour que Lasse ne l'ait pas reconnu. Pour avoir une chance de recommencer à zéro. Aïe-aïe, quelle misère. Si sa mère l'avait vu… Elle en aurait eu, des choses à dire.

Quand Bosse reconnut le restaurant, il se précipita vers le râtelier à vélos près duquel il avait attendu la dernière fois. Christer se dit qu'il devait chercher sa gamelle d'eau. Vraiment futé, ce chien.

— Tu m'attends ici, dit-il en ébouriffant sa fourrure. J'en ai pas pour longtemps.

Il entra dans le restaurant en réfléchissant à ce qu'il allait dire. Il se rendit compte qu'il aurait dû y penser à l'avance. Mais l'apparition quasi instantanée de Lasse mit un stop à toutes ses chances de se préparer.

— Ah, de retour ? dit Lasse d'une voix parfaitement neutre.

Christer fixait le sol. C'était déjà pire que son pire scénario.

— Je voulais présenter mes excuses, répondit-il en s'éclaircissant la voix. Pour samedi dernier. Je… C'était idiot. Je n'ai pas été rappelé d'urgence, je pense que c'est évident. Je n'ai pas voulu me faire remarquer…

— Tu me dois effectivement des excuses, Christer, dit doucement Lasse.

Christer leva les yeux vers lui, surpris.

— Quand tu es parti en courant, j'ai compris tout à coup qui tu étais. Même comportement fuyant qu'autrefois. J'ai attendu longtemps tes excuses pour ce qui s'est passé il y a trente-cinq ans. Je te faisais confiance et tu m'as laissé tomber. J'ai mis longtemps à m'en remettre, ça, je peux te le dire. Mais petit à petit, j'ai compris que les excuses ne viendraient jamais. Alors, j'ai repris le chemin de ma vie.

Christer n'avait pas prévu que la conversation puisse prendre cette tournure. Il avait imaginé qu'il s'excuserait, qu'ils riraient ensemble de son comportement étrange le samedi précédent. Puis il dévoilerait son identité, Lasse serait surpris et heureux et ils parleraient joyeusement du bon vieux temps. Ce scénario-là semblait soudain très irréaliste. Il s'essuya le front encore une fois.

— Ce qui s'est passé…, balbutia-t-il, je vois pas vraiment… Tu… Je suis juste venu parce que je voulais…

Il ne trouvait pas ses mots.

— Et si on se trouvait un endroit, dit-il enfin, pour parler tranquillement quand tu auras fini ta journée ?

Lasse balaya la salle du regard, les tables commençaient à se remplir pour le déjeuner. Plusieurs personnes attendaient déjà qu'il vienne les placer.

— Je pense pas que ce soit nécessaire, dit-il en leur faisant signe qu'il allait venir.

— S'il te plaît.

Une expression tourmentée passa l'espace d'un instant sur le visage de Lasse. Puis il regarda Christer droit dans les yeux.

— D'accord. Samedi prochain. Je ne travaille pas. À midi dans Vasaparken. Au café. Ne sois pas en retard.

Quelques papillons s'agitèrent dans le gros estomac de Christer – sa mère aurait été consternée – quand Lasse se détourna pour aller s'occuper de ses clients. Christer sortit retrouver Bosse et ils se mirent en marche vers la ville. Les papillons l'accompagnèrent tout du long.

Vincent avait éparpillé les différentes sections de l'édition du dimanche de *Dagens Nyheter* sur la table de la cuisine. Il était toujours en robe de chambre et avait du mal à se concentrer sur les titres. Il avait été sur les genoux tout le week-end. Ses pensées revenaient constamment sur l'épisode dans le tunnel, avec Mina. Il avait douté qu'ils atteindraient un jour la sortie. Pour ne pas succomber à la panique dans le noir, il avait refoulé ses émotions comme jamais auparavant. Il avait débranché cette partie de son cerveau. S'était transformé en robot. Après, les sentiments avaient refait surface, tous en même temps.

Il n'avait pas subi de tremblements comme Mina dans la voiture. Par contre, il avait été frappé, encore et encore, par l'évidence que cet incident aurait pu leur coûter la vie. Un film tournait en boucle dans sa tête, un scenario qui aurait tout aussi bien pu se produire : une porte irrémédiablement fermée au bout du boyau, Mina et lui prisonniers sans le moindre espoir de survie. Chaque fois que ça recommençait à défiler, il se mettait à renifler de façon incontrôlable. Il avait par chance réussi à éviter ces moments devant sa famille.

Il supposait que son épuisement était un mécanisme de défense. Son corps évacuait les effets du traumatisme par petites doses qu'il était plus à même de supporter. Vendredi, il avait réussi sans trop de difficultés à se rendre à l'hôtel de police pour l'entretien avec Gustav, mais c'est à son retour que cette grosse fatigue lui était tombée dessus. Depuis, il essayait d'aider son corps à faire face en réactivant progressivement sa pensée rationnelle. Il souffla sur son café. La vieille machine avait repris du service, et le café était aussi brûlant que dans ses souvenirs.

Un bon début serait de passer en revue tout ce qu'ils avaient découvert ces dernières semaines. Tout d'abord, les quatre enfants assassinés. Leurs emplacements reliés par le mouvement du cavalier aux échecs, par l'ancien maître d'échecs et gourou John Wennhagen. Des enfants tués pour, selon les dires de Gustav en détention, leur épargner les tourments de la vie terrestre.

*Tout est souffrance, la douleur purifie.*

Une philosophie de vie si profondément enracinée en John Wennhagen qu'il l'avait encodée tant dans le manifeste d'Épicura que dans son propre problème du cavalier. Ainsi, John bouclait en quelque sorte la boucle, se dit Vincent. Il en eut la chair de poule. C'était de la folie. Même pour lui qui aimait bien les motifs et les patterns, en temps normal. Ou plutôt, jusqu'à une certaine limite.

Il regarda autour de lui dans la cuisine pour tenter de revenir à une forme de normalité. Aston était sorti faire du vélo avant qu'il ne fasse trop chaud, et Benjamin était dans sa chambre, absorbé par ses boursicotages. Seule Rebecka était encore là, à la table du petit-déjeuner. Elle avait commencé à lire le journal. Vincent adorait le fait que ses enfants lisent encore de temps en temps un journal papier, et il appréciait le bruissement quand elle tournait les pages. Il s'abstenait de toute remarque à ce sujet, bien entendu, sinon elle abandonnerait à coup sûr sa lecture dans la seconde. Leurs relations n'étaient pas des plus faciles en ce moment.

*Tout est souffrance, la douleur purifie.*

L'horreur. Et la police n'avait toujours pas mis la main sur John. Il était toujours dans la nature quelque part. John Wennhagen pouvait recommencer n'importe quand.

Il n'était pas encore échec et mat.

Maria était dans le garage, occupée à préparer de nouvelles livraisons de figurines en céramique et de panneaux peints à la main. Son business marchait au point qu'elle avait manqué de place dans la salle de séjour. Maria et Kevin avaient apparemment compris des choses sur leurs semblables qui échappaient complètement à Vincent.

Kevin.

Le coach entrepreneurial de Maria n'avait pas donné signe de vie depuis un bout de temps. En tout cas, pour autant que Vincent avait pu le remarquer. Par contre, Maria était souvent plongée sur son téléphone, un sourire quasi permanent aux lèvres. Quand elle était à la maison.

Il vit le téléphone de sa femme sur la table de la cuisine et le retourna. Il n'avait jamais raconté à Maria ce qui s'était passé entre Ulrika et lui deux étés plus tôt. Il y avait sans doute des choses qu'il valait mieux ne pas se dire. Peut-être Maria partageait-elle ce sentiment.

Ses pensées revinrent vers John Wennhagen. On aurait dit qu'il faisait tout avec une précision mathématique. Et il aimait de toute évidence démontrer son intelligence. Peut-être serait-il possible de deviner où il se cachait en revenant sur son histoire personnelle ?

Vincent avait également besoin de comprendre *pourquoi* John avait commis ces atrocités. Pourquoi il avait tué quatre enfants innocents. Vincent ne comprenait pas comment un homme qui avait apparemment fonctionné “normalement” à une certaine époque de sa vie avait pu basculer ainsi. Il devait y avoir une conviction fanatique, ou bien une haine aveugle derrière ses actes.

Une conviction qui ne serait certainement pas atténuée par le fait qu'il avait failli se faire prendre. John serait sans doute encore plus prudent à l'avenir.

Vincent but son café et regarda le téléphone de Maria dans sa main. Elle détestait tout ce qui était ne serait-ce qu'un peu technique et avait refusé d'apprendre à configurer la reconnaissance faciale comme moyen de déverrouillage. Par pure réflexe, il se mit à réfléchir au code qu'elle pouvait bien avoir choisi. Sûrement un très facile. Les codes à quatre chiffres les plus communs au monde sont 1234, 1111 et 0000. Les gens devraient avoir honte. Maria s'était probablement donné un peu plus de peine, ne serait-ce que pour éviter les remarques sarcastiques de sa part. Mais elle ne s'était probablement pas trop cassé la tête non plus et devait avoir opté pour un code facile à mémoriser. Il appuya sur 1. Puis pourquoi pas 00. Enfin le chiffre 4 parce qu'il se trouve sous le 1.

Le téléphone se déverrouilla instantanément.

Une notification indiquant un nouveau message de Kevin apparut. Le pouce de Vincent resta suspendu un instant au-dessus de l'icône. Une seule touche, et il aurait accès à tous les échanges entre Kevin et sa femme. Et s'il voulait, il avait tout le loisir de vérifier aussi Messenger et WhatsApp avant qu'elle ne revienne.

Mais. Mais, mais, mais. Il avait demandé à Maria de lui faire confiance en ce qui concernait Mina. Quel genre d'homme serait-il s'il n'était pas capable lui-même de faire confiance à la parole de sa femme ?

— Qu'est-ce que tu fabriques avec le téléphone de Maria ? demanda Rebecka en levant les yeux du journal.

— Rien, répondit-il en le reposant sur la table. Rien du tout.

En réalité, il avait évité de questionner directement Maria au sujet de Kevin. Il avait sans doute fait des allusions.

Insinué des choses. Ce qu'elle était en droit d'ignorer. Mais s'il se décidait à lui poser clairement la question, il lui fallait croire qu'elle dirait la vérité. Le contraire serait dévastateur pour leur relation.

Comme si Maria pouvait lire dans ses pensées, elle revint du garage à ce moment-là, un carton dans les bras. Elle lui lança un regard difficile à interpréter.

— Qu'est-ce qu'il y a ? demanda-t-elle. Tu as l'air bien pensif.

Il ouvrit la bouche, puis la referma.

— Non, il n'y a rien du tout, dit-il. Mais je pense vraiment que tu devrais te trouver un meilleur mot de passe pour ton téléphone.

Nathalie était restée au domaine d'Épicura depuis qu'elle était allée chercher l'argent chez elle le vendredi précédent. Elle n'était pas retournée à la ferme où elle avait vécu pendant un temps, car Ines l'avait ramenée auprès de Nova. Nathalie avait d'abord été déçue parce qu'elle avait aimé aider à sa rénovation, et elle commençait à s'y sentir chez elle. Mais en réalité, le domaine de Nova, c'était le grand luxe comparé à la ferme plus rustique, alors elle ne se plaignait pas. Elle ressentait comme une récompense le fait d'avoir le droit d'y habiter. Plus elle y pensait, plus elle se disait que ça devait être exactement ça. N'avait-elle pas prouvé, justement, qu'elle était l'une des leurs ?

Le soir, quand elle revint dans sa chambre après s'être brossé les dents, un baluchon blanc l'attendait sur son lit. Un mot était posé dessus.

*Change-toi et viens me retrouver dans la salle de conférences / grand-mère*

Nathalie déroula le baluchon. C'était une tunique similaire à celle qu'elle avait vu Ines porter une fois. C'était peut-être une chemise de nuit ? Vu l'heure, ce serait approprié. Mais la tunique semblait… plus raffinée. Elle enleva pantalon et chandail, et passa la tunique par-dessus sa tête.

Elle était propre et fraîche. Importante. Comme si quelque chose de spécial allait se passer.

Elle hésita sur la direction à prendre pour se rendre à la salle de conférences et mit plusieurs minutes à trouver son chemin à travers le complexe. Mais elle finit par se retrouver devant une grande salle blanche.

Au milieu de la pièce, près d'une grande pile de matelas et de couvertures, se trouvait Ines. Une dizaine de personnes formaient un demi-cercle derrière elle. Nathalie en reconnaissait certaines, mais la plupart des visages lui étaient inconnus. Elle ne vit aucun de ses amis de la ferme. Personne n'avait de bandage autour de la main.

— Bienvenue, Nathalie ! déclama solennellement Ines en écartant les bras. Aujourd'hui est un jour spécial. Tu es déjà l'une des nôtres. Maintenant il est temps de faire peau neuve. Aujourd'hui, tu vas te débarrasser de l'enveloppe mortelle de ton ancienne vie inutile et découvrir une forme nouvelle. Une vie parfaite, idéale et riche en couleurs. Quand tu repenseras à ce jour, tu le verras comme le jour de ta renaissance.

Nathalie ne savait pas quoi répondre. Mais cela paraissait important. Des étoiles dansaient en périphérie de son champ de vision, comme ça lui arrivait souvent en ce moment, et sa grand-mère semblait scintiller.

— Merci, dit Nathalie doucement. J'aimerais bien être riche en couleurs comme toi.

Ines lui adressa un grand sourire et la mena vers le tas de matelas. Elles s'assirent.

— Tu m'as entendue citer notre grand guide John Wennhagen plusieurs fois, dit Ines. "Tout est souffrance, la douleur purifie." Mais je ne t'ai pas encore expliqué exactement ce que ça signifie. La première partie vient du bouddhisme. Quand ils disent que tout est souffrance, ils veulent dire que nous souffrons inutilement, à cause de nos désirs et de nos convoitises. Nous voulons acheter des choses dont nous n'avons pas les moyens. Nous croyons que nous serons plus heureux dans une maison plus grande, plus prestigieuse. Les autres sur Instagram ont une vie plus palpitante que la nôtre. Chaque rêve irréaliste, chaque chose que nous voulons sans en avoir besoin, tout cela crée de la souffrance. Les bouddhistes pensent que pour nous débarrasser de la souffrance, nous devons nous débarrasser du désir. Jusqu'ici, tu me suis ?

Nathalie acquiesça. Elle avait l'impression d'entendre une conférence de Nova. Elle avait bien assisté à une conférence une fois ? Ça lui semblait très loin dans le passé.

— Ici, nous le faisons en créant une perspective, continua sa grand-mère. Comme le dit John : "la douleur purifie". Tu as vécu sur ton corps ce que cela veut dire. Quel a été l'événement le plus douloureux de ta vie, selon toi ?

Que devait-elle choisir ? Autrefois, elle aurait peut-être répondu que c'était la première fois qu'un des gardes du corps de son père avait fait fuir un garçon qui l'intéressait. Ou quand elle s'était cassé la jambe en faisant du skate. Ou quand elle avait compris ce que la mort de sa mère signifiait. Mais maintenant ? Elle haussa les épaules.

— C'est quand tu es née, dit Ines. Avant ta naissance, ton univers était exempt de souffrance. Tu étais en sécurité, au chaud, entourée, et tu ne connaissais rien d'autre. Et soudain, comme venu de nulle part, pendant des heures, tu as été poussée dans un conduit étroit, qui te compressait de tous côtés, pour enfin être expulsée dans un monde de lumière, de froid et d'odeurs inconnues où tu n'entendais plus les battements du cœur de ta mère. Une expérience atroce. Tu n'avais jamais rien vécu de comparable, et tu n'avais aucun moyen de comprendre ce qui t'arrivait. Rien n'est comparable à la première souffrance. Ce que nous faisons, c'est recréer ce souvenir. Pour te permettre de le revivre et de comprendre qui tu es vraiment. Nathalie, tu vas renaître. Déshabille-toi, s'il te plaît.

Assise par terre dans le salon, Maria emballait ses figurines. Vincent n'avait pas vu le week-end passer, il avait déambulé comme un zombie pendant deux jours sans rien faire d'utile. Il était maintenant dix heures et demie le dimanche soir et la lumière crépusculaire donnait aux figurines de Maria un air enchanté. Dans les rayons dorés, elles n'étaient pas vilaines. Vincent regarda sa femme. Elle arborait son petit sourire et avait les joues rosées. Elle chantonnait pour elle-même.

*"Mon amour brûlera, comme une étoile dans la nuit"*, chuchotait-elle mélodiquement.

Il ressentait le besoin de demander à quelqu'un où était passée sa femme, et qui était cette personne qui avait pris sa place, là, dans le salon. La réponse était hélas assez évidente. Il avait dit à Mina qu'il ne voulait rien savoir. Ce n'était plus le cas.

— Chérie, dit-il. J'aimerais qu'on parle. De Kevin.

— Qu'est-ce que tu t'imagines encore ? répondit Maria en fermant une jolie boîte aux teintes rose et verte.

Elle se tourna pour le regarder.

— Pourquoi est-ce qu'on ne parlerait pas plutôt de Mina ? Ça me paraît bien plus important.

— N'importe quoi, dit Vincent en écartant les bras. Souviens-toi de ce qu'a dit le thérapeute. C'est dans ta tête.

M'accuser ne change rien. Moi, je veux toujours qu'on parle de Kevin.

— C'est sûr qu'il est plus facile à côtoyer que toi, marmonna Maria.

Benjamin apparut dans la porte, l'air très soucieux, et Vincent perdit le fil de sa pensée. L'iPad que son fils tenait affichait probablement les dernières cotations boursières. Ses investissements ne se passaient peut-être pas comme il l'avait prévu.

— Papa, t'as une minute ?

Maria pinça les lèvres et se mit à emballer une nouvelle figurine de façon ostentatoire.

— Ça peut attendre un moment ? dit Vincent. Maria et moi parlons de Ke… de son entreprise.

La gestuelle de son fils le fit réagir. Il y avait urgence, apparemment. Benjamin tourna l'iPad pour le montrer à Vincent. L'écran n'affichait aucune colonne de chiffres, mais le site d'Épicura.

Vincent jeta un regard vers la chambre de Benjamin, tout en levant les sourcils ainsi que deux doigts en une question muette. Deux minutes. Il lui fallait deux minutes. Benjamin fit oui de la tête et retourna dans sa chambre.

— Maria, dit-il. Quoi qu'il arrive, il y a une chose que je voudrais que tu saches. Tu veux bien me regarder pendant que je te parle ?

Maria leva la tête et le regarda. Ses yeux étaient remplis de reproches et de colère, mais aussi de larmes et de chagrin.

— Je veux que tu sois heureuse, dit-il. Désolé si je pose trop de questions. C'est seulement que je veux comprendre. Mais la seule chose qui compte, c'est que tu sois… heureuse, ou que tu ailles bien, au moins. Rien d'autre n'a d'importance. D'accord ?

Maria l'observa longuement. Puis elle hocha doucement la tête.

— Bien, dit-il. Maintenant je vais remplir mon rôle de père auprès de mon fils de vingt et un ans.

Il entra dans la chambre de Benjamin et referma la porte derrière lui. Benjamin, assis devant son bureau, fixait son iPad.

— Qu'est-ce qu'il y a de si urgent ? demanda Vincent en s'asseyant sur le lit, qui pour une fois était fait.

Et pas selon la technique habituelle qui consistait à balancer le couvre-lit par-dessus tout ce qui traînait, mais vraiment fait, dans les règles de l'art. Vincent était sur le point de demander s'il fallait qu'il s'inquiète, mais se rendit compte que Benjamin était blême.

— Je sais pas…, dit-il en montrant l'écran d'un mouvement de tête. C'est juste un… sentiment. Je manie des chiffres et des stats boursières toute la journée. Je pèse les risques et les probabilités les uns contre les autres et prends la décision d'investir même quand je ne dispose pas de toutes les informations nécessaires. Au début, je lisais tout un tas de livres. Comme dit David Tennant dans *Doctor Who*, les livres sont les armes les plus puissantes du monde.

— Je ne savais pas que tu regardais *Doctor Who*.

Benjamin le regarda fixement.

— Je suis ton fils. Évidemment que je regarde *Doctor Who*. David Tennant est le meilleur docteur de toute la série, tu sais bien. Mais ce n'était pas du tout de ça que je voulais te parler. C'était… Oui. Mes décisions question investissements. Souvent je me contente de suivre mes intuitions. Je fais confiance à mon subconscient qui capte plein de choses, et sans se donner la peine de le dire à mon conscient, me donne une intuition de ce que je dois faire.

Vincent sourit. Benjamin lui ressemblait de plus en plus. Non pas que ce soit ce qu'il souhaitait vraiment pour son fils. Loin de là. Mais en tant que père, il éprouvait évidemment une fierté immense quant aux capacités analytiques de Benjamin.

— C'est exactement comme ça que ça fonctionne, dit Vincent. Tu peux entraîner ton subconscient à prendre des décisions complexes beaucoup plus rapidement que si tu devais y réfléchir. À condition de se retrouver très régulièrement dans des situations équivalentes et d'obtenir un retour rapide sur la décision prise : était-ce la bonne décision ou pas ? Malheureusement, il existe tellement de variables, surtout dans le domaine de la Bourse, que la plupart des schémas que tu crois voir ne sont en réalité que des illusions. Mais je suppose que ce n'était pas pour me parler de tes achats d'actions que tu m'as demandé de venir ?

Benjamin secoua la tête et lui montra le site web d'Épicura à l'écran.

— J'essaye de te dire que ce que nous avons trouvé, je ne le sens pas. Tout semble pourtant parfait. Tu as compris que les cinq meurtres correspondaient aux mouvements du cavalier sur l'échiquier. Les mêmes positions nous ont menés vers cinq mots et un message caché de la part du père de Nova. Qui est un ancien maître d'échecs. Tout colle. Et pourtant… si ça avait été une transaction boursière, mon intuition m'aurait hurlé de ne pas y toucher.

— Mais dans ce cas, je ne sais pas…, commença Vincent avant de s'interrompre.

Il comprit soudain où Benjamin voulait en venir. Quand son erreur lui apparut clairement, un bloc de glace se forma dans ses entrailles. Cinq meurtres. Cinq mots. Leur conclusion n'était pas fausse. Mais il l'avait tirée trop vite. Il n'était pas question de cinq.

Il les avait poussés à traquer le mauvais tueur.

Elle n'arrivait pas à respirer. La pression était trop forte de tous côtés, elle ne pouvait bouger ni les bras ni les jambes. Elle ne faisait même plus la différence entre le haut et le bas. Tout ce qu'elle savait, c'est qu'il faisait noir et qu'elle manquait d'air.

Ines l'avait d'abord enroulée dans une couverture, comme un chou farci. Nathalie avait gloussé, elle trouvait que c'était un peu bête. Ensuite, sa grand-mère lui avait expliqué qu'elle devait s'allonger sur trois matelas, après quoi les autres matelas seraient posés sur elle de manière qu'elle y soit enfermée. Comme un hamburger humain, avait pensé Nathalie. Ou un hot-dog.

Elle n'avait rien d'autre à faire que de se tortiller pour s'extraire des matelas et de la couverture, pour symboliser sa renaissance. Elle ne comprenait pas vraiment le but de la manœuvre, mais n'avait pas le courage de protester.

Ce qu'Ines ne lui avait pas dit, c'est qu'une fois Nathalie bien empaquetée, toutes les personnes dans la salle se coucheraient sur le tas. Dix corps d'adultes pesèrent brusquement sur elle, l'enfonçant dans les matelas.

C'était arrivé très vite et avait expulsé presque tout l'air de ses poumons. Toute sa fatigue et ses vertiges s'étaient volatilisés, il n'y avait plus que l'adrénaline. Les matelas répartissaient le poids, et pourtant, elle avait l'impression qu'elle allait mourir écrasée. Pour de vrai.

Elle comprit qu'elle pouvait réellement mourir étouffée. Elle n'avait pas d'air pour crier, et qui l'entendrait ? Elle ne devait pas perdre conscience, quoi qu'il arrive.

Si seulement elle arrivait à libérer ses mains pour se tirer vers l'extérieur… Mais la couverture qui l'entourait rendait tout mouvement impossible. La lumière avait disparu quand les matelas avaient été empilés sur elle, elle ne voyait plus rien.

Par instants, elle ne savait plus où finissait son corps et où commençait la couverture. Tout ce qu'elle pouvait faire, c'était se tortiller dans l'espoir que ça la ferait avancer, millimètre par millimètre. En tout cas, elle croyait se tortiller, elle n'en était même pas sûre.

Ines avait dit qu'elle allait comprendre qui elle était. Mais à ce moment précis, elle n'était rien d'autre qu'une sensation. Les pensées concrètes avaient disparu dans la chaleur et l'obscurité. La sensation, c'était la panique. Ou bien… de la résignation.

L'adrénaline n'était pas suffisante.

Elle n'avait pas du tout assez d'énergie.

Et pas d'air.

Le peu d'air que ses poumons comprimés parvenaient à absorber était le même que celui qu'elle venait de recracher. Elle était sur le point de perdre connaissance. Un lourd sommeil voulait l'éloigner de tout ça, l'aider à se détendre. Renoncer. Elle devrait peut-être laisser faire. D'habitude, elle finissait toujours par abandonner, non ? À l'école et avec ses copains, ce n'était jamais elle qui prenait l'initiative. Elle se contentait de suivre le mouvement. Pourquoi se battre ? La vie est déjà assez compliquée comme ça. Alors, elle pouvait peut-être aussi bien abandonner maintenant. C'était ce genre de personne qu'elle était, pas vrai ?

Elle ne savait pas.

Mais elle ne le sentait pas non plus.

Parce qu'elle était… elle était Nathalie. Nathalie qui vivait à Södermalm avec son père. Elle venait d'une famille complètement détraquée, mais elle avait décidé de devenir policière quand elle serait grande. Nathalie qui avait des gardes du corps au quotidien, mais qui avait pourtant réussi, un court moment, à avoir un petit copain secret à l'école sans que papa le sache. Tout ça, c'était du passé bien sûr, mais quand même. C'était elle, à l'époque. Avant tout, elle était Nathalie qui sait que la douleur purifie. Qu'il faut la surmonter. Bien sûr qu'elle renonçait de temps en temps. Qui ne renonce pas par moments ?

Elle chercha les contours de son corps, essaya de distinguer où il se terminait et où commençait la couverture. Ce n'était pas facile, ses pensées allaient et venaient en vacillant, mais elle refusait encore d'abandonner. Enfin, ses contours se précisèrent. Voici ses pieds, ses jambes, son ventre, sa poitrine. Ses mains, ses bras, son dos, son cou, sa tête.

Voilà Nathalie.

Et Nathalie devait sortir de là.

Plus rien d'autre ne comptait. Ni ce que pensait papa, ni ce que faisait sa grand-mère, ni les copains à l'école, plus rien n'avait d'importance.

Une seule chose comptait.

Elle était Nathalie et elle devait sortir de là.

Elle trouva une force en elle qu'elle ne savait pas détenir.

Elle hurla sa rage dans l'obscurité. La fibre de la couverture écrasée contre sa bouche était humide. Et elle se tortilla. Se sentit bouger, se déplacer. Hurla et se tortilla à nouveau. Elle se déplaçait. Elle allait y arriver. Elle allait gagner.

Un bruit sourd l'atteignit, des voix agitées qui se disputaient. Il y avait donc un extérieur. Un extérieur qu'elle devait atteindre.

Un rayon de lumière, juste au-dessus de sa tête. Un interstice entre les matelas. De l'air. Elle essaya de remplir ses poumons, mais la pression autour de son corps était toujours trop forte. Elle essaya quand même. Il y avait bien une petite ouverture, juste là.

Elle entendit une voix, par l'interstice. Plus clairement maintenant.

— Tu es folle, on a besoin d'elle ! Tu as oublié pourquoi elle est là ?

Nathalie grogna à travers ses dents serrées et se tortilla encore une fois. Elle réussit à sortir le nez et la moitié du visage par la fente. Elle avait eu l'intention de leur crier leurs quatre vérités, à ces adultes. Mais elle était au-delà de ce genre de pensées rationnelles. Elle n'était que sensation, que colère. Elle se servit de ses dernières forces pour pousser un cri primal interminable.

La pression s'évanouit.

Elle tomba sur le sol de béton froid. Quelqu'un s'assit à côté d'elle, souleva sa tête et la posa sur ses genoux. Quelqu'un caressa sa joue avec tendresse. Pour lui montrer que tout allait bien. Elle ouvrit prudemment les yeux et regarda droit dans ceux de Nova.

— Je suis désolée, dit doucement Nova. Je ne savais pas qu'Ines avait prévu… ça pour toi. Sinon, je l'aurais interdit. Je ne veux pas qu'on t'expose au moindre danger.

Nathalie respirait par à-coups, elle sentait l'oxygène irriguer ses organes. Ses yeux pleuraient, agressés par la lumière aveuglante de la pièce. Elle était vivante. Nouveau-née, dans un monde qu'elle avait pris pour acquis. Oh, qu'elle était vivante ! Elle, si naïve avant. Mais plus maintenant.

— Ça va, dit-elle en toussant.

Parce que sa grand-mère avait raison. Elle savait enfin qui elle était. Elle était Nathalie. Nathalie qui, en ce moment précis, était aimée, et en sécurité. Accueillie par quelqu'un qui tenait à elle, qui ne l'abandonnerait jamais.

*C'était la seule chose qui comptait.*

— J'aurais voulu qu'on ait plus de temps, mais ce n'est hélas pas le cas, dit Nova. Il est temps que tu apprennes la vérité concernant ta maman.

Vincent aurait pu se gifler. Le lien avec le père de Nova avait été si bien caché qu'une fois qu'ils l'avaient trouvé, il s'en était contenté. Deux semaines plus tôt, il avait été là, à l'hôtel de police, pour expliquer aux autres sa découverte décisive. Sans l'avoir véritablement comprise lui-même.

Certes, il avait dû composer avec des délais serrés. Et la vie d'un enfant était en jeu. Mais ce n'étaient pas de bonnes excuses. Il était maître mentaliste. Il n'avait pas droit à ce genre d'erreur, pas maintenant. Ses projets de s'approcher du commun des mortels devraient attendre.

Vincent alla chercher son carnet de notes dans son bureau.

Sur le chemin, il croisa Maria qui emballait maintenant des savons. Tout le séjour embaumait la lavande.

Elle ne leva pas les yeux à son passage.

— Tu as dit cinq meurtres, dit-il à Benjamin en revenant. Et cinq mots.

— Oui, la citation devient complète avec le dernier meurtre, celui que vous avez empêché, indiqua Benjamin. *Tout est souffrance, la douleur purifie.* Il y a même le point final.

Vincent feuilleta les pages de son carnet jusqu'à trouver le début de son problème du cavalier. Pour un non-initié, cela ressemblait sans doute à un motif de broderie très étrange. Mais ce motif était un exploit mathématique en soi.

Le problème du cavalier ne constituait pas seulement un défi dès le départ, Vincent s'était également rendu compte que la version du meurtrier était probablement aussi pourvue de prétendues propriétés mathématiques magiques.

L'aspect mathématique était particulièrement subtil et signifiait que le problème du cavalier du tueur était symétrique. Le cavalier se déplaçait de manière que les mouvements du côté gauche de l'échiquier se reflètent dans les mouvements du côté droit, dans un motif d'une régularité et d'une harmonie presque parfaites. Créer un tel motif était d'une complexité extrême. Vincent lui-même n'avait pas réussi à dépasser les dix premiers mouvements.

Cela signifiait que le meurtrier ne laissait pas seulement son procédé se déterminer par des règles strictes, ces règles-là étaient à leur tour déterminées par leurs propres règles innées. Il se disait que le meurtrier devait souffrir d'un besoin de contrôle maniaque à un point qui nécessiterait un traitement médical.

— Papa ? Allô ? dit Benjamin. Tu es parti où dans ta tête ? On parlait des cinq meurtres.

Vincent cligna des yeux plusieurs fois pour revenir à la réalité.

— C'est ça, dit-il. Sauf qu'il n'y a pas eu cinq meurtres. Nous n'en avons jamais su le nombre exact. J'ai constaté qu'au maximum huit meurtres étaient possibles, compte tenu de la diminution par moitié du temps entre chacun. Cela ne veut pas automatiquement dire qu'il y en aurait huit, seulement que c'est le maximum. Nous avons évidemment espéré que ce serait moins. Wilma aurait été le cinquième. Et puisque nous avons trouvé une phrase complète de cinq mots, tout donnait à penser que Wilma constituait le dernier.

— Donc..., dit Benjamin. Si ce n'était pas seulement cinq. Dans ce cas, huit meurtres correspondent aussi à huit positions sur la carte.

Vincent acquiesça.

— Huit positions sur la carte. Et huit mots dans le texte.

Benjamin se remit sur le manifeste d'Épicura sur son ordinateur, celui où ils avaient inscrit le texte dans une grille de huit cases sur huit.

— Nous n'avons jamais cherché les trois derniers, dit Vincent. Parce qu'on pensait que c'était fini.

— Alors, où va le cavalier après la position cinq ? demanda Benjamin. Après Wilma ?

Vincent s'éclaircit la gorge et lut dans son carnet :

— Après la position cinq et le mot "purifie", nous avons… g7. Deuxième ligne du haut, avant-dernière case.

Benjamin souligna le mot correspondant dans le texte.

— Ensuite e8 et enfin f6.

— *Fuck*, souffla Benjamin en se déplaçant pour que Vincent puisse voir l'écran.

Trois nouveaux mots étaient soulignés dans le texte d'Épicura.

Le guide Épicura de **nouvelle** ère est comme
pour toutes les époques : N'admettez que **la** contrariété
passant telle la comète une **étoile**. Rapide et
imperceptible. Vivre la vie dans le calme **purifie**.
Évitez attentivement tous types de **douleur**, ne désirez
rien, car une vie sans désir **est** une
vie libérée de toute **souffrance**, qui vous accorde
jouissance et prospérité lorsque vous atteignez le **Tout**

— Dans le sens que tu m'as donné, ça donne "la nouvelle étoile", dit Benjamin. "Tout est souffrance, douleur purifie. La nouvelle étoile."

Vincent se sentit vaciller et agrippa le bord du lit de ses deux mains.

Il savait très bien comment s'appelait "la nouvelle étoile" en latin. Et il supposait que Benjamin le savait aussi.

— Ce message ne vient pas de John, murmura Vincent.

À peine quelques semaines plus tôt, il l'avait entendue expliquer dans une émission de télévision qu'elle vivait sa vie comme un chemin hamiltonien, où elle n'allait jamais au même endroit deux fois. Le principe même du problème du cavalier.

L'homme âgé en garde à vue, avec qui il avait discuté, l'avait même dit. "L'étoile qui nous guide." Quelqu'un qui vit avec la douleur physique au quotidien. Vincent n'avait pas écouté. Il se sentit obligé de prononcer les mots à haute voix, pour leur donner une réalité. Mais il dut se contrôler pour ne pas hurler quand il ouvrit la bouche.

— La nouvelle étoile, dit-il. Stella Nova.

Benjamin était livide.

— Depuis le début, c'est Nova.

# SIXIÈME SEMAINE

Mina trouva Vincent sur un banc près de la fontaine de Kungsträdgården. La fontaine était un bassin encastré dont l'eau était recouverte d'un mélange de feuilles mortes tombées des arbres environnants et d'emballages de crèmes glacées et autres détritus. Malgré les efforts de la ville pour tenir la fontaine propre, la bataille était ardue. Elle craignait qu'on puisse même y trouver des déchets dangereux, comme des seringues. Kungsträdgården était pourtant un bel endroit. Et surtout, les bancs sous les arbres étaient ombragés.

L'emplacement à côté de Vincent était plus sombre que le reste du banc et dégageait une odeur légèrement antiseptique. Il avait dû le nettoyer juste avant son arrivée. Il n'y ferait aucune allusion, bien sûr. Vincent portait une chemise à manches courtes, à motif de méduses, et un short. On aurait dit un touriste.

— Tu as changé de style ? demanda-t-elle, surprise, en s'asseyant. Je croyais que tu n'étais pas un mec à short ?

— Notre petite excursion en goulet d'étranglement m'a donné envie de réviser mes choix vestimentaires, dit-il. Je ressens le besoin de vêtements un peu plus… amples. Tout ce qui serre… il faut que j'évite pendant un moment. Tu n'aimes pas ma chemise ? Tu as peut-être raison.

Il inspecta le motif de méduses.

— D'accord, ce n'est peut-être pas du meilleur goût. Je devrais faire comme toi, avoir un seul type de débardeur.

— Pas du tout ! Les hommes ne devraient pas se promener en débardeur en ville. En plus, l'élégance et les bonnes manières te vont mieux.

Vincent lui jeta un coup d'œil.

— Zut, je n'aurais pas dû laver le banc avec l'eau de la fontaine, alors.

Elle résista à l'impulsion de bondir loin du banc. Il devait plaisanter. Forcément. Ou bien ? L'effort de rester assise la fit transpirer. Ce qu'elle détestait. C'est seulement en voyant la poubelle à côté du banc, qui débordait de lingettes désinfectantes, qu'elle se remit à respirer normalement.

— Bref, de quoi tu voulais me parler ? demanda-t-elle en essayant sans succès de jouer les indifférentes.

Vincent fit une petite grimace à l'idée de la vengeance. Parce qu'elle allait définitivement lui faire payer le coup de l'eau de la fontaine. Au moment où il s'y attendrait le moins.

— J'aurais peut-être dû t'appeler hier soir déjà, dit-il en retrouvant son sérieux. Mais il était tard, et on aurait de toute façon rien pu faire sur le moment.

— Je ne vois pas de quoi tu parles. Tu as de nouveau trouvé une voiture en Lego à proximité de l'eau ? C'est pour ça qu'on se retrouve ici ?

Vincent fit non de la tête et fouilla le fond de son sac.

— Le speech de Nova sur l'eau était une fausse piste, dit-il. Elle a planté cette idée pour vous envoyer dans une mauvaise direction. C'est ma faute. J'ai fait une erreur monumentale.

Il sortit une feuille de papier pliée et la lui donna.

— Tu vois la citation que le père de Nova avait cachée dans le manifeste d'Épicura ? On est partis du principe que c'était lui le meurtrier parce que c'est lui qui l'avait écrit.

— Mais ?

— Je me suis arrêté trop tôt. Ce n'est pas fini. Et d'ailleurs, je ne crois pas que John en soit vraiment l'auteur. C'était une autre fausse piste. *Misdirection*, comme on dit dans le monde de la magie.

Elle déplia la feuille. C'était le manifeste d'Épicura, organisé en huit fois huit cases, avec huit mots en gras.

— Nous n'avons lu que les cinq premiers mots parmi ceux que le problème du cavalier a révélés, dit-il. Jusqu'à l'enlèvement de Wilma. La phrase complète contient huit mots.

— Oui, tu avais dit que le meurtrier pourrait aller à huit maximum, compte tenu du temps qui se divisait par moitié, dit Mina.

Il montra les trois derniers mots.

— La… nouvelle… étoile, lut-elle.

Elle mit une seconde à comprendre.

— Nova, dit-elle en regardant Vincent, ébahie.

— C'est ça, Nova, répondit-il pour confirmer ses soupçons. Le cerveau derrière tout ça, c'est elle.

Un hurlement de protestation se fit entendre de l'autre côté de la fontaine, où un parent avait attrapé son enfant au dernier moment avant que celui-ci ne plonge dans l'eau.

— Pas seulement Nova, dit-elle. Tout le mouvement Épicura doit l'avoir aidée.

— Tous les membres ne sont pas forcément impliqués. La majorité des gens qui se sont joints à elle sont probablement juste coupables d'avoir fait don de leurs économies. Mais il existe sûrement un cercle restreint d'initiés, de fidèles proches. Sans doute les mêmes que ceux qui se trouvent en garde à vue depuis la libération de Wilma. Pas de mystère s'ils ne parlent pas. Il s'agit de gens qui sont avec Nova depuis le départ. Ils ont une confiance aveugle en elle, et elle leur fait confiance pour accomplir sa volonté.

Mina s'affaissa sur le banc. Le cercle restreint de Nova. Elle en avait entendu parler de bien trop près.

— Comme ma mère, dit-elle. Comme Ines.

Mais Ines n'était pas avec les autres à la ferme quand ils avaient retrouvé Wilma. La possibilité que sa mère ignore tout restait plausible. Même si elle était microscopique.

— On l'avait presque, dit Mina. C'est donc sûrement Nova qui est arrivée en voiture, alors qu'on a cru que c'était John. Bon sang. On fait quoi maintenant ? On va au domaine Épicura pour la cueillir ?

— Elle n'y sera pas, dit Vincent. John Wennhagen était une fausse piste, mais Nova devait savoir que ce n'était qu'une question de temps avant qu'on ne s'en rende compte. Elle a signé le message, après tout. À sa place, j'aurais fui illico. Mais il y a autre chose. Tu sais que j'ai dit que le meurtrier… que Nova, donc, diminuait de moitié l'intervalle entre chaque enlèvement ? Si nous ne l'avions pas empêché, il se serait déroulé deux semaines entre le meurtre de Wilma et le suivant, qui aurait donc été le sixième. Après ça, le septième meurtre aurait eu lieu au bout d'une semaine seulement, et le huitième une demi-semaine après. Mais nous avons heureusement eu le temps d'intervenir. Vous avez arrêté les membres qui l'aidaient avec les enfants. Je crois donc qu'elle va passer direct au point final. Le huitième mouvement sur l'échiquier. Et selon ses propres règles, cela va se passer au bout d'une demi-semaine seulement.

De l'autre côté de la fontaine, le gamin essayait à nouveau de sauter dans l'eau, et brailla encore une fois à tue-tête quand ses parents l'en empêchèrent. Mina eut envie de leur hurler de laisser le petit se noyer pour qu'elle puisse réfléchir tranquillement.

— Mais attends, dit-elle. Nous avons retrouvé Wilma vendredi. Nous sommes lundi. Il s'est déjà passé trois jours.

— Exact, dit Vincent en se tournant vers elle.

Elle ne l'avait jamais vu aussi préoccupé.

— Le grand final de Nova aura lieu cet après-midi, dit-il.

La panique éclata dans tout son corps.

— Nathalie, il faut que j'aille chercher Nathalie !

Ses mains tremblaient tellement qu'elle eut du mal à sortir son téléphone de sa poche. Elle fit le numéro du père de Nathalie. Elle n'avait pas le choix.

— C'est moi, le coupa-t-elle dès qu'il répondit. Il faut que tu ailles chercher Nathalie à Épicura immédiatement. C'est tout. Tu dois y aller *maintenant*. Je t'envoie l'adresse. Je pourrais y aller toutes sirènes dehors, mais ça me prendrait trop de temps d'aller chercher un véhicule de police. Nous n'avons pas ce temps. Oublie toutes les règles de circulation. Ou prends un hélicoptère. Il faut mettre Nathalie en sécurité.

Elle coupa avant même qu'il ait le temps de répondre.

Elle n'avait jamais osé lui parler de cette façon auparavant. Jamais au cours de leur vie commune elle ne lui avait dit ce qu'il devait faire. Encore moins sur ce ton. Ça pourrait avoir des conséquences… Mais quel choix avait-elle ?

Elle ouvrit l'application GPS et se mordit la lèvre en attendant que le contact se fasse avec l'émetteur dans le sac à dos de Nathalie. Ça prenait beaucoup trop de temps. Enfin, l'application déclara forfait. *Transmitter inactive*, fut le message. *Please check batteries*.

Vincent fouilla à nouveau dans son sac. Il en sortit une carte qu'il déplia sur ses genoux. À l'aide d'une règle, il avait dessiné les huit mouvements du problème du cavalier de Nova, ceux qui menaient à la fin de son message, par-dessus la carte de Stockholm.

— Regarde, dit-il à Mina en lui montrant la carte. Le mot "étoile" correspond à la case f6 sur l'échiquier. C'est le huitième et dernier mouvement. Sur la carte, c'est en plein milieu d'Östermalm. Il n'y a que des maisons, pas de parcs, ni de plans d'eau. Mais le grand final de Nova aura lieu quelque part dans ce quartier.

Mina scruta la carte en comparant avec le plan sur son téléphone. Le soleil grimpait dans le ciel, elle était obligée de faire de l'ombre à l'écran de sa main.

— Östermalmstorg se trouve dans la même case, dit-elle. Ce n'est certes pas un parc, mais un grand espace ouvert. Et l'église juste à côté s'y trouve aussi. Ça ne m'étonnerait pas qu'un cimetière fasse de l'œil à Nova.

Il l'observa en douce. Elle faisait de son mieux pour garder son calme, et Vincent l'admirait pour ça. Mais les clignements de ses yeux étaient un peu trop fréquents et erratiques. Ses mouvements étaient devenus saccadés, de cette façon crispée qui suggérait une forte contraction du diaphragme. Mina n'était pas loin de se décomposer.

Il ressentait un grand désir de faire quelque chose pour elle, mais ne savait pas quoi.

— Je ne suis pas sûr que Nova prenne le risque d'être aussi exposée qu'elle le serait sur une place ouverte ou près d'une église, dit-il. Elle sait probablement que nous sommes à sa recherche. Si j'étais elle, je resterais très discrète. Presque toutes les autres maisons dans ce carré sont des immeubles résidentiels. Ils sont peut-être chez un membre d'Épicura. Il va falloir qu'on aille frapper aux portes. Mais il y a aussi… ceci.

Dans un angle du carré se trouvait un bâtiment qui n'était pas comme les autres.

— C'est le lycée Östra Real, dit Mina en passant le doigt sur l'emplacement. C'était mon lycée.

— Une période heureuse ?

— Si tu veux vraiment tout savoir, je n'étais pas aussi… sensible, à l'époque. Mais quand même assez pour être la bizarre de la classe. Je me souviens une fois, en troisième, où les garçons s'étaient amusés à coller des post-it avec un rond dessus partout sur mon casier et surtout sur la serrure. D'abord je n'ai rien compris. Après, quelqu'un m'a expliqué que ça voulait dire qu'ils s'étaient masturbés en visant la serrure.

Vincent éclata de rire. Mais s'arrêta en voyant l'expression malheureuse de Mina.

— Excuse-moi, dit-il. Je ne m'attendais pas à ça.

— C'était sûrement pour plaisanter, dit-elle. Ils n'auraient jamais osé faire ça pour de vrai. Mais après cet épisode, j'ai commencé à mettre des gants en plastique chaque fois que je devais ouvrir mon casier.

Elle le regarda, presque avec défi. Les larmes brillaient dans ses yeux. Mais il y voyait aussi sa lutte, son refus de plier. Devant qui que ce soit. C'était sûrement ce qui avait poussé ses copains de classe à une blague aussi grossière.

Elle était peut-être bizarre, mais il ne fallait pas la chercher. Parce qu'elle était Mina. Franche et entière, les mains rugueuses et le regard de feu.

— Le lycée est fermé pendant l'été, reprit-elle. Nova ne peut pas y être. Il faut qu'on appelle Julia pour lui demander combien de personnes elle peut libérer pour aller frapper aux portes de tous ces immeubles.

— J'espère que tes bourreaux ont tous raté leur bac. Mais tu as sûrement raison. Les seuls moments où les écoles peuvent éventuellement ouvrir pendant l'été, c'est comme à l'école d'Aston : pour faire un peu d'argent, on loue les locaux pour accueillir des conférences, puisque de toute façon, il n'y a pas d'élèves…

Il s'interrompit.

Ils se regardèrent.

Mina avait toujours le téléphone à la main. Elle appuya vite sur le contact de Christer, puis sur l'icône haut-parleur. Christer répondit quasi instantanément. Il était légèrement essoufflé.

— Christer, tu es opérationnel ?

— Attends, dit Christer. Bosse et moi, on a juste… Attends… Bosse, laisse tranquille le chien de la dame !

— Christer, dit Mina.

— Toutes mes excuses, dit Christer. Il voulait seulement dire bonjour, il n'a vraiment pas pour habitude… Ah bon, ce n'est pas une femelle ? Non, non, je comprends…

— Christer ! répéta Mina plus fort.

— Je suis là. J'avais juste un truc à régler. Qu'est-ce que tu voulais ?

— Est-ce que tu peux vérifier si le lycée Östra Real a des réservations pour des conférences cette semaine ? lança Vincent. Tout de suite, s'il te plaît.

— Ah, Vincent est là aussi. Salut. Pas de problème, j'y vais, je m'occupe de la gamelle d'eau pour Bosse, et ensuite je…

— D'abord Östra Real, ensuite Bosse, dit Mina.

Silence. Vincent imaginait sans peine les regards noirs de Bosse et Christer.

— Pardon, Bosse, dit Vincent. Ton maître te donnera plein d'eau tout à l'heure. Christer, tu sais bien qu'on ne te le demanderait pas si ce n'était pas archi urgent.

— Je m'en occupe. Je vous rappelle.

Mina coupa la communication et revint sur l'application GPS. L'émetteur n'était pas complètement mort. La zone de recherche était maintenant plus réduite, mais il n'y avait toujours pas de résultat précis. Tout ce qu'ils pouvaient constater, c'était que Nathalie n'était plus à la ferme. Exactement ce que craignait Vincent.

— Tu penses que Nova veut accomplir l'acte final elle-même ? demanda-t-elle. Elle n'a peut-être plus grand monde pour l'assister, vu qu'on a coffré ceux qui devaient être responsables des enlèvements précédents.

Il regarda par-dessus la fontaine. Les touristes dans Kungsträdgården mangeaient des glaces, prenaient des selfies, buvaient des sodas. Des groupes d'adolescents étaient assis ou allongés par terre, occupés à faire ce qu'on fait quand on est un ado en vacances d'été. Dans quelques années, Aston serait parmi eux. Mais Lilly, William, Dexter et Ossian ne vivraient jamais ça. Pour eux, tout était déjà terminé. Pour quelle raison ? Il ne comprenait toujours pas quel était le but de Nova. Il était par contre persuadé qu'elle n'avait pas fini.

— Je ne crois pas que la huitième case soit un enlèvement comme les autres, dit-il. C'est son propre nom qui y figure. Il doit y avoir quelque chose d'autre. La dernière position. La fin du jeu. Je crois qu'elle sera présente en personne.

Le téléphone de Mina sonna et elle remit le haut-parleur en décrochant.

— Je ne comprends pas pourquoi tu n'as pas appelé toi-même, fit la voix de Christer. J'ai eu l'info tout de suite. Ils ont une seule réservation cette semaine, et c'est aujourd'hui.

Une notification apparut sur l'écran pendant que Christer parlait. L'émetteur GPS avait apparemment recommencé à marcher. L'application avait localisé Nathalie. Elle tourna l'écran pour que Vincent voie la carte. Nathalie se trouvait au centre de Stockholm.

— C'est étrange, on connaît les locataires de la salle, continua Christer pendant que Mina zoomait sur la carte. Épicura y tient un séminaire sur toute une journée. Quatre-vingts personnes. Et maintenant, il faut vraiment que je m'occupe de Bosse, quoi que vous en pensiez.

Christer raccrocha, et Vincent fit de l'ombre de sa main pour mieux voir l'écran. Mina avait tant zoomé qu'on voyait maintenant tous les immeubles assez précisément. Et il n'y avait pas de doute. Nathalie se trouvait à Östra Real.

Le soleil était désormais assez haut dans le ciel et il faisait sans doute déjà autour de vingt-sept degrés, mais Vincent était glacé. Il se mit à se frotter les bras.

— "Tout est souffrance, la douleur purifie", dit-il. Mon Dieu. Tu te souviens que John a construit le bunker comme un piège mortel ? Et de ce que nous avait expliqué Beata Ljung sur des sectes à tendance destructrice ? Je crois que Nova a l'intention de suivre les mots de son père jusqu'à leur conclusion logique. Son final, ce n'est pas *un* meurtre. C'est quatre-vingts personnes. Y compris Nathalie. Nova a l'intention de tous les tuer.

Vincent se sent plus impuissant que jamais. Il veut aider Mina, une part de lui *doit* l'aider. Mais il ne sait pas comment. À cet instant, il est parfaitement inutile. Mina se lève du banc, et au même moment, un bip de son téléphone indique la réception d'un message.

— C'est Christer ? demande-t-il.

Mina se fige dans son mouvement, à moitié debout. Elle fixe l'écran. Toute couleur a quitté son visage.

— Nova, chuchote-t-elle un instant plus tard en lui tendant le portable.

*Bonjour Mina,*

*Je me réjouis à l'idée de vous rencontrer aujourd'hui.*

*Mais je crains qu'il y ait un petit problème.*

*Vous pouvez sauver votre mère. Ou votre fille.*

*Mais vous n'aurez pas le temps de les sauver toutes les deux.*

*Que choisirez-vous ? Irez-vous jusqu'au bout du chemin ?*

*Bienvenue.*

*/ Nova*

— Qu'est-ce que je fais ? souffle Mina. Je ne comprends pas ce qu'elle raconte. Comment ça, choisir… et jusqu'au bout du chemin, qu'est-ce ça veut dire ?

Vincent relit le message. Quelque chose ne colle pas. Mais il n'a pas le temps d'y réfléchir maintenant.

— N'y fais pas attention, lui intime-t-il. Elle veut gagner du temps en te déstabilisant. Elle a besoin que tu hésites, alors n'hésite pas. Va à Östra Real, récupère Nathalie. Sauve tout le monde. Pour ce qui est d'Épicura et d'arrêter Nova, tu n'as pas besoin de moi, tu as besoin de tes collègues. C'est leur métier. Moi, je serais une gêne. Il vaut mieux que je me concentre sur l'interprétation du message de Nova. Tu as raison, ça cache quelque chose. Elle n'est jamais aussi directe. Mais sois prudente. Elle sera là-bas. Et nous ne savons pas quelles autres surprises elle pourrait nous réserver.

— Je vais rappeler le père de Nathalie, dit Mina. Il dispose de ressources importantes.

Vincent acquiesça.

— Fais-le.

— Tout ceci va être passionnant, dit Nova.

Nathalie ne se souvient pas d'avoir déjà vu les yeux de Nova briller à ce point-là. Elle regarde autour d'elle. Le mot "imposant" lui vient à l'esprit, sans qu'elle sache exactement ce que ça veut dire.

— Pourquoi on est ici, demande Nathalie, et pas avec les autres ?

Elle ne comprend pas pourquoi ils ont été séparés. Elle préférerait être avec les autres, *et* avec Nova. Être avec tous ceux qui la comprennent vraiment.

— Ils vont faire leur propre voyage, explique Nova avec un sourire rassurant. J'avais l'intention de les accompagner, mais j'ai changé d'avis. J'ai compris que je ne suis pas encore prête, j'ai encore des choses à accomplir ici. Ils vont devoir partir avant moi.

— D'accord, mais pourquoi on est dans cette pièce ?

— Nous sommes ici parce que j'ai donné à ta mère une chance de venir te chercher avant qu'il soit temps pour moi… de recommencer.

Nathalie ne comprend pas vraiment le sens de ces mots, mais elle s'y est habituée. Nova est comme ça. Mystérieuse. Elle regarde la porte en bois comme si elle pouvait l'obliger à s'ouvrir. Sa mère. Elle a encore du mal à assimiler l'idée que sa mère est en vie. Jusqu'il y a un mois, elle ne savait même pas qu'elle avait une grand-mère, et hier Nova lui a dit qu'elle avait aussi une maman, toujours en vie quelque part. Sa maman qui n'a pas eu envie de donner de ses nouvelles pendant toute l'enfance de Nathalie. Une maman policière, en plus, qui l'a abandonnée.

Oubliés, les projets de carrière de Nathalie.

Elle essaye de rassembler les quelques souvenirs qu'elle a de sa mère. Difficile de faire la différence entre ce qui est fantasmé et ce qui est réel. Son odeur, sa voix, son rire. Elle ne veut pas que sa mère vienne la chercher. En ce moment précis, elle hait sa mère plus que tout. Et papa peut aller se faire foutre aussi. Papa savait, et n'a rien dit.

Seule Nova la voit comme elle est vraiment. Elle s'est occupée d'elle sans la juger. Nova est la seule personne au monde qui ne lui a jamais menti. Si Nathalie a le choix, elle veut rester avec Nova pour toujours. Nova est la seule mère dont elle a besoin.

Mina marche d'un pas vif en direction de l'imposant et pourtant élégant bâtiment en briques marron. Un lieu où elle n'a plus mis les pieds depuis de nombreuses années. Et où elle espérait ne plus jamais retourner. Personne sur le grand parvis devant le lycée Östra Real. Elle jette un coup d'œil sur son téléphone. Le signal de l'émetteur GPS de Nathalie est faible, mais tient bon. Elle est dedans, quelque part. Ines et ses agissements ne sont plus la priorité de Mina, mais Nathalie… Il faut qu'elle trouve sa fille.

Adam et Peder la suivent de très près, en tenue complète. Peder avec encore ses teintes bleues dans la barbe. Elle a appelé l'unité en route, Peder et Adam sont arrivés en même temps qu'elle. Julia et Ruben devraient également débarquer d'un instant à l'autre, mais Mina ne peut plus les attendre. Et le père de Nathalie ne répond toujours pas. Elle est à court de temps.

*Mais vous n'aurez pas le temps de les sauver toutes les deux.*

— Tiens, dit Adam en lui lançant une radio. Pour qu'on puisse rester en contact.

Consciente de se conformer à tous les clichés cinématographiques de l'histoire, elle monte en courant les escaliers qui mènent à la grande porte d'entrée principale, sans attendre les renforts. Mais si Vincent a raison, les pires ennemis d'Épicura, en ce moment précis, c'est eux-mêmes.

Elle ouvre la grande porte en bois clair, ses deux collègues juste derrière elle.

— Ils sont où ? Quelle salle ? demande-t-elle.

À l'intérieur, un large escalier en pierre noire. Bien trop familier. Combien de fois s'est-elle retrouvée en bas de cet escalier, à se demander si elle devait monter, ou si elle ne ferait pas plutôt demi-tour pour retourner à la maison. L'air est immobile, il fait chaud comme dans un sauna. Peder s'essuie le front. Il examine le plan sur le mur à côté de la porte, qui indique l'emplacement de toutes les salles et pièces.

— Ils ont réservé l'auditorium, dit-il en montrant l'escalier. Deux étages plus haut.

Mina revérifie l'application.

— Nathalie n'y est pas, dit-elle. Elle se trouve dans une salle de classe.

Sans attendre l'avis de Peder et Adam, elle monte l'escalier en courant et s'engouffre dans un couloir, les yeux rivés sur l'écran. Nathalie se trouve dans la dernière salle. Les anciennes portes en bois donnant sur les salles de classe ont l'air solide. Elle ne pourra pas entrer si les occupants à l'intérieur cherchent à l'en empêcher. Elle espère que Nova n'est pas encore au courant de leur arrivée. Elle court encore plus vite.

Nova se tient devant une fenêtre. Elle semble soucieuse.

— Il y a un problème ? demanda Nathalie.

— Je pensais avoir vue sur la porte d'entrée d'ici, répondit Nova. Mais l'angle n'est pas bon. J'aurais aimé voir combien de personnes vont venir.

Nova s'assoit à nouveau à côté de Nathalie, elle lui sourit chaleureusement et lui caresse les cheveux.

— Je suis désolée de t'obliger à attendre comme ça. Je sais que tu aurais préféré rester à la ferme. Mais tu connais les paroles de l'épicurisme : vis ta vie sans faire de vagues. Et on ne va pas rester très longtemps.

Nathalie a besoin de manger. Ou de boire. Elle a tellement faim qu'elle en a mal au ventre. Sa langue colle au palais. C'est difficile de penser quand on a si faim. Mais le regard de Nova est plein de chaleur et Nathalie suppose que tout va bien. Même si elle ne comprend rien à ce qui se passe en ce moment, elle sait qu'elle peut avoir confiance en Nova, que Nova prend soin d'elle.

— Si tu vas quelque part, je peux aller avec toi, hein ? Tu es la seule personne qui se préoccupe de moi.

Nova sourit et sort une bouteille d'une glacière.

— Tu vas pouvoir suivre tes amis d'Épicura dans pas longtemps, dit-elle en posant la bouteille et un verre sur la table. Monica, Karl, tous tes amis. Et Ines bien sûr. Tu seras bientôt avec eux.

La bouteille a l'air de contenir de l'ice tea ou peut-être une sorte de limonade. Enfin, quelque chose à boire. Nathalie tend la main, pleine de gratitude, mais Nova l'empêche de la prendre.

— On attend encore un peu.

Son regard brûle à nouveau.

— À moins que ce soit ta mère qui arrive.

Vincent est scotché sur le message que Nova a envoyé à Mina. Il y a quelque chose qui le travaille dans le choix de vocabulaire. C'est probablement volontaire, pour les confondre, mais lui peut se permettre de se laisser happer, contrairement à Mina. La situation à Östra Real réclame toute son attention. Il s'agit de sa propre fille, rien de moins. Il n'est pas sûr qu'il aurait été capable d'agir avec la même détermination si ça avait été Aston.

Mais ce message. S'il a compris quelque chose dans cette histoire, c'est que Nova aime laisser des indices. Des faux comme des vrais. Il lui faut déterminer dans quelle catégorie rentrent ceux qu'il pense avoir sous les yeux.

*Mais vous n'aurez pas le temps de les sauver toutes les deux*, avait-elle écrit. *Que choisirez-vous ? Irez-vous jusqu'au bout du chemin ?*

Au premier regard, la question de Nova semble concerner qui Mina va sauver. Nathalie ou Ines. Mais d'un point de vue syntaxique, ce n'est pas la question qu'elle pose. *Que choisirez-vous ?* porte en réalité sur ce qui vient après le point d'interrogation, à savoir si Mina va choisir d'"aller jusqu'au bout" ou pas. C'est ça, le choix que Nova lui donne.

D'aller jusqu'au bout – ou pas.

Deux possibilités.

Deux personnes à sauver.

Aller jusqu'au bout du chemin – ne pas aller jusqu'au bout du chemin

Nathalie – Ines

Il bondit à l'instant où il comprend ce que ça veut dire.

— Combien de temps on doit encore attendre ? demande Nathalie avec un soupir.

Nova regarde sa montre.

— Plus très longtemps. Ils ont compris il y a un petit moment maintenant. J'ai fait la réservation au nom d'Épicura. Certains d'entre eux sont probablement déjà à l'intérieur du bâtiment. Je dirais que ta mère est en train de chercher la bonne salle en ce moment. Soit quelqu'un va arriver, d'un instant à l'autre. Soit… pas du tout.

Comme d'habitude, Nathalie ne comprend pas tout. Mais elle n'a plus le courage de poser des questions. En plus d'avoir faim et soif, elle commence à s'ennuyer ferme. Avoir Nova pour elle toute seule pendant si longtemps est un privilège, elle le sait. Ce serait presque un péché de ne pas savourer chaque seconde. Mais la vérité, c'est qu'elle a envie de dormir. Si elle dort, son ventre la laissera tranquille. Elle peut quand même boire un peu, non ? Elle tend à nouveau la main vers la bouteille sur la table, mais Nova la repousse encore une fois.

— J'ai vraiment super soif, dit Nathalie en se levant. Je vais aller chercher de l'eau.

— Il va falloir que tu restes ici, répond Nova d'une voix qui n'admet aucune répartie.

Nathalie se rassoit.

Les yeux de Nova ne sont plus ni chaleureux ni enjoués. Ils sont faits d'acier froid. L'amour que ressentait Nathalie un instant plus tôt a brusquement disparu.

Nathalie ne veut plus être là. Elle ne veut vraiment plus du tout être là. Mais elle ne sait pas si elle a la force de se lever encore une fois.

— Tu es ma garantie, dit Nova. Si quelque chose tourne mal. Tu vas pouvoir boire la limonade très bientôt, ne t'inquiète pas.

Nathalie se tortille. Elle n'a plus soif. On dirait que quelqu'un court à l'étage en dessous. Les pas semblent se rapprocher puis s'éloigner à nouveau.

— Comment ça, ta garantie ? demande-t-elle. Qu'est-ce qui se passe ?

Nova sourit pour toute réponse. Mais d'un sourire qui n'implique pas ses yeux. Nathalie s'enfonce dans sa chaise comme pour tenter de s'éloigner de Nova.

Mina arrive au bout du couloir. Elle se sent soudain extrêmement seule dans sa terreur. Vincent n'est pas avec elle, et ses appels fébriles au père de Nathalie sont restés sans réponse. Elle finit par laisser un message sur son répondeur. Maintenant, il faut qu'elle se concentre, il faut qu'elle sauve sa fille.

Les portes ne correspondent pas à l'emplacement du signal GPS. Bon sang ! Sa fille n'est pas à cet étage. Elle fait demi-tour et court vers l'escalier, où Adam parle au téléphone avec Julia, haut-parleur activé.

La sueur goutte du nez de Mina, mais elle n'a pas le temps d'y prêter attention. Qui sont les malades qui ont construit ces couloirs interminables ?

— Vous êtes où ? demande Adam en direction du téléphone en échangeant un regard avec Peder qui trépigne à côté de lui. On a besoin de vous ici.

Elle les dépasse, monte à l'étage au-dessus et s'engage dans le couloir. Elle se déplace plus silencieusement qu'avant. Nova est probablement dans l'auditorium avec les autres, mais on ne sait jamais.

Au fond se trouve la salle A311. La fameuse salle avec la peinture murale de Georg Pauli. Elle arrive devant, pose la main sur la porte en bois, retient sa respiration.

Elle vérifie l'application. C'est bon. Elle a trouvé.

Nathalie est de l'autre côté de cette porte.

Dans un instant, elle va voir sa fille. Sa fille qui ne sait pas même qui elle est, elle. Elle n'a plus droit à l'erreur.

Soudain, la radio crépite. Elle s'éloigne rapidement de la porte en espérant que ceux qui sont de l'autre côté n'ont rien entendu.

— Mina, on vient d'entrouvrir la porte, dit Adam dans la radio. On dirait qu'ils y sont tous. Tout Épicura doit être là. Et on dirait vraiment que ce n'est rien d'autre qu'une conférence.

Elle fronce les sourcils. Tout Épicura. Dans ce cas, Ines doit y être aussi. Il serait étrange de la retrouver aussi facilement. Mina avait cru que ce serait beaucoup plus difficile, compte tenu du message de Nova.

*Vous n'aurez pas le temps de les sauver toutes les deux.*

Quelque chose ne colle pas.

Elle le sent dans tout son corps. Sans avoir la moindre idée de ce que ça peut être.

— Ils font quoi en ce moment ? demande-t-elle.

— Pause café. Sauf que je ne vois pas de thermos, ils se servent des sodas light et jus de fruits, on dirait. Des vrais puritains, faut croire.

De la sueur glaciale coule dans le dos de Mina. Le froid la fait haleter. Elle sait ce qui ne va pas.

Nova marche de long en large dans la salle. Nathalie n'a jamais vu cette Nova-là auparavant. D'habitude, Nova lui fait penser à une biche. Maintenant, c'est une louve.

— Je commence à fatiguer, dit Nova. Je suis vraiment la seule à vouloir jouer le jeu jusqu'au bout ?

Elle se tourne vers Nathalie, le regard noir. Nathalie recule.

— Ta mère m'a interrompue, dit-elle. Il m'en restait trois. Quatre avec Wilma. Et à la fin de tout ça, j'allais enfin pouvoir me reposer de toute douleur. Mais je ne suis arrivée qu'à la moitié. Je vais être obligée de tout recommencer. Pas maintenant, ça devra attendre… Il faut que je me planque en attendant que les gens passent à autre chose et oublient. Plus tard.

On entend des pas approcher vivement dans le couloir. Un crépitement, puis les pas s'éloignent de nouveau.

— Tout est la faute de ta mère, reprend Nova. Elle et Vincent Walder. J'ai essayé de faire un croche-pied à Walder, mais ça n'a pas marché. Voilà pourquoi nous sommes ici. Mais j'en ai assez. Nous sommes là depuis une heure, et personne n'est venu. On laisse tomber. Tu vas suivre Épicura. Tu vas pouvoir boire.

Mina pose les lèvres contre la radio pour pouvoir chuchoter. Une partie d'elle se rend compte qu'elle colle sa bouche à un objet qu'Adam a tenu dans sa main chaude. L'idée la rend malade. Mais on ne doit pas l'entendre de l'autre côté de la porte.

— Il faut les empêcher de boire, chuchote-t-elle dans la radio. Renverse une table ou fais n'importe quoi. Vincent pense que Nova à l'intention de tous les tuer. C'est pas du jus de fruits. C'est du poison. J'arrive.

— Merde, il se passe un truc ! dit Adam. On enfonce la porte.

La radio se tait. Elle la pose par terre et regarde à nouveau l'application. Peu importe ce qui se passe en bas dans l'auditorium, elle est de toute façon trop loin pour intervenir dans l'immédiat.

Rien ne bouge derrière la porte. Elle espère qu'on ne l'a pas entendue. Elle inspire profondément, ouvre la porte de la salle A311 et entre retrouver sa fille.

*Irez-vous jusqu'au bout du chemin ?*

Vincent comprend. Nathalie et Ines se trouvent à deux endroits différents. C'est ce que dit le message.

Nova est une personne qui pèse ses mots avec une infinie précision. Tout a une signification. Ce n'est pas par hasard qu'elle emploie le mot "chemin".

Et il sait exactement à quel chemin elle pense.

Il ferme les yeux et essaye de se remémorer l'émission de télévision avec Tilde de Paula Eby. Il a l'impression que c'était une éternité plus tôt. Il n'y attachait manifestement pas beaucoup d'importance quand sa mémoire à long terme avait stocké l'événement, et faire remonter le souvenir à la surface maintenant n'est pas évident. Il change de stratégie et commence par se concentrer sur la sensation d'être assis dans son canapé, dans le salon de sa maison. Il sent la douceur du velours dans son dos. Il combine la sensation au souvenir sonore de la voix de Maria qui dit "fumeux" à côté de lui.

C'est suffisant pour réactiver le souvenir visuel de l'émission. Presque aussi nettement que s'il était à nouveau devant l'écran.

Nova et Ines sont assises dans le canapé du studio. Elles parlent de la douleur. Tilde demande à Nova comment elle a fait pour ne pas être amère suite à l'accident qui lui a infligé des séquelles pour la vie.

— Le chemin hamiltonien, répond Nova. C'est un concept mathématique qui consiste à se déplacer entre un certain nombre de points dans une forme géométrique de façon à ne jamais passer deux fois au même endroit. J'essaye de vivre ma vie de cette façon.

Il avait entendu les mots à l'époque, mais n'avait pas compris qu'avec cette formulation, Nova exprimait en fait plusieurs choses différentes. Elle ne voulait pas seulement dire qu'elle se refusait à ruminer les événements du passé. Elle révélait aussi d'une façon tout à fait concrète qu'elle se déplaçait en suivant un tracé mathématique précis.

Il redéplie la carte à côté de lui sur le banc. Le soleil se reflète sur le papier, il en est presque aveuglé. Il y a déjà dessiné les huit premiers mouvements du problème du cavalier, ceux qui mènent au lycée Östra Real. À chaque mouvement, plusieurs nouvelles destinations sont possibles, mais une seule est la bonne. Et c'est ainsi pour chaque mouvement. Pas de mystère si on utilise de préférence des ordinateurs pour calculer ce genre de chose.

Il pose le doigt sur la huitième position. Östra Real. Le mot "étoile". Il avait déjà calculé dix positions possibles, mais autant être sûr. Il applique la règle de Warnsdorff, c'est-à-dire choisir la position qui, pour le mouvement suivant, offre le moins de possibilités. Cela le mène à la case e8, l'Institut royal de technologie. Il essaye de ne pas se laisser influencer par l'adrénaline qui afflue dans son corps et qui menace de restreindre ses capacités cognitives.

Ça va prendre du temps. Chaque nouveau mouvement peut le mener vers une impasse, cinq ou dix mouvements plus tard. Dans ce cas, il faut revenir en arrière et recommencer. Et Mina n'a pas le temps de l'attendre.

*Irez-vous jusqu'au bout du chemin ?*

Il reste encore cinquante-cinq cases sur la carte avant la fin du problème du cavalier de Nova. Avant que Nova ne termine son ouvrage. L'une de ces cases est la dernière. L'une de ces cases est le bout du chemin.

Il faut qu'il trouve laquelle.

La salle de classe est exactement comme dans le souvenir de Mina. Les tables et chaises blanches ont un aspect presque fantomatique dans la vive lumière des fenêtres. Les personnages dans la verdure de la peinture murale n'ont pas changé de position.

Et la salle est vide.

D'abord, elle pense que Nathalie se cache, mais il n'y a aucun endroit où se cacher. Sur un banc au fond se trouve un objet. Seul vestige de la présence de quelqu'un.

Un sac à dos.

Mina ne l'a pas vu depuis deux ans, mais il n'y a pas de doute, c'est celui de Nathalie.

Elle se précipite. Une feuille A4 pliée a été posée sur le rabat du sac. Quand elle lit le message, sa respiration s'arrête.

*Bonjour Mina. C'était malin de votre part, l'émetteur au fond du sac. Mais il faudra changer les piles. Je me doutais que vous choisiriez votre fille et pas votre mère. Bon choix. Mon père a fait le même. Hélas, c'était inutile à l'époque, et ça le sera cette fois-ci aussi. Pendant que vous lisez ceci, votre mère boit du poison un étage en dessous. Et vous êtes beaucoup trop loin pour pouvoir aider Nathalie. Comme c'est le cas depuis de nombreuses années, de toute façon. Échec et mat. Elle est à moi maintenant. / Nova*

Mina essaye désespérément d'inspirer, mais la panique comprime fermement sa poitrine. Elle a l'impression que ses bras et ses jambes ne sont plus les siens. Nathalie. Son champ de vision tremble, la salle autour d'elle se met à tournoyer. Il faut qu'elle sauve Nathalie. Mais Mina reste figée. Elle essaye de s'appuyer à la table, mais la table est à des kilomètres d'elle. Elle aurait dû être là pour Natti. Mais elle a échoué.

Le feu d'artifice devant ses yeux prend le dessus et elle se sent basculer. Une douleur violente au bras. Elle a dû heurter une chaise dans la chute. Elle atterrit sur le sol et la salle de classe A311 s'évanouit en même temps que le reste du monde.

Adam entend des voix agitées s'échapper de l'auditorium. Quoi que Nova ait prévu, ça n'a pas l'air d'aller comme sur des roulettes. Julia et Ruben ne sont toujours pas arrivés, mais il ne peut plus les attendre. Il faut agir. Il fait un signe de tête à Peder pour s'assurer que son collègue le suit, et ouvre les portes de la salle.

— Police ! crie-t-il à la foule. Arrêtez-vous, ne bougez plus !

Deux choses le frappent en même temps. D'abord, il constate qu'un désaccord semble avoir éclaté parmi les membres d'Épicura. Ils n'accordent aucune attention à Peder et lui. Le chaos règne dans la salle pleine de cris et d'invectives, ils ne les ont peut-être même pas remarqués. Une jeune femme est à genoux devant une table, elle pleure d'une façon hystérique. À côté d'elle, par terre, un homme est pris de convulsions. Une odeur âpre remplit la pièce. Comme de l'urine.

— Nous refusons de boire ! clame un homme entouré de sept ou huit autres personnes.

Un jeune homme à peine sorti de l'adolescence approche le groupe avec une batte et donne un coup brutal aux genoux du contestataire. Celui-ci pousse un cri et s'écroule sur des corps déjà à terre. Il hurle en se tenant les genoux. Les corps sous lui ne bougent pas.

— Buvez ! ordonne le jeune en agitant sa batte devant le groupe. Tout le monde boit. La douleur purifie.

Le long d'une table, une rangée de fidèles récite à voix basse.

Tout ce qu'Adam distingue, c'est "Tout est souffrance, la douleur purifie", qu'ils répètent encore et encore en se passant des gobelets en plastique.

La femme en pleurs se redresse et essaie de donner des coups pour faire tomber les gobelets, mais elle vacille et quelqu'un parvient à mettre un gobelet devant sa bouche.

La deuxième chose qu'Adam remarque, c'est un pistolet dans la main d'une petite femme dans la soixantaine, vêtue d'un manteau violet. Elle menaçait le groupe qui refusait de boire, mais elle vient de se retourner et pointe maintenant son arme sur Peder et lui. Elle, en tout cas, les a remarqués.

— C'est vous qui ne bougez pas ! ordonne-t-elle.

Adam se fige, la main juste au-dessus de son arme de service. Il n'ose pas la sortir. Il voit du coin de l'œil que Peder est dans la même situation.

— Nova nous a prévenus que vous viendriez peut-être, dit-elle. Ce pistolet est donc chargé. Vos armes à vous, posez-les par terre. Lentement. Vous d'abord.

Elle fait un signe de tête vers Peder.

Adam voit deux personnes près de la table s'écrouler en s'écorchant la gorge. Un homme qui a refusé de boire crie le nom d'une de ces personnes et essaye de la rejoindre, mais les autres le retiennent et approchent un gobelet de sa bouche.

La femme âgée ne lâche pas Adam et Peder du regard. Elle fait un nouveau signe de tête à Peder, qui attrape son arme de service avec deux doigts pour la déposer par terre avec des mouvements lents.

— À vous, dit-elle en pointant Adam.

Adam fait comme Peder, il prend son arme à deux doigts. La femme est calme, posée. Pas du genre à tirer par nervosité, mais pour éviter qu'elle interprète mal ses mouvements, il ne prend aucun risque et dépose son pistolet au sol tout doucement.

L'odeur âpre s'accentue au fur et à mesure que les fidèles boivent, s'effondrent et se pissent dessus dans leurs convulsions. Adam essaye de respirer par la bouche. La femme a mentionné Nova, mais il ne la voit nulle part.

— Mettez-vous là-bas, contre le mur, dit-elle en agitant son pistolet. Et ne nous dérangez plus tant que nous n'avons pas terminé.

Elle lève la voix pour s'adresser à quelqu'un d'autre, plus loin.

— Monica ! Tu t'occupes du reste ?

— Bien sûr, répond une femme près de la longue table. Ça va prendre un moment, mais on va y arriver. Karl ?

Un grand blond, bien bâti, rejoint Monica avec un grand sourire, et elle lui tend une matraque télescopique.

— Souvenez-vous de la promesse de Nova, dit Monica en levant la voix pour que tous les épicuriens puissent l'entendre. Vous allez enfin être libérés de vos souffrances. Vous allez enfin recevoir votre récompense. Dans notre prochaine vie, nous serons rois et reines, en récompense de tout ce que nous avons enduré ici. Je comprends que vous ayez peur. Mais la peur est une illusion. Venez boire, il y en a assez pour tout le monde.

Certaines personnes fixent la matraque. Puis Karl. Puis le pistolet qui vise Adam, pour le moment. Puis ils se rangent dans la file près de la table.

— Ne faites pas ça, dit Peder à la femme en manteau violet. C'est une erreur ! La vie n'est pas que souffrance.

— Vous deux, ne nous dérangez pas, répond la femme en agitant le pistolet. Ce moment a été planifié depuis des années. Et maintenant, à cause de vous, il faut précipiter les choses. Ce n'est pas idéal, mais on fera avec.

— Vous ne pouvez pas tuer tous ces gens, dit Peder en faisant un pas en avant. C'est de la folie.

Adam regarde fixement les taches bleues dans la barbe de Peder. La périphérie de son champ visuel vacille. C'est l'adrénaline qui lui donne une vision en tunnel. Ce n'est pas possible. Il cligne des yeux plusieurs fois. Il faut qu'il soit alerte, prêt à tout. Peder avance encore d'un pas, Adam sent son corps tout entier se tendre.

— Nous ne tuons personne, dit la petite femme en faisant un pas en arrière et en levant son arme vers le visage de Peder. Nous passons à l'étape suivante. Tout le monde est ici de son plein gré. Certains sont un peu perturbés en ce moment précis. Qui ne le serait pas – c'est une décision importante.

Elle fait un grand geste de son bras libre.

— Tout est souffrance, la douleur purifie ! clame-t-elle.

— Tout est souffrance, la douleur purifie ! crient beaucoup d'autres en retour.

La femme sourit.

— Ne faites pas l'erreur de penser que je n'ai pas l'intention de me servir de mon arme, dit-elle. Je ferai ce qui sera nécessaire. Il ne me reste de toute façon que quelques minutes de plus dans cette existence.

— Mais vous allez passer à côté de tant de choses, intime Peder.

Sa voix semble presque désespérée, maintenant. Adam comprend que Peder veut les sauver tous. Peder à la barbe bleue qui veut du bien à tout le monde. Mais ça ne va pas se passer comme ça. C'est déjà trop tard. Une vingtaine de personnes gisent déjà par terre. Adam sait que jamais de sa vie il ne pourra oublier cet instant. Le jour où on l'a obligé à regarder pendant que Nova tuait tous les gens qui croyaient en elle.

— Je vais vous montrer ce que je veux dire, dit Peder.

C'est incroyable, mais il sourit, au beau milieu de l'horreur.

— J'ai une vidéo avec mes triplées qui chantent en regardant Melodifestivalen…

Il fait un mouvement de la main vers sa poche arrière.

— Avec Anis Don Demina. Regardez juste, vous allez comprendre…

La femme tire. Dans la grande salle, le coup est comme une étoile qui explose.

Peder est projeté en arrière comme s'il était relié à un élastique.

Son corps heurte le mur.

Quelqu'un hurle.

Ça pourrait être Adam.

Mina sursauta. Il n'y avait aucun doute possible sur le son qui l'avait ramenée à elle. Un coup de feu. Alors qu'elle se remettait péniblement debout, la réalité de ce qu'avait écrit Nova fit irruption dans sa conscience. Elle se jeta hors de la salle de classe en renversant plusieurs chaises sur son chemin.

Un étage en dessous, disait Nova. Sa mère se trouvait un étage en dessous. Dans l'auditorium. Et Natti ? Nova ne jouait pas franc jeu, et Mina ne comprenait pas tout.

Le couloir lui sembla interminable, mais elle arriva enfin à l'escalier qu'elle dévala à grandes enjambées. Elle faillit chuter à mi-chemin, mais parvint à se rattraper à la rampe. Son cœur battait la chamade, elle s'obligea à descendre les dernières marches avec plus de précautions.

En approchant de l'auditorium, elle entendit des éclats de voix de l'autre côté de la porte entrouverte. Elle la poussa prudemment de manière à pouvoir regarder à l'intérieur. L'odeur était épouvantable. On aurait dit une litière pour chats géante. Adam était debout, son arme de service brandie en direction d'un groupe de gens les mains en l'air. D'autres gisaient au sol. La plupart de ceux-là ne bougeaient pas. D'autres semblaient se tordre de douleur. Mais quoi qu'il se passait un instant plus tôt là-dedans, la situation semblait s'être figée. Une femme âgée en manteau violet était assise par terre, les mains dans le dos. Quelqu'un, sans doute Adam ou Peder, l'avait menottée. Plus loin, elle vit Ines par terre avec les autres.

Elle cria pour que son collègue ne lui tire pas dessus par erreur.

— Adam ! C'est moi, Mina ! J'entre !

Elle dégaina son arme de service en attendant l'accord d'Adam. Dès qu'elle l'entendit confirmer, elle ouvrit grand la porte et se rua dans la pièce, jusqu'à Ines. Sa mère luttait pour garder les yeux ouverts. À côté d'elle, par terre, gisait un gobelet en carton vide.

— Qu'est-ce que tu as fait ? Maman ! Où est Nathalie ?

Ines la regarda et leva la main, péniblement. Après un instant d'hésitation, Mina prit sa main. La sensation de la peau de sa mère contre la sienne était étrange et familière à la fois. Autrefois, sa mère lui tenait la main. Maintenant, c'était elle qui tenait la main de sa mère. Elle semblait frêle, fragile, comme si elle pouvait se briser à la moindre pression. Elle était furieuse contre sa mère. Ça n'aurait pas dû se passer comme ça. Elles avaient tant de choses à se dire, tant de questions qui réclamaient des réponses. Mais il y avait un point qui primait tout le reste. Mina implora sa mère du regard.

— Maman, où est Nathalie ?

— Je l'ai trahie, Mina, dit Ines, la voix rauque. Je l'ai vraiment fait. J'ai trahi Nova. Pardonne-moi. Je n'avais pas compris… Pas jusqu'à la toute fin. Je ne savais pas ce qu'elle faisait, ce que faisaient les autres. Mais quand j'ai compris, j'ai fait ce que j'ai pu. Pour toi. Pour Nathalie. Elle voulait tuer Nathalie. J'ai compris juste avant qu'il ne soit trop tard. Alors j'ai dit à Nova qu'elle gagnerait du temps si elle emmenait Nathalie avec elle. Qu'elle avait besoin de plus de temps pour achever son œuvre. Que Nova était trop importante pour partir avec nous maintenant. Je savais que son narcissisme aurait le dessus…

— Elle l'a emmenée où ?

Ines toussa et Mina comprit à quel point chaque mot lui coûtait. Mina ne voulait pas la quitter. Mais son corps tout entier était déjà prêt à bondir dans la direction de sa fille. Ines serra sa main plus fort.

— Pardon. Pardon pour tout. Pardon.

Ines lâcha la main de sa fille et ses yeux se fermèrent.

Le téléphone de Vincent sonna. Mina. Timing parfait.

— J'ai compris ce que Nova voulait dire, lança-t-il sans préambule. Nathalie et Ines se trouvent à deux endroits différents.

— Je sais, répondit Mina, si fort qu'il écarta vivement le téléphone de son oreille. C'est ma mère qui a veillé à ça, pour que Nathalie ne soit pas ici. Mais il ne nous reste pas beaucoup de temps, j'en ai peur. Et je ne sais toujours pas où elle peut être. Bon sang, je ne sais pas où elle est ! Il s'est passé tellement de choses ici, ils ont avalé du poison, et Ines… elle… mon Dieu, elle…

Quelque chose avait mal tourné. Sacrément mal tourné. La voix de Mina allait et venait, comme si elle ne la contrôlait pas. Il entendit Adam crier quelque chose au fond, mais il n'avait pas le temps de lui demander ce qui se passait. D'abord Nathalie. Ensuite le reste. C'était dans cet ordre qu'il fallait faire les choses s'il voulait être de la moindre utilité.

— Je sais où elle est, dit-il en courant vers sa voiture. Nova le dit dans le message qu'elle t'a écrit, elle dit que tu dois aller au bout du chemin pour la trouver. Tu t'en souviens ? C'est donc ce que j'ai fait. J'ai terminé son problème du cavalier. Il m'a fallu du temps, mais ça y est, je suis sûr. Si son intention, c'est un motif mathématiquement

— Nova et ma fille sont à Långholmen, il faut que j'y aille, dit Mina en s'éloignant du corps d'Ines.

Elle entendit vaguement la voix d'Adam dans son dos. Il répétait la même chose, mais elle ne faisait pas attention à lui. Nathalie prenait toute la place dans sa tête.

— Mina ! cria-t-il de nouveau.

Elle sursauta et se tourna.

— Mina, il faut que je te dise quelque chose.

Dehors, le son des sirènes s'approchait. Les renforts étaient presque là. Elle regarda autour d'elle. Adam avait l'air de contrôler la situation, elle n'avait donc pas besoin de rester pour les attendre.

— Je ne savais pas que tu avais une fille… Explique-moi ce qu'elle fait avec Nova.

— Pas le temps d'expliquer, il faut que je la trouve, dit-elle, impatiente, en se dirigeant vers la porte.

— *Mina !*

Adam pointait toujours son arme sur le groupe de gens, mais ces derniers ne semblaient pas vouloir se rebeller. Il fit un signe de tête en direction du sol à côté de la porte. Elle ne l'avait pas remarqué jusqu'ici. Une paire de chaussures dépassait de derrière un tas de chaises renversées. Elle crut d'abord que c'était l'un des fidèles qui avait bu du poison. Jusqu'au moment où elle reconnut les chaussettes.

symétrique, il y a une seule case sur l'échiquier, pardon, sur le plan de la ville, où elle peut terminer. Dans cette case se trouvent Reimersholme et Långholmen. Je ne crois pas à Reimersholme. Compte tenu du sens de la mise en scène de Nova, je parie qu'elle se trouve dans la prison de Långholmen qui sert aujourd'hui d'hôtel et d'auberge de jeunesse.

Arrivé près de sa voiture, il se mit à fouiller le fond de ses poches à la recherche des clefs.

— Mais c'est de l'autre côté de la ville ! s'exclama Mina, désespérée. Ça va me prendre des plombes pour arriver… Et Ines…

— Je suis déjà en route, dit Vincent en s'installant derrière le volant.

— Vincent ?

— Oui ?

— Roule plus vite.

Ses chaussettes Bart Simpson préférées. Elle approcha de quelques pas.

Ne voulait pas.

Ne voulait pas voir.

Ne voulait pas savoir.

Mais elle était obligée. Elle approcha encore. Et ne put retenir un cri. Un cri guttural, informe. Derrière les chaises, Peder gisait sur le dos. Sa barbe bleuâtre, et les yeux grands ouverts. Seul un petit cercle rouge sur la joue révélait que quelque chose n'allait pas. Le sang dans le cercle, ainsi que le sang qui avait giclé sur le mur derrière, et aussi celui qui coulait maintenant à flots de l'arrière de sa tête.

— Elle lui a tiré dessus, dit Adam en faisant un signe de tête vers la femme âgée assise par terre, menottée, sans la regarder.

Sa voix était sans timbre. Comme si ses émotions étaient épuisées.

C'était trop. Mina n'en pouvait plus de la mort. Les yeux brouillés de larmes, elle se mit à courir vers la sortie. Elle ne pouvait plus rien pour Peder. Mais elle pouvait, elle *devait*, sauver Nathalie.

Vincent prit Söder Mälarstrand en direction de Långholmen. À sa droite, l'eau scintillait, mais il n'avait pas le temps de profiter de la vue. Pour une fois, un lundi caniculaire en plein milieu des vacances était exactement ce qu'il lui fallait. La route était pour ainsi dire vide. Comme Mina le lui avait demandé, il roulait aussi vite que possible.

— Vincent, dit Christer dans le kit mains libres de la voiture.

Vincent l'avait appelé au moment où il démarrait.

— J'ai les renseignements que tu m'as demandés, toutes les réservations tant à l'hôtel qu'à l'auberge de jeunesse. En raison de la saison, c'est assez plein.

Vincent prit à droite sur le petit pont menant à Långholmen, l'île qui aimait promouvoir l'une des plus vieilles prisons de Stockholm.

— L'hôtel a reçu une réservation un peu particulière hier soir, dit Christer. La chambre 121. La femme a demandé la chambre pour trois heures seulement. C'est pour ça qu'elle a pu l'avoir. Devine qui ?

— Nova, dit Vincent en arrivant sur le parking. Merci.

Il se gara en vitesse et courut vers l'ancienne prison transformée en hôtel.

Se concentrer. Ne pas penser à ce qui l'attendait. Ne pas laisser les sentiments prendre le dessus. Il aimait la symétrie du numéro de la chambre, 121. Ça commençait et finissait pareil. Avec le double au milieu. Les mathématiciens appellent ça une distribution normale.

Mais rien n'était normal ici. Nathalie avait pratiquement le même âge que Rebecka. S'il n'arrivait pas à temps… Non, pas ça. Se concentrer.

Il regarda le bâtiment en pierre jaune. Il savait que la prison avait été achevée en 1880. Il avait fallu six ans pour terminer sa construction. 18 plus 80 faisaient 98. Moins six ans faisaient 92. La prison avait été désaffectée en 1972. 1972 moins 1880 donnaient aussi 92.

Hum. Étrange. Y aurait-il un lien mathématique ? Il ne voyait pas lequel, et ça le dérangeait de ne pas comprendre comment ça pouvait coïncider de manière aussi symétrique. Mais 92 plus 92 faisaient 184. 18 4. Le dix-huit avril. L'anniversaire de David Tennant, si sa mémoire était bonne. David Tennant qui était l'interprète préféré de Benjamin dans la série *Doctor Who*.

Vincent passa le seuil de l'hôtel et se mit à visualiser l'alphabet. Il calculait par groupe de trois, et trouva que les lettres DOCTORWHO se trouvaient aux emplacements 4, 15, 3, 20, 15, 18, 23, 8 et 15 de l'alphabet. La somme de ces chiffres donnait… 121.

La courbe normale.

La chambre dans laquelle Nova l'attendait avec Nathalie.

Il ne devait pas arriver en retard.

À la réception, on lui expliqua comment trouver la chambre au deuxième étage. Pour une raison quelconque, il y avait trois personnes derrière le petit comptoir de la réception. Trois côtés d'un triangle. Les toasts triangulaires de sa mère. Ils n'auraient pas pu se contenter de deux réceptionnistes ?

Il courut jusqu'au deuxième étage, le long de la rangée d'anciennes cellules de prison, en s'accrochant à l'idée que deux fois trois font six. Un chiffre pair tout à fait rassurant.

Il s'arrêta devant la cellule numéro 121, et se rendit compte qu'il n'avait aucun plan. Mais il n'avait plus le temps. Il pressa la poignée et poussa la porte. Elle n'était pas verrouillée.

Nova était assise près d'une table dans la petite pièce, en train de verser le contenu d'une bouteille dans un verre.

— Bonjour, Vincent, sourit-elle avant de reposer la bouteille. Je commençais à désespérer.

— Désolé, il y avait une circulation pas possible, répondit-il en regardant rapidement autour de lui.

Il n'y avait rien de menaçant dans la pièce, rien qui laisse entendre qu'un acte de violence était imminent. Tout ce qu'il voyait, c'était le verre et la bouteille sur la table devant Nova, impeccablement vêtue d'un élégant tailleur-pantalon bleu. Une jeune fille, qui devait être Nathalie, était assise sur le lit en face, en tee-shirt et pantalon blancs. Apparemment libre de ses mouvements.

— Bonjour, Nathalie, dit-il. Je m'appelle Vincent. Je suis un ami de…

— … de ta mère, termina Nova pour lui.

Nathalie changea d'attitude à ces mots. Elle croisa les bras, courba le dos, baissa les yeux.

— Je vois… Qu'est-ce qui va se passer, maintenant ? demanda-t-il.

— C'est très simple. Ma liberté contre celle de Nathalie. Je vous la laisse, à condition que la police lâche l'affaire.

— Comment pouvez-vous être sûre que la police n'a pas déjà encerclé les lieux ?

Nova s'illumina de son plus beau sourire.

— Mon cher Vincent, je les imagine débordés par les événements à Östra Real. Ils en ont pour un bon moment encore. Et je sais aussi qu'ils ne sont pas aussi futés que vous et moi. Vous seul avez compris que c'était ici qu'il fallait me chercher. Je suis persuadée que vous vous êtes jeté dans votre voiture dès que vous avez compris. Ce qui signifie que vous êtes venu seul.

Vincent s'assit sur la seule chaise libre de la pièce. Nova avait raison, ce n'était pas la peine de faire semblant.

— Nathalie, je suis désolée pour toute cette situation, dit-il en regardant l'adolescente. Aucun de nous n'avait compris ce que ta grand-mère prévoyait de faire.

— Ne donnez pas trop d'importance à Ines dans cette affaire, renâcla Nova. À l'instant où j'ai su que la fille d'Ines était impliquée dans l'enquête policière, et qu'elle-même avait une fille nommée Nathalie, j'ai demandé à Ines d'entrer en contact avec sa petite-fille. On n'a jamais trop de jokers.

— Qu'est-ce que tu veux dire ? demanda Nathalie depuis le lit. Grand-mère…

— Ta grand-mère a fait ce que je lui ai demandé, dit Nova. J'ai toujours su que tu me serais utile à un moment ou un autre. Tu crois vraiment que c'est par hasard qu'Ines se trouvait dans la même rame de métro que toi ?

Nathalie se roula en boule. Comme si elle voulait disparaître.

— Donc, votre liberté contre celle de Nathalie ? dit Vincent. Vous comprenez que j'appellerai la police dès que vous serez partie d'ici ? Et qu'ils ne cesseront jamais de vous rechercher.

— Vous avez intérêt à les convaincre de me laisser tranquille, dit-elle. Je leur dirai où ils trouveront Nathalie seulement quand je serai certaine d'être en sécurité. La police a toutes les cartes en main, et le sort de Nathalie dépend d'eux.

— Qu'est-ce qui m'empêche de partir maintenant avec Nathalie en vous laissant aux soins de la police ? demanda

Vincent en prenant son téléphone. Je ne vois pas ce que vous pourriez y faire.

— Peut-être pas moi. Mais qu'est-ce qui vous fait dire que je suis seule ? Je vous garantis que vous n'arriveriez même pas jusqu'au parking, si vous essayiez de partir d'ici avec elle.

Il aurait évidemment pu s'attendre à ce que Nova couvre ses arrières. Cela dit, elle mettait tout le temps sa main à sa gorge en parlant. Le genre de geste qu'on fait inconsciemment dans un moment de tension parce que ça ralentit la sécrétion des hormones de stress. Est-ce qu'elle mentait ? Elle avait été contrainte de prendre une décision rapide et de tout préparer pour aujourd'hui. Le fait que Nova ne soit pas avec les autres ne pouvait pas faire partie du plan initial. Avait-elle réellement eu le temps de s'entourer de gardes ?

Vincent regarda par la fenêtre. Trois hommes en vestes blanches traversaient le parking en face, apparemment sans but précis. Leurs vestes paraissaient déplacées dans la chaleur de l'été. Il pouvait s'agir de touristes, ou bien Nova disait la vérité, et c'étaient ses larbins. Il n'avait aucun moyen de s'en assurer.

Par contre, il ne croyait pas un instant que Nova avait réellement l'intention de laisser Nathalie partir. Elle avait déjà tellement de morts sur la conscience, une victime de plus ou de moins ne devait pas faire une grande différence. Elle avait commencé à creuser la tombe de Nathalie au moment même où celle-ci était arrivée à Épicura. Et lui, il avait dit à Mina que Nova n'était pas dangereuse. S'il ne l'avait pas rassuré ainsi, le père de Nathalie serait peut-être allé la chercher depuis longtemps. Tout était sa faute. À lui de se rattraper, maintenant. Il regarda à nouveau par la fenêtre. Les hommes étaient toujours là.

La probabilité qu'ils soient au service de Nova n'était pas énorme, étant donné le peu de temps dont elle avait disposé, en plus du fait qu'elle faisait preuve de signes de stress inconscients mais prononcés. Mais il ne pouvait pas prendre le risque d'en déduire qu'elle mentait.

Il évalua la probabilité qu'ils soient effectivement les gardes de Nova à 30 %. 70 % qu'ils ne le soient pas. S'ils l'étaient, quelles étaient les probabilités pour qu'ils réussissent à les maîtriser, Nathalie et lui ? Il y avait plusieurs voies possibles pour quitter l'hôtel. Ils avaient d'assez bonnes chances de fuir par un côté où les hommes ne les verraient pas avant qu'il ne soit trop tard. La probabilité qu'ils s'en sortent dans une telle situation était sans doute autour de 20 %. 20 % de 30 égale 6. Ils avaient donc 6 % de chances de s'en sortir si ces hommes étaient des sous-fifres de Nova. 70 % dans le cas contraire. Cela voulait dire que Nathalie et lui avaient 76 % de chances de s'en sortir en maîtrisant Nova et en essayant de s'enfuir.

Il y avait donc aussi 24 % de probabilités de ne pas y arriver. Et la probabilité que l'un d'eux ou tous les deux risquent leur vie dans une telle situation était sans doute très proche de 100 %.

Il ne pouvait pas prendre ce risque.

— D'accord, vous avez gagné, dit-il en posant le téléphone. Mais je ne comprends toujours pas ce que nous faisons ici. Si vous vouliez vous servir de Nathalie pour faire du chantage, ça aurait été plus sûr de le faire par téléphone, à partir d'un lieu inconnu. Vous prenez beaucoup de risques en étant ici vous-même.

— Non, dit Nova en fronçant les sourcils. Mon chemin hamiltonien s'arrête ici. Je dois être ici parce que c'est la destination du dernier mouvement. Vous l'avez constaté vous-même. Je dois poursuivre le chemin jusqu'au bout. L'endroit où je vais par la suite sera le début d'un tout nouveau chemin. Je ne sais pas encore où il me mènera. Mais je dois d'abord terminer celui-ci.

Il fixait Nova. Il avait prévu que le meurtrier serait esclave de ses propres règles mathématiques. Mais Nova était plus que ça. Elle était folle. Brillante, mais folle. Et ce n'était sans doute plus qu'une question de secondes avant qu'elle ne se lève et quitte les lieux avec Nathalie. Quelques secondes avant qu'il ne perde la fille de Mina pour toujours. Il fallait qu'il retienne Nova le temps de trouver un plan. Mais lequel ?

Lequel

Lequel

Lequel

Un truc dans ce qu'elle avait dit. Qu'elle devait poursuivre le chemin jusqu'au bout. Le dernier mouvement.

Voilà.

Il avait une idée.

Lui donner la chance de montrer qu'elle était plus intelligente que lui. Nova était une narcissique pur jus, elle n'y résisterait pas.

— Comme vous l'avez dit, votre dernière position est ici, dit-il. Votre ultime déplacement sur l'échiquier. Mais votre coup final ne peut pas être du chantage. Ce serait… un peu bâclé, cela ne vous ressemblerait pas.

Le sourire de Nova se figea.

— Et puisque nous parlons du jeu, continua-t-il, j'avoue ne pas comprendre les puzzles que vous m'avez envoyés. C'était juste pour me distraire de l'enquête au cas où j'y serais impliqué ? Je suis impressionné par votre prévoyance, avec l'article de journal envoyé à Ruben il y a deux ans déjà, une année avant l'enlèvement de Lilly. Mais je crains que les puzzles n'aient pas eu l'effet que vous escomptiez. Puisque je me trouve ici.

C'était un pari. Mais Nova était sûrement très fière de sa minutieuse planification. S'entendre dire qu'elle avait été nonchalante ou qu'un plan qu'elle avait agencé avait foiré… Peut-être que ce serait suffisant pour la provoquer, et peut-être la pousser à accepter, par fierté, ce qu'il avait l'intention de lui proposer.

— Je n'ai pas envoyé de puzzle ni d'article de journal, dit-elle.

Elle ne souriait plus du tout.

Il ne s'attendait pas à ça. Elle mentait peut-être, mais il n'en avait pas l'impression. Elle était trop fière de son œuvre pour ça. Mais si ce n'était pas Nova, alors qui les avait envoyés ? Il fronça les sourcils de perplexité. Mais il n'avait pas le temps d'y réfléchir pour le moment, il fallait mettre ça de côté pour plus tard.

Il fit un sourire à Nova et s'empara de la bouteille sur la table. Mina avait mentionné du poison au lycée Östra Real. Le liquide dans le flacon en était certainement aussi, réservé à Nathalie.

Il était temps. Il avait poussé Nova aussi loin que possible. Maintenant, tout dépendait de sa réaction. Il espérait qu'elle allait relever le défi.

— Vous avez joué aux échecs avec vous-même, dit-il, et vous êtes arrivée au bout. Littéralement. D'ailleurs, le motif que vous avez dessiné sur la ville est d'une beauté incroyable. Quand j'ai pris conscience de la symétrie, en plus… Tout à fait remarquable. Donc, puisque nous sommes à la dernière case, jouons comme il faut. Car que vaut une partie d'échecs si rien n'est en jeu ? Quel sens aurait votre nouveau chemin demain, si vous ne terminez pas correctement celui-ci ? Nous savons tous les deux que vous êtes au-dessus d'une minable tentative de chantage improvisé. Jouons jusqu'à échec et mat. Je suppose que vous avez d'autres verres ?

Nova le fixa un moment, les yeux écarquillés. Enfin, elle sourit et sortit deux verres de son sac Louis Vuitton, ainsi qu'une autre bouteille.

— Sans poison, j'espère ? dit Vincent.

— Jus de poire, répondit Nova.

Elle posa la nouvelle bouteille à côté de l'autre. Les deux liquides avaient une apparence identique. Mais l'un était mortel. L'autre avait seulement un goût de fruit. Le regard de Nova le perça.

— Si je gagne, et que vous buvez le poison, je pars avec Nathalie, dit-il. Votre dernier acte dans la vie sera de dire à vos gardes de nous laisser partir. En même temps, vous serez enfin libérée de vos douleurs chroniques. Si vous gagnez, et que je meurs, vous et Nathalie pourrez poursuivre votre plan. On sait tous les deux que vous avez manqué quatre cases. Quatre enfants que vous n'avez pas tués. En fait, dans tous les cas, vous êtes gagnante.

Nathalie ouvrit grand les yeux.

— Comment ça, des enfants ? dit-elle en regardant Nova, consternée. De quoi il parle ?

Nova ne fit pas attention à Nathalie, elle dévisageait toujours Vincent. S'il avait vu une flamme dans les yeux de Gustav, ceux de Nova étaient un volcan en éruption.

— Je ne comprends pas, dit encore Nathalie, paniquée. Comment ça, du poison ? Vous allez jouer ma vie avec votre stupide jeu ? Je suis pas du tout d'accord ! Nova, dis quelque chose ! Explique-lui qu'il n'a rien compris, que tu ne fais rien de mal.

Nova ne répondit pas.

— L'alternative prévue par Nova était sans doute que tu joues aussi, dit Vincent. Et pas avec deux bouteilles, mais une seule. Elle avait prévu de t'empoisonner dès que vous seriez parties d'ici, Nathalie. Il n'a jamais été question de t'échanger contre sa liberté. Elle voulait te tuer, puis disparaître. De cette façon, tu as au moins cinquante pour cent de chance de t'en sortir. Si ça se passe mal, je préfère que ce soit pour moi que pour toi.

Il ne lâchait pas Nova du regard en parlant. S'il se tournait vers Nathalie, il avait peur ne pas arriver à faire ce qu'il avait à faire. Tout ceci était sa faute, il n'avait pas vu les signaux d'alarme à temps. Il fallait le faire pour Nathalie. Qui lui faisait tant penser à Mina. Il comprit qu'il ferait n'importe quoi pour elle.

— Je suis désolé, Nathalie, dit-il. Je sais que ce n'est pas beaucoup. Mais c'est tout ce que je peux faire.

Il dévissa la capsule de la bouteille de poison et la vida dans le premier verre, tapant fort la bouteille contre le bord pour faire tomber la dernière goutte. Puis il reposa la bouteille vide. Nova ne quittait pas ses mains du regard. Vincent prit la deuxième bouteille et se mit à verser son contenu dans l'autre verre.

— Vous êtes sûr de ne pas vous tromper de bouteille ? dit Nova avec un sourire.

— J'espère vivement, dit Vincent en souriant de retour. Sinon, je viens de verser du poison dans les deux verres. Ce serait trop bête.

Le sourire de Nova s'évanouit.

— Nathalie, dit Vincent. Nous allons nous retourner, Nova et moi, et compter jusqu'à dix. Toi, tu changeras les verres de place plusieurs fois pour que nous ne sachions pas lequel est lequel.

— Je ne veux pas, dit Nathalie d'une petite voix.

— Moi non plus, dit Vincent. Mais il faut qu'on le fasse quand même. Un…

Il fit un geste à Nova pour qu'elle se détourne de la table, et fit de même. Pendant qu'il comptait jusqu'à dix, il entendit le tintement des verres que Nathalie déplaçait dans son dos.

— … et dix.

Il se retourna en même temps que Nova. Les verres étaient toujours au même endroit. Identiques.

— Nous buvons en même temps, dit-il en prenant un des verres.

Nova vide son verre en même temps que Vincent. Elle regarde le mentaliste. Elle a un goût de poire dans la bouche. Ça ne veut rien dire, le poison a le même goût que le jus de fruit.

Elle est attentive au liquide qui descend vers son estomac. Est-ce qu'elle ressent de la nausée, une brûlure, ou que son cou se contracte ? Non, rien. Le temps s'est arrêté.

Nova renifle son verre. Toujours rien d'autre que de la poire.

Puis, elle scrute le visage de Vincent.

Le mentaliste s'est figé, verre levé. Ses pupilles s'élargissent lentement.

Sa main levée tremble un instant avant de brusquement tomber. Le verre vide s'échappe de sa main et roule sur la table en laissant une fine traînée de liquide derrière lui.

Vincent la fixe toujours, mais ses yeux se brouillent, on dirait qu'il voit autre chose que ce qui se trouve dans la pièce.

Ensuite, Vincent se met à pencher sur un côté. Son corps vacille de plus en plus, jusqu'au moment où il tombe de la chaise et s'écroule par terre. Sa tête heurte bruyamment le sol.

Nova attend encore quelques secondes. Nathalie s'est roulée en boule sur le lit. Elle a enfoncé sa tête entre ses genoux et oscille doucement d'un côté à l'autre. C'est sans doute mieux ainsi. Pour qu'elle ne voie pas.

Nova n'a pas pensé que ce serait si facile. Mais péché d'orgueil... Et Vincent a fait preuve d'un orgueil immense.

Elle se lève et s'approche du mentaliste écroulé par terre. Ses yeux sont à moitié fermés. Sa poitrine se soulève et s'abaisse en respirations courtes, superficielles. Après encore quelques secondes, les respirations cessent complètement.

Nova s'accroupit près du corps et prend son pouls.

Rien.

— Échec et mat, dit-elle, et elle se relève.

Elle époussette son pantalon et ramasse son sac avant de se tourner vers Nathalie.

— Je dois vérifier qu'il est effectivement arrivé seul et que personne ne nous attend en bas, dit-elle. Ne bouge pas. Sinon, je te ferai boire la même chose que Vincent.

Nova espère que la jeune fille a suffisamment peur pour obéir sans poser de question. Le regard terrifié de la petite en atteste.

Elle ouvre la porte et sort dans le couloir.

Elle a gagné.

Elle peine à le croire, mais *elle a vraiment gagné*. Elle peut enfin poursuivre son plan. Nova doit disparaître, bien sûr, et c'est tragique. Après tout ce qu'elle a accompli. Terminé, Épicura. Mais maintenant, elle peut redevenir Jessica.

Elle s'appuie contre le mur d'une main et reprend son souffle. La journée a été plus épuisante qu'elle n'aurait imaginé. Nathalie lui sera utile pour tenir la police à distance le temps qu'elle se mette en sécurité. Ensuite Nathalie peut... disparaître. Il ne lui restera qu'à patienter une bonne année avant de reprendre là où elle s'est arrêtée. Il en reste encore quatre.

Quatre enfants encore, et John aura obtenu réparation.

Elle se remet en marche mais trébuche immédiatement. Merde… Elle doit marcher avec naturel, si quelqu'un la voit.

Elle pense à nouveau aux quatre enfants. La police n'a jamais compris qui ils étaient et pourquoi ils devaient mourir. Elle ne pourra donc pas l'empêcher de poursuivre. Nova a tout le temps du monde.

Soudain, elle a du mal à respirer. Des vertiges la submergent. C'est autre chose que de l'épuisement.

Elle se retourne et regarde vers la porte ouverte de la chambre 121. Vincent est toujours étendu, mort, sur le sol.

Oh non !

Elle revoit le moment où il remplissait les verres. D'abord l'un, ensuite l'autre… Cet imbécile l'avait vraiment fait ! Il l'avait dit en plaisantant, mais il était sérieux. Il n'y avait qu'une solution pour être sûr d'arrêter Nova, et il l'avait fait.

Il s'était sacrifié pour Nathalie.

Il avait mis du poison dans les deux verres.

Nova s'effondre au sol, sa gorge enfle. Elle porte la main à son cou, et un incendie se déclenche dans ses poumons. Elle s'est trompée. Elle ne veut plus se débarrasser de la douleur. Elle veut vivre, la vie vaut toutes les souffrances au monde. En même temps, une autre part d'elle accueille ce qu'il lui arrive. Elle a toujours été la survivante. Au prix de la mort de ceux qui comptent. Son père avait choisi de la sauver elle, au lieu de sa mère. Elle, elle perd ses deux parents. Et elle reste en vie.

Pour une fois, c'est peut-être juste.

Pourtant, elle voudrait continuer.

Continuer à vivre.

Avec la culpabilité. Avec la douleur.

Elle est étendue au sol dans le couloir, et elle voit Vincent dans la cellule. Des étoiles, ses étoiles rien qu'à elle, dansent dans son champ de vision. Ses réserves d'oxygène sont épuisées, et son cœur est sur le point d'abandonner. Elle tend la main vers Vincent. Essaye de l'atteindre à travers l'espace constellé d'astres. Elle aimerait lui demander s'il a lui aussi vécu dans la douleur. Comment il s'en est sorti. Et s'il se sent libre maintenant.

Mais c'est trop tard.

— Nathalie !

Mina s'époumonait en montant les escaliers de l'hôtel quatre à quatre. En arrivant au deuxième étage, elle faillit trébucher sur Nova, étalée dans le couloir.

— Je suis là ! appela une voix de jeune fille.

Nathalie. Quelque part, proche.

— Attends, j'arrive, cria Mina.

Elle se pencha sur Nova à la recherche de signes de vie. Elle n'en pouvait plus de la mort. Pas après Peder. Après Ines. Et après Épicura. Tout ça pour rien. Elle avait vu plus de morts ces dernières heures que la plupart des gens n'en croisent dans toute une vie. Il lui fallait seulement protéger Nathalie… même si sa fille la haïssait pour tout ce qu'elle avait fait. Nova, elle, était perdue. Et Nathalie se trouvait plus loin.

Julia et Ruben seraient là dans un instant, ils appelleraient une ambulance pour Nova, si ce n'était pas déjà trop tard. Elle se redressa et courut vers la porte ouverte d'où s'échappait la voix de Nathalie.

Avant même d'entrer, Mina aperçut déjà un corps par terre. Sa seule pensée fut pour sa fille : pourvu que ce ne soit pas elle.

Un instant plus tard, elle vit Nathalie, blottie sur un lit.

— Vous ! s'exclama la petite. On s'est déjà vues.

Mina acquiesça. Elles avaient pris un café ensemble dans Kungsträdgården, deux étés plus tôt, mais à l'époque Mina n'avait pas révélé son identité. Elle avait douté que Nathalie se souvienne de leur rencontre.

— Vous êtes ma mère alors ? Je ne comprends rien.

Mina ne l'entendit pas. Elle venait de comprendre qui était allongé sur le sol. Mais une partie d'elle refusait catégoriquement l'éventualité qu'il s'agisse de Vincent. Son Vincent. Celui qu'elle avait dans la peau. Le seul.

Il était là, négligemment étendu par terre, comme s'il n'avait aucune idée de ce que ça pouvait lui faire à elle.

— Qu'est-ce que tu as fait ? murmura-t-elle en s'approchant lentement de lui. Vincent, qu'est-ce que tu as fait ?

Elle se laissa tomber à genoux près du corps pour l'examiner, comme elle l'avait fait avec Nova. Et comme pour Nova, elle ne trouva aucun signe de vie.

— On a appelé une ambulance, fit Julia en déboulant dans la pièce, mais je suis à peu près sûre que Nova est morte, alors on…

Elle se tut en apercevant Vincent.

— Bon sang ! Mina…

— Vous êtes vraiment ma mère ? répéta Nathalie.

Mina n'avait pas le courage de répondre. Elle venait tout juste de retrouver sa fille. Elle aurait dû être en train de savourer ce bonheur. Mais quand elle se redressa, surplombant un instant le corps inerte, quand elle se mit en mouvement pour poursuivre cette journée, et celle d'après, et la suivante encore jusqu'à la toute dernière de sa vie sans lui, sans Vincent, il n'y avait rien d'autre dans le monde que du chagrin.

Christer fixait avec dégoût les cases noires et blanches sur son écran d'ordinateur. Il avait perdu toute envie de jouer aux échecs. La fille de John Wennhagen, Jessica, plus connue sous le nom de Nova, lui avait gâché son plaisir pour toujours. Une vraie malade, cette femme. À cause d'elle, Mina avait perdu sa mère. Mais elle avait aussi retrouvé sa fille. Grâce à Vincent. Christer n'avait pas eu d'autres nouvelles depuis qu'elle avait quitté Långholmen la veille pour conduire Nathalie directement à l'hôpital. Il espérait qu'elles allaient bien. C'était étrange, jusqu'il y a quelques jours, il ne savait même pas que Mina avait une famille.

Il jeta encore un coup d'œil vers l'écran. Il s'était dit qu'il voulait quand même finir une partie qu'il avait en cours depuis un petit moment. Après, terminé.

Il savait que l'humiliation était imminente. D'un instant à l'autre, la partie s'achèverait. Il avait essayé de repousser l'inévitable autant que possible. Mais à ce stade, autant en finir.

Christer sélectionna la partie en cours dans la liste. Les pions étaient là où il les avait laissés. Il scruta la configuration, essayant de se souvenir s'il avait eu une stratégie et, le cas échéant… laquelle.

Mais non, il ne voyait pas de logique émerger quant au placement de ses pions.

Il n'avait aucune chance.

Il fit quelques mouvements au hasard, autant écourter la souffrance. Il ne restait cependant pas beaucoup de pièces sur l'échiquier. La partie n'avait peut-être pas été aussi désespérée qu'il l'avait cru en mettant sur pause. Il fit un mouvement avec le cavalier qui lui restait. Et soudain, il entendit la voix de Vincent débiter tout ce dont il avait parlé ces dernières semaines.

— Cavalier.

— Cheval.

— Hippo.

— HORSE.

— Pur-sang arabe.

— My Little Pony.

— *The Psychology of the Pawn.*

— Le problème du cavalier.

— *Turagapadabandha.*

Putain de jeu ! Le programme joua son tour et Christer déplaça son cavalier encore une fois. Soudain, l'ordinateur émit un son qu'il n'avait jamais entendu.

WINNER : WHITE, indiquait l'écran.

Blanc… Blanc c'est moi ! Il n'en revenait pas. Il avait gagné ! Après tous ces mois.

Christer laissa la nouvelle décanter. Ensuite, il quitta le programme, alla chercher le fichier du jeu dans son ordinateur et le déplaça jusqu'à la corbeille. Il cliqua sur "Vider la corbeille" et entendit avec satisfaction le petit bruissement indiquant la désinstallation de l'application.

— Tu veux un café avant de partir ?

Ruben se demandait si la question contenait les prémices d'un savon monumental. Ellinor ne semblait pas afficher son expression qui voulait dire "faut qu'on parle". Quand elle avait appris qu'Astrid avait assisté à une réunion où il avait été question de meurtres d'enfants, elle avait moyennement apprécié. Ce Vincent, décidément. Cela dit, c'était déplacé d'avoir ce genre de pensées au sujet du mentaliste. Après ce qui s'était passé à Långholmen.

À ce moment précis, Ruben ne voyait pas ce qu'il avait bien pu faire comme connerie. La question semblait innocente. D'un autre côté, elle maîtrisait l'art de l'embuscade comme personne. Son invitation pouvait aussi bien mener à une simple conversation polie autour d'un café qu'aboutir sur le fait qu'il ne verrait plus jamais Astrid.

Il regarda sa fille du coin de l'œil. Elle portait toujours sa tenue blanche d'arts martiaux. D'après ce qu'il avait compris, c'était devenu compliqué de lui faire porter autre chose à la maison.

— Euh, oui, pourquoi pas, dit-il avec prudence. Si je ne dérange pas ?

— Allez, viens, Ruben, dit Astrid en lui prenant la main. On se fait un autre goûter. Je veux montrer ma prise d'étranglement à maman.

— Un *autre* goûter ? fit Ellinor en haussant un sourcil.

— Il n'est pas impossible que nous ayons mangé une glace après l'entraînement, dit-il en s'éclaircissant la voix. Ou deux.

Il avait fait de son mieux pour préserver les apparences quand il était allé récupérer Astrid. Ne pas trop penser à Peder. Ni à Anette et aux triplées. Ou au sacrifice de Vincent pour la fille de Mina. Il ne s'était écoulé que deux jours depuis les événements. Il n'avait même pas commencé à digérer ce qui s'était passé. Mais il ne voulait pas qu'Astrid ait affaire à un papa abattu quand ils avaient la chance d'être un moment ensemble. Il avait aussi espéré que passer du temps avec Astrid ferait un peu office de thérapie pour lui. Mais garder tout ça à distance était difficile. C'était trop. Il avait donc compensé en achetant des glaces en quantité excessive. Au moins, ils étaient rassasiés.

Il suivit Ellinor à la cuisine. Astrid venait de poser ses crayons de couleur sur la table. Elle avait de toute évidence hérité du talent de sa mère. Ellinor posa une tasse devant Ruben.

— Tu veux du sirop ? demanda-t-elle à Astrid, qui se jeta sur sa mère en essayant de lui faire une prise d'étranglement.

— Oui, *sensei* ! rugit la petite.

Elle lâcha sa mère et s'inclina.

Ellinor rit. Il n'avait pas entendu son rire depuis dix ans. Et c'est seulement à cet instant qu'il se rendit compte à quel point ça lui avait manqué.

— Je n'ai rien dit jusqu'à présent, dit Ellinor en lui servant du café. Mais merci pour tout ce que tu fais pour Astrid. Je croyais qu'elle serait plus réservée avec toi, au début, puisqu'elle ne te connaît pas, mais c'est presque le contraire. Je ne sais même pas comment tu fais. Mais je suis contente que ça se passe bien.

Ruben rit, embarrassé. Il osait à peine lever les yeux. Même après une année de thérapie avec Amanda, certains sujets le mettaient toujours mal à l'aise. Alors, il but son café. Il était fort. Exactement comme il se souvenait qu'elle l'aimait.

— C'est chouette d'être avec elle, dit-il. On apprécie les mêmes choses.

Ellinor le regarda longuement. Puis elle hocha la tête.

— Tu étais vraiment nul en tant que petit ami, dit-elle à voix basse en jetant un regard en coin vers sa fille occupée à mélanger le sirop dans un grand pichet. Mais tu es un bon père. Je tenais à te le dire.

Ruben se contenta de hocher la tête. Il n'osait pas répondre de peur que sa voix sonne d'une façon bizarre.

— J'ai quelque chose pour toi, ajouta Ellinor en lui donnant un lourd album photo. Voici Astrid, de sa naissance jusqu'à aujourd'hui. Je pensais que ça pourrait peut-être t'intéresser de savoir ce qu'elle a fait des dix premières années de sa vie.

Il acquiesça à nouveau. S'il avait eu du mal à répondre avant, ça ne s'arrangeait pas du tout. Il avait les larmes aux yeux et une grosse boule dans la gorge. Il pensait à nouveau à Peder. Puis Sara fit soudain irruption dans ses pensées. Il se souvenait comment sa voix devenait tendre dès qu'elle parlait de ses enfants. Il comprenait pourquoi. Parce que chaque fois qu'il regardait Astrid, c'était de la tendresse qu'il ressentait. Il était prêt à parier que Sara était une bonne mère, exactement comme Ellinor. Et le mari de Sara était manifestement un idiot.

Astrid s'installa à côté de lui avec son sirop. Elle vida son verre d'un trait et émit un rot sonore.

— Enfin, Astrid ! rit Ellinor.

— Ruben, tu veux pas rester manger avec nous ? dit sa fille. Ou, je veux dire, papa ? S'il te plaît ?

Ruben regarda vers Ellinor. Il n'osait toujours pas parler.

Un silence total régnait dans la salle de réunion. Personne ne savait quoi dire. Et personne n'avait le courage de regarder la chaise vide de Peder. À part Bosse qui renifla la chaise d'un air malheureux avant de venir poser tristement sa tête sur les genoux de Christer. La chaise était comme un éléphant au milieu de la pièce. Au bout d'un moment, Ruben se leva, prit la chaise et la balança dans un coin. Tout le monde sursauta. Mais Mina comprenait. Ce n'était pas un acte de colère, mais de frustration. Elle aussi avait envie de casser quelque chose.

Tout était terriblement injuste.

Et ils n'y pouvaient strictement rien.

Bosse couina, et Christer lui chuchota quelque chose pour le calmer. Mina regarda la carte de Stockholm sur le mur. Celle que Vincent avait divisée en cases d'échiquier pour ensuite y dessiner un chemin. Un chemin qui ne menait qu'à la mort. Beaucoup trop de morts.

Julia s'approcha du tableau blanc dont ils s'étaient servis pendant l'enquête. Tout était toujours là. Les images, les notes, les flèches, les photos.

— Nous pleurons un collègue, dit-elle doucement. Un ami, et l'une des meilleures personnes que nous ayons eu l'occasion de rencontrer. Il nous faudra du temps. Et on prendra ce temps, pour faire notre deuil. Mais en ce moment précis, nous devons d'abord faire ce que Peder aurait voulu qu'on fasse. Nous devons nous assurer que rien n'a échappé à notre vigilance. Nous devons être sûrs, sans le moindre doute, que tout ceci est terminé.

La voix de Julia se brisa, et elle s'éclaircit la gorge.

Mina suffoquait de larmes qui ne venaient pas. Après s'être assurée que Nathalie était en de bonnes mains, elle s'était autorisée pour un petit instant à se réjouir que sa fille soit saine et sauve. Mais le répit avait été de courte durée.

Maintenant, le deuil la frappait d'une telle force qu'elle ne voyait pas comment elle allait pouvoir y faire face. Ni comment ils allaient pouvoir continuer en tant qu'unité. Peder avait été le liant qui les tenait ensemble. Avec sa bonne humeur, sa gentillesse et ses boissons énergisantes. Elle donnerait tout pour revoir une de ses vidéos avec les triplées.

Et puis Vincent.

Mon Dieu, Vincent. Elle ne lui avait toujours pas pardonné.

Elle regarda le mentaliste assis à côté d'elle. Il avait posé ses béquilles par terre.

— D'abord, Vincent peut peut-être nous expliquer pourquoi Mina a cru qu'il était mort, dit Julia d'une voix vive.

Vincent avait l'air très mal à l'aise. Bien fait pour lui.

— C'est que… je suis capable d'arrêter la circulation du sang dans un bras pendant un petit moment, dit-il. C'est un truc dont je me sers dans mes spectacles pour donner l'illusion que je n'ai pas de pouls. C'est comme ça que j'ai fait croire à Nova que j'avais bu du poison. J'espérais qu'elle laisserait Nathalie tranquille si elle me croyait mort. C'est assez risqué, je ne recommande pas.

— Un petit moment, tu dis, le coupa Adam. Mais tu n'avais toujours pas de pouls quand Mina est arrivée ? Tu t'es pris pour Lazare ?

Vincent eut l'air encore plus embarrassé. Il leva les yeux vers Mina, rencontra son regard noir et détourna immédiatement la tête.

— J'ai entendu du bruit et cru que c'était peut-être Nova qui revenait, dit-il. J'avais du mal à raisonner sur le moment, et puis j'avais tellement mal au pied. Alors j'ai à nouveau arrêté mon pouls, mon flux sanguin donc. Pour ne pas prendre de risque.

— Franchement Vincent, grogna Mina, ton pied cassé, tu le mérites. En plus, qui se casse le pied en tombant d'une chaise ?

Elle avait eu tellement peur en le voyant. Et encore plus peur quand, soudain, il avait ouvert les yeux et commencé à lui parler. Elle lui avait à peine adressé la parole depuis. La fausse mort de Vincent, l'angoisse qu'elle avait ressentie au sujet de Nathalie, et puis la mort bien réelle de Peder, tout avait atterri dans la même corbeille qui débordait d'émotions écrasantes. Tout ce qu'elle avait envie de faire, c'était se réfugier dans la sécurité de son appartement, se recroqueviller en position fœtale et faire barrage à tout ce qui la déchirait.

— Pardon, dit-il à voix basse. Je l'ai fait pour Nathalie. Au fait, avez-vous mis la main sur les trois hommes sur le parking ? Ils étaient sous les ordres de Nova, au final ?

Mina sentit une main sur son bras. Elle tourna la tête et regarda droit dans les yeux bleus de Vincent. Elle savait qu'elle allait lui pardonner. Il était en vie. Et Nathalie aussi.

— Ceux en vestes blanches ? demanda-t-elle. Des touristes japonais.

— Je ne comprends toujours pas pourquoi Nova a fait tout ça, dit Christer. C'est quoi, le mobile ? Et pourquoi diable a-t-elle fait semblant de nous aider ? Elle a pris un risque énorme en collaborant avec la police.

Il déglutit, avec difficulté, comme pour ravaler ses larmes.

— Je peux ? demanda Vincent avec un regard en direction de Julia.

Elle hocha la tête, et Vincent alla se mettre près du tableau pendant que Julia s'asseyait.

— J'ai parlé avec certains des fidèles qui ont survécu. Ils sont beaucoup plus bavards maintenant que Nova est morte. L'explication que j'ai eue ne me semble pas tenir la route, mais je crois qu'elle nous fournit quand même une partie de la réponse. Nova a vécu un événement extrêmement traumatisant dans son enfance, ça, tout le monde le sait. Elle a été gravement blessée dans un accident de voiture et son père est probablement mort cette nuit-là, même si nous avons été amenés à penser le contraire. Après l'accident, qui lui a valu des séquelles pour la vie, elle a été accueillie par son grand-père, Baltzar Wennhagen, qui l'a élevée dans l'esprit de l'épicurisme. Mais je crois qu'elle en avait déjà beaucoup appris de son père, pendant sa vie avec lui. Tous ces éléments se sont mélangés pour aboutir à une conception déformée de l'épicurisme, une version dans laquelle la souffrance physique, avec laquelle elle vivait en permanence, était centrale. Nova avait besoin de trouver un sens à ses douleurs. Dans sa quête, elle a rapidement attiré d'autres personnes qui vivaient avec la douleur, et qui cherchaient, elles aussi, un sens. Quelque chose qui rendrait leur existence plus supportable. N'oublions pas que les traumatismes de Nova étaient à la fois physiques et psychologiques. Une combinaison qui s'est montrée mortellement destructrice. La rationalité et la logique ont laissé place au désespoir et au fanatisme.

Le ton et les mots choisis par Vincent les aidèrent pour un court instant à mieux envisager l'horreur. Le fait qu'il en parle comme si c'était une conférence aidait à prendre de la distance et à y faire face sans se laisser envahir par l'émotion.

Mina percevait sa façon de les regarder tous attentivement quand il parlait, et comprit qu'il faisait probablement exprès de les distancier émotionnellement des événements. Le mentaliste faisait ce qu'il pouvait, avec ses propres moyens, pour que le deuil soit un peu plus facile à porter, au moins temporairement.

— Mais je ne comprends toujours pas pourquoi elle s'est mêlée à l'enquête, répéta Christer. Quel intérêt pour elle ?

— Obtenir des informations sur ce que nous savions, tout en nous donnant des fausses pistes, lui donnait probablement le sentiment de contrôler la situation, dit Vincent. Mais avant tout, c'est en rapport avec le trait le plus puissant de sa personnalité. Le narcissisme. Ce n'est pas rare que des criminels au comportement narcissique tentent de se mêler à l'enquête policière qui les concerne. Elle n'est en rien unique sur cet aspect-là.

— Est-ce que tous les membres d'Épicura savaient ce qui arrivait aux enfants ? demanda Julia.

— Non, pas d'après ce que j'ai compris, répondit Vincent. Le plus souvent, la majeure partie des membres d'une secte n'est pas informée de tout ce qui se passe. C'est comme les couches d'un oignon. Plus on est proche du centre, plus on a de prérogatives, notamment l'information. La scientologie fonctionne exactement de la même façon. Sauf que chez eux, les fidèles achètent leur progression vers un niveau supérieur de connaissance. À Épicura, il fallait se montrer à la hauteur de Nova. Porter dignement sa douleur.

— Est-ce que… Ines était au courant ? murmura Mina.

Elle savait qu'elle se mettait à nu en posant la question, tous autour de la table étaient désormais au courant de son lien avec Ines et Nathalie. Elle s'armait mentalement contre leurs commentaires.

— Pas selon les personnes avec qui j'ai parlé, répondit Vincent.

Mina hocha la tête, peu convaincue. Elle ne savait pas qui avait été sa mère réellement, et quel rôle elle avait joué. Mais juste avant de mourir, Ines avait dit qu'elle ne savait rien des plans de Nova. Mina s'accrochait à ces mots, elle voulait y croire à tout prix.

— Nova prétendait que les enfants étaient la voie qui menait à une nouvelle vie sans souffrance, reprit Vincent. L'enfant a toujours été le symbole suprême de l'innocence, et on les a souvent vus dans le rôle de guides en contexte religieux. Le cercle intérieur d'Épicura croyait qu'il libérait les enfants de la souffrance en les faisant renaître, car ils étaient alors purs. Ils pouvaient ainsi cheminer vers un autre monde, la version Épicura du Royaume millénaire.

— N'importe quoi, grommela Ruben.

— Je ne sais pas si c'est vraiment plus étrange que les millions de gens qui croient que le fils de Dieu est mort et a ressuscité trois jours après, nota Adam. Chaque religion, chaque société vit avec ses mythes.

— Nova était une leader forte, dit Vincent. Convaincante. Et elle offrait à ses fidèles exactement ce qu'ils voulaient plus que tout : être libérés de la souffrance.

— Mais pourquoi exactement ces enfants-là ? dit Julia, pensive. Ça fait partie des choses que je ne comprends toujours pas.

— Je n'y vois pas clair non plus, dit Vincent. Ceux avec qui j'ai parlé n'en savaient rien non plus. Nova leur donnait les informations dont ils avaient besoin, et ils suivaient ses ordres. Les enfants peuvent avoir été choisis au hasard. Peut-être en fonction de la facilité avec laquelle on pouvait les enlever. C'est le plus probable. Si les critères de choix de Nova étaient différents, elle les gardait pour elle.

Il se tut et regarda tout le monde. Mina suivit son regard. Adam, pour une fois en tee-shirt et pas en chemise. Ruben qui affichait une posture ombrageuse depuis qu'il était question d'enfants. Christer grattait la tête de Bosse, la mine sombre. Et Julia, avec cette ride tenace au front qu'elle arborait depuis son retour de congé maternité. Elle rencontra enfin les yeux bleus de Vincent. Il avait l'air épuisé. Profondément exténué.

— Raccrochez-vous à une chose au milieu de tout ça, dit Vincent. Si vous n'aviez pas arrêté Nova, elle aurait pu faire d'autres victimes. Elle n'avait pas terminé, ça, nous le savons. Vous avez très certainement sauvé la vie d'au moins trois autres enfants, en plus de Wilma. Nous ne connaîtrons jamais leur identité. Mais ils sont là, quelque part, et leur vie n'est plus en danger.

Personne ne répondit. Les mots de Vincent auraient dû les réconforter, mais ils avaient tous du mal à s'en réjouir.

Ruben se leva, alla chercher la chaise de Peder dans le coin. Il la remit dans le bon sens, la ramena à sa place et la reposa délicatement. Ensuite il quitta la salle. Mina eut le temps d'apercevoir sa lèvre inférieure prise d'un tremblement incontrôlable.

Quand la porte claqua dans son dos, le silence fut étourdissant. Seule la chaise vide de Peder leur hurlait dessus.

Ils étaient installés dans la salle de séjour d'Anette. Sa sœur était sortie faire un tour avec les triplées pour qu'ils soient tranquilles. Ruben savait qu'il n'était pas possible de perdre vingt kilos en quelques jours, mais Anette semblait quand même partie pour. Sa peau était grise comme de la cendre, et son regard semblait fixer quelque chose au loin, quelque chose qu'elle seule voyait.

Il avait été contre l'idée d'y aller. Son bon sens lui disait qu'ils étaient les dernières personnes au monde qu'elle aurait envie de voir en ce moment. Eux, qui n'avaient pas été capables d'empêcher son mari de mourir. Mais quand ils s'étaient pointés chez elle, Anette avait été étonnamment posée. Ou peut-être plutôt résignée.

— Je sais que ça ne t'aide pas, dit Julia doucement en posant sa main sur le bras d'Anette. Mais je veux que tu saches que nous pensons à toi tout le temps. Et nous pensons à Peder. À la personne et au père remarquable qu'il était.

— Tu as raison, dit Anette d'une voix à peine audible et en retirant son bras. Ça ne m'aide pas. Je continue à croire tous les jours que je vais me réveiller. Qu'il va passer la porte avec sa stupide barbe bleue et me dire qu'il y a eu un énorme malentendu.

Les larmes coulaient sur ses joues sans qu'elle cherche à les essuyer. Ruben se demanda combien de larmes pouvait contenir une personne adulte. Beaucoup, sans doute. Anette avait l'air d'avoir pleuré constamment depuis lundi.

Il remarqua que Mina était assise en équilibre sur le rebord du canapé. De petits spasmes la secouaient, et son regard horrifié était braqué sur les résidus collants que les triplées avaient laissés sur quasiment toutes les surfaces, y compris le canapé. Partout dans le séjour traînaient des poupées, des crayons de couleur, des Duplo, des iPads et leurs coques de protection multicolores, pêle-mêle avec des tartines à moitié mangées et des bonbons écrasés.

Ruben était sur le point de lui dire quelque chose avant de se rappeler que Mina aussi, tout comme lui, avait désormais une fille. À une certaine époque, la maison de Mina avait dû ressembler à ceci. En plus, comme disait sa psychologue Amanda, ce ne sont pas nos pensées qui nous définissent, ce sont nos actes. Et Mina restait assise sur le canapé. Malgré tout. Soudain, il se sentit fier de sa collègue.

Ensuite, Ruben repensa aux triplées quand elles dansaient sur la vidéo du téléphone de Peder, et il eut un tel poids au cœur qu'il eut du mal à respirer.

— Les filles savent…, commença-t-il, avant de s'interrompre, incapable de terminer sa phrase.

— Non, fit Anette en secouant la tête. Je n'ai encore rien dit. Elles le croient en voyage pour quelques jours. Je sais que je dois leur dire. Mais je ne sais pas comment… comment j'explique à mes trois petites que leur père est mort ? Comment ? Tu le sais, toi ?

Ruben secoua la tête et déglutit avec difficulté. Il ne pouvait rien imaginer de plus horrible.

— Je peux t'assister quand tu leur diras, dit Christer avec douceur. C'est presque toujours moi qui préviens les familles. Demande à Julia. Je sais que ce ne sont pas des moments faciles. Mais j'ai une certaine expérience. Je peux être là, Anette. Si tu le souhaites. On peut le faire ensemble.

— Merci, dit Anette en souriant timidement à travers ses larmes.

— C'est bien que ta sœur puisse habiter chez toi pendant une période, dit Julia. Et tu sais que la police te fournira toute l'assistance psychologique dont tu auras besoin.

— Merci, mais je... je préfère ne pas avoir trop de rapports avec la police pour le moment. Quel job à la con. Pourquoi s'exposer à ça, avec trois petites filles à la maison ?

Anette renifla bruyamment.

— Cela dit, je sais pourquoi, continua-t-elle. Il a toujours dit que c'est justement parce qu'il avait des enfants qu'il voulait continuer à être policier. Pour participer à former le monde dans lequel les enfants allaient grandir.

— Et il l'a fait, dit Adam. Il était un bon policier.

— Le meilleur, ajouta Mina, les yeux brillants. Et le plus gentil.

— Excuse-moi de le formuler comme ça, demanda Anette en se tournant vers Adam. Mais pourquoi elle a tiré sur Peder ? Pourquoi pas toi ? Pourquoi tu n'as pas pu le protéger ?

— Elle a cru que Peder sortait une arme cachée. Elle a réagi instinctivement.

— C'était le cas ? Il a sorti son arme ?

— Non, c'était son téléphone. Il voulait montrer une vidéo à cette femme. Pour partager quelque chose avec elle.

Anette se tut. Puis elle acquiesça.

— Le plus gentil, en effet, murmura-t-elle.

Assis à son bureau, Adam parcourait les annonces immobilières. Sa mère avait raison. Il ne pouvait pas continuer cette vie de vieux garçon. Il avait besoin d'un meilleur logement, et ensuite de trouver quelqu'un avec qui le partager. Personne ne le prendrait au sérieux en voyant comment il vivait actuellement.

Peut-être devrait-il aussi s'inscrire à un cours de cuisine. On ne peut pas servir des spaghettis à la bolognaise lors d'un rancard. Ou plutôt si, on peut. Mais alors, c'est le rendez-vous suivant qui pose problème. Son répertoire de recettes était limité. Il avait toujours privilégié le boulot par rapport à tout le reste. Mais maintenant, il était temps d'y remédier.

Les annonces défilaient sous ses yeux. Un deux-pièces dans le centre ? Non, plutôt un trois-pièces. Ça aurait plus de classe. Mais en avait-il les moyens tout seul ?

Il se pencha en arrière sur sa chaise et poussa un soupir. Peut-être qu'il attaquait le problème à l'envers. Peut-être devrait-il commencer par télécharger Tinder ? Ou s'inscrire à un cours de cuisine.

Il imagina sa mère courant après quatre enfants dans des éclats de rire. Il sourit, l'image lui faisait tout chaud. Elle serait tellement heureuse. Bon, peut-être pas quatre. Maman devrait se contenter de trois.

On frappa à la porte, et Julia passa la tête par l'entrebâillement.

— Salut, dit-il.

— Salut. Je voulais juste te dire… Bravo pour le boulot. Et bienvenue dans notre unité. Ce n'est pas toujours aussi dramatique, rassure-toi.

— J'espère, dit-il en riant.

Son téléphone se mit à vibrer sur la table. Numéro inconnu. Habituellement, il ne répondait pas aux numéros inconnus.

— Tu ne réponds pas ? demanda Julia.

Il haussa les épaules, appuya sur le symbole du récepteur vert et répondit. L'instant après, il poussa un profond soupir.

— J'arrive.

Il raccrocha.

— Il est arrivé quelque chose ?

— Oui. C'est ma mère.

Adam se rua hors de son bureau et courut le long du couloir. Julia cria quelque chose, mais il ne l'entendit pas.

Christer regrettait de ne pas avoir mis une chemise un peu plus correcte. Pourquoi avait-il choisi celle en viscose, rayée marron et beige ? Il aurait aimé mettre aussi son gilet en tricot, mais impossible par cette chaleur, et le tricot n'était peut-être pas très approprié non plus. En même temps, c'était un peu la honte de se préoccuper de quelque chose d'aussi trivial dans un moment pareil.

Anette et lui avaient parlé avec les filles jeudi dernier. C'était particulier avec les enfants, ils comprenaient tout et, en même temps, rien. Et les filles étaient si petites. Ce n'étaient que des mots. Elles avaient été tristes, Anette et lui aussi étaient tristes, mais quand même, ce n'étaient que des mots. Ce ne serait peut-être pas aujourd'hui ni demain, mais un de ces jours la réalité allait les frapper pour de bon. Quand papa, jour après jour, ne rentrerait pas à la maison. À ce moment-là, le vrai travail d'Anette commencerait.

La vie continuerait. Cette putain de vie.

Christer reprit son mouchoir et s'essuya le front. Un instant plus tard, Bosse aperçut un autre golden retriever un peu plus loin et se mit à aboyer joyeusement.

— Non, Bosse, reste ici, dit-il en tirant sur la laisse.

Il avait le désagréable sentiment que toute cette histoire était une erreur. Et pourquoi il avait emmené le chien ? Quand Lasse avait proposé qu'ils se retrouvent à

Vasaparken, Christer avait aussitôt pensé que c'était parfait pour Bosse. Mais autant au restaurant il avait attaché le chien dehors, autant ici le contact serait plus direct. Si ça se trouve, Lasse était allergique aux chiens.

Bordel.

Il s'essuya le front encore une fois.

Un peu plus loin dans le parc, il vit le café où ils s'étaient donné rendez-vous. Il avait prévu d'arriver en avance, de manière à être déjà bien installé pour accueillir Lasse comme le policier qu'il était, avec toutes les responsabilités du monde sur ses épaules. Il serait peut-être en train de prendre des notes ou de lire le journal en sirotant un double expresso. Il voulait avoir l'allure de son héros de polar Harry Bosch. Mais en ce moment précis, il ne savait même pas si lui et Harry Bosch vivaient sur la même planète.

La sensation de faire une erreur empirait, se déplaçait de son ventre à ses jambes. Il s'arrêta. Regarda le café. Non, ce n'était pas possible. Il fallait qu'il rentre à la maison. Immédiatement. Il était sur le point de faire demi-tour quand il entendit un rire sonore dans son dos. Un rire un peu plus profond que dans leur jeunesse. Mais exactement comme à l'époque, ce rire lui faisait un bien fou.

— Ne me dis pas que tu me fais le coup du chien ? dit Lasse en riant à nouveau quand Christer se retourna.

Lasse mit un genou à terre pour faire connaissance avec Bosse.

— Bonjour, mon grand, oui, oui, c'est un bon chien ça !

Lasse ébouriffa la fourrure de Bosse pendant que le chien remuait frénétiquement la queue. Une quantité non négligeable de bave coulait de ses babines.

— Le coup du chien ? bafouilla Christer. Non, je... je veux dire... Je voulais pas...

Qu'allait penser Lasse ? Christer se trouvait pathétique. Il avait l'impression que Lasse venait de baisser son pantalon en public. Ou plutôt, non, la métaphore était extrêmement inappropriée. C'était comme si Lasse l'avait pris en flagrant délit, voilà l'expression qu'il cherchait.

Lasse se releva.

— Parce que dans ce cas, je peux te dire que c'est le coup du chien le moins convaincant que j'aie jamais vu, ajouta-t-il avec un sourire. Un bonhomme dans la soixantaine, bedonnant, avec un sac à puces pour chien.

Christer se souvenait si bien de son sourire. Il l'avait toujours adoré. Il tenta un sourire en retour. Il devait faire une tête de débile.

— En fait, je suis quand même très en colère contre toi, dit Lasse. On a de sérieux comptes à régler, toi et moi. Mais d'abord je dois dire que vous deux, vous avez une allure d'enfer. Bon, on se le prend, ce café ?

Mina se glissa discrètement dans la chambre d'hôpital. Elle se doutait que ce n'était pas par hasard si sa fille disposait d'une chambre individuelle. Mais dans ce cas précis, elle n'avait rien contre le fait que le père de Nathalie se serve de ses relations.

Sa fille dormait paisiblement. Elle n'avait pas de blessures visibles, mais on avait quand même préféré la garder en observation. Mina réprima l'envie d'aller lui caresser les cheveux. Ça faisait tant d'années qu'elle ne l'avait pas touchée. Elle avait peur de ne même plus savoir comment faire. Savoir comment une mère touche sa fille.

Elle prit une chaise, la posa délicatement à côté du lit et s'assit. Tout près, pour pouvoir regarder le visage de Nathalie dans son sommeil. Même si Mina l'avait suivie à distance pendant toutes ces années, c'était un sentiment étrange que de pouvoir observer chaque détail de son visage. Si familier, et en même temps si étrange. Nathalie était une petite fille vive et jolie quand Mina l'avait quittée. Certains de ses traits et gestes de cette époque avaient disparu, effacés par les années passées. Mais d'autres lui étaient restés. Le léger tic de la lèvre supérieure quand elle dormait. Les longs cils noirs qui descendaient sur ses joues comme un éventail.

Mina pouvait la regarder pendant des heures. Mais elle redoutait le voyage qui les attendait. Il y avait tant de bagages à défaire. Tant de culpabilité emballée dans des excuses et des prétextes stupides qui n'avaient plus du tout l'air aussi logiques qu'à l'époque.

Les paupières de Nathalie frémirent. Puis elle ouvrit tout doucement les yeux. Pendant une fraction de seconde, Mina ressentit le réflexe de fuir. Sortir de la chambre en courant, laisser sa fille sans réponse à toutes les questions qui allaient forcément venir.

— C'est toi…, souffla péniblement Nathalie en essayant de rassembler ses esprits.

Son regard s'éclairait au fur et à mesure qu'elle se réveillait. La main de Mina avait reposé tout près de la sienne, mais sans la toucher. Nathalie ramena sa main à elle et détourna les yeux. Elle fixait démonstrativement la fenêtre.

— Qu'est-ce que tu fais ici ? demanda-t-elle froidement.

— Je voulais savoir si tu allais bien, dit Mina.

Sa voix tremblait légèrement.

— Je vais bien, dit Nathalie. Tu peux partir.

Mina ne dit rien, d'abord. Elle ne bougea pas non plus.

— Je sais que j'ai beaucoup de choses à expliquer, dit-elle enfin. Et beaucoup de choses pour lesquelles je dois te demander pardon. Mais j'espère que tu accepteras de m'écouter.

— Papa et moi, on s'en est bien sortis sans toi. Je n'ai pas besoin de toi.

La voix de Nathalie était effrontée et froide, mais une cassure suggérait que juste sous la surface, les sentiments se bousculaient.

— Je sais que vous vous en êtes bien sortis, dit Mina. Que tu as été bien. J'espère… J'espère seulement que nous allons trouver une voie à prendre pour nous deux aussi ?

— J'ai dit que tu pouvais partir ! renifla Nathalie qui n'arrivait plus à se contrôler. Pourquoi tu ne m'écoutes pas ? Va-t'en !

Mina se leva. Derrière elle, quelqu'un entra dans la chambre. Quand elle se retourna, elle vit le père de Nathalie.

— Ça prendra du temps, dit-il d'un ton étonnamment doux. C'est tellement nouveau. Mais je commence à comprendre que rompre tout contact n'était peut-être pas la meilleure solution. Tout ceci n'aurait pas dû se produire. Viens dîner avec nous un soir, quand elle sera rentrée. On reprendra à partir de là.

— Je ne veux pas qu'elle vienne à un dîner de merde avec nous ! hurla Nathalie depuis son lit d'hôpital.

Mina réprima un sanglot. Le père de Nathalie posa une main sur son épaule. Cette main aussi semblait à la fois si familière et si étrangère.

— Ça va s'arranger. On se tient au courant. Mais il vaut mieux que tu t'en ailles maintenant. Et Mina… excuse-moi de ne pas avoir répondu quand tu as appelé pour me demander d'aller la chercher. J'avais une crise… au boulot.

— Oui, j'ai vu les titres des journaux, répondit Mina.

Il baissa la tête, incapable de croiser son regard.

— Mon travail… Nathalie a toujours été ma priorité, je t'assure. Mais ce maudit travail…

Mina se contenta de hocher la tête. Elle voulait sortir de là, avant que les larmes ne viennent. Elle ne voulait pas qu'il la voie pleurer. Elle n'avait pas le droit de pleurer. Et il n'avait pas de raison de s'excuser auprès d'elle. C'était elle qui toute sa vie avait eu d'autres priorités. Fait d'autres choix.

Elle se retourna sur le seuil. Nathalie avait enlacé son père et le serrait fort.

Dès qu'elle eut refermé la porte, les larmes se mirent à couler.

— Torkel ! Qu'est-ce qui s'est passé ? Comment il va ?

Julia se précipita dans la petite chambre à l'hôpital pour enfants Astrid-Lindgren où elle avait été dirigée à son arrivée. Torkel se leva de sa chaise contre le mur et vint à sa rencontre. Il la serra fort dans ses bras, tellement qu'elle eut du mal à respirer. Elle s'arracha à lui quand elle vit Harry sur la table d'examen. Une femme en blouse blanche était penchée sur l'enfant.

— Harry ?

Julia se rua sur lui.

Les grands yeux bleus de Harry rencontrèrent les siens, et le bébé babilla joyeusement en voyant sa mère. Ses jambes faillirent se dérober sous elle tant elle était soulagée.

— Votre petit bonhomme a le sens du drame, apparemment, dit la médecin avec un sourire rassurant. Il a fourré quelque chose qu'il ne fallait pas dans sa bouche, mais son papa a réagi efficacement et l'ambulance est arrivée très vite. À part que son père a failli faire une crise cardiaque, il y a eu plus de peur que de mal.

La femme souleva Harry et le tendit à Julia. Elle serra le petit dans ses bras. Puis elle regarda Torkel dans les yeux.

— Merci.

Torkel se contenta de hocher la tête. Elle vit qu'il avait les larmes aux yeux. C'était la première fois qu'elle le voyait pleurer. Il n'avait même pas pleuré à la naissance de Harry. Ce jour-là, il avait sauté de joie comme un lapin Duracell gonflé à bloc.

— On peut le ramener à la maison ? demanda Julia.

La médecin acquiesça.

Torkel ramassa ses affaires et suivit Julia dans le couloir. Quand il posa son bras sur ses épaules, elle se rendit compte qu'il tremblait.

— Je conduis, tu te mets derrière avec Harry, dit-elle fermement quand ils arrivèrent près de la voiture.

— D'accord, répondit Torkel sans protestation.

Quand ils eurent attaché Harry, qui gazouillait toujours allègrement, Julia fit le tour de la voiture et s'installa au volant pendant que Torkel s'attachait à l'arrière. Au moment de démarrer, elle sentit sa main sur son épaule.

— Attends. Je voudrais te dire quelque chose.

Julia le regarda dans les yeux dans le rétroviseur. Il déglutit.

— J'ai été un vrai con, dit-il.

— Torkel…, commença-t-elle.

— Non, laisse-moi parler. Je n'ai jamais eu aussi peur de ma vie. J'ai cru qu'il allait mourir, Julia. J'ai vraiment cru qu'il était en train de mourir. Et c'est seulement à ce moment-là que j'ai compris… ce que tu fais dans ton boulot. Ces parents…

Sa voix s'étrangla.

— Je ne vois même pas comment ils peuvent survivre au fait de perdre leur enfant. Et toi, tu y vas tous les jours pour essayer de leur fournir des réponses. Et pour éviter que d'autres parents vivent la même chose. Pendant que moi je braille comme un bébé à la maison. Je suis désolé. J'ai honte. Et je te promets qu'à partir de maintenant, je serai Mister Mom. Tu n'entendras plus un gémissement de ma part.

Il passa les doigts sur sa bouche comme si c'était une fermeture éclair et jeta la clef invisible.

Julia se tourna et le regarda droit dans les yeux.

— Tu as raison. Tu as été un vrai con. Mais tu es *mon* vrai con à moi. Et tu es le meilleur papa que Harry puisse avoir. Tu as juste complètement déconné pendant un certain temps… Alors je propose qu'on oublie tout ça et qu'on recommence à zéro. Et tu sais quoi ? J'ai trois semaines de congé que je compte prendre immédiatement pour te remplacer. Je sais que j'ai repris le travail il n'y a pas longtemps, mais après l'affaire que nous venons de mener à bien, même mon père ne dira rien si je m'autorise un peu de repos. Tu peux aller travailler demain, si tu veux. Ou jouer au golf. Tout ce que tu veux. Je prends Harry.

— Tu sais très bien que je déteste le golf, répondit Torkel avec un petit rire. Et mon travail se débrouille très bien sans moi. C'est moi qui m'imaginais irremplaçable. Mais du temps libre ferait du bien. Je propose qu'on prenne ces trois semaines ensemble. Une nuit sur deux ? Une couche sur deux ? À la maison tous les deux ? Et je reprends le relais quand tu dois retourner à tes responsabilités professionnelles. On fait comme ça ?

Julia sourit et démarra.

Elle le regarda encore une fois dans les yeux dans le rétroviseur.

— Ça marche, dit-elle.

Mina partit se promener dans Rålambshovsparken pour rassembler ses pensées. Son ex-mari avait raison. Nathalie avait besoin de temps. Par chance, ce n'était pas ce qui manquait à Mina pour le moment. Elle pensa à Vincent. Elle avait un enfant, lui en avait trois. Avait-il eu des problèmes avec eux, lui aussi ? Probablement. C'était sans doute inhérent au fait d'être un parent présent.

Vincent.

Contrairement à la fois précédente, Vincent et elle n'avaient pas pris congé l'un de l'autre après la réunion à l'hôtel de police. Ils n'avaient même pas dit "au revoir", juste un vague "salut". Le problème, c'est qu'ils n'avaient pas non plus parlé de se revoir. Ils se croiseraient à l'enterrement de Peder, bien sûr, mais ça ne comptait pas vraiment. Elle voulait au moins éviter qu'il se passe encore vingt mois avant qu'ils ne se revoient. Malgré tout, il s'était cassé le pied pour Nathalie. Sans parler du fait qu'il lui avait sauvé la vie.

C'était peut-être suffisant, comme prétexte.

Elle prit son téléphone, et fut sur le point de l'appeler. L'icône avec une flamme blanche sur fond rouge l'arrêta. Tinder.

Elle se rendit compte qu'elle l'avait fait. Elle avait vraiment fait comme tout le monde. Elle avait suivi leurs règles du jeu. Rencontré une autre personne. Eu un rancard normal. Elle s'était comportée quasi normalement. Elle avait ri aux bons moments. Si quelqu'un doutait qu'elle soit capable de se comporter comme tout le monde, elle avait prouvé que c'était le cas.

Et elle se dit qu'elle n'aurait plus jamais besoin de recommencer.

Elle appuya longuement sur l'icône, jusqu'à faire apparaître le menu permettant de désinstaller l'application. Bye-bye. Elle se remit à marcher le long de l'eau.

Les deux dernières fois qu'elle s'était promenée ici, c'était avec Vincent. Une fois l'hiver, et une autre fois il y avait quelques semaines seulement. Le parc lui semblait moins intéressant quand il n'était pas là. Il aurait sûrement pu lui parler de l'effet psychologique provoqué par les grands ponts qui enjambaient le parc, ou expliquer le rapport mathématique entre les ponts et l'emplacement de la piste cyclable.

Elle passa la main dans ses cheveux. Cette fois-ci, elle avait résisté à la tentation de les faire couper après l'épisode dans le bunker. Le pied de Vincent, en tant que dommage de guerre, c'était suffisant.

Vincent, qu'elle avait – pour un bref moment qui lui avait semblé éternel – cru mort. Elle ne lui avait toujours pas pardonné. Elle allait prendre une de ces revanches… pour ça et aussi pour sa plaisanterie au sujet de l'eau dans Kungsträdgården. À un moment où il s'y attendrait le moins. Elle avait déjà commencé à lister des idées.

Elle enfonça la main dans sa poche et sentit un bout de plastique. Zut. Elle avait oublié de le lui donner. Elle sortit le morceau de plastique et l'examina. Avec l'aide de Milda, elle avait émincé deux des tiges d'herbe que Vincent avait trouvées dans Fatbursparken. Une tige claire et une autre plus sombre, coulées l'une à côté de l'autre dans un petit cube en plastique. Comme une brique de Lego.

Elle avait pensé lui en faire cadeau. En souvenir de ce qu'ils avaient partagé. Mais ce n'était peut-être pas si mal d'avoir oublié de le lui offrir. C'était sans doute un peu trop morbide. Elle avait parfois un peu de mal à évaluer ce genre de chose. En même temps, les deux brins d'herbe représentaient bien plus que le souvenir d'un meurtre.

Ils étaient elle.

Et ils étaient Vincent.

Ils représentaient tout ce qui contient un côté clair et un côté obscur, le besoin de l'un et de l'autre pour exister. L'un à côté de l'autre, ils représentaient peut-être même Vincent et elle, ensemble.

Elle remit le cube dans la poche et réajusta ses lunettes de soleil. Le parc était rempli de gens, mais personne ne faisait attention à elle. Tant mieux, parce qu'elle venait de se mettre à rougir sévèrement.

Vincent avançait péniblement avec ses béquilles sur un sentier de Tantolunden. Il se souvenait d'une autre journée chaude dans ce parc. Mina marchait là avec lui. C'était il y avait bien trop longtemps. Il se dit qu'il était temps qu'ils s'y retrouvent à nouveau, avant la fin de l'été. Si elle en avait envie, bien sûr. Il avait l'impression d'être encore légèrement en froid avec elle, qu'elle lui en voulait encore.

Mais ce n'était pas grave. Il avait le temps de se rattraper.

Il n'avait dit à personne qu'il avait failli prendre le mauvais verre lors de son face-à-face avec Nova. La feinte avait eu pour but d'implanter dans l'esprit de Nova l'idée qu'il avait peut-être mis du poison dans les deux. Même si elle ne croyait pas qu'il l'avait vraiment fait, l'éventualité existait et viendrait solidifier sa crédibilité au moment où il ferait semblant de mourir.

Quand il avait frappé le bord du verre avec la bouteille de poison, c'était dans l'intention de faire ce qu'en jargon de la magie, on appelle un *nick*, une marque invisible pour qui ne la cherche pas, mais qui lui permettrait de repérer le bon verre. C'était une technique ancienne utilisée, entre autres, par les médiums lorsqu'ils tenaient des séances pour plusieurs personnes en même temps. Une routine classique consistait à demander à chaque participant à la séance de noter une question personnelle sur un bout de papier. Au préalable, on avait vérifié que tous les bouts de papier étaient identiques, afin de garantir l'anonymat des participants. Mais quand l'assistant du médium collectait les papiers, il faisait une petite encoche de l'ongle, un *nick*, dans un coin du papier. En sentant la position de ce repère, le médium savait par la suite quelle question appartenait à qui, et pouvait faire semblant de trouver la bonne personne, guidé par les esprits.

Mais il n'y avait pas de marque sur le verre. Il aurait dû frapper un peu plus fort. Quand Nathalie avait déplacé les verres, il ne savait plus du tout quel était le verre contenant le poison.

Il avait fallu choisir au hasard.

Il avait eu de la chance. À part pour l'histoire du pied, bien sûr.

Après la dernière réunion avec l'unité, Mina et lui s'étaient vu proposer des séances de thérapie, compte tenu de tout ce qu'ils avaient traversé. Mais ils avaient tous les deux décliné l'offre. La seule personne avec qui il avait besoin de parler au sein de la police, c'était Mina.

Il n'avait pas l'intention de faire la même erreur que la fois précédente, à savoir ne pas donner de ses nouvelles. Avec le recul, il voyait bien que ça avait été idiot. À quoi il avait pensé en battant en retraite de cette façon ? Maria devait tout simplement accepter que désormais, il avait des amis. Et si elle n'y arrivait pas, ils reprendraient des séances de thérapie de couple. Parce que Mina était en lui, au plus profond de lui. C'était comme ça. Il avait besoin d'elle pour se sentir entier. Parfois Mina lui semblait être la seule personne qui existait réellement pour lui. Il ne l'exprimerait bien sûr jamais ainsi de vive voix. Il ne voulait pas donner l'impression d'être complètement à côté de la plaque.

Il pouvait aussi bien l'appeler tout de suite pour lui proposer une balade. Pourquoi pas ? L'été ne durerait pas éternellement. Voilà ce qu'il allait faire. Il avait juste une autre formalité à régler d'abord.

Il enfonça ses AirPods dans les oreilles pour pouvoir parler tout en continuant à avancer avec ses béquilles, et chercha le bon numéro.

— Bonjour, ce n'est que moi, dit-il quand Umberto de ShowLife Productions répondit à l'autre bout du fil.

— Salut, Vincent ! s'exclama joyeusement Umberto. Ça fait un bout de temps que je n'ai pas eu de tes nouvelles. Prêt pour le départ à Fort Boyard demain ?

Heureusement qu'Umberto ne le voyait pas, ainsi pas besoin d'essayer de cacher sa mine réjouie.

— C'est justement pour ça que je t'appelle, dit-il en essayant d'adopter une voix navrée. J'ai de mauvaises nouvelles. Je me suis cassé le pied. J'en ai pour plusieurs semaines à marcher avec des béquilles. Je ne peux hélas pas participer à Fort Boyard.

Silence à l'autre bout du fil.

— Mais Vincent, tu n'as pas reçu la dernière mise à jour sur… Bon, c'est pas grave. Tu as le cul bordé de nouilles ! Ton pied, ça n'a aucune importance. La production a décidé que c'est toi qui irais dans la pièce avec les bestioles qui grouillent. Tu sais, cette espèce de tunnel étroit rempli de créatures à huit pattes et autres saletés. Tu n'as pas du tout besoin de tes pieds, il suffit de ramper à plat ventre, tes bras feront tout le boulot. Coup de bol incroyable.

Vincent haletait. Umberto avait besoin de sérieusement revoir sa définition du "coup de bol". Et sa façon de présenter une opportunité, aussi. Ramper dans les insectes, jamais de la vie. Il se demanda si la production le lâcherait s'il avait les deux pieds cassés au lieu d'un seul. Ou s'il était amputé. Une telle mesure lui sembla soudain relativement acceptable.

— Et je viens juste de parler avec l'assistante de production, continua Umberto. Elle était super contente que tu participes. Elle s'appelle Anna. Vous vous êtes déjà rencontrés, d'après ce qu'elle m'a dit. Tu vois sûrement de qui je parle, et franchement, c'est dingue, il paraît qu'elle a un tatouage de toi dans le dos. Elle prendra bien soin de toi.

Vincent ferma les yeux et s'appuya sur ses béquilles. Il se voyait en tenue moulante, acclamé par un présentateur survolté pendant qu'Anna, la pro du *stalking*, lui hurlait qu'il devait saisir le jour.

Mina serait morte de rire.

Fredrik Walthersson se gara au bord du chemin gravillonné devant la petite maison d'été sur Djurö. Josefin et lui semblaient être les derniers arrivés, vu le nombre de voitures déjà garées le long du chemin. Ils traversèrent la pelouse devant la maison marron. Le jardin luxuriant était en pleine floraison et un hamac était suspendu entre deux pommiers. On pouvait difficilement imaginer une plus belle journée d'été suédoise. Mais Fredrik avait du mal à s'en réjouir. Plusieurs jours étaient passés depuis que la police les avait appelés pour les informer qu'on savait désormais qui leur avait pris Ossian et que la personne responsable s'était suicidée.

Depuis, Josefin et lui avaient attendu l'invitation.

Et les voilà ici.

Mauro Meyer vint à leur rencontre sur la pelouse, ils se serrèrent la main.

— Les autres sont déjà là, dit-il à voix basse. Entrez, on va commencer.

Il les fit entrer dans la maison. L'entrée était remplie de chaussures, et Fredrik enleva automatiquement les siennes. C'est drôle comme certaines routines vous collent à la peau malgré les circonstances.

En arrivant dans la salle de séjour, il mit quelques secondes à reconnaître tout le monde. Ils avaient tous vieilli. Et le temps avait été plus dur avec certains. D'autres, comme Mauro, s'étaient épanouis. La quarantaine lui allait bien. Tandis que d'autres encore, comme Lovis Carlsson, avaient l'air de porter leur âge comme un rappel de la mort imminente.

Fredrik salua d'un signe de tête Jens et Janina Josefsson qui étaient assis, silencieux, dans le canapé. Il y avait aussi Hugo et Karin, à côté de Henry et Tobias. Comme pour Jens et Janina, leur enfant était toujours en vie. Il y avait une nette différence d'atmosphère entre leur coin et l'autre partie du salon où ils se trouvaient, Josefin et lui, ainsi que Mauro et Lovis.

Fredrik et Josefin s'assirent à la table à manger. Mauro avait préparé du café et de la brioche, mais personne n'y avait touché.

— J'aurais sûrement dû vous offrir de l'alcool, dit Mauro en voyant le regard de Fredrik vers la table. Mais vous prenez tous la voiture pour repartir d'ici.

Il s'éclaircit la gorge et continua.

— Autant commencer tout de suite. Nous sommes tous rassemblés, sauf notre Vendela disparue. Comme vous le savez, elle a choisi de mettre fin à ses jours ce printemps, et tout le monde a cru qu'elle emmenait Dexter avec elle, puisqu'il a disparu en même temps. Mais, il y a quelques jours, un fil est apparu sur Flashback disant que le fils de Thomas Jonsmark avait été découvert dans un parc à Stockholm. Ça aussi faisait sans doute partie de l'œuvre de Nova… je veux dire, de Jessica.

Jens et Janina échangèrent un regard.

Josefin enlevait, un par un, les grains de sucre sur les brioches. Fredrik la soupçonnait de ne même pas s'en rendre compte.

— Thomas est au courant ? demanda Henry.

Henry, qui avec Tobias avait un fils qui s'appelait Alfons. Fredrik n'avait jamais rencontré Alfons et n'en avait aucune envie. Parce que contrairement à Ossian, Alfons était toujours en vie. Fredrik avait honte de cette pensée, mais il aurait bien échangé. Une vie pour une vie. Comme avait fait Jessica. Ou Nova, comme elle avait commencé à se faire appeler.

— Non, je ne crois pas, répondit Mauro. Je n'ai rien dit à Jenny non plus, et ça a failli très mal tourner quand elle a essayé de me faire accuser des meurtres. Mais je n'ai rien dit à ce moment-là, pas plus que maintenant. Cecilia n'est pas au courant non plus. D'une certaine manière, ça aurait peut-être été juste si j'avais été condamné.

— Non, il ne faut pas raisonner comme ça, dit Josefin en posant sa main sur le bras de Mauro. C'était il y a si longtemps maintenant. Et c'était un accident. Nous n'avions aucune idée de ce qui allait arriver. Nous étions des enfants. Des enfants bêtes et trop bavards.

— Ce n'était pas un accident, dit Mauro, amer. On mentait. John n'avait rien fait. Il était innocent. Mais on racontait des histoires sur lui et les autres. Je ne me souviens même plus pourquoi. Ça nous amusait ? On se vengeait de quelque chose qu'il avait dit et qui ne nous plaisait pas ? Parce qu'on avait entendu dire qu'ils étaient bizarres ? Le point crucial, ça a été que nos parents ont cru à nos histoires. Et puis tout a déraillé. On n'a jamais voulu… ce n'était pas… Aucun de nous n'aurait pu imaginer que nos propres parents…

Il se tut.

Personne ne dit rien.

La culpabilité écrasait l'assemblée.

— Je n'ai jamais rien révélé à Jörgen non plus, dit enfin Lovis d'une voix rauque. Il est en taule à Hall pour le meurtre de William, et je lui souhaite d'y pourrir pour toute l'éternité, ce porc, même s'il ne l'a pas fait.

Nouveau silence. La plupart d'entre eux regardaient le sol.

Autrefois, ils auraient traversé l'enfer les uns pour les autres. Mais ensuite, la vraie vie était arrivée. Certains d'entre eux avaient formé, ou formaient encore des couples. Certains avaient fait carrière. D'autres avaient vécu une vie tranquille. Lovis était la seule pour qui les choses avaient vraiment mal tourné. Et Vendela aussi, bien sûr. Pauvre Vendela. Mais comment auraient-ils pu deviner que ça finirait d'une façon si tragique ?

Ils s'étaient juré de ne pas entrer en contact les uns avec les autres. Fredrik n'avait même pas contacté Mauro quand Josefin lui avait montré l'article de journal l'été dernier qui parlait d'une fillette nommée Lilly Meyer, retrouvée morte.

— Ce qui est arrivé dépasse nos pires cauchemars, dit Mauro. Mais c'est fini maintenant. Jessica est morte. Alors il ne me reste plus qu'à m'assurer que notre promesse mutuelle tient toujours. Que personne ne parle. Ou, est-ce que quelqu'un a changé d'avis ? Est-ce que quelqu'un ressent le besoin de parler du passé à la police, ou aux médias ?

Tous secouèrent la tête.

— Bien, dit Mauro. Ainsi soit-il. Ceux d'entre vous qui ont parfois des contacts, soyez prudent. Passez par WhatsApp sans utiliser vos vrais noms. Mais comme nous le disions déjà à l'époque, mieux vaut ne pas avoir de contact. Nous devons porter ceci ensemble. En silence. Et ceux parmi vous dont les parents sont encore en vie, ne leur dites toujours rien. Notre culpabilité est déjà assez lourde à porter pour nous. Ils n'ont pas besoin de la partager. Si nous n'avions pas menti, ça ne serait jamais arrivé. Voilà en tout cas ce que j'en pense. Laissons reposer le passé.

Les autres acquiescèrent. Puis ils se levèrent et quittèrent la maison sans se dire au revoir.

C'était le soir. Les autres membres de la famille se préparaient à aller se coucher, mais Vincent était trop agité. Un orage estival imprévu s'était abattu sur le jardin, les arbres craquaient et les feuilles bruissaient dans le vent. Vincent était dans son bureau, à regarder la même page de journal comme tant de fois déjà.

*MAGIE DEVIENT TRAGÉDIE !*

***Dans une ferme près de Kvibille, un jeu de magie a mal tourné, la mort était au rendez-vous.***

Vincent ne comptait plus le nombre de fois qu'il avait lu ces deux lignes.

Depuis qu'il avait ressorti l'article de ses étagères la semaine dernière, il n'arrivait plus à le lâcher. Il l'avait lu encore et encore, essayé de se remémorer sa brève rencontre avec la journaliste acharnée. Mais ça restait très flou. C'était il y a si longtemps. Et il n'avait pas été vraiment… présent.

Il se souvenait d'un policier gentil, et d'une femme peu avenante, mais impossible de départager ses vrais souvenirs de ce que le cerveau d'un enfant concoctait à partir d'images de séries télévisées, de livres et de la réalité. La vérité se trouvait quelque part au beau milieu de tout ça. Il savait que très peu, peut-être même aucun de ses souvenirs n'était parfaitement conforme à la réalité. Et les yeux tristes de l'enfant de sept ans qui le regardait depuis la page de journal étaient un souvenir qu'il avait fait tant d'efforts pour effacer.

Mais les trois puzzles sur son bureau en disaient long. Quelqu'un tenait à lui rappeler ce qui s'était passé quand il était petit. Et ce n'était ni Jane ni Nova. Il avait cru que c'était Nova qui les avait envoyés. Soit pour le confondre, soit pour le distraire. Compte tenu du caractère narcissique de Nova, ils auraient pu contenir des indices importants. Il n'est pas rare que des personnes ayant une haute estime d'elles-mêmes désirent partager leur vision de leur propre génie avec ceux qu'ils pensent assez intelligents pour comprendre.

Mais ce n'était rien de tout ça. Ce n'était pas Nova qui lui avait envoyé l'article. Pas elle non plus qui l'avait envoyé à Ruben.

Quelqu'un, quelque part, jouait un jeu déplaisant avec lui, et il n'avait pas la moindre idée de qui ça pouvait être.

— Tu fais quoi ? fit Maria depuis la porte. Ton vinyle dans le séjour est fini depuis un bout de temps. Comfort Module, franchement c'est n'importe quoi comme nom pour un groupe, non ?

Elle le regarda soudain d'un air inquiet.

— Ça va pas ?

Il n'arrivait pas à répondre. Il n'en savait rien. Il avait posé les mains sur l'article par réflexe. C'était puéril, bien sûr, mais il n'avait pas le courage de répondre aux questions que cet article déclencherait. Maria aperçut le journal, puis elle scruta Vincent, mais choisit de ne rien dire.

— Tu as l'air malade, dit-elle. Viens te coucher. Il faut que tu sois en forme pour ton départ à Fort Boyard demain. Laisse-moi ranger, après on va se coucher.

Elle ramassa les trois puzzles collés avec du scotch en les empilant. Par chance, elle n'eut pas l'air de se rendre compte de leurs messages bizarres.

— Tu veux que je les mette où ? dit-elle en agitant le petit tas sous la lampe de bureau.

Il se frotta les yeux. Maria avait sans doute raison. Il ne devrait pas rester ici, seul avec ses préoccupations. Il appréciait son attention spontanée. Il comprit que ça lui avait manqué.

Soudain, des lettres vivantes se mirent à flotter sur son bureau. Elles dansaient dans la lumière de sa lampe, devenaient floues pour ensuite se redessiner clairement. Avait-il des visions après avoir frotté ses yeux ? Non, les lettres étaient bien réelles. Au jardin, le bruit sourd d'une branche d'arbre qui cassait.

— Attends, dit-il en reprenant les pièces des puzzles des mains de Maria.

Elle haussa les épaules.

— J'ai essayé, dit-elle. Mais monte quand même te coucher assez vite. Tu n'as vraiment pas l'air en forme.

Elle s'éloigna pendant qu'il étudiait le tas attentivement.

Les trous.

Les trois formes collées ensemble à plat laissaient des espaces trop grands et irréguliers entre elles pour avoir du sens. Mais superposées, les irrégularités se transformaient. Les trous se trouvaient à peu près aux mêmes emplacements d'une pièce à l'autre, mais avaient des formes différentes. En se chevauchant, les trous prenaient des contours nouveaux et plus limités.

Des lettres.

Les espaces vides formaient des lettres.

Il poussa l'article de journal sur le côté, et glissa le puzzle sous la lampe comme l'avait fait Maria. La lumière, en touchant la table, dessina un mot bien distinct.

COUPABLE

L'ombre en lui se mit à marmonner, ses yeux se remplirent de larmes. Il se força à cligner vivement des yeux pour continuer à voir.

Ce n'était pas juste. Il avait fait tout ce qu'il pouvait. Pourquoi ne pouvait-on pas le laisser en paix ? Il cligna à nouveau des yeux puis son regard se posa encore sur la photo du journal. Sur l'enfant qu'il avait été.

Ses larmes déformaient l'image, et soudain deux traits se distinguèrent des autres. Il s'essuya les yeux du dos de la main et regarda à nouveau. Quelqu'un avait dessiné sur la photo avec un stylo à encre. Il avait certainement fait le même genre de choses quand il était petit et n'avait rien de plus intéressant à faire. Même adulte, il lui arrivait assez souvent de prendre un stylo et de suivre les contours des personnes ou des objets dans le journal pendant qu'il réfléchissait. D'habitude, il terminait un apposant une moustache.

Jusqu'à présent, il n'avait jamais fait attention aux traits en lisant l'article, en partie parce que l'encre s'était estompée, et aussi parce que les lignes ne faisaient que suivre le bord droit de la boîte à magie au fond.

La boîte dans laquelle sa mère…

Il interrompit sa pensée et se concentra à nouveau sur l'image. L'ombre en lui gonflait à toute vitesse.

Le griffonnage sur la photo consistait en trois lignes. La première suivait le bord supérieur de la boîte à magie et rejoignait une ligne descendante, le long du côté de la boîte. La troisième ligne était tirée entre les deux autres.

Il comprit subitement ce qu'il était en train de regar-

…t un A. A comme dans Alpha. Comme au début.
… carte qui avait accompagné le troisième puzzle
…uvelle fois.

*Tu ne peux en vouloir qu'à toi-même. Tu aurais pu choisir une autre voie. Tu ne l'as pas fait.*
*Nous avons atteint ton Oméga.*

Il avait cru que s'il trouvait le début, l'Alpha, il aurait plus de chances de comprendre ce que l'auteur entendait par l'Oméga. Et il venait de le comprendre. Le créateur des puzzles lui avait indiqué le début déjà quand Ruben avait reçu l'article deux ans avant, mais Vincent n'avait pas assez bien regardé. Le début, c'était quand il avait sept ans et que sa mère était morte. Quand il est devenu Vincent Walder qui comptait les chiffres pairs et inventait des motifs complexes pour éviter de ressentir. Quand l'ombre avait emménagé en lui.

C'était son Alpha.

Il croyait avoir poursuivi sa vie, mais le message du puzzle était clair. Il n'avait pas le droit de laisser le passé derrière lui. Tout avait commencé là, à la ferme de Kvibille. Et maintenant ça le rattrapait.

*Nous avons atteint ton Oméga.*
*Le début de ta fin.*

Le vent soufflait autour de la maison et secouait les fenêtres comme s'il voulait pénétrer à l'intérieur. Il devait payer. Plus de quarante ans après la mort de sa mère, il allait enfin recevoir sa punition. Il ne savait pas par qui. Ni quand ça allait arriver. Il savait seulement que c'était en préparation. L'ombre en lui hurlait si fort qu'il écrasa ses mains sur ses oreilles.

## LA FERME À CHEVAUX DE SORUNDA 1996

Jessica avait rêvé. Elle ne savait plus de quoi exactement, mais ça avait été un bon rêve. Elle avait été avec les grands. C'est pour ça qu'elle savait que c'était un rêve. Dans la vraie vie, elle n'avait jamais le droit d'être avec eux, seulement de les regarder de loin. Ils la trouvaient trop petite. Et trop bizarre. Elle comprenait qu'ils la trouvaient petite, même si elle n'était pas tellement plus jeune qu'eux, mais bizarre, non. Sa famille n'avait rien de bizarre. À part le fait qu'ils étaient nombreux et qu'elle n'avait jamais très bien compris les liens qui unissaient tous ces gens. Maman et papa, pas de problème, puisqu'ils étaient juste maman et papa. Tous les autres étaient tout simplement… la famille.

Elle se retourna dans le lit et enfonça son visage dans l'oreiller. Elle voulait retourner dans son rêve. Là où personne ne se moquait d'elle. Là où elle pouvait continuer à aller à l'école d'Ösmo sans que personne ne chuchote dans son dos. Les grands étaient juste jaloux, elle le savait bien. Papa ne voulait plus qu'ils viennent à la ferme. Il disait qu'ils devaient grandir et apprendre les bonnes manières. Ils auraient le droit de venir voir les chevaux quand ils auraient cessé de dire du mal des autres.

Elle n'entendait pas souvent son père dire ce genre de chose. Il était toujours très gentil. Le plus gentil dans tout l'univers. Maman aussi était gentille bien sûr, mais elle pouvait être sévère aussi. Papa était particulier. Parfois, quand elle voulait dire combien elle l'aimait, les mots ne suffisaient pas. Papa avait pour habitude de dire qu'il l'aimait jusqu'à la lune et retour. Mais la lune était trop près. Elle l'aimait tellement qu'elle ne pouvait pas le décrire avec quelque chose de visible.

Il y avait une drôle d'odeur. Elle écarta la couverture et posa les pieds au sol. Elle était pieds nus parce que c'était l'été, mais cette nuit il faisait plus chaud que d'habitude. Elle avait l'impression d'entendre des voix. Des voix agitées. Des voix d'adultes. Mais elle n'était toujours pas certaine de faire la différence entre rêve et réalité.

Elle ouvrit la porte et gagna silencieusement le palier. L'odeur s'intensifia, piqua ses narines et la fit tousser violemment. Elle descendit l'escalier prudemment, en tenant une main devant sa bouche. Elle évita les marches qui craquaient. Maman ne serait pas contente si elle la réveillait.

En arrivant au rez-de-chaussée, elle vit immédiatement les flammes. L'odeur lui fit monter les larmes aux yeux. L'entrée brûlait, la porte était entrouverte. Quelqu'un était venu ?

Par la porte, elle vit l'écurie. Là aussi ça brûlait, elle voyait les flammes, et elle entendait les chevaux s'agiter.

Sans réfléchir, elle se rua à travers le feu, dehors. Les flammes essayèrent de l'attraper, mais ne purent la toucher. Son cœur battait à tout rompre alors qu'elle courait vers l'écurie.

En s'approchant, elle entendit les hennissements d'Étoile, son préféré. Un petit poney blanc tacheté de gris et au bout du nez rose. Elle aimait Étoile. Presque plus que papa. Elle avait été présente lors de la naissance d'Étoile. Elle avait vu ses tout premiers pas chancelants. Elle l'avait nourri au biberon. Et papa avait dit que ce serait son tout premier cheval à elle toute seule.

Étoile hennit encore plus fort, comme s'il appelait à l'aide ses frères et sœurs qui couvraient le ciel. Les cris des autres chevaux se mêlaient à ceux d'Étoile. Mais la porte était fermée. Les chevaux ne pouvaient pas sortir. Les flammes atteignaient plusieurs mètres de haut maintenant, elles léchaient les murs en s'étirant vers la voûte nocturne.

La porte de l'écurie était verrouillée. Les larmes coulant sur ses joues, Jessica essaya d'ouvrir le verrou. Les cris d'angoisse d'Étoile se faisaient de plus en plus pressants, mais le verrou était trop haut et trop lourd, elle n'arrivait pas à l'ouvrir.

Elle sentait la chaleur du feu qui approchait dangereusement. Mais elle n'y faisait pas attention. Elle ne pensait qu'à Étoile. Elle hurlait sa terreur et son impuissance vers le ciel, priait comme jamais avant, mais le verrou ne bougeait pas.

Elle sentit quelqu'un essayer de l'arracher à la porte.

— Non, non, non, hurla-t-elle en gesticulant pour se libérer, mais celui qui la tenait était trop fort.

— Chut… chut… C'est trop tard, tu ne peux pas les sauver.

C'était la voix de papa à son oreille, et ses bras forts autour d'elle. Elle sanglotait, hurlait et frappait sa poitrine, mais il ne faisait que resserrer son emprise. Puis elle leva la tête. La chaleur du feu derrière elle frappait son dos.

— Et maman ? fit-elle, et c'est seulement à cet instant qu'elle prêta à nouveau attention à leur maison.

Ce n'était plus seulement l'entrée qui brûlait, toute la maison était en flammes, et le feu rugissait dans la nuit d'été.

— C'est trop tard, dit papa. Je me suis réveillé trop tard. Mais nous deux, nous pouvons encore nous échapper d'ici.

Il appuya son visage contre ses cheveux. Il la souleva et se mit à courir. Elle perdit toute sa force, toutes ses facultés d'agir. Tout disparut. Les bras de papa étaient tout ce qui lui restait.

— Ça doit être un accident, dit-il. Ils n'en avaient pas vraiment l'intention. L'essence, c'était pour nous menacer. Mais ils étaient tellement en colère. Ils criaient que leurs enfants avaient dit que… Je ne comprends pas. Ça doit être un accident.

Elle vit qu'il ne croyait pas à ses propres mots.

Il la déposa délicatement sur le siège passager de la voiture, ferma vite la porte sans l'attacher, courut se mettre au volant et démarra.

Des silhouettes humaines se tenaient dans l'obscurité au bord de la route. Les flammes hantaient leur visage, mais c'était impossible de savoir combien ils étaient. Ils se retirèrent dans l'ombre et s'immobilisèrent quand la voiture les dépassa.

La voiture bondit sur le chemin gravillonné et, un court instant, les phares illuminèrent leur visage. Jessica les vit comme en plein jour. Ils étaient là, bouche bée, les regards fascinés braqués sur l'enfer qu'ils avaient déclenché. Elle reconnaissait les parents qui amenaient leurs enfants pour les leçons d'équitation.

Et elle comprit tout. Elle comprit que c'étaient les adultes qui avaient allumé ce feu qui s'élevait haut vers le ciel dans la lunette arrière. Elle avait entendu les chuchotements à l'école, les rumeurs qui circulaient au sujet de sa famille. Et elle savait qu'en réalité, c'étaient les enfants qui étaient à l'origine du feu, avec leurs méchancetés et leurs mensonges. Elle connaissait leurs prénoms à tous. Fredrik. Lovis. Josefin. Mauro. Vendela. Henry. Karin. Tobias. Hugo. Jens. Janina.

— Je jure, dit-elle pour elle-même.

Elle pensa à Étoile qui mourait dans les flammes.

Et elle pensa à maman.

Elle avait l'impression qu'à l'intérieur d'elle, ça brûlait aussi.

— Je jure qu'un jour je vous prendrai ce que vous avez de plus cher, dit-elle à travers ses dents serrées.

Puis elle regarda à nouveau devant elle. Cette pensée la réconforta. Tout irait bien.

Elle avait un but.

Rouler dans l'obscurité était comme avancer dans un tunnel où seule une petite trouée devant eux était illuminée. Mais elle n'avait pas peur. Elle était avec papa. Tout irait bien.

Il conduisait vite, plus vite que jamais. Elle baissa la vitre de son côté, sortit son visage dans le vent et ferma les yeux. L'air était doux et lui caressait la peau alors qu'ils fonçaient sur la route en gravier. Elle entendait encore l'incendie derrière eux. Bientôt, ils passeraient le pont. Elle aimait le pont et l'eau qui jaillissait avec une force sauvage en dessous. Parfois, papa arrêtait la voiture au milieu du pont, juste pour qu'elle regarde.

Elle aimait la liberté de l'eau qui coulait à sa guise, qui se frayait un chemin là où elle le voulait, qui ne se laissait pas arrêter, qui vivait. C'était exactement comme le feu, et en même temps le contraire. L'eau engendrait la vie. Elle espérait que papa allait s'arrêter sur le pont cette fois-ci aussi. Pour qu'elle puisse échanger les cris de terreur d'Étoile contre le bruit de l'eau. Mais au lieu de ralentir, papa roulait toujours plus vite, si vite que bientôt, ils ne roulaient plus sur le pont mais volaient dans les airs. Ensuite, le bruit de l'eau remplit ses oreilles. Mais il n'y avait rien à faire. Elle entendait quand même les cris d'Étoile.

Et elle savait qu'elle les entendrait jusqu'à la fin de ses jours.

# REMERCIEMENTS

Cela a déjà été dit et mérite d'être souligné à nouveau : on n'écrit pas un livre seul. Même deux personnes n'y suffisent pas, à vrai dire. Nous sommes reconnaissants à un grand nombre de gens qui nous ont aidés à garder ce livre sur la bonne voie.

Pour commencer, tous ceux qui nous ont aidés avec le contenu :

Kelda Stagg, technicienne de la police scientifique, Région Stockholm, a continué à nous expliquer (avec des détails quasi déraisonnables) ce qui se passe avec un corps après la mort – par exemple s'il a été enterré sous une pelouse, et comment autopsier correctement. Avec ses connaissances en microbiologie, elle a également corrigé nos pires erreurs concernant le type de bactéries qui peuvent se propager du cheval à l'humain, un domaine qui s'est avéré beaucoup plus complexe que nous nous imaginions.

(Kelda Stagg est également un des trois cerveaux derrière le compte Instagram @liketefterdoden, à suivre si vous êtes aussi fasciné par ces sujets que nous !)

Nous avons également bénéficié de l'aide inestimable de plusieurs personnes compétentes dans le domaine des négociations menées par la police, qui se sont penchées sur notre nouveau personnage, Adam, et qui ont fait en sorte qu'il se comporte de manière crédible dans des situations tendues, et que nos policiers agissent correctement au cours d'opérations spéciales. Adam a bien sûr ses propres faiblesses, mais nous sommes pleins d'admiration pour les négociateurs dans la vraie vie, et leurs compétences. Compte tenu de leur métier, ils ont préféré garder l'anonymat, mais si vous saviez quel exercice d'équilibre difficile ces personnes accomplissent au quotidien.

Magnus Svensson, directeur de la prison de Hall, a patiemment répondu à un nombre de courriels qu'il ne s'attendait probablement à recevoir concernant les mesures de visite à la prison. Cela peut sembler insignifiant, mais vous savez ce qu'on dit au sujet des détails. Tout s'y trouve.

Eline Dinnetz, avec son cerveau mathématique plus grand que nos deux cerveaux réunis, nous a tenu la main quand il s'est agi de calculer le nombre de combinaisons possibles d'anagrammes, entre autres sujets évidents pour elle, mais qui sont du genre à faire des nœuds sur nos lobes frontaux quand nous nous y frottons nous-mêmes.

Ensuite, nous souhaitons remercier vous tous qui avez répondu à nos obscurs courriels et appels téléphoniques sur les peintures murales, les chambres d'hôtel et tous les autres sujets où nous avions besoin d'aide – ou qui ont participé autrement avec leurs informations et leurs idées.

Comme toujours, nous avons pris certaines libertés par rapport à la réalité, tant en ce qui concerne des détails dans le travail de la police (les prêteurs sur gages, par exemple, ne reçoivent pas de listes de "bijoux ordinaires" volés, à notre connaissance) que plus généralement (ni l'école maternelle Backen ni le centre Épicura n'existent dans la réalité). Nous espérons que l'histoire n'en est que meilleure.

Il a cependant fallu plus de monde que ceux mentionnés ci-dessus pour aboutir à un vrai livre. Sans les personnes ci-dessous, *Le Culte* serait resté au stade d'un très long document Word.

Pour commencer, notre inépuisable équipe des éditions Forum. Un grand nombre de personnes sont impliquées, mais deux sont en tête. Nous avions promis haut et fort à notre éditrice Ebba Östberg que ce livre-ci ne serait pas plus gros que le précédent. Nous avons menti. Pardon. Notre rédactrice Kerstin Ödeen a, à ce stade, contrôlé qu'un bon million de lettres et de signes de ponctuation se trouvent là où ils doivent se trouver, et a vérifié nos centaines et centaines d'affirmations sur tout. Gros merci-bisous, et encore une fois, pardon.

Une mention particulière à notre génial graphiste Marcell Bandicksson qui, avec les couvertures proposées pour la version suédoise, a parfaitement compris nos cerveaux bizarres et créé les plus beaux livres de l'histoire du livre imprimé.

Joakim Hansson, Anna Frankl, Signe Lundgren et tous les autres chez Nordin Agency, ainsi que Lili Assefa et Paulina Bånge avec leurs collègues chez Assefa Communication, font un fantastique travail international qui ne cesse de nous ébahir. Si vous êtes sur une île japonaise coupée du monde ou sur les hauteurs des montagnes népalaises, et que vous trouvez là, dans une auberge de jeunesse, un livre sur Vincent et Mina traduit en langue locale, c'est grâce à ces superstars.

Le plus grand merci s'adresse cependant à vous, cher lecteur, qui avez choisi de faire ce voyage avec nous, et avec Vincent et Mina. Une histoire commence en réalité seulement au moment où quelqu'un y participe. Alors, merci d'avoir donné vie à Vincent et Mina. Nous espérons que vous êtes devenus assez amis pour avoir envie de les accompagner une prochaine fois.

*Remerciements personnels de Camilla*

Sans mes proches, je n'aurais jamais pu écrire des livres. Leur soutien, leurs encouragements et leur amour me portent page après page. Le plus grand remerciement à mon mari Simon, mes enfants Wille, Meja, Charlie et Polly. Mais je voudrais aussi remercier mon groupe de soutien au quotidien et dans mon travail, en les personnes de Mathilda Norman, Natasa Maric et Johan Hultman. Et tous les amis… Que serais-je sans eux ? Personne mentionnée, personne oubliée, mais j'espère que vous avez tous conscience de votre importance.

*Remerciements personnels de Henrik*
Écrire un livre pendant une pandémie est quelque chose de très spécial. *Le Culte* a vu le jour pendant une période où notre famille a été plus réunie que nous le pensions possible. Voilà pourquoi je voudrais décerner des médailles de mérite à Linda, Sebastian, Nemo et Milo parce qu'aucun de vous, à ce jour, ne m'a assassiné dans mon sommeil. Merci aussi à tous les amis qui n'ont cessé de m'encourager et de me soutenir. Enfin un remerciement spécial pour mon ami et mentaliste Anthony Heads, pour nos longues discussions autour d'un bon whisky et de mauvais cocktails.

Retrouvez le premier tome des enquêtes
de la détective Mina Dabiri et du grand mentaliste
Vincent Walder en Babel…

LA BOÎTE À MAGIE

traduit du suédois par Susanne Juul

*Gröna Lund, parc d'attractions incontournable de Stockholm. Entre manèges à l'arrêt et obscurité angoissante, une boîte transpercée d'épées contenant un corps de femme est retrouvée. S'agit-il d'un tour de magie qui a mal tourné ou d'un tueur machiavélique ?*
*Mina Dabiri, aidée du grand mentaliste Vincent Walder, va bien vite découvrir que le meurtrier n'en est pas à son coup d'essai. Et qu'il prépare depuis longtemps le clou de son spectacle…*

… et la suite dès le mois de juin 2025,
dans la collection “Actes noirs”.

MIRAGE

traduit du suédois par Susanne Juul et Andreas Saint-Bonnet

*Une macabre découverte secoue Stockholm : un tas d’ossements est retrouvé dans le métro, et le squelette pourrait bien appartenir à un financier de renom. Lorsque d’autres restes humains sont mis au jour dans les entrailles de la ville et que le ministre de la Justice disparaît, l’enquête bascule dans une course contre la montre. Un décompte de quatorze jours est amorcé. Qui tire les fils de la terreur pour viser les plus hautes sphères du pouvoir ? La détective Mina Dabri doit une nouvelle fois compter sur l’aide du mentaliste Vincent Walder…*

DU MÊME AUTEUR

LES ENQUÊTES D'ERICA FALCK

*LA PRINCESSE DES GLACES*, Actes Sud, 2008 ; Babel noir n° 61.

*LE PRÉDICATEUR*, Actes Sud, 2009 ; Babel noir n° 85.

*LE TAILLEUR DE PIERRE*, Actes Sud, 2009 ; Babel noir n° 92.

*L'OISEAU DE MAUVAIS AUGURE*, Actes Sud, 2010 ; Babel noir n° 111.

*L'ENFANT ALLEMAND*, Actes Sud, 2011 ; Babel noir n° 121.

*LA SIRÈNE*, Actes Sud, 2012 ; Babel noir n° 133.

*LE GARDIEN DE PHARE*, Actes Sud, 2013 ; Babel noir n° 158.

*LA FAISEUSE D'ANGES*, Actes Sud, 2014 ; Babel noir n° 175.

*LE DOMPTEUR DE LIONS*, Actes Sud, 2016 ; Babel noir n° 206.

*LA SORCIÈRE*, Actes Sud, 2017 ; Actes Sud audio (lu par Odile Cohen), 2020 ; Babel noir n° 223.

*LE NID DU COUCOU*, Actes Sud, 2024 ; Actes Sud audio (lu par Odile Cohen), 2024.

LA VENGEANCE D'UNE FEMME EST DOUCE ET IMPITOYABLE

*LA CAGE DORÉE*, Actes Sud, 2019 ; Actes Sud audio (lu par Odile Cohen), 2019 ; Babel noir n° 259.

*DES AILES D'ARGENT*, Actes Sud, 2020 ; Actes Sud audio (lu par Odile Cohen), 2020 ; Babel noir n° 280.

L'INSPECTRICE MINA DABIRI ET LE MENTALISTE VINCENT WALDER

*LA BOÎTE À MAGIE* (avec Henrik Fexeus), Actes Sud, 2022 ; Actes Sud audio (lu par Odile Cohen), 2022 ; Babel noir n° 312.

*LE CULTE* (avec Henrik Fexeus), Actes Sud, 2023 ; Actes Sud audio (lu par Odile Cohen), 2023 ; Babel noir n° 319.

*CYANURE*, Actes Sud, 2011 ; Babel noir n° 71.

NOVELLAS

*FEMMES SANS MERCI*, Actes Sud, 2020 ; Actes Sud audio (lu par Odile Cohen), 2020 ; avec *SANS PASSER PAR LA CASE DÉPART*, Babel noir n° 300.

*SANS PASSER PAR LA CASE DÉPART*, Actes Sud, 2021 ; avec *FEMMES SANS MERCI*, Babel noir n° 300.

JEUNESSE

*SUPER-CHARLIE*, Actes Sud Junior, 2012.

*SUPER-CHARLIE ET LE VOLEUR DE DOUDOU*, Actes Sud Junior, 2013.

*LES AVENTURES DE SUPER-CHARLIE. MAMIE MYSTÈRE*, Actes Sud Junior, 2015.

CUISINE

*À TABLE AVEC CAMILLA LÄCKBERG*, Actes Sud, 2012.

OUVRAGE RÉALISÉ
PAR NORD COMPO À VILLENEUVE-D'ASCQ
REPRODUIT ET ACHEVÉ D'IMPRIMER
EN MARS 2025
PAR NORMANDIE ROTO IMPRESSION S.A.S.
À LONRAI
POUR LE COMPTE DES ÉDITIONS
ACTES SUD
LE MÉJAN
PLACE NINA-BERBEROVA
13200 ARLES

DÉPÔT LÉGAL
1re ÉDITION : AVRIL 2025
N° impr. : 2501005
*(Imprimé en France)*